SOMOS OS QUE TIVERAM SORTE

GEORGIA HUNTER

SOMOS OS QUE TIVERAM SORTE

Tradução de
Henrique Koifman

1ª edição

Editora Record
RIO DE JANEIRO • SÃO PAULO

2018

CIP-BRASIL. CATALOGAÇÃO NA PUBLICAÇÃO
SINDICATO NACIONAL DOS EDITORES DE LIVROS, RJ

H922s   Hunter, Georgia
         Somos os que tiveram sorte / Georgia Hunter; tradução de Henrique Koifman. –
         1ª ed. – Rio de Janeiro: Record, 2018.

         Tradução de: We Were the Lucky Ones
         ISBN 978-85-01-11576-8

         1. Ficção americana. 2. Holocausto judeu (1939-1945) – Polônia. I. Koifman,
         Henrique. II. Título.

                                    CDD: 813
18-51696   CDU: 82-3(73)

Vanessa Mafra Xavier Salgado – Bibliotecária – CRB-7/6644

Título original:
We Were the Lucky Ones

Copyright © 2017 by Georgia Hunter

Texto revisado segundo o novo Acordo Ortográfico da Língua Portuguesa.

Todos os direitos reservados. Proibida a reprodução, no todo ou em parte, através de quaisquer meios. Os direitos morais da autora foram assegurados.

Direitos exclusivos de publicação em língua portuguesa somente para o Brasil
adquiridos pela
EDITORA RECORD LTDA.
Rua Argentina, 171 – Rio de Janeiro, RJ – 20921-380 – Tel.: (21) 2585-2000,
que se reserva a propriedade literária desta tradução.

Impresso no Brasil

ISBN 978-85-01-11576-8

Seja um leitor preferencial Record.
Cadastre-se no site www.record.com.br e receba
informações sobre nossos lançamentos e nossas promoções.

EDITORA AFILIADA

Atendimento e venda direta ao leitor:
mdireto@record.com.br ou (21) 2585-2002.

Ao meu avô, Addy, com amor e admiração.
E ao meu marido, Robert, do fundo do meu coração.

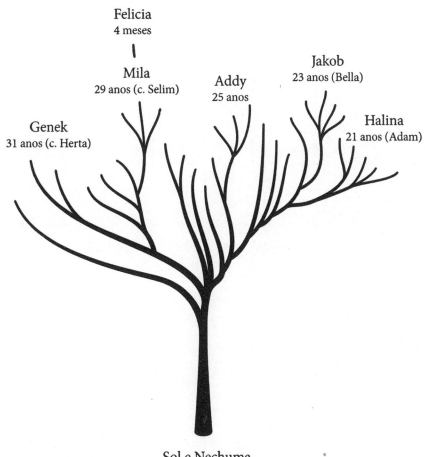

Baseado em uma história real

Ao fim do Holocausto, 90% dos 3 milhões de judeus poloneses haviam sido aniquilados; dos mais de 30 mil judeus que viviam em Radom, menos de 300 sobreviveram.

Parte I

Parte I

CAPÍTULO 1

Addy

Paris, França ~ início de março de 1939

Não estava nos seus planos passar a noite acordado. A ideia era sair do Grand Duc por volta da meia-noite e dormir por algumas horas na Gare du Nord antes de pegar o trem de volta a Toulouse. Agora — ele dá uma olhada no relógio — já são quase seis da manhã.

Montmartre tem esse efeito sobre ele. Os clubes de jazz e os cabarés, a multidão parisiense, todos jovens e insolentes, não vai deixar nada, nem mesmo a ameaça de guerra, desanimá-la — é inebriante. Ele termina o conhaque e se levanta, resistindo à tentação de ficar para assistir a uma última apresentação; sem dúvida poderia pegar um trem mais tarde. Porém, pensa na carta dobrada dentro do bolso do casaco e suspira. Deveria ir embora. Enquanto recolhe o casaco, o cachecol e o boné, diz *adieu* aos companheiros e serpenteia entre a dúzia, se tanto, de mesas do clube, uma parte delas ainda ocupada por clientes fumando Gitanes e se balançando ao som de "Time on My Hands", de Billie Holiday.

Assim que a porta se fecha atrás dele, Addy respira fundo, desfrutando o ar fresco, puro e frio nos pulmões. A fina camada de gelo na rue Pigalle começa a derreter e os paralelepípedos reluzem, formando um caleidoscópio de tons de cinza sob o céu de fim de inverno. Ele percebe que vai ter de andar rápido para conseguir pegar o trem. Quando se vira para trás, vê de relance seu reflexo na janela do clube e se sente aliviado ao perceber que o jovem que retribui o olhar para ele está apresentável, a despeito da noite em claro. Sua postura é ereta, as calças apertadas no alto da cintura, com a bainha dobrada e o vinco marcado, e seu cabelo continua perfeitamente penteado para trás, do jeito que ele gosta, sem ficar repartido. Depois de enrolar o cachecol no pescoço, segue na direção da estação.

Addy imagina as ruas do restante da cidade desertas e silenciosas. A maior parte das portas de ferro das lojas não vai ser aberta antes do meio-dia. Algumas delas, cujos proprietários fugiram para o interior do país, simplesmente não vão ser abertas — FERMÉ INDÉFINIMENT, dizem os avisos nas vitrines. Mas aqui em Montmartre, o sábado se transformou suavemente em domingo e as ruas estão cheias de vida, com artistas e dançarinas, músicos e estudantes. Eles cambaleiam entre clubes e cabarés, às gargalhadas, e vão em frente como se não tivessem nenhuma preocupação na vida. Enquanto caminha, Addy enfia o queixo dentro da gola do casaco e ergue o olhar a tempo de se desviar de uma jovem com um vestido de lamê prateado, que vinha da direção oposta.

— *Excusez-moi, monsieur.* — Ela sorri, o rosto corando sob um gorro de plumas amarelas.

Addy supõe que seja uma cantora. Uma semana atrás, provavelmente teria puxado conversa com ela.

— *Bonjour, mademoiselle* — cumprimenta ele, e segue em frente.

Uma lufada de ar com cheiro de frango frito faz o estômago de Addy roncar assim que ele dobra a esquina da rue Victor-Massé, onde uma fila já começou a se formar do lado de fora do Mitchell's, uma lanchonete vinte e quatro horas. Através da porta de vidro do estabelecimento, vê os clientes diante de canecas fumegantes de café e pratos abarrotados com um café da manhã tipicamente americano. *Em outro momento,* diz a si mesmo, e caminha para o leste, em direção à estação.

O trem mal deixou a estação quando Addy pega a carta do bolso do casaco. Desde que ela chegou, no dia anterior, ele já a leu duas vezes e pensou nela outras tantas. Passa os dedos sobre o endereço do remetente: *rua Warszawska, 14, Radom, Polônia.*

Ele consegue visualizar a mãe perfeitamente, sentada à escrivaninha de madeira escura, a caneta na mão, a luz do sol iluminando a curva rechonchuda e macia de seu maxilar. Sente mais falta dela do que jamais imaginou que sentiria quando deixou a Polônia, seis anos atrás, para vir à França. Tinha 19 anos na época e havia pensado muito em ficar em Radom, onde estaria perto da família e esperava poder construir uma carreira na música — ele compunha desde a adolescência e não conseguia pensar em nada mais gratificante do que passar os dias em frente às teclas de um piano, compondo canções. Foi sua mãe quem o aconselhou a se candidatar ao prestigiado Institut Polytechnique de Grenoble — e, depois que ele foi aceito, insistiu para que fosse estudar lá.

— Addy, você já nasceu engenheiro — disse ela, lembrando-o de quando, com apenas 7 anos, ele havia desmontado o rádio quebrado da família, espalhado as peças sobre a mesa de jantar e, em seguida, remontado tudo, deixando-o como novo. — Não é lá muito fácil ganhar a vida com música — continuou ela. — Eu sei que essa é a sua paixão, você tem um dom e não deve ignorá-lo. Mas antes, Addy, o seu diploma.

Addy sabia que sua mãe tinha razão. E, por isso, partiu para a universidade, prometendo que voltaria quando se formasse. No entanto, assim que deixou para trás os limites da provinciana Radom, toda uma nova vida se abriu para ele. Quatro anos depois, com o diploma em mãos, recebeu uma oferta de emprego em Toulouse, com um bom salário. Tinha amigos do mundo inteiro — de Paris, Budapeste, Londres, Nova Orleans. Havia adquirido um novo gosto para arte e cultura, para *paté de foie gras* e para a perfeição amanteigada de um croissant recém-saído do forno. Tinha o próprio apartamento (embora fosse minúsculo) no coração de Toulouse e o luxo de poder voltar para a Polônia sempre que quisesse — o que fazia ao menos duas vezes por ano, para o Pessach e para o Rosh Hashaná. E também de passar os fins de semana em Montmartre, um bairro tão impregnado de talento musical que não era incomum para seus moradores beber no Hot Club com Cole Porter, assistir a uma *jam session* com Django Reinhardt no Bricktop's ou, como Addy, assistir maravilhado a Josephine Baker desfilar pelo palco do Zelli's puxando sua chita de estimação por uma coleira cravejada de diamantes. Addy não conseguia se lembrar de outra época na vida em que tivesse se sentido tão inspirado a colocar notas no papel — tanto que ele começou a imaginar como seria se mudar para os Estados Unidos, o lar dos maiorais, o berço do jazz. Talvez nos Estados Unidos, sonhava ele, pudesse tentar a sorte e colocar suas próprias composições no rol dos sucessos contemporâneos. Era tentador, se isso não significasse se afastar ainda mais da família.

Assim que tirou a carta da mãe do envelope, Addy sentiu um leve arrepio na espinha.

Querido Addy,

Obrigada pela sua carta. Seu pai e eu adoramos a sua descrição da ópera no Palais Garnier. Nós estamos bem por aqui, embora Genek ainda esteja furioso por ter sido rebaixado no trabalho. Não posso culpá-lo. Halina é a mesma de sempre, tão esquentada, que muitas vezes eu me pergunto se ela não vai explodir. Estamos esperando que Jakob e Bella anunciem o noivado, mas você sabe que não se pode apressar o seu irmão. Tenho adorado as tardes que passo com a pequena Felicia. Mal posso esperar para que você a conheça, Addy. O cabelo dela começou a crescer — ele é vermelho-canela! Qualquer dia desses ela vai passar a dormir a noite inteira. A pobre Mila está exausta. Eu falo para ela o tempo todo que, com o tempo, vai ficar mais fácil.

Addy vira a página da carta e se ajeita no assento. É neste ponto que o tom de sua mãe se torna mais sombrio.

Querido, devo lhe contar que, no último mês, algumas coisas mudaram por aqui. Rotsztajn fechou as portas de sua metalúrgica. É difícil de acreditar, depois de quase cinquenta anos no negócio. Kosman também se mudou. Levou a família e o comércio de relógios para a Palestina, depois de ter a loja depredada várias vezes. Addy, não estou contando essas coisas para que fique preocupado, eu só não me sentiria bem escondendo isso de você. E isso me leva ao principal motivo desta carta: seu pai e eu achamos que você deve ficar na França durante o Pessach e esperar até o verão para vir nos visitar. Nós sentimos muito a sua falta, mas parece perigoso demais

18

viajar agora, especialmente cruzando as fronteiras da Alemanha.
Por favor, Addy, pense nisso. Nossa casa é o seu lar, e nós estaremos
aqui. Enquanto isso, mande notícias quando puder. Como está a
nova música que você está compondo?

Com amor, sua mãe

Addy suspira e tenta mais uma vez entender o que tudo aquilo significa. Ele ouviu falar das lojas que estão sendo fechadas, das famílias judias que estão indo para a Palestina. As notícias de sua mãe não são uma surpresa. É o tom das palavras que o perturba. Ela já havia mencionado como as coisas tinham começado a mudar a sua volta — havia ficado furiosa quando Genek teve o registro de advogado cassado —, mas, geralmente, as cartas de Nechuma eram alegres e otimistas. No mês passado, ela havia perguntado se ele poderia acompanhá-la a um concerto de Moniusko no Grande Teatro de Varsóvia e lhe falara do jantar agradável em comemoração do aniversário de Sol no restaurante de Wierzbicki em que o próprio Wierzbicki tinha ido recebê-los na porta e se oferecera para preparar um prato especial para eles, fora do cardápio.

Esta carta é diferente. Addy percebe que sua mãe está com medo.

Addy balança a cabeça. Em seus 25 anos de vida, jamais notou Nechuma demonstrar qualquer tipo de medo. Além disso, nem ele nem nenhum dos irmãos e irmãs jamais perdeu um Pessach com todos em Radom. Nada é mais importante para sua mãe que a família — e agora ela está pedindo a ele que fique em Toulouse durante o feriado. A princípio, Addy tinha se convencido de que ela só estava muito ansiosa. Mas será que estava mesmo?

Ele olha pela janela e vê o campo francês, uma paisagem que lhe é familiar. Dá para ver o sol por trás das nuvens e já existem sinais das cores da primavera nos campos. O mundo parece bom, como sempre pareceu. E, ainda assim, as palavras de advertência da mãe mexeram com ele, fizeram com que perdesse o equilíbrio.

Addy fecha os olhos e pensa na última vez que visitou os pais, em setembro, procurando algum sinal, alguma pista que possa ter deixado passar. Ele lembra que seu pai tinha ido jogar cartas com seus amigos do comércio — judeus e poloneses —, como fazia toda semana, na farmácia de Podworski, que tinha um afresco de uma águia branca no teto. O padre Król, pároco da Igreja de São Bernardino e admirador do virtuosismo de Mila ao piano, tinha passado para ouvir um recital. Para o Rosh Hashaná, a cozinheira havia preparado uma chalá glaceada com mel, e Addy tinha ficado acordado até tarde da noite, ouvindo Benny Goodman, bebendo Côte de Nuits e rindo com os irmãos. Até mesmo Jakob, reservado como era, deixara a câmera de lado e se juntara a eles na confraternização. Tudo parecia relativamente normal.

Então um pensamento faz com que Addy sinta um nó na garganta: e se os sinais estivessem lá, mas ele não estivesse prestando atenção suficiente para percebê-los? Ou, pior, e se ele não tivesse se dado conta das pistas simplesmente porque não queria vê-las?

Sua mente o leva para a suástica recém-pintada que ele encontrou num muro do Jardin Goudouli, em Toulouse. Em seguida, para o dia em que tinha escutado seus chefes na empresa de engenharia, acreditando que ele não estivesse por perto para ouvi-los, questionarem aos sussurros se seria ou não arriscado mantê-lo ali. Para as lojas fechadas por Paris inteira. Para as fotos nos jornais franceses mostrando o dia seguinte da Kristallnacht: fachadas de lojas destruídas, sinagogas completamente queimadas, milhares de judeus fugindo da Alemanha, empurrando carrinhos de mão pelas estradas com abajures, batatas e os parentes mais velhos dentro deles.

Os sinais com certeza estavam lá. Entretanto, Addy os subestimara, afastara todos para bem longe. Ele disse a si mesmo que não havia mal numa pequena pichação; que, se perdesse o emprego, conseguiria outro; que o que estava acontecendo na Alemanha, embora fosse assustador, era algo além da fronteira e que não iria se alastrar. Porém, agora, com a carta da mãe em mãos, ele vê com uma clareza assustadora os avisos que havia optado por ignorar.

Addy abre os olhos de repente, perturbado por uma única conclusão: *Você devia ter voltado para casa meses atrás.*

Ele dobra a carta, recoloca-a dentro do envelope e a desliza de volta para o bolso do casaco. Resolve que vai escrever para a mãe assim que chegar ao seu apartamento, em Toulouse. Vai dizer a ela que não se preocupe, que vai voltar a Radom como planejado, que ele quer estar com a família, agora mais que nunca. Vai dizer à mãe que a nova composição está indo bem e que não vê a hora de tocá-la para ela. Addy se imagina tocando as teclas do piano Steinway dos pais com a família reunida em volta e esse pensamento lhe traz um pouco de conforto.

Addy deixa o olhar vagar sobre a paisagem sossegada do interior. Amanhã, decide, vai comprar uma passagem de trem, reunir os documentos para a viagem e arrumar as malas. Não vai esperar pelo Pessach. Seu chefe vai ficar irritado por ele sair mais cedo que o previsto, mas Addy não se incomoda com isso. O importante é que em poucos dias estará a caminho de casa.

15 DE MARÇO DE 1939: *Um ano depois de anexar a Áustria, a Alemanha invade a Tchecoslováquia, encontrando pouca resistência. No dia seguinte, de Praga, Hitler instala o Protetorado da Boêmia e Morávia. Com essa ocupação, o Reich ganha não somente território mas também mão de obra especializada e enorme poder de fogo, com a capacidade de produção que a indústria de fabricação de armas daquela região oferece — suficiente, na época, para armar quase metade da Wehrmacht.*

CAPÍTULO 2

Genek

Radom, Polônia ~ 18 de março de 1939

Genek levanta a cabeça e um fio de fumaça sai do canto dos seus lábios e segue até o teto de ladrilhos cinza do bar.

— Essa é a última mão — avisa.

Do outro lado da mesa, Rafal chama a atenção dele.

— Tão cedo? — E dá uma tragada no cigarro. — A sua mulher prometeu alguma coisa especial se você voltar para casa num horário decente? — Rafal dá uma piscadela, soltando a fumaça. Herta havia comparecido ao jantar, mas tinha ido embora cedo.

Genek ri. Ele e Rafal são amigos desde a escola primária, quando passavam boa parte do tempo debruçados sobre as bandejas do refeitório, discutindo sobre qual colega de turma iriam convidar para o baile *studniówka* no fim do ano, ou quem prefeririam ver nua, Evelyn Brent ou Renée Adorée. Rafal sabe que Herta não é como as garotas com quem Genek costumava sair, mas gosta de pegar no pé dele quando ela não está por perto. Genek não pode culpá-lo. Até conhecer Herta, as mulheres eram seu ponto fraco (junto com cartas e cigarros, para ser sincero). Com seus olhos azuis, uma covinha em cada bochecha e um charme hollywoodiano irresistível, ele passou a maior parte dos seus 20 anos deleitando-se com o papel de um dos solteiros mais cobiçados de Radom. Na época, ele não se importava com a atenção que recebia. Entretanto, Herta apareceu e tudo mudou. Agora é diferente. *Ela* é diferente.

Por baixo da mesa, alguma coisa alisa a batata da perna de Genek. Ele dá uma espiada na moça que está sentada ao seu lado.

— Eu gostaria que você ficasse — diz ela, encarando os olhos dele.

Genek tinha acabado de conhecer a garota naquela noite — Klara. Não, Kara. Ele não consegue se lembrar. É uma amiga da esposa de Rafal que veio de Lublin para visitá-los. Ela dá um sorrisinho tímido com o canto da boca, a ponta do oxford ainda encostada na perna dele.

Em sua vida anterior, talvez ele tivesse ficado. Porém, Genek não tem mais o menor interesse em flertar. Ele sorri para a garota, sentindo um pouco de pena dela.

— Na verdade, eu acho que estou saindo — avisa ele, baixando as cartas na mesa.

Genek apaga o Murad, a guimba parecendo um dente torto no cinzeiro lotado, e se levanta.

— Senhores, senhoras, é sempre um prazer. Vejo vocês depois. Ivona — acrescenta ele, dirigindo-se à esposa de Rafal, enquanto acena com a cabeça para o amigo —, é responsabilidade sua manter aquele ali longe de confusão.

Ivona ri. Rafal dá mais uma piscadela para ele. Genek os saúda levando dois dedos à testa e segue para a porta.

Está mais frio que o normal para uma noite de março. Ele enfia as mãos nos bolsos do casaco e segue a passos acelerados para a rua Zielona, apreciando o fato de estar a caminho de casa para a mulher que ama. De algum modo, soube que Herta era a sua garota assim que colocou os olhos nela, há dois anos. Aquele fim de semana ainda está perfeitamente nítido em sua memória. Eles estavam esquiando em Zakopane, um resort polonês encravado entre os picos das montanhas Tatra. Ele estava com 29 anos, Herta com 25. Por acaso, dividiram o assento num teleférico e, na viagem de dez minutos até o cume, Genek tinha se apaixonado por ela. Para começar, pelos seus lábios, porque eram carnudos e em forma de coração. E também por tudo o que podia ver dela entre a lã cor creme bem clara de seu chapéu e o cachecol. Mas havia também o sotaque alemão, que o obrigou a prestar atenção ao que ela dizia de um modo que não estava acostumado a fazer; e aquele sorriso, tão desinibido; e o modo como, na metade do caminho até o topo da montanha, ela levantou a cabeça, fechou os olhos e disse:

— O cheiro dos pinheiros no inverno é maravilhoso, não acha?

Ele riu ao pensar por um momento que ela estava brincando, então percebeu que era sério. A sinceridade de Herta era uma característica que iria admirar cada vez mais, assim como o quanto ela gostava de estar ao ar livre e a tendência natural que tinha de ver beleza nas coisas mais simples. Ele a seguiu montanha abaixo, tentando não pensar muito no fato de que Herta era uma esquiadora muito melhor do que ele jamais seria e, então, parou perto dela no trecho de acesso à pista e a convidou para jantar. Como Herta hesitou, ele sorriu e disse que já havia reservado um trenó puxado por cavalos. Ela riu e, para a alegria de Genek, concordou em sair com ele. Seis meses depois, pediu-a em casamento.

No apartamento, Genek fica feliz ao ver a luz acesa por baixo da porta do quarto. Encontra Herta na cama, com uma coletânea dos melhores poemas de Rilke aberta, apoiada nos joelhos. Ela nasceu em Bielsko, uma cidade no leste da Polônia cujo principal idioma é o alemão. Ao falar, Herta raramente usa a língua com a qual cresceu acostumada, mas gosta de ler no idioma nativo, especialmente poesia. Ela não parece perceber que Genek entra no quarto.

— Esse verso deve ser bem envolvente — provoca Genek.

— Ah! — exclama Herta, levantando os olhos para ele. — Eu não ouvi você entrar.

— Fiquei com medo de que você estivesse dormindo — explica Genek, sorridente.

Ele deixa o casaco escorregar do corpo e o joga sobre o encosto de uma cadeira, então sopra as mãos para aquecê-las.

Herta sorri e segura o livro junto ao peito, marcando a página com um dedo.

— Você chegou muito mais cedo do que eu achei que chegaria. Perdeu todo o nosso dinheiro na mesa? Eles te expulsaram?

Genek tira os sapatos e o blazer, em seguida desabotoa os punhos da camisa.

— Eu vim antes, sim. Foi uma boa noite. Só foi chato ficar sem você.

Entre os lençóis brancos, em sua camisola amarelo-clara, com seus olhos profundos e lábios perfeitos, os cabelos castanhos se derramando como ondas nos ombros, **Herta** parece algo saído de um sonho e, mais uma **vez,** Genek se dá conta da imensa sorte que foi encontrá-la. Ele fica apenas com as roupas de baixo e se esgueira para a cama, ao lado dela.

— Eu senti a sua falta — declara, apoiando-se num cotovelo para lhe dar um beijo.

Herta passa a língua nos lábios.

— A última coisa que você bebeu, deixa eu adivinhar... Bichat.

Genek faz que sim com a cabeça e ri. Ele a beija mais uma vez, suas línguas se encontram.

— Amor, nós temos que tomar cuidado — sussurra Herta, e se afasta.

— Mas nós não somos sempre cuidadosos?

— É só que... aquela vez.

— Ah — diz Genek, saboreando o calor dela e o cheiro adocicado deixado pelo xampu em seus cabelos.

— Seria tolice deixar que isso acontecesse agora — completa Herta. — Você não acha?

Horas antes, durante o jantar, eles haviam conversado com os amigos sobre a ameaça de guerra, sobre como a Áustria e a Tchecoslováquia caíram com tanta facilidade nas mãos do Reich, e sobre como as coisas tinham começado a mudar em Radom. Genek desabafara sobre seu rebaixamento para assistente no escritório de advocacia e tinha ameaçado se mudar para a França.

— Pelo menos lá — vociferou — eu poderia usar o meu diploma.

— Não tenho tanta certeza de que você estaria melhor na França — retrucou Ivona. — Os alvos do Führer não são mais apenas os territórios onde se fala alemão. E se isso for só o começo? E se a Polônia for a próxima?

Por um momento, todos na mesa ficaram em silêncio, até que Rafal o quebrou.

— Impossível — afirmou, acenando negativamente com a cabeça. — Ele pode até tentar, mas vai ser impedido.

Genek concordou.

— O Exército polonês jamais devia ter deixado isso acontecer.

Genek se lembra agora de que foi durante essa conversa que Herta pediu licença e foi embora.

Herta tem razão, é claro. Eles precisam tomar cuidado. Trazer uma criança para um mundo que parece estar se aproximando assustadoramente do colapso seria imprudente e irresponsável. Porém, deitado tão perto dela, Genek não consegue pensar em mais nada além de sua pele, da curva de sua coxa encostada na dele. As palavras de Herta, assim como as minúsculas bolhas da última taça de champanhe que ele bebeu, flutuam de sua boca e se dissolvem em algum ponto no fundo da garganta dele.

Genek lhe dá um terceiro beijo, e, ao fazê-lo, Herta fecha os olhos. *Ela não disse isso de coração*, pensa. Ele se estica por cima dela para apagar a luz e sente o corpo de Herta amolecer debaixo do seu. O quarto fica escuro, e ele enfia a mão por baixo da camisola dela.

— Frio! — guincha ela.

— Me desculpa.

— Não, não é você. Genek...

Ele dá um beijo em sua bochecha, no lóbulo de sua orelha.

— A guerra, a guerra, a guerra. Eu já estou de saco cheio disso e ela ainda nem começou — comenta, e faz os dedos marcharem das costelas até a cintura dela.

Herta suspira, depois ri.

— Pensa só — diz Genek, arregalando os olhos como se tivesse acabado de ter uma revelação. — E se *não* tiver guerra? — Ele balança a cabeça, incrédulo. — A gente está se privando *por nada*. E Hitler, aquele sacaninha, vai ter vencido. — Genek abre um sorriso.

Herta passa um dedo sobre a covinha de sua bochecha.

— Essas covinhas acabam comigo — diz ela, balançando a cabeça. O sorriso de Genek se abre ainda mais e Herta faz que sim com a cabeça. — Você tem razão, seria trágico. — Seu livro cai no chão com um baque e ela se vira para encará-lo. — *Bumsen der krieg.*

Genek não consegue conter a risada.

— Estou de acordo. *Foda-se a guerra* — diz, então puxa o cobertor para cima de suas cabeças.

CAPÍTULO 3

Nechuma

Radom, Polônia ~ 4 de abril de 1939 — Pessach

Nechuma arrumou a mesa com a melhor porcelana e os melhores talheres, delimitando com eles os lugares sobre a toalha de renda branca. Sol se senta à cabeceira, segurando sua Hagadá com uma capa de couro surrada numa das mãos e um cálice de kidush de prata polida na outra. Ele pigarreia.

— Hoje — começa, encarando os rostos familiares ao redor da mesa — honramos o que é mais importante: nossa família e nossas tradições.

Seus olhos, normalmente flanqueados por marcas de expressão de risadas, estão sérios, sua voz tem um tom de barítono sóbrio.

— Hoje — continua — nós celebramos a festa das matzot, o tempo de nossa libertação. — Ele volta os olhos para o texto abaixo. — Amém.

— Amém — respondem os outros, bebendo vinho. Uma garrafa passa de mão em mão e as taças voltam a ser enchidas.

Quando Nechuma se levanta para acender as velas, a sala está em silêncio. Ela se dirige ao centro da mesa, acende um fósforo e protege a chama com a mão em concha, enquanto leva o fogo rapidamente a cada pavio, esperando que ninguém perceba a chama tremulando entre seus dedos. Depois que as velas são acesas, desenha três círculos sobre elas com uma das mãos, então cobre os olhos e recita a bênção inicial. Em seguida, retorna ao seu lugar na mesa, no extremo oposto ao do marido, e repousa as mãos no colo. Seus olhos se encontram com os de Sol. Ela acena para que ele comece.

Assim que a voz de Sol preenche a sala novamente, o olhar de Nechuma desliza até a cadeira que deixou vazia para Addy, e ela sente um peso aumentar no peito, trazendo com ele uma dor familiar. A ausência do filho a consome.

A carta de Addy chegara na semana anterior. Nela, ele havia agradecido a Nechuma a franqueza e pedira a ela que, por favor, não se preocupasse. Disse que voltaria para casa assim que conseguisse obter os documentos para viajar. Essa notícia trouxera para Nechuma ao mesmo tempo alívio e preocupação. Não havia nada que desejasse mais que ter o filho em casa para o Pessach, a não ser, é claro, saber que ele estava em segurança na França. Tentara ser honesta, esperava que ele fosse entender que Radom era, nesse momento, um lugar sombrio, que viajar por regiões ocupadas pelos alemães não valia o risco. Entretanto, talvez tivesse omitido informações demais. Afinal, não era apenas a família Kosman que tinha fugido. Foram umas seis. Ela não havia falado dos clientes poloneses que a loja perdera recentemente, ou da briga feia que acontecera uma semana atrás, entre os jogadores de dois times de futebol de Radom, um polonês e o outro judeu, e como os jovens das duas equipes ainda andavam por aí com os lábios cortados e olhos roxos, encarando-se de forma acintosa. Não havia mencionado nada disso para poupá-lo da dor e da preocupação, mas, talvez, ao fazer isso, tenha exposto o filho a um perigo maior.

Nechuma respondeu à carta de Addy, implorando a ele que viajasse em segurança, e então presumiu que o filho estivesse a caminho. Todo dia, desde então, ela se sobressalta ao ouvir o som de passos no vestíbulo, o coração batendo forte no peito ao pensar em encontrar Addy à porta, um sorriso aberto em seu belo rosto, a valise na mão. Porém, os passos nunca são dele. Addy não tinha vindo.

— Talvez ele tenha precisado terminar algumas coisas no trabalho — sugeriu Jakob no início da semana, sentindo sua preocupação crescente. — Duvido que o chefe de Addy fosse liberá-lo sem um aviso com pelo menos umas duas semanas de antecedência.

Entretanto, Nechuma só pensa em: *E se ele foi detido na fronteira? Ou pior?* Para chegar a Radom, Addy teria que viajar pelo norte, atravessando a Alemanha, ou pelo sul, atravessando a Áustria e a Tchecoslováquia, regiões dominadas pelos nazistas. A possibilidade de seu filho estar nas mãos dos alemães — um destino que poderia ter sido evitado caso tivesse sido mais franca com Addy, caso tivesse sido mais insistente em pedir a ele que permanecesse na França — fez com que ela passasse noites em claro na cama.

Enquanto lágrimas surgem em seus olhos, os pensamentos de Nechuma voltam no tempo para outro dia de abril, durante a Grande Guerra, um quarto de século atrás, quando ela e Sol tiveram de passar o Pessach amontoados no porão do edifício. Eles tinham sido despejados do apartamento e, como muitos dos seus amigos na época, não tinham para onde ir. Ela se lembra do fedor sufocante de dejetos humanos, dos gemidos constantes das pessoas com estômagos vazios, do estrondo distante dos canhões, do arranhar ritmado da lâmina da faca de Sol na madeira, esculpindo estatuetas em um pedaço de lenha velha para as crianças brincarem e arrancando farpas dos dedos. O feriado havia chegado e passado sem que ninguém percebesse, e a tradição do Seder não importara. De algum modo, eles viveram três anos naquele porão, as crianças sobrevivendo graças ao leite do seu peito, enquanto os oficiais húngaros estavam acampados em seu apartamento lá em cima.

Nechuma olha para Sol do outro lado da mesa. Aqueles três anos, embora quase tivessem acabado com ela, ficaram tão para trás que parecia que aquilo tudo havia acontecido com outra pessoa. Seu marido nunca fala daquela época; seus filhos, felizmente, não se lembram com clareza da experiência. Desde então sempre houve pogroms — e sempre haverá —, mas Nechuma se recusa a pensar em voltar a viver na clandestinidade, uma vida sem luz do sol, sem chuva, sem música, arte, discussões filosóficas, coisas simples e preciosas que aprendeu a valorizar. Não, ela não vai voltar para o subsolo como um animal selvagem; ela nunca mais vai viver daquele jeito.

Não é possível que as coisas fossem chegar mais uma vez àquele ponto.

Sua mente viaja mais uma vez, agora para sua infância, para o som da voz de sua mãe lhe contando como era comum, quando ela era criança em Radom, que os garotos poloneses usassem lenços para atirar pedras em sua cabeça no parque; como protestos violentos estouraram por toda parte quando a sinagoga do centro da cidade foi construída. A mãe de Nechuma tinha, então, dado de ombros.

— Nós acabamos aprendendo a manter a cabeça baixa e os filhos por perto — disse.

E, com certeza, os ataques, os pogroms passaram e a vida voltou a ser como era antes. Como sempre acontece.

Nechuma sabe que a ameaça alemã, como todas as ameaças que vieram antes dela, vai passar também. E, de qualquer modo, a situação deles agora é bem diferente da que tinham durante a Grande Guerra. Ela e Sol haviam trabalhado duro para ganhar a vida, para se estabelecerem entre os profissionais mais prestigiados da cidade. Eles falam polonês, até dentro de casa, enquanto muitos dos judeus da cidade conversam apenas em iídiche. E, em vez de viverem no Bairro Antigo, como a maioria dos judeus menos abastados de Radom, eles têm um imponente apartamento no centro da cidade, com cozinheira e empregada, completo e com luxos como encanamento interno, uma banheira que importaram de Berlim, uma geladeira e — seu bem mais valioso — um piano Steinway de um quarto de cauda. A loja de tecidos deles está prosperando. Nechuma é muito criteriosa em suas viagens de negócios e só adquire tecidos da mais alta qualidade. Seus clientes, tanto poloneses quanto judeus, vêm de longe, até de Cracóvia, para comprar com eles roupas femininas e seda. Quando seus filhos estavam em idade escolar, Sol e Nechuma os enviaram para instituições particulares de elite, nas quais, graças a suas camisas de boa alfaiataria e ao polonês perfeito, se misturaram perfeitamente à maioria dos alunos, que era católica. Além de lhes proporcionar a melhor educação possível, Sol e Nechuma esperavam dar aos filhos uma chance de evitarem o antissemitismo que marcava a vida judaica em Radom desde antes que qualquer um pudesse se lembrar. Embora a família tivesse orgulho de suas raízes e das tradições judaicas e fizesse parte da comunidade judaica local, Nechuma escolheu para os filhos um caminho que, esperava, iria lhes abrir oportunidades — e afastá-los da perseguição. Um caminho no qual ela permanece mesmo que, de vez em quando, na sinagoga ou ao fazer compras numa das padarias do Bairro Antigo, perceba os olhares de desaprovação dos judeus mais ortodoxos, como se sua escolha por se misturar com os poloneses, de alguma forma, tenha diminuído sua fé como judia. Nessas ocasiões, ela se recusa a se sentir incomodada. Ela conhece sua fé — e, além disso, para Nechuma, religião é um assunto pessoal.

Massageando a escápula, ela sente o peso do peito nas costelas. Não é do seu feitio ficar assim, tão dominada pela preocupação, tão distraída.

Recomponha-se, repreende-se Nechuma. *A família vai ficar bem*, diz a si mesma. *Eles têm recursos financeiros. Eles têm conexões. Addy vai acabar aparecendo. O correio não tem andado confiável e é bem provável que uma carta dele, explicando o motivo de sua ausência, chegue a qualquer momento. Vai ficar* tudo *bem.*

Enquanto Sol recita a bênção de kárpas, Nechuma mergulha um ramo de salsa numa tigela com água salgada e seus dedos roçam nos de Jakob. Ela suspira e sente a tensão começar a diminuir. O querido Jakob. Ele olha nos olhos dela e sorri, e o coração de Nechuma se enche de gratidão pelo filho ainda morar com ela. Nechuma adora sua companhia, sua calma. Ele é diferente dos outros. Ao contrário dos irmãos, que chegaram ao mundo reclamando aos berros e de cara vermelha, Jakob chegou tão branco quanto os lençóis da cama do hospital e em silêncio; como se imitasse os enormes flocos de neve que caíam tranquilamente do lado de fora da janela naquela manhã de inverno em fevereiro, há vinte e três anos. Nechuma jamais se esqueceria dos momentos de angústia antes de ele enfim chorar. Na hora, ela tinha certeza de que Jakob não iria sobreviver um dia sequer. Ou de quando ela o segurou nos braços, olhou em seus olhos escuros e ele a encarou, com uma ruga na testa, como se estivesse pensando profundamente. Foi então que entendeu quem ele era. Quieto, sim, mas astuto. Como os irmãos e as irmãs que nasceram antes e depois dele, ali estava uma pequena versão da pessoa que iria ser quando crescesse.

Ela observa quando Jakob se inclina para sussurrar algo no ouvido de Bella, que leva o guardanapo aos lábios e disfarça um sorriso. Na gola de sua blusa, um pequeno broche de ouro em formato de rosa, com uma pérola cor de marfim no centro, reflete a luz das velas. Foi um presente de Jakob. Ele lhe deu poucos meses depois que os dois se conheceram, no *gymnasium*. Na época, ele tinha 15 anos, e ela, 14. Tudo o que Nechuma sabia a respeito de Bella então era que a menina levava os estudos a sério, que vinha de uma família de recursos modestos (de acordo com Jakob, o pai dela, um dentista, ainda estava pagando os empréstimos que havia feito para custear a educação das filhas) e que ela havia costurado muitas das próprias roupas, uma revelação que deixou Nechuma impressionada e imaginando quais das elegantes blusas de Bella teriam sido compradas em lojas e quais seriam as feitas à mão. Logo depois de lhe dar o broche, Jakob declarou que Bella era sua alma gêmea.

— Jakob, meu amor, você só tem *15 anos*... e acabou de conhecer a menina! — exclamou Nechuma na época.

No entanto, Jakob não era de exagerar, e ali estavam os dois, oito anos depois, inseparáveis. Ela percebia que era só uma questão de tempo até eles se casarem. Talvez Jakob faça o pedido quando o temor sobre a guerra diminuir. Ou talvez ele esteja esperando até ter economizado dinheiro suficiente para poder arcar com os custos da própria casa. Bella também vive com os pais, a poucos quarteirões a oeste dali, no bulevar Witolda. Seja qual for o caso, Nechuma está certa de que Jakob tem um plano.

Na cabeceira da mesa, Sol parte cuidadosamente um pedaço de matzá em dois. Ele coloca metade num prato e envolve a outra com um guardanapo. Quando as crianças eram mais novas, Sol passava semanas planejando o esconderijo perfeito para a matzá. Quando chegava o momento da cerimônia em que tinham que encontrar o *afikoman* escondido, as crianças corriam como ratinhos pelo apartamento, procurando. E, quem tivesse a sorte de encontrá-lo, iria sorridente negociar sua troca por moedas suficientes para comprar um saco de caramelos na loja de doces de Pomianowski. Sol era um empresário e jogava duro — era conhecido como o Rei dos Negociantes —, entretanto, seus filhos sabiam muito bem que, no fundo, ele era tão durão quanto manteiga e que, com paciência e encanto, poderiam arrancar cada zloty do seu bolso. Na verdade, ele já não esconde o matzá há anos, é claro. Quando chegaram à adolescência, os filhos finalmente boicotaram o ritual — "A gente está um pouco velho demais para isso, não acha, pai?", disseram —, mas Nechuma sabe que, assim que sua neta Felicia tiver aprendido a andar, ele vai retomar a tradição.

É a vez de Adam ler em voz alta. Ele pega sua Hagadá e a coloca diante de seus óculos de aro grosso. Com o nariz fino, as maçãs do rosto proeminentes e a pele perfeita acentuados pela luz das velas, ele parece quase um príncipe. Adam Eichenwald tinha chegado à casa da família Kurc alguns meses antes, depois de Nechuma ter colocado um anúncio de ALUGA-SE QUARTO na vitrine da loja de tecidos. O tio dela havia falecido recentemente, deixando um quarto vazio em casa e, mesmo com os dois filhos mais jovens ainda morando lá, ela começou a sentir um vazio. Nechuma adorava ter a mesa de jantar cheia de gente. Quando Adam entrou na loja para perguntar sobre o anúncio, ela ficou encantada e imediatamente lhe ofereceu o quarto.

— Que rapaz bonito — elogiou Terza, irmã de Sol, depois que ele saiu.
— Ele tem 32? Parece ser uns dez anos mais novo.

— Ele é judeu *e* inteligente — completou Nechuma.

Quais são as chances, comentaram as mulheres sobre o rapaz — formado em arquitetura pela Universidade Nacional Politécnica de Lvov —, de ele sair do número 14 da rua Warszawska solteiro? E, como era de esperar, poucas semanas depois, Adam e Halina formavam um casal.

Halina, suspira Nechuma. Nascida com uma inexplicável cabeleira loira cor de mel e olhos verdes incandescentes, Halina é a mais nova e a menor dos seus filhos. O que falta a ela em estatura, porém, possui dez vezes mais em personalidade. Nechuma nunca viu uma criança tão obstinada, tão persuasiva ao tentar conseguir (ou evitar) qualquer coisa. Ela se lembra de quando, aos 15 anos, Halina dissuadiu o professor de matemática de puni-la por ter matado aula para assistir à matinê da estreia de *Ladrão de alcova*, e quando, aos 16, convenceu Addy, em cima da hora, a pegar com ela um trem noturno até Praga para que pudessem acordar na Cidade das Cem Torres no aniversário, uma data que os dois compartilhavam. Adam, abençoado seja, se sente claramente atraído por ela, mas, diante de Sol e Nechuma, tem se mostrado bastante respeitoso.

Quando Adam termina de ler, Sol faz uma oração sobre a matzá que restou, parte um pedaço e passa o prato adiante. Nechuma ouve o barulho suave do pão não fermentado sendo partido na mão dos convidados, um a um, ao redor da mesa.

— *Baruch a-tah A-do-nai* — canta Sol, mas logo para, interrompido por um grito agudo. Felicia.

Ruborizada, Mila pede desculpa, se levanta da cadeira e vai até o canto da sala para pegar sua bebê no berço. Movendo os pés como se sapateasse, ela sussurra no ouvido da criança para acalmá-la. Assim que Sol recomeça, Felicia se contorce nas dobras da manta e faz caretas com o rosto vermelho. Quando ela geme uma segunda vez, Mila pede desculpa, sai apressada pelo corredor e segue para o quarto de Halina. Nechuma vai atrás.

— O que houve, meu amor? — sussurra Mila, esfregando um dedo na gengiva superior de Felicia para tentar acalmá-la, como tinha visto Nechuma fazer. Felicia vira a cabeça, entorta as costas e chora ainda mais.

— Você acha que ela está com fome? — pergunta Nechuma.

— Eu a alimentei há pouco tempo. Acho que só está cansada.

— Aqui — diz Nechuma, e toma a bebê dos braços de Mila. Os olhos de Felicia estão apertados e seus punhos firmemente cerrados. Os gritos vêm em rajadas curtas e estridentes.

Mila se senta, deixando o corpo cair pesadamente na beira da cama de Halina.

— Eu sinto muito, mãe — diz, contendo-se para não gritar junto com o choro de Felicia. — Eu odeio que a gente esteja causando essa confusão. — Ela esfrega os olhos com a palma das mãos. — Eu mal consigo ouvir os meus pensamentos.

— Não é incômodo nenhum — tranquiliza Nechuma, enquanto segura Felicia perto do peito e a embala suavemente. Alguns minutos depois, os gritos diminuem, a bebê passa a apenas choramingar e logo está quieta novamente. Uma expressão tranquila no rosto. *É fascinante a alegria que se sente ao segurar um bebê nos braços*, pensa Nechuma, sentindo o aroma de amêndoas doces de Felicia.

— Eu sou uma boba por ter pensado que isso seria fácil — comenta Mila.

Quando ergue os olhos, eles estão vermelhos, e ela tem olheiras profundas, como se a falta de sono tivesse deixado um hematoma. Ela está tentando, Nechuma percebe isso. Porém, não é fácil ser mãe de primeira viagem. Essa mudança a deixou atordoada.

Nechuma balança a cabeça.

— Não seja tão exigente com você mesma, Mila. Pode até não ser como você achou que seria, mas isso é esperado. Com as crianças, nunca é como se pensa que vai ser.

Mila olha para as próprias mãos e Nechuma se lembra de como, quando era mais jovem, tudo o que sua filha mais velha queria era ser mãe; de como ela cuidava das bonecas, embalando-as nos braços, cantando para elas e até fingindo amamentá-las; de como ela tivera orgulho em cuidar dos irmãos mais novos, oferecendo-se para amarrar os sapatos deles, fazer curativos nos joelhos machucados, ler para eles antes de dormir. No entanto, agora que ela tem a própria filha, Mila parece sobrecarregada, como se fosse a primeira vez que segura um bebê nos braços.

— Eu queria saber o que estou fazendo de errado — comenta Mila.

Nechuma se senta à beira da cama, ao lado da filha.

— Você está indo bem, Mila. Eu te disse, bebês não são fáceis. Especialmente o primeiro. Eu quase perdi a cabeça quando Genek nasceu, tentando saber o que fazer. Isso leva tempo.

— Já são cinco meses.

— Espere um pouco mais.

Mila fica em silêncio por um momento.

— Obrigada — sussurra ela por fim, vendo Felicia dormir tranquilamente nos braços de Nechuma. — Eu me sinto como uma fracassada miserável.

— Você não é. Só está cansada. Por que não chama a Estia? Ela já terminou tudo na cozinha, pode ajudar enquanto a gente termina o jantar.

— É uma boa ideia — concorda Mila, aliviada.

Então deixa Felicia com Nechuma enquanto procura a empregada. Quando ela e Nechuma voltam à mesa, Mila olha para Selim.

— Está tudo bem? — pergunta ele, apenas movendo os lábios. Ela faz que sim com a cabeça.

Sol passa um pouco de raiz-forte num pedaço de matzá e os outros fazem o mesmo. Logo, ele está cantando de novo. Quando a bênção do *korekh* termina, é finalmente hora de comer. Travessas passam de mão em mão e a sala de jantar é preenchida pelo murmúrio das conversas e pelo barulho das colheres de prata arranhando a porcelana, enquanto os pratos são servidos com arenque frito, frango assado, torta de batata e charoset de maçã. Toda a família bebe vinho e conversa com tranquilidade, evitando cautelosamente falar da guerra e se questionando por onde andaria Addy.

Ao ouvir o nome de Addy, a dor se esgueira de volta ao peito de Nechuma, trazendo com ela uma orquestra de preocupações. Ele foi detido. Preso. Deportado. Ele está ferido. Com medo. Ele não tem como entrar em contato com ela. Nechuma olha mais uma vez para a cadeira reservada para o filho, vazia. *Onde está você, Addy?* Ela morde o lábio. *Não*, pensa, tentando se conter, mas é tarde demais. Ela bebeu vinho rápido demais e passou do limite. Sente um nó na garganta e a mesa se transforma numa névoa branca. Suas lágrimas estão prontas para escorrer quando sente a mão de alguém sobre as suas, debaixo da mesa: Jakob.

— Foi a raiz-forte — sussurra ela, e abana o rosto com a outra mão, piscando. — Ela sempre me pega.

Nechuma enxuga discretamente o canto dos olhos com o guardanapo. Jakob faz que sim com a cabeça e aperta sua mão.

Meses depois, em outro mundo, Nechuma vai olhar para trás, para essa noite, o último Pessach em que estavam todos reunidos, e desejar, com todas as suas forças, que pudesse revivê-la. Vai se lembrar do cheiro familiar do *gefilte fish*, do tilintar da prata na porcelana, do gosto da salsa, o salgado e o amargor na língua. Vai desejar sentir novamente a maciez da pele de bebê de Felicia e o peso da mão de Jakob na sua, embaixo da mesa; o calor aconchegante do vinho no vazio de sua barriga, implorando para acreditar que, no fim, tudo daria certo. Ela vai se lembrar da alegria de Halina ao piano depois do jantar, de como dançaram juntos, como todos disseram que sentiam falta de Addy, garantindo uns aos outros que ele logo estaria em casa. Ela vai repetir tudo isso de novo e de novo, cada belo momento daquele dia, cada sabor, como as últimas e deliciosas peras *klapsa* da estação.

23 DE AGOSTO DE 1939: *A Alemanha nazista e a União Soviética assinam o pacto de não agressão Molotov-Ribbentrop, um acordo secreto que definiu os limites para a futura divisão de boa parte da Europa setentrional e oriental entre as potências alemã e soviética.*

1º DE SETEMBRO DE 1939: *A Alemanha invade a Polônia. Dois dias depois, como resposta, Grã-Bretanha, França, Austrália e Nova Zelândia declaram guerra à Alemanha. A Segunda Guerra Mundial começa na Europa.*

CAPÍTULO 4

Bella

Radom, Polônia ~ 7 de setembro de 1939

Bella está sentada na cama, as costas eretas, abraçando os joelhos contra o peito, com um lenço enrolado no punho. Ela consegue distinguir a silhueta de uma mala de couro contra a luz perto da porta do quarto. Jakob está acomodado na beira da cama, junto aos seus pés, o ar frio da noite ainda entranhado no tecido de seu sobretudo. Ela se pergunta se seus pais o ouviram subir as escadas para o apartamento no segundo andar, caminhando na ponta dos pés pelo corredor até seu quarto. Ela dera uma chave do apartamento para Jakob, anos antes, para que a visitasse quando quisesse, mas ele jamais havia ousado chegar uma hora dessas. Bella estica os pés, deixando os dedos no espaço entre a coxa dele e o colchão.

— Eles estão nos mandando para Lvov para lutar — avisa Jakob, ofegante. — Se alguma coisa acontecer, a gente se encontra lá.

Bella tenta enxergar o rosto de Jakob na penumbra, mas tudo o que consegue ver é o contorno oval de seu queixo e o branco esmaecido dos seus olhos.

— Lvov — sussurra ela, fazendo que sim com a cabeça.

A irmã mais nova de Bella, Anna, e o novo marido, Daniel, moram em Lvov, uma cidade trezentos e cinquenta quilômetros ao sul de Radom. Anna tinha implorado a Bella que considerasse a ideia de se mudar para mais perto dela, entretanto Bella sabia que não poderia deixar Jakob.

Desde que se conheceram, há oito anos, eles nunca moraram a mais de quatrocentos metros um do outro.

Jakob alcança suas mãos e entrelaça os dedos nos dela. Leva-os aos lábios e os beija. O gesto lembra a Bella o dia em que ele lhe disse que a amava. Eles estavam de mãos dadas, dedos entrelaçados, sentados um de frente para o outro, sobre um cobertor aberto no gramado do parque Kościuszki. Ela estava com 16 anos.

— Você é a mulher *da minha vida*, linda — disse Jakob na época, suavemente.

Suas palavras eram tão puras, a expressão em seus olhos castanhos tão verdadeira, que ela sentiu vontade de chorar, embora, pensando nisso agora, se perguntasse o que um garoto tão novo poderia saber sobre o amor. Hoje, aos 22, não tem mais dúvidas de que Jakob é o homem com quem vai passar sua vida. E agora ele está partindo de Radom, sem ela.

O relógio no canto soa uma única vez, o que faz com que ela e Jakob se sobressaltem, como se tivessem sido picados por duas vespas invisíveis.

— Como... Como você vai chegar lá? — Ela fala em voz baixa. Bella teme que, caso fale mais alto, acabe se descontrolando e o choro preso na garganta escape.

— Recebemos ordens para nos encontrarmos na estação de trem à uma e quinze — responde Jakob, olhando de relance para a porta enquanto deixa suas mãos escorregarem das dela.

Ele repousa as mãos nos joelhos de Bella, que sente o frio do seu toque em sua pele, através do algodão da camisola.

— Eu tenho que ir. — Jakob apoia o peito nas pernas dela e encosta sua testa na de Bella. — Eu te amo — diz com um suspiro, a ponta dos narizes se tocando. — Mais que tudo.

Ela fecha os olhos quando ele a beija. Tudo termina muito rápido. Quando volta a abri-los, Jakob já se foi e suas bochechas estão molhadas.

Bella se levanta da cama e vai até a janela, pisando com os pés descalços na madeira fria e lisa do assoalho. Abre uma fresta na cortina e observa o bulevar Witolda, dois andares abaixo, na tentativa de encontrar algum sinal de vida — a luz de uma lanterna, qualquer coisa —, mas há semanas a cidade passou a ter a energia cortada à noite, até os postes estão apagados. Ela não consegue enxergar nada. É como se estivesse olhando para um abismo. Bella abre a janela, tentando escutar passos ou o som distante de um avião bombardeiro alemão. A rua, porém, assim como o céu, está vazia, e o silêncio é pesado.

Muita coisa havia acontecido em uma semana. Apenas seis dias antes, em 1º de setembro, os alemães invadiram a Polônia. No dia seguinte, antes do amanhecer, bombas começaram a cair nos arredores de Radom. A pista de pouso provisória foi destruída, assim como dezenas de curtumes e fábricas de sapatos. O pai dela tinha colocado tapumes nas janelas e eles se abrigaram no porão. Quando as explosões cessaram, os moradores de Radom cavaram trincheiras com pás — poloneses e judeus, lado a lado — num último esforço para defender a cidade. As trincheiras, no entanto, eram inúteis. Mais bombas foram despejadas. Bella e os pais tiveram de se abrigar novamente. Dessa vez, os Stukas e os Heinkels em voo rasante atacaram em plena luz do dia, principalmente o Bairro Antigo, a não mais de cinquenta metros de seu apartamento. O ataque aéreo durou dias, até que a cidade de Kielce, sessenta e cinco quilômetros a sudoeste de Radom, foi capturada. Foi quando surgiram rumores de que a Wehrmacht, uma das forças armadas do Terceiro Reich, chegaria em breve — e os rádios nas esquinas começaram a soar, convocando os jovens aptos a se alistar. Milhares de homens deixaram Radom e foram rapidamente para o leste, juntando-se ao exército polonês, com o coração tomado por patriotismo e incertezas.

Bella imagina Jakob, Genek, Selim e Adam caminhando, passando pelas lojas de roupas e pelas fundições da cidade, seguindo em silêncio para a estação de trem que, por algum motivo, havia sido poupada pelos bombardeios, com alguns poucos pertences enfiados nas malas. Jakob tinha dito que havia uma divisão da infantaria polonesa esperando em Lvov. Havia mesmo? Por que a Polônia esperou tanto para mobilizar seus homens? Passada apenas uma semana da invasão, os relatos já eram desanimadores — o exército de Hitler é imenso, se movimenta muito rapidamente, os polacos estão em inferioridade numérica, numa relação de menos de um homem para dois alemães. A Grã-Bretanha e a França prometeram ajudar, mas, até agora, a Polônia não viu nenhum sinal de apoio militar.

Bella sente um embrulho no estômago. Isso não devia ter acontecido. Eles já deviam estar na França. Era esse o plano — se mudarem quando Jakob terminasse a faculdade de direito. Ele conseguiria um emprego num escritório em Paris ou em Toulouse, perto de Addy. Ao mesmo tempo, trabalharia como fotógrafo, da mesma forma que o irmão, que compunha música nas horas vagas. Ela e Jakob tinham ficado encantados com os relatos de Addy sobre a França e a liberdade que havia por lá. Eles se casariam e começariam uma família. Se ao menos tivessem tido a intuição de ir para a França antes que a viagem se tornasse tão perigosa, antes que a ideia de deixar as famílias para trás fosse tão angustiante. Bella tenta imaginar Jakob com os dedos ao redor da coronha de madeira de um fuzil de assalto. Ele seria capaz de apertar um gatilho e atirar em um homem? De jeito nenhum, conclui ela. Ele é o *Jakob*. Ele não foi feito para a guerra, não há uma só gota de hostilidade em seu sangue. A única coisa que ele quer apertar é o disparador de sua câmera.

Bella fecha a janela suavemente. *Permita apenas que os garotos retornem em segurança para Lvov*, reza, repetidas vezes, com o olhar mergulhado na escuridão aveludada lá embaixo.

Três semanas depois, Bella está deitada estendida num banco estreito de madeira que ocupa todo o comprimento de uma carroça puxada a cavalo, exausta, mas incapaz de dormir. *Que horas são?* Começo da tarde, imagina ela. Sob a cobertura de lona da carroça, não há luz suficiente para que consiga enxergar os ponteiros de seu relógio de pulso. Mesmo lá fora é quase impossível saber. Ainda que a chuva diminua, o céu continua carregado, coberto de nuvens cinzentas. Bella não faz ideia de como seu cocheiro consegue conduzir a carroça exposto àquele clima por tantas horas. Ontem, choveu tão forte e por tanto tempo, que a estrada desapareceu sob um rio de lama e os cavalos tiveram de correr para manter o equilíbrio. A carroça quase virou duas vezes.

Bella controla a passagem dos dias contando os ovos que restam na cesta de provisões. Eles começaram a viagem em Radom com uma dúzia e, nesta manhã, restava apenas um, indicando que é dia 29 de setembro. Normalmente, ir de carroça até Lvov levaria, no máximo, uma semana. Porém, com a chuva incessante, o caminho tem sido árduo. Dentro da carroça, o ar é úmido e cheira a mofo. Bella já se acostumou a sentir a pele pegajosa e as roupas permanentemente úmidas.

Ouvindo o ranger da carroça, Bella fecha os olhos e pensa em Jakob, lembrando-se da noite em que ele a visitou para se despedir, o frio das mãos dele em seus joelhos, o calor da respiração de Jakob em seus dedos, quando ele os beijou.

Era 8 de setembro, apenas um dia depois de ele partir para Lvov, quando a Wehrmacht chegou a Radom. Primeiro, os alemães enviaram um único avião, e Bella e seu pai acompanharam seu voo rasante sobre a cidade, fazendo uma volta completa antes de soltar um sinalizador laranja.

— O que isso significa? — perguntou ela assim que o avião fez a volta e desapareceu dentro da grande massa de nuvens cinza baixas que cobria a cidade. O pai dela ficou em silêncio. — Pai, eu sou uma mulher adulta. Me responde — pediu, sem rodeios.

Henry olhou para longe.

— Isso significa que eles estão vindo — respondeu, e em sua expressão, nos lábios apertados e curvados para baixo, na pele franzida entre os olhos, ela percebeu algo que nunca tinha visto antes: seu pai estava com medo.

Uma hora depois, quando a chuva começou a cair, Bella viu da janela do apartamento de sua família colunas e mais colunas de tropas marchando para Radom, sem encontrar nenhuma resistência. Ela os ouvira antes de vê-los, o estrondo dos tanques, dos cavalos e das motocicletas avançando pela lama vindos do oeste. Ela prendeu a respiração quando conseguiu vê-los. Ao mesmo tempo que tinha medo de olhar, não conseguia desviar os olhos, enquanto avançavam pelo bulevar Witolda com suas fardas verde--garrafa e os óculos salpicados pelas gotas de chuva; *tantos*, tão poderosos. Eles invadiram as ruas desertas da cidade e, ao anoitecer, ocuparam os prédios do governo, proclamando que a cidade era sua com enfáticos *Heil Hitlers*, enquanto hasteavam suas bandeiras com suásticas. Uma visão que Bella jamais esqueceria.

Depois que a cidade foi oficialmente ocupada, todos ficaram preocupados, tanto judeus quanto polacos. Era obvio, porém, desde o começo, que os judeus eram os alvos principais dos nazistas. Aqueles que se arriscavam a sair eram atormentados, humilhados, espancados. Os moradores de Radom aprenderam rapidamente a só deixar a segurança de suas casas em caso de extrema necessidade. Bella saiu apenas uma vez, para buscar um pouco de pão e leite, desviando para a mercearia polonesa mais próxima depois de descobrir que o mercado judeu no Bairro Antigo, do qual era cliente, tinha sido saqueado e fechado. Ela se manteve sempre em ruas secundárias, caminhando a passos rápidos, mas, na volta, teve de passar diante de uma cena que a assombrou por semanas: um rabino, cercado por soldados da Wehrmacht, com os braços amarrados às costas. Os soldados riam enquanto o velho tentava inutilmente se soltar, a cabeça balançando violentamente de um lado para o outro. Só quando Bella passou por ele pôde perceber, com um nó na garganta, que a barba do rabino estava em chamas.

Alguns dias depois de os alemães tomarem Radom, chegou uma carta de Jakob. "Meu amor", escreveu com uma letra apressada, "venha para Lvov o mais rápido possível. Eles nos alojaram em apartamentos. O meu é grande o suficiente para dois. Fico agoniado de você estar tão longe. Eu preciso de você aqui. Por favor, venha." Jakob incluiu um endereço. Para sua surpresa, seus pais concordaram em deixá-la ir. Eles sabiam a falta que Bella sentia de Jakob. E, em Lvov, pelo menos ela e a irmã, Anna, poderiam cuidar uma da outra. Enquanto apertava a mão do pai contra a bochecha, Bella foi tomada por uma sensação de alívio. No dia seguinte, levou a carta a Sol, pai de Jakob. Os pais dela não tinham dinheiro para contratar alguém para levá-la. A família Kurc, por outro lado, dispunha de recursos e contatos, e Bella tinha certeza de que os pais de Jakob estariam dispostos a ajudá-la.

A princípio, porém, Sol se opôs à ideia.

— De forma alguma. É muito perigoso viajar sozinha — retrucou. — Eu não posso permitir. Se alguma coisa acontecer com você, Jakob jamais vai me perdoar.

Lvov ainda não tinha caído, mas havia rumores de que os alemães cercaram a cidade.

— Por favor — implorou Bella. — Não pode ser pior do que aqui. Jakob não iria pedir que eu fosse se não sentisse que é seguro. Eu preciso ficar ao lado dele. Meus pais concordaram com isso... Por favor, *pan* Kurc, *proszę*.

Bella insistiu com Sol por três dias seguidos, e por três dias ele recusou. No quarto dia, por fim, ele concordou.

— Vou contratar uma carroça — disse, balançando a cabeça como se estivesse desapontado com a própria decisão. — Espero não me arrepender disso.

Menos de uma semana depois, os arranjos estavam prontos. Sol encontrou um par de cavalos, uma carroça e um cocheiro — um senhor idoso e ágil chamado Tomek, com pernas arqueadas e barba grisalha, que tinha trabalhado para ele durante o verão e que conhecia bem o caminho. Tomek era confiável, disse Sol, e sabia lidar com cavalos. Sol prometeu que, se levasse Bella em segurança até Lvov, ele poderia ficar com a carroça e os cavalos. Tomek estava sem trabalho e aceitou a oferta na hora.

— Vista o que você quiser levar — recomendou Sol. — Vai ser mais discreto.

Viagens de civis ainda eram permitidas no que antes tinha sido território polonês, mas todo dia os nazistas estabeleciam novas restrições.

Bella escreveu para Jakob imediatamente, falando dos seus planos, e partiu no dia seguinte, vestindo dois pares de meias de seda, uma saia com babado godê que ia até o joelho (a preferida de Jakob), quatro blusas de algodão, um suéter de lã, seu lenço de seda amarelo — um presente de aniversário de Anna —, um casaco de flanela e seu broche de ouro, que pendurou numa corrente no pescoço e enfiou por dentro da blusa, para que os alemães não o vissem. Ela colocou um pequeno kit de costura, um pente e uma foto da família no bolso do casaco, junto com os 40 zlotys que Sol insistira para que levasse. Em vez de uma mala, levou o sobretudo de inverno de Jakob e um grande pedaço de pão rústico, do qual retirou parte do miolo para esconder a câmera Rolleiflex dele dentro.

Desde que saíram de Radom, eles passaram por quatro postos de controle alemães. Em todos, Bella tinha enfiado o pão debaixo do casaco para fingir que estava grávida.

— Por favor — implorava com uma das mãos na barriga e a outra nas costas. — Eu preciso encontrar meu marido em Lvov antes que o bebê chegue.

Até o momento, a Wehrmacht vinha se compadecendo e liberando a carroça enquanto acenava para ela.

A cabeça de Bella balança suavemente no banco enquanto eles seguem para leste. *Onze dias.* Eles não têm rádio e, portanto, nenhum acesso às notícias, mas já se acostumaram ao rugido ameaçador dos aviões da Luftwaffe, ao estrondo distante das explosões no que eles só podiam presumir que fosse Lvov. Alguns dias atrás, parecia que a cidade havia sido sitiada e o silêncio que veio em seguida foi ainda mais desconcertante. Será que a cidade caiu? Ou os polacos tinham conseguido manter os alemães afastados?

Bella não para de se perguntar se Jakob está a salvo. Ele certamente foi chamado para defender a cidade. Duas vezes Tomek perguntara a Bella se ela não gostaria de dar meia-volta e tentar fazer a viagem em outra ocasião. Porém, ela insistira em que continuassem em frente. Em sua carta, dissera a Jakob que estava chegando. Ela precisa manter a promessa. Desistir agora, a despeito da incerteza sobre o que há pela frente, seria covardia.

— Ôa! — grita Tomek da boleia e, num instante, sua voz é abafada por gritos.

— Halt! Halt *sofort!*

Bella se senta e coloca os pés no chão da carroça. Depois de enfiar o pão debaixo do casaco, ela puxa para o lado a lona que serve de porta para a carroça. Lá fora, o campo pantanoso está repleto de homens com fardas verdes e cintos. Wehrmacht. Há soldados por todos os lados. Bella percebe que este não é um posto de controle. Deve ser a frente de batalha alemã. Um arrepio percorre seu corpo, da ponta dos pés ao pescoço, quando três soldados com queixos quadrados, capacetes cinza e fuzis com coronhas de madeira os abordam. Tudo neles — suas expressões carrancudas, seus passos rígidos, suas fardas com vincos perfeitos — é implacável.

Bella desce da carroça e espera, tentando se manter calma.

O soldado que está no comando segura o fuzil com uma das mãos e levanta a outra, espalmada, na direção dela.

— *Ausweis!* — ordena ele, e estende a mão com a palma para cima. — *Papiere!*

Bella fica paralisada. Ela entende pouquíssimo de alemão.

Tomek sussurra:

— Os documentos, Bella.

Um segundo soldado se aproxima da boleia e Tomek lhe entrega seus documentos, olhando para Bella por cima do ombro. Ela está hesitante em passar sua identidade, porque o documento mostra que é judia, uma informação que provavelmente vai lhe fazer mais mal do que bem — entretanto, ela não tem escolha. Estica o braço para oferecer o documento ao soldado, então espera, prendendo a respiração enquanto ele o examina. Sem saber para onde olhar, os olhos de Bella passam da insígnia no colarinho para os seis botões pretos da túnica, descendo por eles até as palavras GOTT MIT UNS gravadas na fivela do cinto. Essa frase Bella compreende: DEUS CONOSCO.

Por fim, o soldado ergue os olhos, tão cinzentos e impiedosos quanto as nuvens no céu acima deles, e comprime os lábios.

— *Keine Zivilisten von diesem Punkt!* — exclama rispidamente, devolvendo a ela o documento. Alguma coisa sobre civis. Tomek enfia os documentos no bolso e recolhe as rédeas.

— Espera! — Bella respira, com uma das mãos na barriga, mas o soldado que lidera o trio ergue o fuzil e aponta o queixo para o oeste, a direção de onde eles vieram.

— *Keine Zivilisten! Nach Hause gehen!*

Quando Bella abre a boca para protestar, Tomek balança a cabeça rápida e sutilmente. *Não.* Ele está certo. Acreditem ou não que ela está grávida, esses soldados não estão dispostos a quebrar nenhuma regra. Bella se vira e sobe de volta na carroça, derrotada.

Tomek faz os cavalos darem meia-volta, então eles começam a seguir pelo caminho de onde vieram, arrastando-se para o oeste, para longe de Lvov, para longe de Jakob. Os pensamentos de Bella dão voltas. Ela se mexe, inquieta, irritada demais para ficar parada. Tira o pão de dentro do casaco, coloca-o em cima do banco e rasteja até os fundos da carroça, abrindo a lona apenas o suficiente para conseguir enxergar o lado de fora. Os homens no campo parecem pequenos, como soldadinhos de brinquedo, encolhidos diante das nuvens enormes que se aproximam. Ela deixa a lona pesada cair e é mais uma vez envolvida pelas sombras.

Eles chegaram tão longe. Estão tão perto! Bella aperta a pele macia de suas têmporas com a ponta dos dedos, em busca de uma solução. Eles poderiam voltar no dia seguinte, na esperança de ter mais sorte, de encontrar um grupo de alemães menos rigorosos. *Não.* Ela balança a cabeça. Eles estão no *front*. Que chance teriam de ser autorizados a passar? De repente, sentindo-se claustrofóbica por baixo de todas as camadas de roupa, ela arranca fora o casaco de flanela e avança pelo banco até a parte da frente da carroça, onde uma aba de lona a separa de Tomek. Ela ergue a lona e olha para a boleia. Começou a chuviscar.

— A gente pode tentar de novo amanhã? — grita Bella, acima do som dos cascos dos cavalos na estrada encharcada.

Tomek balança a cabeça.

— Não vai adiantar.

Bella sente o calor subir pelo corpo, avançando pelo pescoço em direção às orelhas.

— Mas a gente não pode voltar. — Ela olha para a caixa de provisões aos seus pés. — Nós não temos provisões para mais onze dias na estrada!

Ela vê os ombros de Tomek irem para a frente e para trás com o movimento da carroça, e sua cabeça balança, como se estivesse bêbado. Ele não fala nada.

Bella deixa a lona cair e volta para o banco. Ela e Tomek quase não se falaram desde que saíram de Radom; ela até havia tentado puxar conversa no começo da viagem, mas não se sentiu confortável para falar com alguém que mal conhecia e, além do mais, não havia muito o que dizer. Tomek certamente devia querer chegar a Lvov tanto quanto ela. Ele está a poucos quilômetros de cumprir o combinado com Sol. Bella resolve lembrá-lo disso, mas, quando se aproxima mais uma vez da aba na lona, na parte da frente da carroça, os cavalos repentinamente saem da estrada. Bella se agarra ao banco e se segura enquanto a carroça sacode de um lado para o outro, avançando no terreno irregular. *O que está acontecendo? Para onde estamos indo?* Os galhos no chão estalam como fogos de artifício sob as rodas e, no alto, os galhos das árvores raspam a cobertura de lona da carroça. Eles devem estar na floresta. Sua mente dobra uma esquina tenebrosa. *Tomek não ousaria deixá-la aqui, sozinha na floresta, não é?* Uma simples mentira seria o suficiente para garantir a Sol que ele a levara em segurança para Lvov. O coração de Bella dispara. Não, conclui, Tomek não ousaria fazer isso. Porém, conforme a carroça avança, ela não consegue deixar de se perguntar: *Ou será que ousaria?*

Por fim, os cavalos reduzem o galope e param, então Bella desce rapidamente da carroça. O céu já está bem escuro; logo sua cor vai se igualar ao pelo negro e liso dos cavalos. Tomek desce da boleia. Com o chapéu preto e o casaco escuro, é difícil enxergá-lo nas sombras. Bella o encara, enquanto ele começa a retirar os arreios dos cavalos.

— Me desculpe pelo silêncio — diz ele, retirando os freios da boca dos cavalos. — Nunca se sabe quem pode estar ouvindo. — Bella faz que sim com a cabeça e espera. — A gente está a uns três quilômetros de uma estrada secundária que leva a Lvov — continua Tomek. — Tem uma clareira ali na frente. Um campo. Imagino que não tenha ninguém por lá, mas você vai ter que rastejar através dele para ficar em segurança. O mato deve ser alto o suficiente para manter você escondida.

Bella força a vista para ver a clareira, mas está escuro demais para conseguir enxergar qualquer coisa. Tomek acena positivamente com a cabeça, como se estivesse se assegurando de que o plano ia funcionar.

— Depois que você tiver atravessado o campo, vai ter de caminhar para o sudeste, pela floresta, por cerca de uma hora e, em seguida, vai chegar à estrada. Acredito que assim você vai ter contornado a frente de batalha... — Ele faz uma pausa. — A não ser que os alemães tenham cercado a cidade. Nesse caso, vai ter que esperar que eles avancem, ou então cruzar a linha do *front* sozinha. De qualquer modo — conclui Tomek, enfim olhando em seus olhos —, acho que você tem mais chances sem mim.

Bella o encara, assimilando a implicação do seu plano. Viajar sozinha e a pé — isso parecia absurdo. Devia estar louca por considerar essa possibilidade. Ela se imagina explicando essa ideia para Jakob, para o pai dele; a resposta seria a mesma: "Não faça isso."

— A outra alternativa é darmos meia-volta, retornar o mais rápido possível e procurar alguma coisa para comer no caminho — diz Tomek calmamente.

Voltar para casa seria a atitude mais segura, entretanto Bella sabe que não pode fazer isso. Sua mente se agita. Ela tenta engolir, mas sua garganta parece uma lixa e, em vez disso, ela tosse. *Tomek tem razão*. Sem a carroça, ela vai chamar menos atenção. E, caso se depare com os alemães, vai ser mais fácil deixarem que ela siga em frente sozinha do que se estiver acompanhada por um velho e com uma carroça puxada por dois cavalos. Bella morde o lábio inferior e fica em silêncio por um minuto.

— *Tak* — diz ela por fim, enquanto olha na direção da clareira.

Sim, decide. Que outra escolha ela tem? Está a apenas algumas horas de Lvov, de Jakob. Seu *ukochany*, seu amor. Não pode voltar agora. Ela apoia a mão na beirada da carroça, sentindo os membros repentinamente sobrecarregados com o peso da decisão. Se houver soldados patrulhando o campo, ela duvida que consiga atravessá-lo sem ser notada. E, se *de fato* conseguir chegar ao outro lado... não há como saber quem ou o que pode estar escondido sob o manto da floresta. *Chega*, repreende-se em silêncio. *Você já chegou até aqui. Você consegue fazer isso.*

— *Tak.* — Ela respira, assentindo com a cabeça. — Sim, isso vai dar certo. Tem que dar certo.

— Tudo bem, então — diz Tomek calmamente.

— Tudo bem, então. — Bella passa a mão por seus cabelos ruivos, grossos como lã depois de tantos dias sem serem lavados; já havia desistido de passar um pente neles. Ela pigarreia. — Vou partir agora.

— É melhor sair pela manhã — sugere Tomek —, quando não estiver tão escuro. Eu vou ficar com você até amanhecer.

É claro. Ela vai precisar da luz do dia para encontrar o caminho.

— Obrigada — sussurra Bella, percebendo que Tomek também tem uma jornada traiçoeira pela frente. Ela volta para a carroça e vasculha a caixa de provisões atrás do último ovo cozido. Quando o encontra, descasca-o e volta até Tomek. — Aqui — oferece ela, partindo o ovo ao meio.

Tomek hesita antes de aceitar.

— Obrigado.

— Diga a *pan* Kurc que você fez tudo o que podia para me levar até Lvov. Se... — Ela se corrige. — Quando eu chegar lá, vou escrever para ele para que saiba que estou em segurança.

— Eu vou.

Bella faz que sim com a cabeça e eles ficam em silêncio enquanto ela pensa no que acabou de concordar em fazer. Será que Tomek, quando acordar, vai se dar conta e perceber que o plano é arriscado demais? Será que ele vai tentar convencê-la a desistir de manhã?

— Descanse um pouco — recomenda Tomek ao se virar para os cavalos.

Bella dá um sorriso forçado.

— Vou tentar. — Depois de subir de volta na carroça, ela se detém. — Tomek — chama, sentindo-se culpada por ter questionado as intenções dele. Tomek se vira para ela. — Obrigada por nos trazer até aqui.

Tomek acena com a cabeça.

— Boa noite, então — diz Bella.

Dentro da carroça, Bella estende o sobretudo de Jakob no assoalho e se deita de costas sobre ele. Coloca uma das mãos na altura do coração e a outra na barriga, então inspira e expira bem devagar, tentando relaxar. *É a decisão certa*, diz a si mesma, piscando os olhos na escuridão.

Na manhã seguinte, Bella acorda com o alvorecer depois de um sono leve e agitado. Esfregando os olhos, ela tateia a escuridão à procura da saída na lona da lateral da carroça. Lá fora, alguns raios de sol mais fortes começaram a atravessar as nuvens, suficientes para iluminar um pouco o espaço entre os galhos das árvores. Tomek já recolhera a barraca e o colchonete e atrelara os cavalos. Ele acena para ela e depois volta ao trabalho. Aparentemente, Tomek não havia reconsiderado o plano. Bella enfia uma batata cozida no bolso e deixa três para Tomek. Depois de abotoar o casaco e, em seguida, o de Jakob sobre o dela, Bella pega o pão e desce da carroça. Por mais árdua que possa ser a jornada que tem pela frente, ela não vai se importar em deixar para trás aquele espaço apertado e mofado que chamou de lar por quase duas semanas.

Tomek está mexendo no freio de um dos cavalos. Quando se aproxima dele, Bella percebe que gostaria de tê-lo conhecido melhor, pelo menos o suficiente para que pudessem se despedir com um abraço — aquele tipo de abraço que poderia lhe dar mais força, enchendo-a com a coragem que ela precisava para seguir em frente com o plano. Mas ela mal o conhece.

— Eu queria dizer a você o quanto aprecio o que fez por mim — comenta ela, estendendo-lhe a mão.

De repente, é importante para Bella reconhecer o pequeno mas imensurável papel que Tomek desempenhou em sua vida. Ele segura sua mão. Seu aperto é surpreendentemente forte. Ao lado deles, os cavalos começam a ficar inquietos. Um deles balança a cabeça, fazendo o freio em sua boca tilintar. O outro bufa e bate com os cascos no chão. Eles também estão prontos para chegar ao fim de sua jornada.

— Ah, Tomek, eu já ia me esquecendo — acrescenta Bella, puxando uma nota de 10 zlotys do bolso. — Você vai precisar de comida, algumas batatas não vão ser o suficiente. — Ela segura o dinheiro para que ele o receba. — Pegue, por favor.

Tomek olha para os pés e, depois, novamente para Bella. Pega a nota.

— Boa sorte para você — deseja Bella.

— O mesmo para você. Que Deus te abençoe.

Bella acena e depois se vira, então começa seu caminho sob a cobertura da floresta, indo para o campo.

Após alguns minutos, ela chega ao limite da clareira e para um pouco, examinando o espaço aberto em busca de algum sinal de vida. Até onde consegue enxergar, o campo está vazio. Ela olha para trás para ver se Tomek a está observando, mas entre os carvalhos há apenas sombras vazias.

Será que ele já foi embora? Bella sente o corpo estremecer quando percebe o quão sozinha está. *Você concordou com isso*, lembra a si mesma. *Você está melhor sozinha.*

Ela puxa a saia para cima dos joelhos e a amarra com um nó na altura das coxas. Depois guarda o pão dentro do sobretudo de Jakob e o ajeita de forma que fique nas costas. Pronto. Agora ela consegue se movimentar com mais facilidade. Ela se agacha, apoia as mãos no chão e, em seguida, os joelhos.

A terra esguicha embaixo dela enquanto rasteja, a lama fria passa entre seus dedos, tingindo suas mãos e pernas de um preto escuro como alcatrão. O capim tem folhas longas e afiadas e está molhado de orvalho, cortando implacavelmente seu rosto e pescoço. Em questão de minutos, ela está com uma bochecha sangrando e com as roupas de baixo encharcadas. Ignorando a lama, a umidade e a ardência na bochecha, ela ajoelha por um momento para verificar a linha de árvores cem metros à frente. Depois olha para trás, por cima do ombro. *Ainda sem nenhum sinal dos alemães. Bom.* Ela volta a ficar de quatro, desejando estar de calça, e percebe como não fazia sentido ser vaidosa e querer parecer bonita para Jakob.

Enquanto se arrasta pela lama atravessando do campo, ela pensa nos pais e na refeição que compartilharam na noite anterior a sua partida. A mãe dela preparou pierogi cozidos recheados com cogumelo e com repolho, seus preferidos, e ela e o pai os devoraram. Gustava, porém, mal tocou na comida no prato. Bella sente um aperto no peito ao se lembrar da imagem da mãe com o pierogi intocado a sua frente. Sua mãe sempre foi magra, porém, desde que os alemães chegaram, ela começou a ficar esquelética. Bella culpava o estresse da guerra e isso a fez sofrer por ter partido vendo quão frágil a mãe estava. Ela se lembra de quando, no dia seguinte, ao embarcar na carroça de Tomek, olhou para cima e viu os pais em pé diante da janela, o braço do pai envolvendo o pequeno corpo da mãe, que estava com as mãos espalmadas no vidro. Tudo o que Bella conseguia distinguir eram suas silhuetas, mas, pelo modo como os ombros de Gustava tremiam, sabia que a mãe estava chorando. Ela queria muito ter podido acenar, deixar os pais com um sorriso que dissesse que ela ficaria bem, que voltaria, que não se preocupassem. No entanto, o bulevar Witolda estava apinhado de soldados da Wehrmacht, por isso não podia se arriscar a revelar sua partida com um aceno. Em vez disso, virou-se, puxou a porta de lona da carroça para o lado, subiu e entrou.

Bella se retrai quando seu joelho atinge algo duro, uma pedra. Ela respira, superando a dor, e rasteja, então percebe quão rápido as coisas se desenrolaram nas duas últimas semanas. A partida de Jakob, a invasão alemã, o acordo com Tomek. Ela partiu desesperada de Radom, pensando apenas em chegar a Lvov e ficar com Jakob. Mas e seus pais? Será que eles vão ficar bem sozinhos? E se alguma coisa acontecer com eles enquanto ela estiver fora? Como vai ajudá-los? E se alguma coisa acontecer com ela? E se nunca chegar a Lvov? *Pare*, repreende-se. *Você vai ficar bem. Seus pais vão ficar bem.* Bella repete esse pensamento várias vezes até qualquer outra possibilidade ser apagada de sua consciência.

Bella tenta escutar algum sinal de perigo enquanto rasteja, mas seus ouvidos estão ocupados com as batidas fortes do seu coração. Ela nunca imaginou que engatinhar exigisse tanto esforço. Tudo está pesado: seus braços, suas pernas, sua cabeça. É como se estivesse presa à terra, sobrecarregada pelo que está levando, pelas inúmeras camadas de roupa, pela câmera de Jakob, pelos músculos que seguram seus ossos e pelo suor que cobre sua pele, apesar do frio da manhã. Suas articulações doem, cada uma delas, os quadris, os cotovelos, os joelhos, os nós dos dedos; tudo fica mais pesado a cada minuto. *Maldita lama.* Ela para um pouco, seca a testa com as costas da mão e dá uma espiada por cima da grama; está na metade do caminho até as árvores. Faltam cinquenta metros. *Você está quase lá*, diz a si mesma, resistindo à vontade de se deitar e descansar por alguns minutos. *Não pode parar agora. Descanse quando chegar à floresta.*

Concentrada no ritmo da respiração — duas vezes pelo nariz, três vezes pela boca —, Bella está perdida nesse ritmo delirante quando um estalo rasga o céu da manhã, rompendo o silêncio. Ela se abaixa rapidamente, colando a barriga no chão e protegendo a nuca com as mãos. Não há dúvida sobre o que foi esse barulho. Um tiro. Haveria outros? De onde ele veio? Seria para acertá-la? Bella espera, com todos os músculos do corpo contraídos, pensando no que fazer — correr? Ou permanecer escondida? Seu instinto lhe diz que se finja de morta. Então ela se deita com o nariz a um centímetro da relva, respirando o cheiro de medo e terra molhada, contando os segundos. Um minuto se passa, então dois, enquanto, esforçando-se, ouve o campo pregando peças nela. Será que isso foi o vento agitando a grama? Ou foram passos?

Por fim, quando já não aguenta mais, Bella apoia as palmas das mãos na lama e, em câmera lenta, se ergue. Através do mato, examina o horizonte. Até onde consegue ver, não há nada. Talvez o tiro tenha soado mais próximo do que foi de fato. Ignorando a possibilidade de ele ter vindo da direção para onde estava indo, ela volta a engatinhar, agora mais depressa, os músculos não mais pesados por causa do cansaço, mas incitados por uma sensação terrível de urgência.

Você consegue fazer isso. Você não está longe. Só esteja lá quando eu chegar, Jakob. No endereço que você me deu. Espere por mim. Ela repete as palavras junto com cada respiração. *Por favor, Jakob, esteja lá.*

12 DE SETEMBRO DE 1939 — BATALHA DE LVOV: *A batalha pelo controle de Lvov começa com embates entre forças polonesas e alemãs, que cercam a cidade em enorme vantagem numérica, com mais homens na infantaria e mais armamentos. Os poloneses resistem por quase duas semanas às lutas em terra, ao fogo de artilharia e ao bombardeio da Luftwaffe.*

17 DE SETEMBRO DE 1939: *A União Soviética revoga todos os pactos firmados com a Polônia e invade o país pelo leste. O Exército Vermelho começa a marchar a toda a velocidade em direção a Lvov. Os poloneses contra-atacam, mas, no dia 19 de setembro, soviéticos e alemães cercam a cidade.*

CAPÍTULO 5

Mila

Radom, Polônia ~ 20 de setembro de 1939

Assim que Mila abre os olhos, ela percebe: tem alguma coisa errada. O apartamento está calmo demais, silencioso demais. Respirando fundo, ela se senta, com as costas empertigadas. *Felicia*. Mila levanta da cama e corre descalça pelo corredor até o quarto da bebê.

A porta se abre sem nenhum barulho e Mila tenta enxergar na escuridão, percebendo que se esqueceu de olhar o relógio. Caminha silenciosamente até a janela e, quando abre uma fresta na pesada cortina de tecido adamascado, um facho de luz suave e empoeirado enche o quarto. Deve estar amanhecendo. Por entre as barras de madeira do berço de Felicia, ela consegue vislumbrar vagamente uma silhueta. Mila caminha, na ponta dos pés, até a lateral do berço.

Felicia está deitada de lado, imóvel, com o rosto oculto pelo cobertorzinho rosa enrolado em sua orelha. Mila se abaixa, levanta o pequeno cobertor de algodão e coloca com delicadeza a palma da mão na nuca de Felicia, aguardando atentamente um suspiro, um sussurro, qualquer coisa. Por que será que mesmo quando a filha está dormindo ela se preocupa com a possibilidade de algo horrível ter acontecido com ela?, questiona-se. Por fim, Felicia se mexe, suspira e se vira para o outro lado; em poucos segundos, fica imóvel novamente. Mila suspira. Então sai do quarto, deixando a porta entreaberta.

Correndo os dedos pela parede, Mila vai em silêncio até a cozinha e olha para o relógio no fim do corredor. Falta pouco para as seis da manhã.

— Dorota? — chama Milla em voz baixa.

Na maioria das manhãs, ela acorda com o assovio da chaleira quando Dorota prepara o chá. Porém, ainda está cedo. Dorota, que durante a semana ocupa o quartinho de empregada perto da cozinha, não costuma começar o dia antes das seis e meia. Ela deve estar dormindo.

— Dorota? — chama Mila mais uma vez, sabendo que não deveria acordá-la, mas incapaz de ignorar a sensação de que tem alguma coisa errada.

Talvez, racionaliza Mila, ainda esteja se acostumando à sensação de acordar sem ter Selim ao seu lado. Já faz quase duas semanas desde que seu marido, juntamente com Genek, Jakob e Adam, foi mandado para Lvov para se juntar ao exército polonês. Selim prometeu que iria escrever assim que chegasse, mas ela não recebeu nenhuma carta até agora.

Mila acompanha obsessivamente as notícias sobre Lvov. A cidade, pelo que dizem os jornais, está sitiada. E, como se os alemães não representassem ameaça suficiente, há dois dias os rádios berraram que a União Soviética estava se aliando à Alemanha nazista, que os pactos que haviam firmado com a Polônia foram rompidos e que, agora, o Exército Vermelho de Stalin estaria se aproximando de Lvov pelo leste. Os poloneses certamente serão forçados a se render em breve. Secretamente, ela espera que o façam. Talvez, com isso, seu marido volte para casa.

Assim que Selim deixou Radom, Mila tentou resistir ao sono, pois, quando cedeu a ele, acordou suando frio, tremendo de medo, acreditando que os pesadelos sangrentos que havia tido eram reais. Certa noite, sonhara com Selim; na seguinte, com os irmãos — os corpos mutilados, as fardas cobertas de sangue. Mila estava à beira de um colapso quando Dorota, cujo filho também tinha sido convocado, a resgatou de sua espiral para o fundo do poço.

— Você não deve pensar assim — repreendeu ela certa manhã, quando Mila foi tomar o café depois de mais uma noite de sobressaltos. — Seu marido é do corpo médico, ele não vai para o *front*. E seus irmãos são espertos, eles vão cuidar uns dos outros. Pense positivamente. Pelo seu bem e pelo bem dela — concluiu, apontando para o quarto da bebê.

— Dorota? — chama Mila pela terceira vez.

Ela acende a luz da cozinha e nota a chaleira que repousa fria no fogão. Bate de leve à porta do quarto de Dorota. Mas o *toc-toc* dos seus dedos na madeira tem como resposta o silêncio. Mila gira a maçaneta e abre a porta, espiando o interior.

O quarto está vazio. Os lençóis e o cobertor de Dorota estão dobrados e arrumados numa pilha ao pé da cama. Um prego solitário se destaca na parede oposta, onde antes ficava um crucifixo chanfrado, e as pequenas prateleiras que Selim havia instalado estão vazias, a não ser uma, sobre a qual há um papelzinho dobrado ao meio, apoiado como se fosse uma tenda. Mila apoia a mão na porta, sentindo as pernas repentinamente fracas. Depois de um minuto, ela faz um esforço, pega o bilhete e o desdobra. Dorota partiu com duas palavras: *Przykro mi.* Me desculpe.

Mila leva a mão à boca.

— O que você fez? — sussurra, como se Dorota estivesse ao seu lado, com o avental manchado de comida preso à cintura, os cabelos grisalhos puxados para trás e presos firmemente com grampos num coque.

Mila tinha ouvido boatos sobre outras empregadas que abandonaram seus empregos — algumas para fugir do país antes que ele caísse em mãos alemãs, outras simplesmente porque as famílias para as quais trabalhavam eram judias —, mas não pensava na possibilidade de Dorota abandoná-la. Selim pagava bem e ela parecia verdadeiramente feliz com o emprego. Nunca houve nenhum desentendimento entre as duas. E ela adorava Felicia. Acima de tudo, entretanto, havia o fato de que, nos últimos dez meses, Mila se esforçava para lidar com a recente maternidade, e Dorota se tornara não apenas uma empregada; ela havia passado a ser uma confidente, uma amiga.

Conforme Mila se abaixa lentamente para se sentar, as molas do colchão de Dorota gemem. *O que eu vou fazer sem você?*, pergunta-se, com os olhos se enchendo de lágrimas. Radom está um caos, e ela precisa, agora mais que nunca, de um aliado. Mila descansa as mãos nos joelhos e deixa cair o queixo, sentindo o peso de sua cabeça puxar os músculos entre as omoplatas. Primeiro Selim, depois os irmãos dela, Adam e agora Dorota. Todos se foram. Uma semente de pânico brota em algum lugar nas profundezas de suas entranhas e seu pulso se acelera. Como ela vai se virar sozinha? Os homens da Wehrmacht já deixaram claro que são cruéis e não parece que eles vão embora tão cedo. Eles profanaram a bela sinagoga de tijolos da rua

Podwalna, saquearam tudo e a transformaram num estábulo; eles fecharam todas as escolas judaicas; eles congelaram as contas bancárias dos judeus e proibiram os poloneses de fazer negócios com eles. Todo dia uma nova loja passa a ser boicotada — primeiro foi a padaria da família Friedman, depois a loja de brinquedos da família Bergman, então a oficina de conserto de sapatos de Fogelman. Para onde quer que olhe, há enormes bandeiras com suásticas; JUDAÍSMO É CRIME, dizem painéis com caricaturas hediondas de judeus com nariz adunco; janelas com aquela palavra de quatro letras pintada, como se *Jude* fosse algum tipo de maldição, em vez de fazer parte da identidade de alguém. Parte da identidade *dela*. Antes, Mila poderia dizer que era mãe, esposa, pianista talentosa. Agora, porém, não passava de uma simples *Jude*. Toda vez que saía via alguém sendo molestado na rua, ou arrancado de casa, roubado e espancado, sem motivo aparente. Coisas que antes considerava naturais, como caminhar até o parque com Felicia no carrinho — ou sair do apartamento para fazer qualquer coisa — se tornaram perigosas. Era Dorota quem, ultimamente, aventurava-se a sair em busca de comida e suprimentos; era Dorota quem buscava sua correspondência no correio, era Dorota quem levava bilhetes para a casa dos seus pais na rua Warszawska.

Mila encara o chão, ouvindo o leve tique-taque do relógio no corredor, o som dos segundos passando. Em três dias será o Yom Kipur. Não que isso importe — os alemães distribuíram panfletos por toda a cidade com um comunicado proibindo os judeus de fazerem cerimônias religiosas. Eles fizeram o mesmo no Rosh Hashaná, embora Mila tivesse ignorado essa ordem e ido sorrateiramente até a casa dos pais após anoitecer. Ela se arrependeu depois, quando ouviu histórias de pessoas que fizeram o mesmo e foram descobertas: um homem da idade do seu pai foi obrigado a atravessar a cidade carregando uma pedra pesada na cabeça; outros foram forçados a puxar estrados de cama de um lado ao outro da cidade, enquanto eram açoitados com hastes de metal; um jovem foi pisoteado até a morte. Mila decidiu que, neste Yom Kipur, ela e Felicia iriam expiar seus pecados sozinhas, na segurança de seu apartamento.

E agora? Lágrimas escorrem pelo seu rosto. Ela chora em silêncio, tão paralisada que não se dá ao trabalho de enxugar os olhos, o nariz. Observando o quarto vazio ao redor, Mila sabe que devia estar furiosa — Dorota a *abandonou*. Entretanto, não sente raiva. Ela está apavorada. Perdeu a única pessoa sob seu teto a quem podia fazer confidências, em quem podia confiar, de quem podia depender. Uma pessoa que parecia saber muito mais do que ela como cuidar de sua filha. Mila queria poder perguntar para Selim o que fazer. Foi Selim, afinal de contas, quem insistiu para que contratassem Dorota quando Felicia era recém-nascida e Mila estava desesperada. A princípio, Mila havia resistido. Ela era orgulhosa demais para aceitar confiar numa estranha para ajudá-la a cuidar da filha, mas, no fim, Selim estava certo: Dorota foi sua salvadora. E agora Mila está mais uma vez em crise, porém sem o pulso firme do marido para guiá-la. Quando se dá conta do que isso significa, Mila sente um arrepio: sua segurança e, com a dela, a de Felicia agora estão inteiramente nas suas mãos.

A bile sobe pela sua garganta e ela consegue sentir o gosto, forte e amargo. Mila fica com o estômago embrulhado quando duas imagens passam por sua mente — a primeira, uma foto que tinha visto no jornal, tirada pouco depois da queda da Tchecoslováquia, de uma mulher morávia chorando com um dos braços obedientemente erguido fazendo uma saudação nazista; a segunda, uma cena dos seus pesadelos: um soldado de farda verde arrancando Felicia dos seus braços. *Ah, meu Deus, por favor, não permita que a levem de mim.* Mila sente ânsia de vômito. O vômito cai no linóleo entre seus pés, como um tapa molhado. Fechando os olhos, ela tosse, tentando impedir outra onda de náusea e, com ela, uma pontada de arrependimento. *No que você estava pensando ao ter tanta pressa para começar uma família?* Ela e Selim estavam casados havia menos de três meses quando descobriram que estava grávida. Sentia-se tão confiante na época... Não havia nada que quisesse mais do que criar um filho. Vários filhos. Uma *orquestra* de crianças, costumava brincar. E Felicia era uma bebê que a deixava exaurida, ser mãe exigiu muito mais dela do que esperava. E agora há a guerra. Se soubesse que, antes do primeiro aniversário de Felicia, a Polônia poderia *não existir mais...* Ela sente ânsia de vômito outra vez. E, nesse momento terrível, compreende o que deve fazer. Seus pais lhe pediram que se mudasse de volta para a rua Warszawska quando Selim partiu para Lvov. Mila, porém, optou por ficar. Este apartamento era sua casa agora. E, além do mais, ela não queria ser um fardo. A guerra terminaria logo, disse ela. Selim voltaria e os dois retomariam a vida de onde pararam. Ela e Felicia poderiam se virar sozinhas, argumentou, e, além disso, ela contava com Dorota. Mas, agora...

O choro de Felicia atravessa o silêncio, fazendo Mila dar um pulo. Ela limpa a boca com a manga da camisola, enfia o bilhete de Dorota no bolso, fica de pé e, quando o quarto começa a girar, apoia-se na parede para se firmar. *Respire, Mila.* Ela resolve limpar a sujeira mais tarde e passa com cuidado por cima da poça no chão. Na cozinha, enxágua a boca e joga água fria no rosto.

— Estou indo, meu amor! — grita ela depois que Felicia volta a chorar.

Felicia está em pé apoiada na grade do berço, segurando firme nas barras com as duas mãos. Seu cobertorzinho repousa no chão abaixo dela. Quando vê a mãe, ela sorri alegremente, revelando quatro botões de dentes minúsculos — dois em cima e dois embaixo.

Os ombros de Mila relaxam.

— Bom dia, meu docinho — sussurra ela ao entregar o cobertor a Felicia e pegá-la do berço.

Dois meses atrás, quando Mila a desmamou, Felicia começou a dormir a noite inteira. Com o descanso extra, mãe e filha deixaram um obstáculo para trás; Felicia era agora uma bebê mais feliz e Mila não sentia mais que estava à beira de uma crise de nervos. Felicia abraça o pescoço da mãe e Mila se delicia com o peso da bochecha da filha em seu peito. *Era nisso que eu estava pensando*, lembra a si mesma. *Nisso.*

— Eu tenho você — sussurra ela, com uma das mãos nas costas de Felicia.

Levantando a cabeça, Felicia se vira para a janela e aponta com seu dedinho indicador.

— E? — balbucia ela; o som que emite quando está curiosa sobre alguma coisa.

Mila segue o olhar dela.

— *Tam* — diz ela. — Lá fora?

— *Ta* — repete Felicia.

Mila vai até a janela para brincar com a filha do jogo que sempre jogam — apontar para tudo que ela consegue ver: quatro pombos sarapintados, empoleirados numa chaminé; o globo opaco de uma lâmpada num poste; do outro lado, três portões com arcos de pedra e, acima deles, três grandes sacadas de ferro forjado; dois cavalos puxando uma carruagem. Mila ignora a bandeira com a suástica pendurada numa janela aberta, as vitrines pichadas das lojas, a placa recém-pintada da rua (ela não mora mais na Żeromskiego, mas sim na Reichsstrasse). Enquanto Felicia observa o galope dos cavalos abaixo dela, Mila dá um beijo no alto da testa da filha, deixando o cabelo cor de canela da menina, o pouco que há dele, fazer cócegas no seu nariz.

— Seu papai deve estar sentindo muito a sua falta — sussurra, pensando em como Selim fazia Felicia rir dando narigadas na barriga dela e fingindo espirrar. — Ele vai voltar para casa logo, logo. Até lá, somos eu e você — completa, tentando ignorar o gosto da bile, ainda forte em sua garganta, processando a grandiosidade de suas palavras.

Felicia olha para ela, com os olhos arregalados, quase como se entendesse. Depois leva o cobertorzinho até a orelha e encosta de novo a bochecha no peito de Mila.

Mais tarde, no mesmo dia, Mila decide que vai colocar numa bolsa algumas roupas e sua escova de dentes, o cobertorzinho de Felicia e uma pilha de fraldas. E vai andar seis quarteirões até a casa dos pais, na rua Warszawska, 14. Está na hora.

CAPÍTULO 6

Addy

Toulouse, França ~ 21 de setembro de 1939

Addy está enfiado num café com vista para a enorme place du Capitole, com um bloco espiralado de folhas pautadas para música aberto na sua frente. Ele larga o lápis e massageia o músculo entre o polegar e o indicador, sentindo cãibras.

Virou rotina passar os fins de semana na mesa de um bistrô, compondo. Ele não viaja mais a Paris; parece frívolo se perder na farra da vida noturna de Montmartre enquanto sua pátria está em guerra. Em vez disso, ele se dedica à música e às idas semanais ao consulado polonês em Toulouse, onde há meses tenta conseguir um visto para viajar — a documentação necessária para que possa voltar à Polônia. Até agora, seu esforço tem sido irritantemente inútil. Na primeira visita, em março, três semanas antes do Pessach, o funcionário deu uma olhada no passaporte dele e balançou a cabeça, colocando um mapa em cima da mesa e apontando para os países que separam Addy da Polônia: Alemanha, Áustria, Tchecoslováquia.

— Você não vai conseguir passar pelos postos de controle — avisou, batendo com o dedo na linha do passaporte de Addy em que estava assinalada a RELIGIA. Designação ZYD, abreviatura de ZYDOWSKI. Judaica.

Sua mãe tinha razão, percebeu Addy, odiando-se por ter duvidado dela. Não só era perigoso demais para ele viajar através das fronteiras alemãs como também era, aparentemente, ilegal. Mesmo assim, Addy voltou ao consulado diversas vezes, na esperança de convencer o funcionário a lhe conceder algum tipo de isenção, de cansá-lo com a insistência. Porém, em todas as visitas lhe disseram o mesmo. É impossível. Então, pela primeira vez em seus 25 anos, ele tinha perdido um Pessach em Radom. Da mesma forma, o Rosh Hashaná tinha chegado e passado.

Quando não está no trabalho nem escrevendo para casa, compondo música ou incomodando os secretários do consulado, Addy se ocupa com as manchetes do *La Dépêche de Toulouse*. Todos os dias, com a escalada da guerra, sua ansiedade aumenta. Naquela manhã, ele tinha lido que o Exército Vermelho soviético estava avançando pela Polônia vindo do leste e que havia tentado capturar Lvov. Seus irmãos estão em Lvov. De acordo com sua mãe, eles foram convocados pelo Exército junto com os demais jovens de Radom. Ao que parece, a qualquer momento a cidade vai cair. A Polônia vai cair. O que vai ser de Genek e Jakob? De Adam e Selim? O que vai ser da Polônia?

Addy está empacado. Sua vida, suas decisões, seu futuro — nada disso está sob seu controle. É um sentimento com o qual não está acostumado, e ele odeia isso. Odeia o fato de não ter como voltar para casa, de não ter como chegar até os irmãos. Pelo menos, felizmente tem mantido contato com a mãe. Eles escrevem um ao outro com frequência. Na última carta, que enviara poucos dias depois de Radom cair, ela havia descrito o sofrimento de se despedir de Genek e Jakob na noite em que partiram para Lvov, como era doloroso ver Halina e Mila fazerem o mesmo com Adam e Selim, e como fora assistir aos alemães tomarem Radom. A cidade tinha sido ocupada em poucas horas, dissera. "Há soldados da Wehrmacht em toda parte."

Addy folheia as páginas de seu trabalho com o polegar, agradecido pela distração que sua música lhe traz. Isso, pelo menos, é dele. Ninguém pode tirar isso dele. Desde que a Polônia entrou em guerra, Addy tem escrito obstinadamente, e está quase terminando uma nova composição para piano, clarinete e contrabaixo. Fechando os olhos, toca um acorde num teclado imaginário no colo, perguntando-se se tem potencial. Ele já obteve um sucesso comercial: uma música gravada pela talentosa cantora Vera Gran, que conta a história de um jovem que escreve uma carta para alguém que ama. *List*, a carta. Addy compôs a música pouco antes de deixar a Polônia para fazer faculdade e nunca vai se esquecer de como se sentiu ao ouvir a música pela primeira vez no ar, como tinha fechado os olhos e escutado a melodia que havia criado vertendo dos alto-falantes de seu rádio, como seu peito se enchera de orgulho quando seu nome fora anunciado em seguida, indicado como compositor. Talvez *List*, fantasiou ele, pudesse ser a peça que o levaria a assumir sua vocação na música.

List foi um sucesso na Polônia — tanto que Addy se tornou uma espécie de celebridade em Radom, o que, é claro, fez com que seus irmãos o provocassem constantemente.

— Irmão, um autógrafo, por favor — pedia Genek, quando Addy estava em casa de visita.

Naquela época, Addy não se importou com isso, nem com o fato de que, por trás das covinhas charmosas, o irmão mais velho sentia certa inveja dele. Seus irmãos, sem dúvida, estavam felizes por ele. Sentiam orgulho dele. Eles o viam criar músicas desde quando mal alcançava os pedais do piano de um quarto de cauda dos pais. Eles entenderam o quanto esse primeiro sucesso significava para ele. Era a vida na cidade grande que seu irmão cobiçava em segredo. Genek visitara Toulouse e tinha se encontrado com Addy uma vez em Paris; nas duas ocasiões ficara resmungando sobre como a vida do irmão na França parecia ser glamorosa em comparação com a sua. Agora, é claro, as coisas são diferentes. Agora não há nada de glamoroso em morar num país onde se está virtualmente aprisionado. Mesmo com sua cidade natal invadida pelos alemães, Addy faria qualquer coisa para voltar.

Na praça, os últimos raios da luz do dia lançam um brilho rosa sobre o mármore da fachada do Capitólio. Addy vê um bando de pombos levantar voo enquanto uma mulher caminha para oeste, em direção a uma série de arcos cobertos, e se lembra de uma noite no verão passado, quando ele e os amigos se sentaram à mesa de um café, numa praça parecida com aquela, em Montmartre, ao pôr do sol, bebendo taças de Sémillon. Addy repassa a conversa daquela noite, lembrando como, quando o assunto da guerra surgiu, seus amigos reviraram os olhos.

— Hitler é *un bouffon* — disseram.

— Toda essa conversa de guerra é só para causar tumulto, *une agitation*. Não vai dar em nada. *Le dictateur deteste le jazz!* — declarou um amigo. — Ele odeia jazz mais até do que odeia os judeus! Você não consegue imaginá-lo andando pela place de Clichy com as mãos tapando os ouvidos? — A mesa explodiu numa gargalhada. Addy riu junto com eles.

Ao pegar o lápis, ele volta para o bloco de papel. Escreve uma frase melódica, depois outra, rapidamente, desejando que seu lápis acompanhe a música que está em sua cabeça. Duas horas se passam. Ao redor dele, as mesas começam a ser ocupadas por homens e mulheres que chegam para jantar, mas Addy mal percebe. Quando finalmente tira os olhos do papel, o céu já está escuro, um azul profundo. Está ficando tarde. Ele paga a conta, dobra o bloco de papel debaixo do braço e atravessa a praça até seu apartamento na rue de Rémusat.

Addy entra no pátio de seu edifício, destranca a caixa de correio e passa os olhos rapidamente por um pequeno maço de cartas. Nada de casa. Decepcionado, sobe quatro lances de escada, pendura seu boné e tira os sapatos, arrumando-os sobre um tapete de palha junto à porta. Ele joga a correspondência em cima da mesa, liga o rádio e enche uma chaleira com água, colocando-a para ferver no fogão.

Sua casa é pequena e arrumada, com apenas dois cômodos — um quartinho e uma cozinha grande o suficiente para uma mesinha de bistrô —, mas isso é o suficiente. Ele é o único dos irmãos que ainda está solteiro, apesar da insistência da mãe. Abre a geladeira e examina o interior: uma xícara de Camembert cremoso, meio litro de leite de cabra, dois ovos de casca manchada, uma maçã vermelha — do tipo que sua mãe costumava preparar para o lanche quando ele era pequeno, fatiada e regada com mel (Addy gosta de ter uma sempre ao seu alcance) —, uma fatia de língua de boi cozida, embrulhada em papel pardo e metade de uma barra de chocolate suíço amargo. Ele pega o chocolate. Retira o papel laminado com cuidado para não rasgar e quebra um quadrado do cacau amargo, deixando que se derreta em sua boca por um momento.

— *Merci, la Suisse* — sussurra quando se senta à mesa.

No topo da pilha de correspondências está a última edição da *Jazz Hot*. Addy passa os olhos pelas manchetes. STRAYHORN E ELLINGTON FORMAM UMA PARCERIA PARA COMPOR, diz uma delas. Dois dos seus compositores de jazz preferidos. Ele faz uma nota mental de que deve ficar de olho no trabalho deles. Embaixo da *Jazz Hot* há um pedaço de papel azul que ele não havia notado antes. Quando percebe, seu coração dispara e os restos de chocolate de repente ficam com um gosto forte em sua língua. Ele pega o papel e o vira. No alto dele, há três palavras impressas: COMMANDE DE CONSCRIPTION. É uma convocação militar.

Addy lê o comunicado duas vezes. Ele havia recebido ordens para se juntar a uma coluna polonesa do Exército francês. Deve se apresentar imediatamente no hôpital de La Grave para fazer o exame médico e levar os documentos; seu serviço terá início em Parthenay, na França, dia 6 de novembro. Addy coloca o papel na mesa e fica olhando para ele por um longo tempo. *O Exército.* E pensar que esta manhã ele estava lamentando pelos irmãos, tentando não pensar neles fardados, aterrorizado com o destino deles. Agora, as circunstâncias para ele não são diferentes.

Seus ouvidos começam a tilintar e ele leva um instante para se dar conta de que a água começou a ferver. Addy se levanta para desligar o fogo, passando a mão pelos cabelos. Quando o apito da chaleira se silencia, Addy fica chocado com a rapidez com que as coisas podem mudar neste seu novo mundo. Como, num instante, seu futuro pode ser decidido para ele. Ele pega novamente a convocação, vai até a janela da cozinha, que tem vista para um canto da place du Capitole, e apoia a testa no vidro. O rádio emite o som suave do clarinete de Sidney Bechet, mas ele mal o percebe. *O Exército.* Vários dos seus amigos foram convocados, mas eles são todos franceses. Ele esperava que, por ser estrangeiro, fosse dispensado. Talvez, pensa, exista uma saída para isso. Mas a pequena linha impressa na parte inferior do papel sugere o contrário. A NÃO APRESENTAÇÃO PARA O CUM-PRIMENTO DO DEVER RESULTARÁ EM PRISÃO E ENCARCERAMENTO. *Merde.* A saúde dele está boa. Ele está em idade para lutar. Não, não há escapatória. *Merde. Merde. Merde.*

Quatro andares abaixo, a cruz occitana de Moretti encravada entre as pedras da calçada refletia a luz dos postes da rua como uma enorme tatuagem de granito. No alto, a lua crescente começa a subir. Addy se pergunta como é possível que, em meio a uma serenidade dessas, uma guerra esteja sendo travada na fronteira? Onde estão Genek e Jakob agora? Estão esperando ordens? Será que estão em combate neste exato momento? Ele olha para o céu, imaginando os irmãos espremidos ombro a ombro numa trincheira, alheios à lua subindo, pensando apenas nos disparos de morteiro que passam voando sobre suas cabeças.

Seus olhos se enchem de lágrimas. Addy enfia a mão no bolso da calça e pega o lenço, um presente da mãe. Ela lhe deu no ano anterior, quando ele esteve em casa pela última vez para o Rosh Hashaná. Havia encontrado o tecido em Milão, disse ela, numa de suas viagens de negócios — um linho branco e macio no qual tinha costurado à mão no entorno um pequeno acabamento e bordado as iniciais dele num canto, AAIK. *Addy Abraham Israel Kurc*.

— É lindo — comentou Addy, quando sua mãe lhe entregou o lenço.

— Ah, não é nada — respondeu Nechuma, mas ele sabia quanto cuidado ela havia dedicado para fazê-lo, quanto orgulho sentia do trabalho.

Ele passa o polegar no bordado, imaginando a mãe trabalhando no quarto dos fundos da loja, com um pedaço de tecido diante dela, a fita métrica, tesouras e a almofada de alfinetes em seda vermelha ao lado. Ele consegue vê-la medindo a linha, torcendo a ponta com os dedos e umedecendo os lábios, antes de fazê-la passar pelo minúsculo buraco da agulha.

Addy respira fundo, sentindo o peito subir e descer. *Vai dar tudo certo*, diz a si mesmo. Hitler vai ser detido. Ainda não houve nenhum combate na França, pelo que se sabe, a guerra vai terminar antes de acontecer. Talvez seus amigos de Toulouse, que passaram a chamá-la de *drôle de guerre* — guerra de mentira —, estivessem certos e é apenas uma questão de tempo antes que ele possa voltar para a Polônia, para a família, para a vida que deixou para trás quando se mudou para a França. Addy pensa que, se um ano atrás, alguém tivesse lhe oferecido um emprego em Nova York, ele provavelmente teria aproveitado a oportunidade. Agora, é claro, ele faria qualquer coisa — qualquer coisa mesmo — apenas para estar sentado à mesa na sala de jantar da mãe, cercado pelos pais, pelos irmãos. Ele dobra o lenço e o coloca no bolso. Casa. Família. Nada é mais importante. Agora ele sabe disso.

22 DE SETEMBRO DE 1939: *A cidade de Lvov se rende ao Exército Vermelho soviético.*

27 DE SETEMBRO DE 1939: *A Polônia cai. Imediatamente, Hitler e Stalin dividem o país — a Alemanha ocupa a região oeste (incluindo Radom, Varsóvia, Cracóvia e Lublin) e a União Soviética ocupa a região leste (incluindo Lvov, Pinsk e Vilna).*

CAPÍTULO 7

Jakob e Bella

Lvov, Polônia sob ocupação soviética ~
30 de setembro de 1939

Bella verifica o número de latão pendurado na porta vermelha.

— Trinta e dois — sussurra, confirmando duas vezes com o endereço que Jakob havia escrito na carta que ela trouxera de Radom: *rua Kalinina, 19, apartamento 32*.

A câmera de Jakob está pendurada em seu pescoço, o casaco dele, em seu braço, dobrado para esconder as camadas de lama que tinha acumulado no caminho. Ela jamais esteve tão suja quanto agora. Bella arrancou um par de meias rasgadas, reclamando do prejuízo, e tentou, da melhor forma possível, desprender a lama dos sapatos e limpar o rosto, lambendo o polegar e esfregando-o nas bochechas, mas, sem um espelho, o esforço era inútil. Seu cabelo está tão bagunçado quanto um arbusto espinhoso, e ela continua molhada debaixo das camadas de roupas. Quando ergue os braços, o cheiro é terrível. Precisava tanto de um banho! Deve estar com uma aparência horrível. *Não importa. Você está aqui. Você conseguiu. Apenas bata à porta.*

Seu punho está a poucos centímetros da porta. Respirando fundo e devagar, ela umedece os lábios e bate levemente na madeira com os nós dos dedos, enquanto inclina a cabeça para a frente para escutar. Nada. Bate de novo, mais forte dessa vez. Está prestes a bater pela terceira vez quando ouve o som baixo de passos. Seu coração bate sincronizado com cada passo, cujo som se torna mais alto à medida que se aproximam, e, por um instante, Bella entra em pânico. E se, depois de percorrer todo esse caminho, ela for recebida não por Jakob, mas por um estranho?

— Quem é?

Um sopro de ar escapa dos lábios dela — uma risada, a primeira em semanas — e Bella percebe que estava prendendo a respiração. *É ele.*

— Jakob, Jakob, sou eu! — responde ela para a porta, erguendo-se na ponta dos pés, de repente se sentindo leve como uma pluma.

Antes que possa completar com "É a Bella", há um clique metálico, uma trava desliza sobre seu suporte e a porta se abre com força, criando um vácuo de ar. E, então, ali está ele, seu amor, seu *ukochany*, olhando para ela, e sob as camadas de sujeira, suor e fedor, de algum modo, Bella se sente bonita.

— É você! — sussurra Jakob. — Como você...? Entra, rápido.

Ele a puxa para dentro e tranca a porta. Bella coloca o casaco e a câmera no chão, e, quando se ergue, as mãos de Jakob estão em seus ombros. Ele a segura gentilmente, seus olhos passeiam por ela, examinando-a. Nos olhos dele, Bella vê a preocupação, a exaustão, a descrença. O que quer que tenha acontecido aqui em Lvov deixou uma marca nele. Jakob parece estar sem dormir há dias.

— Kuba — começa ela, chamando-o pelo seu nome hebraico, como faz às vezes, querendo apenas lhe assegurar de que está bem, de que está aqui agora, de que ele não deve se preocupar. Jakob, entretanto, ainda não está pronto para falar. Ele a puxa para perto e lhe dá um abraço tão forte que ela mal consegue respirar, e nesse instante Bella sabe que ter ido foi a decisão certa.

Com os braços enfiados embaixo dos dele, Bella encosta a cabeça na curva de seu pescoço, uma parte de seu corpo que conhece tão bem, e corre os antebraços para o alto das costas dele. Jakob tem o cheiro de sempre — lascas de madeira, couro e sabonete. Sente o coração dele batendo contra o dela, a pressão de sua bochecha pesando na sua cabeça. Sob a camisa, as omoplatas dele se projetam para a frente como bumerangues, mais proeminentes do que se lembra. Eles ficam assim por um minuto inteiro, até que Jakob se inclina para trás, tirando os pés dela do chão. Ele ri, girando com Bella, e logo a sala sai de foco e ela ri também. Quando os dedos dos pés dela tocam o chão, Jakob se inclina para a frente. Bella deixa o peso de seu corpo relaxar entre os braços dele e, enquanto ele se debruça sobre ela, Bella joga a cabeça para trás, sentindo o sangue correr para os ouvidos. Ele a embala por um momento, pendurada em seus braços — como uma pose final triunfante depois de uma dança de salão —, antes de colocá-la de volta em pé.

Jakob olha para ela outra vez, segurando suas mãos, com a expressão subitamente séria.

— Você conseguiu — diz ele, balançando a cabeça. — Eu recebi a sua carta logo depois do início do combate. E então a gente foi mobilizado e, quando voltei, você ainda não estava aqui. Se eu soubesse que seria tão ruim, Bella, juro que nunca teria pedido a você que viesse. Eu tenho andado tão preocupado.

— Eu sei, meu amor, eu sei.

— Eu não consigo acreditar que você está aqui.

— A gente quase deu meia-volta várias vezes.

— Você tem que me contar tudo.

— Eu vou, mas, primeiro, um banho, por favor. — Bella sorri.

Jakob suspira, seus olhos relaxam.

— O que eu faria se...

— Shhh, *kochanie*. Está tudo bem, querido, eu estou aqui.

Jakob abaixa o queixo para que sua testa se encoste delicadamente na de Bella.

— Obrigado — sussurra ele, fechando os olhos — por vir.

Eles estão sentados a uma mesinha quadrada na cozinha, as mãos envolvendo canecas de chá preto quente. Os cabelos de Bella ainda estão molhados do banho, a pele do pescoço e das bochechas rosadas — ela se esfregou e enxaguou por três minutos antes de Jakob bater levemente à porta do banheiro, se despir e entrar na banheira com ela.

— Eu honestamente não achava que fosse dar certo — comenta Bella.

Bella termina de explicar o plano de Tomek, o quanto ficou paralisada pelo medo de ser descoberta, mandada de volta ou capturada. Tomek, no fim, estava certo sobre a linha do *front* alemão — ela conseguiu contorná-la, atravessando o campo onde ele a havia deixado. Porém, quando chegou ao outro lado da floresta, ela perdeu a noção de direção e desviou para o norte, caminhando por horas até finalmente deparar com os trilhos de uma linha de trem, que seguiu até uma pequena estação nos arredores da cidade. Lá, apesar de estar coberta de lama, num estado deplorável, conseguiu passar pelo último posto de controle e, com os zlotys que restavam, comprou uma passagem, percorrendo de trem os últimos dos vários quilômetros que faltavam para Lvov.

— Eu fiquei surpresa quando cheguei aqui — diz Bella — e não vi a Wehrmacht nas ruas. Esperava encontrar a cidade infestada deles.

Jakob balança a cabeça.

— Os alemães se foram — explica em voz baixa. — Agora Lvov está ocupada pelos soviéticos. Hitler retirou seus homens alguns dias antes de a Polônia cair.

— Espera... O quê?

— Lvov caiu apenas três dias antes de Varsóvia...

— A Polônia... caiu? — As bochechas de Bella ficaram pálidas.

Jakob segura a mão dela.

— Você não sabia?

— Não — murmura Bella.

Jakob engole em seco, parecendo não saber por onde começar. Ele pigarreia e explica, do modo mais sucinto possível, o que Bella não acompanhou, e lhe conta como os poloneses em Lvov esperaram vários dias pela ajuda do Exército Vermelho, que estava estacionado a leste da cidade, como eles pensavam que os soviéticos tinham sido enviados para protegê-los, e como depois de um tempo ficou claro que não era o caso. Ele descreve como estavam em total desvantagem numérica; como, quando a cidade por fim se rendeu, o general Sikorski, comandante militar polonês, negociou um acordo que permitia aos oficiais poloneses deixarem a cidade.

— O general falou: "Registrem-se com as autoridades soviéticas e vão para casa." — Jakob para por um momento, olhando para a caneca. — Mas, assim que os alemães se foram, dezenas de oficiais poloneses foram presos pela polícia soviética, sem explicação. Foi quando eu me livrei da minha farda — completa — e decidi que seria melhor me esconder aqui, esperando por você.

Bella observa o pomo de adão de Jakob passear para cima e para baixo ao longo do seu pescoço. Ela está em choque.

— Alguns dias depois — continua Jakob —, após a queda de Varsóvia, Hitler e Stalin dividiram a Polônia em duas. Bem no meio. Os nazistas ficaram com o oeste, o Exército Vermelho, com o leste. A gente está do lado soviético aqui em Lvov... e é por isso que você não viu nenhum alemão.

Bella mal consegue falar. *Os soviéticos estão do lado dos alemães. A Polônia caiu.*

— Você... Você teve que... — Porém, ela não consegue completar a frase, as palavras ficam embaralhadas no céu de sua boca.

— Houve combates — diz Jakob. — E bombardeios. Os alemães descarregaram muitas bombas. Eu vi gente morrer, eu vi coisas horríveis... mas não — ele suspira, olhando para as próprias mãos —, eu não precisei... Eu não fui capaz de ferir ninguém.

— E o seu irmão, Genek? E Selim? E Adam?

— Genek e Adam estão aqui, em Lvov. Mas Selim... Não ouvimos falar dele desde que os alemães recuaram.

Bella sente um aperto no coração.

— E os oficiais que eles prenderam?

— Ninguém os viu desde então.

— Meu Deus — murmura ela.

Está escuro no quarto, mas, pelo som da respiração de Jakob perto dela, Bella sabe que ele está acordado também. Ela quase tinha se esquecido de como era agradável se deitar para dormir num colchão; foi o paraíso comparado com as tábuas de madeira do assoalho da carroça de Tomek. Rolando para ficar de frente para Jakob, ela passa a perna nua sobre o joelho dele.

— O que a gente faz? — pergunta ela.

Jakob aperta a perna dela entre as suas. Bella sente que ele está olhando para ela. Jakob encontra a mão dela, beija e a coloca sobre seu peito.

— A gente devia se casar.

Bella ri.

— Eu senti falta desse som — comenta Jakob, e Bella sabe que ele está sorrindo.

Ela, é claro, queria saber o que eles deviam fazer em seguida: ficar em Lvov ou voltar para Radom? Os dois ainda não haviam discutido sobre qual opção é a mais segura. Ela aperta o nariz e, depois, os lábios nos dele, mantendo o beijo por alguns segundos antes de se afastar.

— Você está falando sério? — Ela respira. — Você não pode estar falando sério.

Jakob. Ela não esperava que o assunto casamento surgisse. Pelo menos não na primeira noite deles juntos de novo. A guerra, parece, o encorajara.

— É claro que eu estou falando sério.

Bella fecha os olhos, seus ossos parecem se afundar na cama. Eles podem conversar sobre o assunto amanhã, decide.

— Isso foi um pedido de casamento? — pergunta.

Jakob beija o queixo, as bochechas, a testa dela.

— Acho que isso depende da sua resposta — diz ele por fim.

Bella sorri.

— Você sabe qual é a minha resposta, amor.

Bella se vira de costas para ele e Jakob se aconchega por trás dela, envolvendo-a com seu carinho. Eles se encaixam perfeitamente um ao outro.

— Então, está combinado — conclui Jakob.

Bella sorri.

— Está combinado.

— Eu tinha tanto medo de que você não conseguisse.

— Eu tinha tanto medo de não conseguir encontrar você.

— Não vamos fazer isso de novo.

— Fazer o que de novo?

— Eu quero dizer... nunca mais vamos nos separar, nunca mais. Foi... — A voz de Jakob se reduz a um sussurro. — Foi horrível.

— Horrível — concorda Bella.

— Juntos daqui para a frente, certo? Não importa o que aconteça.

— Sim, não importa o que aconteça.

CAPÍTULO 8

Halina

Radom, Polônia sob ocupação alemã ~
10 de outubro de 1939

Segurando firme uma faca com a mão livre, Halina sopra uma mecha de cabelo loiro para afastá-la dos olhos e se inclina para a frente flexionando os joelhos. Pressionando um caule de beterraba contra a terra, ela contrai o maxilar, ergue a lâmina e a baixa com o máximo de força que consegue. *Tchac.* Naquele dia, mais cedo, ela aprendeu que, se usasse força suficiente, poderia cortar os talos com um só movimento, em vez de ter de fazer dois para cada planta. Mas isso foi horas atrás. Agora está cansada. Seus braços parecem toras de carvalho, como se pudessem se desprender dos ombros a qualquer momento. Agora ela precisa de duas, às vezes três tentativas. *Tchac.*

Seus irmãos escreveram recentemente de Lvov, contando que os soviéticos lhes deram trabalhos burocráticos. *Trabalhos burocráticos!* A novidade começou a irritá-la. Por que *ela*, entre todas pessoas, acabou no campo? Antes da guerra, Halina trabalhava como assistente do cunhado, Selim, na clínica dele, onde usava jaleco branco e luvas de látex; suas mãos nunca ficavam sujas, com certeza. Ela se recorda do primeiro dia na clínica, de como tinha certeza de que acharia o trabalho entediante e de como, depois de uma semana, descobrira que a pesquisa — as minúcias daquilo tudo, a possibilidade diária de novas descobertas — era surpreendentemente gratificante. Ela faria qualquer coisa para voltar ao antigo emprego. O laboratório, no entanto, assim como a loja dos seus pais, tinha sido confiscado, e os alemães rapidamente arranjavam um novo trabalho para um judeu desempregado. Seus pais foram enviados para um café alemão; sua irmã, Mila, para uma oficina de concerto de roupas, remendando fardas de soldados da frente de batalha nazista. Halina não fazia ideia de por que havia recebido essa tarefa em particular; ela encarou como uma piada, até riu quando o funcionário da agência de empregos improvisada lhe entregou uma folha de papel com as palavras FAZENDA DE BETERRABAS escritas no alto. Ela não tinha a menor experiência no plantio de legumes. Entretanto, estava claro que isso não importava. Os alemães têm fome e os vegetais estão prontos para sair do chão.

Baixando os olhos para as mãos, Halina franze a testa enojada. Ela mal consegue reconhecê-las. As beterrabas mancharam sua pele de um tom escuro de fúcsia e tem sujeira em cada reentrância — por baixo das unhas, nas pequenas rugas em torno dos nós dos dedos, presa entre as bolhas estouradas nas palmas das mãos. Pior ainda, porém, estão as roupas dela. Halina não se importa muito com a calça (ainda bem que ela resolveu usar calça, e não saia), mas gostava muito de sua blusa de chiffon, e seus sapatos são outra história. São seu par mais recente, brogues com cadarço, ponta ligeiramente quadrada e salto pequeno e baixo. Ela os comprou no verão, na loja de Fogelman, e resolveu usá-los hoje presumindo que seria designada para trabalhar no escritório da fazenda, quem sabe na contabilidade, e que não custava estar apresentável para impressionar os novos chefes. O que já foi um marrom-escuro belo e lustroso agora está arranhado e desbotado, e ela mal consegue ver os buraquinhos que enfeitam as laterais. É uma calamidade. Mais tarde, Halina vai precisar passar horas com uma agulha para limpá-los. Ela decidiu que amanhã vai vestir suas roupas mais surradas, ou talvez pegar emprestadas algumas coisas que Jakob deixou para trás.

Ela se senta de cócoras, enxuga o suor da testa com as costas da mão e projeta o lábio inferior para a frente para soprar novamente a teimosa mecha que faz cócegas no seu rosto. Quanto tempo vai demorar até ela poder cortar o cabelo? Radom está ocupada há trinta e três dias. Judeus não são mais permitidos no salão que frequentava, o que é um problema, considerando que ela está desesperada por um corte de cabelo. Halina suspira. É seu primeiro dia na fazenda e já está cansada disso. *Tchac*.

Seu dia parece durar uma eternidade. Naquela manhã, um oficial da Wehrmacht foi buscá-la, usando uma farda verde bem passada, com uma faixa vermelha bem esticada com uma suástica num dos braços e um bigode tão fino que parecia ter sido desenhado sobre o lábio com um lápis de carvão. Ele a cumprimentou com um olhar por baixo da viseira do quepe e com uma única palavra: *"Papiere!"* (aparentemente, olás são bons demais para judeus). Então, apontou com o polegar por cima do ombro.

— Entre.

Halina subiu com cuidado na caçamba do caminhão e se sentou entre outros oito trabalhadores. Ela reconheceu todos, menos um. Enquanto eles eram levados por entre as castanheiras da rua Warszawska — ela se recusava a chamá-la pelo novo nome alemão, Poststrasse —, manteve a cabeça baixa com medo de ser reconhecida. Quão embaraçoso seria para alguém de sua vida anterior vê-la sendo transportada feito carga desse jeito.

Porém, quando o caminhão parou na esquina da rua Kościelna, ela ergueu os olhos e, para seu horror, chamou a atenção de uma antiga colega de escola que estava na porta da loja de doces de Pomianowski. No *gymnasium*, Sylvia queria desesperadamente ser amiga de Halina — ela a seguira boa parte do ano, até que as duas finalmente se aproximaram. Elas faziam o dever de casa juntas e visitavam uma à outra nos fins de semana. Um ano, Sylvia convidou Halina para passar o Natal na sua casa. Por insistência de Nechuma, Halina levara uma lata dos biscoitos de amêndoa em forma de estrela que sua mãe fazia. Elas haviam perdido contato desde a formatura. A última coisa que Halina soube era que Sylvia conseguira um emprego como auxiliar de enfermagem num hospital da cidade. Tudo isso passou pela sua cabeça enquanto o caminhão estava parado e as velhas amigas olhavam uma para a outra por sobre os paralelepípedos da rua. Por um momento, Halina pensou em acenar — como se fosse perfeitamente normal que ela estivesse ali, na caçamba de um caminhão, ela e outros oito judeus a caminho do trabalho —, mas, antes que pudesse fazê-lo, Sylvia desviou os olhos e olhou para outro lugar; ela fingiu que *não* a conhecia! O sangue de Halina ferveu de humilhação e raiva, e, quando o caminhão finalmente seguiu em frente, ela passou a meia hora seguinte pensando no que diria para Sylvia quando voltasse a encontrá-la.

Eles seguiram em frente, a paisagem urbana foi sumindo, ruas de duas pistas e fachadas do século XVII deram lugar a uma colcha de retalhos de pomares, pastagens e estradas de terra estreitas, cercadas por pinheiros e amieiros. Halina tinha se acalmado quando chegaram à fazenda, mas suas nádegas estavam doloridas depois de tantos solavancos, o que a fez odiar ainda mais o dia.

Quando eles estacionaram, não havia prédio nenhum à vista, apenas terra e fileiras e mais fileiras de talos cheios de folhas. Foi então que Halina entendeu, olhando para aqueles hectares de terra cultivada, que esse não seria um trabalho de escritório. O oficial os colocou em fila ao lado do caminhão e jogou cestas e sacos de aniagem aos seus pés.

— *Stämme* — disse ele, apontando para os sacos. — *Rote rüben* — acrescentou, chutando um cesto.

Embora soubesse alemão suficiente para se virar, "talos" e "beterrabas" não estavam no seu vocabulário, mas as instruções eram fáceis de decifrar. Talos no saco, beterrabas no cesto. Em seguida, o oficial deu a cada judeu uma faca com uma lâmina longa e cega. Ele encarou Halina enquanto ela pegava uma faca.

— *Für die stämme* — disse ele, e repousou a mão na coronha de madeira desgastada da pistola presa ao cinto, o bigode adquirindo a forma de uma garra sobre a curva dos seus lábios. *Quanta coragem nos dar facas como essas*, pensou Halina.

E assim foi. *Tchac, rasga, sacode, recolhe. Tchac, rasga, sacode, recolhe.*

Talvez ela devesse enfiar algumas beterrabas nos bolsos e levá-las para a mãe. Antes que a comida deles fosse racionada, Nechuma poderia ralar as beterrabas assadas e misturá-las com raiz-forte e limão para fazer ćwikła para acompanhar salmão defumado e batatas cozidas. A boca de Halina se enche de água. Já faz semanas desde sua última refeição decente. No entanto, ela sabe é que uma beterraba extra para o jantar não vale a consequência de ser pega roubando.

Um assovio estridente soa e ela ergue os olhos para ver a silhueta de um caminhão a cerca de cem metros de distância com um oficial ao lado dele, presumivelmente o homem que os trouxe até ali, agitando o quepe acima da cabeça. De onde está, vê duas outras pessoas já caminhando até o oficial. Quando se levanta, seus músculos gritam. Ela passou horas demais curvada.

Deixa cair a faca sobre as beterrabas no cesto e equilibra a alça de vime no braço dobrado. Fazendo uma careta, ela pega o saco cheio de talos, joga a alça de corda no outro ombro e começa a caminhar mancando até o caminhão.

O sol mergulhou atrás de uma fileira de árvores, dando ao céu um tom rosado, como se estivesse manchado pelo suco dos legumes que ela passou o dia colhendo. Halina percebe que em breve vai precisar de um casaco mais quente. O oficial assovia outra vez, acenando para ela acelerar o passo, e Halina o amaldiçoa baixinho. Seu cesto está pesado, deve ter uns quinze quilos. Ela anda o mais rápido que suas articulações permitem, perguntando-se se alguma das beterrabas que colheu vai acabar no café onde os pais trabalham. Eles estão lá há uma semana.

— Não é tão ruim — disse a mãe dela depois do primeiro dia no café.

— O único problema é ter que preparar uma comida tão boa que nós nunca vamos provar.

No caminhão, o oficial com o bigode desenhado a lápis espera com a mão estendida.

— *Das messer* — pede ele.

Halina lhe entrega a faca e, depois, coloca o saco e o cesto na caçamba do caminhão antes de subir nela. Os outros já estão sentados, todos parecendo tão enlameados quanto ela. Eles recolhem o último trabalhador e, em seguida, rumam para casa, o fruto do seu dia de trabalho aos seus pés, cansados demais para conversar.

— A mesma hora amanhã — vocifera o alemão, quando o caminhão freia e para em frente ao número 14 da rua Warszawska.

Está quase anoitecendo. Ele entrega a Halina seus documentos pela janela da cabine do caminhão, junto com um pequeno pedaço de pão dormido, a remuneração pelo dia de trabalho.

— *Danke* — diz Halina ao pegar o pão, tentando disfarçar o sarcasmo com um sorriso, mas o oficial não olha para ela e acelera antes que a palavra saísse dos seus lábios. — *Szkop* — murmura quando se vira e caminha para casa, procurando uma chave no bolso do casaco.

Lá dentro, Halina encontra Mila no vestíbulo, pendurando o casaco. Ela acabou de voltar da oficina de conserto de fardas. Felicia está sentada em cima de um tapete persa, balançando um chocalho de prata, sorrindo com o tilintar.

— Meu Deus! — exclama Mila, perplexa com a aparência de Halina.
— O que raios eles colocaram você para fazer?

— Eu trabalhei numa *fazenda* — responde Halina. — Me arrastando pelos campos o dia inteiro. Você acredita?

— Você... numa fazenda — graceja Mila, segurando uma risada. — Está aí uma bela imagem.

— Eu sei. Foi horrível. Eu só pensava que — diz Halina, equilibrando--se num pé enquanto tira um sapato, tremendo quando uma bolha volta a estourar —, se pelo menos Adam pudesse me ver lá, me arrastando na terra, feito um animal, ele daria uma bela gargalhada. Olha os meus sapatos! — choraminga ela. — Deus, que bagunça. — Halina examina as meias, maravilhada com a quantidade de terra que elas acumularam, tirando-as com cuidado para não sujar o chão. — O que é isso? — pergunta ela, apontando para um laço de tecido frouxo em volta do pescoço de Mila.

— Ah — diz Mila, olhando para o peito. — Eu esqueci que estava usando isso. É uma coisa que eu fiz... Não sei como isso se chama. É mais ou menos um arnês, não é? — Ela se vira e aponta para onde o tecido está cruzado entre as omoplatas. — Eu posso colocar Felicia aqui dentro. — Ela se vira novamente e toca a alça de pano ao longo do tronco. — Isso a mantém escondida na ida e na volta do trabalho.

Mila leva Felicia com ela para o trabalho todos os dias, ainda que, tecnicamente, a entrada de crianças não seja permitida. *Ninguém com menos de 12 anos no local de trabalho* — é uma das muitas regras determinadas pelos alemães, cujo descumprimento pode ser punido com a morte. Entretanto, Mila não pode *não* trabalhar — todos têm que trabalhar — e não é como se ela pudesse deixar Felicia, que sequer completou 1 ano, sozinha no apartamento o dia inteiro enquanto está fora.

Halina admira a engenhosidade e a coragem da irmã. Ela se pergunta se, caso estivesse no lugar de Mila, teria a ousadia de entrar numa oficina com uma criança ilegalmente presa ao seu peito. Mila havia mudado desde a partida de Selim. Halina pensa com frequência em como, quando tudo era mais fácil, ser mãe era difícil para Mila — e agora, quando tudo é difícil, esse é um papel que ela parece assumir com mais naturalidade. É como se algum tipo de sexto sentido tivesse sido acionado. Halina agora não se preocupa mais se Mila vai desabar depois de passar mais uma noite sem dormir.

— Felicia gosta de ficar aí dentro, no seu "arnês"? — pergunta Halina.

— Ela não parece se importar.

Halina vai até a cozinha na ponta dos pés, enquanto Mila começa a arrumar a mesa para o jantar. Mesmo que suas refeições não sejam mais o que costumavam ser, Nechuma ainda insiste em que usem talheres de prata e porcelana.

— O que a Felicia faz enquanto você costura o dia inteiro? — pergunta ela.

— Ela brinca debaixo da minha mesa a maior parte do tempo. Ela cochila dentro de uma cesta de retalhos de tecido. Ela é muito paciente — acrescenta Mila. A alegria tinha sumido de sua voz.

Inclinando-se sobre a pia da cozinha, Halina deixa a água correr sobre suas mãos e braços, imaginando sua sobrinha de 11 meses brincando durante horas a fio. Ela gostaria de poder fazer alguma coisa para ajudar.

— Nada de Selim hoje? — pergunta ela.

— Não.

A água jorra na cuba de metal da pia e Halina fica em silêncio por um momento. Genek, Jakob e Adam escreveram para fornecer seus novos endereços em Lvov, para dar notícias. Em suas cartas, eles disseram que não viam Selim desde que os soviéticos tomaram a cidade. Halina fica com o coração partido pela irmã. Deve ser muito difícil não saber onde o marido está, se ele *sequer* está vivo. Tentou consolar Mila algumas vezes, com seu ponto de vista — de que notícias ruins chegam rápido, portanto poderia ficar tranquila —, mas até mesmo ela sabe que o desaparecimento de Selim não pode ser boa coisa.

Na última carta, Adam confirmou o que haviam lido no *Tribune* e no *Radomer Leben* — os jornais eram sua única fonte de informação agora, depois que os rádios foram confiscados: o Exército polonês se desmobilizou e os alemães se retiraram, deixando a cidade nas mãos do Exército Vermelho. "Não é terrível", foi como Adam descreveu viver sob o domínio soviético. Havia muito trabalho a fazer, disse. Ele conseguira um emprego. O salário era miserável, mas pelo menos tinha um emprego. Ele poderia encontrar um para Halina também. E tinha novidades — algo que queria contar para Halina pessoalmente. Ele assinou sua carta "Com amor" e adicionou um P.S.: "Eu acho que você deveria vir para Lvov."

A despeito da apreensão por viver sob o domínio soviético, a ideia de se mudar para Lvov deixa Halina empolgada. Ela sente muito a falta de Adam — seu jeito calmo e tranquilizador, seu toque gentil e confiante, um toque que fez com que percebesse que os garotos que ela havia namorado antes eram totalmente ineptos em comparação ao homem que ele é. Halina faria qualquer coisa para estar com ele novamente. Ela se pergunta se essas *notícias* não poderiam ser uma proposta de casamento. Ela tem 22 anos; ele, 32. Os dois estão juntos há tempo suficiente; o casamento parece ser o próximo passo lógico. Ela pensa nisso com frequência, o coração inundado pela ideia de ele pedir sua mão. Em seguida, o coração é espremido até ficar seco, quando ela se dá conta de que estar com Adam significa deixar Radom. Não importa o quanto tente ver isso de outros ângulos, abandonar os pais não lhe parece certo. Com Jakob e Genek em Lvov, quem mais poderia cuidar deles? Mila tem Felicia para cuidar, e Addy ainda não pode sair da França — em sua última carta, ele contou que havia recebido ordens para se alistar, que em novembro se juntaria ao Exército. Com isso, resta apenas ela. E, *de qualquer modo*, mesmo que tivesse uma justificativa para ir a Lvov por pouco tempo, com o intuito de retornar, a viagem em si seria quase impossível, já que os decretos nazistas retiraram dela o direito de sair de casa ou de andar de trem sem um passe especial. Por enquanto, não há opção. Tem que ficar onde está.

Há um barulho de fechadura e, no momento seguinte, a voz de Sol ecoa pelo apartamento, chamando a neta.

— Onde está o meu docinho?

Felicia sorri e se levanta, tentando se equilibrar, então caminha cambaleando pelo corredor da sala de jantar, com os braços estendidos à frente como pequenos ímãs que a atraem para os braços de seu *dziadek*. Halina e Mila vão atrás dela. Felicia sorri quando Sol a agarra e a levanta, rosnando e mordiscando seu ombro de brincadeira, até que suas risadas viram gritinhos. Nechuma surge atrás dele e Halina e Mila cumprimentam seus pais trocando beijos com eles.

— Ah, Deus! — exclama Nechuma ao olhar para as roupas de Halina. — O que aconteceu?

— Passei o dia *na colheita*. Você já tinha me visto assim tão horrível?

Nechuma analisa sua filha mais nova e balança a cabeça.

— Nunca.

— E você? E o café? — pergunta Halina, pendurando o casaco da mãe.

Nechuma ergue o polegar, que está envolvido numa atadura manchada de sangue.

— Tirando isso, foi uma chatice.

— Mãe! — Halina pega a mão de Nechuma para poder olhar mais de perto.

— Eu estou bem. Se os alemães nos dessem facas decentes, eu não me cortaria com tanta frequência. Mas você quer saber? Um pouco de sangue no *kartoflanka* deles não vai matar ninguém. — Ela sorri, satisfeita com seu segredo.

— Você devia tomar mais cuidado — repreende-a Halina.

Nechuma puxa a mão de volta e ignora o comentário.

— Eu tenho uma coisa especial para a gente — avisa ela, e tira um lenço cheio de cascas de batatas debaixo da blusa. — É só um pouco — diz, enquanto Halina ergue as sobrancelhas. — Eu tirei cascas bem grossas das batatas. Olha, temos quase meia batata aqui.

Halina a encara.

— Você *roubou*? Do café?

— Ninguém me viu.

— Mas e se tivessem visto?

O tom de Halina é duro, talvez duro demais. Não é de seu feitio falar assim com a mãe e ela sabe que devia pedir desculpa, mas não o faz. Uma coisa era Mila levar a filha escondida para o trabalho — ela não tinha alternativa a não ser fazer isso —, mas sua mãe roubar os alemães e depois dar de ombros era outra, completamente diferente.

A sala está silenciosa. Halina, Mila e seus pais olham uns para os outros, seus olhares formam um quadrado. Por fim, Mila fala:

— Está tudo bem, Halina. Nós precisamos disso. Felicia está esquelética, olha para ela. Mãe, obrigada. Vem, vamos fazer uma sopa.

CAPÍTULO 9

Jakob e Bella

Lvov, Polônia sob ocupação soviética ~ 24 de outubro de 1939

Bella caminha com cuidado para não pisar nos calcanhares de Anna. As irmãs andam deliberadamente devagar, conversando em sussurros. São nove da noite e as ruas estão vazias. Não há toque de recolher em Lvov, como em Radom, mas o corte de luz ainda está em vigor e, com as ruas sem iluminação, é quase impossível enxergar.

— Eu não acredito que a gente não trouxe uma lanterna — sussurra Bella.

— Fiz esse trajeto hoje mais cedo — diz Anna. — Fique perto de mim, eu sei para onde estou indo.

Bella sorri. Andar furtivamente por ruas secundárias, sob a pálida luz azulada da lua, faz com que se lembre das noites em que ela e Jakob costumavam se esgueirar de seus apartamentos para fazer amor no parque sob as castanheiras.

— É bem aqui — sussurra Anna.

Elas sobem um pequeno lance de escadas e entram na casa por uma porta lateral. Dentro, está ainda mais escuro do que na rua.

— Fica aqui um pouco enquanto eu acendo um fósforo — pede Anna, procurando dentro da bolsa.

— Sim, senhora — responde Bella, rindo.

Por toda a sua vida, era *ela* quem mandava em Anna, e não o contrário. Anna é a bebê, a queridinha da família. Porém, Bella sabe que, por trás do rostinho bonito e da expressão tranquila, sua irmã é muito esperta, capaz de fazer qualquer coisa que decida fazer.

Apesar de ser dois anos mais nova, Anna foi a primeira a se casar. Ela e o marido, Daniel, moram na mesma rua que Bella e Jakob em Lvov — uma situação que amenizou o sofrimento de Bella por ter deixado os pais. As irmãs se veem com frequência e conversam bastante sobre como convencer os pais a se mudarem para Lvov. No entanto, em suas cartas, Gustava insiste em que ela e Henry estão se virando bem sozinhos em Radom. "O consultório dentário do seu pai ainda traz alguma renda", escreveu ela na última correspondência. "Ele tem tratado dos alemães. Não faz sentido para nós nos mudarmos, pelo menos não ainda. Só prometam que vêm nos visitar quando puderem e que vão escrever sempre."

— Como você achou esse lugar? — pergunta Bella. Anna não havia lhe dado nenhum endereço, disse apenas para segui-la. Elas serpentearam por tantas ruelas estreitas no caminho, que ela perdera o senso de direção.

— Adam achou — responde Anna, tentando em vão acender um fósforo. — Pela Resistência — acrescenta. — Aparentemente, eles usavam isso antes, como uma espécie de esconderijo. Está abandonado e, por isso, a gente não deve receber nenhuma visita surpresa. — Finalmente, um fósforo se acende, levantando uma nuvem com cheiro de enxofre e um halo de luz âmbar. — Adam disse que deixou uma vela perto da torneira — murmura ela enquanto se arrasta até a pia com uma das mãos em concha protegendo a chama.

Adam também havia encontrado o rabino, o que Bella sabia que não tinha sido uma tarefa fácil. Quando Lvov caiu, os soviéticos destituíram os rabinos da cidade de seus títulos e os proibiram de exercer seu ofício. Aqueles que não conseguiram arranjar novos empregos foram para a clandestinidade. Yoffe foi o único rabino que Adam conseguiu encontrar, disse ele, e que não tinha medo de oficiar uma cerimônia de casamento, sob a condição de que o casamento ocorresse em segredo.

Sob o brilho fraco do fósforo, as formas da sala começam a se revelar. Bella olha em volta, para a sombra de uma chaleira em cima do fogão, a silhueta de uma tigela com colheres de pau no aparador, uma cortina preta escura, vedando a janela acima da pia. Quem quer que tenha morado aqui parece ter saído com pressa.

— Adam foi incrivelmente gentil em fazer isso por nós — diz Bella, mais para si mesma que para a irmã.

Havia conhecido Adam um ano antes, quando ele alugou um quarto no apartamento da família Kurc. Bella o conhecia principalmente como namorado de Halina, calmo, tranquilo e um tanto quieto — normalmente, sua voz mal era ouvida à mesa de jantar. Entretanto, desde que chegara a Lvov, Adam surpreendera Bella com sua habilidade para orquestrar o impossível, falsificando documentos para a família. Até onde os russos sabem, Adam trabalha num pomar fora da cidade, colhendo maçãs, mas, na clandestinidade, ele se tornou um valorizado falsificador. A esta altura, centenas de judeus já têm no bolso identidades produzidas por ele, feitas com tanta meticulosidade que Bella juraria que são verdadeiras.

Uma vez, ela perguntou como ele conseguia fazer com que parecessem tão autênticas.

— Elas *são* autênticas. Os selos, pelo menos, são — disse ele, então explicou como tinha descoberto que conseguia remover os selos oficiais do governo de identidades verdadeiras usando um ovo recém-cozido descascado. — Eu descolo o original com o ovo ainda quente. Em seguida, faço o ovo rolar sobre a nova identidade. Não me pergunte como, mas funciona.

— Encontrei! — A escuridão as envolve mais uma vez enquanto Anna se atrapalha com outro fósforo. Pouco depois, a vela está acesa.

Bella tira o casaco e o coloca no encosto de uma cadeira.

— Está frio aqui — sussurra Anna. — Me desculpe.

Carregando a vela, ela sai de perto da pia para ficar ao lado de Bella.

— Está tudo bem. — Bella segura um arrepio.

— Jakob está aqui? E Genek? Herta? Está tão silencioso.

— Está todo mundo aqui. Eles estão tomando seus lugares no vestíbulo, imagino.

— Então eu não vou me casar na cozinha?

Bella ri e depois suspira, percebendo que, por mais que tenha dito a si mesma várias vezes que se casaria com Jakob em qualquer lugar, a ideia de se casar com ele aqui, numa casa sombria e fantasmagórica de uma família que ela jamais conheceria, estava começando a deixá-la desconfortável.

— Por favor. Você é elegante demais para um casamento na cozinha.

Bella sorri.

— Eu não achei que ficaria nervosa.

— É o *dia do seu casamento*, é claro que você está nervosa!

As palavras reverberam nela e Bella fica em silêncio.

— Eu queria que mamãe e papai estivessem aqui — comenta ela por fim, e, quando escuta a si mesma, seus olhos se enchem de lágrimas.

Ela e Jakob haviam conversado sobre esperar até o fim da guerra para se casar, para que pudessem fazer uma cerimônia mais tradicional em Radom com as famílias. Porém, era impossível dizer quando a guerra terminaria. Eles resolveram que já tinham esperado tempo suficiente. A família Tatar e a família Kurc tinham ambas dado a bênção lá de Radom. Praticamente imploraram a Jakob e Bella que se casassem. Ainda assim, Bella odeia o fato de seus pais não poderem estar com ela. Odeia que, apesar de estar muito feliz agora ao lado de Jakob, ela também se sinta culpada. Isso está certo, ela se pergunta, celebrar enquanto o país está em guerra? Enquanto seus pais estão sozinhos em Radom — seus pais, que por toda sua vida lhe deram tanto e tiveram tão pouco? A memória de Bella viaja para o dia em que ela e Anna voltaram para casa depois da escola e encontraram o pai na sala de estar com um cachorro maltratado aos seus pés. O filhote era um presente, o pai lhes contou, de um paciente que estava passando por tempos difíceis e não tinha condições para pagar pela extração de um dente. Bella e Anna, que haviam implorado por um cachorro desde que eram pequenas, gritaram de alegria e correram para abraçar o pai, que passou os braços em torno delas enquanto o cachorro brincava mordendo de leve seus tornozelos.

Anna aperta a mão de Bella.

— Eu sei — diz ela. — Eu também queria que eles estivessem aqui. Mas eles desejam muito isso para você. Você não deve se preocupar com eles, não essa noite.

Bella balança a cabeça.

— É tão diferente do que eu tinha imaginado — sussurra.

— Eu sei — repete Anna, suavemente.

Quando adolescentes, Bella e Anna costumavam passar horas conversando deitadas na cama, criando histórias sobre como seria o dia de seu casamento. Naquela época, Bella o vislumbrava perfeitamente: o cheiro adocicado do buquê de rosas brancas que seria arranjado por sua mãe para que ela carregasse, o sorriso no rosto do pai quando erguesse o véu dela para lhe dar um beijo na testa sob a *chupá*; a emoção de Jakob colocando o anel em seu dedo indicador, um símbolo do amor deles que iria carregar com ela para o resto de sua vida. Seu casamento, caso tivesse sido realizado em Radom, estaria longe de ser suntuoso, isso ela sabe. Teria sido simples. Bonito. O que ela não poderia conceber era uma cerimônia secreta, realizada entre as paredes frias e sem vida de uma casa abandonada e lacrada, a quinhentos quilômetros dos pais. Porém, Bella lembra a si mesma, foi ela quem escolheu vir para Lvov, afinal. Ela e Jakob decidiram juntos se casar aqui. Sua irmã tem razão, seus pais desejavam isso para ela havia anos. Nessa noite, especialmente, ela deve se concentrar no que tem e não no que não tem.

— Ninguém poderia ter previsto isso — acrescenta Anna. — Mas pensa só — diz ela, com a voz mais animada. — Da próxima vez que você vir mamãe, você vai ser uma mulher casada. Difícil de acreditar, não é?

Bella sorri, querendo afastar as lágrimas.

— É, de certa forma — sussurra, pensando na carta do pai, que havia chegado dois dias antes. Nela, Henry descrevera o quanto ele e Gustava tinham ficado radiantes quando souberam de sua intenção de se casar. "Nós te amamos muito, querida Bella. Seu Jakob tem uma boa alma, esse menino, e uma ótima família. Nós todos comemoraremos, quando estivermos juntos novamente." Em vez de mostrar a carta para Jakob logo, Bella a colocou sob seu travesseiro e decidiu que a daria para ele ler mais tarde naquela noite, quando voltassem ao seu apartamento, casados.

Contraindo o estômago, Bella passa as mãos ao longo do corpete de renda de seu vestido.

— Eu estou muito feliz que tenha servido — diz, suspirando. — É tão bonito quanto eu me lembrava.

Quando Anna ficou noiva de Daniel, a mãe delas, sabendo que não poderiam pagar a uma costureira pelo tipo de vestido que Anna iria querer, resolveu fazer o vestido ela mesma. Ela, Bella e Anna vasculharam as páginas da *McCall* e da *Harper's Bazaar* atrás de modelos de que gostassem. Quando Anna finalmente escolheu seu preferido — inspirado em fotos de Barbara Stanwyck —, as três mulheres da família Tatar passaram uma tarde inteira na loja de Nechuma, debruçadas sobre rolos de cetins, sedas e fitas, maravilhadas com o glamour dos tecidos quando sentiam as texturas deles entre os dedos. Nechuma lhes vendeu os tecidos que enfim escolheram a preço de custo, e Gustava levou quase um mês para terminar o vestido — com decote em V, um corpete rendado, mangas compridas estilo Gibson, botões nas costas, uma saia evasê que vai até o chão e uma faixa de cetim branco amarrada no quadril. Encantada, Anna o considerou uma *obra-prima*. Bella esperava secretamente poder usá-lo algum dia.

— Eu estou muito feliz por ter trazido o vestido — comenta Anna. — Eu quase o deixei com mamãe, mas não consegui me separar dele. Ai, Bella.

— Anna se levanta para conduzi-la. — Você está tão linda! Vem — diz ela, arrumando o broche de ouro pendurado no pescoço de Bella para que fique perfeitamente centralizado —, antes que eu chore. Você está pronta?

— Quase.

Bella procura um tubo de metal no bolso do casaco. Ela remove a tampa e gira a parte inferior, então passa uma camada de batom vermelho nos lábios, desejando ter um espelho.

— Fico feliz que você tenha trazido isso também — comenta ela, esfregando os lábios antes de colocar o batom de volta no bolso. — E que estivesse disposta a compartilhá-lo — acrescenta.

Quando os batons sumiram do mercado — o Exército tinha usos melhores para petróleo e óleo de castor —, a maioria das mulheres que elas conheciam havia se agarrado ferozmente ao que restava dos seus suprimentos.

— É claro — diz Anna. — Então, *gotowa*?

— Pronta.

Carregando a vela numa das mãos, Anna conduz Bella suavemente por um corredor.

O vestíbulo recebe a iluminação fraca de dois pequenos castiçais, apoiados nos balaústres da escada. Jakob está ao pé dos degraus. De início, tudo o que Bella consegue distinguir dele é sua silhueta — seu tronco estreito, a curva suave de seus ombros.

— Vamos guardar essa aqui para mais tarde — avisa Anna, apagando a vela em sua mão. Ela dá um beijo na bochecha de Bella. — Eu te amo — diz, radiante, e então se dirige aos outros para cumprimentá-los. Bella não consegue enxergá-los, mas ouve sussurros: *Och, jaka piękna! Linda!*

Uma segunda silhueta permanece em pé imóvel ao lado de seu noivo, a luz das velas iluminando uma longa barba grisalha. Bella deduz que deve ser o rabino. Ela entra na área iluminada pela luz bruxuleante dos castiçais e roça o cotovelo no de Jakob, sente a tensão entre suas costelas sumir. Não está mais nervosa nem com frio. Ela se sente nas nuvens.

Quando se encontram com os dela, os olhos de Jakob estão marejados. Em cima dos saltos altos de marfim da irmã, está quase tão alta quanto ele. Jakob dá um beijo em sua bochecha.

— Olá, minha luz do sol — diz ele, sorrindo.

— Oi — responde Bella, sorrindo.

Alguém dá uma risadinha.

O rabino estende a mão. Seu rosto é um labirinto de rugas. Bella presume que ele deva ter uns 80 anos.

— Eu sou o rabino Yoffe — apresenta-se ele. Sua voz, assim como a barba, tem contornos ásperos.

— Prazer — cumprimenta Bella, pegando a mão dele e encostando-a em seu queixo. Seus dedos parecem frágeis e emaranhados entre os dela, como um feixe de gravetos. — Obrigada por vir — diz ela, sabendo o risco que ele corria por estar ali.

Yoffe tosse e pigarreia.

— Bom, podemos começar?

Jakob e Bella acenam positivamente com a cabeça.

— *Yakub* — começa Yoffe —, repita depois de mim.

Jakob faz o que pode para não errar as palavras do rabino Yoffe, mas é difícil; em parte porque seu hebraico é rudimentar, mas principalmente porque ele está distraído demais com a noiva para manter algum pensamento na cabeça por mais de alguns segundos. Ela está espetacular em seu vestido. No entanto, não é por causa do vestido que fica enlevado. Jakob nunca tinha visto a pele de Bella tão suave, os olhos tão brilhantes, o sorriso, mesmo nas sombras, formar um arco de cupido tão perfeito e radiante. Contrastando com o fundo de ébano da casa abandonada, envolta no brilho dourado da luz de velas, ela parece um anjo. Ele não consegue tirar os olhos dela. E por isso repete as orações aos tropeços, pensando não nas palavras, mas na imagem de sua futura esposa ao seu lado, memorizando cada curva dela, desejando que pudesse tirar uma foto para mostrar a ela mais tarde como estava bonita.

Yoffe puxa um lenço do bolso junto ao peito e o coloca sobre a cabeça de Bella.

— Ande sete vezes — orienta ele, desenhando com o indicador um círculo imaginário no chão — em torno de *Yakub*.

Bella descola seu cotovelo do de Jakob e obedece. Seus saltos ressoam suavemente nas tábuas do assoalho enquanto percorre um círculo, e depois outro. Toda vez que ela passa na frente de Jakob, ele sussurra:

— Você é maravilhosa.

E toda vez Bella enrubesce.

Depois que ela retorna para o lado de Jakob, Yoffe faz uma oração breve e enfia novamente a mão no bolso. Desta vez, pega um guardanapo de pano dobrado ao meio. Ele abre o pano e revela uma pequena lâmpada com o filamento rompido — uma lâmpada funcionando é preciosa demais para ser quebrada agora.

— Não se preocupem, não funciona mais — avisa ele, enrolando a lâmpada e dobrando o pano devagar para colocá-lo aos seus pés.

Alguma coisa range e Jakob se pergunta se são as tábuas do assoalho ou uma das articulações do rabino.

— Em meio a esta ocasião feliz — diz Yoffe, empertigando-se —, não devemos nos esquecer de quão frágil a vida realmente é. A quebra do vidro é um símbolo da destruição do templo em Jerusalém, da curta vida do homem na terra.

Ele faz um gesto para Jakob e, depois, para o chão. Jakob coloca o pé gentilmente sobre o guardanapo, resistindo à vontade de pisar por medo de que alguém possa escutar.

— *Mazel tov!* — abençoam os outros em voz baixa das sombras, também se esforçando para evitar os gritos.

Jakob segura as mãos de Bella, entrelaçando seus dedos nos dela.

— Antes de terminarmos — diz Yoffe, fazendo uma pausa e correndo os olhos de Jakob para Bella —, eu gostaria de acrescentar que, mesmo na escuridão, eu vejo o seu amor. Dentro, vocês estão cheios dele, e através de seus olhos, ele brilha.

Jakob aperta a mão de Bella com mais força. O rabino sorri, revelando a falta de dois dentes, e depois começa a cantar, recitando uma bênção final:

Vocês são abençoados, Senhor nosso Deus, o soberano do mundo,
que criou a alegria e a celebração; noivo e noiva,
comemoração, júbilo, prazer e deleite,
amor e irmandade, paz e amizade...

Os outros cantam junto, batendo palmas, enquanto Jakob e Bella selam a cerimônia com um beijo.

— Minha *esposa* — diz Jakob, com seu olhar dançando pelo rosto de Bella. A palavra parece nova e maravilhosa em seus lábios. Ele rouba um segundo beijo dela.

— Meu *marido*.

De mãos dadas, eles se viram para cumprimentar os convidados, que saem das sombras do vestíbulo para abraçar os recém-casados.

Alguns minutos depois, o grupo está reunido na sala de jantar para uma refeição improvisada, um jantar contrabandeado sob seus casacos. Não é nada sofisticado, mas ainda assim é delicioso — bolinhos de carne de cavalo, batatas cozidas e cerveja caseira.

Genek bate com um garfo levemente num copo e pigarreia.

— A *pan i pani* Kurc — diz com o copo erguido. — *Mazel tov!*

Jakob percebe como é difícil para Genek manter a voz baixa.

— Mazel tov — repetem os outros.

— E só demorou nove anos — acrescenta Genek, com um sorriso largo. Ao lado dele, Herta ri. — Mas, falando sério, ao meu irmãozinho e a sua noiva encantadora, que todos nós adoramos desde que conhecemos, que seu amor dure para sempre. *L'chaim!*

— *L'chaim* — repetem os outros em uníssono.

Jakob ergue o copo, sorrindo para Genek e desejando, como faz com frequência, ter feito isso antes. Se ele tivesse pedido a mão de Bella um ano atrás, eles poderiam ter celebrado um casamento mais adequado, com os pais, os irmãos, os tios e as tias presentes. Eles teriam dançado ao som da orquestra de Popławski, tomado champanhe em taças altas e comido bolo de gengibre. A noite, sem dúvida, teria Addy, Halina e Mila se revezando nas teclas de um piano, brindando os convidados com uma melodia de jazz, um noturno de Chopin. Ele olha para Bella. Eles concordaram que era a coisa certa a fazer, se casar aqui em Lvov, e, mesmo que ela nunca tenha dito isso, ele sabe que Bella deve ter um sentimento parecido em relação ao casamento que eles poderiam ter tido. O casamento que ela merecia. *Esquece isso*, diz Jakob a si mesmo, afastando a familiar pontada de remorso.

Ao redor da mesa, as pessoas brindam e as bases cilíndricas dos copos refletem a luz das velas quando a noiva, o noivo e os convidados tomam sua cerveja. Bella tosse e cobre a boca, as sobrancelhas arqueadas, e Jakob ri. Já faz meses desde a última vez que eles tomaram uma bebida alcoólica e a cerveja é amarga.

— Forte! — comenta Genek, com suas covinhas esculpindo sombras em suas bochechas. — A gente vai ficar bêbado sem perceber.

— Eu acho que já devo estar bêbada — acrescenta, cantarolando, Anna da ponta da mesa.

Enquanto os outros riem, Jakob se vira e apoia a mão no joelho de Bella por baixo da mesa.

— Seu anel está esperando por você em Radom — sussurra. — Sinto muito por não ter entregado a você antes. Eu estava esperando o momento perfeito.

Bella balança a cabeça.

— Por favor — diz ela. — Eu não preciso de um anel.

— Eu sei que esse não é...

— Shhh, Jakob — sussurra Bella. — Eu sei o que você vai dizer.

— Eu vou te compensar, amor. Eu prometo.

— Não. — Bella sorri. — Honestamente, está ótimo.

O coração de Jakob bate mais forte. Ele se inclina para mais perto dela, seus lábios roçando em sua orelha.

— Não é como nós imaginávamos que seria, mas eu quero que você saiba que nunca estive mais feliz do que estou agora — sussurra ele.

— Eu também — diz Bella, enrubescendo novamente.

CAPÍTULO 10

Nechuma

Radom, Polônia sob ocupação alemã ~ 27 de outubro de 1939

Nechuma reuniu os objetos de valor da família e os arranjou em fileiras ordenadas em cima da mesa de jantar. Juntas, ela e Mila fazem o inventário.

— Devemos levar o máximo que pudermos — comenta Mila.

— Sim — concorda Nechuma. — E também vou deixar algumas coisas com Liliana.

Os meninos de Nechuma cresceram jogando *kapela* com os filhos de Liliana no pátio do prédio; a família Kurc e a Sobczak são próximas.

— Não consigo acreditar que estamos indo embora — sussurra Mila.

Nechuma apoia as mãos no encosto de mogno entalhado de uma das cadeiras da sala de jantar. Ninguém tinha dito realmente as palavras ainda, não em voz alta, pelo menos.

— Eu também não acredito.

Dois soldados da Wehrmacht bateram à porta deles naquela manhã com a notícia.

— Vocês têm até o fim do dia para recolher seus pertences pessoais e sair — avisou um deles, entregando uma folha de papel para Sol com seu novo endereço estampado no cabeçalho. — Vocês vão voltar ao trabalho amanhã.

Ao lado do marido, Nechuma olhou para o homem e ele olhou para trás, com uma expressão de quem tinha comido alguma coisa estragada.

— A mobília fica — acrescentou ele, antes de se virar para sair.

Assim que a porta se fechou, Nechuma ergueu um punho e sussurrou uma série de palavrões. Depois, caminhou pelo corredor até a cozinha para enrolar um pano frio em volta do pescoço.

A visita dos soldados não tinha sido uma surpresa, claro. Nechuma pressentira que era apenas uma questão de tempo até os nazistas aparecerem. Um grande número de alemães havia chegado a Radom; eles precisavam de casas e o apartamento de cinco quartos da família Kurc era espaçoso, sua rua era uma das mais cobiçadas de Radom. Quando duas famílias judias foram despejadas na semana anterior, ela e Sol começaram a se preparar. Eles haviam contabilizado e polido a prata, enfiado alguns rolos de tecido atrás de uma parede falsa na sala de estar e até entrado em contato com o comitê que alocava novos endereços para os judeus despejados, a fim de solicitar um lugar que fosse limpo e espaçoso o suficiente para acomodar todos eles, incluindo Halina, Mila e Felicia. Ainda assim, nada poderia preparar Nechuma verdadeiramente para como ela iria se sentir ao deixar seu lar, depois de mais de trinta anos morando no número 14 da rua Warszawska.

— Vamos arrumar as malas rápido e acabar logo com isso — pediu ela, depois de se acalmar.

Enquanto Nechuma e Mila empilhavam seus pertences mais valiosos, Sol e Halina iam e voltavam do apartamento de dois quartos que havia sido designado para eles na rua Lubelska, no Bairro Antigo, carregando potes de cobre e abajures, um tapete persa, seu óleo sobre tela favorito, comprado anos antes, em Paris, um saco cheio de lençóis, um kit de costura, uma latinha com temperos de cozinha. Sem nenhuma indicação de quando eles poderiam retornar para casa, encheram as malas com roupas para todas as estações.

Ao meio-dia, Sol avisou que o apartamento estava quase cheio.

— Depois que levarmos os objetos de valor, não vamos ter espaço para quase nada.

Não foi uma surpresa, mas, ainda assim, Nechuma sentiu um vazio no peito. Ela sabia que a banheira, a escrivaninha e o piano teriam de ficar, assim como o antigo banco da penteadeira, que ela estofara com seda brocada francesa; a cabeceira de bronze com os belos entalhes em metal fundido e as colunas arredondadas, um presente surpresa de Sol no décimo aniversário de casamento deles; a cristaleira espelhada que pertencera a sua bisavó; o cesto de ferro forjado da varanda que ela enchia com gerânios e açafrões a cada primavera — ela iria sentir falta deles também. Entretanto, como poderiam deixar para trás o retrato do pai de Sol, Gerszon, que ficava pendurado na sala de estar? As toalhas de mesa índigo a as estatuetas de marfim que ela colecionara ao longo dos anos em suas viagens? A tigela de cristal decorada com uvas de vidro soprado que ela colocara na janela da sala para refletir o sol da manhã?

A tarde passou enquanto Nechuma perambulava pelo apartamento, correndo os dedos pela lombada dos seus livros preferidos e examinando caixas com desenhos e trabalhos de escola que havia guardado dos filhos. Embora não fossem servir para nada no novo apartamento, quando mexeu neles, Nechuma percebeu que essas eram as coisas que importavam. Essas eram as coisas que os definiram. No fim, ela se permitiu fazer uma mala de lembranças, coisas das quais simplesmente não poderia se separar: uma coleção de valsas para piano de Chopin, um maço de fotos de família, um livro com poesias de Peretz. Ela colocou na mala a partitura de uma peça que Addy aprendeu quando tinha 5 anos — uma canção de ninar de Brahms, com uma anotação de seu professor de piano rabiscada na margem: "Muito bom, Addy, continue trabalhando duro." Um porta-retratos folheado a ouro, gravado com o ano de 1911, com uma foto de Mila, careca e com os olhos enormes, não maior do que Felicia está agora. Os sapatinhos vermelhos de couro que estiveram nos pés de Genek, depois nos de Addy e então nos de Jakob quando eles deram seus primeiros passos. O grampo de cabelo rosa desbotado que Halina insistira em usar todos os dias, durante anos. O restante das coisas dos filhos ela colocou cuidadosamente em caixas, que depois empurrou para o fundo do guarda-roupa mais profundo, rezando para que pudesse voltar para elas em breve.

Agora, na mesa da sala de jantar, Nechuma separa uma sopeira de prata e uma concha para a família Sobczak. O restante, decide, vai levar com eles.

— Vamos começar com a porcelana — diz.

Ela pega da mesa uma xícara de chá, ornamentada com ouro e delicadas peônias cor-de-rosa pintadas na borda. Eles embrulham as xícaras e os pires separadamente, um por um, em guardanapos de linho, acomodam-nos numa caixa e depois passam para a prataria — dois conjuntos, um herdado da mãe de Sol, outro da de Nechuma.

— Eu pensei em cobrir esses com tecido e costurar numa camisa para ficarem parecidos com botões — sugere Nechuma, apontando para duas moedas de ouro que havia colocado em cima de uma pilha considerável de zlotys, a parte das suas economias que conseguira sacar do banco antes que as contas deles fossem congeladas.

— Boa ideia — diz Mila. Ela pega um espelho de mão e, por um momento, olha para o próprio reflexo, torcendo o nariz ao ver suas olheiras. — Isso foi da sua mãe, não foi?

— Sim, foi.

Mila coloca cuidadosamente o espelho na caixa, dobrando alguns metros de seda italiana cor de marfim e de renda francesa sobre ele.

Nechuma empilha os zlotys e os enrola num guardanapo, junto com as moedas de ouro, então o coloca dentro de sua bolsa.

A mesa está vazia agora, exceto por uma bolsinha de veludo preta. Mila a apanha.

— O que é isso? — pergunta. — É pesado.

Nechuma sorri.

— Aqui. Eu vou te mostrar. — Mila passa a bolsinha para Nechuma, que afrouxa o cordão que a fecha. — Abra a mão — pede ela, esvaziando o conteúdo da bolsinha na palma da mão de Mila.

— Ah! — exclama Mila. — Ai, meu Deus.

Nechuma olha para o colar que brilha na mão da filha.

— É uma ametista — sussurra. — Eu a encontrei há alguns anos, em Viena. Tinha alguma coisa nela... Eu não consegui resistir.

Mila gira a pedra púrpura, os olhos arregalados refletem a luz do lustre acima delas.

— É lindo — comenta ela.

— É, não é mesmo?

— Por que você nunca o usou? — pergunta Mila, segurando o colar na altura do pescoço, sentindo o peso da pedra, o ouro da corrente repousado sobre seu colo.

— Não sei. Parece um pouco de ostentação. Eu sempre me senti constrangida em usá-lo.

Nechuma relembra como, no dia em que viu o colar pela primeira vez, a ideia de possuir algo tão extravagante fez suas pernas tremerem. Era 1935, ela estava em Viena para fazer compras para a loja e parou diante da vitrine de uma joalheria no caminho de volta para a estação de trem. Experimentou o colar e decidiu, num impulso incomum para ela, que ele deveria ser seu, questionando-se, assim que saiu da loja, se iria se arrepender da decisão. Era um investimento, disse a si própria. E, além do mais, tinha feito por merecê--lo. Àquela altura, a loja estava indo bem já havia alguns anos e a maioria dos seus filhos já era independente, estava nos últimos anos de faculdade, ganhando o próprio sustento. Custava um preço exorbitante, sim, mas ela se lembra de ter pensado que também foi a primeira vez na vida em que podia tranquilamente justificar esbanjar um pouco de dinheiro.

Nechuma volta a si com o som de batidas à porta. Ela perdeu a noção do tempo. Os soldados da Wehrmacht devem ter voltado para escoltá-los para fora. Mila coloca rapidamente o colar dentro da bolsinha e Nechuma a enfia por baixo da blusa, entre os seios.

— Você consegue vê-la? — pergunta.

Mila acena negativamente com a cabeça.

— Espere aqui — sussurra Nechuma. — Não tira os olhos disso aqui — acrescenta, colocando sua bolsa em cima da caixa com os objetos de valor que está no chão. Mila acena com a cabeça.

Nechuma se vira e empertiga as costas, respirando fundo, recompondo--se. À porta, ela ergue o queixo de forma quase imperceptível, enquanto diz aos soldados da Wehrmacht num alemão rudimentar que seu marido e sua filha estarão em casa logo para ajudá-las a carregar os últimos pertences.

— Precisamos de mais quinze minutos — diz friamente.

Um dos soldados olha para o relógio

— *Fünf minuten* — retruca rispidamente. — *Schnell.*

Nechuma não diz nada. Ela se vira, resistindo à vontade de cuspir nas botas de couro lustrado do oficial. Com os dedos fechados em volta da chave do apartamento — ainda não está pronta para entregá-la —, percorre sua casa uma última vez, entrando rapidamente em cada cômodo, procurando algo que possa ter se esquecido de colocar nas malas, forçando os olhos a passar rapidamente pelas coisas que antes havia decidido que não poderia levar; se olhar por muito tempo para elas, vai repensar a decisão e deixá-las para trás será uma tortura. Em seu quarto, ajeita a base de uma luminária para que fique alinhada com a frente da penteadeira, e alisa uma ruga na colcha da cama. Ela dobra uma toalha de linho no banheiro. Puxa uma cortina no quarto de Jakob para que fique alinhada com a outra. Ela arruma o apartamento como se fosse receber alguma visita.

Na sala de estar, que deixara por último, Nechuma se demora um pouco mais, olhando para o espaço onde seus filhos haviam praticado horas e horas ao piano, onde por tantos anos eles se reuniram depois das refeições com alguém ao teclado. Andando até o instrumento, ela passa a mão sobre a tampa polida. Lentamente, sem fazer nenhum barulho, ela fecha a tampa sobre as teclas. Virando-se, observa as paredes da sala revestidas de painéis de carvalho; a mesa perto da janela com vista para o pátio, onde ela adorava, mais que tudo, se sentar e escrever; o sofá de veludo azul com poltronas combinando; o lintel de mármore da lareira; as prateleiras da estante, cheias, do chão até o teto, de música — Chopin, Mozart, Bach, Beethoven, Tchaikovsky, Mahler, Brahms, Schumann, Schubert — e com as obras dos compositores poloneses preferidos deles: Sienkiewicz, Żeromski, Rabinovitsh, Peretz. Caminhando silenciosamente para sua escrivaninha, Nechuma espana um pouco de poeira do tampo de madeira acetinada, grata por ter se lembrado de colocar nas malas seu material de escritório e sua caneta-tinteiro favorita. Amanhã escreverá para Addy, em Toulouse, falando da situação deles, do novo endereço.

Addy. Nechuma está bastante preocupada com o fato de que ele em breve vai deixar Toulouse para se juntar ao Exército. Ela já teve de lidar com o estresse de ter dois filhos nas Forças Armadas. Ao menos o tempo de serviço de Genek e Jakob fora curto. A Polônia tinha caído rapidamente. A França, por outro lado, ainda não havia entrado na guerra. Caso os franceses se envolvam, e parece só uma questão de tempo para que o façam, não há como dizer quanto tempo os combates vão durar. Addy pode usar a farda por meses. Anos. Nechuma estremece, rezando para que seu filho receba sua carta antes de ele partir para Parthenay. Ela vai ter de escrever para Genek e Jakob em Lvov também. Seus filhos ficarão furiosos quando souberem que a família foi despejada da própria casa.

Nechuma olha para o teto, enquanto seus olhos se enchem de lágrimas. *É só temporário*, diz a si mesma. Suspirando, ela olha para o retrato do sogro. Ele a encara com seu olhar severo, penetrante. Nechuma engole em seco e, em seguida, acena com a cabeça em sinal de respeito.

— Cuide da nossa casa por nós, está bem? — sussurra.

Ela leva os dedos aos lábios e depois à parede. Em seguida, caminha lentamente até a porta.

CAPÍTULO 11

Addy

Arredores de Poitiers, França ~ 15 de abril de 1940

Sob as copas de um verde profundo de uma fileira interminável de ciprestes, uma dúzia de pares de solas de couro pisoteiam a terra. Os homens estão andando desde o amanhecer; em breve, vai anoitecer.

Addy passou horas ouvindo o ritmo sincronizado dos passos atrás dele, ignorando as bolhas nos pés e pensando em Radom. Seis meses se passaram desde que teve notícias da mãe; era fim de outubro quando recebeu a última carta. Ela escreveu para lhe dizer que a família estava em segurança — todos, menos Selim, que havia desaparecido. Que seus irmãos ainda estavam em Lvov, que Jakob e Bella iriam se casar em breve. "A loja foi fechada. Nós fomos colocados para trabalhar", escreveu Nechuma, dando detalhes sobre suas novas atribuições. Havia toques de recolher, racionamento de comida e considerava os alemães desprezíveis, mas tudo o que importava, insistia Nechuma, era que eles estavam com boa saúde e, na maior parte do tempo, conseguiam dar conta de tudo. Antes de assinar, ela disse que duas famílias judias do prédio haviam sido despejadas e forçadas a se mudar para apartamentos pequenos no Bairro Antigo, "Receio", escreveu, "que sejamos os próximos".

Em sua resposta, Addy implorou a ela que o avisasse imediatamente se fosse forçada a se mudar e que enviasse o endereço de Jakob e Genek, mas não recebeu nenhuma resposta antes de deixar Toulouse. Agora ele está em movimento e é impossível receber uma carta. Sentiu um aperto no peito que, com o passar dos dias e das semanas, fica ainda mais forte. Addy odeia essa inquietação de se sentir tão distante, impotente, separado de sua família na Polônia.

Addy muda o foco, concentrando-se em pensamentos positivos. Tinha ficado fácil pensar no pior. Ele não pode cair nessa armadilha. Então, em vez de imaginar seus pais e irmãs expulsos de casa e escravizados em alguma cozinha ou fábrica sob a vigilância da Wehrmacht, pensa em Radom — a *velha* Radom, aquela de que ele se lembra. Pensa em como a primavera em sua cidade natal sempre foi sua época preferida do ano, pois é a estação dos jantares do Seder de Pessach e dos aniversários — seu e de Halina. É na primavera que os rios Radomka e Mleczna, que margeiam a cidade, ficam mais caudalosos, alimentando os campos de centeio e os pomares; quando as copas das castanheiras ao longo da rua Warszawska começam a se encher de folhas, fornecendo sombra para os clientes que percorrem as lojas no térreo à procura de couro, sabonetes e relógios de pulso. A primavera é quando as jardineiras que enfeitam as varandas da rua Malczewskiego transbordam de papoulas carmim, um alívio bem-vindo depois dos longos invernos cinzentos; quando o parque Kościuszki fica lotado de vendedores de pepinos em conserva, beterraba ralada, queijo defumado e farinha de centeio azeda na feira das quintas-feiras; quando Anton, vizinho da família Kurc, convida as crianças do prédio a verem seus filhotinhos, que ainda mal parecem pássaros, todos minúsculos e salpicados de manchinhas cor de creme, incapazes sequer de sustentar a própria cabeça. Quando era menino, Addy adorava ver a revoada de pombos de Anton sair de sua janela e ir até os beirais do telhado do prédio, onde arrulhavam baixinho, observando o pátio antes de voltar, entrando pela janela, para o caixote de madeira que seu dono tinha construído para eles.

Addy sorri com as lembranças, mas é abruptamente trazido de volta ao presente por um barulho que desperta sua consciência e faz as imagens desaparecem de sua mente. Um farfalhar. Ele se enrijece e para, então ergue o cotovelo a noventa graus, a palma da mão virada para a frente, a ponta dos dedos em direção ao céu. Num instante, os soldados atrás dele param. Addy inclina a cabeça para escutar melhor. E lá está novamente o farfalhar, vindo de um aglomerado de arbustos mais velhos, aos pés de um cipreste alguns metros à frente. Ele destrava o fuzil.

— Pronto — sussurra em polonês, colocando o dedo indicador na curva de metal do gatilho da arma e apontando o cano para o mato.

De trás dele vem o clique suave de doze outras armas sendo destravadas. O farfalhar continua. Addy pensa em atirar, mas decide esperar. E se for apenas um guaxinim — ou uma criança?

Um ano atrás, era capaz de contar nos dedos de uma das mãos quantas vezes tinha portado uma arma. Quando mais jovem, seu tio ocasionalmente o convidava e aos seus irmãos para caçar faisões. Enquanto Genek parecia gostar do esporte, Addy e Jakob preferiam ficar para trás, aquecidos pela fogueira, sem nenhum interesse em todo aquele processo de fazer um pássaro sair de seu esconderijo. Agora, pensar na responsabilidade que assume cada vez que aponta a arma faz sua cabeça rodar.

Ele e seus homens apontam os canos para os arbustos e esperam. Depois de um minuto, uma coisa pequena aparece perto do chão, triangular, preta e brilhante. Logo depois, um par de ramos mais baixos se abre e surge um cão de caça. Ele fareja o céu que escurece e olha displicentemente para trás, para os homens que o encaram, para os treze canos apontados para ele. Addy suspira agradecido por não ter atirado de imediato. Ele baixa o fuzil.

— Você assustou a gente, *kapitan* — diz, mas o cão, desinteressado, vira-se e segue trotando pela lateral da estrada, indo para o leste.

— A gente tem um novo guia — brinca Cyrus, da retaguarda. — O capitão Patas. — Ouve-se um murmúrio de risadas.

— Vamos embora — comanda Addy. As armas são travadas e os homens marcham, o ar ao redor deles se enche novamente com a cadência constante de botas pisando na terra.

No alto, a cobertura de nuvens é espessa. O ar está fresco e tem cheiro de chuva. Addy decide que, um quilômetro ou dois adiante, eles vão montar acampamento, antes que a luz se vá, antes que a chuva caia. Enquanto isso, ele deixa sua mente vagar para Toulouse, pensando em como sua vida agora está diferente do que era seis meses atrás.

No dia 5 de novembro, Addy tinha relutantemente deixado seu apartamento na rue de Rémusat e, no dia 6, como lhe fora ordenado, apresentou-se para o serviço militar em Parthenay, com a Segunda Divisão de Infantaria Polonesa do Exército Francês, a 2DSP. Depois de oito semanas de treinamento básico, recebeu uma farda de oficial do Exército francês e lhe atribuíram — graças ao seu diploma de engenharia e à sua fluência em francês — o posto de *sergent de carrière*, que o colocou como responsável por doze *sous-officiers*. Addy gostou da companhia dos outros homens da 2DSP; cercando-se de um grupo de jovens poloneses, preencheu um pouquinho do vazio que o consumia desde quando lhe fora negado o direito de voltar para casa — mas isso era tudo o que conseguia achar reconfortante em relação ao Exército. Ele fazia o possível para disfarçar, mas estranhava o fuzil em suas mãos, e, quando seu capitão gritava ordens em sua direção, seu instinto era de rir. Durante os exercícios, ele se viu compondo músicas mentalmente para se distrair da monotonia das corridas e das práticas de tiro. Apesar do desgosto que sentia pelo ambiente militar, no entanto, Addy achou que os dias passariam de forma mais agradável se aceitasse a rotina. Depois de um tempo, ele já usava suas divisas duplas com modesto orgulho, e descobriu que era realmente bom em liderar seu pequeno esquadrão. Bom, ao menos na logística daquilo tudo — em levar seus homens do ponto A ao ponto B, e, enquanto isso, descobrir seus pontos fortes e lhes delegar tarefas. Quando estavam em movimento, por exemplo, Bartek fazia as fogueiras do acampamento todas as noites. Padlo cozinhava. Novitski subia na árvore mais alta das redondezas para se certificar de que não havia perigo por perto. Sloboda ensinou aos homens puxar com segurança o pino das granadas wz-33 que eles levavam nos cintos e o que fazer se uma bala ficasse engasgada no cano de seus Berthiers caso houvesse algum problema ao recarregar. E Cyrus, o melhor de todos, se Addy tivesse de escolher um, puxava canções de marcha para passar o tempo. Até agora, as favoritas eram *Marsz Pierwszej Brygady* e, claro, o hino mais patriótico da Polônia, *Boże, coś Polskę*.

Alguns dias atrás, o pelotão de Addy, assim como outros do 2DSP, recebera ordens para marchar cinquenta quilômetros para leste até Poitiers. Addy imagina que eles ainda tenham mais vinte quilômetros para cobrir. De Poitiers, eles irão continuar por mais setecentos quilômetros adiante num comboio militar até Belfort, na fronteira com a Suíça, e de Belfort eles se juntarão ao Oitavo Exército da França em Colombey-les-Belles, uma cidade não muito distante da fronteira alemã que fica junto da linha de defesa Maginot. Addy nunca esteve em Poitiers, Belfort ou Colombey-les-Belles, mas as estudou no mapa. Eles não estão nem perto de lá.

— Cyrus! — grita Addy por cima do ombro, precisando de uma distração. — Uma música, por favor.

Da retaguarda da fila vem um "Sim senhor!" e, depois de uma breve pausa, um assobio. Ao som das primeiras notas, os ouvidos de Addy se animam. Ele reconhece a melodia imediatamente. A música se chama *List*. É *dele*. Os outros a reconhecem também e se juntam ao assobio, que fica mais alto.

Addy sorri. Ele não contou para ninguém sobre seu sonho de ser um compositor, ou sobre a música que escreveu antes da guerra, aparentemente um sucesso grande o suficiente para que seu pelotão a conhecesse de cor. Talvez seja um sinal, pensa. Talvez ouvir isso indique que é apenas uma questão de tempo até ele voltar a ter contato com a família. Afinal, é uma canção sobre uma carta. O aperto no peito de Addy diminui. Ele cantarola junto com seus homens, antecipando o que escreverá na próxima carta para casa enquanto marcha: "Mãe, você não vai acreditar no que eu ouvi hoje no campo..."

10 DE MAIO DE 1940: *Os nazistas invadem a Holanda, a Bélgica e a França. A despeito da defesa dos Aliados, a Holanda e a Bélgica se rendem no mesmo mês.*

3 DE JUNHO DE 1940: *Os nazistas bombardeiam Paris.*

22 DE JUNHO DE 1940: *Os governos francês e alemão firmam um armistício, dividindo a França entre uma "zona livre", ao sul, sob o comando fantoche do marechal Petain, baseada em Vichy, e uma "zona ocupada", ao norte e ao longo da costa francesa no Atlântico.*

CAPÍTULO 12

Genek e Herta

Lvov, Polônia sob ocupação soviética ~ 28 de junho de 1940

B atem à porta no meio da noite. Os olhos de Genek se abrem de repente. Ele e Herta se sentam na cama, piscando na escuridão. Uma nova batida, então uma ordem.

— *Otkroitie dveri!*

Genek se livra do lençol e se atrapalha com a correntinha do abajur de sua mesa de cabeceira, semicerrando os olhos, enquanto sua vista se acostuma com a luminosidade. O ar no quartinho está quente, viciado. Com o corte de energia ainda vigorando em Lvov, suas cortinas estão permanentemente fechadas. Não existe isso de dormir com as janelas abertas. Ele enxuga a camada de suor da testa com as costas da mão.

— Você não acha que... — sussurra Herta, mas é interrompida por mais gritos.

— *Narodnyy Komissariat Vnutrennikh Del!* — A voz lá fora é alta o bastante para acordar os vizinhos.

Genek prageja. Os olhos de Herta estão arregalados. São eles. A polícia secreta. Eles se levantam da cama.

Durante os nove meses desde que se mudaram para Lvov, Genek e Herta ouviram histórias dessas batidas policiais no meio da noite, de homens, mulheres e crianças arrancados de suas casas com falsas acusações sobre dívidas, por supostamente fazerem parte da Resistência ou pelo simples fato de serem poloneses. Vizinhos dos acusados disseram ter ouvido passos, batidas à porta, latidos de cachorro e, na manhã seguinte, nada; as casas estavam vazias. As pessoas, famílias inteiras, desapareciam. Para onde haviam sido levados, ninguém sabia.

— É melhor atendermos — diz Genek, convencendo-se de que não tinha nada a temer. O que a polícia secreta poderia ter contra ele? Não fizera nada de errado. Ele pigarreia. — Estou indo — responde, pegando um roupão e, no último instante, na cômoda, a carteira, que em seguida enfia no bolso. Herta veste o roupão por cima da camisola e vai atrás dele no corredor.

Assim que Genek destranca a porta, um grupo de soldados empunhando rifles invade o apartamento, formando um semicírculo ao redor deles. Genek sente o cotovelo de Herta se aninhando no seu braço enquanto ele conta distintivos com foices e martelos nos quepes azuis e castanho-avermelhados — são oito homens ao todo. Por que tantos? Ele olha com atenção para os intrusos, os punhos fechados, os pelos de sua nuca arrepiados. Os soldados o encaram com os dentes cerrados, até que um deles finalmente avança. Genek o avalia. É baixinho, tem o físico atarracado de um lutador e uma evidente arrogância — ele está no comando. Uma pequena estrela vermelha acima da aba de seu quepe balança para cima e para baixo quando ele acena com a cabeça para seus homens, que, obedientes, se viram e passam por eles, entrando no corredor.

— Esperem! — protesta Genek, fazendo uma careta para as costas da túnica dos soldados. — Que direito vocês... — Ele quase diz "seus vermes", mas se repreende. — Que direito vocês têm de revistar a minha casa? — Genek sente o sangue começar a pulsar em suas têmporas.

O oficial no comando tira uma folha de papel do bolso na altura do peito. Ele o desdobra cuidadosamente e lê.

— Gerszon Kurc? — Soa como *Gairzon Koorc*.

— Eu sou Gerszon.

— Nós temos um mandado de busca no seu apartamento. — O polonês do oficial é sofrível, um sotaque carregadíssimo. Ele balança o papel na cara de Genek por um instante, como que para provar o que dizia, depois o dobra novamente e o recoloca no bolso.

Genek ouve o caos que estão causando nos outros cômodos — gavetas arrancadas de uma cômoda, móveis sendo arrastados pelo assoalho, papéis espalhados pelo chão.

— Um mandado? — Genek estreita os olhos. — Baseado em quê?

Ele olha para o rifle do policial, pendurado em seu ombro. Tinham mostrado a ele fotos de carabinas soviéticas no Exército, mas Genek nunca vira uma de perto. Essa se parece com uma m38. Ou talvez uma m91/30. Ele sabe onde fica a trava de segurança. Ela está destravada.

— O que está acontecendo afinal?

O oficial ignora a pergunta.

— Espere aqui — ordena ele, enfiando os dedos em seu cinturão e andando casualmente pelo vestíbulo, como se estivesse em sua própria casa.

Deixada sozinha no foyer, Herta afasta seu cotovelo do de Genek e coloca os braços em torno do peito, hesitando ao ouvir o som de alguma coisa pesada batendo no chão.

— Desgraçados — sussurra Genek baixinho. — Quem eles pensam...

Herta olha em seus olhos.

— Não deixe que te ouçam — murmura ela.

Genek para de falar imediatamente, a respiração pesada pelas narinas dilatadas. Ficar quieto é quase impossível para ele. Coloca as mãos nos quadris. O advogado que há em Genek grita para que exija ver o mandado — não pode ser verdadeiro —, mas alguma coisa lhe diz que isso não vai adiantar nada.

Depois de alguns minutos, o grupo de homens fardados volta a se reunir perto da porta. Eles se postam com os pés afastados, na medida de seus ombros, com os peitos estufados como galos, ainda empunhando as armas. O sujeito que está no comando aponta para Genek.

— Nós vamos levá-lo para interrogatório, *Koorc*.

— Por quê? — pergunta Genek por entre os dentes. — Eu não fiz nada de errado.

— Só algumas perguntas.

Genek olha para o russo com raiva, desfrutando do fato de ser um palmo mais alto que o oficial, que precisa olhar para cima para encará-lo nos olhos.

— E depois eu vou estar liberado para voltar para casa?

— Sim.

Herta dá um passo à frente.

— Eu vou com você — diz ela.

É uma afirmação e seu tom é definitivo. Genek olha para ela, pensa em argumentar, mas Herta está certa, é melhor que ela o acompanhe. E se o NKVD voltar?

— Ela vem comigo — diz Genek.

— Certo.

— Nós precisamos nos vestir — comenta Herta.

O oficial olha para seu relógio e depois sinaliza com os dedos.

— Vocês têm três minutos.

No quarto, Genek veste as calças e uma camisa de botão. Herta põe uma saia e depois pega uma mala debaixo da cama.

— Para o caso de precisarmos — diz. — Quem sabe quando vamos voltar.

Genek acena positivamente com a cabeça e pega sua mala também. Por mais que relute em admitir, Herta pode estar certa em pensar o pior. Ele embala algumas roupas de baixo, as botas que recebeu no Exército, quase novas, uma foto dos pais, um canivete, um pente de casco de tartaruga, um baralho de cartas, seu caderno de endereços. Pega a carteira no robe e a enfia no bolso da calça. Herta coloca na mala uma pequena pilha de meias, roupas de baixo, uma escova de cabelo, dois pares de calças, uma túnica de lã. No último instante, eles resolvem levar seus casacos de inverno e, então, caminham rapidamente pelo corredor até a cozinha para pegar o pedaço que restou de um pão, uma maçã e um pouco de peixe salgado na despensa.

— Minha carteira — sussurra Herta. — Eu quase esqueci. — Então passa novamente pelo quarto. Genek vai atrás dela, franzindo a testa ao se lembrar de que sua carteira está quase vazia.

— Vamos embora! — grita do foyer o oficial.

— Achou? — pergunta Genek. Herta não responde. Ela está em pé junto à porta do armário.

— Sumiu — sussurra ela.

Genek leva o punho à boca para não xingar.

— O que tinha nela?

— Minha identidade, algum dinheiro... muito dinheiro. — Herta apalpa seu pulso esquerdo. — Meu relógio também sumiu. Estavam na mesinha de cabeceira, eu acho.

— Vermes — sussurra Genek.

O oficial grita outra vez, e Genek e Herta caminham em silêncio até o foyer.

Vinte minutos depois, eles se sentam diante de uma mesinha em frente a um oficial usando um quepe no mesmo azul vivo e castanho-avermelhado dos usados pelos homens que os levaram até ali. A sala está vazia, exceto por um retrato de Josef Stalin pendurado na parede atrás da mesa. Genek sente os olhos encimados por sobrancelhas grossas do secretário geral sobre si como os de um abutre e se esforça para resistir à vontade de arrancar a foto da parede e destruí-la.

— Você disse que é *polonês.* — O oficial diante deles não faz o menor esforço para disfarçar a repugnância na voz. Ele olha de lado para uma folha de papel que está segurando. Genek se pergunta se seria o tal mandado.

— Sim, eu sou polonês.

— Onde você nasceu?

— Em Radom, a trezentos e cinquenta quilômetros daqui.

O oficial coloca o papel sobre a mesa e Genek reconhece imediatamente a caligrafia como sua. O papel, percebe, é um formulário — um questionário que foi obrigado a preencher ao assinar o contrato de aluguel com o administrador de seu apartamento na rua Zielona, pouco depois de os soviéticos assumirem o controle de Lvov, em setembro. O contrato fora escrito em papel timbrado soviético; Genek não dera muita importância a isso na época.

— Sua família ainda está em Radom?

— Sim.

— A Polônia se rendeu há nove meses. Por que você não voltou?

— Eu consegui um emprego aqui — explica Genek, ainda que isso seja meia verdade.

Sendo inteiramente honesto, ele está relutando em voltar para casa. As cartas de sua mãe pintam um cenário horrível de Radom — das braçadeiras que os judeus foram forçados a usar o tempo todo, do toque de recolher, das doze horas diárias de trabalho, das leis proibindo-os de usar as calçadas, de ir ao cinema, de ir às agências de correio sem uma autorização especial. Nechuma escreveu sobre como eles, assim como milhares de outras pessoas que moram no centro da cidade, foram despejados de seu apartamento e obrigados a pagar aluguel por um espaço bem reduzido, no Bairro Antigo. "Como podemos pagar o aluguel se eles nos tiraram nossos próprios negócios, confiscaram nossas economias e nos colocaram para trabalhar como escravos por quase nada?", contou ela, irritada. Nechuma insistiu para que ele ficasse. "Você está melhor em Lvov", escreveu.

— Que tipo de trabalho?

— Num escritório de advocacia.

O oficial olha para ele, desconfiado.

— Você é judeu. Judeus não servem para ser advogados.

As palavras chiam como gotas de água numa panela quente.

— Eu sou assistente no escritório — explica Genek.

O oficial se inclina para a frente em sua cadeira de madeira, apoiando os cotovelos na mesa.

— Você entende, Kurc, que agora você está em solo *soviético*?

Genek entreabre os lábios, tentado a soltar um *Não, senhor, o senhor está errado; o senhor é que está em solo* polonês!, mas reflete sobre o assunto e é nesse momento que entende por que foi detido. O questionário. Ele lembra que havia um quadradinho que devia marcar para aceitar a cidadania soviética. Tinha-o deixado em branco. Pareceu soar falso dizer qualquer coisa que não polonês. Como poderia fazer isso? A União Soviética é — sempre fora — inimiga de sua pátria. Além do mais, ele havia passado todos os dias de sua vida na Polônia, havia lutado pela Polônia — tinha certeza de que não abandonaria sua nacionalidade só porque a fronteira mudara. Genek sente a temperatura do corpo aumentar quando percebe que aquele questionário não era apenas uma formalidade, e sim uma espécie de teste. Uma forma de os soviéticos separarem os orgulhosos dos fracos. Ao recusar a cidadania, colocou em si mesmo o rótulo de resistente, alguém que poderia ser perigoso. Por que outro motivo iriam atrás dele? Genek cerra os lábios, recusando-se a admitir que há verdade na declaração do oficial e, em vez disso, encara o homem com um olhar obstinado e frio.

— E, mesmo assim — prossegue o oficial, colocando o indicador sobre o questionário —, você *continua* dizendo que é polonês.

— Eu disse. Eu sou da *Polônia*.

As veias no pescoço do oficial escurecem para combinar com o roxo de seu colarinho.

— *Não* existe mais uma *Polônia*! — exclama ele, cuspindo um perdigoto.

Surge uma dupla de soldados, e Genek reconhece que são dois dos homens que revistaram seu apartamento. Genek os encara, perguntando-se se foi um deles que roubou a bolsa de Herta. *Bandidos.* E então acaba. O oficial os dispensa com um movimento de queixo, e Genek e Herta são levados para fora da delegacia, para a estação de trem.

Está escuro dentro do vagão de gado. E quente, o ar pesado e fedendo a dejetos humanos. Deve haver quase quarenta pessoas enfiadas ali dentro, mas não há como ter certeza — é difícil saber —, e eles perderam a noção de quantos morreram. Os prisioneiros estão sentados ombro a ombro, as cabeças balançando juntas, para a frente e para trás, enquanto o trem avança ruidosamente sobre trilhos sinuosos. Genek fecha os olhos, mas é impossível dormir sentado e levará horas até que seja sua vez de se esticar. Um homem se agacha sobre um buraco no meio do vagão e Herta tem ânsia de vômito. O fedor é insuportável.

É dia 23 de julho. Eles estão confinados no vagão de gado há vinte e cinco dias. Genek entalhou no assoalho com seu canivete uma pequena marca para cada dia. Em alguns deles, o trem viaja sem parar, noite adentro, sem jamais diminuir a velocidade. Em outros, ele para e as portas são abertas, revelando uma pequena estação com uma placa com um nome incompreensível. De vez em quando, uma alma corajosa de uma aldeia das redondezas se aproxima dos trilhos, lamentando. *Pobre gente... Para onde estão levando essas pessoas?* Alguns chegam carregando um pedaço de pão, uma garrafa de água, uma maçã, mas os guardas russos logo os afugentam, apontando seus M38 engatilhados. Na maioria das paradas, alguns vagões são desconectados e virados para o norte ou para o sul. O vagão de Genek e Herta, entretanto, continua em seu caminho. Não disseram quando nem onde irão desembarcar, é claro, mas, apertando o rosto nas fissuras das paredes do vagão, conseguem ver que estão indo para leste.

Assim que embarcaram no vagão, em Lvov, Genek e Herta fizeram questão de conhecer os outros. São todos poloneses, católicos e judeus. A maioria, assim como os dois, foi detida no meio da noite, com histórias parecidas — presos por recusar a cidadania soviética, como Genek, ou por algum crime inventado que era impossível provar que não tinham cometido. Alguns estão sozinhos, outros com um irmão ou com a esposa ao lado. Há várias crianças a bordo. Durante um tempo, Genek e Herta se reconfortaram em conversar com os outros prisioneiros, compartilhando histórias de vida e das famílias que deixaram para trás. Isso fez com que não se sentissem sozinhos. Ajudava aos prisioneiros saber que, não importa o que lhes estivesse reservado, eles estavam nisso juntos. Porém, depois de alguns dias, perceberam que havia sobrado pouco assunto para conversar. O falatório parou e um silêncio fúnebre se instalou no vagão, como cinzas sobre uma chama agonizante. Alguns choraram, mas a maioria dormiu ou permaneceu em silêncio, mergulhando profundamente em si mesma, sentindo o peso do medo do desconhecido, do fato de que, para onde quer que estivessem sendo enviados, seria longe, muito longe de casa.

O estômago de Genek ronca quando o freio do trem guincha até o vagão parar. Ele não consegue se lembrar de como é não sentir fome. Depois de alguns minutos, a tranca de metal é erguida e a pesada porta de correr do vagão é aberta, banhando os prisioneiros com a luz do dia. Eles esfregam os olhos e piscam para o mundo exterior. Emoldurada pela porta, a paisagem é desoladora: uma planície de tundra interminável e, ao longe, uma floresta. Eles são os únicos seres humanos à vista. Ninguém se levanta. Eles sabem muito bem que não devem tentar sair do trem antes que alguém ordene que o façam.

Um guarda usando um quepe com uma estrela sobe no vagão e passa por cima de pernas e entre corpos infestados de piolhos. Ele para ao fundo, num canto, inclina-se e cutuca o ombro de um prisioneiro que está encostado na parede, com o queixo apoiado no peito. O homem é velho e não responde. O guarda o cutuca novamente e, desta vez, o tronco do sujeito se inclina para a esquerda e sua cabeça cai, pesada, no ombro da mulher ao lado dele, que ofega.

O guarda parece aborrecido.

— Stepan! — grita, e logo um colega com um quepe igual ao seu aparece na porta. — Outro.

O guarda recém-chegado sobe a bordo.

— Saiam do caminho! — grita, e os poloneses que estão no canto se levantam rapidamente.

Herta desvia o olhar, enquanto os soviéticos se inclinam para levantar o corpo inerte e arrastá-lo até a porta. Genek olha para cima quando passam por ele, mas não consegue enxergar o rosto do homem — tudo o que consegue ver é um braço pendendo num ângulo estranho, a pele com um tom amarelo nada saudável, como fleuma. Na porta, os guardas contam até três e grunhem ao jogar o cadáver para fora do trem.

Herta tapa os ouvidos, temendo gritar caso ouça o som de mais um cadáver batendo no chão. É o terceiro a ser descartado dessa maneira. Jogado fora como lixo, deixado para apodrecer ao lado dos trilhos da ferrovia. Por um tempo, fora capaz de abstrair a monstruosidade disso. Tinha se deixado ficar entorpecida. Às vezes, fingia que tudo não passava de uma farsa, algo saído de um filme de terror, e deixava a mente flutuar para fora do corpo, enquanto observava a si mesma do alto. Em outras ocasiões, sua mente a levava completamente para fora do trem, evocando a imagem de um universo alternativo, geralmente resgatado de seu passado, da infância em Bielsko: a luxuosa sinagoga na rua Maja, com sua fachada neorromânica ornamentada e suas torres gêmeas que parecem mouriscos; a vista do vale e do belo castelo Bielsko do alto da montanha Szyndzielnia; seu bosque favorito, a algumas quadras do rio Biala, onde ela e a família faziam piquenique quando era pequena. Ela permaneceria lá o máximo que conseguisse, reconfortada pelas lembranças. Porém, na semana passada, quando a bebê morreu, uma garotinha que não era mais velha que a sobrinha de Genek, não conseguiu mais aguentar. A criança tinha morrido de fome. O leite da mãe havia secado. A mulher não disse nada por dias, apenas ficou em silêncio, seu corpo envolvendo o pacote sem vida que segurava em seus braços. Numa tarde, os guardas perceberam. E, quando arrancaram a criança da mãe, os demais começaram a gritar — *Por favor! Isso não é justo. Deixem ela em paz, por favor!* —, no entanto, os guardas viraram as costas e jogaram o corpinho para fora do trem como fizeram com os outros, e os apelos dos prisioneiros logo foram abafados pelo urro desesperado de uma mulher cujo coração havia sido partido, uma mulher que se recusaria a comer, com uma dor que estava além de sua capacidade para resistir, e cujo próprio corpo sem vida seria jogado do trem quatro dias depois.

Foi o baque suave do corpo da bebê na terra que despertou Herta, fazendo com que seu torpor desse lugar a um ódio que a queimava tão profundamente, que ela se perguntou se seus órgãos não poderiam pegar fogo.

Um terceiro quepe azul passa com um balde de água e um cesto de pães — cada um do tamanho de um maço de cigarros, duros como pedra. Genek pega um, parte um pedaço e entrega o pão para Herta. Ela sacode a cabeça, enjoada demais para comer.

A porta desliza e é fechada, e mais uma vez volta a ficar escuro dentro do vagão. Genek coça a cabeça e Herta segura sua mão.

— Só vai piorar a situação — sussurra ela.

Genek se senta languidamente, sem saber o que é mais repugnante — o fato de estar sem escapatória num mundo de decadência ou o exército de piolhos que se proliferou em seu couro cabeludo. Ele ajeita a mala sob os joelhos dobrados e respira pela boca para evitar o cheiro fétido de morte e podridão. Pouco depois, sente um tapinha no ombro. A lata de água coletiva chegou até ele. Genek suspira, mergulha o pão na água pútrida e passa a lata para Herta. Ela toma um pequeno gole e passa para a pessoa a sua direita.

— É nojento — murmura Herta, limpando a boca com as costas da mão.

— É tudo o que temos. Sem isso a gente vai morrer.

— Não a água. O resto. Tudo isso.

Genek pega a mão de Herta.

— Eu sei. Nós só precisamos sair desse trem, e então vamos dar um jeito no resto. A gente vai ficar bem.

Na escuridão, ele sente o olhar de Herta.

— Vai mesmo?

Uma onda de culpa, agora familiar, atravessa Genek quando ele reflete sobre o fato de que é o responsável por eles estarem aqui. Se tivesse pensado por um momento nas possíveis consequências de recusar a cidadania soviética — se tivesse voluntariamente marcado o quadradinho no questionário naquele dia fatídico —, a situação poderia ser diferente. É bem provável que eles ainda estivessem em Lvov. Ele recosta a cabeça na parede do vagão atrás de si. Pareceu tão óbvio naquele momento. Desistir da cidadania polonesa teria soado como traição. Herta jura que ela tampouco teria declarado lealdade aos soviéticos, que teria feito o mesmo se estivesse no lugar dele, mas *ah*, se ele pudesse voltar no tempo...

— Vai, sim. — Genek acena positivamente com a cabeça, engolindo o remorso. Para onde quer que estejam indo, tem de ser melhor que o trem. — Vai, sim — repete, desejando respirar um pouco de ar fresco. Alguma claridade.

Genek fecha os olhos, afligido pela sensação de impotência que se instalou dentro de si, como um punhado de pedras, desde que embarcaram no trem. Ele odeia isso. Mas o que pode fazer? Sua sagacidade, seu charme — coisas em que confiou a vida inteira para se livrar dos problemas —, de que servem para ele agora? A única vez que sorriu para um guarda, pensando que poderia conquistá-lo com gentileza, o verme tinha ameaçado dar um soco em seu belo rosto.

Tem de haver uma saída. Genek sente um embrulho no estômago e, de repente, é atingido por um impulso de rezar. Ele não é uma pessoa religiosa, com certeza não passou muito tempo orando, na verdade nunca viu razão para isso. Porém, também não está habituado a se sentir tão vulnerável. Se existe um momento em que pedir ajuda faz sentido, esse momento é agora, decide. Não vai doer.

E, assim, Genek reza. Ele ora para que seu êxodo de um mês chegue ao fim; por uma situação tolerável quando eles puderem sair do trem; por sua saúde e pela de Herta; pela segurança de seus pais, pela segurança de seus irmãos, especialmente seu irmão Addy, que não vê há mais de um ano. Ele ora pelo dia em que possa se reunir novamente com a família. Se a guerra terminar logo, talvez ele os veja em outubro, para o Rosh Hashaná. Quão maravilhoso seria começarem o ano novo judaico juntos.

Genek repete em silêncio suas súplicas, de novo e de novo, até que alguém no vagão começa a cantar. Um hino: *Boże, coś Polskę*. Deus salve a Polônia. Outros se juntam, e o canto fica mais alto. Enquanto as palavras reverberam no vagão escuro e úmido, Genek canta baixinho. *Por favor, Deus, proteja a Polônia. Nos proteja. Proteja nossas famílias. Por favor.*

NOVEMBRO DE 1939 — JUNHO DE 1941: *Mais de um milhão de poloneses, homens, mulheres e crianças, são deportados pelo Exército Vermelho para a Sibéria, o Cazaquistão e a região soviética da Ásia, onde enfrentaram trabalhos forçados pesados, condições de vida miseráveis, temperaturas extremas, doenças e fome. Eles morreram aos milhares.*

7 DE SETEMBRO DE 1940: *A blitz de Londres. Por 57 noites consecutivas, aviões alemães bombardeiam a capital britânica. Os ataques aéreos da Luftwaffe se estenderam a quinze outras cidades britânicas ao longo de 37 semanas. Recusando-se a capitular, Churchill ordena à Força Aérea Real que mantenha um contra-ataque implacável.*

27 DE SETEMBRO DE 1940: *Alemanha, Itália e Japão assinam o Pacto Tripartite, formando a aliança do Eixo.*

3 DE OUTUBRO 1940: *O governo francês de Vichy publica uma lei, o* Statut des Juifs, *abolindo os direitos civis dos judeus que vivem na França.*

CAPÍTULO 13

Addy

Vichy, França ~ dezembro de 1940

Addy anda de um lado para o outro na calçada diante da entrada do Hôtel du Parc. Não são nem oito da manhã, mas ele está agitado, seu corpo inteiro consumido pela ansiedade. Devia ter comido alguma coisa, percebe, sacudindo o corpo para espantar o frio enquanto caminha. Parece que este inverno vai ser um dos mais rigorosos que a França já teve.

Um homem de terno, com cabelos loiros e curtos, sai do hotel, e Addy se detém por um momento, tentando se lembrar da foto mais recente de Souza Dantas que tinha visto no jornal. Não é ele. Luiz Martins de Souza Dantas, o embaixador do Brasil na França, tem cabelos escuros e um corpo mais largo. Ele é mais pesado. Addy passou o mês anterior lendo tudo o que podia sobre ele. Pelo que pôde descobrir, o embaixador é um homem popular, adorado especialmente em Paris, onde seu nome tem certo status de celebridade nos círculos políticos e sociais da elite local. Souza Dantas se transferiu de Paris para Vichy quando a França foi conquistada pela Alemanha, em junho — ele e um punhado de outros embaixadores de países simpáticos ao Eixo: União Soviética, Itália, Japão, Hungria, Romênia, Eslováquia. Seu novo escritório fica no boulevard des États-Unis, mas Addy ouviu dizer que ele dorme no Hôtel du Parc — e que tem, discreta e ilegalmente, emitido vistos brasileiros para judeus.

Addy verifica seu relógio; são quase oito horas. A embaixada vai abrir logo. Ele expira pelos cantos da boca, enquanto pensa no que vai acontecer caso seu plano não dê certo. O que fazer? Por mais que doa admitir, voltar para a Polônia está fora de cogitação. Com a França nas mãos dos nazistas, não só é impossível obter um visto para viajar como a ideia de ficar também parece inviável. Não há futuro seguro para ele na Europa controlada pelo Eixo.

Addy pensara duas vezes antes de solicitar um visto brasileiro, já que o ditador quase fascista do Brasil, Getúlio Vargas, era tido como simpático ao regime nazista. No entanto, já haviam sido recusados seus pedidos de visto para a Venezuela, para a Argentina e, depois de ter passado dois dias na fila que dava a volta no quarteirão da embaixada, para os Estados Unidos. Está ficando sem opções.

É claro que fugir para o Brasil significaria colocar um oceano de distância entre Addy e sua família — um pensamento que o atormenta incessantemente. Já se passaram treze meses desde que teve notícias da mãe em Radom. Ele sempre se pergunta se ela recebeu alguma de suas cartas, se ela ficaria magoada ou se sentiria traída ao saber do seu plano de sair da Europa. *Não, é claro que não*, garante a si mesmo. Sua mãe iria querer que ele saísse de lá enquanto pode. E, de qualquer modo, não estará menos acessível no Brasil do que esteve na França nos últimos meses. Ainda assim, partir sem a paz de espírito de saber se seus pais e irmãos estão em segurança, sem que eles saibam dos seus planos ou como entrar em contato com ele parece errado. Para acalmar sua consciência, Addy lembra a si mesmo que, caso consiga um visto — e, com isso, um endereço mais permanente —, poderá concentrar todos os esforços para localizar sua família, assim que estiver instalado em algum lugar seguro.

Se pelo menos obter um visto brasileiro fosse uma tarefa mais fácil... Sua primeira tentativa foi um fracasso. Tinha esperado na embaixada brasileira por dez horas, debaixo de uma chuva congelante, ele e dezenas de outras pessoas, em busca de permissão para embarcar num navio para o Rio, apenas para ser informado por uma funcionária de Souza Dantas de que não havia mais vistos para emitir. Ele voltou para o albergue e passou as noites seguintes deitado em claro, pensando em como convencer aquela jovem a fazer uma exceção, embora pudesse ver nos olhos dela que nada a faria quebrar as regras. Ele teria de apelar para a pessoa acima dela, para o próprio embaixador.

Addy ensaia seu apelo, apalpando a papelada no bolso — um certificado da embaixada polonesa em Toulouse, autorizando que ele emigre para o Brasil, se o Brasil o considerar merecedor de um visto.

— *Monsieur Souza Dantas, je m'appelle Addy Kurc* — recita, baixinho, desejando que pudesse conversar no português nativo do embaixador. — *Au plaisir de vous rencontrer*. O senhor é um homem extremamente ocupado, mas, se me conceder um momento de seu tempo, eu gostaria de lhe dizer por que é de seu interesse me conceder um visto para seu belo país.

Muito direto ao ponto? Não, ele precisa ir direto ao ponto. De outro modo, por que Souza Dantas lhe daria atenção? Se pudesse ao menos falar sobre seu diploma, sua experiência em engenharia elétrica, o embaixador poderia levá-lo a sério. O Brasil era um país em desenvolvimento — eles devem precisar de engenheiros.

Ajeitando o cachecol entre as lapelas do sobretudo, Addy se vê refletido numa janela do andar térreo do hotel, o nervosismo momentaneamente contido, e avalia a si mesmo como se o fizesse através dos olhos do embaixador. Tem uma aparência distinta, segura, profissional. O terno foi a escolha certa, conclui. Addy tinha pensado em usar a farda do Exército, que carrega consigo aonde quer que vá. Ostentando as respeitáveis listras triplas de um *sergent-chef*, promoção que tinha recebido pouco depois de chegar a Colombey-les-Belles, seu traje militar muitas vezes vem a calhar — ele muitas vezes o veste sob suas roupas civis, para o caso de precisar se trocar rapidamente. Entretanto, ele se sente quem é de verdade, com mais confiança, no terno. Além disso, se usasse a farda, correria o risco de Souza Dantas lhe perguntar como e quando havia sido desmobilizado. E, tecnicamente, ele não tinha sido.

Para Addy, o processo de sair do Exército aconteceu bem rápido e de forma pouco convencional. Ele saiu pouco depois de a França capitular e a Alemanha ordenar que todas as unidades do Exército francês fossem dispensadas, exceto algumas, que permaneceram sob comando alemão. Ele teria esperado pelos documentos oficiais de desmobilização, mas descobriu que, com a recente implementação do *Statut des Juifs* de Hitler, os judeus franceses estavam sendo destituídos de seus direitos, presos e deportados aos milhares. E, assim, em vez de esperar para ser preso, Addy pegou emprestados uma máquina de escrever e os papéis de desmobilização de um amigo, para usar como referência, e forjou um documento para si mesmo — uma jogada perigosa, porém ele havia pressentido que seu tempo estava se esgotando. Até agora, felizmente, seus papéis tinham funcionado. Ninguém prestara muita atenção ao olhar para o documento — nem seu líder de pelotão, nem o agente do Bureau Polonais em Toulouse, onde pedira permissão para emigrar da Polônia, nem o motorista do caminhão militar francês com o qual ele havia pegado carona para Vichy. Ainda assim, não tinha nenhum interesse em abusar da sorte com Souza Dantas.

A atenção de Addy é atraída para o som de passos nos degraus acima dele. Ele se vira e vê um senhor de rosto largo e ombros ainda mais largos se aproximar e imediatamente tem certeza — *é ele*. Souza Dantas. Tudo nele parece ser direto e despretensioso: sua calça bem passada e larga, seu sobretudo de lã, sua pasta de couro, até seu andar é eficiente, profissional. O coração de Addy se enche de adrenalina. Ele pigarreia.

— Senhor Souza Dantas — chama ele, cumprimentando o embaixador ao pé da escada com um forte aperto de mão e silenciando a voz em sua mente que lembra a ele que seu pedido por um visto brasileiro já fora negado, que ninguém mais vai aceitá-lo, que esse plano *tem* de funcionar; é sua única opção. *Fique calmo*, diz Addy a si mesmo. *Neste momento, esse homem pode ser a pessoa mais importante da sua vida, mas você não deve parecer desesperado. Seja você mesmo.*

CAPÍTULO 14

Halina

Rio Bug, entre a Alemanha e a Polônia sob
ocupação soviética ~ janeiro de 1941

Halina levanta a barra do sobretudo de lã e mergulha um pedaço de pau na água, avançando para a margem oposta do rio Bug. A água gelada envolve seus joelhos e parece puxar sua calça. Ela para um instante e olha para trás. Já passou de meia-noite, mas a lua, cheia e redonda como uma torta *szarlotka*, poderia muito bem ser um holofote no céu sem nuvens daquela noite; ela consegue ver sua prima Franka perfeitamente.

— Você tem certeza de que está bem? — pergunta, tremendo.

O rosto sardento de Franka está contraído com a concentração. Ela avança lentamente, com um braço esticado para se equilibrar, o outro na alça de madeira de salgueiro da cesta de vime que carrega junto ao corpo.

— Eu estou bem.

Halina tinha se oferecido para carregar o cesto, mas Franka insistiu.

— Você vai na frente para ver se tem algum buraco.

Não é com a cesta que Halina está preocupada. É com o dinheiro dentro dela. As duas enrolaram seus 50 zlotys num pedaço de lona impermeável e enfiaram num buraquinho no forro da cesta, onde esperavam que permanecessem em segurança e escondidos, caso fossem revistadas. Enquanto se inclina contra a correnteza, Halina pensa em como, antes da guerra, 50 zlotys não eram nada. Um lenço de seda novo, talvez. Uma noite no Grande

Teatro, em Varsóvia. Agora, significam uma semana de refeições, uma passagem de trem, um jeito de sair da cadeia. Agora, representam uma tábua de salvação. Halina finca seu pedaço de pau no leito do rio e dá outro passo hesitante, com o reflexo azulado da lua dançando ao seu redor.

Em suas cartas, Adam reforçava que ela estaria melhor em Lvov, que a vida sob o domínio soviético não era nem de perto tão ruim quanto a vida em Radom, sob o domínio alemão, como ela o havia descrito. Halina sabia que ele estava certo. Ela odiava ter de morar no apartamento pequeno e apertado no Bairro Antigo, onde Mila e Felicia dormiam num quarto, seus pais em outro, e ela num sofá minúsculo na sala de estar. Odiava o fato de não terem uma geladeira e de ser comum passarem dias sem água corrente. O convívio não era fácil. E, para piorar as coisas, a Wehrmacht tinha começado a isolar partes da vizinhança. Ninguém o dissera em voz alta, mas estão construindo um gueto, uma prisão. Logo, os judeus da cidade vão ser totalmente segregados dos não judeus. Segundo Isaac, um amigo na Polícia Judaica, isso já havia sido feito em Lublin, Cracóvia e Łódź. Os judeus de Radom ainda tinham permissão para entrar e sair do Bairro Antigo, mas todos sabiam que era apenas uma questão de tempo até as cordas serem substituídas por muros e o bairro ser fechado.

"Venha para Lvov e nós vamos recomeçar do zero", escreveu Adam. "Bella encontrou um jeito. Você também vai encontrar. E então nós vamos trazer os seus pais, e Mila." *Recomeçar do zero.* Parecia promissor, até romântico, a despeito das circunstâncias. Agora Halina tinha certeza de que ela e Adam poderiam se casar logo. Também tinha certeza, porém, de que sua consciência a impediria de abandonar os pais e a irmã em Radom, por mais desconfortáveis que fossem as condições de vida.

Por semanas, Halina disse a si mesma que Lvov estava fora de cogitação. No entanto, isso mudou quando recebeu uma carta de Adam, pedindo a ela que se encontrasse com um colega dele nas escadas do mausoléu Czachowski, em Radom, num dia e horário específicos. Ela foi com um frio na barriga, e então descobriu que Adam havia sido recrutado pela Resistência.

— Ele já conquistou a reputação de melhor falsificador de Lvov — comentou seu colega, que não revelara seu nome para ela, e Halina também não perguntara. — Ele queria que você soubesse disso, e pediu a você que fosse para Lvov. Eu acho que vale a pena fazer essa viagem — acrescentou, antes de desaparecer na rua Kościelna.

Essas deviam ser as "novidades" que Adam mencionara que, é claro, não poderia compartilhar com ela por escrito. Halina não ficou surpresa. Adam era a pessoa mais meticulosa que já havia conhecido. *Perfeito*, ela lembrou de ter pensado quando ele lhe mostrou um de seus desenhos arquitetônicos, a representação do saguão de uma estação de trem. Seus traços eram limpos e modernos, sua estética perfeitamente funcional. "Eu tento desenhar 'sem inverdades'", dissera ele, citando o famoso arquiteto modernista e seu ídolo, Walter Gropious.

Com essas notícias, Halina decidiu que devia ir para Lvov. Ela teria feito a viagem sozinha, mas sua prima, Franka, não permitiria.

— Eu vou com você — declarou ela —, quer você queira, quer não.

Seus pais, compreensivelmente, estavam receosos sobre a viagem. De acordo com as cartas de Jakob, seu irmão Genek tinha desaparecido de Lvov numa noite no fim de junho. Selim ainda não havia sido localizado. Radom era horrível, admitiram seus pais, mas pelo menos permaneciam todos juntos. E, de qualquer maneira, com as viagens proibidas para os judeus civis — puníveis com a morte, de acordo com o decreto —, parecia ser arriscado demais. Halina, entretanto, jurou que iria encontrar uma forma de chegar a Lvov em segurança e prometeu que não ficaria lá por muito tempo.

— Adam falou que pode arrumar um emprego para mim — disse ela. — Eu volto para Radom daqui a alguns meses, com dinheiro e identidade que facilitem um pouco as nossas vidas. E, com a ajuda de Adam — acrescentou —, devo conseguir alguma informação sobre o que aconteceu com Genek e Herta e com Selim. — Depois que Halina tomou sua decisão, Sol e Nechuma concordaram, cientes de que não adiantaria nada tentar convencê-la do contrário.

A água tinha chegado às suas coxas. Halina xinga, desejando que tivesse sido abençoada com a altura de Franka. *Droga*, está frio. Caso fique mais fundo, vai ser obrigada a nadar. Ela e Franka são boas nadadoras — as duas aprenderam juntas, num verão, no lago, ensinadas pelos seus pais —, mas estas águas não são nada parecidas com as lindas águas do lago Garbatka. É janeiro, época das águas ficarem geladas, escuras, e a correnteza, forte. Nadar seria perigoso, elas correriam o risco de ter hipotermia. E a cesta

— permaneceria seca? Halina pensa mais uma vez no dinheiro, no que foi necessário para que sua mãe juntasse aqueles 50 zlotys. *Mais um motivo para chegar a Lvov, para refazer nossas economias. O frio não é nada*, diz a si mesma. *É tudo parte do plano.*

Elas passaram a noite anterior na cidade de Liski, na casa da família Salinger, amiga da família Kurc, que Halina conhecera na loja de tecidos uns dez anos atrás. A sra. Salinger era a única mulher que Halina conhecia capaz de se sentar e conversar sobre seda por horas a fio. Nechuma a adorava e ansiava por suas visitas, que aconteciam duas vezes por ano antes de a loja ser fechada.

A cidadezinha de Liski fica a quinze quilômetros do rio Bug, a linha divisória entre o território da Polônia ocupado pelos alemães e o ocupado pelos soviéticos. A sra. Salinger disse a Halina e Franka que as pontes sobre o rio eram guardadas por soldados em ambos os lados e que a forma mais segura de atravessá-lo era pela água.

— O rio é estreito e ouvimos dizer que a água é mais rasa em Zosin — explicou a sra. Salinger. — Mas Zosin está repleta de nazistas — avisou —, e a correnteza é forte. Vocês devem tomar cuidado para não cair. A água está congelando.

O sobrinho da sra. Salinger havia feito a mesma viagem na direção contrária na semana anterior, contou ela.

— De acordo com Jurek, depois da travessia, é preciso seguir o rio para o sul até Ustylluh e pegar uma carona para Lvov.

Naquela manhã, a sra. Salinger tinha enchido a cesta com um pedacinho de pão, duas maçãs e um ovo cozido — "um banquete", exclamara Halina — e sussurrara:

— Boa sorte.

Então deu um beijo nas bochechas das meninas quando elas partiram.

Halina e Franka usaram estradas secundárias para caminhar até Zosin, o que evitaria que fossem vistas e interrogadas por soldados alemães, enquanto tentavam não pensar muito no que aconteceria se fossem pegas sem um *ausweis*, a permissão especial necessária para poder viajar para fora de sua cidade. A viagem levou quase três horas. Elas chegaram a Zosin ao entardecer e vagaram pelas margens do rio tentando localizar o trecho mais estreito possível. Depois esperaram o anoitecer para começar a travessia.

A parte do rio que escolheram não tem mais que dez metros de largura. Halina estima que elas estejam quase na metade do caminho para a margem oposta.

— Você ainda está bem? — pergunta, equilibrando-se com o pedaço de pau e olhando para trás.

Franka tinha começado a ficar para trás. Ela ergue os olhos por um instante e acena com a cabeça, o branco de seus olhos sobe e desce sob o luar. Quando Halina volta a atenção para o abismo líquido à sua frente, percebe um facho de luz com a visão periférica. Um pontinho luminoso. Fica paralisada, com o olhar atento para a direção de onde veio a luz. Ela some por um instante, mas logo reaparece. Um pontinho. Dois pontinhos. Três pontinhos! Lanternas. Nas árvores a leste, vasculhando o campo do outro lado do rio. Devem ser soldados soviéticos. Quem mais estaria fora de casa, no frio, a essa hora da noite? Halina olha para ver se Franka percebeu, mas o queixo de sua prima está colado no peito, enquanto ela se esforça para abrir caminho pelo rio. Halina tenta ouvir vozes, mas tudo o que consegue escutar é o fluxo constante da água em movimento. Ela espera por mais um minuto e por fim decide não falar nada. *Não é motivo para entrar em pânico*, diz a si mesma. Franka não precisa de distração. Elas vão atravessar logo e, uma vez que estejam em terra firme, podem se deitar até os donos das lanternas passarem.

Sob seus pés, a lama do leito do rio dá lugar a pedras e, depois de alguns passos, Halina tem a sensação de estar caminhando sobre bolinhas de gude. Ela pensa em voltar, em procurar um lugar melhor e mais raso para atravessar. Talvez elas possam voltar amanhã, ou num dia chuvoso, quando as nuvens são mais densas, deixando-as mais camufladas. Mas que diferença faria? Não importa onde elas vão fazer a travessia, não há como saber a profundidade do rio. Além disso, elas não conhecem ninguém em Zosin. Onde ficariam? Elas vão morrer de frio se passarem a noite desabrigadas. Halina corre os olhos pela linha de árvores. Os pontinhos de luz felizmente sumiram. Elas têm mais uns quatro metros para percorrer, cinco no máximo. *Vamos ter mais sorte no lado russo*, assegura a si própria, prosseguindo.

— A gente está na metad... — avisa Halina, mas suas palavras são interrompidas por um "Ooops!" estridente e um nítido *pluft* de um corpo caindo na água atrás dela.

Halina vira a cabeça rapidamente, a tempo de ver Franka, com a boca aberta formando um *o* perfeito, sumir, um grito abafado quando ela desaparece sob a superfície do rio.

— Franka! — chama Halina, e logo prende a respiração. Um segundo se passa, depois dois. Nada.

Apenas o som da correnteza, o reflexo da lua ondulando e o céu da noite, algumas bolhas onde a prima estivera. Halina vasculha o rio com os olhos, procurando desesperadamente por algum movimento.

— Franka! — sussurra, com o olhar agitado.

Enfim, vários metros rio abaixo, Franka emerge, cuspindo água e tentando respirar, com mechas de cabelo grudadas nos olhos.

— A cesta! — vocifera, avançando para uma bola bege que surgiu na sua frente. Ela tenta segurar a alça, mas a correnteza está forte demais e a cesta desaparece, afundando e serpenteando no rio.

— Nããããão! — O pânico na voz de Halina corta o ar.

Sem pensar, ela solta o pedaço de pau, prende a respiração e se joga com os braços estendidos na água. O frio é assustador. Ele corta suas bochechas e a envolve como se fosse uma armadura. Por um momento, ela fica paralisada, o corpo congelado como um tronco pego pela correnteza. Quando ergue a cabeça, mal consegue distinguir a cesta com sua alça balançando como uma boia num mar agitado, vários metros rio abaixo.

— Para! — grita Franka atrás dela. — Deixa para lá!

Mas Halina dá braçadas mais fortes, os apelos da prima vão ficando cada vez mais distantes, até que tudo o que ela consegue ouvir é o som de sua respiração e a água batendo em seus ouvidos. Ela nada em desespero e arranha o joelho no leito do rio. Poderia ficar de pé, mas sabe que, se o fizer, vai perder a cesta. Batendo as pernas como uma rã, ela tenta enxergar rio abaixo, lutando contra a dormência que toma conta de seu corpo e o impulso de desistir, de nadar para a margem e descansar.

Depois de uma curva suave, o rio fica mais largo e, por um breve momento, a correnteza enfraquece. A cesta diminui de velocidade, deslizando mansamente perto de um redemoinho, e a superfície da água agora está tão suave e brilhante quanto a tampa laqueada do velho Steinway dos seus pais. Halina começa a diminuir a distância. Quando o rio volta a se estreitar e a correnteza aumenta, a cesta já está ao seu alcance. Extraindo as últimas forças dos seus músculos, ela impulsiona o tronco para fora da água e se joga com um braço estendido para a frente e os dedos bem abertos.

Quando abre os olhos, ela se surpreende ao ver que está segurando a cesta. As extremidades do seu corpo estão completamente dormentes, não consegue sentir nada. Ela deixa os pés afundarem até o leito do rio e se apoia no chão. Levantando-se lentamente, com o corpo inclinado para resistir à correnteza, Halina abre caminho entre as pedras escorregadias até chegar à margem, agarrando tão firme a alça da cesta que seus dedos, com os nós esbranquiçados, ficam com cãibras. Depois de completar a travessia, já a salvo, precisa usar a outra mão para conseguir abri-los.

Já em terra firma, Halina se joga na margem enlameada, com os ombros arqueados e o coração batendo forte. Agachada, ela examina a cesta. A comida se foi. Ela enfia os dedos na fenda do forro para sentir o pedaço de lona impermeável escondido ali. Os zlotys!

— Eles estão aqui! — sussurra, esquecendo por um instante o frio terrível que está sentindo.

Halina tira o casaco e bate com ele numa pedra antes de recolocá-lo sobre os ombros. Seus arrepios vêm em espasmos. Elas precisam encontrar logo um abrigo.

Ela segue pela margem rio acima, correndo por alguns minutos até ouvir os lamentos de Franka.

— Eu estou aqui! — avisa Halina, acenando, com o corpo ainda carregado de adrenalina.

Franka também conseguiu atravessar o rio e corre pela margem em sua direção. Halina ergue a cesta acima da cabeça, triunfante.

— Perdemos a comida, mas os zlotys estão aqui! — E dá um sorriso radiante.

— Graças a Deus! — exclama Franka, ofegante. Ela abraça Halina. — Meu pé escorregou numa pedra. Eu sinto muito! — Franka deixa a prima se aconchegar nela. — Olha só para você, está parecendo um gato molhado!

— Você também! — comenta Halina.

E, sob a luz azul metálica da lua, entorpecidas pelo frio, pingando e tremendo dos pés à cabeça, elas riem — no começo, baixinho e, depois, mais alto, até que lágrimas, quentes e salgadas, escorrem por suas bochechas e elas mal conseguem respirar.

— E agora? — pergunta Franka por fim, depois que as duas se recompõem.

— Agora, nós andamos.

Halina oferece um braço para Franka e dá uma baforada de ar quente na mão livre para tentar aquecê-la. Elas começam a caminhar para leste, na direção das árvores.

Assim que começam a andar, Franka para.

— Olha! — sussurra. Ela não está mais sorrindo. — Lanternas! — Há pelo menos seis delas.

— O Exército Vermelho — sussurra Halina. — Deve ser. *Kurwa*. Eu estava torcendo para que eles já tivessem ido embora. Eles devem ter nos escutado.

— Você sabia que eles estavam lá? — Os olhos de Franka estão arregalados.

— Eu não queria te assustar.

— O que a gente vai fazer? Devemos correr?

Halina morde com força a parte interna das bochechas para fazer os dentes pararem de bater. Ela também havia pensado em correr. Mas o que faria depois disso? Não, elas já chegaram tão longe. Halina ajeita os ombros, determinada a se manter forte, pelo menos na aparência, para o bem de Franka e para o dela mesma.

— A gente vai falar com eles. Vem. A gente precisa encontrar um lugar para se aquecer. Talvez eles nos ajudem.

Halina aperta o cotovelo de Franka com seu braço para convencê-la a seguir em frente.

— Nos ajudar? E se eles não ajudarem? E se eles atirarem? A gente pode nadar um pouco rio abaixo, se esconder.

— E morrer de frio? Olhe para nós; não vamos sobreviver mais uma hora nesse frio. Olha, eles já nos viram. Nós vamos ficar bem, só mantenha a calma.

Elas seguem em frente, cautelosamente, em direção à constelação de luzes piscantes. Quando estão a dez metros dos soldados, uma silhueta por trás das luzes grita.

— *Ostanovka!*

Halina coloca a cesta no chão perto de seus pés, lentamente, e ela e Franka erguem as mãos acima da cabeça.

— Somos aliadas! — exclama Halina, em polonês. — Não temos armas!

Ela engole em seco ao contar dez corpos fardados avançando. Cada um segura uma longa lanterna de metal numa das mãos e um rifle na outra, apontando para Halina e Franka. Halina vira o rosto para se proteger do facho de luz que incomoda seus olhos.

— Eu vim para me encontrar com o meu irmão e o meu noivo em Lvov — explica ela, torcendo para que sua voz se mantenha firme. Os soldados se aproximam. Halina olha para suas roupas molhadas e para Franka, que está tremendo de frio. — Por favor — diz, olhando para os soldados —, nós estamos com fome e com muito frio. Vocês poderiam nos ajudar a encontrar alguma coisa para comer, um cobertor, um abrigo para passar a noite? — O vapor da sua respiração forma filetes cinza escuros sob a luz das lanternas.

Os soldados formam um círculo ao redor das moças. Um deles pega a cesta e olha para dentro dela. Halina prende a respiração. *Tenho de distraí--lo,* pensa ela. *Antes que ele encontre os zlotys.*

— Eu ofereceria algo para você comer — prossegue Halina —, mas agora nosso único ovo está a caminho de Ustylluh.

Halina treme de forma dramática, permitindo que seus dentes batam como castanholas. O soldado ergue os olhos e ela sorri enquanto ele analisa seu rosto, depois o de Franka, examinando suas roupas molhadas e seus sapatos enlameados. *Ele não é mais velho que eu,* percebe Halina. *Talvez até mais novo. Uns 19, 20 anos.*

— Você veio para ver família. E ela? — pergunta o soldado num polonês rudimentar, apontando a lanterna para Franka.

— Ela...

— Minha mãe está em Lvov — responde Franka, antes que Halina consiga falar. — Ela está muito doente e não tem ninguém para cuidar dela. — O tom da voz de Franka é tão seguro que Halina precisa se esforçar para não demonstrar surpresa. Franka é um livro aberto; a arte da dissimulação nunca fora seu forte. Não até agora, pelo menos.

O soldado fica em silêncio por um instante. A água do rio pinga dos cotovelos das moças, aterrissando com um *plaft* aos seus pés. Finalmente, o soldado balança a cabeça e Halina sente em sua expressão um sinal de simpatia, ou talvez de divertimento.

— Venham conosco — ordena o soldado. — Vocês descascam batatas, passam noite em nosso campo. De manhã nós resolvemos se vocês podem ir embora.

Ele devolve a cesta para Halina. Ela a aceita displicentemente, passa o braço por sua alça e segura a mão de Franka, enquanto começam a andar para o norte, ladeadas por homens fardados. Ninguém diz nada. O ar é preenchido pela cadência de seus passos — o impacto das botas pesadas e o chiado das solas molhadas na grama. Depois de alguns minutos, Halina olha para Franka, mas a prima está olhando para a frente enquanto caminha, o rosto inexpressivo. Apenas porque a conhece tão bem que Halina percebe uma ligeira contração em seu maxilar. Franka está aterrorizada. Halina aperta sua mão, querendo convencê-la de que vai ficar tudo bem. É o que ela espera, pelo menos.

Eles caminham por mais ou menos uma hora. Quando sua adrenalina baixa, Halina não consegue pensar em mais nada a não ser no frio — na dor que sente nas articulações, nas suas mãos e pés e na ponta do seu nariz, que já não está mais dormente, mas sim ardendo. Será que ele pode sofrer uma ulceração enquanto ela está caminhando? Será que vai ter de amputar o nariz, se quando chegar ao campo descobrir que ele ficou preto? *Basta*, diz a si mesma, esforçando-se para pensar em outra coisa.

Adam. Pense em Adam. Ela imagina a si mesma na porta do apartamento dele em Lvov, seus braços envolvendo seu pescoço, enquanto lhe conta sobre a queda de Franka e sobre como foi nadar nas águas geladas do rio Bug. Isso soa bem maluco quando repete a cena mentalmente. No que estava pensando ao pular na água daquele jeito? Será que Adam iria entender? Os pais dela não iriam, disso ela tem certeza, mas ele poderia. Ele pode até mesmo admirá-la por isso.

Ela olha para o soldado à sua direita. Ele também é jovem. Tem uns 20 e poucos anos. E também está com frio. Treme debaixo do casaco do Exército e parece infeliz, como se preferisse estar em qualquer lugar do mundo, menos ali. Talvez, pensa Halina, por trás dessas armas grandes, por baixo dessas fardas imponentes, esses jovens sejam inofensivos. Talvez estejam tão ansiosos para o fim da guerra quanto ela. Halina poderia jurar que pegou um deles, o mais alto de todos, olhando de relance para Franka. Conhece aquele olhar — parte curiosidade, parte desejo; geralmente é direcionado para ela.

Então resolve ser mais amigável. Ela vai elogiar o patriotismo dos soldados; convencê-los com um sorriso de que deixá-las seguir seu caminho é o melhor a fazer. Talvez Franka possa flertar um pouco com o mais alto, prometer que vai escrever para ele, deixá-lo com um beijo. Um beijo! Quanto tempo faz desde que ela sentiu os lábios de Adam nos seus. O sangue de Halina se aquece um pouco quando se convence de que seu plano vai funcionar. As duas não podem baixar a guarda, é claro, mas ela vai conseguir o que deseja — ela sempre consegue; é o que sabe fazer melhor.

É a terceira noite delas no acampamento. Debaixo de um cobertor de lã, Halina ouve de sua tenda Franka e Yulian sussurrando perto do fogo. Halina deixara os dois alguns minutos antes, sentados ao lado de uma fogueira cada vez mais fraca, o casaco de Yulian nos ombros de Franka. A prima surpreendeu Halina novamente com sua facilidade para o flerte. Halina já a vira com rapazes antes. Perto de alguém que despertasse seu interesse ou a quem estivesse tentando impressionar, Franka costumava se atrapalhar. Aparentemente, percebe Halina, encantada, ela não tem nenhuma dificuldade em lidar com um garoto quando está fingindo. Halina se pergunta se, em algum momento, Yulian vai perceber que, para Franka, aquilo não passa de um acidente de percurso na estrada que, reza, vai acabar levando-as a Lvov.

Esperava que, a essa altura, as duas já tivessem voltado à estrada. Esses últimos dias foram difíceis. Os soldados as têm tratado com uma cortesia um tanto grosseira, mas Halina tem noção de que ela e Franka são duas garotas bonitas muito longe de casa, cercadas de homens solitários. Ela fica preocupada com o que poderia acontecer se os soldados decidissem não ser respeitosos. Até agora, Yulian parece satisfeito em apenas conversar.

Ela dá uma baforada de ar quente nos dedos, dobrando-os para aquecê-los. O cobertor ajuda, mas ainda se sente gelada. Suas roupas finalmente estão secas e ela não ousa tirar nenhuma peça para dormir; toda camada de roupa ajuda. Ao fechar os olhos, Halina, tremendo de frio, se deixa cair num sono leve para minutos depois ser acordada pelo som de alguém rastejando para dentro da tenda. Ela se senta de imediato e instintivamente ergue os punhos fechados a sua frente, quase esperando que fosse um soviético. Mas é só Franka. Ela suspira e volta a se deitar.

— Você me assustou — sussurra Halina.

— Me desculpe.

Franka se enfia debaixo do cobertor e o puxa por sobre suas cabeças para que possam conversar sem serem ouvidas.

— Yulian me disse que vai tirar a gente daqui — sussurra ela. — Amanhã. Ele disse que já conversou com o capitão sobre nos deixar ir embora. — Halina sente o alívio na voz de Franka. — Ele disse que poderia nos dar uma carona de manhã até a estação de trem mais próxima.

— Muito bem — murmura Halina.

— Eu prometi que manteria contato.

Halina sorri.

— É claro que você prometeu.

— Sabe, até que ele não é tão mau — comenta Franka, e por um momento Halina fica na dúvida se ela está brincando ou se a prima realmente amoleceu com o soldado. — Você consegue imaginar — acrescenta Franka —, eu e Yulian? Os nossos filhos seriam enormes — diz ela, e esse pensamento força as duas a abafarem uma gargalhada.

— Eu prefiro *não* imaginar isso — responde Halina, por fim, baixando o cobertor até seus queixos. Ela se vira e se aproxima de Franka.

— Eu estou só brincando — murmura Franka.

— Eu sei.

Halina fecha os olhos e deixa a mente vagar, como tende a fazer na escuridão, para Adam. Como seriam os filhos *deles*, pensa. Ainda é muito cedo para pensar num futuro tão distante, mas ela não pode evitar. Com sorte, ela e Franka vão voltar para a estrada amanhã. Finalmente. *Mais uma noite, Adam. Estou chegando.*

Parte II

Parte II

CAPÍTULO 15

Addy

Mar Mediterrâneo ~ 15 de janeiro de 1941

O cais está abarrotado com uma multidão. Algumas pessoas gritam, tomadas pelo pânico, enquanto abrem caminho a cotoveladas até a prancha de embarque; outras falam aos sussurros, como se levantar a voz pudesse fazê-las perder o privilégio de embarcar no navio — segundo lhes disseram, aquela era uma das últimas embarcações de passageiros com permissão para deixar Marselha com refugiados a bordo. Addy avança junto com a multidão, segurando uma bolsa de couro marrom numa das mãos e uma passagem da segunda classe, só de ida, na outra. O frio de janeiro é rigoroso, mas ele mal o sente. De vez em quando, estica o pescoço, varrendo a multidão, rezando para encontrar algum rosto conhecido. Um desejo impossível, mas não consegue deixar de acreditar na chance ínfima de sua mãe ter recebido sua última carta e ter vindo com a família para a França. "Custe o que custar", escrevera ele, "por favor, venha para Vichy. Lá há um homem chamado Souza Dantas. É com ele que vocês precisam falar sobre os vistos." Ele incluiu detalhes sobre os endereços de Souza Dantas, tanto o do hotel quanto o da embaixada. Addy suspira, percebendo o quão absurda a proposta parecia agora. Já se passaram quinze meses desde a última vez que teve notícias da mãe. Mesmo que ela tenha recebido a carta, quais seriam as chances de uma família inteira sair da Polônia? Mesmo com a possibilidade remota de sua mãe encontrar um meio de sair, ele sabe muito bem que ela jamais deixaria os outros para trás.

A cada passo que dá para mais perto do navio, Addy sente o aperto no peito aumentar. Ele coloca a mão sobre as costelas do lado esquerdo, onde sente dor. Sob seus dedos, sente as batidas do coração; seu pulso, como um relógio, fazendo uma contagem regressiva dos segundos até ele desaparecer do continente. Até que um oceano o separe das pessoas que mais ama. Não ajuda em nada ouvir o grupo de refugiados poloneses que ele havia conhecido no cais — os sortudos que ainda têm contato com suas famílias em casa — relatarem o que sabem da situação no país, coisas que Addy não consegue compreender: guetos superlotados, espancamentos públicos, judeus morrendo de frio, fome e doenças aos milhares. Uma jovem de Cracóvia contou a Addy que seu marido, um professor de poesia, havia sido levado, juntamente com dezenas de intelectuais da cidade, para as muralhas do castelo Wawel, onde foram enfileirados e fuzilados. Depois, contou ela com lágrimas escorrendo pelo rosto, os corpos foram rolados colina abaixo, até o rio Vistula. Addy a abraçara enquanto ela chorava em seu ombro e depois tentou com todas as suas forças apagar aquela imagem da mente. Era demais para ele suportar.

Enquanto se aproxima do navio, Addy faz um levantamento dos idiomas que estão sendo falados ao seu redor: francês, espanhol, alemão, polonês, holandês, tcheco. A maioria dos seus companheiros de viagem carrega pequenas valises como a dele — e, dentro delas, um punhado de pertences com os quais esperam recomeçar suas vidas. Enfiados na bolsa de Addy estão um suéter de gola rulê, uma camisa, uma camiseta, um par de meias, um pente de dentes finos, um pedacinho de sabonete que recebera no Exército, uma navalha, uma escova de dentes, uma agenda, três blocos de anotações com capa de couro (já totalmente cheios), seu disco favorito da *Polonaise nº 1, op. 40*, de Chopin, em 78 RPM, e uma foto dos seus pais. No bolso da camisa, carrega um bloco de anotações com metade das páginas preenchida; no bolso da calça, algumas moedas e o lenço de linho que ganhou da mãe. Ele tem 1.500 zlotys e 2.000 francos — as economias da sua vida — escondidos na carteira de pele de cobra, junto com os dezesseis documentos que precisou para se desligar do Exército e obter o visto brasileiro.

O encontro de Addy com o embaixador Souza Dantas em Vichy foi breve.

— Deixe o seu passaporte com a minha secretária — disse Souza Dantas, quando eles já estavam longe o suficiente do hotel para que ninguém os ouvisse. — Diga a ela que eu o mandei e volte para buscá-lo amanhã. Seu visto estará esperando por você em Marselha. Ele será válido por noventa dias. Um navio vai partir para o Rio por volta de 20 de janeiro, o *Alsina*, se não me engano. Eu não sei quando ou se haverá outro. Você deve embarcar nele. Você vai precisar renovar seu visto depois de chegar ao Brasil.

— Claro — disse Addy, agradecendo efusivamente ao embaixador enquanto procurava a carteira. — Quanto eu lhe devo? — Mas Souza Dantas limitou-se a menear a cabeça, e Addy compreendeu que não era por dinheiro que ele estava arriscando seu emprego e sua reputação.

No dia seguinte, Addy foi buscar o passaporte. No alto, na letra cursiva do embaixador, estava escrito: "Válido para viagem ao Brasil." Ele beijou as palavras, além das mãos da secretária de Souza Dantas, reuniu alguns pertences e viajou de carona para o sul. Vestia sua farda do Exército na esperança de que o uniforme o ajudasse a conseguir carona. O trem teria sido mais rápido, mas ele queria ficar longe dos postos de controle das estações.

Quando chegou a Marselha, Addy se dirigiu imediatamente à representação brasileira, onde, surpreendentemente, seu visto o aguardava. O papel estava marcado com o número 52. Depois de encarar o documento por um tempo, ele guardou o visto dentro do passaporte e seguiu, meio andando, meio correndo, para o porto. Ao avistar o imenso casco do *Alsina* se destacando no atracadouro, ele riu e chorou ao mesmo tempo, comovido com a esperança e a antecipação do que o mundo livre lhe traria e arrasado com a ideia de deixar a Europa, e, com ela, sua família, para trás.

— O senhor sabe de outros navios que partam para o Brasil nos próximos meses? — perguntou ele no escritório da companhia de navegação.

— Filho — respondeu o funcionário do outro lado do guichê, balançando a cabeça —, considere-se uma pessoa de sorte por conseguir embarcar nesse aqui.

O sujeito tinha razão. Havia cada vez menos navios de passageiros com autorização para atravessar o Atlântico. No entanto, Addy se recusou a desistir de ter esperança. Ele passou a tarde no canto de um café próximo ao porto, escrevendo uma carta para a mãe.

10 de janeiro de 1941

Querida mãe,

Rezo para que minhas cartas tenham chegado até você e que você e os outros estejam bem. Eu consegui uma passagem para o Brasil em um navio chamado Alsina. *Vamos partir daqui a cinco dias, no dia 15 de janeiro, para o Rio de Janeiro. O capitão estima que cheguemos à América do Sul em duas semanas. Assim que eu chegar lá, escreverei novamente com um endereço onde você possa me encontrar. Lembre-se do que eu lhe disse sobre o embaixador Souza Dantas, em Vichy. Por favor, se cuide. Estou contando os minutos para ter notícias suas.*

Com amor, sempre,
Addy

Antes de sair do café, Addy foi até o banheiro, onde tirou a farda e vestiu seu terno. Entretanto, em vez de dobrar a farda e guardá-la na bolsa, como costumava fazer, enrolou-a e a jogou no lixo.

A cabine de Addy é um ovo. Ele tira os sapatos e se esgueira de lado, tomando cuidado para não esbarrar na cama frágil e estreita, da largura dos seus ombros, com uma cabeceira de nogueira e uma colcha amarela que parecem ter visto seu auge há dez anos. Em frente ao colchão velho há um banquinho de mogno e algumas prateleiras estreitas. Ele coloca seus sapatos na prateleira mais baixa, e a bolsa, no banco, pendura o sobretudo e o chapéu fedora no cabide atrás da porta do banheiro, depois dá uma espiada lá dentro. O banheiro — a razão pela qual ele esbanjara com uma passagem de segunda classe — também é incrivelmente pequeno. Dentro há um chuveirinho preso num cano de metal, pendendo na parede junto ao vaso sanitário, e um espelhinho redondo sobre uma pia de porcelana minúscula. Addy sente a pele formigar ao pensar num banho quente — faz quase uma semana desde que tomou o último. Ele tira a roupa imediatamente.

Depois de dobrar a camisa, o colete e as calças e empilhá-los com cuidado sobre a cama, ele pega o sabonete, o pente e a navalha e entra no banheiro, ainda de cueca e meia. Coloca o chuveirinho no suporte na parede e vira a alavanca para a posição "quente". A pressão da água é desanimadora, mas ela está quente, por isso, conforme escorre pelo seu corpo, Addy sente a tensão nos ombros ser suavizada. Ele cantarola enquanto se esfrega, com roupa de baixo e tudo, até conseguir fazer uma quantidade satisfatória de espuma, então se vira lentamente para se enxaguar. Depois de tirar todo o sabão das roupas de baixo, ele se despe por completo e as pendura na pia. Então se ensaboa novamente e deixa a água correr sobre sua pele nua por algum tempo, antes de fechar a água. Pega a única toalha branca pendurada numa barra na porta e se enxuga, ainda cantarolando. Diante do espelho, escova os dentes, se penteia e faz a barba, passando os dedos pelo maxilar, examinando cuidadosamente partes que possa ter deixado de barbear. Por fim, torce as roupas molhadas e, montando um varal com um fio, pendura-as para secar. Depois veste outras roupas de baixo e o terno e sorri: está se sentindo uma nova pessoa.

No convés, Addy passa por uma multidão de refugiados, saudando-os com a cabeça e ouvindo trechos de conversas, enquanto caminha até a proa. "Você soube que Zamora está a bordo?", pergunta alguém quando ele passa. Addy se pergunta se reconheceria Zamora caso esbarrasse com ele; sem dúvida o ex-presidente da Espanha tinha comprado uma passagem na primeira classe, um convés acima. A maior parte das conversas que Addy ouve por alto é sobre o grande esforço e a engenhosidade necessários para se conseguir um visto. "Eu fiquei na fila por dezoito dias seguidos." "Precisei dar dinheiro ao funcionário da embaixada." "Foi horrível deixar a minha irmã para trás."

Há vários palpites sobre quantos refugiados estão a bordo — "Ouvi dizer que são seiscentos..." "O navio foi construído para trezentos passageiros..." "Não é de se admirar que esteja tão lotado..." "Aquelas pobres pessoas lá embaixo, na terceira classe, devem estar péssimas." O deque da segunda classe é apertado, mas Addy sabe que isso não é nada comparado com as instalações abaixo, no porão.

Cerca de metade dos refugiados que Addy encontra são judeus, vários dos quais mencionam o nome de Souza Dantas. "Se não fosse pelo embaixador..." Os demais são uma mistura de espanhóis fugindo do regime de Franco, socialistas franceses e os chamados artistas degenerados e outros "indesejáveis" de toda a Europa, todos em busca de segurança no Brasil. A maioria deixou para trás suas famílias — irmãos, pais, primos e até mesmo filhos adultos —, e ninguém sabe exatamente o que o futuro lhes reserva. No entanto, apesar da incerteza, agora que todos estão instalados a bordo o ânimo geral mudou para uma expectativa eufórica. Com o *Alsina* pronto para zarpar às dezessete horas, de repente sentiu-se um ar de esperança e liberdade.

Addy caminha por toda a extensão do navio até chegar à proa, onde descobre uma porta azul-marinho com uma placa de latão e ri de sua sorte: SALON DE MUSIQUE, PREMIÈRE CLASSE. Um salão de música! Ele prende a respiração ao pôr a mão na maçaneta, mas fica triste quando descobre que está trancada. *Talvez alguém a abra*, diz a si mesmo, em pé junto ao corrimão, olhando enquanto hordas de homens e mulheres perambulam pela área. Como era de esperar, depois de alguns minutos a porta azul-marinho é aberta e dela sai um jovem da tripulação vestido de branco. Addy espera até que ele desapareça na multidão, mantendo a porta ligeiramente aberta com a ponta dos dedos. Ele se depara com uma escada no interior e a sobe pulando de dois em dois degraus.

O salão está vazio. Seu piso de cerejeira reluz sob uma colcha de retalhos de tapetes de lã macia vermelhos, dourados e índigo. Pelas janelas, que vão do chão ao teto ao longo da parede que dá para estibordo, vê o porto, e a parede oposta é revestida de espelhos, o que faz o espaço parecer maior do que é. Há colunas de madeira polida nos cantos e uma porta larga com um arco que Addy presume levar às cabines da primeira classe. Um sofá de couro, algumas mesas redondas e várias cadeiras estão reunidas num lado do salão enquanto no outro, empoleirado no canto — e seu coração bate mais forte quando o vê —, há um piano Steinway de cauda inteira.

Ele examina o instrumento enquanto se aproxima. Foi fabricado no início do século, presume, antes da Grande Depressão, quando os fabricantes começaram a diminuir o tamanho dos pianos para um quarto de cauda. Addy sopra o tampo e pisca os olhos quando uma nuvem de poeira paira sobre o instrumento, brilhando sob a luz do sol. Abaixo do teclado, uma banqueta redonda elegante com base de nogueira entalhada e pés de ferro fundido o convida a se sentar. Addy gira o assento com suavidade para ajustar a altura e se senta sobre sua superfície lisa e levemente desgastada.

Ele levanta a tampa e pousa as mãos sobre as teclas, tomado repentinamente por uma nostalgia de casa. Dobrando o tornozelo, ele coloca o dedão do pé sobre o pedal de sustentação do piano. Já faz meses desde que se deu ao luxo de tocar, mas não tem a menor dúvida sobre que peça vai executar primeiro.

Quando as primeiras notas da *Valsa nº 2 em fá menor, op. 70*, de Chopin enchem a sala, Addy inclina a cabeça para a frente e fecha os olhos. Num instante, ele tem 12 anos outra vez e está sentado num banco diante das teclas do piano dos pais em Radom, onde ele, Halina e Mila costumavam se revezar em turnos de uma hora, todos os dias, praticando depois da escola. Quando eles já estavam suficientemente avançados, aprenderam Chopin, um nome considerado sagrado na casa da família Kurc. Addy ainda se lembra do sentimento de realização que enchera seu coração depois de conseguir executar pela primeira vez um estudo sem um único erro.

— O maestro Chopin ficaria muito orgulhoso — disse sua mãe baixinho, dando tapinhas no ombro dele.

Quando Addy abre os olhos, fica surpreso ao encontrar uma pequena multidão ao seu redor. Os espectadores estão todos muito bem-vestidos. As mulheres usam chapéus clochê e sobretudos elegantes com gola de pele de castor; os homens, chapéus fedora, chapéus-coco e ternos de três peças feitos sob medida. Há um leve cheiro de colônia no ar, um alívio agradável em relação ao odor corporal que impera nos espaços comuns do convés abaixo. Uma classe diferente de refugiados, sim, mas Addy sabe que, sob os finos casacos de pele e os tweeds, todos no navio estão fugindo do mesmo destino terrível.

— *Bravo! Che bello* — grita um italiano atrás dele, assim que a última nota de Addy ecoa pelo salão.

— *Encore!* — grita a mulher ao seu lado. Addy sorri.

— *Pourquoi non?* — diz ele, dando de ombros. Não é preciso pedir duas vezes.

Quando ele termina uma música, é incentivado a tocar outra e, a cada nova peça, o público de Addy cresce, junto com seu empenho. Ele toca os clássicos: Beethoven, Mozart, Scarlatti, suando a camisa. Tira o paletó e desabotoa o colarinho. Enquanto os espectadores continuam chegando, ele passeia por melodias populares dos seus compositores de jazz americanos favoritos: Louis Armstrong, George Gershwin, Irving Berlin. E está no meio de "Caravan", de Duke Ellington, quando o apito do navio soa.

— Estamos partindo! — grita alguém.

Addy encerra "Caravan" com um breve improviso e se levanta. Subitamente, o salão se enche de conversas. Ele pega o paletó e segue a multidão para o convés de estibordo, para ver o *Alsina* se afastar do cais com os motores rugindo. O apito soa mais uma vez, um adeus longo e gutural que paira no ar por alguns segundos antes de flutuar para longe no mar.

E então eles estão em movimento, inicialmente mal se mexendo, como se estivessem em câmera lenta em direção a um sol laranja que paira baixo sobre as águas cintilantes do Mediterrâneo. Alguns passageiros vibram, mas a maioria, assim como Addy, prefere contemplar a cena enquanto eles navegam para oeste, passam pelo esplêndido palais du Pharo, construído por Napoleão III no século XIX, pelas fortificações de pedra cor-de-rosa e pelo solitário farol da entrada do Porto Velho. Quando o *Alsina* alcança águas mais profundas, o sol já desapareceu e o mar está mais preto que azul. O barco faz uma curva aberta para o sul e o cenário muda para uma imensidão sem fim de águas abertas. Enquanto o navio ganha velocidade, Addy pensa que, em algum lugar além do horizonte, está a África. E, mais adiante, as Américas. Ele olha para trás, virando o pescoço, para a longa trilha de espuma que se dissipa na direção de uma miniatura de Marselha.

— *Adieu* por enquanto — sussurra, enquanto a cidade desaparece.

O *Alsina* já está no mar há mais de uma semana e ele se tornou habitué no salão de música da primeira classe, que se transformou numa sala de concertos — um palco onde os passageiros se reúnem a cada noite para cantar, dançar, tocar o que sabem de melhor. Um lugar onde eles podem se perder na música, na arte, e esquecer, pelo menos por um tempo, o mundo que deixaram para trás. O piano foi puxado do canto para o meio do salão, algumas fileiras de cadeiras foram arrumadas num semicírculo ao redor e vários outros instrumentos apareceram — um tambor africano, uma viola, um saxofone, uma flauta. O talento musical a bordo é impressionante. Certa noite, Addy quase caiu da banqueta quando ergueu os olhos e notou não apenas os irmãos Kranz na plateia — ele havia crescido ouvindo seus concertos de piano no rádio — como, ao lado deles, o grande violinista polonês Henryk Szeryng. Esta noite, Addy estima que mais de cem pessoas estejam no salão.

Mas ele só consegue enxergar uma.

Ela está sentada à sua direita, na segunda fileira de cadeiras, ao lado de uma mulher com os mesmos olhos pálidos, pele marfim e postura ereta e autoconfiante. Uma dupla mãe e filha, certamente. Addy tenta não encará--la. Pigarreando, decide que a última música da noite será uma composição sua, *List*. Entre as estrofes, ele olha para ela. Há dezenas de belas mulheres a bordo, mas ela é diferente. Não deve ter mais que 18 anos. Usa uma blusa branca com colarinho e, entre as lapelas, um colar de pérolas reluzentes. Seu cabelo ondulado loiro-acinzentado está preso num coque frouxo, solto na nuca. Addy se pergunta de onde ela é e como não a notara antes. E decide que vai se apresentar a ela antes que a noite acabe.

Addy termina sua performance com uma reverência, e o salão se enche de aplausos quando ele deixa a banqueta do piano. Enquanto atravessa a sala lotada, ele olha mais uma vez para a garota e seus olhares se encontram. Addy sorri, com o coração batendo rápido. Ela retribui o sorriso.

É meia-noite quando Ziembiński, um diretor e ator a quem o público também passa a adorar, enfim termina a *soirée* com uma leitura dramatizada de *Les Voix intérieures*, de Victor Hugo. Quando a multidão começa a se dispersar, Addy espera calmamente, pouco antes do arco da porta que dá para as cabines da primeira classe, desviando o olhar dos passantes para não engrenar numa conversa — uma tarefa nada fácil. Depois de alguns minutos, a garota e sua mãe aparecem. Addy se empertiga e, quando elas se aproximam, estende a mão para a mãe. "É o que diferencia um cavalheiro dos garotos", dissera Nechuma a ele certa vez. "Quando a mãe aprovar, *então* você pode se apresentar a sua filha."

— *Bonsoir, madame...* — aventura-se Addy, com o braço estendido entre eles.

A mãe da garota para de repente, aparentemente irritada por ter sido incomodada. O modo como ela se porta, empertigada e com os lábios apertados, faz Addy se lembrar de sua velha professora de piano em Radom — uma mulher formidável, cujos padrões rígidos o levaram a se tornar o músico que é hoje, mas com quem jamais desejaria compartilhar uma bebida. Com relutância, ela segura sua mão.

— Lowbeer — responde ela, com um leve sotaque, percorrendo o tronco de Addy de cima a baixo com seus olhos azuis acinzentados. — *De Prague*

— completa, quando seu olhar finalmente se encontra com o dele. Seu rosto é comprido, os lábios pintados em tom de malva. Elas são tchecoslovacas.

— Addy Kurc. *Plaisir de vous rencontrer.* — Addy se pergunta o quanto de francês as duas compreendem.

— *Plaisir* — responde madame Lowbeer. Depois de um momento de silêncio, a mulher se vira para a filha. — *Puis-je vous présenter ma fille, Eliska.*

Eliska. Sua blusa, ele agora consegue ver, é feita de um linho fino; sua saia azul-marinho até os joelhos é feita de uma caxemira suntuosa. A mãe dele teria ficado impressionada, pensa, e depois sufoca uma preocupação já familiar, um aperto no peito que sente sempre que seus pensamentos se voltam para a mãe. *Não há mais nada que você possa fazer agora*, diz a si mesmo. *Você vai escrever novamente para ela no Rio.*

Eliska lhe oferece a mão. Os olhos dela, de um azul pálido como os da mãe, se encontram mais uma vez com os de Addy.

— *Votre musique est três belle* — elogia ela, olhando nos olhos de Addy.

Seu francês é perfeito, seu aperto de mão é firme, e Addy acha sua autoconfiança tão atraente quanto surpreendente. Há mais nessa jovem do que apenas um rostinho adorável, percebe. Ele deixa sua mão escorregar da dela e imediatamente se arrepende. Já faz um ano desde que sentiu o toque de uma mulher pela última vez e não tinha percebido o quanto ansiava por isso. As pontas dos seus dedos estão eletrizadas. Seu corpo inteiro está elétrico.

— As pessoas se referem a você como o mestre de cerimônias do navio, sabia?

Quando Eliska sorri, duas covinhas se formam no canto dos lábios. Ela coloca a mão em seu colar de pérolas.

— Ouvi dizer — responde Addy, tentando desesperadamente não parecer afobado. — Fico feliz que tenha gostado do piano. Música sempre foi minha paixão.

Eliska faz que sim com a cabeça, ainda sorrindo. Suas bochechas estão coradas, embora não pareça estar usando nenhum ruge.

— Praga é uma cidade fascinante. Vocês são tchecoslovacas, então — acrescenta Addy, desviando os olhos de Eliska para se dirigir à mãe dela.

— Sim, e você?

— Eu sou da Polônia.

Addy sente uma punhalada no estômago. Ele nem sabe se seu país natal ainda existe. Mais uma vez deixa a preocupação de lado, recusando-se a permitir que ela arruíne o momento.

O nariz de madame Lowbeer se retorce como se ela fosse espirrar. *Polônia* claramente não é a resposta que ela esperava ouvir — ou, talvez, a que gostaria de ouvir. Porém, Addy não se importa. Ele olha da mãe para a filha e uma enxurrada de perguntas passa pela sua cabeça. *Como vocês vieram parar no* Alsina? *Onde está sua família? Onde está monsieur Lowbeer? Qual é sua música preferida? Eu vou aprender e vou tocá-la cem vezes, se isso significar que você vai se sentar para me assistir de novo amanhã!*

— Bem — diz madame Lowbeer, com um sorriso forçado —, é tarde. Nós precisamos dormir. Obrigada pelo concerto. Foi adorável.

Com um breve aceno de cabeça para Addy, ela oferece o braço à filha e as duas atravessam o arco da porta e seguem para sua cabine, com as solas de seus saltos altos ecoando levemente na madeira do assoalho.

— *Bonne nuit*, Addy Kurc — despede-se Eliska, virando a cabeça.

— *Bonne nuit!* — responde Addy, um pouco alto demais.

Tudo nele deseja que Eliska fique. Ele deveria pedir a ela que ficasse? Foi *tão bom* flertar com ela. Foi tão... natural. Não, ele vai esperar. *Seja paciente*, diz a si mesmo. *Outra noite.*

CAPÍTULO 16

Genek e Herta

Altinai, Sibéria ~ fevereiro de 1941

Nada poderia ter preparado Genek e Herta para o inverno siberiano. Tudo está congelado: o chão de terra dos alojamentos, a palha espalhada na cama de madeira, o pelo dentro dos seus narizes. Até mesmo o cuspe, muito antes de atingir o chão. É um milagre que ainda haja água no fundo do poço.

Genek dorme completamente vestido. Esta noite, usa botas, chapéu, um par de luvas que comprou quando a neve começou a cair, em outubro, e o casaco de inverno — foi uma sorte, no último minuto, ele ter resolvido trazê-lo de Lvov. E, ainda assim, sente uma dor constante de tanto frio. A sensação é intensa. Não é nada parecido com a dor diária que sente entre as omoplatas, depois de passar horas erguendo o machado, mas sim um latejar profundo e implacável, que pulsa desde os calcanhares, sobe pelos ossos das pernas, pelas entranhas e pelos braços, provocando espasmos involuntários e fazendo todo o corpo estremecer.

Genek contrai e estica os dedos das mãos e mexe os dedos dos pés, agoniado com a ideia de perder um deles. Quase todos os dias, desde novembro, alguém no acampamento ao acordar encontra uma parte do corpo com ulcerações causadas pelo frio. Quando isso acontece, é comum não haver escolha a não ser um companheiro de prisão fazer a amputação. Certa vez, tinha visto um homem se contorcer de dor enquanto seu dedão do pé era serrado pela lâmina cega de um canivete. Genek quase desmaiou. Ele aproxima seu corpo do de Herta. Os tijolos que havia esquentado no fogo e enrolado numa toalha para aquecer os pés já esfriaram. Ele gostaria de queimar um pouco mais de madeira, mas eles já usaram as duas toras de lenha a que tinham direito e se esgueirar lá fora, com Romanov de guarda, para roubar um pouco mais não seria prudente.

Essa terra desolada se voltou contra eles. Seis meses atrás, logo que chegaram, o ar estava tão quente que era difícil respirar. Genek jamais se esqueceria do dia em que o trem finalmente parou e as portas se abriram, revelando apenas uma floresta de pinheiros. Ele desceu do vagão com o braço de Herta agarrado a uma das mãos e a mala à outra, o couro cabeludo fervilhando de piolhos, a pele que revestia seu esqueleto marcada pelo relevo da madeira das paredes do trem, contra as quais ficara comprimida por quarenta e dois dias e noites. *Tudo bem*, pensou, olhando ao redor. Estavam sozinhos na floresta, absurdamente longe de casa, mas pelo menos podiam esticar as pernas e urinar com privacidade.

Eles andaram por dois dias sob o calor escaldante de agosto, desidratados e mortos de fome, antes de chegar a uma clareira com uma longa fileira de barracos de madeira que pareciam ter sido erguidos às pressas. Quando finalmente puseram suas malas no chão, os corpos exaustos e fedendo a suor, foram recebidos com algumas palavras especialmente escolhidas por Romanov, o guarda de cabelos pretos e olhar duro responsável pelo campo:

— A cidade mais próxima fica dez quilômetros ao sul. Os moradores de lá foram avisados sobre a chegada de vocês. Eles não querem nada com vocês. Essa — vociferou — é sua nova casa. Vocês vão trabalhar aqui, vocês vão viver aqui; vocês nunca mais verão a Polônia.

Genek se recusou a acreditar naquelas palavras — não havia como Stalin se safar disso, disse a si mesmo. No entanto, conforme os dias se transformaram em semanas e, depois, em meses, a tensão de não saber como seria seu futuro começou a afetá-lo. Então é isso? Era assim que estavam destinados a viver suas vidas, cortando lenha na Sibéria? Será que eles, como prometera Romanov, nunca mais voltariam para casa? Se era esse o caso, Genek não tinha certeza se conseguiria viver consigo mesmo. Não se passou um dia sequer sem que ele não se lembrasse de que tinha sido seu orgulho que os colocara ali, naquele campo horroroso — uma verdade que pesava tanto sobre ele, que fazia com que sentisse medo de que logo pudesse ter um colapso.

O pior de tudo, porém, a parte que atormentava Genek mais que qualquer outra, era o fato de que ele não era mais responsável apenas por sua esposa. Não se dera conta disso na ocasião, mas Herta havia acabado de engravidar quando eles deixaram Lvov — fora uma surpresa, é claro, e eles teriam comemorado se ainda vivessem na Polônia. Mas só foram descobrir isso quando já estavam presos no trem havia semanas. Herta mencionara que suas regras estavam um pouco atrasadas antes de eles serem presos, mas, levando em conta o estresse pelo qual passavam, isso não pareceu estranho a nenhum dos dois. Um mês depois, as regras dela ainda não tinham vindo. Após seis semanas, a despeito da falta de comida, sua cintura ficara mais larga, anunciando a chegada de um bebê. Agora ela está a semanas de dar à luz seu filho — no meio de um inverno siberiano.

Genek estremece quando um alto-falante emite um estalo, cuspindo estática no ar gelado. O dia inteiro e noite adentro, os locutores vomitam propaganda — como se discursos intermináveis fossem capazes de convencer os prisioneiros de que o comunismo é a resposta para todos os seus problemas. A ideologia revolucionária fanática enche seus ouvidos o dia inteiro e, agora, quase fluente em russo, Genek consegue entender a maior parte do absurdo, o que torna impossível se desligar dele. Ele enlaça gentilmente sua esposa com o braço e pousa a palma da mão sobre sua barriga, esperando um chute — Herta diz que o bebê é mais ativo à noite —, mas não há movimento algum. A respiração dela está pesada. Como ela consegue dormir com todo aquele frio e com o barulho do alto-falante é um mistério. Herta deve estar exausta. Os dias são extenuantes. A maioria envolve derrubar árvores sob frio intenso, arrastar as toras de madeira por terrenos congelados e escorregadios e dunas de neve levadas pelo vento até uma clareira, e empilhá-las em trenós para que os cavalos as levem embora. Ao fim de cada turno de doze horas, Genek está delirando de cansaço, e ele nem está carregando uma criança. Nas duas últimas semanas, passou a implorar a Herta que permaneça no alojamento de manhã, com medo de que ela se esforce demais no trabalho, de que o bebê chegue enquanto ela estiver embrenhada no meio da floresta, com neve até os joelhos. Mas eles já venderam todos os objetos e todas peças de roupa das quais não precisavam para sobreviver para pagar por comida extra e sabem que, assim que Herta parar de trabalhar, suas rações serão cortadas pela metade. "Se você não trabalha, você não come", lembra-lhes Romanov com frequência. E então, o que fazer?

Finalmente o alto-falante fica em silêncio e Genek expira, relaxando o maxilar. Piscando na escuridão, ele promete em silêncio que este será o primeiro e o último inverno que os dois vão passar neste inferno congelado. Ele não se acha capaz de sobreviver a outro igual. *Você nos trouxe até aqui, você pode encontrar uma saída.* Ele vai descobrir um jeito. Talvez possam escapar. Porém, para onde iriam? Ele vai pensar em *alguma coisa.* Sua esposa e seu filho ainda não nascido são tudo o que importa. E pensar que tudo o que teria sido necessário era uma pequena marca num quadradinho no formulário — a disposição para fingir fidelidade aos soviéticos até o fim da guerra. Mas não, ele tinha sido orgulhoso demais. Em vez disso, marcara a si mesmo como um insurgente. *Merda*, onde foi metê-los?

Genek fecha os olhos bem apertado, desejando com cada parte de seu ser que pudesse voltar no tempo, que pudesse transportá-los para um lugar melhor, um lugar mais seguro. Um lugar mais quente. Em sua mente, ele viaja para as águas límpidas do lago Garbatka, onde ele e os irmãos passaram inúmeras tardes de verão nadando e brincando de esconde-esconde perto das macieiras. Visita as praias ensolaradas de Nice, onde ele e Herta passaram certa vez uma semana tomando sol numa praia de pedrinhas negras, bebendo espumante e se deliciando com generosas porções de *moules frites.* Sua memória pula finalmente para Radom. O que ele não faria por um suntuoso jantar no restaurante de Wierzbicki, para se encontrar com os amigos no cinema da cidade e posarem juntos para fotos uns de costas para os outros, como nos cartazes dos filmes.

Por um momento, Genek está perdido, as lembranças o envolvem como cobertores, aliviando o frio. Entretanto, ele é jogado de volta para seu alojamento gelado quando, ao longe, um lobo uiva e seu chamado dolorido ecoa pelas árvores no entorno do campo. Ele abre os olhos. A floresta está repleta de lobos — ele os vê de vez em quando enquanto está trabalhando — e à noite os uivos têm ficado cada vez mais intensos e próximos. O quão faminta uma alcateia teria de estar antes de se aventurar dentro do campo? O medo de ser dilacerado e devorado por um lobo sempre lhe parecera uma infantilidade, algo que seu pai poderia ter usado para ameaçá-lo quando ele se recusasse a comer repolho quando menino — mas aqui na floresta, na neve da Sibéria, isso lhe parece assustadoramente possível.

Enquanto Genek tenta imaginar de que forma iria se safar de um lobo faminto, seu coração começa a martelar no peito. Uma enxurrada de hipóteses terríveis transborda de sua mente: e se ele simplesmente não for forte o suficiente e, no fim, o lobo vencer? E se houver alguma complicação no trabalho de parto de Herta? E se o bebê, como os três últimos nascidos no campo, não sobreviver? Ou, pior, e se o bebê sobreviver e Herta não? Há um médico entre as pessoas no campo. Dembowski. Ele prometeu ajudar no parto. Mas Herta... As chances médias de sobrevivência de um prisioneiro em Altinai diminuem a cada dia. Dos trezentos e poucos poloneses que chegaram ao campo em agosto, mais de um quarto morreu — de fome, pneumonia, hipotermia. E os corpos daqueles que não resistiram ao parto foram levados para a floresta, onde são deixados expostos à neve e aos lobos, pois o chão está tão congelado que é impossível fazer um enterro decente.

Outro uivo. Genek levanta a cabeça e olha para a porta. Uma nesga de luar brilha por baixo dela. No alto, consegue distinguir as sombras de pingentes de gelo pendurados nas vigas do barraco, apontados como adagas para o chão de terra. Quando volta a bochecha para a esteira de palha onde está deitado, pressiona o corpo trêmulo mais apertado contra o da esposa, desejando conseguir dormir.

CAPÍTULO 17

Addy

Dacar, África Ocidental ~ março de 1941

Addy e Eliska estão sentados de frente para o mar, vendo um sol líquido mergulhar no horizonte. Uma brisa fresca faz as folhas enormes dos coqueiros atrás deles farfalharem. Esta é a terceira visita que fazem à plage de la Voile d'Or, uma praia com formato de meia-lua. Escondida entre o parc Zoologique e o antigo cemitério Cristão, a praia fica a uma hora de caminhada do porto de Dacar. Como nas outras visitas, eles estão totalmente sozinhos.

Addy espana um pouco de areia prateada dos braços, que nas últimas dez semanas ficaram bronzeados e agora estão da cor de pão torrado. Ao embarcar em Marselha, em janeiro, ele jamais imaginaria que acabaria na África, com a pele bronzeada. Entretanto, desde que o *Alsina* ficara retido no Senegal pelas autoridades britânicas — "Este é um navio francês, e a França não é mais uma amiga dos Aliados", disseram ao capitão —, a pele de Addy tinha se acostumado ao sol implacável da África Ocidental.

O *Alsina* está ancorado há dois meses. Os passageiros não têm ideia de quando — ou se — ele terá permissão para voltar a navegar. A única data de que Addy tem certeza, a data que o preocupa, é a de daqui a duas semanas, quando seu visto expira.

— Eu faria qualquer coisa para nadar — comenta Eliska, cutucando Addy com o ombro.

Inicialmente, eles não acreditaram quando os moradores locais disseram que o mar estava infestado de grandes tubarões-brancos. Mas então viram as manchetes no jornal — ATAQUE DE TUBARÃO, AUMENTO NA TAXA DE MORTALIDADE — e, da proa do *Alsina*, passaram a notar as sombras sob a superfície da água, longas e cinzentas, como submarinos. Na praia, dentes afiados em formato de coração, trazidos às dezenas pelas ondas, espetavam as solas dos seus pés se eles não tomassem cuidado em onde pisavam.

— Eu também. Será que devemos, como dizem os americanos, *provocar o destino*?

Addy sorri, pensando na noite em que, dois anos atrás, aprendera essa expressão. Estava então num cabaré em Montmartre e havia se sentado ao lado de um saxofonista que acabou descobrindo ser do Harlem. Willie. Addy se lembra bem da conversa. Ele contou a Willie que seu pai havia morado, por um curto período, nos Estados Unidos — uma façanha que sempre o intrigou — e enchera o pobre Willie com uma série interminável de perguntas sobre a vida em Nova York. Horas depois, para seu grande deleite, Willie lhe ensinou algumas expressões tipicamente americanas, que Addy anotou no caderno. *Provocar o destino, quebre a perna* e *passou perto* estavam entre suas favoritas.

Eliska ri e balança a cabeça.

— Provocar o destino? Você entendeu isso direito? — pergunta ela. Addy é obcecado por expressões americanas e não quer admitir que, de vez em quando, assassina algumas delas.

— Provavelmente, não. Mas o que você acha, devemos?

— Se você for, eu vou — responde Eliska, semicerrando os olhos para ele, como se o desafiasse a aceitar a proposta.

Addy balança a cabeça, encantado com a facilidade com que Eliska ri do perigo. Além de reclamar do calor, ela não parece estar incomodada com o desvio deles que já dura dois meses em Dacar. Ele se vira para ela, brincando de soprar seu cabelo sobre a orelha e examinando seu couro cabeludo, como sua mãe examinava a pele das galinhas no mercado em Radom.

— Você está no ponto — comenta ele, imitando uma boca com a mão. — É hora do jantar. Aposto que os tubarões estão famintos. — A mão em concha vai até o joelho de Eliska e o aperta.

— *Netvor!* — grita Eliska, afastando a mão dele com um tapa.

Addy agarra a mão dela.

— *Netvor!* Essa é nova.

— Tu es un *netvor* — diz ela. — *Un monstre! Tu comprends?*

Eles conversam em francês um com o outro, mas Eliska tem ensinado a Addy algumas palavras em tcheco por dia.

— *Monstre?* — zomba Addy. — Isso não foi nada, *Bebette!* — Ele a envolve com os braços, mordendo sua orelha enquanto rolam para trás e suas cabeças pousam suavemente na areia.

Eles haviam descoberto a praia duas semanas atrás. O ar fresco e o isolamento são paradisíacos. As outras pessoas do navio não têm coragem suficiente para se aventurar tão longe por conta própria, e os locais não parecem se interessar muito por aquela praia.

— Com a pele escura que eles têm, por que se interessariam? — brincara Eliska certa vez, o que levou Addy a lhe perguntar se já havia visto alguma pessoa negra antes. Como muitos a bordo do *Alsina*, até pisar em Dacar, não.

A maioria dos refugiados europeus do navio, na verdade, se recusava a conversar com os africanos, um comportamento que Addy achou absurdo. Racismo, afinal de contas — a raiz central da ideologia nazista —, fora a razão pela qual a maioria deles tinha fugido da Europa.

— Por que eu *não* deveria querer conhecer os africanos? — questionara ele, quando Eliska lhe perguntara por que achava necessário se misturar aos locais. — Não somos melhores que eles. E, além do mais — acrescentara —, as pessoas são tudo, são elas que fazem com que se conheça um lugar.

Desde que chegaram, ele fizera amizade com vários comerciantes das lojas localizadas perto do porto — e tinha até trocado com um deles uma foto de Judy Garland, arrancada de uma revista deixada por um passageiro do *Alsina* no salão da primeira classe por uma pulseira colorida, que tinha amarrado ao pulso de Eliska.

Addy consulta o relógio, se levanta e puxa Eliska pelas mãos para que fique de pé também.

— Já está na hora? — pergunta ela, amuada.

— *Oui, ma cherie.*

Eles pegam seus sapatos e seguem o caminho de volta na direção de onde tinham vindo.

— Eu odeio deixar esse lugar — comenta ela.

— Eu sei. Mas não podemos nos dar ao luxo de nos atrasarmos.

Eles haviam convencido uma sentinela a lhes dar uma permissão especial para desembarcar do *Alsina* entre o meio-dia e as seis da tarde. Se violassem o toque de recolher, esse privilégio poderia ser revogado.

— Como está madame Lowbeer hoje? — pergunta Addy enquanto caminham.

— La Grande Dame. — Eliska dá uma risadinha. — Ela está... como se diz... *bourrue*. Rabugenta.

No mês passado, a mãe de Eliska deixou bem claro que não concordava que Addy cortejasse sua filha. Não tem nenhuma relação com o fato de ele ser judeu, Eliska lhe garante — afinal, a família Lowbeer também é judia —, mas porque ele é polonês. E, na cabeça de Magdaléna, sua filha, educada numa escola suíça e com um futuro brilhante, é boa demais para um *polaco*. Addy, no entanto, está determinado a conquistar madame Lowbeer e tem se esforçado ao máximo para tratá-la com o maior respeito e deferência possíveis.

— Não se preocupe com a minha mãe. — Eliska funga. — Ela não gosta de ninguém. Ela vai ceder. Só dê um tempo para isso. As circunstâncias são um pouco... *étrange*, você não acha?

— Imagino que sim — concorda Addy, embora nunca tenha encontrado alguém que não gostasse dele.

Os dois caminham lentamente, aproveitando o espaço aberto ao redor, papeando sobre música, filmes, comidas preferidas. Eliska fala de sua infância na Tchecoslováquia, de sua melhor amiga, Lorena, da escola internacional, em Genebra, dos verões na Provença; Addy fala dos seus cafés favoritos em Paris, do sonho de visitar Nova York e os clubes de jazz no Harlem, para ouvir alguns dos maiorais ao vivo. É reconfortante conversar assim, de um modo que poderiam ter feito antes de suas vidas virarem de cabeça para baixo.

— Do que você mais sente falta da sua vida antes da guerra? — indaga Eliska, olhando para ele enquanto caminham.

— Chocolate! — responde Addy sem hesitar. — Amargo, da Suíça — exclama. O suprimento de chocolate do *Alsina* se esgotou semanas atrás.

Eliska ri.

— E você? — devolve Addy. — Do que você mais sente falta?

— Da minha amiga Lorena. Eu podia contar tudo a ela. Suponho que ainda possa, nas minhas cartas, mas por escrito não é a mesma coisa.

Addy acena positivamente com a cabeça. *Eu sinto falta das pessoas também, sinto falta da minha família*, ele quer dizer, mas não o faz. Os pais de Eliska são separados e ela não tem um bom relacionamento com o pai, que agora está na Inglaterra, assim como muitos dos seus amigos, inclusive Lorena. Ela tem um tio que vive no Brasil e é isso — essa é toda a família de Eliska. Addy também sabe que, a despeito das rabugices diárias, Eliska ama muito a mãe. Ela não consegue imaginar como seria viver *sem* la Grande Dame. Ela não passa a noite em claro como Addy, louca de preocupação com a sorte dos seus entes queridos que ficaram para trás. Para ele é diferente. Às vezes, insuportável. Não tem ideia do paradeiro dos pais, dos irmãos, dos primos, das tias e dos tios, da pequena sobrinha — nem sabe se eles estão *vivos*. Tudo o que sabe vem dos jornais, e nenhum deles é nada animador. As últimas manchetes confirmam o que os poloneses do *Alsina* lhe contaram: os nazistas começaram a cercar comunidades judaicas inteiras, forçando quatro ou cinco pessoas a viverem num único cômodo em bairros isolados. Guetos. A maioria das grandes cidades tem um agora, algumas, dois. Pensar nos pais expulsos do apartamento, forçados a entregar a casa onde ele passou os primeiros dezenove anos de sua vida, a casa que eles trabalharam tanto para adquirir, faz Addy sentir um embrulho no estômago. Mas ele não pode falar das manchetes com Eliska, nem da família. Ele tentou fazer isso algumas vezes, sabendo que o simples fato de dizer seus nomes em voz alta faria com que os sentisse mais presentes, mais *vivos*, ao menos em seu coração. Porém, toda vez que toca nesse assunto, ela o rejeita. "Você parece tão triste quando fala da sua família. Tenho certeza de que todo mundo está bem, Addy. Vamos falar só de coisas que nos deixem alegres. Coisas que nos fazem olhar para a frente." Então ele consente e — para ser totalmente honesto — se deixa distrair, aproveitando a conversa frívola dos dois como um momento de alívio contra o peso esmagador do desconhecido.

Quando fazem uma curva, avistam ao longe a silhueta das chaminés do *Alsina* despontando no horizonte. De longe, o navio parece um brinquedo comparado com a monstruosidade que está ancorada ao seu lado — um navio de guerra de duzentos e cinquenta metros, com quatro torres de tiro do tamanho de um prédio de quatro andares apontadas para o céu. O *Richelieu* foi detido pelos britânicos junto com o *Alsina*. Quando qualquer uma das embarcações poderá voltar a navegar permanece um mistério.

— Devemos ser gratos — diz Addy, quando madame Lowbeer reclama da situação desanimadora. — Temos um teto sobre nossas cabeças e comida. Poderia ser pior.

De fato, poderia ser muito pior. Eles poderiam estar passando fome, obrigados a implorar por restos, a procurar arroz azedo na sarjeta, como tinham visto algumas crianças da África Ocidental fazendo na semana anterior. Ou poderiam estar presos na Europa. Aqui, pelo menos, eles têm onde descansar suas cabeças à noite, um suprimento inesgotável de grão-de-bico e, o mais importante, um visto para um país onde será permitido viver em liberdade. Um novo começo.

No porto, Addy consulta seu relógio novamente. Com alguns minutos de sobra, eles param numa banca de jornal à beira da rua. Seu coração se aperta quando ele lê as manchetes. GLASGOW ATACADA PELA LUFTWAFFE, informa a capa do *West Africa Journal*. A cada dia, as notícias da guerra na Europa pioram. Países caem, um depois do outro. Primeiro a Polônia, depois Dinamarca e Noruega, partes da Finlândia, Holanda, Bélgica, França e os estados bálticos. Itália, Eslováquia, Romênia, Hungria e Bulgária aderiram às potências do Eixo. Addy pondera sobre o paradeiro de Willie e seus amigos em Montmartre, que tanto zombaram da possibilidade de uma guerra. Será que ficaram na França ou fugiram como ele?

Addy percebe que, em poucas semanas, será o Pessach — o terceiro Pessach que se verá forçado a passar longe de casa. Será que sua família vai tentar encontrar um modo de celebrar este ano? Ele sente um nó na garganta e se afasta, torcendo para que Eliska não perceba a tristeza em seus olhos. Eliska. Ele está ficando apaixonado. *Apaixonado!* Como pode se sentir assim ao mesmo tempo que é consumido por tantas preocupações? A única explicação possível é que não consegue evitar esse sentimento. Isso é bom. E, com tudo o que está acontecendo a sua volta, isso é por si só um presente. Ele busca o lenço que ganhou da mãe e seca discretamente as lágrimas que se acumularam no canto dos seus olhos.

Eliska enlaça seu braço.

— Pronto? — pergunta ela.

Addy faz que sim com a cabeça, forçando um sorriso, enquanto eles retomam o caminho para o navio.

7 DE ABRIL DE 1941: *Os portões dos dois guetos de Radom são fechados, confinando cerca de 27.000 judeus no gueto principal, na rua Wałowa, e outros 5.000 no menor, o gueto de Glinice, nos arredores da cidade. Com apenas 6.500 quartos entre os dois guetos, eles ficam completamente abarrotados. As condições de vida e as rações de comida pioram a cada dia; doenças se espalham rapidamente.*

CAPÍTULO 18

Mila e Felicia

Radom, Polônia sob ocupação alemã ~ maio de 1941

Os sussurros passam rapidamente entre os trabalhadores, como uma rajada de vento pela grama alta.

— *Schutzstaffel.* — Militares alemães. — Eles estão vindo.

A cor desaparece das bochechas de Mila. Ela levanta os olhos da costura e, na pressa, fura o dedo indicador com a agulha.

Faz mais de um mês desde que os portões para os dois guetos de Radom foram fechados. A maioria dos judeus da cidade — aqueles que ainda não estavam morando no gueto — recebera um aviso com um prazo de dez dias para deixar suas casas. Uns poucos afortunados conseguiram trocar seus apartamentos com poloneses cujas casas ficavam dentro dos limites designados para os guetos. Mas a maioria teve de correr para encontrar um lugar para morar, o que era um tremendo desafio. Os guetos àquela altura já estavam bem lotados, mesmo antes de os refugiados judeus vindos de Przytyk — um vilarejo próximo que os alemães tinham transformado em campo militar — começarem a chegar. A família Kurc, é claro, tinha sido forçada a deixar seu apartamento e se mudar para o Bairro Antigo um ano e meio antes. De certa forma, tiveram sorte por não terem de participar da corrida ensandecida para encontrar um lugar para morar. Em vez disso, eles ficaram em seu apartamento de dois quartos na rua Lubelska, observando de uma janela no segundo andar a chegada de milhares de pessoas.

Logo depois que o gueto foi fechado, em abril, no entanto, a Wehrmacht que estava estacionada na cidade foi substituída pela Schutzstaffel, que trouxe com ela uma nova era do mal. Facilmente reconhecíveis pelos uniformes pretos e pelas insígnias com ss em forma de raios, os soldados da ss se orgulhavam de ser os mais puros de todos os alemães. Entre os judeus, logo foram espalhados boatos de que, para se tornar membro da ss, os oficiais tinham de provar a origem racial de suas famílias desde o século XVIII.

— Esses caras são verdadeiros fanáticos — avisou Isaac, amigo de Mila. — A gente não significa nada para eles. Lembre-se disso. Somos menos que cachorros. — Como membro da Polícia Judaica, Isaac estava na nada invejável posição de trabalhar junto da ss e viu de perto do que eles eram capazes.

Havia rumores sobre uma batida na oficina. Isso acontece com frequência — sem aviso, um enxame da ss invade algum local de trabalho do gueto e ordena que os judeus formem uma fila para serem contados e terem suas permissões verificadas. Para viverem no gueto, os judeus devem ter documentos que atestem que são aptos para o trabalho. A maioria dos que não tinham documentos — os idosos, os doentes ou os muito jovens — já haviam sido deportados. Os poucos que sobraram permanecem escondidos; eles preferiram correr o risco de serem descobertos — e mortos imediatamente — a serem arrancados de suas famílias, especialmente agora que começaram a chegar a Wałowa informações sobre as condições dos campos de trabalho escravo para onde os deportados são enviados. Tentando não pensar no que aconteceria se Felicia fosse descoberta, Mila passou várias semanas planejando um jeito de esconder a filha no caso de uma batida — e rezando pelo retorno de sua irmã.

Halina havia escrito em fevereiro. Ela e Franka conseguiram chegar a Lvov, contara, e ela arrumara trabalho num hospital. Voltaria para casa assim que possível, com os "desenhos" que Adam prometera. Mila esperava que "em breve" significasse nas próximas semanas. As rações mensais de comida deles duravam, no máximo, dez dias. A fome aumentava a cada dia; a cada dia ela sentia os ossos da espinha de Felicia mais salientes ao passar os dedos neles, quando a fazia dormir. De tempos em tempos, Nechuma conseguia encontrar um ou dois ovos no mercado negro, porém, quando isso acontecia, tinha de pagar por eles 50 zlotys, ou uma toalha de mesa ou uma de suas xícaras de chá de porcelana. Eles estão queimando suas economias e já quase esgotaram os suprimentos que trouxeram de casa — uma situação preocupante, levando-se em conta que não há sinal do fim da vida em cativeiro.

Toda a rotina é terrível — a fome, o trabalho, a claustrofobia de se viver amontoado. Não existe mais nada parecido com privacidade. Não há espaço para pensar. A cada dia, as ruas ficam mais sujas e mais fedorentas. Os únicos seres que prosperam no gueto são os piolhos, que proliferaram tanto, que os judeus começaram a chamá-los de "loirinhos". Quando se acha um, deve-se queimá-lo e torcer para que não seja um transmissor de tifo. Mila e os pais estão perdendo as esperanças. Eles precisam de Halina mais do que nunca — precisam do dinheiro e das identidades, porém, mais ainda, precisam de sua convicção. De sua força de vontade. Eles precisam de alguém que consiga animar seus espíritos, que possa olhar em seus olhos e dizer, com confiança, que há um plano. Um plano que vai tirá-los do gueto.

Mila coloca a costura sobre a mesa — a casa do botão na túnica está pela metade — e lambe uma gota de sangue do dedo.

— Felicia — sussurra ela, afastando a cadeira da bancada de trabalho e espiando por entre os joelhos.

Debaixo da mesa, Felicia brinca com um carretel de linha, rolando-o de uma mão para a outra. Ela tira os olhos do brinquedo e olha para cima.

— *Tak?*

— Vem.

Felicia estende os braços e Mila a ergue com cuidado até o quadril, depois meio que anda, meio que corre até o canto mais distante da sala, onde há uma parede repleta de rolos de raiom de viscose, lã e tecido reciclado e, ao lado destes, uma fileira de sacos de papel, cada um deles com o dobro do tamanho de Felicia, cheios de retalhos. Ao colocar Felicia no chão, Mila olha por cima do ombro para a porta no canto oposto. Alguns dos trabalhadores na sala desviam os olhos de suas costuras, mas logo voltam a cuidar de seu trabalho.

Mila se agacha para que seus olhos fiquem na altura dos de Felicia e segura as mãos dela entre as suas.

— Lembra o dia em que a gente brincou de esconde-esconde? — pergunta ela, controlando a respiração e tentando falar devagar. Ela não tem muito tempo, mas Felicia precisa entender exatamente o que Mila vai lhe dizer. — Lembra que você se escondeu aqui e fingiu que era uma estátua?

Mila olha para os sacos de papel. Quando elas treinaram isso a primeira vez, Mila teve de mostrar à filha o que era ser uma estátua, e Felicia rira vendo a mãe parada, como se ela fosse esculpida num bloco de mármore.

Felicia faz que sim com a cabeça, com uma expressão repentinamente mais séria, como se fosse uma criança com bem mais de 2 anos e meio.

— Eu preciso que você se esconda de mim, meu amor. — Mila abre o saco que havia marcado com um pequeno x no canto inferior, ergue Felicia novamente e a coloca com delicadeza lá dentro. — Agora senta, minha querida.

Dentro do saco, Felicia dobra os joelhos e os traz para junto do peito. Sente o chão se mover embaixo dela enquanto sua mãe empurra saco até alinhá-lo com os outros junto à parede.

— Se inclina para trás — instrui Mila, do alto. Felicia apoia relutantemente as costas no cimento frio atrás dela. — Eu vou embrulhar você — avisa a mãe. — Vai ficar escuro, mas só por um tempinho. Fica bem quietinha, do jeito que a gente treinou. Tipo uma estátua. Não faz barulho, não mexe nem um músculo até eu vir te achar, tá bem? Você entendeu, meu amor? — Os olhos da mãe dela estão arregalados, sem piscar. Ela está falando muito rápido.

— Sim — sussurra Felicia, embora não entenda por que a mãe a deixaria ali, sozinha no escuro. Da última vez, parecia uma brincadeira. Ela se lembra da imitação de estátua feita pela mãe, como aquilo tinha parecido bobo. Hoje, não tem nada de engraçado no tom de urgência da voz dela.

— Boa menina. Tipo uma estátua — sussurra Mila, colocando um dedo sobre os lábios e se abaixando para dar um beijo no alto de sua cabeça. *Ela está tremendo*, pensa Felicia. *Por que ela está tremendo?*

Num instante, o saco é enrolado e fechado e os ouvidos de Felicia se enchem com um som de papel sendo amassado, enquanto o mundo a sua volta escurece. Ela tenta ouvir o som dos saltos da mãe recuando na sala, mas tudo o que consegue identificar é o zumbido das máquinas de costura e o sutil movimento rítmico do papel do saco, a um dedo de distância dos seus lábios, movendo-se com sua respiração.

Depois de um tempo, porém, há novos barulhos. Uma porta se abrindo. Uma comoção repentina — homens gritando palavras estranhas, cadeiras sendo arrastadas. Depois há passos, muitos passos, perto dela, todos de uma vez, atravessando a sala. As pessoas, os trabalhadores, estão saindo! Os homens continuam gritando até os últimos passos desaparecerem. Uma porta é fechada e, então, tudo fica em silêncio.

Felicia espera por um bom tempo, seus tímpanos se esforçando para ouvir alguma coisa. Retalhos de algodão fazem cócegas nos seus cotovelos e tornozelos e ela quer muito se mexer para se coçar, ela quer gritar. Mas ainda sente o tremor nas mãos da mãe e decide que é melhor ficar sentada quieta como a mãe tinha pedido. Depois de um tempo, logo depois do seu traseiro começar a doer, ela escuta o som da fechadura da porta se abrindo. Mais uma vez, passos. Ela se contrai, sentindo imediatamente que não são da sua mãe. Seus donos percorrem a sala com suas botas batendo pesadas no chão.

Logo, há vozes acompanhando os passos. Mais palavras estranhas. O coração de Felicia bate forte, tão forte que ela se pergunta se as pessoas na sala conseguem ouvi-lo. Apertando os olhos para fechá-los, respira lentamente o ar escuro e claustrofóbico, sussurrando consigo mesma para ficar *parada tipo uma estátua, parada tipo uma estátua, parada tipo uma estátua*. Os passos se aproximam. O chão vibra a cada passo. Quem quer que seja, deve estar a centímetros dela! O que eles vão fazer se a encontrarem? Então ela ouve um barulho horrível, alguma coisa pesada, talvez uma bota, pisando com força num saco de papel ao lado dela. Felicia engole em seco e tapa rapidamente a boca com as mãos. Tremendo, é dominada pela sensação de algo quente e molhado entre as pernas, e percebe tarde demais que sua bexiga cedeu.

Os homens começam a gritar de novo, com um tom melodioso em suas vozes.

— Saia, saia de onde você estiver! — provocam.

Uma lágrima escorre pela bochecha de Felicia. Tão silenciosamente quanto pode, ela coloca as mãos no rosto, preparando-se para o golpe que, com certeza, virá. Quando isso acontecer, ela será descoberta e eles vão pegá-la. Para onde ela será levada? Prendendo a respiração, ela deseja do fundo de sua alma de 2 anos e meio que os homens passem adiante.

CAPÍTULO 19

Halina e Adam

Lvov, Polônia sob ocupação soviética ~ maio de 1941

No sono meio desperto de Halina, seu irmão Genek escapou de qualquer que fosse o inferno ao qual tenha sido submetido e voltou para Lvov. Ele está à porta do seu apartamento, batendo, porque a casa dele havia sido confiscada e ele precisa de um lugar para ficar. Halina rola para o lado, o calor do corpo de Adam junto ao seu, e, então, sente um aperto no peito, pois percebe que não está sonhando. As batidas à porta são reais.

Desorientada, ela se senta e procura o braço de Adam.

— Que horas são? Você ouviu isso? Quem... Quem pode ser?

Uma fração dela ainda acredita, ou quer acreditar, que é Genek.

Adam acende o abajur na cabeceira.

— Franka, talvez? — sugere ele, esfregando os olhos com a palma das mãos para afastar o sono.

Quando Halina e Franka chegaram a Lvov, em janeiro, Franka encontrou um apartamento duas quadras ao sul do de Adam. Ela os visita com frequência, mas nunca no meio da noite. Halina sai da cama e veste um roupão, olhando para o relógio — uma e meia da manhã. Ela se levanta, em silêncio, esperando outra batida à porta. E esta chega logo em seguida, desta vez mais rápida — *tum-tum-tum-tum-tum* —, como um peixe fora da água se debatendo na madeira.

— NKVD!

Os olhos de Halina se arregalam.

— *Kurwa* — xinga ela em voz baixa.

Até onde sabe, já faz meses desde que Stalin despachou seu último trem lotado de "indesejáveis" para o leste. Os homens do NKVD vieram atrás de Genek, disseram seus vizinhos, e bateram à sua porta depois da meia-noite, assim como agora. É bem provável que eles tenham vindo atrás de Selim também — ela o havia procurado e procurado, mas não encontrou nenhum sinal dele. Será que agora tinham vindo atrás dela? De Adam?

No início, Halina e Adam haviam conversado sobre morarem separados, exatamente por esse motivo. O trabalho de Adam na Resistência é arriscado — se ele fosse pego, sem dúvida seria deportado ou morto —, mas Halina foi inflexível.

— Eu não atravessei um rio andando e quase morri de hipotermia para que pudéssemos viver em quarteirões diferentes — argumentou ela. — Você tem uma identidade falsa perfeita. Se vierem atrás de você, use-a.

Adam tinha concordado, e pouco depois eles se casaram numa cerimônia discreta de quinze minutos, com Jakob e Bella como testemunhas. Agora, Halina se pergunta se deveria ter sido tão teimosa em insistir que ela e Adam compartilhassem o endereço.

Adam pula da cama e veste uma camisa.

— Me deixa ver o que eles...

— Halina Eichenwald! — grita uma segunda pessoa do outro lado da porta, uma voz mais grave que a primeira, também em russo. — Abra imediatamente ou você será presa.

— Eu? — sussurra Halina. Desde que passara a trabalhar no hospital, ela havia começado a entender e falar russo. — O que eles podem querer de mim?

Ela ajeita o cabelo atrás das orelhas com o pulso batendo forte. Eles tinham se preparado para que batessem à porta por causa de Adam, mas não pensaram no que fazer se viessem atrás dela.

— Deixa que eu... — tenta Adam novamente, mas desta vez é Halina quem o interrompe.

— Estou indo, só um momento! — grita ela. Halina se vira para Adam enquanto dá um laço no cinto de algodão do robe em torno da cintura. — Eles sabem que eu estou aqui. Não adianta se esconder.

— Agora eles sabem — sussurra Adam, com as bochechas vermelhas. — Nossos documentos, nós poderíamos ter usado as identidades.

Halina se dá conta do seu erro.

— Tenho certeza de que não é nada — tranquiliza ela. — Vamos.

Eles atravessam juntos o corredor.

Até então, viver em Lvov tem sido relativamente indolor. Eles usam seus nomes verdadeiros porque, como judeus, são tratados como os poloneses da cidade. Têm empregos, Franka como empregada doméstica, Adam como engenheiro da ferrovia e Halina como técnica assistente no hospital militar da cidade. Eles moram em apartamentos no centro da cidade; diferentemente de Radom, Lvov não tem um gueto ainda. Sua rotina é simples. Eles vão para o trabalho, voltam para casa, ganham o suficiente para sobreviver. Halina economiza o pouco que consegue para quando retornar a Radom. E, é claro, no tempo livre, Adam trabalha com as identidades. Na maior parte do tempo, a vida em Lvov transcorreu sem maiores sobressaltos. Eles têm sido deixados em paz. Até agora.

À porta, Halina reúne toda sua autoconfiança. De pé, tão altiva quanto sua baixa estatura permite, ela destrava o ferrolho. Do lado de fora, dois oficiais do NKVD a cumprimentam com acenos de cabeça rápidos e formais.

— O que posso fazer por vocês? — pergunta Halina em russo, ainda com a mão na maçaneta.

— *Pani* Eichenwald — começa um dos oficiais —, nós precisamos que você venha conosco agora mesmo para o hospital.

— Do que se trata?

— Nós precisamos do seu sangue. O dr. Levenhed está nos esperando no laboratório.

Levenhed é o supervisor de Halina. Ele passa seu tempo examinando sangue — e encontrando correspondências para transfusões e testando amostras com doenças infecciosas.

— O que você quer dizer com meu *sangue*? — pergunta Halina, incrédula.

— Temos um general internado. Ele perdeu muito sangue. Levenhed diz que você é compatível.

Era exigido que todo o pessoal que fosse trabalhar no hospital, ao ser admitido, fizesse um exame de sangue. Halina não fora informada sobre seu tipo sanguíneo quando seus exames foram feitos, mas aparentemente essa informação estava em sua ficha no arquivo.

— E ninguém no hospital pode doar sangue?

— Não. Vamos.

— Eu sinto muito, mas esse não é um bom momento para mim, não estou me sentindo bem — mente Halina. Ela está cética. E se isso tudo for só uma armação, uma desculpa inteligente para tirá-la de casa para que o NKVD possa prendê-la e deportá-la?

— Receio que isso não esteja ao nosso alcance. Precisam de você imediatamente. Vista-se depressa.

Halina cogita em resistir, mas pensa melhor.

— Tudo bem — sussurra.

Ela se dirige de volta ao quarto e Adam vai atrás. *Não é uma armação*, diz a si mesma. Por que o NKVD elaboraria uma história tão complicada, quando, pelo que ela ouviu, o comissariado não precisaria de nenhuma desculpa para prendê-la? E por que viriam somente atrás dela, e não de Adam, se o objetivo fosse deportá-los?

— Eu vou com você — declara Adam, assim que eles chegam ao quarto.

— Tenho certeza de que eles não vão permitir — retruca Halina. — Levenhed vai estar no hospital. Eu confio nele, Adam. E, se eles só precisam mesmo do meu sangue, eu estarei de volta de manhã.

Adam balança a cabeça e Halina percebe o receio em seus olhos.

— Se não estiver de volta daqui a algumas horas, eu vou atrás de você.

— Tudo bem.

Halina pensa no general russo, pelo que ele seria responsável. Doaria seu sangue a ele, o que permitiria que vivesse e fizesse dela cúmplice por suas ações? Halina afasta esse pensamento da mente, lembrando a si mesma que não tem escolha. Conseguiu evitar problemas até agora porque tinha feito tudo o que lhe fora pedido. Se o que precisam é do seu sangue, que assim seja.

No hospital, tudo acontece rapidamente. Ela é escoltada até o laboratório e durante o trajeto fica sabendo que o general havia sido trazido mais cedo naquela noite para uma cirurgia de emergência. Depois que está sentada, um médico de jaleco branco a instrui a arregaçar as mangas.

— As duas? — pergunta Halina.

— *Da*.

Halina enrola as mangas da blusa até acima do cotovelo e observa enquanto o homem de branco, que presume ser um médico, colocar um par de agulhas, um torniquete de borracha, um cotonete, duas ataduras, uma garrafa de álcool e um pequeno exército de tubos de coleta — conta doze — numa bandeja de metal ao lado dela. Um minuto depois, ele leva uma agulha até o braço dela, coloca o torniquete e empurra sua ponta para dentro de uma veia. Dói. Mais do que deveria, mas ela trava o maxilar, recusando-se a se retrair. Ela é só um boneco para esses homens, mas pelo menos isso — a força que passa em sua expressão — pode controlar. Em poucos segundos, o primeiro tubo de coleta fica vermelho-púrpura. O médico retira o torniquete da parte mais alta de seu braço com uma das mãos e substitui o tubo cheio por outro vazio, mantendo a agulha presa ao braço dela. Uma enfermeira espera de pé atrás dele, e toda vez que um tubo está cheio ela o leva embora apressadamente. No sexto tubo, o sangue de Halina escorre mais lentamente e o médico pede a ela que feche e abra o punho até completá-lo. Por fim, ele remove a agulha e enrola uma atadura no braço dela, junto ao cotovelo. Em silêncio, ele dirige as atenções ao seu outro braço.

Já são três da manhã quando permitem que Halina volte para casa. Ela havia doado quase um litro de sangue. Está tonta e não faz ideia se o general sobreviveu à noite, se a transfusão foi bem-sucedida. Mas não se importa. Só quer voltar para Adam. O médico rabisca um bilhete e lhe entrega quando ela está de saída.

— Caso alguém pergunte por que você está na rua — explica ele.

Os agentes do NKVD que foram buscá-la a trouxeram de carro para o hospital. Ela conclui pelo bilhete que não haverá uma carona de volta para casa. Ainda bem, pensa Halina. Está feliz por se ver livre deles. Ela pega o papel e sai sem dizer uma palavra.

O apartamento fica a sete quarteirões do hospital. Ela faz esse percurso diariamente e o conhece bem. Porém, na calada da noite, a cidade parece outra. As ruas estão escuras, vazias. Cada vez que o salto dos seus sapatos bate nos paralelepípedos, ela fica mais convencida de que alguém a está seguindo ou à espera nas sombras, ali na frente. *Você só está cansada*, diz a si mesma. *Deixa de ser paranoica*. Mas ela não consegue evitar. Nesse estado de esgotamento, ela não é a mesma. Para começar, está com frio — é maio, mas as noites continuam frias. Não consegue parar de tremer. Além disso, sua cabeça está rodando e ela sente os ombros pesados, como se estivesse bêbada. Na metade do caminho para casa, assombrada pela sensação de estar sendo observada, ela tira os sapatos e reúne o que restou das suas forças para correr as três últimas quadras até o apartamento.

Antes de tirar a chave do bolso, a porta se abre e Adam aparece, ainda vestido.

— Graças a Deus — diz ele. — Eu estava prestes a sair. Entra, rápido.

Ele a pega pelo braço e Halina faz uma careta quando o polegar de Adam aperta seu curativo.

— Halina, você está bem?

— Estou, sim. — Ela sorri, numa tentativa débil de disfarçar a dor e o estado de delírio. Se Adam soubesse quanto sangue haviam tirado dela, ficaria furioso. E mais furioso ainda por não ter sido capaz de impedir que isso acontecesse. — Só cansada — acrescenta ela.

Adam tranca a porta depois que ela entra e a puxa para ele. Halina consegue sentir o coração dele batendo através de sua roupa.

— Eu estava tão preocupado — sussurra Adam.

As reservas de energia que Halina havia mobilizado para correr para casa desapareceram e, de repente, ela sente como se fosse desmaiar.

— Eu vou estar bem de manhã, mas preciso me deitar.

— Sim, é claro.

Adam a ajuda a chegar até a cama. Ele ajeita o travesseiro e puxa o cobertor até acima dos ombros, antes de ir buscar um copo de água e alguns pedaços de maçã, que deixa na mesinha de cabeceira ao lado dela.

— Você cuida muito bem de mim — sussurra Halina. Seus olhos já estão fechados e sua respiração é profunda. — De nós.

Adam ajeita os cabelos dela para o lado e dá um beijo em sua testa.

— Estou feliz por você estar de volta. — Ele se despe, apaga a luz e sobe na cama. — Você me deixou apavorado.

Halina sente o sono puxando-a para um abismo.

— Adam? — chama ela, pouco antes de adormecer.

— Sim, amor.

— Obrigada.

MAIO DE 1941: *O ditador brasileiro, Getúlio Vargas, começa a estabelecer restrições sobre o número de judeus com permissão para entrar no país, classificando-os como "indesejáveis e não assimiláveis". Enfurecido com a quantidade de vistos que, sem permissão, Souza Dantas concedera na França, Vargas começa a recusar refugiados que buscam a liberdade no Brasil depois de promulgar a Lei 3.175 em abril do mesmo ano e da aposentadoria compulsória do embaixador Souza Dantas.*

CAPÍTULO 20

Addy

Casablanca, Marrocos sob ocupação francesa ~
20 de junho de 1941

Addy observa o porto de Casablanca, a fila de ônibus estacionados ao lado do cais, os soldados de pele escura que formaram um túnel humano ao pé da prancha de embarque. O capitão do *Alsina* tinha dito aos passageiros que o navio fora mandado para o norte, de Dacar para Casablanca, "para reparos". Entretanto, os homens fortemente armados ordenando que os refugiados desçam do navio não se parecem nem remotamente com uma equipe de reparos.

Então isso é o Marrocos, pensa Addy.

No fim, o *Alsina* passou quase cinco meses suarentos ancorado em Dacar. Quando finalmente levantou âncora, em junho, o visto com validade de noventa dias para a América do Sul da maioria dos passageiros já tinha expirado havia muito. *O que vamos fazer? E se Vargas não renovar os nossos documentos? Para onde vamos?* Retraçar a rota para o norte, em direção à Europa, não ajudou no clima a bordo, que ficava mais tenso a cada dia. Ninguém acreditou que eles estivessem indo para Casablanca por problemas mecânicos. Para diminuir a histeria dos refugiados, o capitão do *Alsina* prometera entrar em contato com as autoridades competentes para garantir a ida deles para o Rio. Ele entraria em contato com a embaixada brasileira em Vichy, disse, com um pedido de que a validade dos vistos fosse estendida para compensar as semanas que ficaram parados, sem nada poderem fazer. Porém, se o telegrama havia mesmo sido enviado ou recebido, ninguém sabia, pois o capitão recebera ordens para desembarcar logo depois de atracarem em Casablanca, juntamente com a tripulação e os refugiados a bordo. Os poucos passageiros que podiam pagar por um hotel tiveram a opção de ficar no centro da cidade, mas a maioria seria escoltada até um campo de detenção fora da cidade, onde aguardaria uma decisão das autoridades marroquinas — que eram aliadas do Eixo — sobre dar ou não permissão para que o *Alsina* voltasse a navegar.

Quando Addy desce pela prancha, os soldados apontam os fuzis para os ônibus e gritam para a multidão de estrangeiros que se espalha pelo píer — *"Allez! Allez!"* Addy embarca num ônibus e encontra um assento perto da janela, de onde vê o píer e procura as duas Lowbeer que, sem dúvida, estão entre o grupo de passageiros da primeira classe que está reunido à sombra da proa do *Alsina*, aguardando pelo transporte para a cidade. Ele vasculha a multidão com os olhos, mas é impossível enxergar direito através do vidro sujo. Ajoelhado no banco, ele baixa o vidro da janela alguns centímetros e espia pela fresta. Quando o ônibus começa a avançar, ele vê Eliska — ou, pelo menos, acha que a está vendo, com sua cabeça loira. Ela parece estar na ponta dos pés, olhando em sua direção. Enfiando a mão pela fresta da janela, Addy acena, perguntando-se se ela saberá que é ele. Logo depois o ônibus se afasta, deixando uma nuvem de poeira e fumaça em seu rastro.

Eles viajam por quarenta e cinco minutos até que a caravana para num trecho de deserto cercado com arame farpado. Quando se dirige para o portão, Addy vê uma placa de madeira sobre a entrada: KASHA TADLA. O acampamento está infestado de moscas e dominado por um incontornável fedor de excrementos, graças aos vários buracos cavados no chão que servem como vasos sanitários. Addy suporta duas desconfortáveis noites, dormindo com a cabeça perto dos pés de uma dupla de espanhóis, numa tenda construída para abrigar apenas uma pessoa, antes de decidir que já havia aguentado o suficiente de Kasha Tadla. Na manhã do terceiro dia, ele vai até um guarda, na entrada do acampamento e, com seu francês perfeito, se oferece para ir até a cidade em busca de suprimentos dos quais o grupo necessita desesperadamente.

— A gente está sem papel higiênico e sabão. Estamos quase sem água. Sem essas coisas, as pessoas vão ficar doentes. Elas vão morrer.

Ele folheia seu caderninho de bolso, abrindo na página em que está rabiscado *papier hygiénique, savon, eau embouteillée.*

— Eu falo a sua língua e sei do que nós precisamos. Me leve até a cidade; eu vou comprar algumas provisões. — Addy balança as moedas no bolso e acrescenta: — Eu tenho alguns francos, vou comprar o que couber na minha bolsa e pagar por tudo sozinho.

Ele sorri e dá de ombros, como se tivesse acabado de fazer uma oferta generosa — *é pegar ou largar.* Após um instante de silêncio, o guarda concorda.

Addy é deixado na ponta do bulevar Ziraoui com a instrução para estar ali de volta em uma hora.

— Uma hora! — repete Addy ao descer do carro e se desviar de carroças puxadas por burros.

Enquanto caminha pelo centro de Casablanca, ele sente no ar uma série de aromas fortes e desconhecidos de um colorido mercado de especiarias. É claro que não estará de volta em uma hora. Sua única intenção é procurar pelas duas Lowbeer, o que felizmente não é tão difícil quanto temia que pudesse ser. Ele as encontra num café ao ar livre, tomando French 75s em longas taças de champanhe; empoleiradas no meio de um bando de homens de rosto comprido, usando robes e empunhando canecas de chá, elas se destacam como dois periquitos em meio a um bando de pombas. Eliska pula da cadeira quando o vê. Depois de comemorar brevemente o reencontro, Addy sugere que voltem para o hotel delas, onde podem ficar sem chamar a atenção. Parece um tanto presunçoso da parte dele pedir sua proteção, mas o guarda que espera por ele no bulevar Ziraoui logo virá procurá-lo ao perceber que foi enganado. Madame Lowbeer concorda com relutância, sob a condição de que Addy durma no chão enquanto eles esperam por notícias sobre o destino do *Alsina.*

Cinco dias depois, as autoridades marroquinas declaram o *Alsina* um navio inimigo, alegando ter descoberto contrabando a bordo. Addy e a família Lowbeer acham difícil acreditar nessa acusação, mas estivesse ou não o navio transportando mercadorias ilegais, a decisão das autoridades estava tomada. O *Alsina* não iria mais deixar Casablanca. Os detidos em Kasha Tadla são soltos e, juntamente com aqueles que não estavam no acampamento, são ressarcidos com setenta e cinco por cento do valor das passagens. Os passageiros são deixados por sua própria sorte. Addy e a família Lowbeer cogitam ficar em Casablanca, contando com a possibilidade de as autoridades lhes concederem vistos marroquinos, porém, depois, pensam melhor no assunto. A guerra já havia chegado a Casablanca e o Marrocos, agora sob o governo de Vichy, não parece uma opção mais segura que a França.

Eles têm de agir rápido. Há seiscentos refugiados, a maioria desesperada por uma saída. Eles precisam de um plano e precisam disso logo. Após alguns dias em busca de informações de todas as fontes possíveis — expatriados, oficiais do governo, funcionários do porto, jornalistas —, descobrem que há navios partindo para o Brasil que saem da Espanha. Segundo os jornais, Espanha e Portugal ainda são países neutros. Addy e a família Lowbeer decidem viajar imediatamente para o norte, até a península Ibérica. Depois de mais pesquisas, eles descobrem que os únicos navios que ainda seguem para a América do Sul partem de Cádiz, um porto no oeste da Espanha. Para chegar lá, no entanto, é necessário primeiro conseguir chegar a Tânger, uma cidade no litoral norte da África, a trezentos e quarenta quilômetros de Casablanca, e depois cruzar o estreito de Gibraltar, uma faixa de água por onde se afunila praticamente todo o tráfego marítimo entre o Mediterrâneo e o Atlântico. Um trecho de água que, no ano anterior, havia sofrido bombardeios intensos da Força Aérea francesa de Vichy e que, agora, estava sob rigorosa vigilância armada da Marinha britânica. Se conseguirem atravessar o estreito para Tarifa, ainda terão de percorrer mais cem quilômetros até Cádiz. Não vai ser fácil. No entanto, pelo que sabem, é a única opção. Eles fazem as malas rapidamente e Addy parte para contratar transporte para Tânger.

O porto de Tânger está repleto de embarcações que vão e voltam de Tarifa atravessando o estreito. Addy conta três porta-aviões britânicos, um punhado de cargueiros e dezenas de barcos de pesca. Ele e a família Lowbeer percorrem os píeres, discutindo sobre que embarcação devem abordar. Há um escritório de venda de passagens na extremidade do porto, mas, para que possam comprá-las, certamente vão exigir que eles tenham vistos. Decidem então que o melhor seria contratar um capitão por conta própria.

— Que tal ele? — Addy aponta para um pescador com a pele encarquilhada pelo sol e barba desgrenhada, sentado na popa lisa de seu barco, almoçando.

A embarcação é pequena, com fundo chato e uma pintura azul descascada — discreta o suficiente, espera Addy, para cruzar o estreito despercebida, e boa o suficiente para levá-los em segurança até Tarifa. Uma desbotada bandeira espanhola tremula suavemente, presa à curva da proa do barco. O pescador, entretanto, balança negativamente a cabeça com a primeira oferta de madame Lowbeer.

— *Peligroso.*

Madame Lowbeer tira seu relógio do pulso.

— *Esto también* — oferece ela, surpreendendo Addy com seu espanhol.

O pescador desvia os olhos para o píer, como se estivesse verificando se alguma autoridade os está observando, depois olha mais uma vez para o trio por um instante, analisando suas opções. Addy agradece pela aparência deles — podem ser refugiados, mas estão suficientemente arrumados para parecerem confiáveis.

— *El reloj* — pede, por fim, o pescador, bufando.

Madame Lowbeer enfia o relógio na bolsa.

— *Primero, Tarifa* — retruca ela com frieza.

O pescador grunhe e faz sinal para que subam a bordo.

Addy entra primeiro no barco, para ajudá-las a carregar seus pertences. Felizmente, em Casablanca, madame Lowbeer decidira despachar suas três imensas malas, de navio, para seu irmão no Brasil. Agora elas viajam com malas de couro mais ou menos do tamanho da bolsa de Addy. Quando suas coisas estão guardadas, Addy oferece sua mão e as mulheres entram cuidadosamente no barco, olhando para uma pequena poça de água cheia de óleo acumulada no chão da popa.

A viagem é agitada. Madame Lowbeer vomita duas vezes na água. As bochechas de Eliska adquirem um tom branco fantasmagórico. Ninguém fala nada. Em várias ocasiões, Addy prende a respiração, pois tem certeza de que o barquinho onde estão parece prestes a ser engolido pelas ondas do rastro de um cargueiro que passa. Ele mantém os olhos fixos na costa rochosa de Tarifa, rezando para que consigam chegar despercebidos — e sem afundar — ao solo espanhol.

22 A 30 DE JUNHO DE 1941: *Em uma reviravolta surpreendente nos acontecimentos, Hitler vira as costas para Stalin, quebrando o pacto de não agressão germano-soviético, e ataca toda a frente oriental, incluindo a parte da Polônia ocupada pelos soviéticos. Com enorme amplitude, a invasão tem como codinome operação Barbarossa. Em Lvov, depois de uma semana de luta feroz, os soviéticos são derrotados; antes de recuar, porém, o NKVD massacra milhares de intelectuais, ativistas políticos e criminosos poloneses, judeus e ucranianos, que estavam mantidos nas cadeias da cidade. A Alemanha culpa publicamente os judeus por esses massacres, afirmando que as vítimas eram em sua maioria ucranianas. Isso, é claro, enfurece a milícia ucraniana pró-Alemanha, que, juntamente com o Einsatzgruppen (o esquadrão da morte da SS), age como justiceira contra os judeus que vivem na cidade. Homens e mulheres judeus que não conseguiram se esconder a tempo são despidos, surrados e mortos aos milhares pelas ruas.*

CAPÍTULO 21

Jakob e Bella

Lvov, Polônia sob ocupação soviética ~ 1º de julho de 1941

Lvov virou de cabeça para baixo. A loucura começou no final de junho, logo depois de Hitler atacar de surpresa a União Soviética, que foi quando Jakob, Bella, Halina e Franka se esconderam.

Eles estão escondidos no porão do prédio onde moravam fazia mais de uma semana. Um amigo polonês chamado Piotr traz notícias e comida quando pode — uma organização de assistência improvisada de um homem só.

— A cidade está infestada de homens do Einsatzgruppen e do que parece ser uma milícia ucraniana — relatou Piotr, quando veio ver como estavam. — Os alvos deles são os judeus.

Quando Jakob perguntou o motivo disso, Piotr explicou que, antes de fugir, o NKVD havia assassinado a maioria dos detentos nas prisões da cidade, milhares dos quais eram ucranianos. E que os judeus eram apontados como os culpados.

— Isso não faz o menor sentido — comentou ele. — Centenas dos prisioneiros eram judeus, mas isso não parece importar a ninguém.

Ouve-se uma batida no andar de cima. Piotr. Não era segredo que ele também seria alvo dos alemães, se fosse descoberto ajudando judeus. Jakob se levanta.

— Eu vou — oferece-se, acendendo uma vela e andando na ponta dos pés até a escada.

Junto com as notícias sobre o pogrom, Piotr traz comida: pequenas porções de pão e queijo. Geralmente, ele bate à porta uma vez por dia, à noite.

— Tome cuidado — sussurra Bella.

Ontem, dez dias após o pogrom ter começado, Piotr disse que o jornal estimava que o número de judeus mortos na cidade chegava a hediondos três mil e quinhentos. Em dez, vinte ou mesmo cem, Bella podia acreditar. Mas milhares? A estatística é terrível demais para ela suportar, e Bella não consegue tirar da cabeça o fato de que não tem notícias da irmã desde a invasão. Diversas vezes, ela imagina o belo corpo de Anna entre os tantos espalhados pelas ruas — Piotr conta que tem de pisar em cadáveres para conseguir chegar à porta do prédio. Bella tinha implorado a Piotr que fosse até o apartamento de Anna; ele fora até lá duas vezes, e duas vezes voltara relatando que tinha batido à porta sem ninguém atender.

Ela ouve Jakob subir a escada. Logo há outra batida solitária à porta, esta, de Jakob, seguida de quatro toques rápidos em resposta, o código de Piotr indicando que é seguro abrir a porta. As dobradiças rangem e, no andar de baixo, Bella suspira aliviada, ouvindo o leve murmúrio da conversa acima.

— Vai ficar tudo bem — tranquiliza Halina, sentando-se perto dela.

Bella faz que sim com a cabeça, admirando a força da cunhada. Adam também está desaparecido. Ele insistiu em não se esconder durante o pogrom, alegando que a Resistência precisava dele agora mais do que nunca. Halina ainda não tem notícias de Adam, e, ainda assim, aqui está ela, confortando Bella.

As mulheres permanecem sentadas em silêncio, escutando. Depois de um tempo, a conversa para, e Bella se contrai. O silêncio acima se prolonga por dois, três, quatro segundos, depois por quase meio minuto.

— Tem alguma coisa errada — sussurra ela.

Bella sente isso no pavor crescente dentro do peito. Seja o que for, ela não quer saber. Finalmente, a porta no andar de cima range, o ferrolho se fecha e os passos se voltam lentamente para a escada. Quando Jakob chega ao porão, Bella mal consegue respirar.

Jakob entrega a vela e um pedaço de pão a Halina e se inclina para se sentar.

— Bella — chama delicadamente.

Bella olha para cima e balança a cabeça. *Por favor, não.* Mas ela consegue ver no rosto de Jakob que seu instinto está certo. *Ah, Deus, não.*

Jakob engole em seco, olhando para o chão por um instante, antes de abrir os dedos. Na palma da mão há um bilhete.

— Piotr encontrou isso enfiado debaixo da porta de Anna. Bella, eu sinto muito.

Bella olha para o pedaço de papel amassado como se fosse uma bomba prestes a explodir. Ela apoia as costas na parede, afastando a mão de Jakob quando ele tenta abraçá-la. Jakob e Halina trocam um olhar de preocupação, mas Bella não nota. Ela está paralisada por saber que, o que quer que seu marido tenha nas mãos, irá arrasá-la. Que, num momento, tudo vai mudar. Jakob espera pacientemente, em silêncio, até que Bella enfim toma coragem para pegar o bilhete. Segurando o papel amassado com as duas mãos, logo reconhece a letra da irmã.

Eles estão nos levando embora. Eu acho que vão nos matar.

Bella abraça a si mesma, perdendo o equilíbrio de repente, como se estivesse sem chão. Ela amassa o bilhete e as paredes começam a girar, seu mundo fica escuro. Ela leva o punho à testa e chora.

CAPÍTULO 22

Halina

Lvov, Polônia sob ocupação alemã ~ 18 de julho de 1941

— Pronta? — pergunta Wolf.

Eles pararam numa esquina, a uma quadra do campo de trabalho. Halina faz que sim com a cabeça, observando o lugar — uma construção de cimento mal-acabada circundada por uma cerca de arame farpado. Na entrada, um guarda com um pastor-alemão ao lado. Ela percebe que, se as coisas não saírem como planejado, num futuro próximo estará olhando para aquela cerca pelo lado de dentro. Mas que outra opção tem? Não pode mais ficar de braços cruzados. Isso iria acabar com ela. E talvez com Adam também, se é que já não o havia destruído.

— É melhor você ir — recomenda Wolf —, antes que eles pensem que estamos tramando alguma coisa.

Halina observa a rua, as mesas em frente a um café, duas quadras a leste de onde estão, o lugar definido como ponto de encontro.

— Certo — diz Halina. Ela respira fundo e endireita a postura.

— Você tem certeza de que quer fazer isso sozinha? — pergunta Wolf, balançando a cabeça, como se desejasse que ela respondesse que não.

Halina se vira novamente para o campo.

— Sim, tenho certeza.

Wolf, um conhecido de Adam da Resistência, tinha insistido em acompanhá-la do centro da cidade até o campo, mas Halina estava convencida de que ele a atrasaria quando chegassem — pelo menos assim, raciocinara ela, se seu plano falhasse, ele poderia voltar a Lvov para conseguir ajuda.

Wolf acena positivamente com a cabeça. Um casal polonês passa por eles de braços dados. Wolf espera que eles passem, então se inclina para dar um beijo na bochecha de Halina.

— Boa sorte — sussurra, depois se endireita e se vira para o café.

Halina engole em seco. *Isso é loucura*. Ela deveria estar a caminho de Radom, pensa, enquanto o calor do verão repentinamente sufoca seus pulmões. Seu pai tinha enviado um caminhão. "Há rumores de outro pogrom em Lvov", escrevera Sol, depois de ouvir falar do primeiro. "Venha para Radom. Você estará melhor aqui conosco." Jakob, Bella e Franka haviam partido naquela manhã. Halina ficara.

Ela estivera na casa dos pais sete semanas atrás, no começo de junho. Havia levado documentos de identidade e alguns zlotys que conseguira economizar — não que fossem valer alguma coisa para os pais e Mila no gueto; o mercado negro havia minguado e não havia utilidade para identidades arianas dentro dos muros de Wałowa. Halina tinha pensado em ficar em Radom, mas seu trabalho no hospital lhe garantia alguma renda — seria tolice abrir mão disso — e Adam estava envolvido demais com as atividades da Resistência em Lvov para voltar. E, de qualquer maneira, não haveria espaço para eles dois no apartamento minúsculo no gueto. Ela passara pouco tempo por lá, e retornara a Lvov com documentos de viagem assinados pelo seu supervisor do hospital e com um conjunto de prata que pertencera à avó cuidadosamente enrolados num guardanapo.

— Leve — insistira Nechuma antes de ela partir. — Talvez você possa usar isso para nos ajudar a sair daqui.

E então Hitler quebrou o pacto com Stalin e lançou seu Einsatzgruppen sobre Lvov; um massacre aconteceu em seguida e seu pai enviou um caminhão para resgatar sua família. Foi difícil recusar o pedido para que voltasse para casa, e ela odeia pensar em quanto custou aquele caminhão. Halina sabe que a família precisa dela. Entretanto, não pode deixar Lvov sem Adam. E Adam está desaparecido.

Halina se lembra do dia em que, há pouco mais de duas semanas, houve uma trégua no combate em Lvov e finalmente foi seguro sair do esconderijo. Ela correra meio quilômetro até seu apartamento para encontrá-lo vazio. Adam tinha desaparecido. Ele parecia ter saído às pressas — levara a mala, algumas roupas e uma identidade falsa que estava escondida atrás de uma pintura em aquarela na cozinha. Halina procurara por um bilhete, uma pista, qualquer coisa que pudesse indicar para onde ele teria ido, mas não encontrou nada. Durante os três dias seguintes, ela esteve várias vezes nos refúgios que ele indicara para o caso de uma emergência — o portal em arco sob os degraus da Catedral de São Jorge, a fonte de pedra em frente à universidade, o bar nos fundos do café escocês —, mas não encontrou Adam.

Só depois de Wolf bater a sua porta foi que Halina conseguiu juntar as peças e entender o que havia acontecido. Ao que parece, disse Wolf, os alemães tinham ido ao apartamento de Adam certa noite durante o pogrom. Ele fora levado para um campo de trabalho próximo ao centro de Lvov — Wolf só soube disso porque alguém da Resistência conseguira subornar um guarda do campo para passar bilhetes através da cerca do lugar. O bilhete de Adam tinha chegado às mãos de Wolf na semana anterior: "Por favor, veja como a minha esposa está." Ele assinara o bilhete com o nome que ele e Halina usavam nos documentos falsos — Brzoza. A Resistência tentara encontrar um modo de tirá-lo de lá, sem sucesso. Ouvir essas notícias foi um grande alívio — pelo menos Adam estava vivo —, pois Halina sofria por não saber o que os alemães tinham feito com ele. Se soubessem de seu envolvimento com a Resistência, ele seria um homem morto.

— Eu tenho alguma prata — contou ela a Wolf. — Um conjunto de talheres. — Wolf assentira, hesitante. — Isso pode dar certo. Vale a pena tentar.

Halina passa os dedos pelas alças de couro da bolsa pendurada no ombro. *Você só terá uma chance para isso*, pensa. *Não estrague tudo*. Com o coração batendo no dobro da velocidade normal, ela caminha em direção ao guarda na entrada do campo, com a sensação de que está prestes a subir num palco para se apresentar diante de uma plateia implacável.

O pastor-alemão nota a aproximação dela primeiro e late, puxando a coleira com o pelo preto e castanho do dorso eriçado. Halina não recua. Ela mantém o queixo erguido, tentando da melhor forma possível mostrar segurança nas suas intenções. Segurando a coleira com força enrolada no pulso, o guarda mantém as pernas abertas para manter o equilíbrio. Quando Halina se aproxima dele, o pastor-alemão está quase histérico. Halina oferece um sorriso discreto ao guarda e espera o cachorro ficar quieto. Quando os latidos cessam, ela procura sua identidade na bolsa.

— Meu nome é Halina Brzoza — diz em alemão.

Assim como russo, aprender alemão fora fácil para ela, que o aperfeiçoara quando os nazistas invadiram Radom. Halina raramente fala o idioma, mas, para sua surpresa, as palavras fluem naturalmente da sua língua.

O guarda não diz nada.

— Receio que vocês tenham confundido o meu marido com um judeu — continua Halina, entregando a identidade falsa para o guarda. — Ele está lá dentro e eu estou aqui para buscá-lo.

Ela abraça a bolsa ao lado do corpo, sentindo o volume dos talheres nas costelas. A última vez que usou aqueles garfos e facas foi à mesa de jantar dos pais. Ela teria gargalhado se alguém tivesse lhe dito que, um dia, eles poderiam pagar pela vida do seu marido. Halina observa o guarda, enquanto ele examina sua identidade. Diferentemente de alguns alemães na cidade, com pescoços que parecem tão largos quanto suas cabeças, este sujeito é alto e magro. Há pontos de sombra em torno de seus olhos e sob as maçãs do rosto. Halina se pergunta se suas feições sempre foram tão marcadas, ou se ele está com tanta fome quanto ela, quanto o restante da Europa.

— E por que eu acreditaria em você? — questiona por fim o guarda, devolvendo-lhe a identidade.

O suor começa a se acumular sobre o lábio superior de Halina. Ela pensa rápido.

— Por favor — diz, bufando e balançando a cabeça, como se o guarda a tivesse ofendido. — Eu pareço judia? — Halina olha fixamente para ele, sem piscar seus olhos verdes, rezando para que sua determinação, uma característica sua na qual havia aprendido a confiar, possa ajudá-la. — Claramente houve um erro — continua. — E, além disso, o que uma judia estaria fazendo com prata dessa qualidade?

Ela retira o pacote da bolsa e desembrulha um canto do guardanapo para revelar o cabo de uma colher, que reluz ao sol.

— É da tataravó do meu marido. Que, a propósito, era alemã — acrescenta Halina. — Ela era uma Berghorst.

Halina passa o polegar sobre o в gravado na prata, agradecendo silenciosamente a sua mãe por ter insistido com ela que a levasse quando partiu de Radom e pedindo desculpas a sua falecida avó, que havia crescido orgulhosamente na família Baumblit.

O guarda arregala os olhos com a visão da prata, então olha em volta para se certificar de que ninguém tenha visto o que ele viu. Voltando-se para Halina, ele baixa o queixo e seus olhos cinzentos se encontram novamente com os dela.

— Me escuta — começa ele. Sua voz se reduziu a quase um sussurro. — Eu não sei quem você é e francamente não me importo se o seu marido é judeu ou não. Mas, se você diz que o seu marido tem ascendência alemã — ele faz uma pausa, olhando para a prata nas mãos de Halina —, tenho certeza de que o chefe pode ajudá-la.

— Então me leve até ele — pede Halina, sem hesitar.

O guarda meneia negativamente a cabeça.

— Visitantes não podem entrar. Me dá o que você tem aí. Eu levo para ele.

— Sem ofensa, Herr...?

O alemão hesita.

— Richter.

— ... Herr Richter, mas eu não vou me separar disso até você me entregar o meu marido.

Halina guarda a prataria de volta dentro da bolsa e enfia a alça no braço, segurando-a firmemente junto ao cotovelo. Por dentro, está tremendo, mas mantém os joelhos travados e uma expressão firme no rosto.

O guarda semicerra os olhos e depois pisca. Ao que parece, ele não está acostumado a que lhe digam o que fazer. Pelo menos, não quando se trata de um civil.

— Ele vai arrancar a minha cabeça — comenta Richter friamente.

— Então fique com a sua cabeça. E com a prata. Para você — retruca Halina. — Parece que você está precisando. — Ela prende a respiração, se perguntando se tinha ido longe demais. Não queria que a última parte do que disse soasse como um insulto, mas soou.

Richter reflete por um momento.

— O nome dele — diz por fim.

Halina sente seus ombros relaxarem um pouco.

— Brzoza, Adam Brzoza. Óculos redondos, pele clara. Ele é o sujeito lá dentro que não parece nada com um judeu.

Richter faz que sim com a cabeça.

— Não prometo nada — avisa ele. — Mas volte daqui a uma hora. E traga a sua prata.

Halina concorda.

— Tudo bem, então. — Ela se vira e se afasta do campo a passos rápidos.

No café, encontra Wolf sentado a uma mesa do lado de fora, com uma xícara de café com chicória a sua frente, fingindo estar interessado no jornal. Quando se senta diante dele, o guarda já desapareceu do posto.

— Você tem uma hora sobrando? — pergunta Halina, segurando o assento de sua cadeira para estabilizar as mãos, agradecendo o fato de as mesas ao redor da deles estarem vazias.

— Claro — responde Wolf, e então baixa o tom da voz. — O que aconteceu? Eu não consegui ver nada.

Halina fecha os olhos por um instante e suspira, desejando que o ritmo da sua pulsação diminua. Quando volta a erguer o olhar, percebe que Wolf tinha ficado pálido, que está tão nervoso quanto ela.

— Ofereci a prata a ele. Ele tentou ficar com ela de imediato, mas eu disse que só a teria quando me entregasse o meu marido.

— E ele deu a entender que faria isso?

— É difícil dizer.

Wolf balança a cabeça.

— Adam sempre disse que você era corajosa.

Halina engole em seco, subitamente exausta.

— É tudo uma encenação. Vamos esperar que ele acredite nela.

Enquanto Wolf acena para chamar a garçonete, Halina pensa em como a guerra, até pouco tempo atrás, lhe parecia em muitos aspectos algo surreal. Por um tempo, sua família passara ao largo do conflito. Logo, dizia a si mesma, a vida vai voltar ao normal. Ela ficaria bem. Sua família ficaria bem. Seus pais haviam passado pela Grande Guerra e resistiram. Naquela época, eles devolveram ao baralho aquela péssima mão de cartas que receberam da vida e recomeçaram do zero. Mas, então, tudo começou a degringolar. Primeiro foi Selim, depois Genek e Herta — eles se foram. Sumiram. Em seguida foi a irmã de Bella, Anna. E, agora, Adam. Parece que os judeus estão *desaparecendo* no mundo ao seu redor. E, de repente, as consequências dessa guerra eram incontestavelmente reais — algo que fez Halina se deparar com uma verdade que ela tanto temia quanto odiava e que a fez entrar em parafuso: diante de tudo aquilo, ela se sentia impotente. Desde então, passou a sempre esperar o pior, imaginando Selim, Genek e Herta trancados em prisões soviéticas, morrendo de fome, e martelar a cabeça com a longa lista de atrocidades a que Adam, sem dúvida, estava sendo submetido no campo de trabalho, dizendo a si mesma que, se ele, entre todas as pessoas — com sua aparência e sua identidade polonesa —, não havia conseguido sair do cativeiro até agora, fazê-lo deve ser terrivelmente difícil.

E quanto a Addy? Não ouvem falar dele desde que a família se mudou para o gueto, há quase dois anos. Será que ele se juntou ao Exército, como avisou que faria? A França havia capitulado. Será que o Exército francês ainda existia? Ela sonda sua memória com frequência em busca da voz de Addy, mas desiste ao perceber que não consegue se lembrar dela. Lutando contra a própria desesperança, torce para que ele, Genek, Herta e Selim estejam a salvo, que eles possam sentir a falta que a família sente deles.

Uma garçonete traz uma segunda xícara de café e a coloca num pires diante de Halina. Ela acena em agradecimento e olha para o relógio, desanimada ao descobrir que só se passaram cinco minutos. Percebe que essa hora vai demorar a passar, então retira o relógio do pulso e o coloca sob a beira do pires para acompanhar o tempo de forma mais discreta. E então espera.

CAPÍTULO 23

Genek e Herta

Altinai, Sibéria ~ 19 de julho de 1941

Herta arrasta o tronco de um pequeno pinheiro em direção a uma clareira na floresta. Józef, com 4 meses, está confortavelmente amarrado ao seu peito com um lençol. Ela pisa com cuidado, à procura de víboras adormecidas e escorpiões semienterrados no chão, enquanto cantarola para se distrair do som do ronco de seu estômago. Vão ser horas até receber seu pedaço de pão e, se tiver sorte, um pequeno naco de peixe seco.

Józef se contorce e Herta coloca o tronco no chão, passa a manga manchada de suor de sua blusa de algodão na testa e olha para o céu. O sol está bem acima da sua cabeça. Ze, que é como eles chamam o bebê, deve estar com fome. Ela encontra um lugar à sombra debaixo de uma árvore alta e se abaixa com cuidado para se sentar de pernas cruzadas. De onde está, consegue ver Genek e alguns outros a uns cinquenta metros de distância, empilhando toras na beira do rio. No calor de julho, suas silhuetas parecem borradas, como se começassem a derreter.

Herta retira Józef cuidadosamente de dentro do suporte de lençol e o coloca entre suas pernas, virado para ela, apoiando a cabeça dele nos tornozelos. Vestido apenas com uma fralda de pano, sua pele está rosada e pegajosa.

— Você está com calor, não é, meu amor? — diz ela com uma voz suave, desejando que a temperatura sufocante arrefeça, embora saiba que terão pela frente pelo menos mais um mês assim, e que, a despeito de sua intensidade, o calor do verão é muito mais suportável que o frio que irá envolvê-los em outubro.

Józef olha para cima com os olhos azul-celeste do pai, encarando-a da única maneira que sabe, sem hesitar ou julgar, e por um momento Herta não consegue fazer nada a não ser sorrir. Desabotoando a blusa, ela acompanha o olhar dele, que observa os galhos da árvore acima.

— Tem passarinhos lá em cima? — pergunta, sorrindo.

Ainda que Genek nunca vá admitir isso (ele se refere a Altinai como "uma faixa sem fim da merda de paisagem siberiana"), a floresta, a despeito do calor sufocante e das circunstâncias infernais, é inegavelmente bela. Aqui, tão longe da civilização quanto é possível estar, cercada por pinheiros, abetos e lariços — em todos os tons de verde que se possa imaginar —, pelo céu aberto e pelos rios de águas escuras que serpenteiam através da mata em seu caminho para o norte, Herta é apenas uma manchinha diante daquele pano de fundo da natureza. Ela se sente em paz. Enquanto Józef mama, Herta fecha os olhos, respirando a brisa suave, ouvindo a algazarra das andorinhas e das cigarras nos galhos acima dela, sentindo-se grata pela bênção de ter uma criança saudável em seu seio.

Józef nasceu pouco antes da meia-noite de 17 de março, sobre o chão de terra congelada do barraco deles. No dia em que chegou, Herta havia arrastado toras de madeira, respirando entre as contrações à medida que elas iam e vinham a cada dez, depois sete, depois cinco minutos. Até por fim pedir a sua amiga Julia que procurasse Genek, com receio de não conseguir voltar para o campo sozinha.

— Quando contar três minutos entre as contrações — dissera o dr. Dembowski —, então você vai saber que o bebê está chegando.

Julia retornou sozinha, explicando que Genek tinha sido enviado à cidade para uma tarefa e que seu marido, Otto, iria rendê-lo assim que ele voltasse. Julia ajudou Herta a se levantar e caminhou com ela, lentamente, de braços dados, de volta para o campo, onde chamou Dembowski.

Quando Genek chegou, duas horas depois, Herta estava quase irreconhecível. A despeito do frio ártico, ela estava ensopada de suor, com os olhos fechados, deitada em posição fetal, respirando fundo e rápido pela boca aberta formando um o, como se tentasse apagar uma chama teimosa. Mechas de cabelo preto estavam grudadas em sua testa. Julia se sentou ao lado dela, massageando suas costas entre as contrações.

— Você conseguiu — suspirou Herta enquanto se virava para ver Genek, segurando as mãos dele entre as suas e apertando com força.

Julia lhes desejou boa sorte e saiu, então Herta suportou mais seis horas de dor, com a bacia se dilatando até que, finalmente, misericordiosamente, fosse o momento de empurrar. Era quinze para meia-noite quando, com Genek ao lado dela e Dembowski agachado entre seus joelhos, Józef respirou pela primeira vez. Com o som do choro de seu bebê e do conclusivo *"to chłopiec"* — é um menino — de Dembowski, Herta e Genek sorriram um para o outro, com os olhos marejados e exaustos.

Naquela noite, eles colocaram Józef sobre o colchão de palha, entre os dois, envolto no cachecol de lã de Herta, embrulhado com duas camisas de Genek e com um pequeno gorro de malha que passava por todos os bebês nascidos no campo, deixando de fora apenas seus olhos, que raramente se abriam, e seus lábios rosados. Ficaram preocupados, sem saber se ele estava aquecido o suficiente e com receio de rolar por cima do bebê no meio da noite. Mas logo foram vencidos por uma fadiga profunda, que apagou seus medos como nuvens de nevasca sobre o sol e, depois de alguns minutos, todos os três Kurc dormiam.

Em poucos dias, Józef começou a ganhar peso, Herta voltou a trabalhar e ela e Genek se acostumaram a dormir com um caroço entre os dois. Na prática, o único problema surgia de manhã, quando Józef acordava chorando, com as pálpebras coladas por causa do frio. Herta aprendeu a esfregar gotinhas mornas do seu leite materno nas pálpebras dele e, assim, forçá-las a se abrir.

Agora, pensa Herta, maravilhada, é difícil acreditar que já se passaram quatro meses desde que seu filho nasceu. Ela vinha acompanhando a passagem do tempo com seu primeiro sorriso, seu primeiro dente, pelo dia em que ele conseguira rolar, virando de barriga para cima. O que vai vir agora, ela se pergunta: ele vai chupar o dedo? Começar a engatinhar? Dizer suas primeiras palavras? Herta havia escrito para casa em cada um desses marcos, ansiosa por notícias da família em Bielsko. Não tinha notícias deles desde antes de ela e Genek deixarem Lvov. A última carta, recebera de seu irmão Zigmund. As notícias eram desanimadoras. "Há cada vez menos judeus em Bielsko", escreveu ele. Alguns aparentemente haviam partido no começo da guerra para se juntar ao Exército polonês. Outros foram forçados a embarcar em trens e nunca mais voltaram. "Eu implorei à família", escreveu Zigmund, "supliquei a eles que fugissem, ou se escondessem, mas a gravidez de Lola está avançada demais para que possa viajar em segurança." A esta altura, Herta se dá conta de que o bebê de sua irmã deve ter quase 1 ano. "E nossos pais", acrescentou Zigmund, "são teimosos demais para partir. Eu sugeri que deveríamos ir encontrar você em Lvov, mas eles se recusaram." Herta pensa na criança que ainda não conheceu, se perguntando se é tia de um menino ou de uma menina, se chegaria o dia em que Ze conheceria o primo ou prima. No momento, isso é impossível de saber, separados por uma distância tão grande, com o mundo desmoronando ao seu redor.

Herta reza com frequência pela família. Por mais que possa, de certa forma, aproveitar como possível seu tempo aqui em Altinai, não há nada que quisesse mais do que voltar a ter uma vida em liberdade. Entre seus desejos está o que pudesse avançar o tempo e pular logo para o fim da guerra. Mas há também uma parte dela que reza para que o tempo pare. Pois não há como dizer o que o tempo pode trazer. E se, no fim da guerra, ela voltar para a Polônia e descobrir que sua família não está mais lá? É impossível encarar essa ideia. É como olhar diretamente para o sol. Ela não consegue fazer isso. Ela não vai fazer isso. E, em vez disso, se consola com o fato de que, pelo menos neste momento, ela e Genek têm saúde e o filho deles é perfeito.

Ao entardecer, Herta encontra Genek no barraco deles, sorrindo.

— Alguma notícia boa? — pergunta.

Ela desamarra Józef do peito, põe o lençol no chão e o bebê em cima do pano. De pé, coloca a mão na bochecha do marido, percebendo como é bom ver suas covinhas.

Os olhos de Genek brilham.

— Acho que a sorte finalmente mudou — responde ele. — Herta, logo os soviéticos podem estar do nosso lado.

Um mês atrás, eles ficaram sabendo que Hitler havia quebrado o pacto com Stalin e invadira a União Soviética. Aparentemente, isso fora uma surpresa para o mundo inteiro, mas não mudou em nada a situação deles em Altinai.

A notícia faz Herta inclinar a cabeça.

— A gente pensou a mesma coisa no começo da guerra, não?

— É verdade. Mas hoje de tarde eu e Otto ouvimos os guardas sussurrando alguma coisa sobre deslocar prisioneiros para o sul para formar um exército.

— Um exército?

— Querida, eu acho que Stalin vai conceder anistia a nós.

— *Anistia.*

Herta fica deliciada com a palavra. Um perdão. Mas pelo quê? Por serem poloneses? É uma ideia difícil de digerir. Entretanto, se isso significar que eles vão ser libertados, decide Herta, essa anistia vai ser muito bem-vinda.

— Para onde poderíamos ir? — pergunta-se Herta em voz alta. Pelo que eles têm ouvido, não existe mais uma Polônia para onde voltar.

— Talvez Stalin esteja pensando em nos mandar para o combate.

Herta olha para o marido, seu corpo esquelético, as entradas recém-surgidas em seu cabelo, os ombros magros. Ele ainda é bonito, a despeito disso tudo, mas os dois sabem que não está em condições de lutar. Ela também pensa nos outros homens do campo, a maioria doente, subnutrida. À exceção de Otto, que tem naturalmente a constituição de um lutador de boxe peso-pesado, *nenhum* dos prisioneiros foi feito para lutar. Ela abre a boca para verbalizar essa preocupação, mas, ao ver a esperança nos olhos de Genek, reprime o pensamento e, em vez disso, se ajoelha perto de Józef, que está ocupado praticando seu novo truque de rolar para ficar de bruços. Herta tenta criar a imagem: Genek fardado ao lado dos soviéticos, lutando por Stalin — o homem que os jogou no exílio, condenando-os a uma vida de trabalhos forçados. Isso parece contraditório. Herta imagina o que isso poderia significar para ela e Józef, o que seria deles se Genek fosse enviado para a guerra?

— Você tem alguma ideia de quando essa *anistia* vai ser concedida? — indaga ela, virando gentilmente Józef para que fique de barriga para cima. O bebê agita os braços alegremente, exibindo nas bochechas duas réplicas em miniatura das covinhas do pai.

— Não — responde Genek, abaixando-se para se sentar ao lado da esposa. Ele belisca o joelho de Józef e o bebê solta um gritinho adorável, deliciado com aquilo. Genek sorri. — Mas logo, eu acho. Logo.

CAPÍTULO 24

Addy

Ilha das Flores, Brasil ~ final de julho de 1941

Tornou-se um hábito para Addy acordar cedo, antes de os outros detidos se levantarem, e percorrer o caminho que circunda a pequenina ilha das Flores. Ele precisa do exercício e, mais ainda, da oportunidade de ficar sozinho por uma hora — juntas, as duas coisas o ajudam a manter a sanidade. A paisagem também ajuda. A baía de Guanabara é linda ao amanhecer, quando está em seu momento mais calmo, um reflexo do céu. Lá pelas dez da manhã, ela fervilha com o tráfego de barcos que vêm e vão do movimentado porto do Rio de Janeiro.

Nesta manhã, Addy acordou antes do nascer do sol com a cantoria estridente de um martim-pescador empoleirado no peitoril de sua janela. Sentia-se tentado a voltar a dormir, porque, em seu sonho, ele estava em casa, em Radom, e sua família continuava exatamente como ele a deixara. O pai estava sentado à mesa da sala de jantar, lendo a edição semanal do *Radomer Leben*, a mãe em frente, cantarolando, enquanto costurava um remendo de couro no cotovelo de um suéter. Na sala de estar, Genek e Jakob jogavam cartas, Felicia engatinhava no chão e Mila e Halina dividiam o banco do piano de cauda, alternando-se nas teclas, com a partitura de *Sonata ao luar*, de Beethoven, aberta à sua frente. A única pessoa que faltava no sonho era ele. Não se importava com isso, no entanto, e poderia ter assistido àquela cena por horas, contentando-se apenas em pairar acima dela, aquecendo-se

212

com seu calor, simplesmente por saber que tudo estava bem. O passarinho, entretanto, foi persistente, e num dado momento o sonho de Addy se foi e ele se levantou, suspirando enquanto esfregava os olhos cheios de sono, se vestiu e saiu para a caminhada.

No caminho, colhe flores, cada uma delas com nomes que se tornaram familiares para ele nas últimas três semanas: amarílis, hibisco, azaleia e, sua preferida, ave-do-paraíso, que, com sua coroa de folhas em forma de leque e pétalas vermelhas e azuis brilhantes, lembra um pássaro voando. Há uma espécie de lírio na ilha à qual ele parece ser alérgico. Quando passa por ela, espirra pelos quinze minutos seguintes no lenço que ganhou da mãe, que sempre carrega consigo, como um talismã.

De volta ao refeitório, Addy acomoda o buquê num copo de água, colocando sobre a mesa onde ele e as duas Lowbeer costumam se encontrar para o café da manhã. Surge um funcionário, e Addy o cumprimenta com um sorriso e um *bom dia, tudo bem?* — as primeiras palavras em português que ele aprendeu depois que chegou.

— *Estou bem, sim, senhor* — responde o funcionário, entregando a Addy uma xícara de chá de erva-mate.

Addy leva a xícara para a varanda e vira sua cadeira para oeste, de frente para o litoral do Rio. Desde que o navio chegou à América do Sul, ele aprendeu a apreciar o gosto amargo da erva. Levando a xícara aos lábios, Addy contempla a manhã tranquila, o aroma dos trópicos, o onipresente canto dos pássaros. Em circunstâncias normais, ele fecharia os olhos e se deleitaria com a beleza de tudo aquilo. Porém, as circunstâncias, é claro, não estão nem perto de serem normais. Há muito em jogo para que consiga realmente relaxar. E então, em vez disso, ele olha para o litoral e reflete sobre os últimos meses — sobre o que foi necessário fazer para que chegasse a esta ilha no litoral do Brasil.

No fim das contas, a despeito da aparência suspeita, o pescador que ele escolhera em Tânger conseguira levar Addy e a família Lowbeer em segurança para Tarifa. De lá, eles foram de ônibus para o norte, até o porto de Cádiz, onde descobriram que um navio espanhol chamado *Cabo de Hornos* partiria para o Rio na semana seguinte.

— Eu vou vender as passagens para vocês — disse o funcionário em Cádiz —, mas não tenho como garantir que vão permitir que vocês desçam do navio com os vistos vencidos.

Não era isso que eles queriam ouvir, mas, até onde sabiam, o *Hornos* era sua última esperança — algo que confirmaram quando começaram a reconhecer os rostos de outros passageiros do *Alsina* no porto, passageiros que também haviam tido sorte suficiente para atravessar o estreito até Cádiz. Addy e a família Lowbeer não perderam tempo e logo compraram seus bilhetes só de ida a bordo do *Hornos*, convencendo a si mesmos de que, uma vez que tivessem chegado tão longe, à América do Sul, eles não seriam impedidos de desembarcar.

Quando por fim embarcaram no navio, Addy foi obrigado a encarar o fato de que lhe restavam apenas alguns poucos francos. Ele recomeçaria a vida no Brasil com quase nada — algo com que teve de lidar quando o *Hornos* rumou para o sudoeste, em direção ao Rio. A viagem durou dez dias. Nenhum dos refugiados a bordo dormiu muito, pois ao embarcar foram avisados de que pelo menos uns seis navios já haviam sido mandados de volta para a Espanha — um pensamento que levou alguns a ameaçarem se suicidar.

— Eu vou pular, eu juro — dissera um espanhol a Addy. — Eu prefiro me matar a deixar Franco fazer isso.

Addy, Eliska e madame Lowbeer confiaram em seus vistos vencidos e na firme esperança de que o capitão do *Alsina* tivesse conseguido enviar o telegrama que prometera à embaixada brasileira em Vichy. Talvez, se a petição chegasse a Souza Dantas, o embaixador pudesse ajudar. E, mesmo que não fosse o caso, havia uma chance de o presidente do Brasil, Getúlio Vargas, entender suas circunstâncias e prorrogar a validade dos seus documentos na chegada. Não foi culpa deles, afinal, que a viagem tenha demorado tanto.

Era 17 de julho quando o *Cabo de Hornos* finalmente atracou no Rio e, por um golpe de sorte, seus passageiros foram autorizados a desembarcar. Addy estava radiante. A liberdade, no entanto, durou pouco. Três dias depois, Addy, as duas Lowbeer e trinta e sete outros passageiros do *Alsina* que haviam embarcado no *Hornos* com vistos vencidos receberam uma visita da polícia brasileira e foram escoltados de volta ao porto. Lá, foram colocados num barco e navegaram por sete quilômetros até a ilha das Flores, onde agora estavam detidos.

— Estamos sendo mantidos como *reféns* — espumava madame Lowbeer depois do primeiro dia na ilha. — *C'est absurde.*

Eles não receberam nenhuma explicação sobre por que estavam detidos Só podiam presumir que era por causa dos vistos vencidos, um palpite que foi confirmado quando um dos passageiros, fluente em português, conseguiu ver de relance uma notificação que indicava que Vargas tinha a intenção de enviar os refugiados de volta para a Espanha.

Addy toma outro gole de chá. Ele se recusa a acreditar que, depois de seis meses, vai acabar onde começou, na Europa devastada pela guerra. Os passageiros do *Alsina* tinham conseguido chegar até lá. Alguém certamente vai convencer o presidente a deixá-los ficar. Talvez o tio de Eliska — ele os havia hospedado naqueles primeiros dias no Rio. Ele parecia ser uma boa pessoa. Tinha dinheiro. Por outro lado, que acesso um civil teria ao presidente? Eles vão precisar de alguém influente. Como madame Lowbeer costuma dizer, "Quando as mãos certas forem molhadas, nós teremos nossos vistos". As duas Lowbeer tinham meios para oferecer um suborno, mas Addy não fazia ideia de a quem pertenceriam essas mãos "certas". Ele tem certeza de que, sem contatos no Brasil, sem entender a língua e sem economias, será de pouca ajuda. Fez tudo o que pôde para chegar até aqui — o resto, é difícil admitir, está além do seu controle.

De acordo com as duas Lowbeer, a esperança deles neste momento reside em Haganauer, um passageiro do *Alsina* que tem um avô no Rio com uma conexão distante com o ministro das Relações Exteriores brasileiro. Uma semana atrás, Haganauer havia subornado um guarda na ilha para enviar uma carta ao avô, explicando as circunstâncias, na esperança de que o avô entregasse ao ministro um pedido em nome de todos os reféns. O plano, todos concordaram, parecia promissor. Até que se concretizasse, porém, não havia nada a fazer a não ser esperar.

Depois de terminar o chá, Addy gira a xícara de cerâmica na palma das mãos, a mente viajando para Eliska, para o lugar na base de seu pescoço que ela beijara na noite anterior ao se despedir com a desculpa de que precisava de "seu sono de beleza". Em Dacar, eles haviam decidido que seu destino era se casar — uma ideia a que madame Lowbeer resistia veementemente. Addy, no entanto, não se intimida com a reprovação dela. No momento certo, tem certeza de que vai convencer la Grande Dame de que é digno da mão de sua filha.

Ele observa uma barca se aproximar do porto do Rio, perguntando--se, como faz com frequência, o que sua família pensaria de Eliska. Ela é inteligente e judia. É apaixonada, sabe se expressar e consegue manter boas discussões. Seus irmãos certamente a admirariam. Seu pai também. Mas como seria a recepção da mãe dele? Addy às vezes consegue ouvir Nechuma dizendo que ele está fora de si — alertando que Eliska é mimada demais para ser o tipo de esposa que Addy merece. Ela *é* mimada, admite ele, mas sabe que essa não é a verdadeira razão pela qual sua mãe poderia se opor.

"Relacionamentos começam com sinceridade", disse Nechuma para ele certa vez. "Essa é a base, porque estar apaixonado significa poder dividir tudo: os sonhos, os defeitos, os temores mais profundos. Sem essas verdades, um relacionamento entrará em colapso." Addy havia passado horas pensando nas palavras da mãe, com vergonha de admitir que, a despeito de toda sua conversa com Eliska sobre Praga, Viena e Paris — aqueles momentos glamorosos de suas vidas antes da guerra —, ele ainda não pode falar livremente com ela sobre sua família. Quase dois anos se passaram desde que tinha ouvido falar dos seus pais e irmãos pela última vez. Dois anos! Por fora, Addy mantém sua alegria característica, mas, por dentro, a incerteza o está consumindo. Eliska, por outro lado, é animada e decidida e parece estar certa sobre seu futuro. Addy instintivamente sabe que ela não seria capaz de entender por que à noite ele sonha com Radom, e não com o Rio; por que com frequência ele deseja que pudesse acordar em seu antigo quarto na rua Warszawska, apesar das circunstâncias. Ele passa o polegar pela borda da xícara. Sabe que Eliska também sofreu perdas. A partida do pai quando ainda era nova não fora fácil para ela — e talvez por isso Eliska tenha se convencido de que é inútil viver no passado. Addy tinha começado a perceber que, no mundo de Eliska, reminiscências e tristeza não eram permitidas.

Você não precisa escolher entre Radom e o Rio, Addy lembra a si mesmo. Não neste momento, pelo menos. *Você está aqui agora, numa ilha quase deserta na América do Sul, com uma mulher que você ama.* Addy fecha os olhos, tentando por um momento imaginar a vida *sem* Eliska. Uma vida sem nada que o conecte às raízes europeias que os dois têm em comum. Uma vida sem seu sorriso, sem o toque de suas mãos, sem sua inabalável habilidade em encontrar alegria ao olhar para a frente, em vez de para trás. Mas ele não consegue.

CAPÍTULO 25

Jakob e Bella

Arredores de Radom, Polônia sob ocupação alemã ~ final de julho de 1941

Jakob e Bella estão encolhidos atrás de uma parede de caixas de suprimentos na caçamba de um caminhão, com os joelhos dobrados junto ao peito, apoiados um no outro. Franka, seus pais, Moshe e Terza, e seu irmão, Salek, estão escondidos na parede oposta. Na frente, o motorista xinga. Os freios cantam e o caminhão começa a reduzir a velocidade. Desde que partiram de Lvov, eles pararam apenas duas vezes, para abastecer. Fora isso, seguindo as instruções de Sol, eles rumaram para noroeste, na direção de Radom.

O caminhão agora se arrasta. Eles escutam vozes através das paredes. Alemães.

— *Anhalten!* Pare o veículo!

— Não pare — sussurra Jakob. — Por favor, não pare.

O que vai acontecer se eles forem descobertos? Ainda que tenham documentos falsos, é óbvio que estão sendo transportados ilegalmente. Por que outro motivo estariam escondidos?

Ao lado de Jakob, Bella está em silêncio. É como se, desde que perdeu Anna, ela tivesse se tornado imune ao medo. Jakob nunca a tinha visto tão inconsolável. Faria qualquer coisa para ajudá-la, se ela ao menos falasse com ele. Mas Jakob vê nos olhos dela que ainda é muito doloroso, muito difícil. Ela precisa de tempo.

Jakob a envolve com um braço, segurando-a junto dele enquanto o caminhão se move lentamente até parar, já tramando um plano. Vai oferecer sua câmera aos alemães, decide, se eles permitirem que sigam viagem. No entanto, tão rápido quanto havia parado, o caminhão dá uma guinada, o motor roncando. Eles fazem uma curva fechada e, por um momento, é como se estivessem equilibrados em apenas duas rodas. Sucumbindo à força da gravidade, caixas começam a cair. Do lado de fora, vozes em alemão ficam mais altas, furiosas, ameaçadoras. Quando o caminhão ganha velocidade, uma saraivada de tiros é disparada e uma bala atravessa as paredes de madeira a centímetros da cabeça de Jakob, deixando dois pequenos buracos em seu trajeto. Em meio ao caos, ele e Bella se encolhem. Jakob tenta proteger a própria nuca com uma das mãos e a de Bela com a outra, enquanto o motor ronca demonstrando seu esforço. *Mais rápido. Mais rápido, motorista.* Depois que a gritaria cessa, o estampido do tiroteio os persegue por um bom tempo.

A princípio, Bella fora contrária à ideia de retornar para Radom, agarrando-se à esperança de que Anna ainda poderia estar viva.

— Eu tenho de encontrar a minha irmã — retrucara ela, surpreendendo Jakob com o tom de raiva na voz.

Quando ficou seguro o suficiente para sair do esconderijo, eles descobriram que os alemães haviam erguido presídios em torno de Lvov, onde qualquer um que fosse "suspeito" era preso por um prazo indefinido. Bella ficara obcecada em visitar esses campos por causa da possibilidade de sua irmã estar confinada num deles. Jakob não gostou da ideia de ela se aproximar dos presídios alemães, mas sabia que não deveria se opor. E, assim, durante uma semana, Bella rondou as construções, arriscando-se a ser presa também. No fim, não encontrou nenhuma informação sobre Anna nem sobre seu marido, Daniel. Foi por meio de uma vizinha que Bella finalmente soube o que havia acontecido: Anna e Daniel estavam escondidos também, junto com o irmão de Daniel, Simon, quando os alemães invadiram Lvov. Na segunda noite do pogrom, um grupo de soldados da Wehrmacht invadiu o apartamento deles com um mandado para prender Simon, chamando-o de "ativista". Simon não estava lá — ele resolvera se aventurar pela cidade em busca de comida. "Então vamos levar você", disseram os soldados, segurando Daniel pelo braço. Ele não tivera escolha a não ser acompanhá-los, e Anna insistira em ir com ele. A vizinha disse que dezenas de pessoas também foram levadas e que um amigo dela, que morava numa fazenda nas redondezas, os havia visto sendo retirados de caminhões nas margens de um bosque e ouvira disparos, como fogos de artifício, tarde da noite.

Relutantemente, dolorosamente, Bella desistiu da busca, concordando enfim em aceitar a oferta de Sol para enviar um caminhão. Desde então, ela mal havia falado.

O caminhão desacelera um pouco e Jakob ergue a cabeça. *Por favor, de novo, não.* Ele fica esperando tiros, gritos, mas tudo o que consegue ouvir é o ronco do motor a diesel. Fecha os olhos, rezando para que eles estejam a salvo, rezando para que a vida no gueto seja melhor que a que eles deixaram para trás em Lvov. É difícil ser pior. Ao menos estariam perto da família. Do que resta dela.

Ao lado dele, Bella se pergunta se eles vão conseguir voltar vivos a Radom. Se conseguirem, ela terá de encarar os pais. Henry e Gustava tinham sido enviados para o gueto de Glinice, o menor de Radom, a vários quilômetros fora da cidade. Ela terá de contar a eles o que aconteceu com sua filha mais nova.

Já se passaram quase três semanas desde que Anna desapareceu. Bella fecha os olhos, sentindo uma dor familiar no peito, profunda, como se um pedaço dela estivesse faltando. *Anna.* Desde quando consegue se lembrar, Bella imaginara seus filhos crescendo junto com os de Anna — uma fantasia que quase se tornou realidade, quando Anna sugeriu que ela e Daniel tinham grandes novidades para contar. Por um breve momento, Bella tinha afastado a guerra de sua mente e deixado o sonho das crianças, dos primos sendo criados lado a lado, ocupar o lugar. Agora, sua irmã jamais vai ter filhos ou conhecer os seus. Lágrimas escorrem pelo queixo de Bela, ao se deparar com essa verdade fria e incompreensível.

25 A 29 DE JULHO DE 1941: *Um segundo pogrom engole Lvov. Supostamente organizado por nacionalistas ucranianos e incentivado por alemães, esse pogrom, conhecido como Dias de Peltura, tem como alvo judeus acusados de colaborar com os soviéticos. Estima-se que dois mil judeus foram assassinados.*

CAPÍTULO 26

Addy

Ilha das Flores, Brasil ~ 12 de agosto de 1941

— Que tipo de navio é esse? — pergunta Eliska.

Addy tinha visto a pequena embarcação naquela manhã, em sua caminhada ao redor da ilha. Assim que Eliska acordou, ele a trouxe para o cais onde estava atracada, para que visse por si mesma.

— Parece um barco da Marinha.

— Você acha que é para nós?

— Não consigo imaginar para quem mais poderia ser.

Addy e Eliska imaginam inúmeras possibilidades de para onde aquela embarcação poderia levá-los. Será que os deixaria no Rio, o "Destino" que estava estampado em seus bilhetes do *Alsina*, ao lado de uma data em fevereiro — seis meses atrás? Ou seria o barco um simples meio de levá-los até um navio de passageiros maior, com destino à Europa? No caso da segunda possibilidade, seriam eles levados de volta a Marselha? Ou os forçariam a desembarcar num outro lugar? Poderiam eles solicitar novos vistos? E, se pudessem, haveria ainda navios de passageiros com permissão para cruzar o Atlântico partindo da Europa?

Ao meio-dia, os detidos do *Alsina* são chamados ao refeitório, e as perguntas de Addy e Eliska são finalmente respondidas.

— Hoje é o seu dia de sorte — anuncia um oficial de farda branca, ainda que seja difícil saber pelo seu tom de voz se ele está ou não brincando. Haganauer traduz o que o homem diz.

— O presidente Getúlio Vargas — continua o oficial — lhes concedeu permissão para estender a validade de seus vistos.

Os refugiados suspiram. Alguém comemora com um berro.

— Arrumem seus pertences — ordena o oficial. — Vocês partem em uma hora.

Addy sorri. Ele abraça Eliska e a levanta do chão.

— É claro, só para esclarecer a situação — acrescenta o oficial, erguendo uma das mãos, como se quisesse interromper a comemoração que parecia começar —, o presidente pode, a *qualquer momento* e por *qualquer motivo*, revogar esse benefício.

— Há sempre uma cláusula — ironiza madame Lowbeer.

Os refugiados, entretanto, não se importam. Eles foram autorizados a ficar. O refeitório é tomado pelo som de tapinhas nas costas e estalos de beijos em bochechas, enquanto homens e mulheres se abraçam, rindo, chorando.

Duas horas depois, Addy e as duas Lowbeer estão numa fila que serpenteia pelo porto da ilha ao longo de toda a sua extensão. Rumores sobre quem finalmente conseguira persuadir Vargas a permitir que aquele grupo de refugiados vagabundos e sem vistos permanecesse no país passam de ouvido em ouvido. Porém, ninguém tem coragem suficiente para perguntar. É melhor não tocar no assunto.

Uma vez a bordo, Addy e Eliska guardam suas bagagens, ajudam madame Lowbeer a encontrar um assento na parte de dentro do barco e se dirigem à proa. Lá, segurando a grade de metal com as duas mãos, observam quando um tripulante desenrola a corda de um gancho na doca. Um motor ronca ao ser ligado e, enquanto eles se afastam, Addy dá uma última olhada na minúscula ilha que havia sido sua casa pelos últimos vinte e sete dias. E, enquanto a embarcação se move lentamente de marcha a ré, agitando a água e fazendo com que ela passe de um azul profundo para branco, ele se dá conta de que uma parte sua vai sentir falta de lá. A ilha, com suas flores silvestres perfumadas e uma interminável sinfonia de canto de pássaros, trouxe uma sensação de conforto. Na ilha das Flores, não havia nada que Addy pudesse fazer a não ser caminhar, tomar chá de erva-mate e esperar. No momento em que ele chegar ao Rio como um homem livre, seu destino vai estar novamente em suas mãos. Ele terá de aprender o idioma, solicitar uma autorização para trabalhar, encontrar um lugar para morar, conseguir um emprego, um jeito de se sustentar. Não vai ser fácil.

O barco termina de fazer a volta e aponta a proa para o oeste, em direção ao continente. Addy e Eliska respiram o ar salgado e inclinam seus corpos sobre o mar cintilante, olhando para as curvas de granito do Pão de Açúcar, que vigia a baía de Guanabara. A viagem é curta — quinze minutos no máximo —, mas os segundos passam lentamente.

— Isso realmente está acontecendo — constata, admirada, Eliska quando o barco atraca. — Toda a espera, a expectativa... É aqui que a jornada termina. Não consigo acreditar que já se passaram sete meses desde que a gente saiu de Marselha.

— Está acontecendo de verdade — reforça Addy, puxando Eliska e se inclinando para beijá-la. Seus lábios são quentes, e, quando olha para ele, seus olhos azuis estão cristalinos e brilhantes.

Quando desembarcam, os refugiados são levados para um prédio de tijolos brancos na alfândega e recebem ordem para esperar — uma tarefa quase impossível. Três horas depois, quando seus papéis estão finalmente em ordem, Addy, Eliska e madame Lowbeer saem apressados da alfândega para a avenida Rodrigues Alves. Addy faz sinal para um táxi e, antes que eles percebam, estão indo para o sul, para o apartamento do tio de Eliska em Ipanema.

Na manhã seguinte, Addy acorda, o corpo todo travado por ter dormido no chão, com um tapinha no ombro.

— Vamos explorar a cidade! — sussurra Eliska, que em seguida parte saltitante para preparar o café.

Addy se veste e, pela janela, vê os paralelepípedos da rua Redentor. Depois, olha para o céu da manhã, fazendo algumas moedas no bolso tilintar. Está quase sem dinheiro e se recusa a viver às custas da família Lowbeer. Mas o dia está ensolarado e a comemoração deles está atrasada há meses.

— *Vamos.*

Eliska escreve um bilhete para a mãe, prometendo voltar ao entardecer.

— Para onde? — pergunta ela quando os dois saem do prédio de seu tio.

Vendo Eliska saltitante ao seu lado, Addy percebe como ela está eufórica para conhecer seu novo lar.

— Que tal Copacabana? — sugere ele, dizendo a si mesmo que não há problema nenhum em fazer parte da empolgação de Eliska, em compartilhar de seu entusiasmo sobre o significado de um novo começo. *Vá em frente, aceite isso. Por ela, pelo menos.* Amanhã ele pode se preocupar em começar a procurar um emprego, um apartamento, com sua família e em como vai tentar localizá-la agora que finalmente chegou a uma cidade com uma agência de correios. Uma cidade onde espera poder ficar indefinidamente.

— Copacabana. *Parfait!*

Eles caminham para o sul, para a orla, e depois para o leste, ao longo do litoral recortado de Ipanema, chegando após alguns minutos a uma enorme rocha em forma de capacete e percebendo que nenhum dos dois sabe onde fica Copacabana. Eliska sugere que eles comprem um mapa, mas Addy aponta para uma mulher na praia, usando o que parece ser um traje típico do Rio: roupa de banho, blusa de algodão e sandálias de couro.

— Vamos perguntar a ela — sugere ele.

Depois de ouvir a pergunta, a mulher sorri e, em seguida, ergue dois dedos, apontando para o indicador.

— *Aqui é Ipanema* — explica. — *A próxima praia é Copacabana* — diz ela, e aponta para uma pedra enorme no fim da praia.

— *Obrigado* — agradece Addy, fazendo que sim com a cabeça para mostrar que entendeu. — *Muito bonita* — acrescenta, fazendo um gesto amplo com a mão indicando o litoral, e a mulher sorri.

Addy e Eliska contornam a pedra do Arpoador e, alguns minutos depois, chegam ao extremo sul de uma longa enseada em forma de meia-lua — um encontro perfeito de areia dourada com a rebentação do mar azul cobalto.

— Acho que chegamos — comenta Addy, com a voz calma.

— *Ces montagnes!* — sussurra Eliska.

Eles param por um momento, apreciando o horizonte dominado por uma série de morros de encostas verdejantes.

— Olha, dá para pegar uma carona até o alto daquele ali — avisa Addy, apontando para o mais alto dos montes, onde há um teleférico se arrastando em direção ao cume.

Conforme caminham pela calçada, um mosaico de pedras pretas e brancas ondula sob seus pés, num padrão que parece uma onda gigante. Por um instante, Addy observa o mosaico com atenção, maravilhado com o trabalho que deve ter dado para assentar ali tantas pedras que, de perto, são surpreendentemente irregulares em formato e orientação. É o encontro entre o preto e o branco, os contornos perfeitos, que traz a sensação de harmonia. *Estamos andando sobre arte*, pensa Addy, poético, olhando para o litoral e imaginando o que sua mãe, seu pai e seus irmãos sentiriam ao ver aquilo. *Eles adorariam isso aqui.* E, tão rápido quanto isso lhe ocorre, uma onda de culpa o inunda. Como é que ele está aqui — no paraíso! —, enquanto sua família está sendo submetida a sabe lá que tipo de horror indizível? Uma sombra de melancolia encobre seu rosto, mas, antes que ela o domine, Eliska aponta para a praia.

— Pelo visto, nós precisamos investir no nosso bronzeado — comenta ela, rindo de como a aparência dos dois, bronzeada para os padrões europeus, é pálida se comparada com a dos sujeitos morenos fazendo embaixadinhas na areia.

Addy engole em seco, apreciando o espetáculo e saboreando a alegria na voz de Eliska.

— Copacabana — sussurra ele.

— Copacabana — cantarola Eliska, olhando para Addy, apertando suas bochechas e lhe dando um beijo.

Addy relaxa. Os beijos de Eliska conseguem parar o tempo. Quando os lábios dela roçam nos seus, seus pensamentos se dissolvem.

— Está com sede? — pergunta Eliska.

— Sempre — assente Addy.

— Eu também. Vamos beber alguma coisa.

Eles param perto de uma carrocinha azul que vende bebidas na calçada. Sobre ela há um guarda-sol vermelho onde está escrito *Bem-vindo ao Brasil!*.

— Cocos! — exclama Eliska. — Para comer ou beber? — Ela faz gestos, na esperança de que o vendedor entenda.

O jovem brasileiro sob o guarda-sol ri, divertindo-se com o entusiasmo de Eliska.

— *Para beber* — responde ele.

— Você aceita francos? — pergunta Addy, segurando uma moeda.

O vendedor dá de ombros.

— Ótimo. Nós queremos um — pede Addy, e ele e Eliska assistem admirados ao vendedor escolher um coco, cortar a parte de cima com um golpe rápido de uma machadinha, colocar dois canudos dentro e entregá-lo a eles.

— *Água de coco* — anuncia ele, triunfante.

Addy sorri.

— *Primeira visita ao Brasil?* — pergunta o vendedor. Para a maioria, deve parecer que eles estão de férias.

— *Sim, primeira visita* — responde Addy, imitando o sotaque do vendedor.

— *Bem-vindos* — saúda o vendedor, sorrindo.

— *Obrigado* — responde Addy.

Eliska segura o coco enquanto Addy paga. Depois, eles agradecem novamente ao vendedor, antes de voltar a percorrer o mosaico da calçada. Eliska toma o primeiro gole.

— Diferente — comenta ela depois de um instante e passa o coco para Addy.

Ele o segura com as duas mãos — é mais pesado do que esperava. Leva o fruto ao nariz, sentindo seu cheiro delicado e olhando uma vez mais para o horizonte. *Vocês iriam adorar esse lugar,* pensa, dirigindo o sentimento através do Atlântico. *Não é nada parecido como a nossa casa, mas vocês adorariam.* Ele toma um gole, saboreando o gosto estranhamente leitoso, sutilmente doce e totalmente novo da *água de coco* em sua língua.

30 DE JULHO DE 1941: *O Tratado Sikorski-Mayski, um acordo entre a União Soviética e a Polônia, é assinado em Londres.*

12 DE AGOSTO DE 1941: *Os soviéticos concedem anistia aos cidadãos poloneses sobreviventes detidos nos campos de trabalho na Sibéria, no Cazaquistão e na Ásia soviética, com a condição de lutarem pela União Soviética, que agora estava ao lado dos Aliados. Milhares de poloneses iniciam um êxodo para o Uzbequistão, onde foram informados de que estava sendo formado um exército sob as ordens do novo comandante em chefe do Exército polonês (também chamado de II Corpo Polonês), general Władysław Anders. O próprio Anders havia sido libertado recentemente depois de dois anos de confinamento na prisão de Lubianka, em Moscou.*

CAPÍTULO 27

Genek e Herta

Aktiubinsk, Cazaquistão ~ setembro de 1941

Eles deixaram o campo há três semanas, em agosto, quase exatamente um ano depois de terem chegado lá. Para Genek e Herta, em muitos aspectos, a viagem partindo de Altinai lembra a que os levara até lá. A não ser por, desta vez, a parte de cima das portas dos vagões de gado terem sido deixadas abertas e pelo número de doentes superar o de pessoas saudáveis. Dois vagões no fim do trem foram designados para os doentes, para pessoas com malária e tifo, e, em vinte e um dias, mais de dez morreram. Genek, Herta e Józef conseguiram escapar das doenças — eles usam lenços para tapar a boca e o nariz e mantêm Józef, agora com 6 meses, abrigado por uma faixa junto ao peito de Herta pelo máximo de tempo que ele consegue aguentar. Com fome e sem poder dormir, eles fazem o possível para se manter otimistas — afinal de contas, não são mais prisioneiros.

— Onde a gente está? — pergunta em voz alta um dos exilados, quando o trem reduz a velocidade e para.

— A placa indica "Ak-ti-ubinsk — responde alguém.

— Onde fica Aktiubinsk afinal?

— No Cazaquistão, creio eu.

— Cazaquistão — sussurra Genek, enquanto se levanta para olhar em volta do vagão. Uma terra que, para ele, é tão estranha quanto o luxo de um banheiro, uma camisa limpa, uma refeição decente, uma confortável noite de sono.

A estação é parecida com as outras — desinteressante, com uma longa plataforma de madeira, pontilhada aqui e ali com postes de ferro para lampiões a gás.

— Alguma coisa para se ver? — pergunta Herta. Ela está sentada no chão e, com Józef dormindo em seus braços, reluta em se mexer.

— Não muito.

Genek está prestes a retornar ao seu lugar ao lado de Herta quando algo chama sua atenção. Pondo a cabeça para fora da porta do vagão, ele pisca os olhos, depois pisca de novo. *Eu não acredito!* Muitos metros à frente na plataforma, dois homens fardados empurram carrinhos com o que parecem ser pães recém-saídos do forno. Não é o pão, porém, que o deixa exultante. É o emblema, uma águia branca, bordado nos quepes de quatro pontas dos oficiais. São soldados poloneses. Poloneses!

— Herta, você precisa ver isso!

Ele ajuda Herta a se levantar e ela se aperta ao lado dele junto à porta, onde alguns outros passageiros se apinharam para olhar o que Genek tinha visto. Com certeza, há soldados poloneses aqui em Aktiubinsk. Genek sente o peito cheio de esperança. Alguém atrás dele aplaude e, num instante, o clima no vagão é de empolgação. A porta é destrancada e os exilados pulam para fora, sentindo-se ágeis como havia meses não se sentiam.

— Um pão por cabeça — gritam em inconfundível polonês os dois tenentes de duas estrelas, quando um enxame de corpos magros cerca seus carrinhos.

Uma segunda dupla de soldados vem atrás, empurrando um barril de prata reluzente, onde está escrito em letras do alfabeto cirílico tremidas: KOFE. Dois anos atrás, Genek teria torcido o nariz só de pensar em tomar café. Hoje, entretanto, ele não consegue imaginar um presente melhor. A bebida está quente e doce e, acompanhada pelo pão, ainda quente também, faz com que ele e Herta os apreciem com entusiasmo.

Os exilados têm inúmeras perguntas. "Por que vocês estão aqui? Há um acampamento do Exército aqui? Vamos nos alistar agora?"

Os tenentes atrás dos carrinhos balançam negativamente a cabeça.

— Aqui, não — explicam. — Há campos em Wrewskoje e em Tachkent. Nossa missão é apenas alimentá-los e garantir que vocês continuem viagem em direção ao sul. Todo o Exército polonês na União Soviética está se deslocando. Nós vamos nos reorganizar na Ásia Central.

Os exilados fazem que sim com a cabeça. Suas expressões, quando soa o apito do trem, são menos animadas. Não queriam partir. Eles sobem relutantes de volta para os vagões e se inclinam para fora das portas, acenando freneticamente quando o trem se afasta. Um dos tenentes bate uma continência polonesa, com dois dedos, provocando uma gritaria entre os exilados, que respondem a saudação em massa, com o coração disparado, competindo com o ritmo do *claque-claque-claque* das rodas do trem, à medida que a composição aumenta a velocidade. Genek abraça Herta, beija o alto da cabeça de Józef e sorri. Seu espírito está abastecido pela visão de seus conterrâneos impecavelmente fardados, pelo *kofe* aquecendo seu sangue, o pão em seu estômago e o vento em seu rosto.

O pão e o café na estação de Aktiubinsk seriam a coisa mais próxima de uma refeição que eles teriam ao longo da viagem. Enquanto seguem em direção ao Uzbequistão, os exilados passam dias sem comer. Genek e Herta não têm noção de quando ou onde o trem pode parar. E, quando ele *para*, aqueles que dispõem de algumas moedas no bolso ou alguma coisa para dar em troca conseguem comprar comida dos moradores locais, que andam pelos trilhos carregando cestas cheias de iguarias — pães *lepeshka* redondos, iogurte *katik*, sementes de abóbora, cebolas roxas e, mais ao sul, melões doces, melancias e damascos secos. A maioria dos exilados, porém, incluindo Genek e Herta, sabe que não vale a pena perder tempo olhando e desejando uma comida pela qual não pode pagar. Em vez disso, quando o trem para, eles saltam e fazem fila para o banheiro e para a torneira de água — ou *kipiatok*, como os uzbeques a chamam. Esperam, enquanto os restos secos e vazios de sementes de abóbora torradas, levadas pelo vento, passam aos seus pés, prestando atenção ao chiado do vapor, ao primeiro movimento da caldeira do trem, indicando que seu transporte está partindo sem nenhum aviso, como acontece com frequência. No momento em que ouvem o trem se mover, é uma corrida para voltar ao vagão, tenham ou não conseguido usar o banheiro ou encher os baldes com água. Ninguém quer ser deixado para trás.

Depois de mais três semanas de viagem, Genek se encontra finalmente na fila de um centro de recrutamento improvisado em Wrewskoje. Um jovem oficial polonês está do outro lado do balcão.

— Próximo! — chama o oficial.

Genek dá um passo à frente e apenas duas pessoas o separam de seu futuro no II Corpo do Exército polonês.

Naquela manhã, quando chegou ali, a fila dava duas voltas no pequeno quarteirão, mas ele não se importou. Pela primeira vez desde que consegue se lembrar, está tomado pela sensação de ter um objetivo. Talvez, pensa, esse tenha sido seu destino o tempo todo, lutar pela Polônia. Se não por outro motivo, pela chance de se redimir — e tornar correta a decisão infeliz que custara a ele e a Herta um ano de suas vidas.

Genek não foi informado ainda sobre quando ou onde os recrutas aceitos deverão se apresentar para o serviço. Ele espera que sua estada no Uzbequistão não seja longa. O apartamento de um cômodo que receberam, ainda que seja melhor que os barracos em Altinai, é quente, sujo e está infestado de ratos. Ele e Herta passaram as primeiras noites sendo acordados pela perturbadora sensação de minúsculos pezinhos passando sobre seu peito.

— Deve haver algum engano — diz o primeiro recruta da fila.

— Eu sinto muito — responde o oficial atrás do balcão.

Genek se inclina para escutar.

— Não, deve haver algum engano.

— Não, senhor, temo que não haja — retruca o oficial, balançando a cabeça e se desculpando. — O Exército de Anders não está recrutando judeus.

Genek fica com o estômago embrulhado. *O quê?*

— Mas... — O homem gagueja. — Você quer dizer que eu fiz essa viagem toda... Mas *por quê?*

Genek vê o oficial erguer um papel e ler:

— "De acordo com a lei polonesa, uma pessoa com ascendência judaica não pertence à Polônia, mas sim a uma nação *judaica*." Eu sinto muito, senhor. — Ele diz isso sem maldade, mas com um tom de eficiência que indica que está ansioso para atender o próximo da fila.

— Mas o que eu devo...

— Me desculpe, senhor, mas isso não está ao meu alcance. O próximo, por favor.

Com a questão encerrada, o homem deixa a fila, resmungando baixinho. *Nenhum judeu no Exército de Anders.* Genek balança a cabeça. Ele não se surpreenderia com alemães privando um judeu do direito de lutar por seu país, mas os polacos? Se ele não puder se alistar, não há como prever o que acontecerá com ele e Herta. Provavelmente serão jogados de volta aos lobos, para uma vida de trabalhos forçados. Para o inferno com isso, pensa, com raiva.

— O próximo, por favor.

Agora apenas uma pessoa o separa do oficial no balcão de recrutamento, da papelada que terá de preencher. Ele fecha os punhos. Gotas de suor surgem em sua testa. *Aquele formulário é o fim da linha*, afirma uma voz dentro dele. *É uma questão de vida ou morte. Você já esteve nessa situação antes. Pense. Você não chegou tão longe para ser rejeitado.*

— O próximo, por favor.

Antes que o homem que está à sua frente se afaste do balcão, Genek baixa a aba de seu quepe e se afasta em silêncio da fila.

Em seu caminho pela cidade arrasada e árida, sua mente está a toda. Acima de tudo, ele sente raiva. Está aqui, oferecendo sua mão de obra, possivelmente até sua vida, para lutar pela Polônia. Como seu país se atreve a privá-lo de seu direito por causa de sua religião! Ele não teria se metido nessa confusão se não tivesse sido teimoso e *rotulado* a si mesmo como polonês para começo de conversa. Ele quer gritar, socar uma parede. No entanto, sua mente o relembra do ano que passou em Altinai, e ele ordena a si próprio que pense com clareza. *Eu preciso do Exército*, lembra a si mesmo. *É a única saída.*

Genek para numa esquina, na entrada de uma pequena mesquita. Olhando para a cúpula dourada no alto, a ideia lhe ocorre. Andreski.

No papel, Genek e Otto Andreski têm pouquíssimo em comum. Otto é um católico devoto — um ex-operário que parece sempre carrancudo e com um peito tão largo quanto um bumbo; Genek é um judeu esguio e com covinhas que passou a vida profissional, até bem pouco tempo, atrás de uma escrivaninha num escritório de advocacia. Otto é rude; Genek, charmoso. Entretanto, a despeito de suas diferenças, a amizade que os dois forjaram nas florestas da Sibéria é sólida. Ultimamente, em seus poucos momentos livres, eles passaram jogando dados esculpidos à mão ou *kierki* com o baralho de Genek, que agora se encontra num estado deplorável por causa do uso excessivo, mas, sabe-se lá como, ainda está completo. Herta e Julia Andreski também haviam se tornado próximas e descobriram até que tinham competido em equipes de esqui rivais na faculdade.

— Eu preciso que você me ensine a ser um católico romano — pede Genek mais tarde, naquela noite, depois de explicar a Otto e Julia o que aconteceu no centro de recrutamento. — De agora em diante — anuncia ele —, se alguém perguntar, Herta e eu somos católicos.

Genek é um bom aluno. Em poucos dias, Otto o ensinou a recitar o pai-nosso e a ave-maria, a se benzer com a mão direita, não com a esquerda; a dizer o nome do atual papa, Pio XII, nascido Eugênio Maria Giuseppe Giovanni Pacelli. Uma semana depois, quando Genek finalmente cria coragem para voltar ao centro de recrutamento, ele cumprimenta o jovem oficial atrás do balcão com um forte aperto de mão e um sorriso confiante. Seus olhos azuis estão firmes e sua mão não treme quando ele escreve *católico romano* na lacuna marcada para RELIGIÃO no formulário de alistamento. E, quando seu nome, junto com o de Herta e o de Józef, como membros da família, é incluído na lista como membro oficial do II Corpo Polonês de Anders, ele agradece ao oficial com uma saudação e um "Que Deus o abençoe".

Na véspera do primeiro dia oficial como novos recrutas, Otto convida Genek e Herta para seu apartamento para comemorar. Genek leva o baralho. Eles bebem do estoque secreto de vodca de Otto numa lata amassada que serve de caneca, entre partidas de *oczko*.

— Aos nossos novos amigos cristãos — brinda Otto, tomando um gole e passando a lata para Genek.

— Ao papa — acrescenta Genek, tomando um gole e entregando a lata para Herta.

— A um novo capítulo — completa Herta, olhando para Józef, que dorme numa cestinha ao lado dela. Por um instante, o quarteto fica em silêncio, cada um deles se perguntando o que os próximos meses lhes trarão.

— A Anders — exclama Julia, descontraindo o clima. Ela pega a lata e a levanta em júbilo acima da cabeça.

— À vitória nessa merda dessa guerra! — grita Otto, e Genek ri.

A perspectiva de vencer uma guerra que está sendo travada a mundos de distância de Wrewskoje — uma cidade esquecida na Ásia Central e cujo nome ele mal consegue pronunciar — parece tão improvável quanto absurda.

A vodca volta para Genek.

— *Niech szczęście nam sprzyja* — propõe ele, com a lata erguida. *Que a sorte esteja do nosso lado.* Ao que parece, eles não têm andado com boa sorte. E alguma coisa lhe diz que vão precisar dela.

7 DE DEZEMBRO DE 1941: *O Japão bombardeia Pearl Harbor.*

11 DE DEZEMBRO DE 1941: *Adolf Hitler declara guerra aos Estados Unidos; no mesmo dia, os Estados Unidos declaram guerra à Alemanha e à Itália. Um mês depois, as primeiras forças americanas chegam à Europa, desembarcando na Irlanda do Norte.*

20 DE JANEIRO DE 1942: *Na Conferência de Wannsee, em Berlim, Reinhard Heydrich, diretor do Reich, apresenta a Solução Final, um plano para deportar os milhões de judeus remanescentes dos territórios conquistados pelos alemães para os campos de extermínio no leste.*

CAPÍTULO 28

Mila e Felicia

Arredores de Radom, Polônia sob ocupação alemã ~ março de 1942

Está quente dentro do vagão, a despeito do ar frio de março que entra pela janela aberta e fustiga suas bochechas. Mila e Felicia estão de pé faz mais de uma hora, pois não há lugar para sentar naquele vagão apertado, mas o clima em geral é descontraído, quase de empolgação. Sussurros de liberdade, de como ela será, de que gosto terá, circulam pelo vagão. Eles são os poucos afortunados, os quarenta e poucos judeus do gueto de Wałowa que integram a lista de médicos, dentistas, advogados — *os profissionais liberais mais instruídos de Radom* — selecionados para emigrar para os Estados Unidos.

No começo, Mila estava cética. Todos estavam. Os Estados Unidos haviam declarado guerra aos países do Eixo em dezembro. Eles enviaram tropas para a Irlanda em janeiro. Por que Hitler ofereceria um bando de judeus a um país que tinha se declarado inimigo? No entanto, ele enviara um grupo para a Palestina no mês anterior e, a despeito do que todos pensavam — que certamente aqueles judeus haviam sido enviados não para a Palestina, mas para a morte —, começaram a circular pelo gueto rumores de que eles chegaram a Tel Aviv em segurança. Assim, quando surgiu a oportunidade, Mila colocou rapidamente seu nome na lista. Ela acreditou: esta era a sua chance.

Felicia está de pé ao lado de Mila com os braços em volta de sua coxa, confiando no equilíbrio da mãe para manter o seu.

— O que tem agora, *mamusiu*? — pergunta ela.

Ela repete essa mesma pergunta toda hora. Felicia é muito pequena para conseguir enxergar pela janela.

— Só árvores, meu amor. Macieiras. Pastos.

De vez em quando, Mila ergue a menina até seu quadril para que ela possa ver lá fora. Mila explicou para onde estão indo, mas *Estados Unidos* não significa muita coisa para a mente de 3 anos e meio de Felicia.

— E o papai? — perguntou ela, quando a mãe lhe falou pela primeira vez do plano, e Mila quase ficou de coração partido de emoção.

Apesar de não ter lembranças do pai, Felicia ficou preocupada com a possibilidade de ele voltar para Radom e descobrir que ela e a mãe haviam desaparecido. Mila garantiu à filha, da melhor forma que pôde, que lhe enviariam um endereço assim que chegassem aos Estados Unidos, que Selim poderia encontrá-las lá ou que elas poderiam voltar para a Polônia quando a guerra terminasse.

— É só que agora — explicou Mila — não é seguro ficar aqui. — Felicia havia concordado, mas Mila sabia que era difícil para uma criança entender tudo aquilo. Ela mesma não fazia ideia do que esperar.

A única coisa que estava *completamente* clara era o quão perigoso o gueto passou a ser para Felicia. Escondê-la naquele saco de retalhos — e depois se afastar — foi uma das decisões mais difíceis que Mila já tomou na sua vida. Ela jamais se esqueceria da espera, fora da oficina, enquanto os soldados da ss revistavam tudo, rezando para que Felicia conseguisse ficar em silêncio como ela a havia instruído a fazer, rezando para que os alemães passassem pela menina sem notá-la, rezando para que tivesse tomado a decisão certa em deixar sua garotinha lá, sozinha. Quando os homens da ss se retiraram e ela e as outras trabalhadoras puderam voltar às suas mesas, Mila correu até a parede onde estavam os retalhos de tecido, quase histérica, e chorou lágrimas quentes e agradecidas quando puxou a filha, molhada e tremendo, de dentro do saco.

Mila jurou naquele dia na oficina que iria encontrar um lugar mais seguro para Felicia se esconder — algum lugar fora do gueto, onde a ss não pensaria em procurá-la. Alguns meses atrás, em dezembro, Mila enrolou a filha num colchão de palha e prendeu a respiração quando o deixou cair da janela do apartamento, no segundo andar. Seu prédio ficava nos limites do gueto. Isaac ficou esperando embaixo. Como integrante da Polícia Judaica, ele tinha permissão para sair do gueto. O plano era que levasse Felicia para a casa de uma família católica, onde ela poderia viver sob seus cuidados, passando-se por ariana. Felizmente, a aterrorizante queda de dois andares foi bem-sucedida. O colchão amorteceu o impacto, exatamente como planejado. Mila havia chorado muito ao ver Isaac se afastar, levando Felicia pela mão, paralisada por ter deixado sua filha aos cuidados de outra pessoa e, ao mesmo tempo, aliviada pela menina ter sobrevivido à queda. Qualquer lugar seria mais seguro que o gueto, onde as doenças se alastravam feito fogo em palha e onde, a cada dia, parecia que um judeu que não possuía os documentos apropriados, ou era muito velho, ou muito doente, era descoberto e morto — com um tiro na cabeça ou espancado e deixado para morrer na rua, para que todos pudessem ver. Ela havia tomado a decisão certa, repetiu Mila para si mesma, muitas e muitas vezes aquela noite, incapaz de dormir.

No dia seguinte, porém, Mila encontrou um bilhete de Isaac debaixo da porta do apartamento — "Oferta recusada", estava escrito. "Devolução do pacote às 22h." Mila jamais saberia o que tinha dado errado, se a família mudara de ideia ou se consideraram que Felicia tinha feições demasiadamente judaicas para se passar por filha deles. Às dez horas daquela noite, ela foi devolvida ao gueto, içada com uma corda de lençóis, pela mesma janela do segundo andar. Para piorar a situação, uma semana depois, com febre, Felicia foi diagnosticada com uma pneumonia grave. Mila nunca desejara tanto que Selim voltasse — ele certamente cuidaria melhor da filha que qualquer um dos médicos da clínica de Wałowa. A recuperação de Felicia foi lenta; por duas vezes, Mila achou que poderia perdê-la. No fim, foi o vapor de um ramo de eucalipto fervido que Isaac contrabandeou que finalmente desobstruiu a traqueia da menina, permitindo que respirasse de novo e ficasse curada.

Alguns dias depois de Felicia finalmente se recuperar, a ss anunciou que enviaria um seleto grupo de judeus de Wałowa para os Estados Unidos. E, agora, aqui estão elas. Mila tenta imaginar o que isso significa, *ser dos Estados Unidos*, vislumbrando casas aquecidas com despensas bem abastecidas, crianças saudáveis e felizes e ruas onde, sendo judeu ou não, seria livre para andar, trabalhar e viver como qualquer outra pessoa. Pousando a mão na cabeça de Felicia, ela observa as copas nuas das árvores passarem rápido pela janela do trem. A perspectiva de uma nova vida nos Estados Unidos é emocionante. Mas, é claro, também devastadora, pois significa deixar sua família para trás. Mila sente um nó na garganta. Dizer adeus aos seus pais no gueto quase acabou com sua determinação. Ela leva a mão ao estômago, onde a dor ainda é forte, como uma ferida recente. Ela se esforçara para tentar convencer os pais a colocar seus nomes na lista, mas eles recusaram.

— Não — disseram —, eles não vão querer levar um casal de velhos lojistas. Vá você — insistiram. — Felicia merece uma vida melhor que essa.

Em sua cabeça, Mila faz um inventário dos objetos de valor de seus pais. Só lhes restaram 20 zlotys e eles já venderam a maior parte de sua porcelana, seda e prataria. Eles têm um rolo de renda, que poderiam trocar, se fosse necessário. E, é claro, há a ametista — felizmente, Nechuma ainda não precisou se desfazer dela. E, melhor que qualquer riqueza, eles agora têm Halina. Ela e Adam se mudaram de volta para Radom não muito depois de Jakob e Bella chegarem. Graças a suas identidades falsas, eles vivem fora dos muros do gueto, e, com a ajuda de Isaac, de vez em quando conseguem contrabandear um ovo ou alguns zlotys para o lado de dentro. Seus pais também têm Jakob por perto. Seu plano, disse ele a Mila antes de ela partir, era conseguir um emprego na fábrica onde Bella trabalhava, fora da cidade. Ele estaria a menos de vinte quilômetros de distância e prometera verificar sempre como Sol e Nechuma estavam. Seus pais não estão sozinhos, lembra Mila a si mesma, e isso lhe traz algum conforto.

Um assobio forte vem de fora, os freios rangem. Mila espia pela janela, surpresa ao não ver nada além de um campo aberto dos dois lados da linha. *Um lugar estranho para fazer uma parada.* Talvez haja outro trem ao qual se juntarão para continuar a viagem até Cracóvia, onde, segundo lhes disseram, um grupo de americanos da Cruz Vermelha vai acompanhá-los até Nápoles. A porta é aberta e ela e os outros são obrigados a desembarcar. Fora do vagão, os olhos de Mila percorrem os trilhos que avançam diante deles. Não há nenhum trem. Seu estômago fica embrulhado. E, tão subitamente quanto ela percebe que há algo de errado, o grupo se vê cercado por muitos homens. Mila percebe de imediato que são ucranianos. Corpulentos, de cabelos escuros e peito largo, eles não se parecem nada com os alemães de pele clara e traços fortes que os empurraram para dentro do vagão, horas antes, em Radom. Os ucranianos gritam ordens e Mila aperta a mão de Felicia com mais força, compreendendo de imediato a situação terrível em que se encontram. É claro, como podia ter sido tão ingênua? Elas haviam se oferecido *voluntariamente* para isso, pensando se tratar de uma passagem para a liberdade. Felicia olha para ela de olhos arregalados e tudo o que Mila pode fazer é tentar evitar que seus joelhos fraquejem. Essa foi uma decisão sua. Ela as havia levado a essa situação.

O grupo é organizado em duas filas, então marcha por vinte metros campo adentro e recebe pás.

— Cavem! — grita um dos ucranianos em russo, colocando as mãos em concha ao redor da boca. Os raios de sol do fim da tarde refletem no metal do cano de seu fuzil. — Cavem ou a gente atira!

Enquanto os judeus começam a cavar, os ucranianos andam ao redor deles, em círculos, mostrando os dentes, como cães selvagens, gritando ordens e insultos.

— Vocês com crianças — grita um deles. Mila e os outros três com crianças ao lado olham para o soldado. — Trabalhem mais rápido. Vocês vão cavar dois buracos.

Mila pede a Felicia que se sente aos seus pés. Ela mantém o queixo baixado, com um olho sempre na filha. De vez em quando, ela olha para os outros. Algumas pessoas estão soluçando, com lágrimas escorrendo silenciosamente pelos rostos e pingando na terra abaixo delas. Outras parecem atordoadas, com os olhos vidrados, derrotados. Ninguém olha para a frente. Ninguém fala nada. O único som que preenche o ar leve de março é o do aço raspando a terra dura e fria. Em pouco tempo, as mãos de Mila estão feridas e sangrando e a base das suas costas está empapada de suor. Ela tira o casaco de lã e o coloca no chão ao seu lado. Em segundos, ele é recolhido e colocado numa pilha de roupas ao lado do trem.

Os ucranianos continuam a vigiá-los atentamente, certificando-se de que suas mãos estão se mexendo e seus corpos estão ocupados. Um oficial com uniforme de capitão fiscaliza a cena de seu posto ao lado do trem. Ele parece ser um alemão da ss. Obersturmführer, talvez — Mila havia começado a identificar as várias patentes militares nazistas por suas insígnias, mas ela está longe demais para saber com certeza que posto o sujeito ocupa. Seja lá o que ele for, é óbvio que é quem está dando as ordens. O que passou pela cabeça dele, pergunta-se Mila, quando foi designado para este trabalho? Ela faz uma careta quando o esforço que faz com o cabo da pá arranca mais um pedaço da pele, do tamanho de uma moeda, da palma de sua mão. *Ignore isso*, ordena a si mesma. Com o chão quase congelado, o progresso é lento. *Tudo bem*. Isso vai lhe dar mais alguns minutos na terra para passar com sua filha.

— *Mamusiu* — sussurra Felicia, puxando a perna da calça de Mila. Ela está sentada de pernas cruzadas, aos pés da mãe. — *Mamusiu*, olha.

Mila acompanha o olhar de Felicia. Um dos judeus no campo largou a pá e está caminhando em direção ao alemão no trem. Mila o reconhece. É o dr. Frydman, que antes da guerra era um conceituado dentista em Radom. Selim costumava se tratar com ele. Uma dupla de ucranianos também nota e engatilha seus fuzis, apontando para o sujeito. Mila prende a respiração. *Ele vai ser morto!* O capitão, no entanto, pede aos seus subordinados que baixem as armas.

Mila suspira.

— O que aconteceu? — sussurra Felicia.

— Shh-shh, *ma chérie*. Está tudo bem. — Mila respira, empurrando a lâmina da pá no solo com o pé. — Fica paradinha, tá bom? Aí mesmo, onde eu possa te ver. Eu te amo, minha menina querida. Fica perto de mim.

Mila observa o dr. Frydman conversar com o alemão. Ele parece estar falando rápido, tocando na bochecha com os dedos. Um minuto depois, o capitão acena e aponta para trás. O dr. Frydman acena com a cabeça e, em seguida, caminha rapidamente para um vagão vazio e sobe nele. *Ele havia sido poupado*. Mas por quê? Em Radom, os judeus do gueto eram sempre chamados para atender os alemães. Talvez, pensa Mila, o dr. Frydman tivesse feito algum trabalho dentário para o capitão, e o alemão se deu conta de que poderia precisar de seus serviços novamente.

O estômago de Mila se revira. Ela certamente não fez nenhum favor a eles. Seria melhor agarrar Felicia e correr para salvar suas vidas. Mila olha para as árvores, mas elas estão a duzentos metros da linha do trem. Não, elas não podem correr. Seriam fuziladas num instante.

Um vento forte levanta uma nuvem de poeira pelo campo e Mila se apoia na pá com os olhos ardendo, piscando, enquanto reflete sobre sua situação: nenhum favor a ser retribuído. Nenhum lugar para onde correr. Ela está de mãos atadas.

Enquanto sua mente está envolvida com o inevitável, o som de um tiro corta o ar. Mila se vira a tempo de ver um homem a uma fileira de distância dela tombar no chão. Será que ele tentou fugir? Mila cobre a boca e olha para Felicia imediatamente.

— Felicia! — Vê sua filha paralisada, com os olhos grudados no corpo que agora está deitado de bruços no chão, com sangue escorrendo pela parte de trás do crânio. — Felicia! — chama Mila outra vez.

Sua filha enfim se vira. Seus olhos estão arregalados, a voz abafada.

— *Mamusiu?* Por que eles...

— Querida, olha pra mim — implora Mila. — Olha pra mim, só pra mim. Vai ficar tudo bem.

Felicia está tremendo.

— Mas por que...

— Eu não sei, meu amor. Vem, senta mais perto de mim. Bem pertinho da minha perna, aqui, e olha pra mim, tá bom?

Felicia se arrasta para mais perto da perna da mãe e Mila busca rapidamente pela mão dela. Felicia estende a mão e Mila logo se abaixa para beijá-la.

— Está tudo bem — sussurra.

Quando ela se levanta, o ar é dominado por gritos.

— Quem vai ser o próximo a correr? — ameaça a voz. — Estão vendo? Vocês estão vendo o que acontece? Quem vai ser o próximo?

Felicia se vira para a mãe com os olhos cheios de lágrimas e Mila morde o lado interno das bochechas para não desmoronar. Ela não pode chorar, não agora, não na frente da filha.

CAPÍTULO 29

Jakob e Bella

Fábrica Armee-Verpflegungs-Lager (AVL), arredores de Radom,
Polônia sob ocupação alemã ~ março de 1942

Quando se aproxima da entrada da fábrica, Jakob acena com um lenço.
— *Schießen Sie nicht!* Não atirem! — grita, ofegante, com a voz
entrecortada.

Ele correu quase dezoito quilômetros carregando a mala e a câmera para
chegar até lá e está terrivelmente fora de forma. Os músculos do seu braço
direito vão passar uma semana doloridos e as solas dos pés estão inflamadas
e inchadas por causa da jornada, mas ele ainda não percebeu isso.

Um guarda da ss coloca a mão em sua pistola e olha para Jakob com os
olhos semicerrados.

— Não atire — pede Jakob outra vez, quando chega perto o suficiente do
guarda para lhe entregar sua identidade. — Por favor, eu estou aqui para ver
a minha esposa. Ela... — Ele olha para a adaga pendurada por uma corrente
no cinto do guarda e, de repente, sua língua fica presa. — Elaestamesperan-
do. — A frase sai como uma única e longa palavra.

O guarda examina os documentos de Jakob. Eles são verdadeiros; no
gueto e aqui na fábrica, não faz sentido se passar por alguém que ele não é.

— De onde — pergunta o guarda, examinando a identidade de Jakob,
ainda que isso seja mais uma afirmação que uma pergunta.

— Radom.

— Idade.

— Vinte e seis.

— Data de nascimento.

— Primeiro de fevereiro de 1916.

O guarda interroga Jakob até ter certeza de que ele é o jovem que seus papéis dizem ser.

— Onde está o seu *ausweis*?

Jakob engole em seco. Ele não tem uma autorização para sair do gueto.

— Eu solicitei um, mas... Por favor, eu estou aqui pela minha esposa... São os pais dela, eles estão muito doentes. Ela precisa saber. — Jakob se pergunta se sua mentira é tão óbvia quanto ele sente em sua língua. O guarda, certamente, vai perceber. — Por favor — implora Jakob. — É terrível. — Uma camada de suor se acumulou sobre sua sobrancelha e brilha sob o sol do meio-dia.

O guarda olha duramente para ele por um instante.

— Fique aqui — resmunga finalmente, apontando com os olhos para o chão antes de sumir por uma porta sem identificação.

Jakob obedece. Ele apoia a mala aos seus pés e espera, torcendo o chapéu de feltro nas mãos. A última vez que viu Bella foi há cinco meses, em outubro, pouco antes de ela ser designada para trabalhar na fábrica Armee-Verpfle-gungs-Lager, à qual todos se referiam apenas como AVL. Naquela época, eles estavam morando com os pais dela no gueto de Glinice, na rua da fábrica. Bella ainda estava arrasada. Os dias eram longos e tristes e havia pouco que ele pudesse fazer para consolá-la, enquanto ela descia às profundezas do desespero pela perda da irmã. Jakob jamais se esqueceria do dia em que ela partiu. Ele ficou em pé na entrada do gueto, com os dedos em torno das barras do portão, vendo-a ser escoltada para um caminhão que aguardava. Bella se virou antes de subir, com uma expressão pesada de tristeza, Jakob lhe mandou um beijo e a viu, através de seus olhos marejados, levar a mão aos lábios; ele não sabe se para devolver o beijo ou para evitar o choro.

Pouco depois que Bella foi para a fábrica, Jakob pediu para ser transferido para o gueto de Wałowa, para que pudesse viver com seus pais. Ele e Bella mantiveram contato por carta. Ler as palavras dela trouxe um pouco de paz a Jakob. Ela mal falava desde que Anna havia desaparecido, mas, ao que parece, colocar a caneta no papel era mais fácil para ela. Na AVL, disse

Bella, ela foi incumbida de consertar botas de couro e coldres danificados do *front* alemão. "Você deveria se juntar a mim", ela o convenceu em sua carta mais recente. "O supervisor daqui é suportável. E há muito mais espaço nos barracões da fábrica do que no gueto. Estou com saudades. Por favor, venha."

Quando leu essas palavras — *Estou com saudades* —, Jakob soube que encontraria um jeito de estar com ela. Isso poderia significar deixar seus pais, mas eles tinham Halina para cuidar deles. E identidades falsas, se precisassem delas. Um pequeno estoque de batata, farinha e um pouco de repolho que sua mãe havia estocado antes do inverno. A ametista. Ele estaria por perto. Dezoito quilômetros. Ele poderia escrever para os pais, visitá-los, se precisasse, argumentou.

Havia também seu trabalho, no entanto, e a perspectiva de deixá-lo era intimidadora. No gueto, um trabalho era a tábua de salvação — se você fosse qualificado o bastante para trabalhar, você era, na maioria dos casos, digno de permanecer vivo. Quando os alemães descobriram que Jakob sabia operar uma câmera, o designaram fotógrafo. Todas as manhãs, ele tinha permissão para sair pelos arcos dos portões de Wałowa para tirar fotos de tudo o que seu supervisor pedisse — armas, arsenais, fardas e, algumas vezes, até mulheres. De vez em quando, seu supervisor recrutava garotas polonesas loiras que, por alguns zlotys ou um jantar, estavam mais do que dispostas a posar para Jakob vestindo apenas uma pele esfarrapada, que era guardada com essa finalidade. Quando ele retornava para casa, no fim do dia, entregava seu filme, sem fazer ideia de quem eventualmente iria ver aquelas fotos ou por quê.

Hoje, porém, seria diferente. Ele tinha recebido sua missão, como sempre, mas saiu do escritório de seu supervisor com alguns cigarros Yunak e uma tarefa que não iria cumprir. Se ele for obrigado a voltar para Wałowa com o rolo de filme não usado, seu plano provavelmente irá lhe custar a vida.

Jakob consulta seu relógio. São duas da tarde. Em três horas, seu chefe vai dar por sua falta.

A porta da fábrica se abre e Bella aparece, vestindo a mesma calça azul-marinho e a mesma camisa branca que estava usando quando partiu. Um lenço amarelo cobre quase todo seu cabelo, deixando de fora apenas uma pequena linha. Ela sorri quando o vê, e o coração de Jakob se aquece. Um sorriso.

— Olá, meu raio de sol — cumprimenta ele. Os dois se abraçam rapidamente.

— Jakob! Eu não sabia que você estava vindo.

— Eu sei, me desculpa, eu não queria...

Jakob faz uma pausa e Bella acena com a cabeça, mostrando que entendeu. Suas cartas estão sendo censuradas há meses. Teria sido tolice escrever e lhe contar a ela sobre seus planos.

— Eu vou falar com o supervisor — avisa Bella, olhando para trás, para o guarda, parado a alguns metros dela. — Sua irmã conseguiu sair?

Na última carta, Jakob contou a Bella sobre o plano de Mila de se mudar para os Estados Unidos.

— Ela partiu hoje de manhã — diz ele. — Ela e Felicia.

— Que bom. Isso é um alívio. Estou feliz por você ter vindo, Kuba. Fique aqui.

O guarda a segue de volta para dentro e Jakob se lembra, um segundo atrasado, dos cigarros — ele tinha a intenção de passá-los para as mãos de Bella, para que ela pudesse usá-los como suborno. Ele se amaldiçoa em silêncio e fica mais uma vez esperando do lado de fora, no frio, com o chapéu na mão.

Dentro da fábrica, Bella se dirige à mesa do supervisor, o oficial Meier, um alemão de ossos largos, testa grande e um bigode grosso e bem cuidado.

— Meu marido veio do gueto — começa ela, decidindo que é melhor ir direto ao ponto. Bella agora já é fluente em alemão. — Ele está aqui, do lado de fora. É um trabalhador excelente, Herr Meier. Ele tem boa saúde, é muito responsável. — Bella faz uma pausa. Judeus não pedem favores a alemães, mas ela não tem escolha. — Por favor, eu lhe imploro, o senhor poderia conseguir um emprego para ele aqui na fábrica?

Meier é um homem decente. Nos últimos três meses, ele tem sido bom para Bella — permitiu que ela fizesse sua refeição depois do pôr do sol no Yom Kipur, que de vez em quando visitasse os pais no gueto de Glinice, que ficava perto da fábrica. Bella é uma operária eficiente — quase duas vezes mais produtiva que a maioria dos outros na fábrica. Talvez seja por isso que ele a trate bem.

Meier passa o polegar e o indicador sobre o bigode. Ele encara Bella, como se procurasse alguma motivação oculta.

Bella retira da corrente em seu pescoço o broche de ouro que Jakob lhe dera havia muito tempo.

— Por favor — pede ela, soltando a rosinha minúscula com uma pérola incrustada e oferecendo-a para Meier. — Isso é tudo o que eu tenho. Pode ficar. — Bella aguarda, com o braço estendido. — Por favor, o senhor não vai se arrepender.

Meier finalmente se inclina para a frente, apoiando os antebraços na mesa, e seus olhos se encontram com os dela.

— *Kurch* — começa ele, com seu forte sotaque alemão. — Guarde isso, *Kurch*. — Ele suspira e balança a cabeça. — Eu vou fazer isso por você, mas não vou fazê-lo por mais ninguém. — Ele se vira para o guarda que está esperando de pé próximo à porta do escritório. — Vá lá, deixe o sujeito entrar.

CAPÍTULO 30

Mila e Felicia

Arredores de Radom, Polônia sob ocupação alemã ~ março de 1942

O monte de terra ao lado do que Mila sabe que será seu túmulo já está com meio metro de altura.

— Mais fundo — grita um ucraniano ao passar perto para verificar.

As palmas das mãos de Mila agora estão cobertas de sangue, seu tronco encharcado de suor, apesar do frio de março. Ela tira o suéter e o coloca sobre os ombros de Felicia e enrola apertado seu lenço na mão direita, a mais dolorida das duas. Pressionando a parte de cima da pá com a sola do sapato, Mila ignora a dor e olha outra vez para os trilhos para observar a cena.

O capitão continua de braços cruzados em frente ao trem. Alguns vagões adiante, doze ucranianos que parecem entediados tiraram seus chapéus e mexem neles com o fuzil pendurado às costas. Alguns chutam pedrinhas no chão. Outros conversam, os ombros balançando por causa de alguma coisa engraçada que um deles disse. *Bárbaros.* Outros dois judeus haviam se juntado ao dr. Frydman — aparentemente, eles também haviam prestado favores especiais e foram poupados. Cerrando os dentes, Mila levanta outro monte de terra do buraco aos seus pés e o despeja no topo do monte.

— Olha — sussurra alguém atrás dela.

Uma jovem loira largou a pá. Ela caminha apressada para os trilhos, na direção do alemão. Está empertigada, o sobretudo preto apertado na cintura, com o tecido ondulando como um rabo atrás dela. O coração de Mila dispara, pois a cena a faz se lembrar da irmã, Halina, a única outra mulher que ela conhece capaz de ser insolente assim. Os outros começam a sussurrar e a apontar. Um dos ucranianos ao lado do trem ergue o fuzil, apontando para ela. Os outros o acompanham. A jovem fugitiva levanta as mãos.

— Não atirem! — grita ela em russo, acelerando o passo enquanto se aproxima deles.

Os ucranianos engatilham suas armas e Mila prende a respiração. Felicia também olha. Os atiradores olham para o alemão, esperando sua aprovação, mas o capitão inclina o queixo e fixa o olhar na pequena e destemida judia que se aproxima. Ele balança a cabeça e diz algo que Mila não consegue entender, então os ucranianos baixam suas armas lentamente.

Quando a jovem chega aos trilhos, Mila consegue ter um vislumbre de sua aparência. É bonita, com traços finos e pele cor de porcelana. Mesmo de longe, é fácil perceber que seu cabelo tem um tom de loiro que só pode ser natural. Cabelos oxigenados, que haviam se tornado comuns no gueto — qualquer coisa pare se parecer menos judeu —, eram fáceis de identificar. Mila observa enquanto a mulher gesticula casualmente com uma das mãos, enquanto a outra fica apoiada no quadril, e diz alguma coisa que faz o alemão rir. Mila se surpreende. Ela o conquistou. *Fácil assim.* O que teria oferecido? Sexo? Dinheiro? Mila fica irritada com uma mistura de repugnância pelo capitão e ciúme da bela e inabalável loira.

Um guarda próximo a eles grita e os judeus voltam em silêncio a cavar. Mila tenta se imaginar com uma expressão ousada e provocativa enquanto atravessa a campina. Mas ela é uma mãe, pelo amor de Deus, e, mesmo quando jovem, nunca tivera o talento de Halina para flertar. Ela levaria um tiro antes mesmo de chegar até o trem. E, se conseguisse chegar até o alemão, o que poderia dizer para seduzi-lo a salvá-la? *Eu não tenho nada para...*

Então, de repente, ela tem uma ideia. Mila se empertiga.

— Felicia! — sussurra. Felicia olha para cima, surpresa com a intensidade em sua voz. Mila fala baixo para que os outros não a escutem. — Olha nos meus olhos, meu amor. Você está vendo aquela mulher lá, do lado do trem?

Mila olha para o vagão e os olhos de Felicia a seguem. Ela faz que sim com a cabeça. A respiração de Mila é curta. Ela está tremendo. *Não há tempo para reconsiderar. Você colocou sua filha nessa situação; você pode pelo menos tentar tirá-la disso.* Mila se ajoelha por um instante, fingindo tirar uma pedrinha do sapato, para que ela e Felicia fiquem cara a cara. Ela fala devagar.

— Eu quero que você corra para ela e finja que ela é a sua mãe. — Felicia franze a testa, juntando as sobrancelhas, confusa. — Quando você chegar até ela — prossegue Mila —, se agarra nela e não solta.

— Não, *mamusiu*...

Mila coloca um dedo sobre os lábios da filha.

— Está tudo bem, você vai ficar bem. Só faz o que eu estou dizendo.

Os olhos de Felicia se enchem de lágrimas.

— *Mamusiu*, você vem também? — Sua voz é quase inaudível.

— Não, querida, agora, não. Eu preciso que você faça isso sozinha. Você compreende? — Felicia faz que sim com a cabeça e olha para baixo. Mila ergue o queixo de Felicia, para que sua filha olhe novamente nos seus olhos. — *Tak?*

— *Tak* — sussurra Felicia.

Mila mal consegue respirar. Seus pulmões estão sufocados pela tristeza nos olhos da filha, pelo plano que está prestes a se desenrolar. E, da forma mais veemente que consegue, instrui:

— Se o homem perguntar, aquela mulher é *twoja mamusia*. Tá bom?

— *Moja mamusia* — repete Felicia, mas as palavras têm um gosto estranho e errado em sua boca, como algo envenenado.

Mila se levanta e olha mais uma vez para a mulher ao lado do trem, que agora parece estar contando uma história. Ela retira seu suéter dos ombros de Felicia.

— Vai agora, meu amor — murmura, apontando para o trem com a cabeça.

Felicia se levanta e a encara, implorando com os olhos — *não me obrigue a fazer isso!* Mila se abaixa e dá um beijo breve na testa de Felicia. Quando se levanta, apoia-se na pá. Ela não sente as pernas e, de repente, tudo parece estar errado. Mila abre a boca, todas as partes em seu ser que fazem dela mãe lhe provocam um aperto na garganta, implorando para que mude de ideia. Porém, ela não pode fazer isso. Não há outro plano. Isso é tudo o que tem.

— Vai! — ordena Mila. — Rápido!

Felicia se vira para o trem, olha para trás e Mila acena novamente.

— Agora! — sussurra.

Quando Felicia corre, Mila tenta voltar a cavar, mas está paralisada do pescoço para baixo, e tudo o que consegue fazer é assistir, sem fôlego, à cena que orquestrou se desenrolar diante dela em câmera lenta. Por alguns intermináveis segundos, ninguém parece perceber aquele corpinho correndo pelo campo. Felicia percorreu um terço do caminho para o trem quando um ucraniano finalmente a avista e aponta. Os outros olham. Um deles grita uma ordem que Mila não consegue entender e ergue o fuzil. De repente, todos os pares de olhos no campo estão vidrados no pequeno corpo de sua filha, observando enquanto ela corre, levantando muito os joelhos, de braços abertos, parecendo estar sem equilíbrio, como se pudesse cair a qualquer momento.

— *Mamusiu!*

O grito de Felicia corta o ar rarefeito, agudo, estridente, desesperado. Ainda que estivesse esperando por isso, ouvir sua filha chamar a jovem loira de *mãe* partiu o coração de Mila. Seu olhar passa de Felicia para o alemão e para o ucraniano com o fuzil erguido, esperando aprovação.

— *Mamo! Mamo!* — grita Felicia repetidas vezes, enquanto se aproxima dos trilhos.

O alemão olha para Felicia, balançando a cabeça, aparentemente confuso. A jovem olha para a menina e depois para trás. Ela também está confusa. Os ucranianos em volta viram a cabeça, vasculhando o campo, tentando descobrir de onde a criança teria vindo. *Não ousem apontar para mim*, ordena, grata por ainda não ter começado a cavar um segundo buraco, para Felicia. Ninguém se mexe. Depois de mais alguns longos segundos, Felicia chega até o trem e seus gritos se dissipam quando ela abraça as pernas da bela loira, enterrando o rosto no sobretudo dela.

Mila sabe que deve voltar ao trabalho, mas não consegue desviar o olhar quando a jovem olha para baixo, para a criança que está agarrada às suas coxas. A mulher observa o campo e olha para Mila, que move os lábios sem emitir nenhum som. *Por favor, por favor, por favor; fique com ela. Coloque-a no colo. Por favor.* Mais um segundo se passa. E outro. Finalmente, a mulher se abaixa e coloca Felicia no colo. Ela diz algo inaudível, põe a mão na nuca da menina e dá um beijo em sua bochecha. Os ucranianos se entreolham, depois olham para os judeus que estavam vendo e estão voltando ao trabalho.

Mila suspira, olha para baixo, recupera o equilíbrio. *Está tudo bem. Você pode respirar agora*, diz a si mesma. Quando olha novamente, Felicia está com os braços envolvendo o pescoço da jovem e com a cabeça deitada no ombro dela, suas costelas ainda sobem e descem com a respiração acelerada pelo esforço da corrida.

— Tirem as roupas! Tudo! Agora!

Os judeus olham ao redor, em pânico. Lentamente, largam suas pás e começam a desamarrar o cadarço dos sapatos, soltar o cinto das calças, abrir o zíper das saias. Mila segura o primeiro botão de sua blusa, seus dedos tremem. Alguns dos outros já estão seminus, tremendo com suas peles pálidas contrastando com a terra marrom sob seus pés.

— Rápido!

Os judeus tentam debilmente cobrir sua nudez com as mãos enquanto os ucranianos se inclinam para pegar as roupas. Mila se recusa a se despir. Ela sabe que não vai demorar muito até alguém perceber isso e forçá-la a tirar a roupa, mas, no momento em que sua blusa se for, tudo estará terminado. Sua filha verá a mãe dela ser baleada diante de seus olhos. Ela gira a aliança no dedo e, por um breve instante, concede a si mesma o direito de se lembrar de quando Selim colocou ali aquele anel grosso de ouro, do quão cheios de esperanças eles estavam — então ela tem uma ideia.

Sem hesitar, Mila dispara em direção ao trem, correndo pela terra esburacada, seguindo os passos da filha. Ela corre tão rápido quanto suas pernas conseguem levá-la. Montes de terra recém-cavada, sepulturas sombrias, soldados fardados e corpos de carnes brancas se misturam num borrão enquanto ela corre, os olhos fixos não em sua filha, mas na única pessoa que pode salvá-la — o alemão. Mila se dá conta de que, a qualquer momento, um fuzil vai disparar, uma bala vai mandar seu corpo ao chão. Com a visão em túnel, ela conta os segundos passando para se manter calma. *Alcance o trem*, ordena ela, com o ar gelado ardendo em seus pulmões, o esforço queimando suas panturrilhas. A jovem perto do trem, ainda segurando Felicia, se virou para que a menina não pudesse ver Mila se aproximando.

E então, de algum modo, milagrosamente, os vinte metros ficaram para trás. Mila está perto do trem, ilesa, de pé ao lado do alemão, ofegante, com as pernas tremendo enquanto enfia sua aliança na palma da mão dele.

— Muito caro — avisa ela, tentando recuperar o fôlego, tentando não fazer contato visual com Felicia, que se virou com o som de sua voz.

O capitão olha para Mila, gira o anel de ouro nos dedos, morde-o. Mila vê que pelas listras prateadas em seus ombros ele é um Hauptsturmführer. Ela queria ter curvas mais generosas, ou lábios mais grossos, ou algo divertido ou sedutor para dizer que pudesse convencê-lo a poupá-la, mas não tem. Tudo o que ela tem é a aliança.

Um fuzil é disparado. Os joelhos de Mila se dobram e, instintivamente, ela cobre a nuca com as mãos. Agachada, ela olha por entre os cotovelos. O tiro, percebe, não era para ela, mas para outra pessoa no campo. Desta vez, uma mulher. Como Mila, ela havia tentado fugir. Mila se levanta devagar e olha imediatamente para Felicia. A mulher que ela chamou de mãe havia coberto os olhos da menina pouco antes com a mão livre e está sussurrando alguma coisa em seu ouvido. O coração de Mila se enche de gratidão. Os ucranianos gritam quando chegam até sua última vítima, que, em seguida, desaparece após um dos soldados chutar seu cadáver para dentro de um buraco.

— Uma maldita comoção — comenta o alemão, colocando a aliança de Mila no bolso. — Espere aqui — vocifera ele, deixando as mulheres a sós ao lado do trem.

Ainda com a respiração pesada, Mila olha para a jovem de cabelos loiros.

— Obrigada — sussurra, e a mulher acena com a cabeça. Felicia se vira e dá de cara com Mila.

— *Mamusiu* — sussurra ela, com uma lágrima escorrendo pela curva de seu nariz.

— Shhh, shhhh, está tudo bem — sussurra Mila. É o máximo que pode fazer em vez de pegar a filha e envolvê-la num abraço. — Eu estou aqui agora, meu amor. Está tudo bem. — Felicia se esconde novamente sob a lapela do casaco da estranha.

No campo, os soldados continuam gritando.

— Formem uma fila! — ordenam. Suas vozes são frias, neutras.

Quando os judeus se postam trêmulos ao lado de suas sepulturas, o Hauptsturmführer manda os ucranianos também formarem uma linha.

— Venha — chama Mila, passando um braço ao redor da cintura da mulher.

Elas se apressam para entrar no vagão quase vazio e se juntar aos outros que foram poupados. Assim que estão fora do campo de visão dos soldados, Mila pega Felicia nos braços e a abraça, devorando seu calor, o cheiro de seu cabelo, o toque de sua bochecha na dela. O grupo se amontoa num canto, de costas para o campo. Eles ouvem os choros lá fora. Mila puxa a cabeça de Felicia para o peito, cobrindo o ouvido dela com a mão na tentativa de impedir que a menina ouça.

Felicia fecha os olhos com força, embora saiba exatamente o que está prestes a acontecer. E, ao som do primeiro estalo abafado, alguma coisa em sua mente de 3 anos e meio entende que ela nunca vai se esquecer desse dia — o cheiro da terra fria e impiedosa; a maneira como o chão tremeu quando o homem da outra fila tentou fugir; o modo como o sangue dele escorreu pelo buraco em sua cabeça, como a água de um jarro virado; a dor em seu peito enquanto corria, como nunca tinha corrido, em direção a uma mulher que nunca tinha visto antes. E, agora, o som de tiros sendo disparados, um após ou outro, de novo e de novo.

CAPÍTULO 31

Addy

Rio de Janeiro, Brasil ~ março de 1942

Desde que chegou ao Brasil, em agosto, Addy percebeu que a melhor forma de evitar a angústia da incerteza, de ficar pensando muito naquele universo alternativo que deixou para trás, é estar sempre em movimento. Caso se mantenha ocupado o suficiente, consegue ver o Rio como ele realmente é. Ele é capaz de apreciar o granito e as árvores que cobrem os morros da cidade, ramificações da serra do Mar, que se projeta por trás do belo litoral; o onipresente cheiro de bacalhau frito, as estreitas e movimentadas ruas de paralelepípedos do Centro, onde fachadas coloridas do período colonial português ficam ao lado de modernos arranha-céus comerciais; os jacarandás-mimosos que florescem quando o calendário indica que é outono, mas que, na prática, é primavera no Brasil.

Desde que chegaram, Addy e Eliska passaram quase todos os fins de semana explorando as ruas de Ipanema, Copacabana, Leme e Urca, sendo conduzidos pelos seus olfatos para os vários vendedores, que oferecem de tudo, de pamonhas a espetinhos de camarão, de refeições saborosas a queijo coalho grelhado. Quando passam em frente a uma roda de samba, Addy anota o endereço no caderno e eles voltam mais tarde, à noite, para beber caipirinhas com os locais, que eles descobriram ser muito amistosos, e para ouvir uma música que soa sempre nova, animada e diferente de tudo o que eles já ouviram antes. Na maioria das noites, Eliska paga a conta.

260

Quando está sozinho, a vida de Addy é consumida por preocupações de ordem prática, como se ele conseguirá ou não pagar o aluguel do mês seguinte. A permissão para trabalhar levou quase sete meses para sair. Durante esses meses, Addy lutou pelo seu sustento fazendo biscates pelos quais era pago informalmente, primeiro como encadernador e, depois, numa agência de publicidade, onde foi contratado como desenhista. Não recebia bem pelos serviços, porém sem uma permissão oficial para trabalhar, havia pouco que pudesse fazer a não ser esperar. Dormia no chão de seu apartamento conjugado de vinte e cinco metros quadrados em Copacabana, deitado num tapete de algodão (um presente que ganhou depois de fazer uma instalação elétrica na casa de um amigo), até finalmente conseguir economizar o suficiente para comprar um colchão. Tomava banho nos chuveiros de um banheiro público na praia de Copacabana até poder pagar a conta de água. Ele descobriu uma madeireira na Zona Norte da cidade em que podia comprar sobras de madeira bem barato, e assim foi capaz de construir a estrutura de sua cama, uma mesa, duas cadeiras e algumas prateleiras. Numa feira em São Cristóvão, convenceu um vendedor a lhe vender um conjunto de pratos e talheres pelo preço que podia pagar. No mês passado, mesmo com Eliska insistindo para que ele fosse se empanturrar com um banquete numa churrascaria, ele preferiu comprar algo que desejava muito e que duraria mais — um rádio Super Six Crosley. Addy o comprou usado. Estava quebrado e, para sua sorte, custava menos do que valia. Ele demorou vinte minutos para desmontá-lo e descobrir qual era o defeito — bem simples, na verdade, apenas um resistor de carvão queimado. De fácil conserto. Ele agora ouve rádio religiosamente. Escuta o noticiário da Europa, e, quando as notícias ficam sombrias demais, gira o seletor de estação até encontrar música clássica para acalmá-lo.

Assim como fazia na ilha das Flores, Addy acorda cedo no Rio e começa seus dias com exercícios matinais, que ele faz em cima do tapete, ao lado da cama. Hoje, não são nem sete da manhã e ele já está suando. É fim de verão no Rio e faz muito calor, mas ele aprendeu a gostar dessa sensação. Deitado de costas, pedalando no ar para se exercitar, ouve as portas de metal dos cafés e das bancas de jornal serem erguidas na avenida Atlântica, três andares abaixo. A um quarteirão dali, ao leste, um sol escaldante que se ergue sobre o Atlântico atinge as areias brancas da praia de Copacabana. Em poucas horas, a enseada em forma de meia-lua estará tomada pela costumeira multidão dos sábados: mulheres bronzeadas em maiôs justos, estendidas sobre toalhas junto a guarda-sóis vermelhos, e homens usando sungas curtas jogando partidas de futebol intermináveis.

— *Eins, zwei, drei...* — conta Addy, com as mãos na nuca para apoiar a cabeça, enquanto vira o tronco da esquerda para a direita, fazendo com que os cotovelos encostem nos joelhos.

Certa vez, Eliska perguntou por que ele sempre contava em alemão. "Com tudo o que está acontecendo na Europa...", comentou ela, inclinando-se sobre a cama para observá-lo, intrigada. Addy não tinha uma explicação para isso, a não ser pelo fato de que, quando imaginava um sargento durão estimulando-o a completar os exercícios, a imagem que lhe ocorria era a de um alemão de queixo quadrado.

Depois de terminar a série de abdominais, Addy se levanta, segura firme a barra de madeira que está pendurada no alto da porta, conta dez flexões de braço e então deixa o corpo relaxado se balançar, apreciando a sensação de alongar a coluna. Satisfeito, toma um banho rápido, depois veste uma bermuda de linho, uma camiseta branca com gola em v, tênis de lona e um chapéu-panamá. Pendura os óculos de sol de armação de metal no v da gola da camiseta, em seguida pega um envelope na cama, enfia no bolso de trás da bermuda e sai do apartamento, trancando a porta ao sair.

— *Bom dia!* — cantarola Addy sob o toldo de sua casa de sucos preferida na rua Santa Clara, com a camiseta já colada nas costas por causa do suor. Atrás do balcão, Raul está radiante.

Addy conheceu Raul durante uma pelada um dia desses na praia.

— Você não é daqui, é? — Raul tinha dado uma risada ao ver o peito pálido de Addy.

Mais tarde, depois de descobrir que ele nunca havia comido goiaba, insistiu que visitasse sua casa de sucos no dia seguinte. Desde então, Addy tem se esforçado para passar por lá sempre que pode. Ainda não conseguiu provar todos os sabores disponíveis no cardápio. Manga. Mamão. Abacaxi. Maracujá. O Rio tem um sabor totalmente diferente do de Paris.

— *Bom dia! Tudo bem?*

— *Tudo bem* — responde Addy. Ele já sabe português fluentemente. — *E você?*

— Não posso reclamar, meu amigo. O sol está brilhando e está fazendo um calor dos infernos, o que significa que vou ter um dia cheio de trabalho. Vamos ver — diz Raul consigo mesmo, olhando para os produtos arrumados no balcão diante dele. — Ah! Hoje eu tenho uma coisa especial para você, acabou de chegar: açaí. É muito bom para a saúde, uma especialidade brasileira. Não fique assustada com a cor.

Eles conversam enquanto Raul prepara o suco de Addy.

— Então, para onde você vai hoje? — pergunta Raul.

— Hoje eu vou comemorar — responde Addy, triunfante.

Raul espreme o suco de uma laranja e mistura à polpa roxa do açaí no copo de Addy.

— É? O que você está comemorando?

— Você sabe que a minha permissão para trabalhar finalmente chegou, não é? Bem, eu consegui um emprego. Um emprego de verdade.

Raul ergue a sobrancelha. Ele levanta o copo que está segurando.

— *Parabéns!*

— Obrigado. Daqui a uma semana eu começo a trabalhar em Minas Gerais. Eles querem que eu more lá por uns meses, então nesse fim de semana vou me despedir de você por enquanto, meu amigo, e do Rio.

Addy tinha ouvido falar do emprego no interior do Brasil alguns meses atrás. O projeto, chamado Rio Doce, envolvia a construção de um hospital num pequeno povoado. Ele havia se candidatado imediatamente para o cargo de engenheiro eletricista-chefe, mas, quando se encontrou com os gerentes do projeto, eles não puderam contratá-lo, alegando que, sem a documentação exigida, estavam de mãos atadas.

— Melhore o seu português e volte quando tiver uma permissão para trabalhar — disseram eles.

Na semana anterior, no dia em que sua permissão foi liberada, Addy entrou em contato com os gerentes e eles o contrataram na mesma hora.

— Vamos sentir a sua falta em Copacabana — diz Raul, virando-se para pegar uma banana atrás dele e, em seguida, jogá-la para Addy. — Por minha conta — diz, dando uma piscadela.

Addy agarra a banana e coloca uma moeda sobre o balcão. Então experimenta o açaí.

— Ahh — diz ele, lambendo o suco roxo de seu lábio superior. — Maravilhoso. — Uma fila tinha começado a se formar atrás dele. — Você é um homem popular — comenta Addy, virando-se para ir embora. — Vejo você daqui a alguns meses, *amigo*.

— *Tchau!* — grita Raul, quando Addy está saindo da loja.

Addy coloca a banana no bolso de trás, ao lado do envelope, e olha para o relógio enquanto caminha pela rua Santa Clara. Ele tem o dia livre para passear até as três, quando vai se encontrar com Eliska na praia de Ipanema para dar um mergulho. De lá, eles vão jantar na casa de um amigo que fizeram há algumas semanas num bar que tinha uma roda de samba, na Lapa. Mas, antes, ele precisa enviar sua carta.

Os funcionários da agência dos correios em Copacabana já o conhecem. Ele passa por ali toda segunda-feira, com um envelope endereçado à casa de seus pais na rua Warszawska e para perguntar se chegou alguma correspondência para ele. Até agora, a resposta tem sido um simpático e constante *não*. Já se passaram dois anos e meio desde que recebeu notícias de Radom pela última vez. Por mais que tente não pensar nisso, suas idas à agência dos correios são um lembrete constante. À medida que as semanas e os meses se passam, a agonia de imaginar o que teria acontecido com sua família aumenta. Em certos dias, isso o faz perder o apetite e causa uma dor constante em seu estômago, que dura a noite inteira. Em outros, ela envolve o peito como um arame e ele tem certeza de que, a qualquer momento, a carne se romperá, rasgando seu coração em pedaços. As manchetes do jornal só aumentam sua ansiedade: trinta e quatro mil judeus mortos nos arredores de Kiev, cinco mil mortos na Bielorrússia e milhares na Lituânia. Essas matanças são enormes, muito maiores que qualquer outro pogrom; os números são terríveis demais para serem concebidos. Se Addy pensar muito nisso, ele vai acabar imaginando os pais, os irmãos e as irmãs como parte dessas estatísticas.

O Brasil também está se preparando para a guerra. Vargas, que, como Stalin, mudou de lado e agora é leal aos Aliados, enfrentou submarinos alemães ao longo da costa do Atlântico Sul, enviou suprimentos de ferro e borracha para os Estados Unidos e, em janeiro, autorizou a construção de bases aéreas norte-americanas no litoral do Nordeste. O envolvimento do Brasil na guerra é real, mas Addy muitas vezes se espanta em como ele poderia sequer saber disso no Rio. Assim como em Paris nos dias que antecederam a guerra, aqui há vida e música. Os restaurantes estão cheios, as praias, lotadas, as rodas de samba, pulsantes. Às vezes Addy deseja conseguir se desconectar, assim como os locais. Mergulhar em seu ambiente e se esquecer completamente da guerra, daquele mundo intangível de morte e destruição que está desmoronando a nove mil quilômetros de distância dali. Porém, tão rapidamente quanto esse pensamento surge, ele repreende a si mesmo, tomado pela vergonha. Como ousa parar de prestar atenção? O dia em que ele se desconectar, no dia em que aceitar, será também o dia em que vai se resignar a uma vida sem uma família. Essa atitude significaria considerá-los mortos. E, assim, ele se mantém ocupado, se distrai com o trabalho e com Eliska, mas nunca se esquece.

Addy tira a carta do bolso de trás e passa os dedos no antigo endereço em Radom pensando em sua mãe. Em vez de imaginar o pior, sua mente o leva a recriar o mundo que perdeu. Ele pensa em como, aos domingos, dia de folga da cozinheira, Nechuma preparava um banquete para a família, deixando cuidadosamente sementes de cominho caírem entre seus dedos sobre uma mistura de repolho-roxo e maçãs. Ele se lembra de como, quando era pequeno, toda vez que entravam ou saíam do apartamento, ela o erguia para que ele pudesse passar os dedos na mezuzá que ficava pendurada no arco da porta do prédio. De como ela se debruçava sobre sua cama para lhe dar um beijo na testa para acordá-lo todas as manhãs, cheirando levemente a lilases do creme que esfregara no rosto na noite anterior. Addy se pergunta se os joelhos de sua mãe ainda a incomodam no frio, se já esquentou o suficiente para ela poder plantar açafrão no cesto de ferro da sacada — se ainda houver uma sacada. *Onde você está, mãe? Onde você está?*

Addy percebe que é bem possível que, em meio à guerra, suas cartas não estejam chegando à sua mãe. Ou que estejam chegando até ela, mas as cartas dela não estejam chegando até *ele*. Addy desejava ter um amigo num país neutro da Europa que pudesse encaminhar sua correspondência. Existe ainda a possibilidade, é claro, de as cartas estarem chegando ao antigo endereço, mas sua família não estar mais lá. É terrível imaginar seus pais confinados a um gueto ou coisa pior. Ele havia começado a escrever para seu médico, para seu antigo professor de piano e para o zelador do prédio dos seus pais, pedindo a cada um deles que lhe desse notícias, que encaminhassem suas cartas, se soubessem do paradeiro de seus pais e irmãos. Ele ainda não teve resposta de ninguém, mas se recusa a parar de escrever. Colocar palavras no papel, fazer parte de algum tipo de conversa, ver a palavra *Radom* rabiscada na frente de um envelope — essas coisas o impedem de esquecer o que está acontecendo.

Addy abre a porta da agência dos correios de Copacabana, sentindo o cheiro familiar de tinta e papel.

— *Bom dia, sr. Kurc* — cumprimenta sua amiga Gabriela de seu posto atrás do balcão.

— Bom dia, Gabi — responde Addy. Ele entrega sua carta, já selada.

Ao recebê-la, Gabriela balança negativamente a cabeça. Ele nem precisa perguntar mais.

— Nada hoje — avisa ela.

Addy acena com a cabeça, demonstrando compreensão.

— Gabi, eu vou para o interior na semana que vem e fico lá por alguns meses a trabalho. É possível guardar a minha correspondência, no caso de alguma coisa chegar enquanto eu estiver fora?

— É claro. — Gabriela sorri gentilmente, de um jeito que dá a entender que ele não é o único que está esperando notícias do exterior.

Ao sair da agência, seu coração está apertado e ele percebe que não é apenas o destino de sua família que pesa sobre ele. Eliska havia trazido o assunto casamento duas vezes na última semana. Pedira a ele que pensasse sobre que tipo de comida deveriam servir e, mais tarde, sugeriu que conversassem sobre a lua de mel. Em ambas as ocasiões, Addy havia mudado de assunto, percebendo que é impossível pensar em casamento com sua família desaparecida.

Addy deixa sua mente voltar no tempo até aquela praia em Dacar, onde ele e Eliska se abraçaram tão forte quanto haviam se abraçado à ideia de uma vida em liberdade, com seu amor arrastado por uma correnteza de perigos e incertezas... Eles conseguiriam chegar ao Rio? Seriam mandados de volta para a Europa? Não importa o que acontecesse, disseram um ao outro, eles estariam juntos! Agora, eles finalmente estão em segurança. Não há mais pescadores a subornar, nenhum visto expirado os angustiando, não há mais caminhadas de uma hora até uma praia deserta onde eles possam fazer amor com privacidade. Entretanto, agora, pela primeira vez em seu relacionamento, eles estão discutindo. Eles discutem sobre quem incluir em seu programa para o jantar — os amigos de Eliska são mais divertidos, diz ela; os dele, intelectuais demais. "Ninguém quer ficar sentado falando de Nietzsche", resmungara ela certa vez. Os dois discutem sobre coisas sem importância, como qual o caminho mais rápido para o mercado e se vale a pena comprar as alpargatas expostas na vitrine de uma loja ("Eu acho que não", dirá Addy, já sabendo de antemão que Eliska vai aparecer no próximo encontro com elas nos pés). Eles brigam sobre que estação de rádio sintonizar. "Esquece as notícias, Addy", disse Eliska certa vez, exasperando-se. "É deprimente demais. Não podemos ouvir música?"

Addy suspira. Daria qualquer coisa para passar uma hora com a mãe, para obter dela seus conselhos sobre a mulher com quem ele planeja se casar. *Converse com ela*, diria Nechuma. *Se você a ama, deve ser honesto com ela. Nada de segredos.* Mas eles *tinham* conversado. Eles *eram* honestos um com o outro. Eles conversaram sobre como as coisas entre os dois pareciam diferentes agora, em solo sul-americano. Certa vez, eles discutiram até mesmo o fim do noivado. Mas nenhum deles está disposto a desistir ainda. Addy é o porto seguro de Eliska, e Eliska é o fio que liga Addy ao mundo que ele deixou para trás. Em seus olhos, ele vê a Europa, ele vê algo que o faz se lembrar de sua vida antiga.

Caminhando instintivamente em direção ao teatro, Addy se pega se lembrando das palavras ditas por Eliska na semana anterior, quando ele uma vez mais havia confidenciado a ela a ansiedade que sentia por ter perdido o contato com a família.

— Você se preocupa demais — comentara Eliska. — Eu odeio isso, Addy. Eu odeio ver tristeza nos seus olhos. Aqui somos livres como pássaros. Vamos relaxar, nos divertir um pouco.

Livres como pássaros. Mas ele não pode se sentir livre quando uma parte tão grande sua está faltando.

CAPÍTULO 32

Mila e Felicia

Radom, Polônia sob ocupação alemã ~ abril de 1942

Desde o massacre, que é como todos começaram a se referir ao evento depois que Mila, Felicia e os outros quatro retornaram ao gueto, é como se a ss tivesse libertado uma besta de uma jaula. Talvez os alemães tenham percebido do que eram capazes ou estivessem se contendo até aquele momento. Não estavam mais se contendo. A violência em Wałowa aumenta a cada dia. Ocorreram quatro episódios como aquele nas semanas seguintes à volta de Mila. Num deles, os judeus foram conduzidos para a estação de trem e colocados em vagões de gado; em outro, simplesmente foram levados para um muro no perímetro do gueto e fuzilados. Não há mais listas nem falsas promessas de uma vida em liberdade na Palestina ou nos Estados Unidos. Em vez disso, há batidas, há fábricas revistadas, há judeus sendo enfileirados e contados. Os alemães estão sempre contando. E todo dia um judeu que estava na clandestinidade ou sem os documentos de trabalho exigidos é assassinado. Alguns são mortos a tiro aleatoriamente. Na semana passada, quando Mila e sua amiga Antonia voltavam de um dia de trabalho na oficina, dois soldados da ss que caminhavam casualmente pela rua sacaram suas pistolas, se agacharam e começaram a atirar como se estivessem praticando tiro ao alvo. Em silêncio, Mila se escondeu abaixada num beco, agradecendo por Felicia não estar com ela, mas Antonia entrou em pânico e correu para o campo de visão deles. Mila se encolheu e rezou enquanto ouvia o som de vários disparos ricocheteando nas paredes dos prédios de dois andares ao longo da rua. Depois de ouvir os passos das botas dos alemães se afastarem e sumirem, ela finalmente se aventurou a sair do esconderijo e encontrou Antonia alguns metros à frente, deitada de bruços, imóvel, com um buraco de bala no meio das costas. *Poderia ter sido eu*, pensou, chocada ao constatar que a pouca ordem que existia no gueto quando ele foi cercado havia sido perdida fazia muito tempo. Os alemães agora estavam matando *por esporte*. Ela sabia que qualquer dia poderia ser o seu último.

— Lembre-se, só ande com as meias nos pés e brinque sem fazer barulho — instrui Mila.

Ela olha para seu relógio. Não pode se atrasar. Apavorada com o que poderia acontecer se Felicia fosse descoberta na fábrica, Mila passou a deixá-la no apartamento, tendo de cuidar de si mesma enquanto ela está no trabalho.

— Por favor, *mamusiu*... Eu posso ir com você? — implora Felicia. Ela não quer mesmo ficar em casa sozinha.

Mila, no entanto, é irredutível.

— Eu sinto muito, meu amor. É melhor para você ficar aqui — argumenta ela. — Eu já te disse, você agora é uma mocinha e mal cabe debaixo da minha mesa na oficina.

— Eu posso ficar pequena! — implora Felicia.

Mila fica de olhos marejados. Toda manhã é o mesmo sofrimento, e é horrível ouvir o desespero na voz da filha, isso a deixa deprimida. Entretanto, não pode ceder. É perigoso demais.

— Não é seguro — explica Mila. — E não vai ser por muito tempo. Estive pensando num novo jeito de tirar a gente daqui. Nós duas. Precisamos ser pacientes. Vai levar algum tempo para a gente se preparar.

— A gente vai se encontrar com o papai? — pergunta Felicia.

Mila é surpreendida. É a terceira vez na semana que Felicia pergunta sobre Selim. Mila não pode culpá-la por isso. Em seus momentos de maior desânimo, Mila passava horas falando de Selim para Felicia. Era uma forma de iludir a si mesma, como se falando de Selim, ele pudesse voltar, dar algumas respostas, alguns conselhos sobre como sobreviver, como manter Felicia em segurança. Ela contou a Felicia inúmeras histórias sobre seu belo pai médico, o modo como ele ajeitava os óculos no nariz, seu sorriso quando Mila lhe contou que tinha ficado grávida poucos meses depois de eles terem se casado — como se a força do amor deles precisasse de uma demonstração física. E, mais tarde, depois que Felicia nasceu, a maneira como ele a tinha feito rir contando os dedinhos dos seus pés, dando beijos barulhentos em sua barriga, brincando com ela por horas. Felicia conhece essas histórias de cor, além de detalhes sobre o rosto de seu pai, como se tudo estivesse registrado em sua memória.

Como Mila havia colocado tanta esperança no retorno de Selim, é compreensível que sua filha suponha que qualquer plano para que fiquem em segurança o envolva. No entanto, as chances de seu marido ainda estar vivo começam a ficar infinitamente pequenas, e Mila sabe que, quanto mais tempo se prender a essa fantasia, mais perigosa ela será. São dois anos de preocupação constante, de medo constante do pior. Mila já teve o bastante. Ela não consegue mais fazer isso. Ela tem de deixar essa ideia para trás, assumir a responsabilidade por si mesma e por Felicia. Ela percebe que vai ser menos angustiante chorar por sua perda do que viver se preocupando com ele. Mila decide que, até as duas estarem em segurança, precisa supor que ele está morto. É a única forma de se manter alerta e de ser capaz de reagir rápido.

Mas como pode dizer isso para Felicia? Como vai explicar para a filha de quase 4 anos que ela talvez nunca vá a conhecer o pai?

— Você precisa prepará-la — disse Nechuma várias vezes. — Você não pode continuar mantendo as esperanças dela. Ela vai ficar ressentida com você por causa disso.

Sua mãe está certa. Porém, Mila ainda não se sente pronta para ter essa conversa, que vai partir o coração da filha. Em vez disso, tentará fazer uma nova abordagem. Contará parte da verdade. Ela segura as mãos de Felicia entre as suas.

— Eu quero muito acreditar que o seu pai vai voltar para a gente. Mas eu... Eu não sei onde ele está, meu amor.

Felicia balança a cabeça negativamente.

— Aconteceu alguma coisa com ele?

— Não. Eu não sei. Só sei que, se ele estiver bem, onde quer que esteja, está pensando em você. Em nós.

Mila consegue dar um sorriso. Sua voz é suave.

— Nós vamos tentar encontrar o seu pai, eu prometo. Vai ser muito mais fácil perguntar sobre ele quando a gente estiver fora do gueto. Só que, até lá, a gente precisa pensar no que é melhor para nós. Você e eu. Tá bom?

Felicia olha para o chão.

Mila suspira. Ela se agacha diante de Felicia, segura gentilmente os braços da filha e espera que ela erga os olhos. Quando o faz, há lágrimas neles.

— Eu sei que é horrível ficar o dia todo sozinha — diz Mila, calmamente. — Mas você tem de saber que é para o seu bem. Você está segura aqui. Lá fora... — Mila olha para a porta, meneando a cabeça. — Você entende?

Felicia acena com a cabeça positivamente.

Mila olha mais uma vez para seu relógio. Está atrasada. Vai precisar correr até a oficina. Ela lembra Felicia do pão na despensa, de andar de meias, do lugar no armário, o local secreto onde ela deve se esconder e ficar completamente em silêncio, como uma estátua, se alguém bater à porta enquanto Mila estiver no trabalho.

— Tchau, meu amor — diz Mila, dando um beijo na bochecha da filha.

— Tchau — sussurra Felicia.

Do lado de fora, Mila tranca a porta do apartamento e fecha os olhos por um instante, rezando, como faz todas as manhãs, para que os alemães não invadam o apartamento enquanto ela estiver fora, para que retorne dentro de nove horas e encontre a filha bem ali onde a deixou.

Felicia franze a testa. Sua cabeça está zumbindo. O pai dela está lá fora, em algum lugar, ela tem certeza disso. Ele vai voltar para elas. Sua mãe pode não acreditar nisso, mas ela acredita. Pensa pela milionésima vez em como vai ser conhecê-lo, imagina o pai erguendo-a do chão, saciando magicamente sua fome, enchendo-a de felicidade. A mãe dela havia mencionado um jeito de tirá-las do gueto. Talvez essa nova ideia dela as leve até seu pai. Felicia encolhe os ombros ao se lembrar dos dois planos anteriores. O colchão. A lista. Ambos foram horripilantes. Depois de cada um deles, ela terminou onde havia começado, ou pior que antes. Sua mãe sempre fala em esperar, em ser *paciente*. Ela odeia essa palavra.

Mila leva algumas semanas para reunir o que precisa para que seu plano funcione: um par de luvas, um cobertor velho, duas agulhas, bastante linha preta, dois botões, alguns retalhos de tecido e um jornal. As coisas que ela pega da oficina, esconde discretamente no sutiã ou debaixo da cinta, ciente de que a última trabalhadora que foi revistada e pega com um carretel de linha no bolso do casaco foi imediatamente executada.

Toda noite, da janela do apartamento no segundo andar, ela comprime o nariz contra o vidro e passa os olhos pelos prédios de tijolos que delimitam o perímetro do gueto, analisando cada um dos três portões da entrada principal na esquina das ruas Wałowa e Lubelska — um arco mais largo, para a passagem de veículos, ladeado por duas aberturas mais estreitas, para pedestres. E toda noite é igual: as esposas alemãs chegam pouco antes das seis horas, usando sobretudos elegantes e chapéus de feltro. Elas entram pelo portão de veículos e se reúnem na entrada de paralelepípedos do gueto, esperando seus maridos, os guardas do gueto, serem liberados do serviço. Algumas delas carregam bebês no colo, outras seguram as mãos de crianças pequenas. Enquanto as mulheres conversam, os cerca de trezentos judeus que retornam dos campos de trabalho fora dos muros são conduzidos de volta por dois portões menores para pedestres. Às seis em ponto, os guardas, juntamente com suas esposas e filhos, desaparecem sob o arco da entrada de veículos, e todos os três portões para o mundo exterior são fechados para não serem mais abertos até a manhã seguinte.

Mila verifica a hora. Dez para as seis. Na entrada do gueto, um garotinho sai do lado da mãe em disparada para abraçar a perna de um guarda. Qual desses desconhecidos vive na antiga casa dos seus pais?, pergunta-se Mila. Qual dessas mulheres toma banho na banheira de porcelana da sua mãe? Qual dessas crianças faz exercícios de escalas musicais em seu amado Steinway? A imagem de uma família nazista se sentindo à vontade no número 14 da rua Warszawska a deixa atordoada.

Ela observa os portões do gueto serem fechados. Seis em ponto. Mila decide que, desta vez, seu plano vai funcionar. Tem de funcionar. Ela e Felicia vão escapar. E as duas vão fazer isso em plena luz do dia, para que todos os malditos guardas vejam.

Já foi dado o toque de recolher e o gueto está calmo e silencioso. Mila e a mãe estão sentadas à pequena mesa da cozinha, com todo o material disposto de forma organizada diante delas. Uma única vela ilumina o ambiente.

— É uma pena que eu tenha deixado os meus moldes na loja — comenta Nechuma em voz baixa, enquanto corta uma página de jornal no formato do corpo de um sobretudo. — Você vai ter de vestir roupas quentes — acrescenta. — Não temos nada para fazer o forro.

Mila faz que sim e se ajoelha no chão para prender com alfinetes o molde improvisado feito por sua mãe no cobertor que ela havia aberto sobre o assoalho, cortando cuidadosamente a lã junto às bordas do papel. Ela e Nechuma passam a tesoura de um lado para o outro, repetindo o processo para mangas, lapelas, gola e bolsos do casaco. E, então, sentadas em lados opostos da mesa, elas começam a costurar.

As horas se passam enquanto as mulheres trabalham. De vez em quando, elas levantam a cabeça, trocam um olhar, os olhos brilhando, e sorriem. Fazia um bom tempo que as duas não costuravam juntas e a sensação é boa, como uma lembrança distante das tardes, muito antes de Felicia nascer, quando elas podiam se sentar para fazer uma bainha ou costurar um remendo — era comum que, durante aquelas tardes, uma ao lado da outra, se desenrolassem as conversas mais profundas entre as duas.

Por volta das três da manhã, Nechuma vai na ponta dos pés até a despensa e tira uma gaveta do móvel, revelando um cofre escondido por baixo. E volta com quatro notas de 50 zlotys.

— Aqui. Você vai precisar disso.

Mila pega duas notas e coloca as outras duas sobre a mesa.

— Fique com essas. Eu vou ficar bem. Em breve estarei com Halina.

Halina havia deixado Radom três semanas atrás, quando Adam foi designado para trabalhar na ferrovia, em Varsóvia, no conserto de trilhos destruídos pela Luftwaffe antes de a cidade ser tomada. Franka, seu irmão e seus pais foram com ela. Halina escreveu assim que se instalou, insistindo para que Mila fosse para Varsóvia. "Nós conseguimos um apartamento no coração da cidade", escreveu ela. Mila sabia que isso significava que eles moravam fora dos muros do gueto, como arianos. "Estou trabalhando para conseguir vagas para nossos pais na fábrica de armas em Pionki. Há muitas opções de emprego para você em Varsóvia. Franka trabalha aqui perto. Temos tudo do que você precisa aqui. Por favor, encontre um jeito de vir!"

Nechuma desliza as notas de volta por cima da mesa.

— Aqui nós temos um emprego e os nossos cartões de racionamento. Você vai ficar sozinha por um tempo — retruca ela, indicando a janela com um movimento de cabeça. — Você vai precisar disso mais do que nós.

— Mãe, é o último...

— Não, não é.

Nechuma bate no peito de leve com o indicador. Mila quase havia se esquecido. O ouro. Duas moedas, cobertas com algodão cor de marfim; sua mãe as havia camuflado como botões.

— E tem a ametista — acrescenta Nechuma. — Se precisarmos, vamos usá-la.

O que tinha sobrado da prataria havia comprado a vida para Adam. Todo o restante eles venderam ou trocaram por porções extras de comida, cobertores e remédios. Felizmente, ainda não tinham sido forçados a se separar da pedra roxa de Nechuma.

— Tudo bem, então.

Mila enfia duas notas em cada lado da gola do casaco, antes de costurá-las.

Quando começou a pensar no plano, Mila pediu aos pais que fugissem com ela para Varsóvia, mas eles insistiram que era perigoso demais.

— Vá encontrar a sua irmã e Franka, leve Felicia para um lugar seguro — disseram. — Nós só iríamos atrapalhar.

Era difícil para Mila admitir, mas os pais estavam certos. Suas chances de ser bem-sucedida na fuga eram bem maiores sem eles. Seus pais agora caminhavam devagar, e ainda tinham o leve sotaque iídiche da infância. Seria mais difícil para eles se passar por arianos. Halina havia mencionado em sua carta a fábrica em Pionki, um plano para transferir Sol e Nechuma para lá. Enquanto isso, eles ainda estavam empregados e todos sabiam que um trabalho era a única coisa que importava no gueto.

Quando uma luz fraca e prateada preenche a cozinha, Nechuma baixa a agulha e Mila varre os restos de tecido da mesa com a mão e os esconde debaixo da pia. O trabalho delas está terminado. Mila envolve o pescoço com um lenço feito com retalhos de uniformes da ss e enfia os braços nas mangas de seu novo sobretudo. Nechuma se levanta e passa os dedos nas costuras, à procura de linhas soltas nas casas dos botões, examinando com cuidado a bainha, que está suspensa a um centímetro do chão. Ela alisa a lapela com a mão e dá uma puxada de leve na manga para fazer com que fique perfeitamente esticada. Por fim, dá um passo para trás e balança a cabeça afirmativamente.

— Sim — sussurra. — Está bom. Isso vai funcionar. — Então enxuga uma lágrima do canto do olho.

— Obrigada — diz Mila, dando um abraço apertado na mãe.

No dia seguinte, às cinco e meia, Mila volta correndo da oficina para casa. Quando Nechuma chega do café, ela está vestindo Felicia no vestíbulo.

— Onde está o papai? — pergunta Mila, colocando uma terceira blusa pela cabeça de Felicia. Ela fica preocupada quando seus pais se atrasam mais que alguns minutos na volta para casa.

— Ele foi incumbido do serviço de lavar louças hoje — responde Nechuma. — Teve de ficar mais alguns minutos para a limpeza. Ele já vai chegar.

— Por que eu preciso de tantas roupas, *mamusiu*? — pergunta Felicia, olhando para a mãe com os olhos repletos de curiosidade.

— Porque — sussurra Mila, então se agacha para que seu rosto fique na altura do da filha; ela ajeita alguns fios finos de cabelo cor de canela para trás da orelha de Felicia — a gente vai embora hoje à noite, *chérie*. Ela já estava nervosa o suficiente com aquilo tudo e esperou propositalmente antes de contar os detalhes do plano para que a filha não ficasse nervosa também.

Um brilho de entusiasmo se espalha pelo rosto de Felicia.

— A gente vai embora do gueto?

— *Tak*. — Mila sorri. Então seus lábios se comprimem. — Mas é muito importante que você faça exatamente o que eu disser — acrescenta, mesmo já sabendo que Felicia obedecerá.

Mila abotoa um segundo par de calças ao redor da cintura estreita da filha, ajuda-a a vestir o casaco de inverno e coloca um par de meias suas sobre as mãos dela como se fossem luvas sem dedos. Por fim, coloca um gorrinho de lã na cabeça de Felicia e enfia as pontas de seus cabelos por baixo dele.

Nechuma entrega a Mila um lenço que contém sua ração diária de pão. Mila o coloca sob a blusa.

— Obrigada — murmura.

Na cozinha, ela busca o documento de identidade que Adam fez para ela, guardado no fundo falso de uma gaveta, e o enfia na bolsa. Quando volta para o vestíbulo, ela veste o novo casaco, o lenço, o chapéu, as luvas. Por fim, em vez de prender a braçadeira na manga do casaco, como normalmente faria, ela a segura com os dentes e os dedos e rasga a costura. Felicia engole em seco.

— Não precisa se preocupar — tranquiliza Mila.

Mesmo sendo pequena demais para usar uma, Felicia sabe o que acontece com judeus do gueto se forem pegos sem suas braçadeiras. Mila segura a faixa branca de algodão enrolada no braço, de modo que a estrela de davi azul fique exposta, e ergue o cotovelo. Nechuma costura novamente a faixa fazendo pequenos pontos e corta a linha sem dar nó. Enquanto Mila ajusta a faixa, escuta os passos do pai na escada.

— Aí está ela! — exclama Sol, com os braços estendidos ao entrar pela porta. Ele se abaixa para pegar Felicia e gira com ela, dando um beijo no seu rosto. — Meu Deus, você parece um elefante, vestida com todas essas roupas!

Felicia ri. Ela adora seu *dziadek*, ama quando ele lhe dá um abraço tão apertado que ela mal consegue respirar, quando ele canta a canção de ninar sobre a gatinha que pisca os olhos — a canção que a mãe dele cantava quando ele era criança, contou ele uma vez —, quando ele a gira até ela ficar tonta, e a joga para o alto e a pega de volta de um jeito que faz parecer que ela está voando.

— Você não vai precisar disso, vai? — pergunta Sol enquanto põe Felicia no chão. Seus olhos ficam repentinamente sérios, voltados para o braço de Mila.

— Só até chegar ao portão — explica Mila, engolindo em seco.

— Certo, claro.

Mila olha para seu relógio. São quinze para as seis.

— Nós precisamos ir. Felicia, dá um abraço na sua *babcia* e no seu *dziadek*.

Felicia olha para cima, subitamente desapontada. Ela não tinha se dado conta de que seus avós ficariam para trás. Nechuma se ajoelha e puxa Felicia para junto do peito.

— *Do widzenia* — murmura Felicia, dando um beijo na bochecha da avó.

Nechuma fecha os olhos demoradamente. Quando ela se levanta, Sol se abaixa e Felicia dá um abraço em seu pescoço.

— *Do widzenia, dziadku* — diz ela, com o nariz enfiado em seu pescoço.

— Adeus, chuchuzinho — sussurra Sol. — Eu te amo.

Mila faz tudo o que pode para não cair no choro. Ela envolve o pai e a mãe num abraço, agarrando-os com força, torcendo, rezando para que esta não seja a última vez que estejam juntos.

— Eu te amo, Myriam — sussurra sua mãe, chamando-a pelo seu nome hebraico. — Que Deus a acompanhe.

E, com isso, Mila e Felicia partem.

Mila vasculha a rua com os olhos em busca de homens da ss. Nenhum à vista. Ela pega Felicia pela mão e, juntas, as duas caminham para os portões do gueto. Elas andam rápido, com os dentes cerrados. Está quase escuro e, enquanto caminham, o vapor de sua respiração, em nuvens cinza translúcidas, evapora na noite. Quando estão a um quarteirão de distância dos portões e os guardas estão à vista, Mila abre o casaco.

— Vem — chama ela baixinho, apontando para o sapato. — Fica em cima do meu pé e se segura na minha perna.

Mila sente o corpinho de Felicia se apertar contra o dela, com seus braços a envolvendo com força.

— Agora se segura.

Felicia olha para cima e acena com a cabeça. Quando Mila fecha o casaco em volta dela, seus olhos estão arregalados. Elas voltam a caminhar para os portões, mais lentamente agora, e Mila se esforça para andar sem mancar, a despeito dos onze quilos a mais que está carregando numa das pernas.

Há quinze, talvez vinte guardas parados perto de cada um dos dois arcos para pedestres na entrada do gueto, cada um deles com um fuzil pendurado no ombro. Vários deles contam em voz alta, enquanto uma multidão de judeus entra pelos portões, cegos pela exaustão da jornada de trabalho fora do gueto.

— Rápido! — grita um dos guardas, agitando um bastão sobre a cabeça como se fosse um vaqueiro com um laço.

Mila estica o pescoço, olhando para os judeus de olhos cansados, como se estivesse ali para cumprimentar algum deles em particular; seu marido, talvez, ou seu pai. Ninguém parece notá-la, enquanto ela caminha lentamente pelo meio da multidão, em direção aos portões do gueto. Logo, está a poucos metros do grande portão central para veículos onde, como havia previsto, mais ou menos uma dúzia de esposas alemãs começaram a se reunir, embrulhadas em sobretudos, com suas crianças de bochechas rosadas a tiracolo.

Sua perna dói com o peso extra de Felicia. Ela para e olha o relógio. Sete para as seis. Tremendo, pensa pela milésima vez nas consequências de uma fuga fracassada. *Será que eu perdi a cabeça?*, questiona-se. *Isso vale o risco?* Então seu mundo fica escuro e ela retorna ao dia do massacre, encolhida dentro de um vagão de trem quase vazio, com os braços em torno da cabeça de Felicia, numa tentativa inútil de protegê-la daquela cena atroz, embora ambas ouvissem os tiros, o baque dos cadáveres frágeis despidos desabando na terra congelada a apenas vinte metros delas.

O lábio superior de Mila está molhado de suor. *Você consegue fazer isso*, sussurra ela, afastando suas dúvidas. *É só contar.* É a técnica do seu pai, que ele tem usado desde que ela era criança. "No três", dizia ele, e, qualquer que fosse o desafio assustador — arrancar um dente, puxar uma farpa enfiada debaixo de uma unha, derramar água oxigenada num joelho machucado —, a contagem, de algum modo, tornava tudo mais fácil.

A sua direita, um cavalo puxando uma carroça levando comida do Conselho Judaico passa chacoalhando pela entrada de veículos e para, enquanto alguns soldados da ss vasculham a carga aos gritos, o que faz a entrada ficar muito mais barulhenta. *É isso*, conclui Mila — a distração de que ela precisa.

No três. Mila prende a respiração e conta. *Um... dois...* No *três* ela vira as costas para os portões, abre o casaco e se abaixa, tocando na cabeça de Felicia. Um segundo depois, Felicia está ao lado dela, segurando sua mão. Mila usa a mão livre para arrancar a faixa branca do braço, sentindo o eletrizante *pop-pop* da linha dos pontos dados pela sua mãe se rompendo. Ela embola a faixa com a mão e a enfia rapidamente no bolso. *Ninguém viu*, diz a si mesma. *Deste ponto em diante, você é uma dona de casa alemã e está aqui para se encontrar com um dos guardas. Você é uma pessoa livre. Pense como uma. Aja como uma.*

— Fica perto de mim — ordena Mila friamente. — Olha para a frente, para o gueto. Não olha para trás de você.

Olhando ao redor, Mila vê que várias das mulheres alemãs a sua esquerda já encontraram os maridos. Os casais estão conversando e mantêm os braços cruzados para ficarem aquecidos. Ela aperta a mão de Felicia.

— Devagar — sussurra, e juntas começam a caminhar lentamente para trás, em direção ao portão, movendo-se como se estivessem em câmera lenta para não serem notadas.

Mila tenta relaxar um pouco os músculos do pescoço e do maxilar para imitar a expressão descontraída e os gestos das mulheres alemãs ao seu redor. Entretanto, à medida que se aproxima dos portões, ela sente alguém chegar bem perto dela. Quando sente um toque nas costas, Mila se vira e se depara com uma jovem esposa, com o pescoço espichado na direção oposta.

— *Entschuldigen Sie mich* — desculpa-se a mulher, ajeitando o chapéu. Ela tem cheiro de xampu.

Mila sorri e acena com a mão livre.

— *Es ist nichts* — diz em voz baixa, balançando a cabeça.

A mulher olha para Mila com seus olhos de um azul cristalino e baixa o olhar até Felicia. E depois se vai, perdendo-se na multidão. Mila suspira e aperta mais uma vez a mão de Felicia. Elas continuam, esgueirando-se para trás, para o portão de veículos. Mais esposas passam pelas duas — elas inclinam a cabeça na direção de Mila, mas parecem olhar através dela. *Você é uma delas*, lembra Mila a si mesma. Enquanto se mantiverem de costas para a entrada e se moverem de forma suficientemente discreta, continuarão misturadas ao grupo. *Devagar, agora. Pé direito, pé esquerdo. Pare. Pé direito, pé esquerdo. Pare. Não aperte tanto*, diz a si mesma, afrouxando a mão que segura a de Felicia. *Certo. Direita. Esquerda. Firme, quase lá.*

Os últimos judeus já entraram no gueto e Mila observa com o canto dos olhos que os portões de pedestres estão fechados e trancados com cadeados. Quando um guarda se aproxima de repente, encostando algo duro em seu cotovelo, ela comprime os lábios a tempo de calar um grito que quase escapa de sua garganta.

— Saia do caminho! — grita o guarda, mas segue marchando em frente, sem parar.

Finalmente, Mila sente que há uma estrutura acima de sua cabeça. Elas estão debaixo da entrada principal — o arco do portão de veículos. Uma rajada de vento vem por trás delas e Mila segura o chapéu para evitar que seja levado. Ela baixa a aba e olha para Felicia, de rosto pálido, mas com uma expressão extraordinariamente calma. *Mantenha o foco*, lembra Mila a si mesma. *Você está tão perto! Conte seus passos. Um... Dois...* Elas se arrastam para trás. *Três... Quatro...* No quinto passo, Mila já consegue ver a parede externa da entrada e a placa na qual se lê PERIGO DE DOENÇAS CONTAGIOSAS: ENTRADA PROIBIDA.

Mila mal consegue acreditar. Elas estão fora dos muros do gueto! Mas ela percebe que esses poucos próximos passos são os mais importantes. *Este* é o momento que ela havia repetido em sua mente, muitas e muitas vezes, como uma cena de um filme, até ter se convencido de que seu plano poderia funcionar.

Invocando as últimas gotas de sua reserva de coragem, Mila respira fundo. É isso.

— Vem! — sussurra. Ela dá meia-volta e puxa Felicia.

Então, com o gueto atrás delas, as duas caminham. *Direita, esquerda... Devagar, não tão rápido*, pensa Mila, resistindo ao instinto de sair correndo. *Direita, esquerda, direita, esquerda.* Ela tenta se manter empertigada, o queixo erguido, mas seu coração é uma britadeira, seu estômago, um rolo de arame farpado. Mila espera pelos gritos, pelos tiros. Em vez disso, tudo o que consegue escutar é o som dos seus passos; três passos de Felicia para cada dois seus, os saltos dos sapatos ressoando levemente no calçamento da rua Lubelska, movendo-se ligeiramente mais rápido agora, longe dos guardas e de suas esposas, longe da oficina e das ruas imundas e das chamadas doenças contagiosas.

Mila pega a primeira à direita para a Romualda Traugutta, e elas andam em silêncio por mais seis quarteirões antes de se esconderem num beco deserto. Lá, nas sombras, o coração de Mila começa a desacelerar. Os músculos do seu pescoço relaxam. Num instante, depois de se recompor, ela vai voltar à rua Warszawska, ao antigo prédio dos seus pais, onde vai bater à porta de seus vizinhos e amigos, a família Sobczak, e, se eles permitirem, vai passar a noite lá. Amanhã, vai usar sua identidade falsa para tentar providenciar a viagem para Varsóvia. Elas estão longe de estar em segurança — se forem pegas, serão mortas —, mas escaparam da prisão do gueto. Seu plano, a primeira fase dele, pelo menos, funcionou. *Você consegue*, diz Mila a si mesma. Então olha para trás, para ter certeza de que não foram seguidas, e se inclina, colocando as palmas das mãos nas bochechas de Felicia e dando um beijo na testa da filha.

— Boa menina — sussurra ela. — Boa menina.

CAPÍTULO 33

Sol e Nechuma

Radom, Polônia sob ocupação alemã ~ maio de 1942

Nechuma e Sol estão deitados no colchão, acordados. Eles estão de mãos dadas, com os dedos entrelaçados, olhando para o teto, angustiados demais para dormir.

Há boatos no gueto de que Wałowa será liquidado em breve. Ninguém sabe ao certo o que isso significa, mas os rumores, que têm se tornado cada vez mais apavorantes, foram recentemente acrescidos de notícias sobre o que aconteceu em Łódź. Lá, segundo informações da Resistência, os alemães deportaram milhares de judeus de um gueto muito maior que o de Radom para um campo de concentração próximo ao povoado de Chelmno. Os judeus pensaram que estavam sendo enviados para um campo de trabalho. Alguns dias atrás, porém, dois prisioneiros que fugiram de lá apareceram em Varsóvia com histórias tão assustadoras que Nechuma não consegue pensar em outra coisa. De acordo com eles, não havia trabalho em Chelmno. Em vez disso, os judeus foram amontoados, até cento e cinquenta por vez, dentro de caminhões e asfixiados com gás — homens, mulheres, crianças, bebês —, tudo isso em questão de horas.

Nechuma costumava reafirmar para si mesma que eles haviam sobrevivido a pogroms antes, que, com o tempo, o combate, o derramamento de sangue passaria. No entanto, com as notícias de Łódź, ela compreendeu que **a** situação em que se encontram agora é totalmente diferente. Isso não é apenas ser submetido à fome profunda e à miséria. Isso não é perseguição. Isso é extermínio.

— Os nazistas não vão conseguir fazer isso — diz ela. — Eles vão ser detidos.

Sol não diz nada.

Nechuma suspira lentamente e, no silêncio sufocante que vem em seguida, percebe a dimensão de seu sofrimento. Até suas pálpebras doem, como se estivessem implorando por descanso. Seu próprio corpo a confunde. Nechuma se pergunta com frequência como é que ela e Sol ainda têm forças para continuar. Vivem num estado de sofrimento e fome permanente. Esgotados por causa das longas jornadas de trabalho no café, pelas rações de comida miseráveis, pelos artifícios mentais que usam para conseguir ignorar os horrores diários que os cercam. Agora eles estão quase insensíveis aos constantes tiros de fuzil dentro dos muros do gueto, aos mortos e agonizantes espalhados pelas ruas, a terem de tapar os olhos quando passam pela entrada do gueto, onde a ss havia começado a enforcar grupos de judeus, pendurando-os pelo pescoço e assassinando-os lentamente, prolongando sua agonia o máximo possível para que os outros vejam e entendam: *É isso que acontece quando as regras são desrespeitadas. É isso que acontece com quem é insolente, se rebela ou simplesmente não tem sorte.* Certa vez, Nechuma vira um menininho de uns 5 ou 6 anos ser pendurado por uma corda e enforcado. Embora não conseguisse olhar nos olhos dele, permitiu-se vislumbrar seus pés descalços, tão pequenos e pálidos, com seus tornozelos se dobrando de dor. Ela queria correr até ele, tocá-lo, consolá-lo de alguma forma, mas sabia que fazer isso significaria uma bala na cabeça ou uma corda em volta do pescoço.

— Pelo menos os americanos entraram na guerra — diz ela, repetindo o fiapo de esperança que tem circulado entre os que vivem no gueto, um fragmento de possibilidade, algo no que se agarrar. — Talvez os alemães possam ser detidos.

— Talvez — concorda Sol. — Mas vai ser tarde demais para nós. — Sua voz falha e Nechuma sabe que ele está contendo as lágrimas. — Se eles começarem a acabar com os guetos de Radom, nós estaremos entre os primeiros a ser executados. Podem poupar os mais jovens. E, quem sabe, nem mesmo eles.

No fundo do coração, Nechuma sabe que o marido está certo, mas ela não consegue admitir isso, pelo menos não em voz alta. Ela puxa a mão de Sol e a beija, depois a aperta no seu rosto.

— Meu amor, eu não sei mais o que vai acontecer, mas, seja lá o que estiver reservado para nós, pelo menos temos um ao outro. Nós estaremos juntos.

Um mês atrás, algum dos seus filhos poderia ter sido capaz de ajudá-los, mas agora eles estão sozinhos no gueto. Jakob está com Bella na fábrica da AVL, perto do gueto de Glinice, e Mila, Nechuma reza, está a caminho de se encontrar com Halina em Varsóvia. Ela e Felicia não voltaram para Wałowa desde que tentaram escapar, mas isso pode significar qualquer coisa. Agora, com a situação ficando mais terrível a cada dia, sua única real esperança é Halina. Mas ela não teve sorte nas tentativas de conseguir trabalho para os pais na fábrica de armas de Pionki e o tempo deles está se esgotando. "Eu ainda estou tentando uma transferência", prometera Halina na última carta. "Sejam fortes, não percam a fé."

Eles mantêm contato com Halina pelo menos — conseguem se comunicar por cartas, contrabandeadas para fora e para dentro do gueto com a ajuda de Isaac. Nechuma mal consegue conviver com a incerteza sobre o destino dos filhos que estão desaparecidos. Ela não teve nenhuma notícia de Genek desde que ele e Herta desapareceram de Lvov, há dois anos. E logo se completarão quatro anos desde que viu Addy pela última vez. Ela daria qualquer coisa, até mesmo a vida, só para saber que estavam todos vivos e ilesos.

Nechuma põe uma das mãos sobre o coração. Não há nada pior para uma mãe, nem mesmo a rotina infernal do gueto, que viver com tanto medo e tanta incerteza a respeito do destino dos filhos. Conforme as semanas, os meses e os anos se passam, cresce o tormento dentro dela, a tristeza vem num crescendo que ameaça parti-la ao meio. Nechuma começou a se perguntar quanto tempo mais consegue lidar com esse sofrimento.

Nechuma sente as batidas de seu coração sob a ponta dos dedos. Quer chorar, mas seus olhos estão secos, sua garganta parece uma lixa. Ela pisca os olhos na escuridão e as palavras de sua filha ecoam através dela. *Seja forte. Não perca a fé.*

— Halina vai encontrar um jeito de nos transferir para a fábrica — diz ela, depois de um longo tempo, quase sussurrando. Mas Sol não responde e, pelo ritmo lento de sua respiração, ela sabe que ele está dormindo.

Nosso destino, pensa ela, *está nas mãos de Halina*. A mente de Nechuma se fixa em sua filha mais nova — em como, antes mesmo que ela pudesse falar, Halina exigia atenção, e, quando ela não a conseguia, sua solução era encontrar alguma coisa frágil e quebrá-la. Ou simplesmente gritar. Em como, quando Halina estava no *gymnasium*, costumava alegar que estava doente demais para ir à escola; Nechuma colocava a mão na testa da filha e, de vez em quando, deixava que ficasse em casa, para, pouco depois, vê--la correr pelo corredor até a sala de estar, onde passava horas deitada de bruços, folheando alguma revista de Mila e recortando fotos de vestidos de que gostava.

Ela havia crescido tanto, sua Halina, desde o começo disso tudo. Talvez ela vá *mesmo* ser a única capaz de tirá-los dali. *Halina*. Nechuma fecha os olhos e tenta descansar. Enquanto se deixa levar pelo sono, ela se imagina na janela de seu antigo apartamento, olhando por cima da copa das castanheiras que margeiam a rua Warszawska. A via abaixo está vazia, mas o céu está animado com pássaros. Em seu quase sonho, Nechuma os observa entrar e sair das nuvens, pousando de vez em quando num galho para observar o que está ao redor para depois voar novamente. A respiração dela desacelera. Nechuma cai no sono com pensamentos em Halina pairando sobre ela, de braços abertos, como asas, com seus olhos reluzentes e atentos, tentando descobrir uma saída para todos eles.

CAPÍTULO 34

Halina e Adam

Varsóvia, Polônia sob ocupação alemã ~ maio de 1942

— Você acha que alguém nos delatou? — sussurra Halina.
Ela e Adam estão sentados a uma pequena mesa na cozinha do apartamento no sótão que alugaram em Varsóvia.

Adam tira os óculos e esfrega os olhos.

— A gente não conhece quase ninguém em Varsóvia — retruca ele.

Eles estão no apartamento há um mês e, no começo, sentiram-se seguros ali. Mas então, ontem, a mulher do senhorio subiu as escadas sem avisar, farejando e bisbilhotando, enquanto os bombardeava com perguntas sobre suas famílias, sua criação, seus empregos.

— E os nossos documentos são perfeitos — acrescenta Adam.

Ele tomara um cuidado extra ao falsificar seus documentos de identidade. O nome que escolheram, Brzoza, é totalmente católico polonês. Graças às identidades falsas e à aparência dos dois — ao cabelo loiro e aos olhos verdes de Halina, à pele clara e às maçãs do rosto salientes de Adam —, eles passam facilmente por arianos. Entretanto, não há como disfarçar o fato de que eles são recém-chegados a Varsóvia e não têm amigos nem parentes por perto, e essas coisas, por si só, fazem com que se tornem suspeitos.

— O que vamos fazer? Devemos nos mudar?

Adam ajeita os óculos no nariz e olha para Halina através de seus aros grossos e redondos.

— Isso seria admitir que as suspeitas têm fundamento. Eu acho que...

— Ele faz uma pausa e bate com a ponta do indicador na toalha xadrez azul e branca que forra a mesa. — Eu acho que tenho um plano.

Halina faz que sim com a cabeça, esperando. Eles precisam desesperadamente de um plano. Caso contrário, é apenas uma questão de tempo até a mulher do senhorio os denunciar à polícia.

— Aleksandra suspeita que a gente seja judeu, a despeito dos nossos documentos... Eu tenho tentado descobrir um jeito de mostrar para ela que nós *não* somos, e a única maneira de provar isso, quer dizer, de *realmente* provar isso... é ela *ver* que nós não somos. Bem, que *eu* não sou.

Halina meneia a cabeça.

— Eu não estou entendendo.

Adam suspira, inquieto na cadeira.

— Eu estive fazendo um experimento com uma maneira de...

Ele lança um olhar um pouco desconfortável para o colo, mas suas palavras são interrompidas por um som. Alguém subindo as escadas para o sótão. Seu queixo se vira e aponta para a porta atrás dele.

— É ela — sussurra Adam, quando os passos ficam mais próximos. Ele e Halina trocam um olhar. Adam aponta para a lâmpada pendurada sobre a pia. — A luz! — diz ele. Halina olha para Adam, intrigada. — A luz em cima da pia, apaga. — Então ele afrouxa o cinto da calça.

— Por quê? — pergunta, correndo para a pia. Há batidas à porta.

— Já vai — grita Adam.

Halina puxa uma cordinha para apagar a luz. As mãos de Adam estão enfiadas dentro da calça e se mexem rápido.

— Em nome de Deus, o que...? — sussurra Halina, exasperada.

— Só confie em mim — responde Adam.

As batidas à porta ficam mais intensas. Adam se levanta e caminha na direção da pia, afivelando o cinto. Halina acena com a cabeça e vai até a porta.

— Vocês estão aí? Me deixem entrar!

A voz do outro lado da porta é estridente, quase histérica. Adam faz com o polegar um sinal positivo para Halina. Logo em seguida, Aleksandra irrompe no apartamento, com um olhar agressivo sobre eles.

— Oi, Aleksandra — cumprimenta Halina, olhando para Adam, que está com as mãos apoiadas displicentemente na pia de porcelana atrás dele.

Aleksandra ignora o cumprimento e atravessa a sala em direção a Adam, arrastando com ela uma nuvem de irritação.

— Eu vou ser breve — começa ela, parando em frente a Adam e estreitando os olhos até eles se tornarem duas fendas minúsculas. — Alguém me fez acreditar que você está mentindo para nós. As pessoas afirmam que você é *judeu*! E quer saber? — Ela aponta um dedo para Adam. — Eu te *defendi*. Eu disse a eles o seu nome, garanti que você é um bom cristão, como todos nós. Mas agora eu não tenho tanta certeza disso. — Uma gotícula de saliva fica pendurada em seu lábio superior. — É verdade, não é? — grita ela. — Vocês são judeus, não são?

Adam ergue as mãos espalmadas.

— Por favor...

— Por favor *o quê? Por favor, me perdoe por colocar as suas vidas em risco?* Você não sabe que nós podemos ser presos e enforcados por esconder *judeus*?

Adam se empertiga.

— Quem quer que tenha falado com você está errado — retruca ele, com a voz fria. — E, para ser franco, eu estou ofendido. Não tem uma só gota de sangue judeu na nossa família.

— Por que eu deveria acreditar em você? — vocifera Aleksandra.

— Você está me chamando de mentiroso?

— Eu tenho uma fonte.

Aleksandra coloca as mãos nos quadris.

— Você diz que não é judeu, mas não tem como provar isso.

Adam junta os lábios apertados, numa linha firme e fina.

— Eu não tenho de provar *nada* para você — retruca, de forma que as palavras saiam lentamente.

— Você diz isso porque está *mentindo*! — cospe Aleksandra.

Adam a encara.

— *Está bem.* Você precisa de uma prova?

Ele coloca as mãos na fivela do cinto. Halina não saiu de perto da porta. Atrás de Aleksandra, ela ofega e tapa a boca com a mão. Quando Adam mexe na fivela, Aleksandra emite um barulho estranho, algo como um soluço. Porém, antes que ela consiga se opor, Adam, num momento de fúria, abre a braguilha da calça, enfia os dois polegares dentro do cós e, com um movimento, arria a calça junto com a roupa de baixo até os joelhos. Halina cobre os olhos, incapaz de assistir àquela cena.

Aleksandra fica boquiaberta, paralisada.

Adam levanta a camisa.

— Isso é *prova* suficiente para você? — grita ele, enquanto suas calças caem, emboladas nos tornozelos.

Adam olha para baixo, em parte esperando ver seu disfarce terrivelmente exposto. Naquela manhã, ele havia colocado uma atadura da cor da sua pele com uma solução de água e clara de ovo crua, avaliando a si mesmo diante do espelho. Na sombra, ele esperava, aquilo se passaria por um prepúcio. Para seu alívio, a bandagem não descolou.

Halina espia entre os dedos a silhueta do marido junto à pia. Nas sombras, ela só consegue distinguir o formato do órgão genital dele. Agora ela entende por que ele pedira a ela que apagasse a luz em cima da pia.

— Bom Deus todo-poderoso, é o suficiente! — exclama Aleksandra por fim, virando o rosto enojada. Ela dá um passo para trás e parece que vai vomitar a qualquer momento.

Halina suspira, abismada pelo plano de Adam ter dado certo e se perguntando há quanto tempo ele andava por aí com uma bandagem colada em suas partes. Ela pigarreia e abre a porta, indicando a Aleksandra que é hora de ela sair.

— Nos chamando de *judeus*... — resmunga Adam em voz baixa, enquanto se curva para levantar as calças.

A mulher do senhorio alisa nervosamente o tecido de sua blusa. A pele de seu pescoço está salpicada de manchas vermelhas e quentes. Ela evita olhar nos olhos de Halina e sai pela porta em direção às escadas, sem dizer uma palavra. Halina tranca a porta em seguida e espera o som dos passos se afastarem antes de se virar e olhar para Adam. Então, balança a cabeça.

Adam ergue os braços, com as palmas das mãos viradas para cima, dando de ombros.

— Eu não sabia mais o que fazer — explica ele.

Halina cobre a boca com a mão. Adam baixa os olhos e, depois, ergue novamente o olhar para encará-la. Quando os dois se encaram, os cantos de sua boca se abrem num sorriso e Halina ri baixinho por trás da palma da mão. Ela leva um momento para se recompor. Enxugando as lágrimas, ela atravessa a sala.

— Você podia ter me avisado — diz ela, apoiando os braços no peito de Adam.

— Eu não tive tempo — sussurra Adam, e envolve a cintura dela com os braços.

— Eu queria ter visto a cara de Aleksandra — comenta Halina. — Ela parecia transtornada quando saiu.

— O queixo dela quase encostou no chão.

— Você é um homem corajoso, Adam — diz Halina suavemente.

— Eu sou um homem de sorte. Estou realmente surpreso pela bandagem ter ficado presa.

— Graças a Deus ficou! Você me deixou nervosa.

— Me desculpa.

— Ela ainda está... no lugar?

Halina olha para baixo, para o espaço entre eles.

— Eu arranquei enquanto Aleksandra saía. Já estava me deixando maluco. Eu estava usando há horas. Fico surpreso que você não tenha notado que eu estava andando de um jeito estranho.

Halina ri novamente, balançando a cabeça.

— Doeu para tirar? Está tudo certo... aí embaixo?

— Eu acho que sim.

Halina semicerra os olhos. A adrenalina a havia deixado arrepiada. O toque de Adam, o calor do corpo dele junto ao seu são subitamente irresistíveis.

— É melhor eu dar uma olhada — sugere ela, desafivelando o cinto dele.

Halina o beija, fechando os olhos, enquanto as calças dele caem novamente, emboladas nos tornozelos.

4 DE AGOSTO DE 1942: *Tarde da noite, Glinice, o menor gueto de Radom, é cercado pela polícia e iluminado com holofotes; entre 100 e 150 crianças e idosos são executados no próprio gueto; no dia seguinte, aproximadamente 10 mil judeus são enviados de trem para o campo de extermínio de Treblinka.*

CAPÍTULO 35

Jakob e Bella

Fábrica AVL, Radom, Polônia sob ocupação alemã ~
6 de agosto de 1942

Bella está agachada sobre o assento de um vaso sanitário, dentro de uma cabine do banheiro masculino, esperando que Jakob bata à porta. Ela mantém uma das mãos na parede divisória para manter o equilíbrio, com o casaco de inverno dobrado no braço, e, com a outra mão, segura uma maleta de couro. A porta da cabine é pequena e ela está numa posição excruciante: se ficar ereta, sua cabeça vai aparecer por cima da porta; se descer do vaso, seus pés serão visíveis por baixo; e, se ela se mexer muito, corre o risco de cair ou, pior, de escorregar para dentro do buraco fétido entre seus pés. Felizmente, ninguém veio verificar o banheiro na última meia hora. Porém, de qualquer maneira, Bella se mantém na posição, fazendo o que pode para suportar o calor sufocante, a dor latejante nas costas, o fedor horrível de fezes e urina velha. *Rápido, Jakob. Por que você está demorando tanto?*

O plano deles, se funcionar, é escapar do confinamento da AVL sem serem notados e ir até o gueto de Glinice, que fica ali perto. Uma parte dela ainda se agarra à esperança de encontrar os pais lá, vivos, poupados. Entretanto, no íntimo, Bella sente que eles não estarão lá, que eles se foram.

O gueto havia sido liquidado. Bella e Jakob foram avisados de que isso iria acontecer por um amigo da polícia polonesa. Eles foram amigos próximos de Ruben na época da escola e ficaram esperançosos quando ele foi designado para o serviço de patrulha na AVL. Talvez, pensaram, ele pudesse ajudá-los de alguma forma. No entanto, as duas vezes que Bella o encontrou, ele passou sem dar um aceno, sem nem mesmo olhar para ela. Não foi uma surpresa, é claro — isso era comum agora, essa nova dinâmica entre velhos amigos. E, então, Bella foi pega de surpresa quando, uma semana atrás, Ruben a puxou pelo braço e a levou para dentro de um armário de suprimentos, trancando a porta por dentro. Bella, que àquela altura esperava o pior, rezou para que, fosse lá o que ele tivesse planejado para ela, que ao menos fosse rápido. Em vez disso, Ruben a surpreendeu quando se virou para ela e a encarou com um olhar tremendamente triste.

— Me desculpe por estar te ignorando, Bella — começou ele, num tom de voz pouco acima de um sussurro. — Eles iam acabar comigo se... Não importa, você tem parentes no gueto, não tem? — perguntou ele na escuridão.

Bella fez que sim com a cabeça.

— Ouvi hoje que Glinice vai ser liquidado daqui a uma semana. Só vai sobrar um punhado de empregos para funções horrorosas por lá, e uns poucos devem ser poupados e enviados para Wałowa, mas os outros...

Ele olhou para baixo. Quando Bella perguntou para onde os judeus seriam enviados, Ruben falou tão baixinho que ela teve de se esforçar para compreender as palavras.

— Eu ouvi alguns oficiais da ss falando de um campo perto de Treblinka.

— Um campo de trabalho? — perguntou Bella.

Ruben não respondeu, apenas balançou a cabeça.

Com essas notícias, Bella implorou a Maier, o capataz da fábrica, que lhe permitisse trazer os pais para a AVL. Por algum motivo, ele concordou, e além de emitir um *ausweis* para que ela pudesse caminhar os dois quilômetros até Glinice durante a noite. Ruben a acompanhou. Seus pais, entretanto, se recusaram a sair.

— Se você acha que a gente pode simplesmente sair daqui andando, você está louca — retrucou seu pai. — Esse Herr Maier diz que podemos trabalhar para ele, mas vá dizer isso aos guardas do gueto. Diga a eles que estamos deixando os nossos trabalhos aqui para servir a outra pessoa. Eles vão rir e depois enfiar balas nas nossas cabeças. E na sua também. A gente já viu isso acontecer antes.

Bella via o terror estampado nos olhos do pai, mas ela era persistente.

— Por favor, pai. Eles já levaram Anna. Não deixe que levem vocês também. Vocês devem pelo menos tentar. Ruben pode ajudar — pressionou, com a voz estranhamente alta, desesperada.

— É perigoso demais para nós — disse sua mãe, balançando a cabeça.

— Vá Bella. Vá. Salve-se.

Bella odiou ver seus pais não aceitarem seu plano por não terem mais esperança. Ela lhes dera uma chance de escapar, de tomar as rédeas de seu destino, mas, em vez de segurarem as rédeas, eles se recusaram e caíram da sela, derrotados pelo medo.

— Por favor! — implorou Bella por fim, chorando nos braços da mãe, com lágrimas escorrendo pelas bochechas.

Porém, ela percebia pela posição dos ombros deles, pelo olhar desolado, que eles haviam perdido a vontade de lutar, que a força que eles tinham dentro de si fora esvaída quando Anna desapareceu. Eles eram cascas do que haviam sido, vazios, esgotados e amedrontados. Quando Bella e Ruben finalmente deixaram Glinice sem eles, Bella parecia fora de si.

Alguns dias depois, à meia-noite do dia 4 de agosto, como Ruben havia previsto, o extermínio do gueto de Glinice começou. A dois quilômetros de distância, na fábrica, Bella conseguia ouvir o som abafado dos tiros e os gritos apavorantes que vieram em seguida. Desesperada, em pânico e mal conseguindo ficar de pé depois de dias sem dormir, ela desmaiou. Jakob a encontrou no alojamento da fábrica, encolhida em posição fetal e se recusando a falar ou mesmo olhar para ele. Tudo o que ela conseguia fazer era chorar. Sem nada que pudesse dizer para reconfortá-la, Jakob se deitou ao lado de Bella, envolveu-a com seu corpo e a abraçou enquanto ela chorava. Levou horas até o barulho das armas de fogo cessar. Quando isso aconteceu, Bella ficou em silêncio.

No dia seguinte, ao amanhecer, Jakob ajudou Bella a voltar para o beliche e disse ao guarda responsável pelo alojamento deles que a esposa estava doente demais para trabalhar.

— Você tem certeza de que ela está viva? — perguntou o guarda, quando colocou a cabeça dentro do alojamento e viu Bella deitada de costas, imóvel, com um pano molhado na testa.

Uma hora depois disso, Maier avisou pelos alto-falantes que a AVL seria fechada, que os judeus seriam enviados para outra fábrica e que eles deveriam arrumar seus pertences. Eles deveriam se preparar para partir na manhã seguinte, às nove em ponto, avisou Maier. Jakob sabia exatamente para onde seriam levados. Eles precisavam arrumar um jeito de escapar. Naquela noite, Jakob forçou Bella a comer uma fatia de pão e implorou a ela que reunisse suas forças.

— Eu preciso de você comigo — pediu ele. — A gente não pode ficar aqui, você compreende?

Bella concordou e Jakob explicou o plano para ela, um plano que incluía dois alicates para cortar arame. Bella teve de se esforçar para acompanhar o que ele dizia. Antes de sair, Jakob suplicou a ela que o encontrasse na manhã seguinte, às oito e meia, no banheiro masculino.

Agora, já são quase nove horas. Com o sol de verão batendo nas telhas de metal corrugado do teto, o ar do banheiro é sufocante. Bella teme desmaiar. Ela usou todas as forças para se levantar naquela manhã, e, quando conseguiu, teve a sensação de que não habitava mais o próprio corpo, como se seus músculos tivessem se rendido. Quando os alto-falantes estalam, ela pisca os olhos, agradecendo pela distração. É a voz de Maier.

— Trabalhadores, dirijam-se à entrada da fábrica para receberem as rações. Tragam seus pertences.

Bella fecha os olhos. Em breve, uma fila vai se formar na frente da fábrica. Ela imagina os guardas reunidos para acompanhar os judeus até a estação de trem e se pergunta se seriam os mesmos guardas que teriam acompanhado seus pais na viagem para a morte quase certa. Seu estômago fica embrulhado. *Cadê Jakob?* Ela conseguiu chegar ao banheiro às oito e vinte e cinco, cinco minutos adiantada. Já se passou pelo menos meia hora. *Ele já deveria estar aqui a essa altura. Por favor,* reza Bella, enquanto ouve o leve ruído que as gotas do suor que escorre pelo seu queixo fazem ao bater no chão de cimento abaixo dela, afastando a ideia de sair do banheiro e gritar para que os guardas a levem também. *Por favor, Jakob, rápido.*

Finalmente, ouve um leve *toc-toc-toc-toc* na porta. Ela suspira e desce com cuidado do vaso sanitário. Suas duas batidas na porta são rapidamente respondidas por outras quatro. Do lado de fora, Jakob acena com a cabeça, parecendo aliviado em encontrá-la ali.

— Me desculpe pelo atraso — sussurra.

Ele pega a mala das mãos dela e a leva para fora do banheiro, encostado na parede. Enxugando o suor do rosto, Bella respira o ar fresco, agradecida por agora poder se entregar às mãos de Jakob e simplesmente segui-lo.

— Está vendo aquele campo, pouco depois do alojamento masculino? — pergunta Jakob, apontando. — É para lá que nós vamos. Mas, primeiro, temos de passar pelo alojamento.

Bella semicerra os olhos para observar o prédio comprido e baixo, que parece estar a uns trinta metros de distância. Atrás dele há uma cerca, uma parede com correntes de aço e arame farpado, que cerca todas as instalações, e, depois disso, o objetivo deles, ir para um campo de trigo que não havia sido colhido.

— Vamos ter de correr — sussurra Jakob. — E torcer para que ninguém nos veja.

Do canto do banheiro, ele espia cautelosamente os fundos da fábrica, relatando o que vê: o fim de uma fila de pessoas, que se estende ao redor do edifício, desde a entrada; três guardas tomando conta da retaguarda, sinalizando para que os últimos trabalhadores entrem no fim da fila. Depois de alguns longos minutos, Jakob se vira para trás e pega a mão de Bella.

— Eles se foram — avisa ele. — Rápido, vamos!

Bella é puxada para a frente e logo eles estão levantando poeira, correndo em disparada para o campo, já de costas para a fábrica. Em poucos segundos, os pulmões de Bella começam a arder, mas ela está concentrada em segurar firme a mão de Jakob e tentada a se virar e olhar para trás enquanto corre, para ver se alguém os descobriu, embora tema que, caso o faça, entre em pânico e fique mortalmente paralisada. Os trinta metros se reduzem para vinte, depois para dez, para cinco e então o ritmo da corrida diminui e eles se escondem atrás do alojamento masculino, apoiando as costas na parede de madeira desgastada pelo tempo, respirando fundo para recuperar o fôlego com os pulmões ardendo. Bella se inclina para a frente e apoia as mãos nos joelhos, sentindo o coração martelando no peito. A corrida a fez chegar perto do limite mas também despertou algo nela. Ao menos por enquanto isso a trouxe de volta para dentro do próprio corpo.

Eles respiram o mais silenciosamente que podem depois de tanto esforço, atentos a passos, gritos ou o barulho de um disparo. Nada. Jakob espera um minuto inteiro, depois encosta o nariz perto do canto da parede. Ninguém, ao que parece, os tinha visto.

— Vem — chama Jakob, e eles seguem, agora escondidos, em direção à cerca.

Quando a alcançam, Jakob se ajoelha e age rápido com os alicates. Com a testa ensopada de suor, ele corta e dobra o aço metodicamente, até conseguir fazer um buraco grande o suficiente para eles poderem passar.

— Você primeiro, amor — diz ele, levantando a parte solta da cerca.

Bella rasteja pela abertura; Jakob passa a mala para ela e, depois, a segue, dobrando o arame de volta para baixo e fechando a cerca do melhor jeito que pode.

— Fica abaixada.

Eles correm até a campina, onde ficam de quatro e rastejam, com os corpos envoltos pelas hastes de trigo que se agitam à sua volta enquanto se afastam da cerca recém-cortada, da fábrica e dos vagões de gado que estão sendo carregados com homens e mulheres que, na noite anterior, dormiram ao lado deles. De quatro, Bella se lembra de quando rastejou pelo capim para chegar a Lvov no início da guerra. Naquela época, parecia haver tanta coisa em jogo... tantas incertezas. Mas, pelo menos, tinha uma irmã. E os pais.

Depois de alguns minutos, ela e Jakob param, ficam de joelhos e olham, entre as plantas, na direção da fábrica. Eles percorreram uma distância considerável — a AVL parece pequena, como um tijolo bege no horizonte.

— Acho que estamos em segurança aqui — avisa Jakob.

Ele afasta as hastes de trigo ao redor dos dois, formando uma espécie de ninho para que possam se esticar. O trigo está alto e, mesmo sentados, suas cabeças continuam protegidas pela vegetação. Melada de suor, Bella abre o casaco no chão e se senta sobre ele. Jakob olha mais uma vez para a fábrica.

— Nós devemos esperar o anoitecer antes de continuar.

Bella faz que sim com a cabeça. Jakob se senta ao lado dela e procura a metade de uma batata que trouxe no bolso.

— Guardei isso de ontem — avisa ele, desembrulhando seu lenço.

Bella não está com fome. Ela balança a cabeça e encolhe as pernas, encostando a bochecha num joelho. Ao lado dela, Jakob franze a testa e morde o lábio. Eles não haviam comentado sobre o ocorrido na noite anterior em Glinice. O que há para dizer? Bella pensou em tentar desabafar, explicar como é perder uma mãe, um pai, uma irmã — toda a família —, como é imaginar como as coisas poderiam ser se ela e Anna estivessem se escondendo juntas durante os pogroms em Lvov e se ela tivesse convencido os pais a vir para a AVL. A fábrica, como o gueto, logo será liquidada, mas, se seus pais tivessem vindo trabalhar lá, pelo menos poderiam ter tentado escapar juntos. Bella, no entanto, não consegue falar dessas coisas. Sua dor não cabe em palavras.

Ao redor deles, o trigo sussurra e balança com a brisa. Jakob envolve os ombros de Bella com um braço. Quando ela fecha os olhos, lágrimas se acumulam em seus cílios. Eles ficam sentados em silêncio, os minutos se transformando em horas, sem nada a fazer a não ser esperar enquanto a luz âmbar da tarde se desvanece até anoitecer.

CAPÍTULO 36

Halina

Zona rural nos arredores de Radom, Polônia sob ocupação
alemã ~ 15 de agosto de 1942

O pai dela cantarola enquanto dirige, batucando com os polegares o volante de madeira do pequeno Fiat preto. Atrás dele, Halina e Nechuma estão sentadas juntas, de braços dados. Felizmente, seus velhos amigos, a família Sobczak, se reaproximaram deles e se dispuseram a emprestar o carro para a viagem. Halina tinha pensado em ir com os pais de Radom para Wilanów de trem, mas ficou preocupada por terem de passar por muitos postos de controle nas estações. Ela esperava que o carro fosse uma aposta mais segura, ainda que isso significasse que eles teriam de conseguir combustível, algo caro e quase impossível de se obter. Halina prometera que devolveria o carro com o tanque cheio e tinha insistido para que Liliana ficasse com a sopeira e a concha de prata que Nechuma deixara com ela quando eles foram despejados em troca do empréstimo do carro.

Do banco de trás, Halina assiste ao pai avançar na paisagem — o céu azul, os campos verdejantes, o reflexo reluzente do sol nas águas do sinuoso rio Vistula. Ela se oferecera para dirigir, mas Sol havia insistido.

— Não, não. Deixa que eu faço isso — disse ele, meneando a cabeça como se considerasse aquilo uma obrigação.

Mas, na verdade, ela sabia que, naquele momento, não havia nada que seu pai quisesse fazer mais do que assumir o volante. Por quatorze meses, ele e Nechuma tinham vivido num mundo confinado por muros de tijolos e arame farpado, por braçadeiras com estrelas de davi azuis, pelo tédio e pelo cansaço dos trabalhos forçados. Halina sorri, sabendo o quanto eles devem estar se sentindo bem aqui fora, na estrada. Juntos, saboreiam o efêmero aroma da liberdade, doce e maduro, como o perfume das flores de tília que entra no carro pela janela aberta.

Nechuma tinha acabado de descrever como era viver e trabalhar na fábrica de armas de Pionki.

— Nós nos sentimos tão *velhos* lá. Todos os outros eram praticamente crianças. Você precisava ter ouvido as fofocas: *Eu me apaixonei... E ela nem é bonita... Ele não fala comigo há dias...* Os ciúmes, o drama. Eu tinha me esquecido de como é cansativo ser jovem. Embora — confidencia ela, baixando o tom de voz e se inclinando para mais perto de Halina — às vezes fosse bem divertido.

Halina não conseguiu conter uma risada, imaginando os pais cercados por aquela conversa frívola. Ela ficou bastante feliz por saber que em Pionki eles estavam muito melhor que no gueto. Teria sido cômodo para eles passar a guerra confinados naquela fábrica se, na semana anterior, Adam não tivesse avisado que as instalações seriam fechadas.

— Me desculpe por não ter descoberto isso antes — disse ele. — Pode acontecer qualquer dia.

Halina sabia que precisaria tirar os pais de lá antes que eles acabassem num daqueles terríveis campos de concentração para onde os judeus estavam sendo enviados quando sua força de trabalho não era mais necessária.

Tentar obter permissão para retirar os pais de Pionki seria inútil, é claro. Halina sabia que teria de atuar à margem do sistema. Uma semana atrás, munida de seus documentos falsos de ariana e com o bolso cheio de zlotys, ela visitara a fábrica com a intenção de subornar o guarda da entrada para que permitisse que seus pais saíssem discretamente no fim do horário de trabalho — ela alegaria que eles eram velhos amigos seus, injustamente acusados de serem judeus. Entretanto, Halina chegou lá na sexta-feira e sua mãe havia sido levada, juntamente com as outras trabalhadoras, para os chuveiros públicos. Halina tinha de trabalhar naquela noite e não podia esperar que Nechuma retornasse. Nesta manhã, sentindo que o tempo estava se esgotando e que cem zlotys poderiam não ser suficientes, ela decidiu levar a última das joias da mãe — a ametista. Nechuma havia passado o colar para Isaac no dia da transferência deles do gueto para Pionki, implorando a ele que o entregasse imediatamente, com rapidez e segurança, para Halina. Ele tinha escrito para Halina, em Varsóvia, avisando que tinha uma encomenda especial roxa para ela e que viesse buscá-la o mais rápido possível.

Hitler havia decretado pena de morte para qualquer alemão que aceitasse suborno de judeus, mas Halina aprendeu no ambiente de trabalho de Adam que isso não impedia que muitos nazistas aceitassem propina. E, de fato, quando ela mostrou ao guarda da entrada de Pionki aquela pedra roxa e brilhante, os olhos dele se iluminaram. Quinze minutos depois, ele retornou ao portão carregando os pais dela.

— Dobre a esquerda aqui — instrui Halina, diante de uma pequena placa de madeira indicando a direção de Wilanów, um pequeno vilarejo agrícola nos arredores de Varsóvia.

Depois que eles se afastam da via principal, a estrada pavimentada dá lugar a outra de terra. Sol olha pelo espelho retrovisor e sorri diante da imagem de Halina e Nechuma lado a lado, desfrutando essa proximidade.

— Nos fale de você, dos outros — pede Nechuma.

Halina hesita. Seus pais ainda não ouviram falar do que aconteceu em Glinice, da família de Bella. Ela não havia tido coragem de contar a eles. A última hora foi tão prazerosa, conversando com a mãe sobre assuntos triviais, que pareceu até normal. Ela está relutante em trazer a tristeza do mundo de volta tão cedo. Então, em vez disso, Halina fala de como Adam escapou por um triz da mulher do senhorio, relatando o caso pelo lado cômico e deixando de lado o fato de que, na hora, ela havia ficado apavorada. Fala do emprego em Varsóvia, trabalhando como cozinheira para um empresário alemão e conta que Mila também havia conseguido um emprego recentemente, passando-se por ariana, na casa de uma rica família alemã.

— E Felicia? — pergunta Sol por cima do ombro. — Eu sinto tanta saudade dela.

— Desde que elas se mudaram, o senhorio de Mila suspeitava de Felicia — explica Halina. — Ele olhou uma vez para os olhos escuros e tristes dela e soube imediatamente que era judia. Mila conseguiu passar com os documentos, mas para Felicia é muito mais difícil. Eu encontrei uma amiga disposta a mantê-la escondida.

Halina tenta manter o tom de suas palavras brando, embora saiba o quanto ter de deixar a filha aos cuidados de outra pessoa atormentara Mila.

— Ela está lá sozinha, sem Mila? — pergunta Sol, e Halina percebe pelo reflexo dos olhos do pai no retrovisor que ele não está mais sorrindo, que tinha captado os detalhes que ela estava omitindo.

— Sim. Tem sido difícil para as duas.

— Aquela menina adorável — diz Nechuma em voz baixa. — Felicia deve estar se sentindo tão sozinha.

— Sim, ela está. Ela odeia isso. Mas é para o seu bem.

— E Jakob? — pergunta Nechuma. — Ele ainda trabalha na fábrica AVL? Halina hesita e baixa os olhos para o colo.

— Ele continua lá, sim, até onde eu sei. Eu escrevi para contar a ele que vocês haviam saído de Wałowa, e ele perguntou se eu poderia ajudar a tirar os pais de Bella do gueto de Glinice também, mas... — Halina engole em seco. Todos no carro estão em silêncio. — Eu tentei — sussurra.

Nechuma balança a cabeça.

— O que você quer dizer?

— É que... Eles foram... Glinice foi liquidado.

Com o zumbido do motor, a voz de Halina se torna quase inaudível.

— Isaac disse que ainda restam algumas pessoas, mas os outros... — Ela não consegue pronunciar as palavras.

Nechuma tapa a boca com a mão.

— Ah, não! E Wałowa?

— Aparentemente, Wałowa é o próximo.

Halina consegue ouvir que, no banco da frente, a respiração de seu pai ficou pesada. Uma lágrima escorre pela bochecha de sua mãe. A alegria que eles sentiam por estar juntos no começo daquela viagem tinha se dissipado. Por vários segundos, ninguém diz nada. Finalmente, Halina quebra o silêncio.

— Mais devagar, pai, é a próxima à esquerda.

Por cima do ombro dele, ela aponta para um caminho estreito. Eles seguem por ali por duzentos metros, até chegarem a uma casinha de fazenda com telhado de palha.

Nechuma enxuga os olhos com as costas da mão e funga.

— É aqui, então? — pergunta Sol.

— É, sim — avisa Halina.

— E como eles se chamam mesmo? — pergunta Nechuma. — Os proprietários.

— Górski.

Adam descobrira a família Górski na Resistência, numa lista de poloneses com espaço disponível e que ofereciam esconderijos a judeus em troca de pagamento. Halina nem sabia se Górski era o sobrenome verdadeiro deles, só que poderia levar os pais para lá e que, com seu emprego fixo, conseguiria pagar pela estada deles.

Halina está familiarizada com a casa — ela a visitara certa vez para se apresentar e avaliar as condições para que os pais vivessem ali. A esposa tinha saído, mas Halina e *pan* Górski, que ainda não tinha dito seu nome, se deram bem. Ele era um homem de meia-idade, com cabelos grisalhos, franzino e com olhos gentis.

— E o senhor tem certeza de que a sua esposa não se oporá a esse acordo? — pressionou Halina, antes de sair.

— Ah, sim — respondeu ele. — Ela está nervosa, é claro, é normal, mas está de acordo.

Sol reduz a velocidade do Fiat e eles se aproximam da casa devagar. Não há nenhuma outra casa nas redondezas.

— Você escolheu bem — elogia Nechuma, assentindo com a cabeça.

Halina olha para a mãe, concedendo a si mesma um momento de orgulho infantil pela aprovação de Nechuma. Ela vê a mãe olhar para a casa, examinando a pequena cabana quadrada e atarracada, revestida com tábuas de cedro e janelas brancas. Em parte, ela escolhera a família Górski porque ela parecia de fato confiável e porque morava a uma hora de Varsóvia, no interior, sem vizinhos por perto. Halina esperava que assim fosse menos arriscado que alguém os denunciasse.

— Não é nada elegante, mas é reservado — comenta Halina. — Mas não se sintam à vontade demais. *Pan* Górski disse que a Polícia Azul polonesa já esteve aqui duas vezes procurando esconderijos.

Eles ouviram dizer que um judeu capturado pode valer um saco de açúcar ou uma dúzia de ovos. Os polacos levam essa caçada a sério. E os alemães também. Eles até deram um nome para isso: *Judenjagd.* Caça ao judeu. Os judeus capturados podem ser entregues vivos ou mortos, não faz diferença.

Os alemães também decretaram pena de morte para qualquer polonês que seja flagrado escondendo judeus.

— *Pan* Górski prometeu não contar a ninguém sobre vocês, é claro, nem mesmo à família ou aos amigos mais próximos. Mas estejam sempre com as suas identidades falsas — prossegue Halina. — Só por precaução. Temos de partir do pressuposto de que eles vão receber visitas.

Nechuma aperta o cotovelo de Halina.

— Não se preocupe com a gente, querida. Nós vamos ficar bem.

Halina faz que sim com a cabeça, embora não saiba mais o que é não se preocupar com os pais. Cuidar deles se tornou um instinto. Ela só pensa nisso.

Sol gira a chave na ignição; o motor para, então o silêncio toma conta do carro enquanto ele e Nechuma olham para sua nova casa através do para-brisa cheio de insetos mortos. Um caminho de pedras de ardósia azul leva à porta, onde uma aldrava de latão em forma de estribo reluz ao sol.

— Isso vai funcionar — diz Sol. Ele olha para Halina pelo retrovisor. Seus olhos estão vermelhos.

— Espero que sim. — Halina suspira. — É melhor a gente entrar logo.

Sol baixa o encosto do banco do motorista para que Nechuma e Halina possam sair, em seguida abre o porta-malas do Fiat para pegar o que restava de seus pertences: um pequeno saco de lona com uma muda de roupa para cada um, algumas fotos, sua Hagadá e a bolsa de Nechuma.

— Por aqui — orienta Halina, e seus pais a acompanham pelos fundos da casa, onde há meia dúzia de camisas desbotadas pendurada num varal estendido entre dois bordos e uma hortinha com ervilhas, tomates e repolho.

Halina bate duas vezes à porta dos fundos. Depois de um minuto, o rosto de *pan* Górski aparece na janela e, um segundo depois, a porta se abre.

— Venham — diz ele, com um gesto que os convida a entrar.

Sem falar nada, eles entram na cabana e Sol fecha a porta. A sala é exatamente como Halina se lembrava dela — pequena, com pé-direito baixo, uma poltrona com estofado de caxemira, um sofá velho, uma estante de livros na parede oposta.

— A senhora deve ser *pani* Górski — diz Halina, sorrindo para a mulher esbelta que está ao lado do marido. — Eu sou Halina. Esses são a minha mãe, Nechuma, e o meu pai, Sol.

A mulher os cumprimenta com um breve aceno de cabeça, as mãos juntas, retorcidas, na frente da cintura.

O olhar de Halina vai dos Górski para os pais. Apesar do período em cativeiro, o corpo de Sol e Nechuma é largo e eles têm contornos arredondados. Perto deles, os Górski, com suas cinturas finas e ombros ossudos, parecem esqueletos.

Sol deixa a sacola no chão, dá um passo à frente e estende a mão.

— Obrigado, *pani* Górski — agradece ele. — Vocês são muito generosos e corajosos em nos receber. Faremos de tudo para não incomodá-los enquanto estivermos aqui.

Pani Górski encara Sol por um momento antes de erguer a mão, que é envolvida pela de Sol. *Seja delicado*, reza Halina, *senão você vai quebrar os ossos dela.*

— Madame — cumprimenta Nechuma, também estendendo a mão —, por favor, nos diga o que podemos fazer para ajudar em casa.

— Isso é muito gentil da sua parte — agradece *pan* Górski, olhando para a esposa. — E, por favor, nos chamem pelos nossos nomes, Albert e Marta.

Marta acena positivamente com a cabeça, mas seu maxilar está apertado. Alguma coisa no comportamento da mulher incomoda Halina. Ela se pergunta qual teria sido o tom da conversa que os dois tiveram antes da chegada dela com os pais.

— Eu devo voltar em breve — avisa Halina. Ela aponta para a estante de livros. — Você poderia explicar aos meus pais como isso funciona antes que eu vá embora?

— É claro — prontifica-se Albert.

Sol e Nechuma observam Albert se encostar na estante, fazendo-a deslizar suavemente sobre a parede de tábuas de cedro.

— Tem rodas — comenta Sol. — Eu não tinha percebido.

— Sim, não dá para notar, mas elas facilitam na hora de mover a estante e faz menos barulho.

Albert coloca uma das mãos na parede.

— A parede tem oito tábuas do chão ao teto. Se contar até a terceira e pressionar aqui, nestes dois pegos — explica ele, passando os dedos sobre um par de pregos de ferro encravados na madeira —, você vai ouvir um estalo.

Sol observa atentamente a parede enquanto Albert faz força, pressionando-a. Então ouve-se um estalo e uma portinhola quadrada se abre.

— Eu instalei as dobradiças alinhadas com as tábuas, então, a menos que se saiba que tem uma porta aqui, ela fica invisível.

— Um trabalho meticuloso — sussurra Sol, sinceramente impressionado, e Albert sorri, satisfeito.

— Tem uma escada de três degraus que leva ao porão. Lá, vocês não vão ter espaço para ficar em pé — continua Albert, enquanto Sol e Nechuma espicham o pescoço, espiando o interior do quadrado escuro atrás da parede. — Mas nós colocamos alguns cobertores e deixamos uma lanterna. É escuro feito a noite lá embaixo.

Sol abre e fecha a portinhola algumas vezes.

— Isso aqui — diz Albert — vai permitir que vocês a tranquem por dentro.

Então ele empurra a porta fechada até ela travar novamente com um estalo, e depois desliza a estante de livros de volta ao lugar.

— Agora venham — chama Albert, acenando por cima do ombro. — Me deixem levá-los ao seu quarto.

Marta chega para o lado e espera o marido e os Kurc passarem por ela antes de segui-los por um pequeno corredor até um quarto ao lado da sala.

— Quando for seguro — diz Albert —, vocês podem dormir aqui.

Sol e Nechuma entram no quarto, que tem paredes de estuque branco e duas camas de solteiro. Há um espelho oxidado pendurado sobre uma cômoda bem simples.

— A gente vai avisar quando estiver esperando visita. A irmã de Marta, Róża, costuma aparecer duas vezes por semana. Se alguém chegar sem aviso, vamos arrumar um jeito de ganhar tempo na porta até vocês conseguirem entrar no abrigo do porão. Vocês vão ter de levar suas coisas para lá, é claro. Talvez seja melhor não desfazer as malas.

— Vocês têm filho? — pergunta Sol, ao ver um par de luvas de boxe num canto.

— Sim, Zachariasz — responde Albert. — Ele se juntou ao Exército polonês.

— Nós não temos notícias dele já há vários meses — acrescenta Marta, em voz baixa, olhando para o chão. Então eles retornam em silêncio para a sala.

Nechuma apoia a mão no ombro de Marta.

— Nós temos três filhos — diz ela.

Marta olha para Nechuma.

— Vocês têm? Onde... Onde eles estão?

— Um deles — explica Nechuma —, pelas últimas notícias que tivemos, trabalha numa fábrica nos arredores de Radom. Mas não sabemos dos outros dois desde, bem, desde o começo da guerra, na verdade. Um foi levado pelos russos, e o nosso filho do meio estava na França quando estourou a guerra. Agora, nós não sabemos...

Marta balança a cabeça.

— Eu sinto muito — sussurra. — É horrível não saber onde eles estão, se estão bem.

Nechuma concorda, e algo acontece entre as duas mulheres que faz Halina sentir seu coração aliviado.

Albert volta para o lado da esposa e apoia a mão nas costas dela.

— Logo — diz ele, com a voz subitamente triste — essa maldita guerra vai acabar. E todos vamos poder voltar as nossas vidas normais.

Os Kurc concordam, rezando para que haja verdade naquelas palavras.

— Eu preciso mesmo ir — avisa Halina, pegando um envelope com 200 zlotys na bolsa e entregando-o para Albert. — Eu volto daqui a um mês. Você tem o meu endereço. Por favor, se alguma coisa acontecer — continua, evitando encarar os pais —, escreva para mim imediatamente.

— Sem dúvida — tranquiliza Albert. — Nós nos vemos no mês que vem. Se cuide.

A família Górski deixa a sala para que os Kurc tenham alguma privacidade. Quando estão sozinhos, Sol sorri para Halina e, depois, para a sala ao redor, com as palmas das mãos voltadas para cima.

— Você cuida bem de nós — comenta ele.

Os olhos de Sol são flanqueados por rugas, e Halina transpira saudades do pai, do sorriso dele, de quem ela sentirá falta assim que sair por aquela porta. Ela se aproxima de Sol e encosta a cabeça no peito dele.

— Adeus, pai — sussurra ela, saboreando a sensação de estar envolvida pelo seu calor e torcendo para não ter que acabar com esse momento.

— Se cuide — diz Sol quando eles se afastam, entregando à filha as chaves do carro.

Com o verde de seus olhos ainda mais intensos por trás de uma parede de lágrimas, Halina se vira para a mãe, agradecida pela escuridão da sala de estar. Ela prometera a si mesma que não iria chorar. *Seja forte*, lembra a si mesma. *Eles estão em segurança aqui. Você os verá daqui a um mês.*

— Adeus, mãe — despede-se.

Elas se abraçam e trocam beijos nas bochechas. Pelo modo como o peito da mãe sobe e desce, Halina sabe que ela está fazendo o que pode para conter as lágrimas também.

Halina deixa os pais perto da estante de livros e caminha até a porta.

— Eu volto em setembro — avisa ela. — Vou tentar trazer novidades.

— Por favor, faça isso — pede Sol, segurando a mão de Nechuma.

Se seus pais estão nervosos com a sua partida, eles conseguiram disfarçar bem seu nervosismo. Ela abre a porta e semicerra os olhos ao se deparar com a luz da tarde, em parte esperando encontrar alguém os espionando por trás de uma das camisas de Albert penduradas no varal. Ela sai e se vira para olhar para os pais. O rosto deles está coberto pelas sobras.

— Amo vocês — diz ela para suas silhuetas, e fecha a porta atrás de si.

17 E 18 DE AGOSTO DE 1942: *O gueto de Wałowa, em Radom, é liquidado. Oitocentos moradores, incluindo os do abrigo para idosos e deficientes, além dos pacientes do hospital do gueto, são exterminados ao longo de dois dias. Aproximadamente 18 mil judeus são deportados de trem para Treblinka. Cerca de 3 mil jovens judeus mais capacitados permanecem em Radom para realizar trabalhos forçados.*

CAPÍTULO 37

Genek e Herta

Teerã, Pérsia ~ 20 de agosto de 1942

Algo laranja passa por eles. Genek se encolhe. Instintivamente, Herta protege o rosto de Józef com a mão. Os três estão entre os vinte recrutas poloneses enfiados na caçamba de um velho caminhão, sentados lado a lado em placas de compensado de madeira que revestem todo o assoalho Eles vêm de campos diferentes — libertados, assim como Genek e Herta, depois da anistia — para lutar ao lado dos Aliados. Seus corpos estão num estado deplorável: repletos de furúnculos, micose e sarna; os cabelos, suados e infestados de piolhos colados na testa. Roupas esfarrapadas muito largas nos físicos esqueléticos e um odor desagradável os envolve, acompanhando o caminhão como uma sombra fedorenta e repulsiva. Alguns dos mais doentes estão deitados, contorcendo-se aos pés de Genek e Herta, incapazes de ficar sentados, e parece que apenas algumas horas os separam da morte.

Eles estão viajando há três dias, contornando a costa do mar Cáspio por uma estrada de terra estreita ladeada por dunas de areia e raras palmeiras.

— Suponho que a gente esteja quase chegando a Teerã — comenta Genek.

De olhos arregalados, eles encaram os persas que surgem ao lado da estrada empoeirada, que também os encaram.

— Nossa aparência deve estar péssima — sussurra Herta.

Teerã marca o fim, por enquanto, de sua jornada de cinco mil quilômetros. Faz um ano que eles foram libertados do campo de trabalhos forçados de Altinai, nove meses desde que finalmente deixaram o Uzbequistão, onde foram obrigados a passar o inverno. Janeiro e fevereiro foram meses difíceis. Eles ficaram submetidos a uma dieta de oitenta gramas de pão e uma tigela de sopa aguada por dia. Com isso, emagreceram de tal forma que chegaram a perder um quarto do peso. Se não fosse pelos cobertores que Anders tinha enviado, teriam morrido congelados.

Eles tiveram sorte, entretanto. Centenas de pessoas que tinham ido até o Uzbequistão para se juntar ao Exército foram enterradas em Wrewskoje. Toda semana, uma carroça percorria as ruas para recolher os corpos esqueléticos daqueles que haviam perdido a batalha contra a malária, o tifo, a pneumonia, a disenteria e a fome. Os mortos eram recolhidos com ancinhos e empilhados fora da cidade. Quando as pilhas ficavam altas demais, alguém jogava óleo bruto sobre os corpos e os queimava. Enquanto eles eram transformados em cinzas, um cheiro insalubre pairava pelo ar.

Em março, ficou claro que Stalin não tinha capacidade ou não estava *disposto* a alimentar ou equipar adequadamente os exilados que se alistaram no Exército de Anders. Segundo os registros, havia quarenta e quatro mil recrutas aguardando ordens no Uzbequistão. As rações enviadas pelos soviéticos, porém, eram calculadas para alimentar apenas vinte e seis mil. Enfurecido, Anders pressionou Stalin a permitir que ele levasse as tropas para a Pérsia, onde ficariam aos cuidados dos britânicos. Quando Stalin finalmente concordou, Genek e Herta iniciaram um novo êxodo, atravessando dois mil e quatrocentos quilômetros de estepes e desertos intermináveis, passando por Samarkand e Chirakchi e seguindo até o porto de Krasnovodsk, no Turcomenistão, na costa leste do mar Cáspio. Lá, eles foram cercados por homens do NKVD que carregavam grandes sacos de lona.

— Coloquem os pertences que vocês não possam carregar no chão — mandaram.

Uma ordem meio sem sentido, considerando que a maioria deles não tinha nada mais que lhes restasse a não ser a roupa do corpo.

— Dinheiro e documentos também — acrescentou um homem do NKVD.

Eles foram avisados de que seriam revistados no embarque.

— Qualquer um que tentar contrabandear dinheiro ou documentos para fora do país será preso.

Genek e Herta haviam usado o último zloty meses atrás e seus passaportes poloneses haviam sido confiscados em Lvov. Então deram adeus aos seus certificados de anistia e às permissões para não residentes que foram emitidos em Altinai, juntamente com seus passaportes estrangeiros emitidos em Wrewskoje. Sem uma única moeda ou forma de identificação no bolso, eles eram verdadeiros nômades. Mas isso não importava. Quaisquer que fossem as exigências para livrá-los das garras da Mão de Ferro soviética e levá-los para as mãos cuidadoras dos britânicos e do general Anders, eles estavam mais do que dispostos a aceitá-las. Eles só puderam finalmente sentir o primeiro cheiro de liberdade no ar quente e salgado depois de subirem o íngreme passadiço para embarcar no *Kaganovich*, o cargueiro enferrujado que os levaria até o porto persa de Pahlevi.

Depois de alguns dias no mar, no entanto, esse cheiro foi rapidamente sobrepujado pelo fedor de vômito, fezes e urina. Por quarenta e oito horas infernais, eles ficaram confinados lado a lado entre os milhares de passageiros a bordo, com os sapatos encharcados de excrementos, o alto da cabeça fritando sob o sol implacável, o estômago embrulhado pelo interminável balanço das ondas abaixo deles. Cada centímetro quadrado estava ocupado: o porão, o convés, as escadas e até mesmo os botes salva-vidas. Dezenas morreram e tiveram seus corpos flácidos erguidos e passados por mãos estendidas por cima de todos até a abertura mais próxima na amurada do navio para serem jogados ao mar, onde eram engolidos pelas águas.

Genek e Herta chegaram finalmente a Pahlevi, um porto persa na margem sul do mar Cáspio, em agosto. Entorpecidos pelo cansaço e tontos de fome, sede e enjoo, eles ficaram sabendo que o último navio que fizera a mesma rota através do mar Cáspio, com mais de mil almas a bordo, afundara. Eles dormiram duas noites a céu aberto na praia em Pahlevi até que um comboio de pequenos caminhões chegou para transportá-los a Teerã, onde lhes disseram que uma divisão do Exército polonês os aguardava.

Uma segunda coisa redonda passa voando sobre suas cabeças, e dessa vez Genek estende a mão e a agarra instintivamente. Ele se pergunta por que os habitantes locais estariam insultando um grupo de pessoas numa situação tão lamentável. Quando abre a mão, porém, encontra uma laranja. Carnuda, bela e fresca. A primeira fruta em que coloca as mãos em mais de dois anos. Ele olha para trás, tentando ver quem a havia jogado, então seus olhos se encontram com os de uma jovem com um lenço marrom na cabeça, de pé na calçada, as mãos no ombro de dois garotos à sua frente. Ela sorri e seus olhos castanhos enternecidos estão repletos de piedade. De repente, fica claro: a laranja não foi arremessada como um sinal de desrespeito, foi um presente. Alimento. Genek ergue os olhos enquanto envolve a fruta com a palma das mãos. Um *presente*. Ele acena para a mulher persa, que retribui o cumprimento e depois desaparece numa nuvem de poeira. Genek não consegue se lembrar quando foi a última vez que um estranho fez algo de bom para ele sem esperar alguma coisa em troca.

Ele enfia uma unha suja na laranja, a descasca e entrega um gomo para Herta. Ela morde um pedaço e encosta o restante nos lábios de Józef, rindo baixinho quando ele torce o nariz.

— É uma laranja, Ze — explica ela. Uma palavra nova para ele. — *Pomarańcza*. Logo, logo você vai aprender a gostar disso.

Genek descasca um gomo para si próprio e o mastiga de olhos fechados. O sabor explode em sua língua. É a coisa mais doce que já comeu.

O acampamento deles fica voltado para o norte, com vista para o litoral do mar Cáspio e, mais adiante, o cinza arroxeado das montanhas Elburz.

— Estamos no paraíso? — sussurra Herta, pegando a mão de Genek quando eles estão se aproximando do lugar.

Duas jovens inglesas acenam com as cabeças, sobre as quais usam quepes militares de brim. Elas os conduzem para uma série de tendas de lona estreitas, com as abas erguidas para permitir a circulação de ar.

— Homens para a direita, mulheres para a esquerda — indicam elas, apontando para duas tendas identificadas com a palavra ESTERILIZAÇÃO.

Na tenda masculina, Genek quer muito que lhe peçam que tire a roupa. Ele havia trocado todas as suas outras peças por lenha e rações de comida extras para que conseguissem atravessar o inverno siberiano. Desde então, usa as mesmas calça, camisa e roupas de baixo praticamente todo dia. Ele caminha nu até um encanamento que pulveriza alguma coisa que queima suas narinas quando se aproxima.

— É melhor fechar os olhos — recomenda o recruta que passou por ali antes dele.

O jato da ducha de esterilização fustiga sua pele, mas ele saboreia o açoite frio da solução que escorre pelas suas costelas, levando a sujeira de sua pele, lavando seu corpo do tempo de exílio. Quando termina, ele abre os olhos e fica aliviado ao ver que seus trapos de roupas foram levados para, sem dúvida alguma, serem incinerados. Ele sacode algumas gotas da solução com cheiro forte de seus membros e se junta ao outro recruta ao lado de um balde cheio com o que parece ser água do mar e se lava com uma esponja — uma esponja! Enquanto outros esperam atrás dele, Genek deseja que pudesse ter mais um ou dois minutos extras neste que é seu primeiro banho de verdade em meses. Cheirando agora a uma mistura de cloro e mar, recebe uma toalha e é conduzido a outra tenda, esta repleta de pilhas de roupas novas: roupas de baixo, camisetas e fardas de diferentes tamanhos e formatos. Ele escolhe uma calça cáqui leve e enfia uma camisa de mangas curtas com colarinho pela cabeça, sentindo o algodão luxuosamente macio envolver o peito. Numa terceira tenda, recebe um par de sapatos brancos de lona, um capacete de cortiça, um saco de tâmaras, seis cigarros e uma pequena quantia em dinheiro, seu soldo.

— O café da manhã é servido às sete horas em ponto — avisa um oficial quando ele se vira para sair.

— Café da manhã? — Genek está tão acostumado a viver com apenas uma refeição por dia que a ideia de colocar algo nutritivo no estômago ao amanhecer se tornou estranha.

— Você sabe, pão, queijo, geleia e chá. — Queijo e geleia e chá! Genek acena afirmativamente, salivando, entusiasmado demais para falar.

Na praia, encontra Herta sentada com Józef no colo e uma cesta de laranjas ao lado. Ela havia recebido a mesma calça cáqui e a mesma camisa, mas com um corte feminino. Józef está nu, a não ser por uma fralda de pano e um lenço, que Herta encharcou de água e enrolou em volta de sua cabeça. Ele chuta a areia agitando os pés, fascinado com a sensação dos grãozinhos quentes na pele. Um garotinho persa passa por eles vendendo uvas. Eles ficam sentados em silêncio por um tempo, observando o horizonte, a superfície reluzente do mar Cáspio e a linha de dentes formada pela cordilheira de Elburz, que se ergue ao longe.

— Acho que viemos para o lugar certo — diz Genek, sorrindo.

TEERÃ, AGOSTO DE 1942: *Logo depois de os homens de Anders chegarem a Teerã, Stalin faz grande pressão para que os polacos sejam enviados diretamente para a frente de batalha, mas Anders insiste que eles precisam de mais tempo para se recuperar. Muitos de seus homens morrem em Teerã — alguns, enfraquecidos demais pelo êxodo, outros por, depois de muito tempo, ingerir repentinamente alimentos mais consistentes. Outros, com os cuidados dos persas e os suprimentos dos britânicos, se fortalecem. Quando novas fardas e botas de couro de verdade chegam, em outubro, o moral no acampamento de Teerã atinge seu ponto mais alto.*

23 DE AGOSTO DE 1942: *Começa a Batalha de Stalingrado. Apoiada pelas forças do Eixo, a Alemanha nazista expande a fronteira de seus territórios na Europa e luta pelo controle de Stalingrado, no sudoeste da Rússia, no que se tornará uma das batalhas mais sangrentas da história.*

CAPÍTULO 38

Felicia

Varsóvia, Polônia sob ocupação alemã ~ setembro de 1942

Felicia está agachada no chão de linóleo da cozinha, cantando baixinho a canção sobre um gatinho que seu avô lhe ensinou, enquanto brinca empilhando tigelas de metal. Toda hora dá uma espiada no relógio que está pendurado ao lado do fogão (sua mãe havia lhe ensinado recentemente a ver as horas), contando os minutos que faltam para as cinco, quando Mila deve chegar. O apartamento pertence a uma amiga da sua tia Halina. É muito melhor que o apartamento do gueto, mas no gueto pelo menos sua mãe voltava para casa toda noite. Aqui em Varsóvia, por motivos que Felicia ainda não consegue entender, sua mãe mora em outro apartamento, no fim da rua. Elas passam um tempo juntas nos fins de semana e, uma vez por semana, Mila vem ao apartamento para trazer dinheiro para o senhorio. O casal dono do lugar trabalha fora, por isso Felicia se acostumou a passar os dias sozinha. Há outro clandestino ali, um sujeito mais velho chamado Karl, que chegou faz algumas semanas, mas ela não interage muito com ele — na maior parte do tempo, ele está lendo, ou então fica no quarto, o que é bom para Felícia, já que ele se sente desconfortável quando pessoas que ela não conhece, especialmente homens, fazem perguntas.

Há um barulho na porta do apartamento e Felicia olha para o relógio, procurando o ponteiro maior. Ainda é muito cedo. Sua mãe só costuma chegar depois das cinco, não antes, e os donos do apartamento não voltam antes das seis. Por um momento, ela imagina que seja seu pai. "Te encontrei!", diria ele, quando entrasse pela porta usando a farda do Exército. Mas então Felicia fica paralisada, perguntando-se se não deveria se esconder. Pediram a ela que tivesse cuidado com estranhos. A porta do apartamento é aberta e fechada, e, logo depois, ela escuta uma voz chamar seu nome. Felicia relaxa ao reconhecer a voz da prima de sua mãe, Franka.

— Felicia, meu benzinho, sou eu, Franka. Sua mãe não pôde vir — explica ela, indo até a cozinha. — Aqui está você — diz, olhando para Felicia sentada no chão entre as tigelas. — Está tudo bem com a sua mãe, ela só vai ter que trabalhar até mais tarde hoje.

Franka coloca uma caixa em cima da mesa da cozinha e se abaixa para dar um abraço em Felicia.

— Ela vai trabalhar até mais tarde? — pergunta Felicia, olhando para além de Franka, como se torcesse para que sua mãe aparecesse.

— Ela vai tentar visitar você amanhã. — Franka se levanta. — Você está bem? Está tudo bem por aqui?

Felicia olha para Franka. Ela parece nervosa, como se estivesse com pressa.

— Eu estou bem. Você vai ficar aqui comigo? — pergunta ela, mesmo já sabendo qual vai ser a resposta.

— Eu gostaria, meu amor. Mas vou trabalhar essa noite e Sabine está me esperando lá embaixo. Ela veio comigo para vigiar enquanto eu trazia o dinheiro. Ninguém pode me ver aqui em cima.

Felicia suspira e se levanta para ver mais de perto a caixa que Franka havia colocado em cima da mesa.

— O que é isso? — pergunta.

Com seu aniversário de 4 anos se aproximando, ela tem implorado à mãe um vestido novo e lhe ocorre que talvez Franka tenha trazido um para ela.

— São sapatos. Achei que seria melhor se parecesse que eu tinha vindo fazer uma entrega, caso alguém perguntasse por que tinha vindo aqui — explica Franka.

— Ah...

Os olhos de Felicia estão na altura da caixa. Ela fica na ponta dos pés, imaginando como seria um par de sapatos novos, que cheiro teriam, mas os oxfords lá dentro estão sujos e surrados.

— Você está precisando de alguma coisa? — pergunta Franka, tirando um envelope de dentro da blusa.

Felicia olha para o chão. Ela precisa de muitas coisas, mas não responde.

Franka coloca o envelope no lugar de sempre, atrás da moldura de uma foto pendurada acima do fogão.

— Onde está o senhor... Qual é o nome dele? — pergunta ela, olhando para o corredor.

Felicia está prestes a contar que Karl ainda não se aventurou a sair do quarto, quando alguém bate na porta com força. O primeiro pensamento de Felicia é de que deve ser Sabine, a amiga de Franka. Mas Franka se sobressalta. Ela olha para o relógio e depois para Felicia. As duas se encaram, sem saber o que fazer. Depois de mais uma batida na porta, Franka levanta a toalha da mesa e aponta.

— Se esconde, rápido! — sussurra ela.

Felicia rasteja para baixo da mesa. Há uma terceira batida na porta, que desta vez soa como metal atingindo um pedaço de madeira. *Eles vão arrombar a porta se ninguém atender*, percebe Felicia.

Franka arruma a toalha da mesa para que a beirada fique bem perto do chão.

— Estou indo! — grita ela, e então se agacha e sussurra através da toalha: — Se eles te acharem, diga que você é filha do zelador.

Eu sou filha do zelador. Essas são as palavras que ela deveria dizer, se alguém a descobrisse escondida. Nesses meses, desde que veio morar no apartamento, ela não precisou usá-las; até hoje, ninguém a não ser o senhorio veio sem avisar.

— Eu sou filha do zelador — sussurra, sentindo a mentira em sua fala.

Assim que Franka chega até a porta, Felicia ouve vozes. Três, talvez quatro, gritando num idioma que ela aprendeu a reconhecer como alemão. As vozes são de homens. Eles marcham do vestíbulo para a cozinha. Debaixo da mesa, Felicia se assusta com o barulho de suas tigelas se espalhando pelo chão.

Em meio ao caos, ouve também a voz de Franka. Ela fala rápido, explica que não mora aqui e depois fala alguma coisa sobre os sapatos, mas os alemães não parecem interessados no que ela tem a dizer.

— *Halt die Schnauze!* — grita um deles.

Felicia prende a respiração quando eles voltam ao corredor e vão até os quartos. Por um instante, tudo fica em silêncio. Felicia pensa em sair correndo, ou a chamar Franka, mas, em vez disso, decide contar mentalmente. *Um, dois, três...* Antes de chegar ao quatro, há mais gritos, e, quando ouve a voz de Karl, ela treme. Será que vieram atrás dele?

Logo, há corpos se movendo, botas batendo no chão, *bum, bum*, pelo corredor, em sua direção. E então há gente na cozinha, mais gritaria, e Karl chora enquanto implora com uma voz patética, suplicando.

— Por favor, não, por favor! Eu tenho documentos!

Felicia reza por ele, reza para que os alemães peguem seus documentos e vão embora, mas é inútil. Um tiro é disparado. Franka grita, e o chão de linóleo vibra quando algo pesado cai com um baque terrível.

Felicia tapa a boca com as mãos, tentando abafar qualquer som de sofrimento que possa escapar por ela. Seu coração bate tão forte e tão rápido que parece que vai sair por sua garganta a qualquer momento.

Um dos estranhos dá uma gargalhada. Felicia tenta respirar com mais calma, seu corpo treme com o esforço. Há um farfalhar. Mais gargalhadas. Alguma coisa sobre zlotys.

— Está vendo? — diz alguém num polonês péssimo, presumivelmente para Franka. — Está vendo o que acontece quando eles tentam se esconder? Diga ao dono desse lugar que a gente vai voltar.

Alguma coisa se mexe ao lado de Felicia. Uma faixa vermelha, serpenteando lentamente em sua direção, sob a toalha da mesa. Quando percebe o que é, ela quase vomita. Arrastando-se em silêncio para o outro canto da mesa, Felicia recolhe os joelhos para junto do peito e fecha os olhos com força.

— Sim senhor.

Mal dá para ouvir a voz de Franka. Finalmente, as vozes e os passos voltam para o corredor e a porta do apartamento é fechada. Os alemães se foram.

O instinto de Felicia é de se mover, de se arrastar o mais rápido possível e sair de baixo daquela mesa, para longe daquele cenário sanguinolento, mas ela não pode fazer isso. Então encosta a cabeça nos joelhos e chora. Pouco depois, Franka está lá com ela, de baixo da mesa, abraçando seu corpo, que está encolhido feito uma bola.

— Está tudo bem — sussurra ela, com os lábios encostados na orelha de Felicia, enquanto a balança para a frente e para trás, para a frente e para trás. — Você está bem. Vai ficar tudo bem.

CAPÍTULO 39

Addy

Rio de Janeiro, Brasil ~ janeiro de 1943

O primeiro lugar onde Addy para ao voltar de Minas Gerais, depois de concluir o trabalho no interior, é a agência dos correios em Copacabana. Em Minas, ele rezou todas as noites para que alguma carta tivesse chegado, mas perde as esperanças imediatamente ao entrar na agência, quando seus olhos encontram os de Gabriela.

— Eu sinto muito, Addy — lamenta ela, atrás do balcão. — Eu queria ter alguma carta para você.

Ela parece estar sinceramente triste em ter de dizer isso a ele.

Addy dá um sorriso forçado.

— Tudo bem. Pensamento positivo. — Ele passa a mão nos cabelos.

— Fico feliz que você esteja de volta — diz Gabriela, quando Addy se vira para sair.

— Vejo você na semana que vem — responde Addy, num tom artificialmente otimista.

Ao sair da agência dos correios, ele baixa a cabeça e sente uma dor no peito. Havia sido um tolo por ter alimentado esperanças. Addy funga, tentando conter as lágrimas, e então se empertiga. *Só ficar pensando nisso não vai mudar nada*, diz a si mesmo. *Você precisa fazer mais. Alguma coisa. Qualquer coisa*. Nesta tarde, decide, irá até a biblioteca. Ele vai folhear os jornais estrangeiros, à procura de pistas. Talvez encontre alguma notícia que dê ânimo ao seu espírito. Tudo o que leu em Minas foi desanimador e, por vezes, o deixou confuso. Uma matéria chamava os esforços de Hitler para erradicar os judeus na Europa de "assassinato em massa premeditado" e trazia um número inimaginável de mortes. Outra matéria dizia que "a situação judaica" havia sido exageradamente retratada, que os judeus não estavam sendo exterminados, mas simplesmente perseguidos. Addy não sabia em que acreditar. E achava irritante que a pouca informação que conseguiu encontrar estivesse geralmente perdida no meio do jornal, como se os próprios editores não tivessem lá muita certeza de que os fatos fossem verdadeiros, como se a manchete MAIS DE 1 MILHÃO DE MORTOS DESDE O COMEÇO DA GUERRA não merecesse estar na capa. Aparentemente, o destino dos judeus da Europa despertava pouco interesse no Brasil. Para Addy, entretanto, era a única coisa em que conseguia pensar.

Ele coloca os óculos escuros, instintivamente enfia a mão no bolso, procurando o lenço que tinha ganhado da mãe, e passa os dedos no linho branco e macio até seus olhos não estarem mais marejados. Depois olha para o relógio. Faltam quinze minutos para a hora que marcou de se encontrar com Eliska.

Enquanto esteve em Minas, Eliska foi visitá-lo uma vez, mas o encontro não ajudou em nada para consertar o que já começava a parecer uma relação a caminho do fim. Eliska ficou melancólica quando Addy lhe contou a ela como estava preocupado, como não conseguia pensar em nada além da família.

— Eu gostaria de poder entender o que você está passando — disse ela, e, pela primeira vez Addy a viu chorar. — Addy... E se você nunca mais encontrar a sua família? E aí? Como você vai lidar com isso?

Addy odiou ouvir essas palavras e o que elas implicavam. Ficou ressentido por Eliska tê-las dito, embora ele sempre se fizesse essas mesmas perguntas.

— Eu vou ter você — respondeu Addy num tom suave, mas suas palavras soaram vazias.

Estava claro agora. Eliska sabia tão bem quanto ele que, enquanto não descobrisse o paradeiro de sua família, ele não seria capaz de se comprometer inteiramente com a formação de uma vida em comum com ela, de dedicar todo o seu coração a amá-la. As lágrimas de Eliska não eram por ele. Addy percebeu que ela chorava por si mesma. Eliska já havia começado a vislumbrar um futuro sem ele.

No fim do quarteirão, Addy vai até uma mesa externa do café Campanha. Chegou cedo. Eliska ainda não chegou. Ele se senta e se pergunta se a conversa que está prestes a ter vai conduzi-los ao rompimento do noivado — e, se for o caso, o que isso poderia significar para os dois. Com o coração pesado, Addy tira seu caderninho com capa de couro do bolso junto ao peito. Já faz meses desde a última vez que fez anotações nele, mas todos os seus pensamentos sobre a família e sobre Eliska, sobre o que significa amar e ser amado, se misturaram e formaram uma melodia. Ele desenha uma pauta na página em branco diante de si e, em seguida, acrescenta a notação de compasso três por quatro de praxe. Quando as primeiras notas se espalham pelo papel, ele decide que a música será uma valsa lenta, em tom menor.

CAPÍTULO 40

Mila

Varsóvia, Polônia sob ocupação alemã ~ janeiro de 1943

Edgar, que havia completado 5 anos na semana anterior, caminha saltitante ao lado de Mila. O nariz dele está rosado e escorrendo por causa do frio.

— Esse não é o caminho para o parque, Frau Kremski — diz, como se fosse mais esperto que ela.

— Eu sei. A gente vai fazer uma parada no caminho. Vai ser rapidinho.

Depois de passar os últimos quatro meses em Varsóvia, trabalhando para uma família de nazistas, Mila tinha se tornado fluente em alemão.

Na casa da família Bäker (que Mila descobriu ter pertencido a uma família de judeus que ela presume que viva no gueto de Varsóvia agora), Mila é conhecida como Iza Kremski. O pai de Edgar é um oficial de alta patente da Gestapo. Sua mãe, Gundula, é tão preguiçosa quanto o gato da casa, mas o que lhe falta em produtividade, ela compensa com um temperamento explosivo e uma postura autoritária de quem se considera superior por direito — uma sabe-tudo propensa a bater portas e desperdiçar o dinheiro do marido. O trabalho de Mila está longe do ideal, mas ela recebe por isso. E, a despeito de ficar de coração partido diariamente pelo fato de cuidar de uma criança que não é a sua, ela gosta de Edgar, por mais mimado que ele seja. E esse trabalho é muito melhor que o da oficina em Wałowa. Em Varsóvia, pelo menos, diferentemente do que acontecia no gueto, ela tem alguma autonomia.

Mila passa as manhãs limpando os móveis com um pano úmido, esfregando os ladrilhos de porcelana do banheiro e preparando as refeições. De tarde, leva Edgar ao parque. Não importa o clima — mesmo que esteja chovendo ou nevando —, Gundula insiste que seu filho passe uma hora fora de casa. E, assim, todos os dias Mila e o menino fazem a pé o mesmo percurso da porta da casa dos Bäker, seguindo pela rua Stępińska, até a entrada sul do parque Łazienki. Hoje, porém, Mila havia desviado algumas quadras para oeste, para uma rua chamada Zbierska. É um risco — ela ainda não sabe como convencer Edgar a manter segredo sobre o desvio —, mas Edith tinha lhe dito que fosse durante o dia e ela precisava vê-la desesperadamente.

Edith é uma costureira e Mila a conheceu depois que começou a trabalhar com a família Bäker. Edith visita o apartamento uma vez por semana para cerzir uma toalha de mesa ou costurar um vestido para Frau Bäker, um paletó para Herr Bäker, cuecas para Edgar. Ontem, enquanto Gundula estava fora, Mila polia um conjunto de talheres de prata quando Edith chegou e as duas engrenaram uma conversa. Elas se deram muito bem, falando baixinho em seu polonês nativo. Mila suspeitou que Edith também fosse uma judia se passando por ariana, um palpite que se confirmou quando ela mencionou casualmente que tinha crescido na rua Okopowa — uma área que Mila logo reconheceu que ficava no bairro judeu, agora parte do gueto da cidade. Quando Mila contou a ela sobre Felicia, Edith mencionou um convento católico fora da cidade que aceitava crianças órfãs.

— Eu poderia descobrir se há vaga lá para mais uma — ofereceu-se ela, mas logo depois disso Gundula voltou para casa e as duas trabalharam em silêncio pelo restante da tarde.

Naquele mesmo dia, antes de sair, Edith passou para Mila seu endereço, rabiscado num canto de página rasgado de um jornal da família Bäker.

— Eu moro logo ali, rua acima — sussurrou ela, para depois acrescentar: — Você deve ir no começo da tarde, quando meus vizinhos estão no trabalho. Eles são... vigilantes.

Mila dá uma olhada no pedacinho triangular de papel na palma da mão e verifica o endereço: *rua Zbierska, 4.*

— Que tipo de parada? — pergunta Edgar. — Eu quero ir para o parque.

— Sua mãe me pediu para visitar Edith, a costureira — mente Mila. — Você conhece Edith, já a viu na sua casa. Na semana passada, ela tirou suas medidas para fazer uma camisa.

— Para quê?

— Não importa. Vai levar só um minuto.

Mila aperta o botão ao lado do nome de Edith, agradecida pela costureira ter incluído um sobrenome com o endereço e, depois de um instante, a voz de Edith soa através de um alto-falante.

— Quem está aí? — pergunta ela em polonês.

Mila pigarreia.

— Edith, é... é Iza. Edgar está comigo. Por favor, nós poderíamos subir por um momento?

Um segundo depois, a porta emite um zumbido e Mila e Edgar sobem três andares por uma escadaria estreita até encontrar uma porta identificada como 3B.

Edith a cumprimenta com um sorriso.

— Olá, Iza. Edgar. Por favor, entrem.

Edgar franze a testa quando eles entram.

— Me desculpe por vir sem avisar — diz Mila. Ela olha para Edgar, se perguntando quanto de polonês ele consegue compreender, e olha mais uma vez para Edith. — Ontem, você mencionou um convento...

Edith acena positivamente com a cabeça.

— Sim. Fica num povoado chamado Włocławek, a cerca de oito quilômetros daqui. Eu enviei hoje uma carta avisando a eles que há uma criança necessitada. Eu te digo assim que tiver uma resposta.

— Obrigada. — Mila suspira. — Eu agradeço muito pela ajuda.

— Não há de quê.

Edgar puxa a saia de Mila.

— A gente pode ir agora? Já passou um minuto.

— Sim, já vamos. Estamos indo para o parque — acrescenta Mila, voltando a falar em alemão, enquanto se vira para sair, tentando manter um tom de leveza na voz.

— Obrigada pela visita, Iza — diz Edith. — Mantenham-se aquecidos lá fora.

— Vamos tentar.

No dia seguinte, assim que pendura o casaco no vestíbulo da casa da família Bäker, Mila percebe que há algo de errado. O apartamento está estranhamente silencioso. A essa hora, Herr Bäker já deve estar no trabalho, mas, na maioria dos dias, quando Mila chega, Gundula está rabiscando uma lista de tarefas num papel e Edgar está chutando uma bola ou correndo pela casa, envolvido em algum tipo de batalha imaginária, gritando "Pou! Pou! Pou!" com as mãos erguidas como armas imaginárias. Hoje, porém, o silêncio no apartamento a faz sentir um frio na espinha.

Ela caminha tremendo pelo corredor até a sala de estar. Mila a encontra vazia. Continua em direção à cozinha, mas para rapidamente quando passa pela sala de jantar. Há alguém do outro lado do cômodo, sentada imóvel à cabeceira da mesa. Mesmo do corredor, Mila percebe que Gundula está com as bochechas vermelhas e tem os olhos cheios de raiva. Lutando contra o instinto de sair tão rápido quanto entrou, Mila se vira para ela, mas permanece junto à porta.

— Frau Bäker? Está tudo bem? — pergunta ela, com as mãos juntas na altura da cintura.

Gundula a encara por um momento. Quando ela fala, seus lábios mal se movem.

— Não, Iza, *não* está tudo bem. Edgar me contou que vocês foram à casa da costureira ontem, no caminho para o parque.

Mila sente dificuldade para respirar.

— Sim, nós fomos. Peço desculpas, eu devia ter contado à senhora.

— Sim, você devia ter me contado. — A voz de Gundula fica subitamente mais alta e soa mais severa, de um jeito que Mila nunca ouviu antes. — E, por Deus, qual foi o motivo para tal visita?

Mila imaginou que Edgar podia dizer alguma coisa, por isso elaborou uma desculpa.

— Eu perguntei a ela se poderia ir até a minha casa, no final da semana — começa Mila. — Estou precisando de uma saia nova e estava com vergonha de dizer à senhora. — Mila olha para baixo. — Eu uso esta há anos, porque eu... eu não posso comprar uma nova. Edith mencionou, um dia, que tinha algum tecido sobrando que poderia vender bem mais barato do que custaria numa loja.

Gundula olha de relance para Mila, balançando lentamente a cabeça da esquerda para a direita.

— Uma *saia*.

— Sim, madame.

— E *onde* está essa saia?

— Ela está cortando para mim agora mesmo, disse que poderia trazer na semana que vem.

— Eu não acredito em você. — A compostura que Gundula manteve por um minuto começou a se perder.

— Como assim?

— Você está *mentindo*! Eu vejo nos seus olhos! Você está mentindo a respeito da saia, do seu nome, de tudo.

O rosto de Edgar surge numa porta atrás de Gundula.

— *Mutter?* O que...

— Eu disse para você ficar no seu quarto — diz Gundula. — Volta pra lá!

Edgar desaparece, e Gundula se levanta, arrastando a cadeira no assoalho de madeira.

— Você acha que eu sou idiota, Iza, se é que esse é mesmo seu nome. É isso?

Mila relaxa as mãos.

— É claro que esse é o meu nome, madame. E é claro que a senhora tem motivo para ficar irritada, mas por eu não ter contado sobre a nossa visita à costureira. Eu sinto muito mesmo por isso. Mas a senhora está enganada em me acusar de mentir sobre minha identidade. Fico ofendida por dizer algo assim.

Quando Gundula se aproxima, Mila nota uma veia saliente, como uma serpente roxa, saltando em seu pescoço, e dá um passo para trás. Seu instinto implora mais uma vez a ela que se vire e corra, que saia dali, mas ela se mantém firme. Correr seria apenas reconhecer a verdade.

Gundula para, os punhos fechados, bufando, quando está perto o suficiente para Mila sentir o cheiro de sua respiração. Ela parece estar rosnando.

— Eu disse ao meu marido — cospe ela. — Eu disse a ele que você não era confiável. Espera só até ele te prender. Espera só!

Mila recua lentamente para o corredor.

— Madame — diz ela calmamente. — A senhora está exagerando. Talvez um copo d'água possa ajudar. Vou buscar um para a senhora.

Quando Mila se vira para ir até a cozinha, percebe algo assustador perto dela — a sombra de um objeto se movendo rapidamente acima da sua cabeça. Ela se abaixa, mas é tarde demais. O vaso atinge a parte de trás de sua cabeça com o som oco de dois objetos pesados se chocando. O vidro se estilhaça aos seus pés.

Por um momento, o mundo de Mila fica escuro. Dói tanto que arde. De olhos fechados, ela tenta chegar até o batente e fica aliviada quando o encontra, então se apoia nele com uma das mãos. Ao abrir os olhos, ela apalpa a parte de trás da cabeça com a mão livre. Um galo se formou onde o vaso a atingiu. Ela olha para os dedos. Surpreendentemente, não há sangue. Apenas dor. *Você devia ter corrido*, pensa.

— Ai, meu Deus. Ai, meu Deus. — Gundula está chorando. — Você está bem? *Ach mein Gott.*

Depois de recuperar o equilíbrio, Mila caminha com cuidado, afastando-se da pilha de cacos de vidro aos seus pés, e vai até um armário no corredor buscar uma vassoura. Quando retorna, Gundula está de pé, no lugar onde a deixou, balançando a cabeça. Seus olhos estão arregalados, como os de uma mulher enlouquecida.

— Eu não queria... Eu sinto muito — choraminga.

Mila não diz nada. Em vez disso, ela varre. Gundula se abaixa para se sentar numa cadeira à mesa de jantar, murmurando consigo mesma.

Quando a pá está cheia, Mila a leva até a cozinha e joga os cacos de vidro numa lata de lixo debaixo da pia, então guarda a pá e a vassoura no armário. Em seguida, pega duas leiteiras vazias no armário e, com uma em cada mão, volta para a sala enquanto tenta desesperadamente ignorar a dor latejando que se irradia da parte de trás da cabeça até as órbitas dos olhos, ao mesmo tempo que a voz dentro dela implora para que vá embora dali, e rápido.

— Vou pegar leite — avisa ela, num tom de voz calmo, quando passa pela porta da sala de jantar.

E, tão silenciosamente quanto havia chegado, ela sai, sem nenhuma intenção de voltar.

CAPÍTULO 41

Bella

Varsóvia, Polônia sob ocupação alemã ~ janeiro de 1943

Elas são mãe e filha, percebe Bella de trás do balcão da loja ao analisar a aparência das duas mulheres alemãs que examinam vestidos. As duas têm a mesma pele marfim e a mesma curva acentuada do maxilar, a mesma postura, inclinando a cabeça ao passar os dedos pelos vestidos enfileirados no salão da loja. Bella pisca para espantar as lágrimas.

— Esse aqui ficaria bem em você — comenta a garota, segurando um vestido de lã azul sobre o corpo da mãe. — A cor é perfeita. Combina com os seus olhos.

Bella e Jakob já estão em Varsóvia há seis meses. Por um momento, eles pensaram em ficar em Radom, mas por ser uma cidade pequena comparada a Varsóvia, e eles tiveram receio de ser reconhecidos. De qualquer modo, não havia emprego para eles lá. Os dois guetos haviam sido liquidados e apenas alguns trabalhadores mais jovens permaneceram. E os pais de Bella, é claro, haviam partido. Eles tinham sido deportados com os outros, como Ruben tinha avisado, e não era mais segredo que, se a pessoa fosse enviada para Treblinka, ela não voltaria mais.

E, assim, sem que houvesse mais guardas vigiando dos portões do gueto, Bella e Jakob reuniram os poucos pertences que puderam salvar de seu apartamento vazio, rezaram para que seus documentos de identidade funcionassem e embarcaram num trem para Varsóvia, gastando quase todos os zlotys que tinham guardado para pagar a passagem.

A princípio, Bella tinha esperanças de que a mudança de ambiente em Varsóvia pudesse ajudá-la a aliviar parte de sua dor. No entanto, parecia que, aonde quer que fosse, para onde quer que olhasse, havia algo que lhe trazia lembranças. Três irmãs brincando no parque. Um pai ajudando sua garotinha num vagão. As duplas de mãe e filha que frequentavam a loja onde trabalhava. Era uma tortura. Bella passou semanas sem conseguir dormir, sem conseguir pensar, sem conseguir comer. Não que houvesse muito para comer, de qualquer modo, mas ela achava a ideia de comida repulsiva e a recusava. Os ossos de seu rosto ficaram mais salientes e, sob sua blusa, as costelas se destacavam debaixo da pele como um teclado feito apenas de sustenidos e bemóis. Parecia que ela estava atravessando a água com pesos amarrados aos pulsos, como se a qualquer momento pudesse se afogar. Sentia o coração profundamente entristecido e odiava a insistência com que Jakob perguntava se estava bem, o modo como ele procurava sempre colocar um pouco de comida em sua boca.

— Volte para mim, meu amor — implorava ele. — Você parece tão distante.

Mas ela não conseguia. A única vez que sentiu algo semelhante ao seu antigo eu foi quando eles fizeram amor, entretanto, ainda assim, o sentimento não durou. O toque da pele dele na sua a fez lembrar que estava viva — e a culpa que a consumiu em seguida foi tão poderosa que a deixou doente.

Durante as primeiras semanas em Varsóvia, Bella sabia que não conseguiria sobreviver por muito mais tempo mergulhada num mar de tristeza. Ela queria tanto se sentir ela mesma outra vez. Ser uma pessoa melhor, uma esposa melhor. Aceitar o que havia acontecido. Seguir em frente. Porém, ao perder a irmã e, depois, os pais, sentia-se arrasada. As mortes deles a atormentavam quando estava acordada e a assombravam em suas horas de sono. Toda noite, ela via a irmã sendo arrastada para a floresta, via os pais embarcando no trem que os levaria para a morte. Toda noite, ela sonhava com maneiras como poderia tê-los ajudado.

Em novembro, ela começou a colocar alfinetes na cintura da saia para evitar que caísse de seus quadris. Foi então que percebeu que estava com problemas sérios, que Jakob estava certo. Ela precisava comer. Cuidar de si mesma. Ela precisava *dele*. Temeu, porém, ser tarde demais. Eles estavam morando separado havia meses — Jakob tinha dito que seria mais seguro, que suas identidades falsas seriam mais facilmente aceitas assim. Entretanto, Bella sabia que havia uma parte dele que não aguentava ficar ali parado, sentindo-se inútil, vendo-a definhar. E como poderia culpá-lo por isso? Ela vivia num luto tão profundo que tinha esquecido o que significava amar o homem que, antes de seu mundo desabar, representava tudo para ela. Bella jurou que tentaria se recuperar.

— Nós vamos levar esse aqui — avisa a mãe, colocando o vestido sobre o balcão.

Bella respira fundo, contendo as lágrimas.

— Claro. — Seu alemão agora soa perfeito. — É uma boa escolha. — Ela força um sorriso. *Não deixe que ela perceba que você está triste*, ordena a si mesma. E entrega o troco para a mulher.

Quando mãe e filha deixam a loja, Bella fecha os olhos, fatigada pelo esforço de manter a compostura. *Sempre haverá algo que trará lembranças*, pensa ela. *Haverá dias que não serão tão ruins e outros que serão insuportáveis.* O que importa, diz a si mesma, é que, mesmo nos dias mais difíceis, quando a dor for tão intensa que vai sufocá-la, ela deve seguir em frente. Ela tem de se levantar, se vestir e ir para o trabalho. Vai aceitar cada dia como ele vier. Vai seguir em frente.

CAPÍTULO 42

Mila e Felicia

Varsóvia, Polônia sob ocupação alemã ~ fevereiro de 1943

Quando sua mãe lhe disse que finalmente havia encontrado um lugar seguro para ela morar — um *convento*, como ela o chamou —, Felicia ficou dividida.

— Você vai ter outras crianças a sua volta — disse Mila, tentando animá-la. — Meninas de todas as idades. E um grupo de freiras boas que vão cuidar de você. Você não vai mais precisar ficar sozinha.

Embora Felicia quisesse desesperadamente ter companhia, era pela companhia da mãe que ansiava. Ela odiava o fato de Mila deixá-la outra vez.

— Será que as outras vão ser... como eu? — perguntou ela, imaginando se alguma das garotas nesse lugar de onde sua mãe falava iria realmente querer ser sua amiga.

Elas eram católicas, disse Mila, explicando que, enquanto ficasse lá, Felicia seria católica também. As outras garotas certamente iriam querer ser suas amigas.

— Obedeça às freiras, meu amor — acrescentou. — E prometo que elas vão cuidar bem de você.

Em seu primeiro dia no convento, os cabelos vermelho-canela de Felicia são tingidos de loiro. Ela não é mais Felicia Kajler; agora é Barbara Cedransk. Ela é ensinada a fazer o sinal da cruz e a receber a comunhão.

Felicia já está lá faz uma semana quando uma das freiras percebe que ela só mexe os lábios na hora de pronunciar as palavras das orações. A freira arrasta Felicia para o gabinete da madre superiora e questiona sua criação. Felicia se surpreende ao ouvir a madre superiora dizer, com convicção na voz:

— Eu conheço a família dessa criança há muito tempo. Vamos tratá-la como tratamos as demais.

Na verdade, desnutrida como está, Felicia é tratada de forma *um pouco melhor* que as outras. Com frequência, quando as outras não estão olhando, a madre superiora passa furtivamente para ela um pedaço de bolo, permite que ela tenha alguns minutos a mais ao ar livre, para que tome mais sol, e a vigia de perto durante o tempo livre das meninas, interferindo quando as mais velhas, que tratam a magricela recém-chegada como a nanica do grupo, a insultam ou querem bater nela.

Mila baixa o gorro de lã na cabeça e caminha ao longo da cerca de madeira do jardim do convento, tentando distinguir o rosto das crianças brincando lá dentro. Ela tem permissão para fazer uma visita por semana, mas esta não foi combinada. Não pôde evitar. Odeia ficar separada da filha. Ela observa o jardim, tentando descobrir qual daqueles corpinhos encasacados é o de Felicia. Usando casacos escuros de inverno e chapéus, as crianças ficam todas parecidas. Elas correm e gritam, nuvens fugazes saem de suas bocas rosadas enquanto brincam. Mila sorri. Há algo no som das risadas delas que a enche momentaneamente de esperança. Por fim, ela vê uma menina, menor que as demais, parada, olhando em sua direção.

Mila caminha descontraidamente até a cerca, lutando contra a vontade de acenar, de pular as ripas de madeira, pegar a filha nos braços e levá-la de volta para Varsóvia. Felicia também se aproxima da cerca, com o queixo erguido, curiosa para saber por que sua mãe veio — ela é esperta e deve perceber que é muito cedo para outra visita agendada. Mila sorri e acena levemente com a cabeça. *Não tem por que se preocupar,* diz ela com os olhos.

Felicia também acena com a cabeça, demonstrando que compreende. A uma pequena distância da mãe, ela para ao lado de um banco, apoia o pé nele e se abaixa, como se estivesse amarrando o cadarço do sapato. Como sua cabeça está muito inclinada para baixo, seu chapéu cai e seu cabelo loiro descolorido se espalha, emoldurando seu rosto pequeno e sardento. Por entre as pernas, ela olha para a mãe e, sabendo que as outras não conseguem ver, acena para ela.

Eu te amo, diz Mila apenas com os lábios, e sopra um beijo para ela.

Felicia sorri e retribui o beijo. *Eu também te amo.*

Piscando para conter as lágrimas, Mila observa Felicia se levantar, arrumar o chapéu na cabeça e correr de volta para junto das outras crianças.

CAPÍTULO 43

Genek

Tel Aviv, Palestina ~ fevereiro de 1943

As dores de estômago de Genek voltaram. Quando elas começam, a cada trinta minutos mais ou menos quando estão mais intensas, ele se encolhe fazendo uma careta.

— Como elas são? — perguntou Herta, quando as dores começaram, no inverno anterior.

— Como se alguém estivesse retorcendo o meu intestino com um ancinho — explicou ele então.

Herta havia implorado a ele que procurasse um médico, mas Genek relutava em fazê-lo. Ele presumiu que seu sistema digestório só precisava de um tempo para se reacostumar a ter uma dieta mais normal.

— Eu vou ficar bem — insistiu.

E, de qualquer modo, havia tanta gente em situação pior que a dele em Teerã, que seria difícil justificar o uso dos preciosos tempo e recursos de um médico para atendê-lo.

Mas isso era na Pérsia. Agora eles estão na Palestina, onde, sob os cuidados do Exército britânico, ele e seus colegas do Exército de Anders têm à disposição meia dúzia de barracas de atendimento, muitos suprimentos e uma equipe de médicos. Agora, as dores estão persistentes e chegaram a tal nível que Genek se pergunta se uma úlcera não estaria devorando as paredes do seu estômago.

— Está na hora — disse Herta, um dia antes, com um tom mais de frustração que de pena. — Por favor, Genek, procure um médico antes que seja tarde demais. Não deixe que uma coisa que poderia ter sido resolvida o derrube agora, depois de tudo pelo que passamos.

Ele está sentado na beira da cama de campanha, com os dedos dos pés roçando o chão, nu, a não ser por um camisolão de algodão aberto nas costas. Atrás dele, um médico pressiona seu estetoscópio redondo e frio nas suas costelas, fazendo *huuummm* pelo nariz cada vez que Genek responde a uma de suas perguntas.

— Deite-se — pede o médico.

Genek gira as pernas para cima da cama e se inclina para trás, estremecendo ao sentir os dedos do médico pressionarem a pele pálida de seu estômago.

— Pelos sintomas, você tem uma úlcera. Fique longe de frutas cítricas e de qualquer alimento ácido. Nada de laranjas ou limões. Tente ingerir apenas comida leve. Eu vou passar um remédio para você, também, para ajudar a neutralizar a acidez do estômago. Vamos começar com isso e, daqui a uma semana, vamos ver como você está.

— Está bem — concorda Genek.

O médico coloca o estetoscópio de volta em torno do pescoço e enfia a caneta no bolso do jaleco.

— Já volto. Fique aqui.

O médico sai da barraca. Na última vez que fora obrigado a vestir uma camisola de hospital ele tinha 14 anos, quando teve as amídalas extraídas. Não se lembra muito bem da cirurgia, a não ser do suprimento constante de suco de maçã recém-preparado que passou a adorar e da dedicação total extremada da mãe por uma semana. Sente então uma onda de saudade. O que não faria agora para rever a mãe. Já se passaram três anos e meio desde que deixou seu lar.

Lar. Ele pensa em quão longe tinha viajado nos últimos quarenta e dois meses. No seu apartamento em Lvov e na noite em que o NKVD bateu a sua porta; em como fizera a mala, ciente de algum modo de que eles partiriam para não voltar. Pensa nos vagões de gado onde tinha sido confinado por semanas a fio — escuros, úmidos e infestados com doenças; em seu barraco na Sibéria e na noite de frio congelante em que Józef havia nascido. Ele pensa em todos os cadáveres que tinha visto em seu êxodo da Sibéria, atravessando o Cazaquistão, o Uzbequistão e o Turcomenistão até chegar à Pérsia. No acampamento militar que chamou de lar por quatro meses em Teerã, na viagem de Teerã para Tel Aviv e em como, enquanto o caminhão em que viajavam serpenteava pelas estradas estreitas da cordilheira de Zargos, ele havia percebido a possibilidade muito real de despencar até o fundo do vale, mil e quinhentos metros abaixo. Ele pensa nas belas praias da Palestina e no quanto sentirá falta delas quando for enviado para a batalha. Ultimamente, fala-se muito que o Exército de Anders iria para o *front* italiano.

Seu verdadeiro *lar*, é claro, será sempre Radom. Isso ele sabe. Genek cruza os tornozelos, fecha os olhos e num instante sua mente sai da barraca médica e encontra uma cena que ele conhece bem, uma reunião de família na rua Waszawska, no apartamento onde cresceu. Ele está na sala de estar, sentado num sofá estofado de veludo azul, aos pés do retrato do bisavô, Gerszon, de quem herdou o nome. Ao seu lado, Herta cuida de Józef. Addy está diante do Steinway, tocando uma versão improvisada de "Anything Goes", de Cole Porter. Halina e Adam dançam. Mila e Nechuma conversam junto à lareira com seu lintel de nogueira, assistindo a tudo, rindo, enquanto Sol rodopia Felicia no ar. No canto, Jakob está parado junto a uma cadeira, observando o espetáculo através das lentes de sua Rolleiflex.

Genek faria qualquer coisa para reviver uma daquelas noites com jantar e música em casa com a família, antes da guerra. Entretanto, tão rápido quanto a cena na sala de estar dos seus pais entrara em sua mente, um novo pensamento surge, uma lembrança mais recente. Suas entranhas se contraem, a dor atravessa seu abdômen, quando se lembra da conversa que entreouviu ao passar pelo alojamento dos capitães alguns dias atrás naquela mesma semana.

— Deve ser um exagero — disse um dos capitães. — Mais de um milhão?

— Alguém disse que foram dois — corrigiu outra pessoa. — Eles liquidaram centenas de campos e guetos.

— Que filhos da puta doentes — disse o primeiro.

Houve silêncio por um momento e Genek teve de conter seu instinto de entrar e exigir mais informações. Ele sabia que o pânico nos seus olhos poderia denunciá-lo. Afinal, ele supostamente era católico. Mas *milhões*?

Eles sem dúvida estavam falando de judeus. Sua mãe, seu pai, suas irmãs e sobrinha. A última notícia que teve era de que todos eles estavam no gueto. Tias, tios e primos também. Ele havia escrito para casa várias vezes, mas não recebera nenhuma resposta. *Por favor, reza, que esses números sejam mesmo exagerados. Que a família esteja em segurança. Por favor.*

Com um nó na garganta, Genek lembra a si mesmo que deveria se sentir grato, ele está com Herta e Józef. Eles estão juntos e, de modo geral, com boa saúde. Quem sabe quanto tempo mais continuará assim, mas, por enquanto, ele tem sorte por fazer de Tel Aviv sua casa. A cidade, empoleirada na areia branca e com o litoral salpicado de palmeiras às margens das águas azul--esverdeadas do Mediterrâneo, é mais bonita que qualquer outra que ele já havia visto. Até o ar é agradável, sempre com cheiro de laranjas doces e oleandros. No dia em que chegaram, Herta havia resumido tudo em uma palavra:

— Paraíso.

A barulheira na tenda traz a consciência de Genek de volta ao presente — os sussurros, o ruído da lona se esticando quando seu vizinho vira para o lado, o tinido de um penico sendo substituído sob uma cama —, e, quando volta ao mundo real de vez, algo chama sua atenção. Uma voz. Uma que ele reconhece. Uma que vem de uma vida anterior. Uma voz que o faz se lembrar de casa, de seu verdadeiro lar. Então ele abre os olhos.

A maioria dos pacientes na tenda está dormindo ou lendo. Alguns conversam em voz baixa com médicos ao lado deles. Genek vasculha o espaço com o olhar, prestando bastante atenção. A voz se foi. Deve tê-la imaginado, parte dele ainda está presa às suas memórias de Radom. Porém, então, escuta-a novamente, e dessa vez ele se levanta e se senta. *Vem de lá*, percebe, olhando para trás — ela vem de um médico que está em pé de costas para ele, três camas adiante. Genek balança as pernas, que pendem da cama, intrigado. O médico é um palmo mais baixo que ele, tem uma postura ereta e cabelos escuros cortados bem curtos. Genek fica olhando para ele até que, por fim, o sujeito se vira, olhando para uma prancheta através de óculos perfeitamente redondos, anotando alguma coisa. Genek o reconhece imediatamente. Seu coração dispara e parece querer sair pela boca.

— Ei! — grita Genek.

Os mais de vinte homens, os mais de dez médicos e um punhado de enfermeiras na tenda param o que estão fazendo por um momento e olham para ele. Genek grita mais uma vez:

— Ei, Selim!

O médico tira os olhos da prancheta e olha ao redor até que finalmente encontra Genek. Ele pisca e balança a cabeça.

— Genek?

Genek pula da cama, sem se importar com suas nádegas parcialmente expostas, e corre na direção do cunhado.

— Selim!

— O que... — gagueja Selim. — O que você está fazendo aqui?

Genek, empolgado demais para falar, envolve Selim com um abraço e quase o tira do chão. Por um instante, as pessoas na tenda assistem a tudo sorrindo. Algumas enfermeiras olham para as nádegas expostas de Genek e abafam risadinhas, antes de retornar a suas tarefas.

— Você não faz ideia do quanto eu estou feliz por ver você, meu irmão — diz Genek, balançando a cabeça.

Selim sorri.

— É muito bom ver você também.

— Você desapareceu em Lvov. A gente pensou que tinha te perdido. O que aconteceu? Espera um pouco, Selim. — Genek o segura à distância de um braço, analisando seu rosto. — Me diz, você tem notícias da família?

Encontrar o cunhado reacendeu algo nele, uma mistura de esperança e desejo. Talvez isso seja um bom sinal. Talvez, se Selim está vivo, os outros também estejam.

Selim baixa os ombros e Genek o larga.

— Eu ia perguntar a mesma coisa para você — diz Selim. — Eles me mandaram para o Cazaquistão e não me deixaram escrever do campo onde estava. As cartas que enviei desde então ficaram sem resposta.

Genek fala mais baixo para que os outros na tenda não os ouçam.

— As minhas também — acrescenta ele, já sem tanta empolgação. — As últimas notícias que tive são de pouco antes de eu e Herta termos sido presos em Lvov. E isso tem quase dois anos. Naquela época, Mila estava em Radom, morando com os meus pais no gueto.

— O *gueto* — sussurra Selim. Seu rosto ficou pálido.

— É difícil de imaginar, eu sei.

— Eles... Você já ouviu falar? Eles liquidaram os guetos.

— Ouvi dizer — responde Genek.

Os dois ficam em silêncio por um momento.

— Eu fico repetindo sempre para mim mesmo que eles estão bem — comenta Genek, olhando para o teto da tenda, como se procurasse respostas. — Mas eu gostaria de ter certeza. — Ele baixa os olhos para encontrar os de Selim. — É terrível não saber como estão.

Selim acena positivamente com a cabeça.

— Eu penso em Felicia o tempo todo — diz Genek, percebendo que ele ainda não contou ao cunhado sobre Józef. — Ela deve estar com... 3 anos agora?

— Quatro. — A voz de Selim está distante.

— Selim — começa Genek. Ele faz uma pausa, molha os lábios, constrangido por falar de sua sorte quando, por tudo que eles têm ouvido, Selim pode ter perdido todos. — Herta e eu temos um filho. Ele nasceu na Sibéria. Vai fazer 2 anos em março.

Selim parece maravilhado. Ele sorri.

— Mazel tov, meu irmão. Qual é o nome dele?

— Józef. Nós o chamamos de Ze.

Os dois homens se mantêm um diante do outro, sem saber o que dizer em seguida.

— Qual era o nome do seu campo no Cazaquistão? — pergunta Genek, por fim.

— Dolinka. Eu era o médico de lá e de uma cidade próxima também.

Genek acena com a cabeça, espantado ao perceber que foram necessários um campo de concentração, uma anistia e um Exército para que Selim pudesse praticar a profissão que fora proibido de exercer em Radom.

— Eu queria que tivéssemos médicos como você no nosso campo — comenta ele, balançando a cabeça.

— Onde você estava?

— Para ser franco, eu não faço ideia. A cidade mais próxima de nós se chamava Altinai. Uma porcaria completa. A única coisa boa lá foi Ze.

Selim observa a figura magricela de Genek, intrigado.

— Você está se sentindo bem?

— Ah, sim, bem. É só o meu estômago, só isso. Altinai acabou comigo. Malditos soviéticos. O doutor acha que é uma úlcera.

— Eu tenho tratado muitos casos assim. Se você não melhorar logo, me avisa. Vou ver o que posso fazer para ajudar.

— Obrigado.

Um paciente chama do outro lado da tenda e Selim o indica com a prancheta.

— Preciso ir.

Genek faz que sim com a cabeça.

— É claro.

Quando Selim se vira, entretanto, uma ideia ocorre a Genek e ele toca o ombro do cunhado.

— Espera, Selim, antes de você ir, tenho pensado em escrever para a Cruz Vermelha, agora que estou no Exército e posso ser localizado. — Otto, amigo de Genek, tinha acabado de conseguir entrar em contato com o irmão dessa maneira. Genek pensava que isso poderia dar certo com ele também. — Talvez a gente pudesse ir junto, preencher alguns formulários, enviar alguns telegramas.

Selim acena positivamente com a cabeça.

— Vale a pena tentar.

Eles combinam de se encontrar dali a alguns dias no escritório da Cruz Vermelha em Tel Aviv. Selim põe a prancheta debaixo do braço e se vira novamente para ir embora.

— Selim — chama Genek, permitindo que um sorriso se abra no rosto —, é muito bom te ver.

Selim retribui o sorriso.

— É bom te ver também, Genek. Vejo você no domingo. Estou ansioso para conhecer o seu filho.

Genek balança a cabeça e caminha de volta para a cama. *Selim, de todos os lugares do mundo, ele está aqui na Palestina*, diz consigo mesmo. Ele decide que não limitará a busca na Cruz Vermelha à Polônia. Enviará telegramas para os escritórios da Cruz Vermelha de toda a Europa, do Oriente Médio e das Américas. Se os outros estiverem vivos, certamente terão entrado em contato com os serviços de localização também.

Ele vai até a cama e se deita, colocando uma das mãos sobre o coração e a outra sobre o estômago onde, por enquanto, a dor diminuiu.

19 DE ABRIL A 16 DE MAIO DE 1943 — REVOLTA DO GUETO DE VARSÓVIA: *Para liquidar o gueto de Varsóvia, Hitler deporta cerca de 300 mil judeus. Os 50 mil que permanecem planejam secretamente uma retaliação armada. A revolta começa na véspera do Pessach, no início de uma operação para o extermínio final. Os moradores do gueto se recusam a ser levados e lutam, resistindo aos alemães por quase um mês. Eles são derrotados depois que o gueto é sistematicamente destruído e incendiado. Milhares de judeus morrem em combate, queimados vivos ou sufocados. Aqueles que sobrevivem à revolta são enviados para Treblinka e para outros campos de extermínio.*

SETEMBRO DE 1943: *Os homens de Anders que estavam estacionados em Tel Aviv são mobilizados e mandados para a Europa, para lutar na frente italiana. Esposas e filhos permanecem em Tel Aviv.*

CAPÍTULO 44

Halina

Varsóvia, Polônia sob ocupação alemã ~ outubro de 1943

— Sente-se — sibila o oficial, apontando para uma cadeira de metal em frente a sua mesa no pequeno posto da polícia ferroviária.

Halina estreita os lábios, formando com eles uma linha enfurecida. Ela se sente mais confiante de pé.

— Eu disse para *se sentar*.

Halina obedece. Sentada, ela fica de cara com a pistola enfiada no coldre do cinto do alemão.

Ela sabe que é só uma questão de tempo até sua sorte acabar.

Naquela manhã, ao deixar o apartamento no centro de Varsóvia, ela deu um beijo de despedida em Adam e lhe lembrou a ele que voltaria tarde. Seu plano era ir até a estação de trem depois do trabalho, viajar até Wilanów e depois caminhar os quatro quilômetros da estação até a casa da família Górski, no campo, onde veria os pais e entregaria aos Górski o pagamento pelo mês de outubro. Ficaria lá por uma hora e depois retornaria a Varsóvia. Ela já fez esse trajeto para Wilanów três vezes e, até agora, seus documentos falsos, que ela precisa mostrar para poder comprar as passagens e para embarcar e desembarcar do trem, funcionaram sem problemas.

Hoje, porém, logo depois de passar pela bilheteria da estação de Varsóvia, enquanto aguardava a composição na plataforma, um membro da Gestapo, a polícia secreta de Hitler, se aproximou dela e pediu os documentos.

— Por que você precisa vê-los? — questionou Halina em polonês (agora ela já é fluente em alemão, mas aprendeu que a Gestapo suspeita de polacos que falam alemão).

— Verificação de rotina — respondeu ele.

O soldado da Gestapo examinou sua identidade e perguntou seu nome e sua data de nascimento.

— Brzoza — recitou Halina com convicção. — Dezessete de abril de 1917.

Porém, enquanto o trem se aproximava, o oficial balançou a cabeça.

— Você vem comigo — disse ele, levando Halina pelo braço através da estação.

— Para quem você trabalha? — quer saber o oficial. Ele permanece de pé.

Halina só conheceu seu novo patrão, Herr Den, duas semanas atrás. Ele foi a um jantar na casa do patrão anterior dela, onde ela trabalhava como empregada e ajudante de cozinha. Den é austríaco — um banqueiro bem-sucedido na casa dos 60 anos. Halina se lembra daquela noite, quando serviu o jantar para ele e os outros convidados, de como ele ficou observando-a com atenção enquanto ela trabalhava. Aparentemente, Den estava impressionado, o que não era de surpreender — Halina crescera numa casa com uma cozinheira e uma empregada; ela sabia reconhecer um bom serviço. Mais tarde, naquela mesma noite, Den a surpreendeu. Ela estava à pia da cozinha quando ele se aproximou. Ela sequer havia percebido a presença dele até estar ao seu lado.

— Chopin? — perguntou ele, pegando-a desarmada.

— Perdão?

— A melodia que você estava cantarolando, era de Chopin?

Halina sequer havia percebido que estava cantarolando.

— Sim — confirmou ela —, suponho que sim.

Den sorriu.

— Você tem um gosto musical adorável — elogiou ele, antes de se virar para sair.

No dia seguinte, ela recebeu um comunicado da agência de empregos, informando-a de que ela deveria começar a trabalhar para Den na semana seguinte. Se ele suspeita ou não que ela é judia, Halina não tem ideia. Até agora, ele pareceu gostar dela.

— Eu trabalho para Herr Gerard Den — responde Halina, suspirando como se estranhasse a pergunta.

— Com o que ele trabalha?

— Ele é diretor geral do Banco da Áustria em Varsóvia.

— Que tipo de trabalho você faz?

— Sou empregada doméstica

— Qual é o telefone dele?

Halina dita o número do telefone do banco de memória e espera enquanto o oficial disca. Malditas verificações de rotina. Maldita Gestapo. Malditos poloneses, que estão sempre querendo dar dicas para os alemães, querendo dedurar judeus. Em troca do quê? Um quilo de açúcar? Amizade não significa mais nada. Ela soube disso em Radom, no dia em que sua amiga de escola, Sylvia, se recusou a reconhecê-la quando ela passava a caminho da fazenda de beterrabas. E foi lembrada disso com frequência em Varsóvia, onde em várias ocasiões havia sido acusada de ser judia.

Não foi apenas a mulher do senhorio que suspeitou dela. Houve a amiga do seu antigo patrão, uma alemã, que a seguiu um dia pela rua e sussurrou em tom rancoroso "Eu sei o seu segredo", quando ficou ombro a ombro com ela na calçada. Sem pensar, Halina puxou a mulher para um beco, enfiou seu pagamento de uma semana na palma da mão dela e disse, com os dentes cerrados, para ela manter a boca fechada. Isso antes de se dar conta de que era mais seguro não confessar a ninguém. Pouco depois, preocupada com o que poderia acontecer se não continuasse subornando a mulher, com a possibilidade de ter a identidade revelada para seu patrão, ela encontrou um novo emprego.

Houve também um soldado da Wehrmacht que reconheceu Halina de Lvov, de antes de ela assumir o novo nome. Ela optou por uma abordagem menos direta para descobrir o que ele faria, então o convidou para tomar um espresso num café frequentado por nazistas na rua Piękna. Ela usou seu charme enquanto conversavam por uma hora inteira, e ao fim o soldado parecia mais apaixonado que curioso sobre sua vida anterior. Ela o deixou com um beijo na bochecha e a sensação de que, *mesmo* que ele tivesse se lembrado de sua identidade verdadeira, a manteria em segredo.

Claro, não havia nada que pudesse fazer sobre os poloneses que ela ouviu falando na rua Chłodna, naquele dia de maio quando a ss finalmente destruiu o gueto da cidade e liquidou os últimos de seus habitantes, no movimento final de repressão à revolta.

— Ei, olha, os judeus estão queimando — disse um dos polacos, enquanto Halina passava.

— Eles tiveram o que mereciam — afirmou outro.

Halina precisou se controlar para não agarrar aqueles homens pela gola e sacudi-los. Naquele dia, ela esteve perto de abrir mão de a sua identidade ariana para lutar ao lado dos judeus que resistiam aos nazistas, fazer parte daquele esforço, não importa o quão inútil fosse, para enfrentar os alemães. Entretanto, ela lembrou a si mesma que, naquele momento, tinha de se preocupar com os pais, com a irmã. Ela precisava continuar em segurança para poder manter a família em segurança. E, então, viu de longe o gueto queimar, com o coração repleto de tristeza e ódio mas também com orgulho. Ela jamais testemunhou um ato de tanta valentia quanto aquele de autodefesa.

O oficial mantém o fone na orelha e a encara. Ela retribui o olhar, desafiante, indignada. Depois de um minuto, alguém atende do outro lado.

— Eu gostaria de falar com um Herr Den, por favor — diz o oficial.

Há uma longa pausa, e então outra voz surge no outro lado da linha.

— Herr Den, peço desculpas por incomodá-lo. Tenho uma pessoa aqui no posto que afirma trabalhar para o senhor e tenho motivos para acreditar que ela não é quem diz ser.

Silêncio. Halina prende a respiração. Ela se concentra em sua postura: ombros para baixo, costas retas, joelhos e pés juntos, contraídos.

— Ela afirma que seu sobrenome é *Brzoza*, B-R-Z-O-Z-A.

A ligação fica em silêncio. Será que Den desligou? Qual será o seu plano B? Ela ouve então um murmúrio, a voz do seu patrão, mas não consegue distinguir as palavras. O que quer que ele esteja dizendo, o tom de sua voz é de irritação.

A ligação deve estar ruim, porque o oficial passa a falar mais devagar para pronunciar cada palavra.

— Os-documentos-dela-dizem-que-é-*cristã*.

Den fala outra vez. Mais alto, agora. O oficial afasta o fone da orelha e o mantém a um palmo da cabeça, franzindo a testa até a bronca terminar. Halina consegue entender algumas palavras: "Constrangido... com certeza... eu mesmo."

— O senhor tem *certeza*. Está certo, tudo bem, não, não precisa vir até aqui. Isso não será necessário. Eu... Sim, eu compreendo, nós vamos, senhor, imediatamente. Peço desculpas por incomodá-lo. — O oficial bate o fone no gancho.

Halina suspira. Já de pé, ela estende a mão por cima da mesa.

— Meus documentos — pede ela com ar de desgosto.

O oficial franze a testa e empurra a identidade dela pelo tampo da mesa. Halina a apanha.

— Ultrajante — diz ela brandamente, mas alto o suficiente para que o oficial escute, antes de se virar para sair.

JANEIRO A MARÇO DE 1944: *Em um esforço para garantir a rota para Roma, os Aliados iniciam uma série de ataques malsucedidos contra a fortificação alemã em Monte Cassino, localizada no Lazio, região central da Itália.*

CAPÍTULO 45

Genek

Rio Sangro, região central da Itália ~ abril de 1944

— É melhor que isso seja bom — diz Otto, apoiando as costas no encosto da cadeira e cruzando os braços.

Genek acena positivamente com a cabeça, contendo a vontade de bocejar. Com a calmaria da chuva e a barriga cheia de sopa de ervilha — esse lote veio particularmente denso, a ponto de manter sua colher de pé no meio da tigela, como um mastro de bandeira —, ele se sente quase em coma. Na frente da barraca bagunçada, o oficial comandante deles, Pawlak, sobe numa plataforma de madeira de um metro de altura, uma espécie de pódio, de onde faz seus comunicados. A expressão dele é de seriedade.

— Parece que essa noite ele vai falar de alguma investida — comenta Genek, quando a conversa dentro da barraca diminui e os olhos se voltam para o capitão de ombros quadrados que está diante deles.

— Você disse isso da última vez. E na vez anterior a ela — bufa Otto, balançando a cabeça.

Genek e Otto, além dos outros quarenta mil recrutas de Anders, estão estacionados desde o início de abril às margens do rio Sangro, na Itália. Sua posição, como Pawlak mostrou no mapa ao chegarem, é estratégica. Estão a dois dias de caminhada de Monte Cassino — uma fortaleza alemã cento e vinte quilômetros a sudeste de Roma. O Cassino é um mosteiro erguido há mil e quatrocentos anos, com paredes de pedra que se erguem quinhentos e vinte metros acima do nível do mar e, mais importante, é o ponto central da linha de defesa nazista. Os alemães que ocupam a fortificação o utilizam para identificar e abater qualquer um que se aproxime. As forças aliadas tentaram conquistá-la três vezes, mas até o momento ela se mostrou inexpugnável.

— Talvez as notícias dessa noite sejam diferentes — retruca Genek. Otto revira os olhos.

Apesar das reclamações de Otto, Genek se sente grato por ter o amigo ao lado. Ele tem sido sua companhia constante desde que eles deixaram para trás, em Tel Aviv, Herta, Józef e a esposa de Otto, Julia, para viajar com o Exército britânico pelo Egito e cruzar o Mediterrâneo num navio inglês até a Itália. Eles só haviam atirado com suas metralhadoras no treinamento, é claro. No entanto, mesmo sem colocar isso em palavras, os homens sabiam que, quando as ordens de combate enfim chegassem e eles tivessem de apontar para alvos reais, teriam de cuidar uns dos outros e de suas famílias se alguma coisa acontecesse com qualquer um deles no campo de batalha.

— Senhores! — chama Pawlak.

Os homens da 1ª Brigada Expedicionária do Exército Polonês estão sentados e atentos.

— Tenho novidades. Ordens, finalmente, as que todos esperávamos.

Otto ergue as sobrancelhas. Ele olha para Genek. *Você estava certo*, diz ele com os lábios, depois sorri. Genek descruza as pernas e se inclina para a frente na cadeira, com os sentidos subitamente despertos.

Pawlak pigarreia.

— As forças aliadas e o presidente Roosevelt se reuniram para discutir a quarta ofensiva maciça contra o Monte Cassino — começa ele. — A primeira fase do plano, codinome Operação Diadem, envolve criar uma enorme distração direcionada ao marechal de campo Kesselring. O objetivo é convencer Kesselring de que os Aliados desistiram de atacar a colina do mosteiro e que nossa missão agora é chegar a Civitavecchia.

Genek e Otto haviam recebido todos os detalhes dos três ataques anteriores ao Monte Cassino, cada um deles resultando num amargo e sangrento fracasso. O primeiro aconteceu em janeiro, quando britânicos e franceses tentaram atacar o mosteiro pelos flancos, vindos respectivamente do oeste e do leste, enquanto o Corpo Expedicionário Francês lutava contra os alemães da 5ª Divisão de Montanha ao norte, em meio ao gelo e à neve.

360

Os britânicos e os franceses, entretanto, se depararam com fogo pesado de morteiros e, fustigados pelo frio, os combatentes do Corpo Expedicionário, embora estivessem perto da vitória, ficaram em desvantagem. Uma segunda tentativa aconteceu em fevereiro, quando centenas de aviões das forças aliadas lançaram bombas de quatrocentos e cinquenta quilos sobre o Cassino, reduzindo o mosteiro a escombros. A tropa da Nova Zelândia havia sido destacada para ocupar as ruínas, mas era impossível atravessar o terreno para chegar até lá e paraquedistas alemães acabaram chegando primeiro ao monumento, que agora já não tinha mais teto. Um mês depois, numa terceira tentativa aliada de tomar o monte, as tropas neozelandesas despejaram mil, duzentas e cinquenta toneladas de explosivos sobre Cassino, arrasando a cidade e levando a linha de defesa alemã ao limite. Uma divisão das tropas indianas esteve perto de conquistar o mosteiro, mas, depois de nove dias sob o bombardeio de morteiros, foguetes Nebelwerfer e bombas de gás, os Aliados foram mais uma vez forçados a recuar.

Genek analisa os números. Três tentativas fracassadas. Milhares de baixas. O que faz com que seu comandante acredite que uma quarta tentativa vá ser bem-sucedida?

— Manobras para desviar a atenção — grita Pawlak —, incluindo mensagens codificadas falsas, destinadas a serem interceptadas pela inteligência alemã, e tropas aliadas deslocadas para Salerno e Nápoles, para que sejam vistas "treinando" — ele faz aspas no ar com os dedos, em torno da palavra — e desembarques anfíbios. Elas também incluem voos de reconhecimento das Forças Aéreas aliadas nada discretos sobre as praias de Civitavecchia e informações falsas passadas a espiões alemães. Essas táticas são fundamentais para o sucesso da missão.

Os homens de Pawlak assentem com a cabeça, prendendo a respiração juntos enquanto esperam pela informação mais importante para eles: as ordens. Pawlak mais uma vez pigarreia. A chuva cai na lona impermeável acima deles.

— Nessa quarta investida contra Monte Cassino — continua Pawlak, a voz mais baixa que antes —, treze divisões foram designadas para garantir o perímetro de segurança do Cassino. O II Corpo dos Estados Unidos vai atacar do oeste até a costa, ao longo da linha da Rota 7, na direção de Roma. O Corpo Expedicionário da França vai tentar escalar as montanhas Aurunci, a leste. Nesse meio-tempo, o XIII Corpo Britânico atacará ao longo do vale do Liri. O Exército de Anders, no entanto, recebeu aquela que eu penso ser a tarefa mais importante da missão.

Ele faz uma pausa e olha para seus homens. Todos estão em silêncio, ouvindo atentamente, com as costas empertigadas como canos de fuzil e os maxilares travados de tensão. Pawlak pronuncia cada uma de suas palavras com cuidado.

— Senhores, nós, os homens do II Corpo Polonês, fomos encarregados de capturar a colina do mosteiro.

As palavras atingem Genek como um soco no estômago, deixando-o sem ar.

— Nós vamos tentar fazer o que a 4ª Divisão Indiana fracassou em fazer em fevereiro: isolar o mosteiro e contorná-lo, abrindo caminho até o vale do Liri. Lá, vamos nos juntar ao XIII Corpo Britânico. O I Corpo Canadense será mantido na retaguarda, para explorar o avanço. Se formos bem-sucedidos — acrescenta Pawlak —, penetraremos a linha de defesa Gustav e furaremos a posição do 10º Exército Alemão. Vamos abrir a estrada para Roma.

Um murmúrio toma conta da barraca enquanto os recrutas se dão conta da importância de sua missão. Genek e Otto se entreolham.

— Eu tenho fé total neste exército — prossegue Pawlak, reforçando as palavras com um movimento de cabeça. — Esse é o momento de *Anders* na história. Esse é o momento da *Polônia* brilhar. Juntos, vamos deixar nosso país *orgulhoso*!

Ele leva os dois primeiros dedos ao quepe e a barraca se agita com os homens pulando das cadeiras, aplaudindo, erguendo os punhos e gritando.

— *Essa é a nossa hora! Nosso momento de brilhar! Deus salve a Polônia!* — gritam.

Genek acompanha os demais e se levanta, embora não consiga entrar no clima de euforia geral. Seus joelhos estão bambos e seu estômago embrulhado, ameaçando devolver o jantar.

Quando os homens voltam a se sentar, Pawlak explica que o Corpo Expedicionário Francês já havia começado a construir secretamente pontes camufladas sobre o rio Rapido, que o Exército de Anders precisará atravessar para chegar ao mosteiro.

— Até aqui, as pontes passaram despercebidas — explica ele. — Assim que estiverem prontas, vamos deixar a nossa posição aqui e rumar para o leste, para um local às margens do rio Rapido. Para manter o sigilo, viajaremos à noite, em pequenos grupos, sob rigoroso silêncio de rádio. Arrumem suas coisas, cavalheiros, e se preparem para a batalha. Nossas ordens para partir vão chegar a qualquer momento.

Sentado de pernas cruzadas dentro de sua minúscula barraca, Genek enrola bem suas meias e camisetas, ainda meio molhadas, e as enfia no fundo da mochila. Ele ajusta a lanterna com as palavras de Pawlak pipocando em sua mente. Está acontecendo, ele vai para o campo de batalha. Como a missão vai transcorrer? Não há como dizer, é claro — e é o desconhecido que mais o apavora, mais do que a ideia de subir uma colina de quinhentos e vinte metros de altura em direção a um exército de alemães protegidos por uma fortaleza de pedras, com armas apontadas para ele.

O que Genek *sabe* é que os poloneses são uma das *vinte* divisões aliadas, entre americanos, canadenses, franceses, britânicos, neozelandeses, sul-africanos, marroquinos, indianos e argelinos, posicionados ao longo dos trinta quilômetros do trecho entre Cassino e o golfo de Gaeta. Por que, entre todos os exércitos, os Aliados atribuíram aos poloneses o que poderia se chamar de tarefa mais difícil de todas? Por que escolher homens que não vieram dos campos de treinamento de elite, mas sim dos campos de trabalho; homens que precisaram de quase um ano de descanso e de recuperação no Oriente Médio antes que seu líder os considerasse suficientemente aptos para lutar? Não faz o menor sentido. A fé do mundo no Exército de Anders, ao mesmo tempo que uma honra, é um absurdo. E, é claro, há uma possibilidade em que Genek se recusa acreditar — de que aquele grupo de poloneses maltrapilhos vale tão pouco que é melhor usá-lo como bucha de canhão em algo que é, com certeza, uma missão suicida. *Não*, lembra Genek a si mesmo, eles foram escolhidos por uma razão, eles são poloneses e o que lhes falta em preparo eles compensarão com garra.

Ele enfia na mochila um par de luvas e outro de ceroulas de lã, junto com um caderninho e seu baralho. Ao ver um exemplar surrado de *Palę Paryż*, de Jasieński, ao lado de seu colchonete, retira de dentro dele um papel timbrado do Exército e, em seguida, pega uma caneta no bolso da jaqueta, junto ao peito. Fazendo uma pausa na arrumação da mochila, ele se deita de lado e apoia o papel em branco na capa do livro.

Minha querida Herta, escreve ele, então para. Genek se sentiria melhor se pudesse contar a ela sobre a missão, a primeira: capturar o Cassino! A peça-chave para a defesa alemã! Ele tenta se imaginar na batalha, mas a imagem parece surreal, como se fosse a cena de um filme. Ficaria ela impressionada ao saber de suas ordens? Ao saber que ele estava prestes a fazer algo tão nobre? Tão grandioso? Ou, pelo menos, algo que *potencialmente* poderia ser grandioso? Ou ficaria aterrorizada, assim como ele está, pela enormidade da tarefa que tem em mão, pela perspectiva de se encontrar no lugar errado na hora errada? Genek sabe que ela ficaria aterrorizada. Herta iria implorar para que ele se mantivesse em segurança. No entanto, ela nunca saberá, relembra Genek. Ele foi proibido de pôr no papel qualquer coisa que, se interceptada, pudesse dar pistas sobre o plano deles. Então, em vez disso, escreve:

Como está Tel Aviv? Ensolarada, espero. Nós ainda estamos aqui em solo italiano. A chuva não para. Minha barraca, minhas roupas, tudo está permanentemente molhado. Nem consigo lembrar o que é vestir uma camisa seca. Sem muito o que fazer a não ser me abrigar e esperar, tenho passado as horas jogando cartas e lendo e relendo o punhado de livros que circulam por aqui. Strug, Jasieński, Stern, Wat. Há um livro de poesias de Leśmian do qual você gostaria, chamado Dziejba leśna. Você precisa procurar uma cópia para ler.

Genek ouve o tamborilar dos pingos de chuva na barraca, pensando no fim de semana nas montanhas quando pôs os olhos em Herta pela primeira vez. Ele se vê usando o suéter de tricô branco e a calça de tweed inglês; Herta, bem perto dele, usando sua elegante jaqueta de esqui acolchoada, com as bochechas rosadas pelo frio, os cabelos lavados recentemente e com cheiro de lavanda. Como isso parecia surreal agora, pensar naquele momento — é como se não passasse de um sonho.

Apesar da chuva, continua ele, *o moral aqui está surpreendentemente alto. Até mesmo Wojtek parece estar de bom humor, perambulando satisfeito pelo campo à procura de alguém que lhe dê algo de comer. Você devia ver o tanto que ele cresceu.*

O recruta Wojtek, único oficial de quatro patas membro do Exército de Anders, é um urso. Ele foi encontrado no Irã, como um filhote órfão. *Wojtek*, "guerreiro sorridente" em polonês, é agora a mascote não oficial do II Corpo Polonês. Ele viajou com o exército, desde o Irã, cruzando Iraque, Síria, Palestina, Egito e, por fim, Itália. Ao longo do caminho, ele aprendeu a transportar munição e a responder às saudações. Ele gosta de uma boa luta de boxe e acena com a cabeça em sinal de aprovação quando é recompensado com uma garrafa de cerveja ou um cigarro, os quais devora com avidez. Como seria de se esperar, Wojtek é de longe o integrante mais popular do II Corpo Polonês.

Genek se vira de bruços e lê o que escreveu. Será que sua esposa vai perceber? Herta o conhece bem o suficiente para sentir quando está escondendo alguma coisa. Ele abre o exemplar de *Palę Paryż* e pega uma foto que está na contracapa. Nela, Herta aparece empoleirada num muro de pedra baixo em Tel Aviv, usando um vestido cinza novo. Ele está ao lado dela, com sua farda do Exército. Ele se lembra de quando Otto tirou essa foto. Julia ficou segurando Józef enquanto Otto contava até três. Pouco antes de ele apertar o disparador, Herta passou um braço em torno de Genek e se inclinou para perto dele, dobrando o pé de brincadeira, como uma menina da escola num encontro com o namoradinho.

Ele sente saudades dela, mais do que pensava ser humanamente possível sentir. De Józef, também.

Não sei quando vou poder escrever novamente. Nós vamos ser transferidos em breve. Entro em contato assim que puder. Por favor, não se preocupe.

É claro que Herta vai se preocupar, pensa Genek, arrependendo-se de ter escolhido essas palavras. Ele está preocupado. Petrificado. Ele mastiga a ponta da caneta. Três tentativas fracassadas. Um exército de prisioneiros. As probabilidades não estão a favor do II Corpo Polonês.

Como você está?, termina ele. *Como está Ze? Responda logo. Eu te amo e estou com mais saudades de você do que pode imaginar. Genek*

CAPÍTULO 46

Addy

Rio de Janeiro, Brasil ~ abril de 1944

Addy e Eliska romperam o noivado na noite em que ele voltou de Minas Gerais. Eles concordaram que não deveriam se casar. Não foi fácil. Nenhum dos dois queria ficar sozinho nem queria ser visto como pessoas que desistiam voluntariamente, embora, nesse caso, ambos soubessem que desistir era o melhor a fazer. Disseram que continuariam amigos. E, por mais difícil que tudo isso fosse, depois que a decisão foi tomada, Addy sentiu que se livrou de um peso enorme.

Madame Lowbeer ficou bastante feliz ao saber que o noivado havia sido desfeito, é claro, e, pouco depois disso, numa reviravolta irônica, passou a gostar de Addy. Parecia que, com a perspectiva de tê-lo como genro oficialmente descartada, la Grande Dame agora era capaz de socializar com um polaco. Ela passou a convidá-lo a visitar seu apartamento nos fins de semana, a tocar piano, e solicitou seus serviços como faz-tudo para ajudá-la quando seu rádio parou de funcionar. Ela até se ofereceu para apresentá-lo a um contato seu na General Electric nos Estados Unidos, caso ele resolvesse se mudar para lá.

Addy passou os meses que se seguiram ao rompimento focado no trabalho, nas idas semanais à agência do correio e nas transmissões de rádio e nos jornais que lhe traziam notícias da guerra. Todas eram desanimadoras. A batalha constante em Anzio e em Monte Cassino, na Itália; as bombas lançadas no Pacífico Sul e na Alemanha — Addy ficava enjoado ao saber dessas notícias. A única informaçãozinha mais animadora que encontrou foi sobre o presidente americano, Franklin Roosevelt, que emitiu uma ordem executiva determinando a criação de uma Comissão para Refugiados de Guerra, que seria responsável por "resgatar as vítimas da opressão inimiga em iminente perigo de morte", como o artigo a descrevia. Pelo menos alguém em algum lugar estava ajudando, pensou Addy, imaginando quais eram as chances de seus pais, irmãos e irmãs estarem entre os resgatados.

Quando seu amigo Jonathan bateu à porta de seu apartamento em Copacabana, Addy parecia particularmente desanimado.

— Vou dar uma festa no próximo fim de semana — avisou Jonathan, com seu charmoso sotaque britânico. — E você vai. Se me lembro bem, seu aniversário está chegando. Você já hibernou por tempo suficiente.

Addy acenou com a mão em sinal de protesto, mas, antes que pudesse recusar o convite, Jonathan acrescentou:

— Eu convidei as garotas da embaixada. — E abriu um sorriso que dizia: *Um encontro lhe cairia bem, meu irmão.*

Addy tinha ouvido falar muito das garotas da embaixada americana. Dentro do pequeno círculo de expatriados do Rio de Janeiro, elas eram famosas pela boa aparência e pelo espírito aventureiro, mas ele nunca conheceu nenhuma delas.

— Eu estou falando sério. Você devia aparecer lá — pressionou Jonathan. — Só para tomar uma bebida. Vai ser divertido.

No sábado à noite, Addy está num canto do apartamento de Jonathan em Ipanema, bebericando cachaça com água, participando um pouquinho de uma conversa aqui, outra ali. Ele se distrai com pensamentos sobre sua casa. Daqui a dois dias, vai fazer 31 anos. Halina, onde quer que esteja, vai ter 27. Serão seis anos desde que eles comemoraram juntos pela última vez. Addy relembra como, naquele último aniversário, ele e Halina haviam passado a noite num dos novos clubes noturnos de Radom, onde beberam champanhe demais e dançaram até os pés doerem. Ele repassou os detalhes daquela noite mil vezes, repetindo-os para mantê-los intatos: o gosto levemente amargo que o bolo de limão que eles dividiram deixava na boca; a sensação das mãos de sua irmã nas suas enquanto eles dançavam; o estridente *pop* da segunda garrafa de Ruinart sendo desarrolhada, das bolhas queimando sua garganta e de como, alguns goles depois, sua língua havia ficado dormente. O Pessach tinha sido na noite anterior. A família havia celebrado do jeito barulhento de sempre, inicialmente reunida em torno da mesa de jantar e, depois, ao redor do piano da sala de estar da rua Warszawska.

Addy balança a bebida no copo, observando um solitário cubo de gelo orbitar o vidro, imaginando se, em algum lugar, Halina também estaria pensando nele.

Quando ergue a cabeça, seus olhos são atraídos por uma figura do outro lado da sala. Uma jovem morena. Ela está de pé junto à janela, uma taça de vinho na mão, escutando o que diz um amigo, um ponto único de calma em meio à cacofonia. Seria uma garota da embaixada? Deve ser. De repente, todas as outras pessoas na sala são invisíveis. Addy observa a silhueta esguia da jovem, o gracioso declive das maçãs de seu rosto, seu sorriso fácil. Ela usa um vestido de algodão verde-claro, com botões na frente e uma faixa na cintura, um relógio com pulseira simples, sandálias de couro com tiras finas que se enrolam frouxamente ao redor de seus tornozelos finos. Seus olhos são suaves, sua expressão aberta, como se ela não tivesse nada a esconder. Ela é bonita — linda —, mas de uma forma despretensiosa. Mesmo de longe ele sente sua modéstia.

Que seja, decide ele. Talvez Jonathan tivesse razão. Com um tremor desconcertante no estômago, Addy deixa seu copo e atravessa a sala. Quando se aproxima, a garota se vira. Ele estende a mão para ela.

— Addy — apresenta-se, e, depois, no mesmo fôlego, diz: — Por favor, perdoe meu inglês.

A garota sorri.

— Prazer em conhecê-lo — diz ela, dando-lhe um aperto de mão. Addy estava certo. Ela definitivamente é americana. — Eu me chamo Caroline. Não se desculpe, seu inglês é adorável.

Ela fala devagar, e a forma como pronuncia as palavras, com tamanha suavidade que ele não sabe exatamente onde termina uma e começa outra, faz com que Addy se sinta em casa ao seu lado. Essa mulher, Addy percebe, emana um ar de receptividade e naturalidade — ela parece satisfeita em simplesmente *ser*. Algo se agita no coração de Addy quando percebe que ele já fora assim também.

Caroline é paciente com o inglês limitado de Addy. Quando ele tropeça numa palavra, ela o espera organizar os pensamentos para tentar de novo, e Addy é lembrado de que não há problema em ir mais devagar, que não é preciso ter pressa. Quando ele pergunta de que parte dos Estados Unidos ela é, Caroline fala da cidade na Carolina do Sul onde nasceu.

— Eu adorei crescer lá. Clinton era uma comunidade muito unida, e a gente estava sempre envolvido com as escolas e a igreja... mas acho que sempre soube que não ficaria lá. Eu precisava sair de lá. Começou a ficar pequeno demais para mim. Minha pobre mãe...

Caroline suspira, descrevendo o espanto da mãe ao saber que ela e a melhor amiga, Virginia, estavam fazendo planos para viajar para a América do Sul.

— Ela achou que a gente estava louca por abandonar a vida na Carolina do Sul.

Addy acena positivamente com a cabeça, sorrindo.

— Você é... Como se diz... Você não tem medo.

— Suponho que você queira dizer que éramos corajosas por ter vindo para cá. Mas acho que só estávamos atrás de uma aventura.

— Meu pai também deixou a casa na Polônia — diz ele. — Para os Estados Unidos. Para se aventurar. Quando era jovem. Sem filhos. Ele sempre me fala de como eu vou amar Nova York.

— Por que ele voltou?

— Para ajudar a mãe dele. Depois que o pai dele morreu, ela teve de cuidar de cinco filhos em casa, sozinha. Meu pai quis ajudar.

Caroline sorri.

— Seu pai parece ser um bom homem.

A conversa deles termina quando uma amiga, que Caroline apresenta como Virginia, mais conhecida como Ginna, puxa-a para longe. Elas vão para outra festa, explica Ginna, então dá uma piscadela com um olho azul para Addy, enquanto oferece o braço a Caroline. Addy observa as cabeças das moças se afastando e saindo pela porta, desejando que a conversa não tivesse acabado tão rápido.

Ele sai pouco depois, dando um carinhoso tapinha nas costas de Jonathan ao sair.

— Obrigado, *meu amigo* — diz Jonathan. — Fiquei muito feliz por você ter vindo.

Na caminhada de volta para casa, ele pensa em Caroline, assim como quase a cada minuto da semana seguinte. Havia algo nela que o fazia querer muito conhecê-la melhor. E, assim, depois de descobrir seu endereço no Leme, ele reúne coragem para deixar um bilhete sob a porta dela, escrito com a ajuda de um recém-comprado dicionário francês/inglês.

Querida Caroline,
Apreciei a conversa que tivemos na semana passada. Se fizer a gentileza, seria um prazer levá-la para jantar no Copacabana Palace. Proponho que nos encontremos no bar do hotel para um aperitivo, este sábado, 29 de abril, às oito horas. Espero ver você lá.

Addy Kurc

Alguns dias depois, usando uma camisa bem passada e carregando uma orquídea roxa que comprou numa loja de flores no caminho, Addy chega ao Copacabana Palace com a mesma sensação no estômago que teve quando conheceu Caroline. Ele consulta o relógio, oito em ponto, quando Caroline entra pela porta giratória de vidro do saguão. Ela acena quando o vê e, num instante, Addy se esquece do nervosismo.

No bar do hotel, eles conversam sobre como têm sido seus dias e sobre as coisas que adoram no Rio. O inglês de Addy melhorou — ele jamais esteve tão motivado para aprender o idioma —, mas ainda é bem limitado. Caroline, porém, não parece notar.

— Na primeira vez que fui a uma churrascaria — ela enrubesce —, eu comi até passar mal. Eu me senti constrangida em deixar qualquer carne no prato, então me esforcei para comer tudo, e eles continuaram trazendo *mais*!

Addy faz piada com o jeito terrivelmente lento com que os moradores do Rio caminham, imitando a cadência de seus passos com dois dedos no balcão e comparando com o ritmo do brasileiro típico.

— Ninguém aqui tem pressa — comenta ele, balançando a cabeça.

Mais tarde, no restaurante, Caroline pede a Addy que escolha o prato para eles dois. Durante a conversa, agora diante de tigelas de moqueca de camarão, Addy descobre que Caroline é um dos quatro filhos da família

Martin e que seus três irmãos mais velhos, cujos nomes pede a ela que repita de novo e de novo — Edward, Taylor e Venable —, nunca saíram de Clinton.

— Quando éramos criança, nós tínhamos uma vaca no quintal — conta Caroline, com os olhos brilhando com as lembranças.

Addy quase engasga quando ela revela que o nome da vaca era Sarah, o nome hebraico de sua irmãzinha, Halina, explica ele.

— Ah, espero não ter ofendido. Sarah fazia parte da família! — acrescenta. — Nós a ordenhávamos e, às vezes, até a levávamos para a escola.

Addy sorri.

— Parece que a sua Sarah era muito menos teimosa que a minha.

Ele continua falando de Halina para Caroline, lembrando quando, depois de ter assistido a *Aconteceu naquela noite*, ela insistira em cortar o cabelo curto para ficar parecida com Claudette Colbert, e como, depois, havia se recusado a sair de casa por dias, convencida de que aquele visual não combinava com ela. Rindo, Addy percebe como é bom falar de sua família, como ouvir seus nomes ajuda, de certa forma, a confirmar sua existência.

Caroline fala de sua família também, do pai, professor de matemática na Faculdade Presbiteriana de Clinton, que lecionou até sua morte, em 1935.

— A gente não cresceu com muitos luxos — diz ela —, a não ser pela nossa educação. Dá para imaginar, com um pai professor, a importância que ele dava para a nossa educação.

Addy faz que sim com a cabeça. Seus pais não eram professores, mas ter uma boa formação era fundamental para sua família também.

— Como você chamava o seu pai? — pergunta Addy, curioso. — Qual era o nome dele?

Caroline sorri.

— O nome dele era Abram.

Addy olha para ela.

— Abram? Parecido com *Abraham*?

— Sim, Abram. Derivado de Abraham. É um nome de família. Passado de geração em geração desde o meu bisavô.

Addy sorri e pega do bolso o lenço que sua mãe lhe deu, colocando-o entre eles sobre a mesa.

— Minha mãe, ela... — Ele faz um gesto como se estivesse costurando com linha e agulha.

— Ela costura?

— Sim, ela costura isso para mim, antes de eu deixar a Polônia. Aqui — Addy aponta —, essas são as minhas... Como se chama?

— Iniciais.

— Essas são as minhas iniciais. O "A" é para o meu nome hebraico, Abraham.

Caroline se debruça sobre o lenço, examinando o bordado.

— Você é um Abraham também?

— Sim.

— Nossas famílias têm muito bom gosto para nomes — comenta Caroline, sorrindo.

Addy dobra o lenço e o coloca de volta no bolso. Talvez eles tenham sido tecidos a partir do mesmo fio, pensa.

Caroline fica em silêncio por um momento. Ela olha para o colo.

— Minha mãe faleceu há três anos. Um dos meus grandes arrependimentos é não ter estado presente quando ela morreu.

A confissão surpreende Addy, afinal os dois acabaram de se conhecer. Nos anos em que esteve com Eliska, ela quase nunca falava do passado, muito menos dos arrependimentos. Ele acena com a cabeça em sinal de compreensão, pensando na própria mãe e desejando poder dizer alguma coisa para consolá-la. Talvez Caroline se sentisse menos sozinha se soubesse que ele também sente muita falta da mãe. Ele não lhe contou, é claro, que perdeu o contato com a família. Havia ficado tão acostumado a evitar o assunto que nem tinha certeza se conseguiria falar disso. Por onde iria começar?

Ele ergue o olhar e encontra os olhos de Caroline. Há tanta sinceridade nela, tanta gentileza. *Você pode falar com ela*, ele percebe. *Tente.*

— Eu sei como você se sente — diz ele.

Caroline parece surpresa.

— Você também perdeu a sua mãe?

— Bem, não exatamente. Eu não sei. Minha família ainda está na Polônia, eu acho.

— Você acha?

Addy baixa os olhos.

— Eu não tenho certeza. Nós somos judeus.

Caroline estende a mão sobre a mesa, com lágrimas nos olhos, e, de repente, a história que ele não conta há tantos anos vem à tona.

Duas semanas depois, Addy e Caroline estão sentados a uma mesa encostada numa janela do lado leste do apartamento dela, com vista para a praia do Leme, com uma pilha de papéis diante deles. Eles se veem quase todo dia desde aquele primeiro jantar no Copacabana Palace. Foi ideia de Caroline entrar em contato com a Cruz Vermelha para pedir ajuda para encontrar a família dele. Addy dita, inclinando-se sobre o braço de Caroline, enquanto ela escreve. O otimismo dela o encheu de energia e as palavras saem dos seus lábios mais rápido do que ela consegue acompanhar.

— Espera, espera, mais devagar. — Caroline ri. — Você pode soletrar o nome da sua mãe outra vez?

Ela levanta os olhos do papel, com o castanho aveludado de sua íris refletindo a luz. Sua caneta-tinteiro paira sobre o papel. Addy pigarreia. A suavidade do olhar dela e o cheiro de xampu dos seus cabelos ruivos o fazem perder a linha de pensamento. Ele soletra *Nechuma*, tentando não assassinar a pronúncia inglesa das letras, depois o nome do pai e de cada um dos irmãos. Addy percebe que a letra de Caroline é desenhada sem esforço e muito mais elegante que a sua.

Quando a carta está concluída, Caroline pega um pedaço de papel na bolsa.

— Eu perguntei na embaixada — diz ela, colocando a folha diante deles e passando o dedo sobre uma lista de cidades — e parece que tem gente da Cruz Vermelha no mundo todo. Nós devíamos mandar sua carta para vários escritórios, por via das dúvidas.

Addy concorda, examinando as quinze cidades que Caroline selecionou, indo de Marselha, Londres e Genebra a Tel Aviv e Nova Délhi. Ela escreveu um endereço ao lado de cada uma delas.

Eles conversam em voz baixa enquanto Caroline faz com cuidado quinze cópias da carta de Addy. Quando termina, recolhe a pilha de papel, bate com ela suavemente na mesa, para que as bordas fiquem alinhadas e, em seguida, a entrega para Addy.

— Obrigado. Isso é importantíssimo para mim — agradece, com a mão no peito, desejando poder expressar melhor o quanto a ajuda dela significava para ele.

Caroline assente com a cabeça.

— Eu sei. É horrível o que está acontecendo lá. Espero que você tenha resposta. Por enquanto, pelo menos você vai saber que fez tudo o que estava ao seu alcance.

A expressão de Caroline é sincera, suas palavras são reconfortantes. Ele a conheceu há poucas semanas, mas Addy sabe que não é preciso adivinhar para saber o que Caroline está pensando. Ela simplesmente diz o que quer dizer, sem floreios. Ele valoriza muito essa característica.

— Você tem um coração de ouro — diz Addy, percebendo que as palavras soam como um clichê, mas não se importa.

Os dedos de Caroline são longos e finos nas pontas. Ela faz um gesto de desdém e balança a cabeça. Addy também já aprendeu que ela não é boa em receber elogios.

— Eu levo para a agência do correio amanhã — avisa ele.

— Você vai me contar assim que receber alguma notícia?

— Sim, é claro.

Pela janela, Addy olha para o leste, para a pedra do Leme e para o azul profundo do oceano Atlântico, para a direção da Europa.

— Eventualmente — diz ele, tentando parecer esperançoso —, eventualmente, eu vou encontrá-los.

11 DE MAIO DE 1944: *Tem início a quarta e última batalha pelo Monte Cassino. Como esperado, os Aliados pegam as forças alemãs totalmente desprevenidas. Enquanto o Corpo Expedicionário Francês destrói o canto sul das defesas alemãs, o XIII Corpo, parte do 8º Exército Britânico, se desloca para o interior, capturando a cidade de Cassino e atacando as forças alemãs no vale do Liri. Em sua primeira investida, os poloneses são repelidos; as baixas chegam a 4 mil homens e dois batalhões são totalmente aniquilados. Sob ataques contínuos, o mosteiro continua inexpugnável.*

CAPÍTULO 47

Genek

Monte Cassino, Itália ~ 17 de maio de 1944

Morteiros passam zunindo sobre sua cabeça. Genek segura a parte de trás de seu capacete, o corpo espremido contra a face da montanha. Ele já se acostumou com a dor lancinante nos joelhos e nos cotovelos quando eles se chocam com força contra a rocha implacável, com a terra nos dentes, com os estalos constantes e o zumbido da artilharia em seus ouvidos, extremamente próximos e nada confortáveis. Quatrocentos metros acima, o que restou do inimigo, um regimento que se acredita ser de oitenta paraquedistas alemães, dispara saraivadas e mais saraivadas de projéteis das ruínas do mosteiro. Genek não consegue imaginar de onde vem toda aquela munição deles. *Ela vai acabar em breve, certamente.*

Os polacos conseguiram surpreender os alemães, mas, embora em número eles superem em muito os nazistas, o Exército de Anders ainda está em evidente desvantagem. Após dias de bombardeio aéreo, a montanha foi reduzida a uma pilha de escombros, o que tornou a subida íngreme extremamente desafiadora. Eles não conseguem ver o inimigo, portanto precisam chegar ao mosteiro para enxergar no que atiram; enquanto isso, sem um lugar seguro para se proteger, eles estão, em sua maior parte, totalmente expostos.

Com o corpo ainda abraçado à face da montanha, Genek xinga entre os dentes. O Exército deveria ser a escolha segura. A saída da Sibéria. O caminho para manter a família reunida. E foi, durante um tempo. Agora, ele está tão seguro quanto um alvo num campo de tiro e sua família se encontra a quatro mil e setecentos quilômetros de distância, na Palestina. Genek não consegue deixar de pensar em como a primeira investida dos poloneses contra o Monte Casino, cinco dias antes, assim como as três anteriores a ela, resultou num fracasso retumbante. Ao se deparar com morteiros, disparos de armas leves e a ira devastadora de uma metralhadora de 75 milímetros, as principais divisões de infantaria de Anders foram dizimadas após algumas poucas horas de combate. Tão rapidamente quanto a operação começou, o II Corpo Polonês foi forçado a recuar, registrando as baixas de quase quatro mil homens. Genek e Otto agradeceram por terem sido designados para uma divisão de infantaria na retaguarda. E amaldiçoaram o fato de que, apesar das perdas que o inimigo também sofreu, o mosteiro ainda estivesse nas mãos dos alemães. Até aqui, a única notícia animadora que eles receberam na campanha veio do general Juin, líder com o Corpo Expedicionário Francês, que relatou que seus homens haviam tomado o Monte Maio e estavam agora em posição de dar apoio ao XIII Corpo Britânico estacionado no vale do Liri. Ainda dependia dos poloneses, no entanto, capturar o mosteiro. Eles partiram para uma segunda tentativa naquela manhã.

Mais morteiros. Os disparos da artilharia acima de suas cabeças. O tarol *pop-pop-pop* das balas atingindo a pedra. Alguém na parte inferior da montanha grita. Genek se mantém abaixado. Ele pensa em Herta, em Józef, pensa em encontrar uma pedra e se esconder debaixo dela até o combate acabar. No entanto, uma imagem passa por sua mente, a de sua família nas mãos dos nazistas, arrastada para um campo de extermínio. Sua família como parte dos presumidos *milhões* de mortos. Um bolo cresce em sua garganta e seu rosto fica quente. Ele não pode se esconder aqui. Se essa missão for bem-sucedida, ele vai ter ajudado a derrotar os alemães e a lembrar ao mundo que a Polônia, apesar de derrotada na Europa, é ainda uma força que deve ser levada em conta. Engolindo o cheiro metálico do medo no fundo da língua, ele percebe que, sendo sua missão suicida ou não, se há uma chance de ajudar a pôr um fim a esta guerra maldita, não há a menor dúvida de que ele não vai desistir.

Genek espera por uma pausa no fogo da artilharia, e então rasteja alguns metros montanha acima, tomando cuidado com minas e fios detonadores de granadas. Para proteger a fortaleza, os alemães instalaram uma barreira de armadilhas na subida e estas já haviam custado a vida de dezenas de camaradas dele. Genek havia sido treinado para desativar minas, mas se pergunta se, nestas circunstâncias, seria capaz de agir caso se deparasse com um explosivo no caminho. Vem outro estrondo fortíssimo, uma explosão monstruosa, de algum lugar à direita de Genek. Seu corpo se choca com a montanha com tanta força que ele quase perde o fôlego. *Que porcaria foi essa?* Entre os homens de Anders, têm se falado muito sobre os paraquedistas inimigos no Cassino estarem usando o canhão ferroviário k5 de 28 centímetros que foi usado em Anzio. Os alemães o chamam de "Leopold". Os Aliados se referem a ele como "Anzio Annie". Seus obuses pesam um quarto de tonelada e ele tem um alcance de cento e trinta quilômetros. *É impossível eles terem conseguido colocar aquela coisa no alto da montanha*, argumenta Genek consigo mesmo, tentando recuperar o fôlego. Se tivessem feito isso, tem certeza de que, agora, já estaria em pedaços. O ar se agita novamente com o fogo de uma submetralhadora. Ele ergue o queixo, recupera o fôlego e se arrasta mais alguns metros montanha acima.

18 DE MAIO DE 1944: *Em sua segunda investida contra o Monte Cassino, o II Corpo Polonês enfrenta artilharia constante e o fogo de morteiros das fortemente protegidas posições alemãs no mosteiro. Com pouca cobertura natural para se proteger, a luta é dura e, às vezes, corpo a corpo. Graças ao bem-sucedido avanço do Corpo Expedicionário Francês no vale do Liri, porém, os paraquedistas alemães se retiram de Cassino para uma nova posição defensiva na linha de Hitler, ao norte. No início da manhã de 18 de maio, os poloneses tomam o mosteiro. Eles foram tão castigados no combate, que apenas alguns poloneses têm forças para subir os últimos cem metros. Quando o fazem, hasteiam uma bandeira polonesa sobre as ruínas e cantam um hino,* As papoulas vermelhas no Monte Cassino, *para comemorar a vitória polaca. A estrada para Roma está aberta.*

6 DE JUNHO DE 1944 — DIA D: *A operação de codinome Overlord, Batalha da Normandia, começa com um desembarque anfíbio em massa, quando 156 mil homens, liderados pelo general Eisenhower, atacam um trecho de cerca de oitenta quilômetros fortemente protegido do litoral da Normandia. A maré baixa, o mau tempo e um plano para desviar a atenção dos inimigos permitem que os Aliados peguem os nazistas de surpresa.*

CAPÍTULO 48

Jakob e Bella

Varsóvia, Polônia sob ocupação alemã ~ 1º de agosto de 1944

A o som da primeira explosão, o sangue de Bella gela completamente. Sem pensar, ela fica de quatro atrás do balcão no fundo da loja de roupas. A detonação — próxima o bastante para sacudir as moedas na gaveta da caixa registradora — é seguida por gritos e por uma rajada de tiros. Bella se arrasta até o canto do balcão e espia o que está acontecendo através da vitrine da loja. Do lado de fora, três homens fardados correm carregando submetralhadoras Błyskawica. Outra bomba cai e, instintivamente, ela cobre a cabeça com as mãos. Está acontecendo. O levante do Exército Nacional. Ela tem de sair dali. Rápido.

Bella se arrasta até o quartinho que havia alugado nos fundos da loja, pensando desesperadamente no que levar. A bolsa, a escova de cabelo... Não, a escova, não, não é importante. As chaves, embora não saiba se o prédio ainda estará de pé no dia seguinte. No último segundo, ela levanta o colchão e pega duas fotos, uma dos pais, a outra dela com Anna quando crianças, e as enfia na bainha do casaco, por dentro do forro. Pensa em trancar a porta da entrada da loja, porém, quando mais quatro homens fardados passam correndo, decide não fazer isso. Então corre para os fundos da loja e sai silenciosamente.

Do lado de fora, a rua está vazia. Ela faz uma pausa para recuperar o fôlego. As palavras de Jakob ecoam em seus ouvidos.

— Meu prédio tem um porão seguro — disse ele na semana passada, quando a insurreição parecia iminente. — Se houver luta, me encontre lá.

Para chegar ao prédio dele, precisa cruzar o rio Vistula.

Bella começa a correr, seguindo para nordeste, para a ponte do bulevar Wójtowska, e se esconde num beco quando ouve o ruído dos aviões da Luftwaffe que se aproximam. Apertando-se contra os tijolos da parede, ela estica o pescoço e conta seis aviões. Eles voam baixo, como abutres. Ela se pergunta se não deveria esperar e só fugir quando os céus estivessem limpos, mas decide que é melhor não perder mais tempo. Ela precisa encontrar Jakob. *Você já fez esse caminho dezenas de vezes*, pensa ela. *Vão ser só dez minutos na rua. Vá até lá.*

Bella recupera o ritmo, tentando ao máximo manter um olho no céu enquanto corre, mas os paralelepípedos irregulares dificultam as coisas. Duas vezes ela recuperou o equilíbrio um milésimo de segundo antes de torcer o tornozelo, por isso decide que é mais seguro olhar para onde pisa enquanto tenta ouvir os aviões do que correr cegamente com a cabeça voltada para o céu. Ela já percorreu seis quarteirões quando ouve o som de um Stuka se aproximando, então pula dentro de outro beco no momento em que uma sombra surge sobre sua cabeça. *Deus, por favor, não,* reza, com os olhos fechados com força, se espremendo na parede atrás dela, esperando. O som desaparece. Ela abre os olhos e parte novamente. Cadê todo mundo? As ruas estão vazias. As pessoas devem estar escondidas.

A revolta não é uma surpresa. Todos em Varsóvia ouviram boatos de que estava por acontecer, e todos tinham um plano para o dia em que finalmente viesse, embora ninguém soubesse exatamente quando aconteceria. Bella e Jakob tiveram a sorte de ter informações confiáveis e atualizadas por Adam e por seus contatos com a Resistência.

— Pode começar a qualquer momento — disse ele no fim de semana anterior. — O Exército Nacional está só esperando que o Exército Vermelho se aproxime.

Segundo noticiou o *Biuletyn Informacyjny*, as forças do Eixo estavam finalmente começando a fraquejar. As tropas aliadas estavam rompendo as linhas de defesa nazistas na Normandia e havia relatos de uma campanha maciça aliada na Itália. O Exército Nacional polonês, explicou Adam, esperava que, com o Exército Vermelho na retaguarda, conseguisse expulsar os alemães da capital do país, e, assim, inclinar a balança na direção de uma vitória dos Aliados na Europa.

Parecia uma iniciativa nobre. Jakob e Adam falaram de se juntar ao Exército Nacional, estavam desesperados para ajudar. Bella é grata a Halina por tê-los convencido do contrário. Tudo o que ela queria era ver a libertação da Polônia, mas lembrara a eles que o Exército Nacional não via os judeus com bons olhos — e não era só isso: os poloneses estavam em enorme desvantagem numérica. Varsóvia ainda estava repleta de alemães.

— Veja o que aconteceu depois do levante do gueto — alertou Halina.

— E se o Exército Vermelho não cooperar?

O Exército Nacional contava com a ajuda de Stalin, mas ele já os decepcionara antes, advertiu Halina, implorando a Jakob e Adam que não perdessem o juízo.

— Por favor — disse ela —, a Resistência precisa de vocês. Existem outras formas de enfrentar o inimigo.

Bella corre determinada para o leste pelo bulevar Wójtowska, agradecida por já avistar as águas do rio a sua frente. Quando se aproxima, porém, diminui o ritmo. *Cadê a ponte?*, pergunta-se. Ela foi... destruída. Em seu lugar, há um monte de ferro quente retorcido e uma grande extensão de água. Retomando o ritmo, ela se vira para o norte, acompanhando a curva do Vistula, rezando para encontrar uma ponte que ainda esteja intata.

Dez quarteirões depois, com os pulmões ardendo e a blusa ensopada de suor, ela se sente aliviada ao encontrar a ponte Toruński ainda de pé. O céu agora, porém, está cheio de Junkers. Ignorando-os, assim como faz com a dor lancinante que sente no peito, com os músculos das pernas queimando, com a voz dentro dela gritando para que encontre um buraco em algum lugar para se proteger, ela corre o máximo que pode.

Quando está na metade da ponte, aparecem uns dez homens do outro lado. Eles correm desesperadamente em sua direção. As pernas de Bella ficam dormentes até que ela percebe, por suas roupas, que são polacos. Civis. Vários deles têm rifles pendurados no pescoço. Outros carregam ancinhos e pás. Alguns seguram facas de açougueiro. Eles se lançam em sua direção, gritando, mas Bella está completamente exausta, ela respira tão alto que não consegue entender o que dizem. Apenas quando os caminhos deles quase se cruzam, Bella entende que os homens estão gritando *para ela*.

— Você está correndo para o lado errado! — berram eles, segurando as armas acima da cabeça como guerreiros. — Vem com a gente! Pela Polônia e pela vitória!

Bella balança a cabeça ao passar correndo por eles, olhando para o chão para manter o equilíbrio. Ela não levanta mais a cabeça até chegar à porta da casa de Jakob.

Eles já estão escondidos há oito dias; o bombardeio não cessou. Bella e Jakob passam o tempo aflitos, sem saber se os outros — Halina, Adam, Mila, Franka e a família dela — teriam conseguido um lugar seguro para se abrigar, sem saber qual será o estado de Varsóvia quando o bombardeio finalmente parar.

Eles dividem o porão com um casal que chegou trazendo uma criança de 1 ano e meio, um fardo de feno e, para a surpresa de Jakob e Bella, uma vaca leiteira. Deu algum trabalho, mas eles finalmente conseguiram convencer o animal teimoso a descer as escadas para o porão. A vaca fede. Não há nada a fazer a não ser amontoar o esterco num canto. Mas ela está sempre cheia de leite. Duas vezes por dia, o leite fresco é levado num balde para ser fervido no fogão "para que fique bom para o bebê tomar", explicou a mãe da criança, embora Bella estivesse convencida de que o leite fresco não fosse fazer mal ao pequeno. Ela pensou em protestar, pois se aventurar no andar de cima era perigoso, uma tolice naquelas circunstâncias. Porém, em vez disso, preferiu segurar a língua, pois não queria estragar o clima amistoso que havia entre o grupo. Hoje é a vez de Bella ferver o leite.

Ela olha para o relógio. Já passou quase meia hora desde a última explosão. Uma trégua. De pé ao lado da escada, Jakob acena com a cabeça.

— Se cuida — diz ele.

Ela retribui o gesto e sobe a escada com o balde na mão, em seguida atravessa o corredor e chega à cozinha. No fogão, despeja o leite numa panela, risca um fósforo e gira o botão preto sob o queimador para acendê-lo. Enquanto o leite não começa a ferver, ela vai na ponta dos pés até a janela. Lá fora, a paisagem urbana é surreal. A cada três prédios ao longo da rua Danusi, um foi completamente destruído. Outros ainda estão de pé, mas sem os telhados, como se tivessem sido decapitados. Ela observa o céu e xinga quando um enxame de aviões da Luftwaffe surge zumbindo. *Droga.*

A princípio, os aviões são pequenos, mas parecem maiores conforme se aproximam, e então mudam de direção e desaparecem. Bella se afasta da janela, embora quisesse poder ficar de olho neles. Ela escuta com atenção enquanto olha fixamente para o leite, querendo que ele ferva logo. Depois de um instante, o som dos motores no céu fica mais alto. Ela consegue ouvir Jakob batendo no chão abaixo dela com a ponta de um cabo de vassoura, sinalizando que ela volte para o porão. Ele também deve estar ouvindo os aviões. E então, num lugar não muito longe dali, uma bomba cai e a cozinha treme, agitando os pratos de porcelana nas prateleiras. Jakob bate novamente, mais forte dessa vez. Ela o ouve chamando-a através das tábuas do assoalho.

— Bella!

— Já vou! — grita ela, apagando o fogo do fogão.

Outra bomba explode. Essa mais perto. No mesmo quarteirão, talvez. Ela deveria largar tudo e correr, mas, enrolando uma toalha na mão, resolve primeiro pegar o leite. Quando segura a alça da panela, seu ouvido capta um som diferente. No começo, soa como um gato, como um miado felino profundo. *Esquece o leite*, repreende-se. Mas é tarde demais. Ela mal chegou à porta da cozinha quando a janela explode. A cozinha fica preta de fuligem e Bella sente os pés serem arrancados do chão. Os braços tentam inutilmente se segurar no ar, movendo-se em câmera lenta, como se ela estivesse nadando debaixo d'água, como se estivesse tentando escapar de um pesadelo. Vidro quebrado. Estilhaços. Pratos saltam das prateleiras e se quebram. Bella cai no chão e fica imóvel, de bruços, com as mãos na nuca, tentando respirar, mas o ar está cheio de fumaça. Outra bomba cai e o chão vibra.

Jakob agora está gritando, mas a voz dele soa abafada, distante. De olhos fechados, Bella percorre mentalmente o corpo, verificando parte por parte. Ela move os dedos das mãos, os dedos dos pés. Suas extremidades ainda estão lá e parecem funcionar. Mas ela está molhada. Será que está sangrando? Não sente dor nenhuma. O que está queimando? Atordoada, tossindo, ela consegue se sentar, então abre os olhos. O cômodo está cheio de fumaça, é como se ela estivesse olhando através de uma janela imunda. Ela pisca e, quando seu mundo começa a entrar em foco, Bella nota algo que parece ser uma nuvem cinza serpenteando em direção ao teto, saindo de trás do fogão. Bella fica paralisada. Ela desligou o queimador? Sim, desligou, certo? *Sim, sim, está desligado.* Ela olha para os destroços espalhados pelo chão, os cacos de vidro da janela, pratos quebrados, lascas de madeira, vários pedaços de coisas destroçadas. A panela está tombada de lado numa poça de leite em meio aos escombros. Bella olha para as roupas. Não está sangrando, está molhada de leite.

— Bella! — grita Jakob, com a voz trêmula de medo.

De repente, ele está ali, agachado ao lado dela, com as mãos em seus ombros, em suas bochechas.

— Bella, você está bem?

Bella ouve a voz dele fraca, distante, e acena com a cabeça.

— Sim, estou... Eu estou bem — resmunga ela.

Ele a ajuda a ficar de pé. Alguma coisa cheira como se estivesse queimando.

— O fogão? — pergunta Jakob.

O fogão estava chiando.

— Está desligado.

— Vamos sair daqui.

As pernas de Bella estão bambas como se fossem pernas de pau. Jakob a segura no colo, carregando-a de volta pela escada do porão.

— Você tem certeza de que está bem? Eu achei... Eu achei...

— Tudo bem, amor. Eu estou bem.

17 DE OUTUBRO DE 1944: *"[Varsóvia] deve desaparecer da face da terra e servir apenas como uma estação de transporte para a Wehrmacht. Não deve sobrar pedra sobre pedra. Todos os prédios devem ser completamente destruídos."*

— HEINRICH HIMMLER, COMANDANTE DA SS, EM REUNIÃO DOS OFICIAIS DA SS.

CAPÍTULO 49

Mila

Arredores de Varsóvia, Polônia sob ocupação alemã ~
final de setembro de 1944.

Quase oito semanas haviam se passado desde que as bombas começaram a cair sobre Varsóvia, no começo de agosto. Quando as primeiras caíram, Mila pensou em arranjar um carro emprestado para buscar Felicia no convento em Włocławek, mas sabia que jamais conseguiria chegar lá. Não viva, pelo menos. Varsóvia era um enorme campo de batalha. Todos estavam escondidos. Havia tropas alemãs estacionadas na periferia da cidade, abrigadas em bunkers, esperando para atacar assim que o Exército Nacional demonstrasse sinais de fraqueza. Escapar dali parecia ser impossível. Então, em vez disso, ela fugiu para a casa de Halina, no centro, na rua Stawki. Lá ela passava dias e noites amontoada com a irmã e Adam no porão do prédio, ouvindo no escuro a cidade acima deles ser arrasada.

Uma vez por semana, mais ou menos, um amigo da Resistência trazia uma pequena quantidade de comida e notícias. Nenhuma delas era muito promissora — os poloneses estavam em desvantagem numérica e a desvantagem em armamento era ainda pior; aparentemente, dez mil moradores foram executados em Wola, sete mil na Cidade Velha; outras dezenas de milhares estavam sendo levados para campos de extermínio. Nem mesmo os doentes eram poupados — quase todos os pacientes do hospital Wolski foram assassinados. Com o cerco à cidade se prolongando, o Exército Nacional se desesperou.

— Stalin enviou reforços? — perguntava Adam sempre que recebia notícias da Resistência.

A resposta era sempre não, nenhum sinal de ajuda dos soviéticos. E assim o bombardeio persistiu e, pouco a pouco, a antiga capital da Polônia foi desaparecendo. Após uma semana, um terço da cidade havia sido destruído; algum tempo depois, metade; depois, dois terços.

Mila está arrasada, mal por estar longe de Felicia. Ela não tem como saber se as bombas atingiram Włocławek e nunca lhe ocorreu perguntar se o convento tinha um abrigo antiaéreo. Com pouco para comer e um apetite ainda menor, suas calças começaram a cair. Está presa ali. E, a cada dia que passa — ela já contou cinquenta e dois desde que está escondida —, fica mais desesperada. O chão parece tremer de poucos em poucos minutos, quando outra bomba de aço desaba na terra, destruindo lares, lojas, escolas, igrejas, pontes, carros e gente com sua explosão. E não há nada que possa fazer a não ser ouvir e esperar.

CAPÍTULO 50

Halina

Prisão de Montelupich, Cracóvia, Polônia sob
ocupação alemã ~ 7 de outubro de 1944

Halina é acordada pelo ruído metálico de uma chave na fechadura e pelo ferro da grade raspando no cimento enquanto a porta da cela é aberta. Ela semicerra o olho que não está inchado e fechado.

— Brzoza! — grita Betz. — Levanta. *Agora!*

Ela se levanta devagar, sentindo uma dor aguda nas costas quando respira. Durante os quatro dias desde que a prenderam, ela foi interrogada mais de dez vezes. Depois de cada interrogatório, ela retornou para a cela com mais hematomas, cada um num tom de roxo mais profundo que o anterior. Ela está quase desistindo. Mas sabe que deve suportar a dor, a humilhação, engolir o sangue que escorre do nariz, da testa e do lábio superior. Ela não deve ceder. É esperta o suficiente para saber que quem cede não volta. E Halina se recusa a dar seu último suspiro nessa prisão miserável. Ela não pode — não vai — deixar a Gestapo vencer.

Halina foi encarcerada poucos dias depois de o general Bór agitar a bandeira branca, declarando terminado o levante de Varsóvia. No fim das contas, os homens de Stalin, estacionados na periferia da cidade, nunca chegaram. E, depois de sessenta e três dias de combate, o Exército Nacional foi forçado a se render. No dia 2 de outubro, pela primeira vez em dois meses, o silêncio tomou conta da cidade. Quando Halina se aventurou do lado de fora, em choque, imunda e quase morta de fome, Varsóvia, ainda em chamas, estava irreconhecível. Seu prédio era um dos únicos ainda de pé na rua Stawki. Os outros foram obliterados. Alguns estavam cortados pela metade, deixando expostas suas entranhas numa bagunça perturbadora — banheiros, cabeceiras de cama, porcelana, chaleiras e sofás revirados entre tijolos e metal retorcido —, porém a maioria dos prédios não passava de uma casca vazia, com todas as suas entranhas do lado de fora, eviscerados como peixes. Halina percorreu a cidade devastada para tentar encontrar Jakob e Franka, uma tarefa quase impossível, já que muitos caminhos estavam intransitáveis. Primeiro, ela chegou à entrada da casa de Franka, onde caiu de joelhos. O prédio tinha desaparecido. Não havia como localizar Franka, seus pais e seu irmão. Uma hora depois, quando Halina finalmente chegou ao endereço de Jakob, descobriu que o prédio dele também havia sido eviscerado. Ela quase desmaiou ao ver Jakob saindo dos escombros com Bella. Eles estavam bem. Mas também estavam morrendo de fome.

Àquela altura, Halina mal conseguia pensar direito. Franka e a família dela estavam desaparecidas. Ela sabia que não poderia deixar Varsóvia sem tentar encontrá-las. Porém, ela, Adam, Jakob e Bella estavam em apuros — famintos, sem dinheiro e com o inverno se aproximando. Antes do levante, o patrão de Halina, Herr Den, dissera a ela que ele havia pedido transferência para Cracóvia.

— Se você precisar de alguma coisa, me encontre no banco, no centro da cidade, em Rynek Kleparski.

Halina não tinha opção a não ser pedir ajuda a ele. Adam se opôs à ideia, é claro, alegando que não era seguro para Halina viajar para Cracóvia sozinha. No entanto, ela insistiu. Havia uma célula da Resistência ainda em funcionamento em Varsóvia e eles precisavam de Adam agora mais do que nunca. E também havia Mila, que estava desesperada para encontrar Felicia.

— Se você ficar, pode ajudar Mila a encontrar um jeito de chegar a Włocławek e continuar procurando por Franka — disse Halina. — Por favor, eu vou ficar bem sozinha.

Ela prometeu que iria e voltaria o mais rápido possível, com algum dinheiro, o suficiente para eles passarem o inverno. Por fim, Adam concordou. E, assim, depois de negociar com outro jovem judeu a troca de seu casaco por um saco de batatas para alimentar os outros enquanto estivesse fora, Halina partiu para Cracóvia.

Seu plano, tão bem elaborado, no entanto, foi abruptamente interrompido um dia depois, na estação de trem de Cracóvia, quando, pouco depois de desembarcar, ela foi presa. O agente da Gestapo que a deteve não demonstrou nenhum interesse por sua história ou em entrar em contato com Herr Den para confirmá-la.

— Então me deixe enviar um telegrama para o meu marido — pediu Halina, sem tentar disfarçar a raiva. Mais uma vez, o agente a ignorou.

Uma hora depois, ela se viu sendo conduzida num carro de polícia pelas ruas do centro de Cracóvia para Montelupich, a infame prisão da cidade. Ao passar pela entrada de tijolos vermelhos da prisão, ela viu o arame farpado e os cacos de vidro que cercavam o edifício com a certeza de que não voltaria a Varsóvia, pelo menos não tão cedo. E que Adam ficaria arrasado.

— Brzoza!

— Já vou — grunhe Halina. Ela tem de pisar em pernas e braços para chegar à porta.

Das quase trinta mulheres que compartilham a cela com ela, surpreendentemente poucas são judias, ao menos que ela saiba. Ela é uma das quatro, talvez cinco. A maioria das encarceradas na ala feminina de Montelupich parece ser de ladras, contrabandistas, espiãs, integrantes de várias organizações da Resistência. O crime dela, de acordo com a Gestapo, é sua fé. Mas ela não vai admitir isso nunca. Sua religião nunca será um crime.

— Tira as mãos de mim — vocifera ela, enquanto Betz tranca a porta da cela atrás deles e torce um dos seus braços nas suas costas, empurrando-a pelo corredor.

— Cala a boca, amarelinha.

No início, Halina achou que tinha recebido o apelido por causa dos seus cabelos loiros, mas logo percebeu que ele veio das estrelas amarelas que os judeus na Europa eram obrigados a usar.

— Eu não sou judia.

— Não é isso que o seu amigo Pinkus diz.

O coração de Halina para. *Pinkus.* Como sabem o nome dele? Pinkus, o garoto judeu com quem ela havia trocado o casaco antes de partir de Varsóvia. Pinkus deve ter sido pego e entregou o nome dela na esperança de que isso fosse ajudá-lo de alguma forma. Ela amaldiçoa sua estupidez.

— Eu não conheço nenhum Pinkus.

— Pinkus, o judeu que ficou com o seu casaco. Ele afirma que te conhece. Afirma que você não é quem diz ser.

Pinkus, seu covarde de merda.

— Por que um judeu entregaria outro judeu? — questiona Halina.

— Isso acontece o tempo todo.

— Bem, eu disse, eu não conheço essa pessoa. Ele está mentindo. Ele diria qualquer coisa para salvar a própria pele.

Na cela coberta de sangue e sem janelas que a Gestapo designou para os interrogatórios, ela dá a mesma explicação, muitas e muitas vezes, dessa vez para dois brutamontes que reconhece de sessões anteriores; um pela cicatriz horrível que tem sobre o olho, o outro, pelo coxear.

— Você deu o casaco para ele — grita o que tem a cicatriz. — Se você é polaca como diz ser, então por que estava negociando com um judeu?

— Eu não sabia que ele era judeu! — defende-se Halina. — Eu não comia nada havia semanas. Ele me ofereceu batatas. O que eu devia fazer?

De repente ela está suspensa no ar, os pés sem tocar o chão. O punho que segura a parte de trás de sua gola a arremessa na parede da cela.

— Eu não sabia que ele era judeu — geme ela, expirando.

Tum! Sua testa bate na parede.

— Para de mentir!

A dor a cega. Seu corpo está mole.

— Você... Você não está entendendo? — cospe ela. — É vingança! Os judeus... Eles estão tentando se vingar... dos poloneses!

Outra pancada na parede. Uma gota pinga de seu nariz, ela sente o gosto quente e ácido de sangue. *Você não pode hesitar*, pensa.

— Ele jurou sobre o túmulo da mãe dele — sibila o outro agente da Gestapo. — O que você tem a dizer sobre isso?

— Os judeus... nos *odeiam*. — *Tum!* Ela é forçada a responder entre os dentes, com uma das bochechas espremida na parede. — Eles sempre nos odiaram... É uma retaliação!

Pou! Os ossos de sua mandíbula calada se encontram com as costas da mão de alguém.

— Olha pra você, você parece uma judia!

Halina está com a respiração pesada.

— Não... me... insultem. Olhem para vocês... Para as suas mulheres. Loiras... de olhos azuis. *Elas* são judias?

Crec. Seu crânio se choca novamente contra a parede. Agora há sangue em seus cílios, seus olhos ardem.

— Por que a gente deveria acreditar em você?

— E por que *não* deveriam? Meus... Meus documentos não mentem! Nem... Nem o meu patrão... Herr Den. Liguem para ele. Ele está no banco em Rynek Kleparski. Eu já disse a vocês... Eu estava indo me encontrar com ele quando vocês, seus malditos, me prenderam.

Essa parte da história era verdadeira.

— Esquece esse Den. Ele não tem utilidade para nós — sibila o agente que manca.

— Então mandem um telegrama para o meu marido.

— A única pessoa que tem utilidade para nós é você, amarelinha — grita o da cicatriz na cara. — Você diz que é polonesa. Então recite a Oração do Senhor!

Halina balança a cabeça, fingindo estar aborrecida e agradecendo em silêncio o fato de seus pais a terem mandado para uma escola polonesa, e não para uma das escolas judaicas de Radom.

— Isso de novo. Pai nosso que estais no céu, santificado seja o Vosso nome...

— Certo, certo, já chega.

— Ligue para o meu patrão — implora Halina, exausta.

Essa é a única cartada que lhe sobrou, a última esperança. Ela se pergunta se os alemães teriam ao menos tentado falar com ele. Talvez Herr Den tenha sido pego pelo levante em Varsóvia e nunca tenha chegado a Cracóvia. Ou talvez tenham ligado e ele finalmente tenha desistido de falar em favor dela. Mas Herr Den tinha parecido tão determinado:

— Venha para Cracóvia, me procure. Eu vou te ajudar.

Ela havia tentado. E agora está aqui. Não faz nem uma semana e seu corpo já não aguenta mais. Halina não sabe quantos interrogatórios como esse vai suportar. Ouviu de uma recém-chegada à ala feminina que os escombros de Varsóvia continuam em brasa. Halina se preocupa constantemente com Adam, que deve ter ficado enlouquecido quando ela não voltou; com Mila, que mal conseguia se aguentar quando Halina partiu; e com Franka. Mas estava preocupada principalmente com os pais. A família Górski esperava receber dinheiro uma vez por mês para manter seus pais em segurança, e agora estava sem receber nada havia quase dois meses. Poderia ela contar com a bondade deles para a sobrevivência dos seus pais? Tinha visto sua casa miserável; eles mal eram capazes de se manter. Halina não consegue evitar pensar nisso — Albert conduzindo seus pais para fora da casa, sem coragem de olhar nos olhos deles: *Eu sinto muito, eu gostaria que vocês pudessem ficar, mas ou vocês vão embora, ou todos nós passamos fome.* Com o tempo, a família Górski certamente vai presumir que ela está morta. Sua família vai presumir que ela está morta.

Eu vou voltar para vocês, diz Halina em silêncio, parte para si mesma, parte para Adam e para os pais, caso eles estejam ouvindo, enquanto ela finalmente é conduzida de volta a sua cela.

CAPÍTULO 51

Mila

Arredores de Varsóvia, Polônia sob ocupação alemã ~
outubro de 1944

O trajeto para o convento leva o dobro do tempo normal. Muitas das ruas estão intransitáveis, o que força Mila a se desviar por longas e complicadas rotas alternativas. Tudo o que antes lhe parecia familiar ao longo do caminho desapareceu — a fábrica de barris em Józefina, o curtume em Mszczonów. A paisagem estava reduzida a uma infinita colcha de retalhos tecida com entulho.

Mila se inclina para a frente, estreitando os olhos, olhando através do para-brisa do v6 roubado. Ela e Adam encontraram o carro tombado de lado, a um quarteirão do prédio de Halina. Foram necessárias seis pessoas para desvirá-lo, colocando-o novamente sobre as rodas. Adam a ajudou a dar partida no motor. Os vidros das quatro janelas estavam quebrados, mas isso não importava. O tanque, num golpe de sorte, estava com um quarto da capacidade de combustível, suficiente para ir e voltar do convento.

Ela tamborila nervosamente sobre o volante, examinando os escombros a sua frente. Mila imagina que esteja no lugar errado. Ela se enganou e fez uma curva onde não devia? Mal dormia havia semanas e é muito provável que tenha se perdido no caminho. Mas podia jurar que o convento estaria logo *ali*... Então seus olhos identificam algo preto, um pedaço de ardósia despontando da terra. Ela sente um embrulho no estômago ao perceber que aquilo é uma parte de algo que já foi um quadro-negro. O convento se foi. Desapareceu. Foi feito em pedaços por uma explosão.

Sem pensar, ela salta do carro, deixando o motor ligado, e corre pelo terreno onde vira sua filha pela última vez, pulando tijolos espalhados e pedaços da cerca no mato alto. Ao ver uma mesinha virada de cabeça para baixo, Mila cai de joelhos. Sua boca está aberta, mas ela está sem ar, fraca. E então seus gritos cortam o céu de outubro como facas, ficando mais violentos cada vez que recupera o ar em desespero.

— Senhora, senhora.

Mila está sendo sacudida por um rapaz. Ela mal consegue ouvi-lo, apesar de ele estar agachado ao seu lado.

— Senhora.

Ela sente o peso da mão de alguém no ombro. Sua garganta está ardendo, suas bochechas, manchadas de lágrimas, a voz dentro de sua cabeça é implacável: *Olha o que você fez! Você nunca devia tê-la deixado aqui!* Seu coração palpita como se tivesse sido atravessado por uma flecha.

Mila olha para cima e pisca, com uma das mãos no peito e a outra na testa. Ela percebe que alguém havia desligado o motor do v6.

— Tem um porão — explica o rapaz. — Estou há dias tentando chegar até elas. Meu nome é Tymoteusz. Milha filha, Emilia, está lá embaixo também. A sua é...?

— Felicia — sussurra Mila, a mente transtornada demais para lembrar que, no convento, sua filha se passava por Barbara.

— Vem, me ajuda, ainda pode haver esperança.

Mila e Tymoteusz se revezam, revolvendo o entulho no lugar onde ficava o convento.

— Você está vendo? — explica Tymoteusz, apontando. — Isso parece ser uma escada. Se conseguirmos limpá-la, talvez encontremos a porta do bunker.

Eles estão trabalhando há quase duas horas, quando Tymoteusz para, se ajoelha e encosta a cabeça na terra.

— Eu ouvi alguma coisa. Você ouviu também?

Mila cai de joelhos, prendendo a respiração enquanto tenta escutar. Depois de um tempo, entretanto, balança a cabeça.

— Eu não estou ouvindo nada. Como era o som?

— Como uma batida.

O pulso de Mila se acelera. Eles se levantam e recomeçam o trabalho de retirada dos escombros, agora impulsionados por um fio de esperança. E então, quando Mila se curva para pegar um bloco de cimento, ela congela. *Aí está. Um som.* Sim, uma *batida*, vindo de baixo dos seus pés.

— Eu ouvi! — exclama ela, ofegante. Mila encosta o rosto nos destroços e grita, o mais alto que pode: — Estamos ouvindo vocês! Estamos aqui! Estamos indo até vocês!

Seus gritos são correspondidos com outra batida. Um grito abafado. Lágrimas escorrem imediatamente dos olhos de Mila.

— São elas — comenta enquanto chora e ri ao mesmo tempo. E então lembra a si mesma que uma batida pode significar qualquer coisa. Pode significar que há apenas uma única sobrevivente.

Eles agora trabalham mais rápido. Mila enxuga o suor e as lágrimas do rosto. Tymoteusz está com a respiração pesada, as sobrancelhas juntas, ele está concentrado. As mãos deles sangram. Os músculos de suas costas têm espasmos. Quando não aguentam mais, descansam por um minuto ou dois, não mais que isso, conversando sobre amenidades para evitar pensar no pior.

— Quantos anos Emilia tem? — pergunta Mila.

— Sete. E Felicia?

— Ela vai fazer 6 em novembro.

Mila pergunta de onde Tymoteusz é, mas evita indagar sobre a mãe de Emilia, na esperança de que ele também não pergunte sobre o pai de Felicia.

Eles já conseguiram limpar metade da escada quando o sol desaparece, o que significa que têm mais uma hora de luz, no máximo. Ambos sabem, porém, que não vão sair dali até a escada estar bem limpa.

— Eu trouxe uma lanterna — avisa Tymoteusz, como se lesse os pensamentos de Mila. — Nós vamos tirá-las de lá ainda essa noite.

Há estrelas no céu quando eles finalmente chegam à porta do bunker. Mila pensou que haveria mais gritos, mais comunicação, porém, desde que fizeram o contato inicial, ela não ouviu mais nada, nem um som. Repentinamente, não é o entulho, a escuridão ou o esforço para abrir a porta que a apavora, mas o silêncio. Seja lá quem estiver lá dentro, certamente pode ouvi-los agora. Então, por que o silêncio? Ela agarra a lanterna com as duas mãos trêmulas, iluminando a maçaneta da porta, olhando para ela com o rosto meio virado, enquanto Tymoteusz a gira e abre.

— Você está bem? — pergunta ele.

Mila não tem certeza se vai conseguir se mexer.

— Acho que sim — sussurra ela.

Tymoteusz a segura pelo braço.

— Vem — chama ele. E os dois entram juntos nas sombras.

Mila aponta o estreito facho de luz um metro à frente deles, enquanto avançam silenciosamente para dentro. A princípio, eles não enxergam nada a não ser o chão de cimento, suas rachaduras e a poeira iluminada pelo brilho da luz. Mas então a luz encontra algo que parecem ser pegadas e, um segundo depois, Mila se vira para o som de uma voz, que não parece estar distante deles. Ela reconhece a voz: é da madre superiora.

— Estamos aqui.

Mila aponta a lanterna para a voz. Lá, junto à parede do lado oposto do bunker, ela consegue começar a distinguir corpos, grandes e pequenos. Os menores, em sua maioria, estão imóveis. Alguns se sentam, esfregam os olhos. *Corra para eles,* grita o coração de Mila. *Encontre-a! Felicia está lá, ela tem de estar!* Mas não consegue correr. Seus pés estão presos ao chão e seus pulmões rejeitam o ar, que de repente cheira a excremento e algo mais, algo horrível. *Morte*, percebe Mila. Cheira a morte. Seus pensamentos vêm e vão depressa. E se Felicia não estiver lá? E se ela estivesse lá fora quando o bombardeio começou? Ou se ela estiver lá, mas for uma das crianças que não estão se mexendo? Doente demais até para se sentar, ou pior...

— Vem. — Tymoteusz a cutuca e ela caminha ao lado dele, incapaz de respirar.

Alguém tosse. Eles se arrastam na direção da madre superiora, que permanece sentada, aparentemente incapaz de se levantar. Quando se aproximam dela, Mila direciona a luz da lanterna sobre as outras pessoas. Há pelo menos dez corpos.

— Madre superiora — sussurra ela —, é a Mila, mãe da Felicia... Quero dizer, mãe da Barbara. E... E Tymoteusz...

— Pai da Emilia — completa ele.

Mila então aponta a luz para ela e para Tymoteusz por um momento.

— As crianças, elas estão...

— Papa? — Uma voz suave e assustada atravessa a escuridão e Tymoteusz fica paralisado.

— Emilia! — Ele cai de joelhos diante da filha, que desaparece em seus braços. Os dois choram.

— Eu sinto muito por não termos conseguido encontrar vocês antes — sussurra Mila para a madre superiora. — Há quanto... Há quanto tempo...

— *Mamusiu.*

Felicia. Mila varre rapidamente a parede com a luz da lanterna até enfim encontrar sua filha. Ela pisca os olhos, engolindo o choro. Felicia está se esforçando para se levantar. As órbitas de seus olhos parecem grandes demais no seu rostinho, e, mesmo de longe, Mila consegue ver que seu pescoço e suas bochechas estão cheios de bolhas.

— Felicia! — Mila coloca a lanterna nas mãos da madre superiora e corre, atravessando o bunker. — Minha querida!

Ela se ajoelha ao lado da filha, a pega e a embala, com um braço sob o pescoço e outro sob as pernas. Felicia não está pesando quase nada. Seu corpo está quente. Quente demais, percebe Mila. Felicia está murmurando. Alguma coisa dói, diz a menina, mas ela não sabe as palavras nem tem energia suficiente para explicar o quê. Mila balança Felicia suavemente.

— Eu sei. Eu sinto muito. Estou aqui agora, meu amor. Shhh. Estou bem aqui. Você está bem. Você vai ficar bem. — Ela repete essas palavras muitas e muitas vezes, embalando a filha febril nos braços como um bebê.

Em algum lugar atrás dela, Mila ouve alguém falando com ela. Tymoteusz. Sua voz é suave, mas soa urgente.

— Eu conheço um médico em Varsóvia. Você precisa levá-la até ele — diz Tymoteusz. — Imediatamente.

17 DE JANEIRO DE 1945: *Tropas soviéticas tomaram Varsóvia. No mesmo dia, os alemães recuam de Cracóvia.*

18 DE JANEIRO DE 1945: *Com as forças aliadas se aproximando, a Alemanha realiza um último esforço para evacuar Auschwitz e os campos em seu entorno. Cerca de 60 mil prisioneiros são obrigados a partir a pé para a cidade de Wodzisław, no sudoeste da Polônia, no que mais tarde será conhecido como "marcha da morte". Milhares são mortos antes da marcha e mais de 15 mil morrem no caminho. O restante é embarcado em trens de carga em Wodzisław e enviado para campos de concentração na Alemanha. Nas semanas e nos meses seguintes, marchas semelhantes ocorrerão, partindo de campos como Stutthof, Buchenwald e Dachau.*

CAPÍTULO 52

Halina

Prisão de Montelupich, Cracóvia, Polônia sob
ocupação alemã ~ 20 de janeiro de 1945

Um facho de luz iridescente entra por uma pequenina janela gradeada, três metros acima, e atravessa a cela, destacando um quadrado de cimento na parede em frente a ela. Pela posição da luz, Halina sabe que já é tarde. Em breve, vai escurecer. Ela fecha os olhos com as pálpebras pesadas de exaustão. Não dormiu nada na noite anterior. A princípio, culpou o frio por sua inquietação. Seu cobertor está surrado e o estrado com a esteira de palha sobre a qual dorme não ameniza em nada o frio gélido de janeiro, que entra pela porta da cela. Porém, mesmo para os padrões de Montelupich, a noite foi bastante agitada. Parecia que toda hora ela despertava sobressaltada com gritos estridentes de alguém numa cela no andar de cima, ou pelo choro de um prisioneiro em algum ponto adiante no corredor. O sofrimento é sufocante, como se a qualquer momento fosse envolvê-la.

As companheiras de cela de Halina, que chegaram a ser trinta e duas, foram reduzidas a doze. As poucas que foram identificadas como judias tinham sido levadas havia meses. Outras chegam para desaparecer pouco depois. Na semana passada, uma mulher polonesa chegou, acusada de espionar para o Exército Nacional. Dois dias depois, ela foi arrastada para fora da cela antes do amanhecer. Quando o sol começou a subir, Halina ouviu um grito e, em seguida, o estampido de um tiro. A mulher nunca mais voltou.

Encolhida de lado, com as mãos entre os joelhos, ela oscila no limiar do sono, escutando parte da conversa aos sussurros de duas outras prisioneiras em estrados próximos ao dela.

— Tem alguma coisa acontecendo — diz uma delas. — Eles estão agindo de um jeito estranho.

— Estão, sim — concorda a outra. — O que será que isso significa?

Halina também havia notado uma mudança. Os alemães estão se comportando de um modo diferente. Alguns deles, como Betz, sumiram, o que para ela é uma bênção — há semanas que não é mais chamada para interrogatórios. Os homens que se aproximam da porta da cela para levar ou trazer uma prisioneira ou para deixar a lata de sopa aguada, nos breves instantes em que ela os vê, parecem apressados. Distraídos, nervosos até. Suas companheiras de cela têm razão. Tem alguma coisa acontecendo. Há boatos de que os alemães estão perdendo a guerra, de que o Exército Vermelho está entrando em Varsóvia. Será que os boatos são verdadeiros? Halina pensa o tempo todo nos pais escondidos; em Adam, Mila, Jakob e Bella, que presume ainda estarem em Varsóvia. Em Franka e na família dela — será que Adam conseguiu encontrá-los? Varsóvia logo será libertada. Cracóvia será a próxima?

A porta da cela é aberta.

— Brzoza!

Halina se mexe. Ela ergue o corpo até ficar sentada e, em seguida, lentamente, se levanta. Sentindo as articulações duras, ela atravessa a cela.

O alemão à porta tem cheiro de bebida velha. Enquanto caminham pelo corredor, ele aperta o cotovelo dela com força, mas, no fim, em vez de virarem à direita para a sala de interrogatório, ele abre uma porta que dá para uma escada. A mesma escada pela qual ela havia descido quatro meses atrás, em outubro, quando fora conduzida para as entranhas da ala feminina da prisão de Montelupich.

— *Herauf* — ordena o alemão, largando seu cotovelo. *Suba.*

Halina se apoia no corrimão de metal, segurando-o com força a cada degrau que sobe, com medo de suas pernas desistirem de carregá-la. No alto da escada, ela é conduzida para outra porta e, depois, por um longo corredor até um escritório com o nome HAHN impresso em letras pretas em uma porta de vidro opaco. Lá dentro, o homem atrás da mesa — que Halina imagina ser Herr Hahn — usa uma farda com a insígnia de raio duplo da Sicherheitspolizei. Ele acena, o guarda vai embora e deixa Halina sozinha, em pé, tremendo à porta.

— Sente — pede Hahn em alemão, olhando para uma cadeira de madeira na frente de sua mesa. Seus olhos estão cansados, seus cabelos meio desgrenhados.

Halina se inclina lentamente para se sentar na beira da cadeira. Sua mente trava quando ela pensa em como exatamente o agente da Gestapo planeja matá-la, se será de forma rápida, se ela sofrerá, se sua família, caso ainda esteja viva, algum dia ficará sabendo do seu destino.

Hahn empurra um pedaço de papel sobre a mesa na direção dela.

— Frau Brzoza. Seus papéis de soltura.

Por um instante, Halina olha para ele. E, depois, para o papel.

— Frau Brzoza, parece que sua prisão foi ilegal.

Ela ergue a cabeça.

— Nós estivemos tentando entrar em contato com seu patrão, Herr Den, durante meses. Acontece que o banco dele foi fechado. Mas finalmente o encontramos e ele confirmou que você é quem diz ser.

Hahn entrelaça os dedos.

— Parece que um erro foi cometido.

Halina suspira. Enquanto olha para o sujeito à sua frente, uma raiva fumegante se arrasta por sua espinha. Ela havia passado quase quatro meses enclausurada, sendo espancada e deixada com fome. Tinha passado o tempo todo preocupada com sua família. E agora isso, um pedido de desculpas apático? Ela abre a boca, furiosa, mas as palavras não vêm. Em vez disso, engole em seco. E sente o alívio a envolver totalmente, reprimindo a raiva, deixando-a tonta. A sala gira. Pela primeira vez em sua vida, ela está sem palavras.

— Você está livre para partir — avisa Hahn. — Pode buscar seus pertences no caminho da saída.

Halina se limita a piscar os olhos.

— Você compreende? Você está livre, pode ir embora.

Ela se apoia nos braços da cadeira para se levantar.

— Obrigada — sussurra Halina, recuperando o equilíbrio.

Obrigada, sussurra consigo mesma dessa vez, pensando em Herr Den. Ele salvara sua vida mais uma vez. Ela não consegue pensar em como recompensá-lo. Ela não possui nada que possa dar a ele. De alguma forma, algum dia ela vai encontrar um jeito. Mas primeiro precisa entrar em contato com Adam. *Por favor, que ele esteja vivo. Que a minha família esteja viva.*

Na sala da administração da prisão, Halina pega sua bolsa e as roupas com as quais havia chegado ali e entra num banheiro para se trocar. Sua blusa e sua saia parecem suntuosas sobre sua pele, mas sua aparência é chocante.

— Ai, meu Deus — sussurra ela, ao ver seu reflexo num espelho sobre a pia.

Seus olhos estão injetados, a pele sob eles está roxa como berinjela. Os hematomas nas bochechas já estão com um tom verde opaco, mas o corte acima da sobrancelha direita, grosso e áspero, com um inchaço vermelho ao redor, é assustador. Seu cabelo está um desgrenhado. Inclinando-se sobre a pia, ela faz uma concha com as mãos e joga água no rosto. Por fim, desencava um grampo de dentro da bolsa e penteia com os dedos uma mecha de cabelos loiros antes de puxá-la para o alto da testa e prendê-la de lado, tentando disfarçar a ferida na sobrancelha.

Ela dobra o esfarrapado uniforme da prisão e o coloca no chão. Depois, revira a bolsa, onde milagrosamente encontra o relógio e a carteira. O dinheiro que era destinado à família Górski desapareceu, é claro. Mas sua identidade falsa está lá. Sua permissão de trabalho. Um cartão com informações sobre Den. E seu estômago quase sai pela boca quando ela encontra, ainda escondida no forro macio, a identidade de Adam. A identidade *verdadeira* dele, com seu sobrenome *verdadeiro*, Eichenwald. Halina e Adam haviam trocado suas antigas identidades no começo da guerra, logo depois de se casarem. Tinha sido ideia de Adam.

— Nunca se sabe quando vamos precisar delas de novo — disse ele.

— Até lá, é melhor que ninguém possa encontrá-las conosco.

Halina havia feito um corte no forro da bolsa e costurado a identidade de Adam dentro dela. Não teve tempo de removê-la de lá depois que foi presa, antes de entregá-la para a Gestapo. Os alemães não a encontraram. Respirando aliviada com sua descoberta, Halina sai da prisão o mais rápido que suas articulações inchadas lhe permitem.

Do lado de fora, é como se tivesse levado um tapa do frio de janeiro. Montinhos de neve e de gelo cobrem os paralelepípedos da rua. Ela havia chegado no início de outubro, quando o clima ainda estava relativamente ameno, e trocara o casaco de inverno com Pinkus. Sua blusa leve de malha não tem como encarar o frio do inverno. Ela puxa a gola até o queixo e enfia as mãos nos bolsos, incomodada com o brilho do sol em seus olhos. Ignorando o vento que corta suas bochechas e a dor aguda nas articulações dos joelhos, ela caminha depressa, determinada a se afastar de Montelupich o mais rápido possível, enquanto pensa no que fazer em seguida.

Numa rua chamada Kamienna, ela para numa banca de jornal, onde se dá conta de que, desde que saiu da prisão, não viu nenhum alemão nas ruas. Ela passa os olhos nos jornais e fica exultante ao ler que os soviéticos haviam capturado Varsóvia apenas três dias atrás, que os nazistas haviam começado a se retirar de Cracóvia, que, na França, os alemães estavam recuando das Ardenas. Eram bons sinais! Talvez os boatos que corriam em Montelupich fossem verdadeiros — talvez a guerra logo acabasse.

Halina corre os olhos pela pequena multidão de polacos reunida perto da banca, procurando alguém a quem possa pedir informações para chegar ao endereço de Herr Den. Hahn tinha dito que o banco estava fechado, mas talvez, com os alemães em retirada, ele tenha sido reaberto. Afinal de contas, os alemães conseguiram entrar em contato com ele. Halina decide que, se ele não estiver no banco, irá procurar seu endereço. Ela vai encontrá-lo. Agradecer a ele. Prometer que vai ressarci-lo e, então, pedir a ele um empréstimo. Somente o suficiente para comprar alguma comida e poder pagar sua passagem de volta a Varsóvia, onde, reza, encontrará sua família sã e salva.

CAPÍTULO 53

Halina e Adam

Wilanów, Polônia sob ocupação soviética ~ fevereiro de 1945

— É aqui, à esquerda — indica Halina, e Adam faz a curva com o Volkswagen para o caminho estreito que leva à casa da família Górski. — Obrigada por ter me acompanhado.

Atrás do volante, Adam olha para ela e acena positivamente com a cabeça.

— É claro que eu viria.

Halina coloca a mão no joelho de Adam, profundamente agradecida pelo homem que está ao seu lado. Ela jamais iria se esquecer do dia em que voltou de Cracóvia para Varsóvia, de quando chegou ao seu apartamento e o encontrou à sua espera. Mila, Felicia, Jakob e Bella estavam lá também. A sensação de vê-los todos juntos, seus irmãos, foi indescritível. Sua euforia desapareceu, porém, quando Adam lhe disse que não tinham notícias de Franka e da família dela. Os pais dele, seus dois irmãos e sua irmã com um filho de 2 anos desapareceram também, pouco depois de Halina partir para Cracóvia. Adam tentou desesperadamente encontrá-los, mas não teve sorte. Halina sentia o quanto isso o deixava angustiado.

A princípio, ela se arrependeu de ter pedido a ele que a acompanhasse até Wilanów, embora soubesse que Adam jamais a deixaria viajar sozinha e que, se encontrasse uma casa vazia ao chegar lá, ou se tivesse más notícias da família Górski, não teria forças para voltar para Varsóvia sozinha.

Adam reduz a velocidade do carro e Halina olha para a casa dos Górski através do para-brisa empoeirado. A construção parece cansada — como se tivesse levado uma surra da guerra. Faltam várias telhas no telhado e a tinta branca das venezianas das janelas está descolando, como a casca de uma árvore. Ervas daninhas tomam conta dos espaços entre as pedras de ardósia do caminho que leva à porta. Halina sente um nó na garganta. A casa parece abandonada. Adam disse que havia escrito duas vezes para lá durante o inverno, para saber como estavam, prometendo enviar dinheiro assim que pudesse, mas jamais recebeu uma resposta.

Halina passa os dedos sobre a cicatriz feia em cima da sobrancelha e depois enfia a mão no bolso, onde está guardado um envelope com os zlotys — metade da quantia que Herr Den lhe emprestou quando ela finalmente o localizou em Cracóvia. Já se passaram sete meses desde que ela conseguiu entregar dinheiro à família Górski, desde que viu os pais pela última vez, e isso é tudo o que ela pode fazer para não temer que o pior de seus pesadelos tenha se tornado realidade.

— Por favor, estejam aí — sussurra Halina.

Ela tenta espantar do pensamento todos os cenários terríveis que sua mente começara a criar: os Górski, passando por necessidades, foram obrigados a deixar os pais dela na estação de trem para que se virassem com suas identidades falsas; a irmã de Marta, xeretando pela casa, descobriu a parede falsa atrás da estante e ameaçou entregar Albert por abrigar um judeu, a menos que se livrasse deles; um vizinho viu as roupas dos seus pais penduradas no varal, e, como eram muito maiores que as dos Górski, suspeitou de tudo e os delatou para a Polícia Azul; a Gestapo fez uma visita surpresa e descobriu seus pais antes que eles tivessem chance de entrar no esconderijo. As possibilidades eram infinitas.

Adam gira a chave, desligando o motor do carro. Halina respira fundo e solta o ar entre os lábios apertados.

— Pronta? — pergunta Adam.

Halina faz que sim com a cabeça.

Ela salta do carro e segue em frente, conduzindo Adam até os fundos da casa. Ao chegar à porta, ela se vira e balança a cabeça.

— Não sei se eu consigo — diz ela.

— Você consegue — incentiva Adam. — Quer que eu bata à porta?

— Sim — sussurra Halina. — Duas vezes. Bata duas vezes.

Adam passa por ela e se aproxima da porta. Os olhos de Halina descem da porta para os seus pés e encontram uma fila de formigas pretas minúsculas marchando sobre o degrau da entrada. Adam bate duas vezes com os nós dos dedos, depois dá a mão a ela. Halina prende a respiração e escuta. Em algum lugar atrás dela, um pombo arrulha. Um cachorro late. O vento sussurra entre as folhas finas de um cipreste. E então, finalmente, o som de passos. Halina sabe que, se os passos pertencerem aos Górski, a expressão em seus rostos dirá tudo. Ela agora olha para a maçaneta, apreensiva.

Albert atende a porta, mais magro e mais grisalho do que estava quando ela o vira pela última vez. Suas sobrancelhas se erguem ao vê-la.

— É você! — exclama ele, e depois tapa a boca com uma das mãos, balançando a cabeça, sem acreditar. — Halina — diz por entre os dedos. — A gente achou que...

Halina se esforça para olhar nos olhos dele. Ela abre a boca, mas não consegue dizer nada. Não tem coragem de perguntar a ele o que precisa saber. Ela busca uma resposta no olhar de Albert, mas tudo o que consegue ver é sua surpresa ao encontrá-la ali, em sua porta.

— Entrem, por favor — convida Albert, conduzindo-os para dentro com um gesto. — Fiquei muito preocupado com as notícias sobre Varsóvia. Tanta devastação. Como foi que...

Adam se apresenta, Albert fecha a porta depois que entram e logo estão todos envoltos em sombras.

— Aqui — diz Albert, acendendo uma lâmpada. — Está muito escuro aqui dentro.

Piscando os olhos, Halina vasculha o ambiente em busca de algum sinal, qualquer sinal, dos pais. Mas a sala está exatamente como ela se lembra que era. O vaso de cerâmica azul no peitoril da janela, o tecido verde estampado cobrindo a poltrona no canto, a Bíblia sobre a mesinha lateral de carvalho junto ao sofá — não há nada fora do habitual. Ela deixa que seus olhos passeiem pela parede mais afastada, aquela da estante com rodinhas escondidas.

Albert pigarreia.

— Certo — diz ele, dirigindo-se para as prateleiras.

Halina engole em seco. Um lampejo de esperança.

— Quando vi o seu carro chegar e não o reconheci — explica Albert, fazendo a estante deslizar suavemente e afastando-a da parede de tábuas de cedro —, achei melhor eles se esconderem, por precaução.

Melhor eles se esconderem.

— *Pan i pani* Kurc — chama ele, baixinho.

De repente, as bochechas de Halina ficam quentes. Sua pele se arrepia por antecipação. Atrás dela, Adam apoia as mãos em seus ombros e se inclina para perto dela, encostando o queixo em sua orelha.

— Eles estão aqui — sussurra ele.

Eles percebem algum movimento sob as tábuas do assoalho. Halina presta atenção e ouve corpos se mexendo em sua direção, o som das solas de couro pisando na madeira, o ruído de um ferrolho sendo aberto.

E então eles aparecem. Primeiro seu pai, depois sua mãe, estreitando os olhos enquanto sobem os degraus, encolhidos por causa do espaço ínfimo do abrigo, até chegarem à sala mais iluminada. Um som estranho escapa dos lábios de Nechuma quando ela consegue enfim ficar de pé e se depara com Halina. Albert se afasta para o lado enquanto as mulheres mergulham uma nos braços da outra.

— Halina — sussurra Sol.

Ele envolve nos braços de uma só vez a esposa e a filha, fechando os olhos enquanto as aperta, enterrando o nariz no pequeno espaço entre o alto da cabeça delas. Eles ficam assim por um bom tempo, com seus corpos unidos como se fossem um só, chorando silenciosamente, até que, por fim, mãe, pai e filha se separam, enxugando as lágrimas. Sol parece surpreso ao ver Adam.

— *Pan* Kurc — cumprimenta Adam com um aceno, sorrindo. Ele não via os sogros desde antes de Halina e ele se casarem.

Sol sorri, estende a mão e puxa Adam para lhe dar um abraço.

— Por favor, meu filho — diz ele, abrindo um sorriso largo —, você pode me chamar de Sol.

Parte III

Parte III

8 DE MAIO DE 1945: *Dia da Vitória na Europa. Os alemães se rendem e a vitória dos Aliados é proclamada na Europa.*

CAPÍTULO 54

Família Kurc

Łódź, Polônia ~ 8 de maio de 1945

Adam ajusta o botão de sintonia do rádio, girando-o até uma voz estalar nos alto-falantes.

— Em mais alguns minutos — diz o locutor em polonês — vamos traduzir uma transmissão ao vivo, diretamente da Casa Branca, nos Estados Unidos. Por favor, continuem sintonizados.

Halina abre a janela da sala de estar. Três andares abaixo, o bulevar está deserto. Ao que parece, todos entraram em casa para se reunir em torno do rádio e ouvir as notícias que Łódź, assim como toda a Europa ocupada, estivera esperando por quase uma década.

Halina decidiu trazer a família para Łódź por razões práticas. Eles ficaram em Varsóvia por um tempo, mas a cidade, ou o que restou dela, estava inabitável. Então discutiram sobre se mudar de volta para Radom e até se aventuraram a ir lá para fazer uma visita, passando uma noite com a família Sobczak, mas descobriram que seu apartamento na rua Warszawska e a loja dos seus pais estavam agora ocupados por polacos. Halina não estava preparada para o que sentiria ao ser recebida à porta de sua antiga casa por estranhos. Estranhos que olhavam para ela com raiva, que afirmavam não ter intenção de sair de lá, que tinham a desfaçatez de acreditar que o que certa vez havia pertencido à família dela agora era deles.

Esse encontro tinha deixado Halina tão enfurecida que ela havia perdido a cabeça. Fora Adam quem a fizera voltar a pensar racionalmente, lembrando a ela que a guerra ainda não tinha acabado, que eles ainda estavam se passando por arianos e que uma explosão sua só atrairia atenção para os dois, o que poderia ser perigoso. Ela havia deixado Radom desanimada, mas determinada a encontrar uma cidade onde pudessem se estabelecer, pelo menos até o fim da guerra — uma cidade com atividades suficientes para que eles pudessem conseguir trabalho e com apartamentos para abrigar o que havia sobrado da família, incluindo seus pais, que ela havia convencido a permanecer em Wilanów até a guerra acabar oficialmente. Halina ouvira dizer que Łódź tinha apartamentos, empregos e um escritório da Cruz Vermelha. E, de fato, quando chegaram lá, não demorou muito para encontrar um lugar para morar. O gueto da cidade tinha sido liquidado havia pouco tempo, o que significava que havia centenas de casas desocupadas no antigo bairro judeu e que não havia poloneses suficientes para preenchê-las. Era perturbador pensar no que poderia ter acontecido com as famílias que moraram lá antes deles, mas Halina sabia que eles não tinham condições de pagar por um aluguel no centro da cidade. Ela escolheu dois apartamentos vizinhos, os mais espaçosos que conseguiu encontrar. Faltava metade da mobília deles, mas havia tantas casas vazias que ela conseguiu coletar peças aqui e ali para torná-los habitáveis.

Com a família em silêncio, Jakob arruma cinco cadeiras num semicírculo ao redor da lareira, sobre a qual está o rádio, como uma lápide sobre o lintel.

— Sente-se, meu amor — diz ele, fazendo um gesto para Bella.

Ela se senta na cadeira com cuidado, repousando a mão na curvatura de sua barriga. Está grávida de seis meses. Mila, Halina, Adam e Jakob também se sentam, enquanto, no chão, Felicia se acomoda perto deles, abraçando os joelhos contra o peito e se encolhendo como um caracol. Mila passa os dedos pelos cabelos de Felicia, que tinham começado a voltar ao seu ruivo natural próximo às raízes. Parte seu coração ver a filha sofrer. Ela já não apresenta mais quase nenhum sinal do escorbuto que contraiu no bunker do convento, mas ainda se queixa de dores nas articulações. Mila suspira aliviada porque pelo menos a filha voltou a ter apetite. Felicia se recusou a comer por semanas logo depois de ter sido resgatada, reclamando que engolir doía muito.

Finalmente, a voz de Harry Truman, o novo presidente dos Estados Unidos, sai pelos alto-falantes do rádio, e a família se inclina para ouvi-la.

— Esta é uma hora solene mas gloriosa — discursa Truman em meio a um mar de estática. A emissora local faz a tradução. — O general Eisenhower informa que as forças da Alemanha se renderam às Nações Unidas. — Ele faz uma pausa dramática, então acrescenta: — Os lábaros da liberdade tremulam por toda a Europa!

As palavras "lábaros" e "liberdade" reverberam pela sala, flutuando sobre suas cabeças como confete.

A família inteira olha fixamente para o rádio e, em seguida, uns para os outros, enquanto a aliteração do presidente descansa momentaneamente nos seus colos. Adam retira os óculos e levanta a cabeça, apertando a ponte do nariz. Bella enxuga uma lágrima e Jakob segura a mão dela. Mila morde o lábio. Felicia olha ao redor, para os outros, e depois para a mãe, com um olhar inquisitivo, sem saber por que estão todos chorando por algo que ela entendeu ser uma boa notícia.

Halina tenta imaginar o presidente dos Estados Unidos triunfante, sentado a sua mesa, cerca de seis mil quilômetros a oeste deles. *Dia da Vitória da Europa*, foi como Truman o chamou. Entretanto, para Halina, a palavra *vitória* parecia vazia. Até mesmo falsa. Não há nada de vitorioso na Varsóvia em ruínas de onde eles haviam partido, ou no fato de que grande parte de sua família ainda está desaparecida. Ou em como em tudo que há ao redor deles, naquilo que um dia fora o imenso gueto de Łódź, eles sentem a presença dos fantasmas de duzentos mil judeus — a maioria dos quais, segundo ouviram dizer, encontrou a morte nos caminhões e nas câmaras de gás de Chełmno e Auschwitz.

Vem um som abafado de aplausos do apartamento ao lado. Pela janela, ouvem-se alguns gritos na rua. Łódź começou a comemorar. O mundo começou a comemorar. Hitler foi derrotado, a guerra acabou. O que significa que, tecnicamente, eles estão livres para serem Kurc, Eichenwald e Kajler de novo. Para serem judeus de novo. Mas o clima no apartamento não é de comemoração. Não enquanto o restante da família continuar desaparecido. E não com tantos mortos. A cada dia, as estimativas de mortos aumentam. Primeiro, um milhão, depois dois — números tão grandes que eles não conseguem sequer começar a entender sua enormidade.

Quando o discurso de Truman termina, o locutor polonês informa que a Cruz Vermelha continuará estabelecendo uma série de representações e campos para pessoas deslocadas por toda a Europa, convocando os sobreviventes a se registrar. Adam desliga o rádio e a sala de estar fica novamente silenciosa. O que há para dizer? É Halina quem por fim rompe o silêncio.

— Amanhã — declara ela, tentando manter a voz firme — eu vou voltar à Cruz Vermelha e verificar se todos os nossos nomes estão registrados. Vou perguntar sobre os campos para os refugiados e sobre quando exatamente poderemos consultar uma lista de nomes. E vou começar a providenciar a vinda dos nossos pais do interior para cá.

Abaixo, na rua, os aplausos aumentam. Halina se levanta, vai até a janela e a fecha suavemente.

CAPÍTULO 55

Família Kurc

Łódź, Polônia ~ junho de 1945

Todos os dias, Halina faz um caminho que já se tornou bem familiar para ela. Saindo do apartamento em Łódź, ela vai primeiro até o escritório central temporário da Cruz Vermelha, no centro da cidade, em seguida para os recém-construídos escritórios da Sociedade de Ajuda ao Imigrante Hebreu e, de lá, finalmente, para o Comitê Judaico-Americano de Distribuição Conjunta, o JDC — na esperança de conseguir notícias sobre os desaparecidos da família. Quando não está percorrendo esse trajeto, ela vasculha o jornal diário local, que passou a publicar listas de nomes e anúncios classificados de sobreviventes à procura de parentes. No rádio há também uma estação dedicada a ajudar os sobreviventes a se reconectar, na qual ela se inscreveu. Na semana passada, as esperanças de Halina aumentaram, quando ela descobriu o nome de Franka numa lista publicada pelo Comitê Central de Judeus na Polônia — uma organização financiada pelo JDC. Franka tinha sido enviada, junto do irmão e dos pais, para um campo chamado Majdanek, nos arredores de Lublin. Por um desses inexplicáveis caprichos do destino, ela, Salek e Terza sobreviveram. Moshe, seu pai, no entanto, não tivera tanta sorte. Halina havia começado a se movimentar para fazer os arranjos necessários para trazer sua tia e seus primos para Łódź, mas lhe disseram que isso poderia levar meses. Eles estão entre os milhares de sobreviventes que aguardam para receber assistência no campo de refugiados onde estavam abrigados. Pelo menos Nechuma e Sol agora estão aqui em Łódź, pois ela havia conseguido trazê-los do interior.

Eles devem estar ficando de saco cheio de mim, imagina Halina, quando se aproxima mais uma vez do escritório da Cruz Vermelha, onde já é conhecida pelos voluntários. Eles normalmente a cumprimentam com um sorriso sem graça, um aceno de cabeça e um "Desculpe, nenhuma novidade" tristonho. Hoje, porém, a porta de alumínio mal se fechou atrás dela quando uma voluntária corre para recebê-la.

— É para você! — grita a mulher, acenando com um pedacinho de papel branco acima da cabeça.

Umas dez pessoas se viram. Num espaço geralmente repleto de tristeza, a empolgação na voz da mulher chega a ser desconcertante.

Halina olha para trás por cima do ombro e depois para a voluntária.

— Para mim? O quê? O que é para mim?

— Isso aqui!

Com o braço estendido, a voluntária segura um telegrama entre o polegar e o indicador. Em seguida, ela o lê em voz alta:

— "Com Selim na Itália. Nos encontre através do II Corpo Polonês. Genek Kurc."

Ao som do nome do irmão, Halina perde o equilíbrio e instintivamente abre os braços para não cair.

— *O quê?* Onde ele está? Me deixe ver isso.

Zonza, ela se aproxima da voluntária. No II Corpo Polonês? Isso não faz parte do Exército de Anders? Com *Selim*, que todos pensavam que estivesse *morto*? Halina mal consegue respirar. Em Łódź, só se fala do general Anders — ele e seus homens são *heróis*. Eles tomaram Monte Cassino. Lutaram no rio Senio, na Batalha de Bolonha. Halina balança a cabeça, tentando imaginar Genek e o cunhado Selim fardados, em meio à batalha, fazendo história. Mas não consegue.

— Veja você mesma — diz a mulher.

Halina pega o telegrama e o aperta com tanta força que as pontas dos seus dedos ficam brancas. Ela reza para que não seja um engano.

COM SELIM NA ITÁLIA
NOS ENCONTRE ATRAVÉS DO II CORPO POLONÊS
GENEK KURC

O nome do seu irmão está escrito no canto inferior do papel, isso é certo. Ela levanta os olhos. Os outros assistem à cena, esperando uma reação sua. Halina abre a boca, e depois a fecha, engolindo o que poderia ser um choro ou uma risada, ela não sabe bem qual das duas coisas.

— Obrigada! — diz ela num soluço, segurando o telegrama junto ao peito. — Obrigada!

O escritório se enche de alegria e aplausos e Halina leva o telegrama aos lábios, beijando-o repetidas vezes. As lágrimas começam a escorrer por suas bochechas, mas ela as ignora, tendo apenas um pensamento em mente. *Não há engano algum. Eles estão vivos*, repete para si mesma. Ela guarda o telegrama no bolso da blusa, sai do escritório e começa a correr. Doze quarteirões depois, ela sobe as escadas que levam ao apartamento, pulando de dois em dois degraus, e encontra os pais na cozinha, preparando o jantar.

Sua mãe ergue os olhos e dá de cara com Halina olhando para eles da entrada da cozinha, ofegante e com as bochechas vermelhas.

— Você está bem? — pergunta Nechuma, assustada, com a faca suspensa sobre uma cenoura. — Você andou chorando?

Halina não sabe por onde começar.

— Mila está em casa? — pergunta ela, quase sem fôlego.

— Ela foi ao mercado com Felicia. Volta daqui a pouco. Halina, o que foi? Nechuma deixa a faca sobre mesa e seca as mãos num pano de prato que está preso na saia.

Ao lado dela, Sol permanece imóvel.

— Halina, diz para a gente, o que aconteceu? — indaga ele, olhando firmemente para a filha com as sobrancelhas erguidas de preocupação.

— Eu... Eu tenho notícias! — exclama Halina. — Há quanto tempo Mila foi...

Ela para ao ouvir o som de uma porta sendo aberta.

— Mila!

Correndo para o vestíbulo, ela cumprimenta a irmã e toma dela a bolsa de lona que trazia nos braços.

— Graças a Deus você está aqui! Vem, rápido!

— Por que você está assim, tão ofegante? — pergunta Mila. — Você está empapada de suor!

— Notícias! Eu tenho notícias!

Mila arregala os olhos e, de repente, suas íris estão cercadas por um mar branco.

— O quê? Que tipo de notícia?

Notícias podem significar qualquer coisa. Ela e Felicia seguem Halina pelo corredor.

Da entrada da cozinha, Halina pede aos pais que se juntem a elas na sala de estar.

— Venham — grita ela, gesticulando para que eles se aproximem.

Quando a família está reunida, Halina respira fundo. Ela mal consegue se conter.

— Eu acabei de chegar da Cruz Vermelha — começa ela, puxando o telegrama do bolso da blusa.

Halina tenta manter as mãos firmes enquanto segura aquele inestimável pedaço de papel no alto, para que a família o veja.

— Veio hoje, da *Itália*.

Então ela lê o telegrama em voz alta, pronunciando cuidadosamente cada palavra:

— Com Selim. Na Itália. Nos encontre através do ii Corpo Polonês.

Ela olha para a mãe, para o pai, para a irmã e para Felicia, com os olhos dançando entre eles e enchendo-se de lágrimas mais uma vez.

— Assinado Genek Kurc — acrescenta ela, com a voz embargada.

— O quê? — Mila puxa Felicia para perto e a abraça, embalando a cabeça da filha junto à barriga.

Nechuma segura o braço de Sol para se apoiar.

— Leia isso de novo — sussurra Sol.

Halina lê o telegrama de novo e uma vez mais. Quando o lê pela terceira vez, Nechuma está em lágrimas e o ambiente do pequeno apartamento é preenchido pelo som grave da gargalhada de Sol.

— Essa é a melhor notícia que eu recebo desde... Essa é a melhor notícia que eu já recebi — diz ele, balançando os ombros.

Eles se abraçam em pares, Sol e Nechuma, Mila e Felicia, Mila e Halina, Halina e Nechuma. E então se amontoam como se fossem um só, como um carrossel, com as mãos envolvendo suas cinturas, as testas coladas umas nas outras e Felicia enfiada em algum lugar no meio deles. O tempo parece parar enquanto eles se abraçam, rindo e chorando, com Sol recitando com exatidão as pouco mais de dez palavras do telegrama, de novo e de novo.

Halina é a primeira a se soltar da roda.

— Jakob! — grita ela. — Eu preciso contar para Jakob!

— Sim, vá — concorda Nechuma, enxugando as lágrimas. — Diga a ele para vir jantar aqui conosco essa noite.

— Sim, eu vou dizer — responde Halina, que sai voando corredor afora.

A porta é aberta e, logo depois, fechada, então o apartamento fica completamente silencioso.

— *Mamusiu?* — sussurra Felicia, olhando para a mãe, acima dela, como se esperasse uma explicação.

Mila, no entanto, fica calada. Seu olhar vai da direita para a esquerda, como se procurasse na sala alguma coisa que não consegue ver. Um fantasma, talvez.

Percebendo isso, Nechuma coloca a mão no ombro de Sol, chamando a atenção dele.

— Você pode preparar um chá com Felicia? — sussurra ela.

Sol olha para Mila e acena com a cabeça, chamando Felicia para ir com ele até a cozinha.

Quando ficam a sós, Nechuma se vira para Mila e segura seu braço.

— Mila, o que foi, querida?

Mila pisca os olhos e balança a cabeça.

— Não é nada, mãe... Eu só...

— Vem — chama Nechuma, conduzindo Mila para a mesinha na sala de estar na qual eles fazem as refeições.

Mila se move lentamente e se senta com a mente num lugar distante dali. Ela apoia os cotovelos no tampo da mesa e junta as mãos, entrelaçando os dedos e apoiando o queixo nos polegares estendidos. Durante um tempo, nenhuma das duas diz nada.

— Você não esperava isso, não imaginava que iria encontrá-lo — comenta Nechuma por fim, escolhendo as palavras com cuidado. — Você não achava que ele ainda estivesse vivo.

— Não.

Uma lágrima escorre do canto de um dos olhos de Mila, traçando um caminho na bochecha. Nechuma enxuga gentilmente o rosto da filha.

— Você deve estar se sentindo aliviada, não é?

Mila acena positivamente com a cabeça.

— É claro.

Ela ergue o queixo e vira o rosto, olhando nos olhos da mãe.

— É só que... eu passei os últimos seis anos pensando que ele... que ele estivesse morto. Eu tinha me adaptado a isso. Aceitado o fato, por mais terrível que isso possa parecer.

— É compreensível. Você teve de seguir em frente por causa de Felicia. Você fez o que qualquer mãe faria.

— Eu não devia ter desistido dele. Eu devia ter mantido a esperança. Que tipo de esposa desiste do marido?

— Por favor, o que você deveria ter pensado? — questiona Nechuma com a voz suave, compreensiva. — Você não teve mais notícias dele. *Todos nós* pensamos que ele estivesse morto. Além do mais, agora nada disso importa.

Mila vira o rosto e olha para a cozinha.

— Eu preciso conversar com Felicia.

Mila havia falado cada vez menos de Selim desde que admitira para Felicia que não tinha certeza sobre o destino dele — desde que, para seu próprio bem, passara a aceitar que o havia perdido. Felicia, no entanto, tinha se recusado a desistir. Ela passara o último ano fazendo perguntas sobre o pai, implorando à mãe que desse mais detalhes.

— Ela construiu uma imagem dele na cabeça — acrescenta Mila. — E se ela ficar desapontada? Quando Selim partiu, Felicia era só uma bebê, saudável, de bochechas rosadas... E se... — Mila se cala, incapaz de descrever o quanto a filha havia mudado.

Nechuma segura as mãos de Mila entre as palmas de suas mãos.

— Mila, querida, eu sei que tudo isso é repentino, inesperado, mas pense por esse ângulo: você acabou de ganhar uma oportunidade, uma preciosa e improvável chance de começar de novo. Selim é o pai de Felicia. Ela vai amá--lo. E ele vai amá-la, do mesmo jeito que você a ama. Incondicionalmente.

Mila faz que sim com a cabeça.

— Você tem razão — sussurra ela. — Eu só odeio o fato de ele não conhecer a própria filha.

— Dê um tempo a Selim e a *você* mesma para descobrirem como voltar a ser uma família. Seja paciente. Tente não se preocupar demais com isso. Você já se preocupou o suficiente para uma vida inteira.

Mila escorrega as mãos por entre as de sua mãe para enxugar uma lágrima. O que seria viver um dia de sua vida sem se preocupar? Sem ter um plano? Desde o início da guerra, cada minuto de cada dia havia sido orquestrado, da melhor forma que pôde. Ela seria capaz de deixar as coisas se desenrolarem por si mesmas?

Mais tarde, na mesma noite, depois de Felicia dormir, a família se reúne ao redor da mesa de jantar para estudar um mapa que está aberto diante deles. Halina enviara um telegrama para Genek, informando que a maior parte da família estava viva e bem. "Ainda sem nenhuma notícia de Addy", escreveu ela. "Quando você será dispensado? Onde vamos nos encontrar?"

Decidir para onde ir em seguida é um exercício difícil. Porque *em seguida* pode significar um novo *para sempre*. Significa pensar em onde se estabelecer. Onde recomeçar. Durante a guerra, havia muito menos opções, os riscos eram maiores, o objetivo, apenas um. De certa forma, era mais simples. Mantenha a cabeça baixa e a guarda erguida. Mantenha-se um passo à frente. Sobreviva mais um dia. Não deixe o inimigo vencer. Pensar num plano de longo prazo parece complicado e trabalhoso, como flexionar um músculo atrofiado.

— A primeira pergunta — começa Halina, olhando para os outros ao redor da mesa — é: nós vamos ficar na Polônia?

Sol balança a cabeça, com um olhar sério. A despeito das notícias de Genek na Itália, ele tem encontrado poucos motivos para sorrir ultimamente. Duas semanas atrás, logo após saber que Moshe, seu cunhado, havia morrido, ele descobriu que uma irmã, dois irmãos, quatro primos e seis sobrinhos e sobrinhas que viviam em Cracóvia no começo da guerra também foram mortos. Sua família, que antes era grande, havia sido reduzida a alguns poucos parentes. As notícias o deixaram arrasado. Ele coloca o dedo indicador na mesa e aperta com força.

— Não estamos seguros aqui — comenta ele, franzindo a testa.

Os outros continuam em silêncio, envoltos em pensamentos sobre o que sabem e o que desconhecem. Os alemães se renderam, sim, mas, para os sobreviventes judeus, a guerra ainda está longe de terminar. Os Kurc já ouviram histórias de judeus que, ao retornar às suas cidades natais, haviam sido ameaçados, roubados e, algumas vezes, mortos. Houve um caso em que um pogrom estourou quando um grupo de moradores locais acusou um judeu que tinha acabado de voltar para a cidade de sequestrar uma criança polonesa — ele foi enforcado numa árvore — e, dias depois, dezenas de outros judeus foram mortos a tiros nas ruas. Pelo visto, há verdade no que Sol afirma.

Os olhos se voltam para Nechuma. Encarando para o marido, ela faz que sim com a cabeça, e depois se vira para o mapa.

— Eu concordo. A gente deve partir.

Nechuma sente o peso das palavras nos pulmões e perde o fôlego. Ela acaba de dizer algo que jamais pensou que diria algum dia. Seis anos atrás, a declaração de Hitler de que iria eliminar os judeus no continente parecia absurda. Ninguém acreditou que planos tão bárbaros pudessem se concretizar. Mas agora eles sabem. Eles viram os jornais, as fotos, começaram a contabilizar os números. Agora não há mais como negar o que o inimigo é capaz de fazer.

— Eu acho que é o melhor a fazer — acrescenta Nechuma, engolindo em seco.

A ideia de deixar para trás o que um dia foi deles — a casa, a rua, a loja, os amigos — é quase inconcebível. Porém, lembra Nechuma a si mesma, essas coisas pertenciam ao passado. A uma vida que não existe mais. Agora há estranhos morando na casa dela. Ela e Sol conseguiriam tomá-la de volta, mesmo se quisessem fazê-lo? E quem sobrou dos seus amigos? O gueto já está vazio há anos. Até onde eles sabem, não havia mais judeus em Radom. Sol está certo. Não é inteligente permanecer na Polônia. A história se repete. Essa é uma verdade sobre a qual ela tem certeza absoluta.

— Eu também acho — concorda Mila. — Eu quero que Felicia cresça num lugar onde possa se sentir segura, onde possa se sentir... *normal*.

Mila franze a testa, pensando no que o conceito de "normal" significa para sua filha, ainda tão pequena. Na única vida que Felicia conhece ela é sempre caçada, forçada a se esconder, a atravessar sorrateiramente os portões do gueto, é deixada com pessoas que não conhece. Ela tem quase 7 anos e todos eles, a não ser o seu primeiro ano de vida, foram passados na guerra, com a noção de que há pessoas que querem que ela morra simplesmente por ter nascido. Mila e seus irmãos pelo menos têm experiência suficiente para entender que nem sempre foi assim. Mas a guerra, a perseguição, a luta diária para sobreviver, tudo isso é o *normal* de Felicia. Os olhos de Mila começam a se encher de lágrimas.

— Pensem em tudo pelo que passamos. Em tudo pelo que Felicia passou. Não tem como apagar o que aconteceu aqui. — Ela balança a cabeça. — Há fantasmas demais, memórias demais.

Ao lado de Mila, Bella acena com a cabeça, e Jakob sente seu coração doer pela esposa. A opinião dela nem precisa ser verbalizada, todos eles sabem que, para Bella, um retorno a Radom é impensável. Com os pais e a irmã mortos, não resta mais nada lá para ela. Jakob pega a mão de Bella e entrelaça seus dedos nos dela. Ele não esquece como quase a perdeu nos meses de desespero mais profundo dela. Como ela o havia empurrado para fora de sua vida. Vê-la daquele jeito, vê-la desaparecer, aquilo o deixou arrasado. Jakob jamais se sentiu tão impotente. Nem sentiu tanto alívio quando ela finalmente se esforçou para, pouco a pouco, se reerguer e seguir em frente. Ele já havia vislumbrado sinais da velha Bella em Varsóvia, mas é essa gravidez, essa nova vida dentro dela, que parece tê-la ajudado a restaurar as energias de que precisa para, enfim, se curar.

Jakob olha para os pais. É capaz de dizer pela postura da mãe, que parece estar se abraçando, que ela sabe o que ele está prestes a dizer. Não é mais novidade — já contou para ela que ele e Bella estão pensando em se mudar para os Estados Unidos —, mas as palavras não vêm tão facilmente.

— O tio de Bella em Illinois — começa ele, com a voz calma — concordou em nos apadrinhar. Isso não garante que a gente vai conseguir um visto, é claro, mas já é um começo. E faz sentido, eu acho, ir por esse caminho.

Certamente todos entendem que pelo menos nos Estados Unidos Bella estaria cercada pelo que restou de sua família.

— Quando chegarmos a Chicago — diz Bella, olhando para Nechuma e Sol —, podemos nos informar sobre como obter vistos para o restante da família, se vocês se interessarem.

— Por enquanto, vamos permanecer na Polônia — acrescenta Jakob. — Pelo menos até o bebê chegar.

Um padrinho para ir para os Estados Unidos. Esse conceito se assenta no coração de Nechuma como um peso de chumbo. Se dependesse dela, passaria todas as horas que lhe restam neste mundo perto dos filhos. Mas não pode discutir com Jakob. Seria tolice dele não aceitar a ajuda do tio de Bella. Sem um padrinho, é quase impossível obter um visto para os Estados Unidos.

Jakob prossegue, explicando que, no momento, nenhum navio está autorizado a navegar da Europa para os Estados Unidos, mas que essas restrições devem ser suspensas em breve.

— Supostamente, há navios de passageiros partindo de Bremerhaven — diz ele, inclinando-se sobre o mapa e apontando para uma cidade no noroeste da Alemanha. — Nossa ideia, depois que o bebê nascer, é morar temporariamente num campo de refugiados aqui, em Stuttgart. Estando lá, nós devemos ter mais chances de conseguir os vistos.

Do outro lado da mesa, Halina olha para Jakob com os lábios retorcidos de desgosto. Ela está horrorizada com a ideia do irmão de se mudar para a Alemanha.

— Não existem campos de refugiados na Polônia? — pergunta ela. — Não seria melhor vocês permanecerem aqui?

Halina balança a cabeça com veemência, seus olhos verdes desafiam os do irmão.

— Eu prefiro cortar a minha própria garganta a pôr os pés no *coração do mal*.

O tom da voz de Halina é duro, mas, embora isso possa ter incomodado Jakob antes, não incomoda agora. Ele sabe que passou a ser a missão dela proteger a família — Halina está só cuidando dele. Ele retribui o olhar dela com uma expressão de compreensão, concordando que a ideia de se mudar para a Alemanha é assustadora.

— Acredite em mim, Halina, isso não vai ser fácil. Mas, se isso significa que vamos estar um passo mais perto de uma nova vida nos Estados Unidos, então estamos prontos para fazer o que for necessário. A essa altura, acho que já é seguro dizer que nós já enfrentamos situações piores.

A sala fica em silêncio por um momento, até que Halina volta a falar.

— Tudo bem, então. Jakob, você e Bella têm um motivo para continuar aqui, mas nós, não. Acho que todos concordamos com isso. Meu voto é para irmos para a Itália. Encontrar Genek e Selim. De lá, podemos decidir juntos, como uma família, para onde ir em seguida.

Ela olha para os pais. Sol e Nechuma trocam olhares.

— Eu só gostaria que tivéssemos uma ideia se Addy... — começa Nechuma, parando para se corrigir e escolher outras palavras — ... de onde Addy está. — Os outros ficam em silêncio, mergulhados nos próprios temores. Mas Nechuma acena com a cabeça, concordando. — Itália.

— Não podemos nos esquecer de que Mussolini era aliado de Hitler durante a guerra — adverte Sol. — Sugiro que procuremos uma rota com o menor número de postos de controle civis possível.

E assim a decisão está tomada: para Jakob e Bella, dentro de alguns meses ir de Łódź para Stuttgart e, eventualmente, assim esperam, para os Estados Unidos; e, para os outros, viajar para a Itália.

A família se debruça sobre o mapa e Adam traça com o dedo o percurso de Łódź até o sudoeste da Itália, enumerando as cidades onde ele tem certeza de que há escritórios da Cruz Vermelha: Katowice, Viena, Salzburgo, Innsbruck. Ele omite Cracóvia, porque tem certeza de que sua esposa se sentiria melhor se nunca mais pisasse em qualquer lugar a menos de cinquenta quilômetros da prisão de Montelupich. A rota exigiria atravessar a Tchecoslováquia e a Áustria. Eles concordam que essa é a única boa opção.

— Eu vou escrever para Terza, Franka e Salek para contar os nossos planos — avisa Halina, pensando em voz alta. — Vou perguntar no JDC se podem ajudar a pagar a viagem deles, para que possam nos encontrar na Itália. E vou conversar com as garotas da Cruz Vermelha, talvez elas possam nos ajudar a planejar uma rota, ou nos dar informações sobre a localização de outros escritórios da organização pelo caminho que nós não conheçamos. Vamos precisar de vodca e cigarros. Para os postos de controle.

Nechuma olha para Sol, imaginando como será a jornada. Chegar à Itália não vai ser fácil. Porém, se conseguirem, ela vai se reencontrar com seu primogênito. E Felicia terá um pai! Ao pensar nisso, seu humor melhora. No começo da guerra, não tinha ideia se ela e Sol viveriam o suficiente para ver o fim do conflito, se seus filhos viveriam para ver o fim do conflito, se eles todos voltariam a se reunir, como um grupo coeso. No dia em que os alemães entraram marchando em Radom, o mundo dela foi feito em pedaços. Desde então, tinha visto cada fundamento de sua vida — a casa, a família, a segurança — ser levado pelo vento. Agora, esses fragmentos do passado haviam começado a voltar para a terra, e, pela primeira vez em mais de cinco anos, ela havia se permitido acreditar que, com tempo e paciência, conseguiria reconstruir algo que fosse semelhante ao que era antes. Ela é sábia o bastante para ter noção de que as coisas nunca mais serão as mesmas. Entretanto, *aqui* estão eles, em sua maior parte, *juntos*, algo que começa a parecer um milagre.

É claro que ela não consegue evitar de pensar nas peças que estão faltando, em Moshe e na família que Sol havia perdido e nos pais de Adam, dos quais ainda não se tem notícias. E, em especial, na lacuna que pertence ao seu filho do meio. O que teria acontecido com seu Addy? O espírito de Nechuma volta a se entristecer quando ela tem de lidar com a possibilidade de nunca mais saber dele — e com o fato de que seu mundo, sua tapeçaria, jamais estará completo sem ele.

CAPÍTULO 56

Halina

Alpes austríacos ~ julho de 1945

Através de uma clareira entre a copa das árvores, Halina não consegue ver nada além do céu azul acinzentado. Já passa das oito da noite, mas ainda há luz suficiente para se ler um livro, se ela tivesse um. Seus pais, Mila e Felicia estão dormindo. Seus corpos cobertos de suor estão espalhados pelo acampamento, com as cabeças apoiadas em bolsas e pequenas sacolas de couro que contêm o que restou dos seus pertences. Halina escuta um pica-pau bicando o tronco de um álamo próximo dali e suspira. Ainda vai levar mais uma hora até anoitecer — mais duas horas, ela sabe, até conseguir pegar no sono. Halina resolve aproveitar os últimos momentos de luz do dia e pega um lenço que está dentro do bolso interno de sua bolsa, fechado com zíper. Ela o desenrola e organiza os cigarros que restam no chão, numa fileira diante de si, contando-os. São doze. Suficientes, espera ela, para subornar os guardas do próximo posto de controle.

Encontro em Bari, escreveu Genek na última correspondência. A despeito das grandes restrições às viagens de civis, Halina, Nechuma, Sol, Mila e Felicia não perderam muito tempo para sair de Łódź. Adam ficou para trás.

— Você vai — disse ele a Halina. — Eu vou ficar e juntar mais algum dinheiro para nossas economias. — Adam encontrou um emprego fixo num cinema local. — Vou me encontrar com vocês na Itália, depois que vocês já estiverem instalados.

Halina não discutiu com ele. Algumas semanas antes, por intermédio do Serviço Internacional de Busca, Adam havia encontrado o nome dos pais, dos irmãos e do sobrinho numa lista daqueles com mortes confirmadas. Não havia nenhuma outra informação, apenas os nove nomes, impressos numa página em meio a outras centenas. Adam ficou arrasado. E o fato de não receber nenhuma explicação sobre como ou onde eles morreram o estava enlouquecendo. Halina sabia que não era por causa do trabalho que ele resolvera ficar. Adam precisava de respostas.

E assim Halina e os outros partiram, armados com todos os cigarros e garrafas de vodca que puderam carregar. Halina contratou um motorista para levar a família até Katowice, uma cidade duzentos quilômetros ao sul de Łódź. Em Katowice, ela se valeu de sua fluência em russo para conseguir uma carona na carroceria de um caminhão que entregaria suprimentos para o Exército Vermelho em Viena. A viagem levou dias. A família Kurc permaneceu escondida, enfiada entre caixotes contendo fardas e carne enlatada. Receavam que, se fossem apanhados cruzando a fronteira da Tchecoslováquia ou da Áustria sem os documentos apropriados, pudessem ser mandados de volta, ou pior, acabassem presos.

De Viena, pegaram carona para Graz, onde foram deixados na base dos Alpes Orientais-Sul, uma enorme cordilheira que serpenteava para o sudoeste atravessando a Áustria até chegar à Itália. Halina se perguntou se seus pais e Felicia, que ainda estavam magros como palitos, seriam capazes de fazer aquela trilha. Os alpes eram imponentes, mais altos que qualquer montanha que ela já havia visto. Entretanto, a menos que eles quisessem enfrentar várias estações de trem e postos de fronteira, cruzar as montanhas a pé seria a melhor opção. Depois de uma semana de descanso em Graz, os membros da família Kurc abandonaram alguns dos seus pertences e encheram o espaço restante das bolsas com pão e água. Depois, usando o que restou de suas economias (Adam insistiu para que levassem o pouco que ele tinha), contrataram um guia — um jovem austríaco chamado Wilhelm — para lhes mostrar o caminho sobre a cadeia de montanhas.

— Vocês deram sorte de o verão ter chegado um pouco mais cedo — disse Wilhelm, no dia em que partiram. — Os Alpes do Sul ficam cobertos de neve durante dez meses do ano e, nessa época, eles geralmente estão intransponíveis.

Eles caminhavam todos os dias, das sete da manhã às sete da noite. Wilhelm se mostrou um guia extremamente útil, até a manhã em que acordaram e descobriram que ele tinha sumido. Felizmente, Wilhelm deixou o que restava da comida, além do mapa. Amaldiçoando a covardia do jovem austríaco, Halina rapidamente assumiu o posto de líder da empreitada.

Ela enrola novamente os cigarros no lenço e os coloca de volta na bolsa. Em seguida, pega o mapa no bolso junto ao peito e o desdobra cuidadosamente; depois de ser tão usado, suas bordas estão macias feito veludo, e suas dobras, incrivelmente finas. Ela afasta algumas pedras do chão e coloca o mapa sobre o solo, traçando com uma unha suja o caminho entre o local onde estão agora e a cidade mais próxima, no sopé dos Alpes do Sul, Villach — uma aldeia perto da fronteira norte da Itália. Halina calcula que serão mais quarenta horas de caminhada para o sul, o que significa que eles devem chegar à Itália dentro de quatro dias. Vai ser um desafio. Seus pulmões se adaptaram ao ar rarefeito dos três mil metros de altitude, mas as solas dos seus sapatos, que não foram feitos para um uso tão constante e intenso, haviam começado a se desfazer. Eles vão precisar ser extremamente cautelosos, especialmente na descida. Halina pensa em fazer uma parada na caminhada para dar um descanso às pernas de todos. No dia anterior, Sol tropeçou numa raiz e quase torceu o tornozelo. Estão todos exaustos. Doze horas de caminhada por dia é exigir demais. Entretanto, ao mesmo tempo, eles estão ficando sem provisões, contando apenas com mais quatro ou cinco dias de pão e água, no máximo. Então ela decide que eles vão continuar. Melhor chegar logo a solo italiano. Os outros certamente concordariam.

Uma águia de cauda branca descreve círculos no céu acima deles. Halina fica maravilhada com sua enorme envergadura e, em seguida, olha para a mochila com as provisões que ela havia pendurado num galho próximo, certificando-se de que está bem fechada. *Feche os olhos*, diz a si mesma. Ela coloca o mapa de volta no bolso da blusa, entrelaça os dedos na nuca e se inclina para trás, apoiando a cabeça na palma das mãos. Seu corpo está castigado depois de tanto esforço ao longo do dia, mas ela se sente agitada demais para dormir. Seus pensamentos, como o pica-pau ali perto, vêm e vão num ritmo acelerado. E se ela pegar a trilha errada na descida da montanha? Eles poderiam se perder, ficar sem comida e nunca chegar à Itália. E se eles conseguirem chegar à Itália, mas forem mandados de volta pelas autoridades de lá? Há apenas um mês o país ainda estava ocupado por nazistas. E se alguma coisa acontecer com Adam em Łódź? Semanas vão ter se passado — possivelmente mais que isso — até ela poder escrever para ele e passar um endereço para o qual ele possa responder.

Halina encara o céu, que agora escurece. Não são apenas essas possibilidades que a mantêm desperta. Há também uma parte dela que está empolgada demais para dormir. Faltam a poucos dias para se encontrar com o irmão mais velho! Halina tenta imaginar qual será a sensação de ver Genek pela primeira vez depois de tantos anos. Como será ouvir sua gargalhada, beijar suas bochechas com covinhas. Sentarem-se todos juntos, como uma família, para decidir para onde vão em seguida e traçar juntos um plano. A ideia de direcionar suas mentes para um futuro além da guerra é emocionante, inebriante. Pensar nisso por si só faz o coração de Halina disparar. Talvez Bella esteja certa — talvez se os parentes dela quisessem apadrinhar toda a família Kurc, eles poderiam se mudar para os Estados Unidos. Ou, quem sabe, eles vão para o norte, para o Reino Unido; ou para o sul, para a Palestina; ou cruzar o planeta, para a Austrália. A decisão, é claro, vai depender de qual país estará disposto a abrir as portas para eles.

Pare de pensar e durma, diz Halina para si mesma. Ela se vira de lado, dobra o braço para fazê-lo de travesseiro e apoia a cabeça no cotovelo, deixando a mão livre descansar no ventre. Já está duas semanas atrasada agora. Halina tenta fazer as contas, contar os dias desde que ela e Adam se viram pela última vez, mas é quase impossível. Depois de tantos anos pensando no que está por vir, seu cérebro não sabe mais como olhar para trás no tempo. Os dias que antecederam a partida deles de Łódź estão nebulosos em sua memória. Será que ela está...? Talvez. É possível. Mas também é possível que só esteja atrasada. Isso já aconteceu antes. Ela não ficou menstruada nenhuma vez durante os meses que esteve encarcerada em Cracóvia. Estresse demais. Pouquíssima comida. *Nunca se sabe*, admite consigo mesma, sorrindo. Tudo é possível. *Por enquanto, leve a família em segurança para a Itália. Pelos próximos quatro dias, concentre-se apenas na tarefa que tem pela frente.* Neste momento, decide Halina, querendo que sua mente enfim descanse, isso é tudo o que importa.

CAPÍTULO 57

Família Kurc

Costa Adriática da Itália ~ julho de 1945

Felicia dorme encolhida em posição fetal no banco ao lado do de Mila, com a bochecha apoiada na coxa da mãe. Mila, nervosa demais para fechar os olhos, descansa uma das mãos no ombro de Felicia e a testa no vidro da janela, olhando para o azul do mar Adriático enquanto o trem segue para o sul, percorrendo o calcanhar da bota italiana em direção a Bari. Ela ensaia pela milésima vez o que vai dizer ao marido quando o encontrar. Deve ser meio óbvio — *Senti saudades. Eu te amo. Aconteceu tanta coisa... Por onde eu começo?* —, mas, mesmo em sua mente, as palavras soam forçadas.

Nechuma lhe disse que tivesse paciência, que tentasse não se preocupar tanto com isso. Mila, porém, não consegue evitar. Ela se pergunta se Selim será o mesmo homem que ela conhecia antes da guerra. Tenta imaginar uma volta à sintonia entre marido e mulher — Selim assumindo novamente o papel de patriarca, provedor, guardião do destino deles. Ela conseguiria lidar com isso? Aprenderia a ficar no banco de trás, a depender dele novamente? Têm sido apenas ela e Felicia há tanto tempo que Mila não sabe se está pronta para deixar outra pessoa tomar as rédeas. Mesmo que esse alguém seja o pai de Felicia.

Do outro lado do corredor, Halina se abana com um jornal. Ela havia começado a viagem sentada em frente a Mila, mas conversar com a irmã enquanto observava a paisagem passar em sentido invertido fez com que ela ficasse com o estômago embrulhado. Então se mudou para um lugar onde pudesse viajar olhando para a frente. Está grávida, tem certeza disso agora. Seu estômago se revira sempre que está vazio, sente seus seios inchados e doloridos e a calça ficou apertada na cintura. Grávida! Esse é um fato tão assustador quanto emocionante. Ela ainda não disse uma palavra sequer sobre isso para a família. Planeja lhes contar depois que chegarem a Bari. E ela vai ter de pensar numa forma inteligente de contar as novidades para Adam, lá em Łódź. Talvez esbanje dinheiro numa ligação telefônica. *Olá, acabei de atravessar os alpes a pé e estou grávida*, dirá ela. Se antes da guerra alguém lhe dissesse que aos 28 anos ela guiaria a família por uma cadeia de montanhas, grávida e a pé, sinceramente, ela teria gargalhado. Ela não é uma *garota da natureza*! Uma caminhada de três semanas pelas montanhas, dormindo no chão, com apenas pão velho e água como sustento, e ainda por cima *carregando uma criança*? Sem chances.

Halina repassa as últimas semanas da jornada na mente, encantada com o fato de que, a despeito das circunstâncias, ela não ouviu uma única reclamação. Nem de Mila, que caminhou durante horas, todos os dias, carregando Felicia às costas; nem dos pais, que pareciam andar com mais dificuldade a cada dia; nem mesmo de Felicia, que calçava sapatos tão pequenos, que os dedos apertados acabaram por abrir um buraco num deles, e que, quando não era carregada pela mãe, precisava dar dois passos para acompanhar cada passo dos adultos.

Felizmente, cruzar a fronteira da Itália foi tranquilo.

— *Siamo italiani* — mentiu Halina para as autoridades britânicas que cuidavam do posto de controle em Tarcento.

Quando os guardas fizeram menção de impedi-los, Halina abriu a bolsa.

— Estamos voltando para casa, para as nossas famílias — disse ela, pegando os cigarros que ainda restavam.

Era uma sensação estranha pisar pela primeira vez em solo italiano. Nechuma era a única do grupo que já estivera lá — ela costumava visitar Milão duas vezes por ano para comprar seda e linho para a loja. Para ajudar a passar o tempo e distrair a atenção das dores que eles sentiam nos joelhos, ela contava histórias de suas viagens — como a dos vendedores nos mercados milaneses, que a apelidaram de *la tigre cieca*, "a tigresa cega", enquanto ela passava de barraca em barraca, esfregando os dedos em amostras de tecido, sempre de olhos fechados, antes de fazer uma oferta. Quando se tratava de qualidade, não havia como enganá-la.

— Eu sempre conseguia adivinhar o preço — contou ela, orgulhosa.

Uma vez na Itália, Halina pediu orientação para chegar à aldeia mais próxima. Eles então passaram mais seis horas caminhando, com sua reserva de água esgotada. A noite começava a cair e estavam quase delirando quando bateram à porta de uma casinha nos arredores da cidade. Halina percebia que nenhum deles teria condições de dormir mais uma noite ao ar livre, com apenas uma casca de pão para comer e nada para beber, e rezou em silêncio para que, quem quer que atendesse aquela porta, olhasse para aquele grupo de gente suja e mal-ajambrada com simpatia e não com desconfiança. Ela suspirou aliviada quando um jovem fazendeiro e sua esposa abriram a porta e gesticularam para que entrassem. Nechuma conseguiu conversar com eles usando o pouco de italiano que sabia, e logo estavam devorando pratos de *pasta aglio e olio* apimentada. Naquela noite, sobre os cobertores que o casal espalhou no assoalho, todos os cinco membros da família Kurc dormiram melhor do que haviam dormido em meses.

Na manhã seguinte, depois de agradecerem profusamente aos anfitriões italianos, os Kurc continuaram a caminhada em direção à estação de trem. No caminho, cruzaram com um grupo de soldados dos Estados Unidos, que saltaram de seus jipes verdes depois que Halina acenou e sorriu para eles. Os americanos, entre eles um que felizmente falava francês, estavam bastante interessados em saber a situação na Polônia. Eles balançaram a cabeça, incrédulos, quando Halina lhes falou da incomensurável destruição em Varsóvia e do caminho que ela e sua família haviam percorrido para fugir de sua terra natal e chegar em segurança à Itália.

Antes de se separarem, um jovem sargento de olhos azuis com um T. O'DRISCOLL bordado no bolso da farda se agachou ao lado de Felicia.

— Toma aqui, minha querida — disse ele, numa língua diferente de qualquer outra que Felicia já ouviu antes.

Quando o americano lhe entregou um pacotinho marrom e prateado, a menina ficou com o rosto enrubescido.

— É uma barra de Hershey. Espero que goste — disse o sargento O'Driscoll.

— *Merci* — disse Mila, apertando a outra mão de Felicia.

— *Merci* — repetiu Felicia, baixinho.

— Para onde vocês estão indo? — perguntou o americano, afagando a cabeça de Felicia enquanto se levantava.

O soldado que falava francês traduziu.

— Encontrar a nossa família em Bari — revelou Halina.

— Vocês estão bem longe de Bari.

— A gente ficou perito em caminhadas — disse Halina, sorrindo.

— Espere aqui.

O sargento O'Driscoll se afastou e retornou alguns minutos depois, com uma nota de 5 dólares americanos.

— De trem é mais rápido — disse ele, entregando a nota para Halina e retribuindo o sorriso dela.

Sentados de frente para Halina, Nechuma e Sol estão cochilando. Seus queixos balançam conforme o trem sacode nos trilhos. Analisando os dois como se os visse pelos olhos de Genek, ela percebe o quanto a guerra os envelheceu. Eles parecem vinte anos mais velhos do que antes de serem trancados no gueto, forçados a se esconder e quase morrer de fome.

— *Bari, cinque minuti!* — grita o condutor.

Mila passa a ponta dos dedos nas cicatrizes deixadas pelo escorbuto no pescoço e nas bochechas de Felicia. Seu cabelo agora já está na altura do ombro, cor de canela até a altura das orelhas e loiro dali para baixo. Os olhos de Felicia estão agitados. Sua testa se contorce. Mila percebe que, mesmo durante o sono, sua filha parece assustada. Os últimos cinco anos a despiram de sua inocência. Uma lágrima escorre de um de seus olhos, corre por sua bochecha e cai na gola da blusa de Felicia, deixando uma manchinha redonda no algodão.

Mila enxuga as lágrimas e sua mente se volta novamente para Selim. Para questões que ela não pode ignorar. O que ele vai pensar de Felicia, a filha que nunca conheceu? O que Felicia vai achar dele? No dia anterior, ela perguntou como deveria chamar Selim.

— Que tal, para começar, apenas de pai? — sugeriu Mila.

Cinco minutos depois, quando o trem começa a reduzir a velocidade, o coração de Mila dispara. Ela suplica a si mesma que possa aceitar a dádiva de um marido e um pai que ela e Felicia estão prestes a receber. Só Deus sabe o que aconteceu com a família *dele* — com o pai, um relojoeiro de poucos recursos, com os oito irmãos. De acordo com as últimas notícias que recebeu, uma de suas irmãs, Eugenia, havia emigrado para Paris e um dos irmãos, David, para a Palestina; os demais, supunha, permaneceram em Varsóvia. Mila tentou localizá-los antes do levante, mas eles ou tinham fugido ou foram enviados para longe — não encontrou rastro de ninguém. Ela entende que é uma bênção em breve estar junto do marido, em meio à tragédia inconcebível que a guerra deixou. A maioria faria qualquer coisa para estar no lugar dela agora.

Os freios guincham. A paisagem do lado de fora da janela passa cada vez mais devagar. Mila já consegue ver a estação de Bari uns cem metros à frente e, na plataforma, pessoas à espera. Enquanto acaricia suavemente o ombro de Felicia para despertá-la, ela promete a si mesma: vai receber o marido de coração aberto. Vai passar uma imagem de estabilidade, não importa o quão difícil isso possa ser. Pelo bem de Felicia. E o que acontecer depois — o que Selim vai pensar da menina no colo dela, de cabelos de duas cores e cicatrizes rosadas feias espalhadas pelo rosto; se Felicia vai aprender a amar aquele homem que ela não se lembra de ter conhecido — é melhor deixar nas mãos do destino.

CAPÍTULO 58

Família Kurc

Bari, Itália ~ agosto de 1945

A estação de Bari está caótica. Há muitas pessoas na plataforma: homens fardados, crianças pequenas segurando a mão de adultos que parecem ser seus avós e mulheres usando seus melhores vestidos, acenando na ponta dos pés, com linhas pintadas com carvão nas batatas da perna para parecer que estão usando meias finas.

A família Kurc sai do trem e Halina segue à frente, seguida por Nechuma e Sol. Mila vem atrás, com as alças de uma sacola de couro penduradas num ombro e a mão de Felicia apertada entre seus dedos. Eles arrastam os pés pelo chão para não pisar no calcanhar uns dos outros, cinco corpos se movendo como se fossem um só.

— Vamos esperar ali — grita Halina para trás, enquanto eles abrem caminho na multidão em direção a um toldo onde está escrito BARI CENTRALE.

Ao lado, uma placa com uma seta aponta para a PIAZZA ROMA. Reunidos sob o toldo, eles permanecem muito próximos, formando um aglomerado compacto, e espicham o pescoço à procura de rostos familiares na plataforma. Como não estão habituados a ver Genek e Selim fardados, eles se concentram em procurar apenas homens de farda polonesa.

— *Kurde* — resmunga Halina. — Eu sou ridiculamente baixa. Não consigo ver nada.

— Tentem escutar alguém falando polonês — sugere Nechuma.

Diversos idiomas estão sendo falados na plataforma. Italiano, é claro, e um pouco de russo, francês, húngaro, mas, até o momento, nada de polonês. Os italianos são os mais barulhentos. Eles caminham devagar e falam usando as mãos, gesticulando freneticamente.

— Você está vendo alguma coisa? — grita Halina, tentando superar o barulho da multidão.

Mila balança a cabeça.

— Ainda não.

Ela é a mais alta do grupo. Virando-se, Mila perscruta o mar de desconhecidos ao redor e se detém ocasionalmente na nuca de uma ou outra cabeça até que esta se vire, revelando um rosto que em nada se parece com o do marido ou com o do irmão dela, e então salta com o olhar para o próximo na multidão.

— *Mamusiu* — chama Felicia, apertando a mão de Mila.

— Sim, querida?

— Você está vendo ele?

Mila balança a cabeça e tenta sorrir.

— Ainda não, meu amor. Mas tenho certeza de que ele está por aqui. — Mila se curva e dá um beijo na bochecha de Felicia.

Quando volta a se levantar, seus olhos notam algo na multidão e seu coração dispara. Um perfil. Bonito. Alto, de cabelos escuros, embora com entradas mais profundas do que ela se lembrava... Será que é ele?

— Genek! — grita ela, acenando com um braço acima da cabeça.

Atrás dela, Nechuma suspira. Genek se vira, seus olhos brilham enquanto ele procura entre os rostos na multidão de onde ouviu seu nome, até enfim encontrar o rosto de Mila.

— Onde? Onde você o viu? — grita Halina, pulando várias vezes.

A voz de Genek ecoa por sobre o mar de cabeças, espantosamente audível em meio à algazarra.

— Mila! — O braço dele dispara para o alto, derrubando o chapéu de alguém à sua frente.

Genek desaparece por um instante, buscando o chapéu no chão, para emergir de novo em seguida e avançar na direção dela.

— Fica aí! — grita Genek. — Eu vou até você.

— É ele! É ele! É ele! — As vozes de Halina, Sol e Nechuma ecoam animadas, enquanto eles pulam de alegria.

Ouvir a voz de Genek já é motivo suficiente para comemoração.

Mila deixa a bolsa no chão e pega Felicia no colo. A pequena ainda não recuperou o peso que perdeu no bunker do convento e Mila consegue levantá-la facilmente com um braço. Ela aponta para Genek.

— Está vendo? Bem ali. É o seu tio Genek! Ele é o bonitão, com sorriso largo e covinhas nas bochechas. Acena para ele!

Felicia sorri e acena junto com a mãe.

— E o papai? Está com ele? — A voz de Felicia quase some na cacofonia.

Um pensamento atinge Mila rápido e pesado como um martelo num gongo. E se Selim não estiver aqui? E se alguma coisa tiver acontecido a ele desde a última correspondência? E se ele tiver *partido*? E se ele não tiver tido coragem de vir encontrá-las? *Cadê você, Selim?*

— Eu não vi o seu pai ainda — começa a dizer.

Mas, conforme seu irmão se aproxima, ela nota uma pessoa vindo logo atrás dele. Cabelos escuros, um palmo mais baixo que Genek. Ela não o havia notado ainda.

— Espera. Acho que estou vendo o seu pai! Ele está logo atrás do seu tio.

Felicia estica o pescoço.

— Você diz oi primeiro — pede ela, repentinamente tímida.

Mila concorda e coloca Felicia de novo no chão, segurando a mão dela.

— Está bem.

— Genek... Ele está perto? — pergunta Nechuma. — Selim está com ele?

Mila se vira para a mãe.

— Sim, Selim está com ele. Vem — diz ela, colocando Nechuma gentilmente em sua frente. — Genek já está bem perto. Você deve ser a primeira a falar com ele.

Genek não consegue atravessar um grupo de locais. Mila o vê perder a paciência e se virar de lado para abrir caminho. Alguns homens reclamam em italiano, mas ele não se importa.

Quando Nechuma enfim vê o filho mais velho caminhando em sua direção, as lágrimas acumuladas nos seus olhos escorrem pelo rosto como se uma represa tivesse se rompido. De farda, ele parece ainda mais elegante do que ela se lembrava.

— Genek! — é tudo o que Nechuma consegue dizer quando ele a vê.

Seus olhos estão marejados também. Eles vão em direção um ao outro e se juntam num abraço demorado, tremendo com um misto de gargalhadas, tristeza e alegria pura e despudorada. Nechuma fecha os olhos e sente o calor do filho irradiar através dela, enquanto ele a balança suavemente de um lado para o outro.

— Eu senti tanta saudade, mãe.

Nechuma está emocionada demais para falar. Quando ela finalmente se solta dele, Genek enxuga as lágrimas com as palmas das mãos e sorri para o restante da família. Antes que ele diga qualquer coisa, Halina pula em seus braços.

— Você conseguiu! — exclama ela.

Genek ri.

— Não consigo acreditar de quão longe vocês vieram — responde ele.

— Você não faz ideia.

— E você. — Genek se vira, encantado ao ver a sobrinha. — Na última vez que te vi você era do tamanho de um gatinho!

Felicia enrubesce. Ele se agacha, abraça Felicia e, depois, Mila, que o aperta com força.

— Ah, Genek, é tão bom te ver! — exclama Mila.

Quando Genek finalmente chega até o pai, ele recebe o abraço mais longo e mais apertado de sua vida.

— Senti saudades de você também, pai — diz ele, com um nó na garganta.

Enquanto pai e filho continuam abraçados, Mila desvia a atenção novamente para a multidão. Selim está a um metro dela, segurando o quepe. Eles se encaram por um momento e Mila ergue desajeitadamente a mão, como se fosse acenar, depois puxa Felicia para seu lado.

— Eu não queria interromper — explica Selim, indo até elas.

Mila mal consegue respirar enquanto assimila a imagem do homem diante dela — o cabelo escuro e curto, os óculos redondos, a postura perfeita. Ela esperava que Selim estivesse diferente, mas, na verdade, ele está quase igual ao que sempre foi. Ela abre a boca.

— Eu... Selim, eu...

Porém, depois de tantas semanas refletindo sobre o que dizer neste momento, Mila sente como se as palavras a tivessem abandonado.

— Mila — começa Selim, dando um passo na direção dela.

Quando ele a puxa para junto de si, Mila fecha os olhos. Selim tem cheiro de sabonete. Depois de um breve abraço, ela se afasta e se abaixa, segurando uma das mãos da filha entre as suas.

— Felicia, querida — diz ela suavemente, olhando para a filha e, depois, para Selim. — Esse é o seu pai.

Felicia acompanha o olhar da mãe, pousando os olhos sobre o pai.

Selim pigarreia, olhando para Felicia e dela para Mila. De pé, Mila indica com a cabeça para ele ir em frente. Selim se abaixa para Felicia não ter de olhar para cima para olhar em seus olhos.

— Felicia... — começa ele, depois engole em seco.

Selim respira fundo e, depois, recomeça.

— Felicia, eu trouxe uma coisa para você.

Ele enfia a mão no bolso, pega uma moeda de prata e a entrega a Felicia. Ela a segura na palma da mão, examinando-a.

— Uma jovem família na Pérsia me deu isso — explica Selim —, depois que eu ajudei o bebê deles a nascer. Está vendo o leão aqui?

Ele aponta para a gravação em alto-relevo.

— Ele está carregando uma espada. Aqui está a coroa. E, do outro lado...

Selim vira gentilmente a moeda na palma da mão de Felicia.

— Esse aqui é o símbolo farsi para o número cinco. Mas para mim parece um coração.

Felicia esfrega o polegar no relevo da moeda.

Selim olha novamente para Mila, que sorri.

— Que presente especial — comenta Mila, colocando a mão no ombro de Felicia.

Felicia olha para a mãe e, depois, para o pai.

— Obrigada, papai — diz Felicia.

Por um momento, Selim fica em silêncio, observando a jovenzinha que está diante dele.

— Tudo bem se eu lhe der um abraço, Felicia? — pergunta ele.

Felicia acena positivamente com a cabeça.

Selim envolve gentilmente com os braços o corpinho magro da filha. Felicia vira o rosto, apoiando a bochecha no ombro dele, e Mila tem de morder o lábio para não chorar.

CAPÍTULO 59

Jakob e Bella

Łódź, Polônia ~ outubro de 1945

É um trem alemão. As letras pintadas de forma tosca com tinta branca no alto dos vagões de gado cor de ferrugem indicam KOBLEN, de Koblenz, lugar de onde eles vieram.

Um soldado usando a farda do Exército Nacional caminha ao longo da linha, fechando as portas dos vagões, enquanto alguns últimos passageiros na plataforma recebem ajuda para entrar no trem. Jakob e Bella estão entre esses grupos.

— Pronta? — pergunta Jakob.

Ao lado dele, Bella acena com a cabeça. O filho deles, Victor, de 2 meses, está dormindo nos braços dela.

— Você primeiro.

Alguém colocou um caixote de madeira perto da porta do vagão para funcionar como degrau e facilitar o acesso. Jakob ergue a mala e a coloca a bordo, sentindo o cheiro rançoso de poeira e podridão. Ele sente um arrepio ao pisar no caixote, subir e se sentar na porta, tentando afastar da cabeça a imagem de centenas, milhares ou talvez mais pessoas que certamente embarcaram naquele mesmo vagão com destino a lugares como Treblinka, Chełmno e Auschwitz — nomes considerados hoje sinônimos de morte. Sente um aperto no peito ao pensar que os pais de Bella devem ter viajado num trem exatamente igual a esse.

Da plataforma, Bella olha para ele e sorri, e Jakob se esforça para conter as lágrimas. Ele está impressionado com a força dela. Há dois anos, Bella quase havia perdido a vontade de viver. Ele mal conseguia reconhecê-la. Hoje, ela se parece com a garota pela qual ele se apaixonou. A diferença é que, agora, não são apenas eles dois. Agora eles viraram uma família. Jakob estende os braços.

— Lá vamos nós — sussurra Bella. — Segurou? — pergunta ela, antes de soltar o filho.

— Peguei.

Jakob dá um beijo na bochecha de Victor, e depois o segura com um braço só, encaixando o corpinho dele junto ao cotovelo, enquanto estende a mão livre para Bella. Assim que os três estão a bordo, os outros passageiros do vagão imediatamente se aproximam e os cercam. Há algo em Victor, seu cheiro de leite maltado, sua pele aveludada, que dá forças às esperanças dos sobreviventes atormentados ao seu redor.

Um apito soa.

— *Dwie minuty!* — grita o condutor. — Dois minutos, o trem parte em dois minutos!

O vagão deles está cheio, mas não superlotado. Jakob e Bella conhecem a maioria dos rostos a bordo — vários deles de Łódź, alguns de Radom. A maioria é de judeus. Eles se dirigem a um campo de refugiados em Stuttgart, na Alemanha. Lá, segundo lhes disseram, a Administração das Nações Unidas para Auxílio e Reabilitação, à qual todos se referem pela sigla em inglês UNRRA, e o JDC instalaram um centro para receber os refugiados com hospitalidade e lhes oferecer condições de vida decentes e, pela primeira vez em muitos anos, um grande suprimento de comida. Jakob e Bella esperam que em Stuttgart eles tenham melhores condições para se comunicar com o tio de Bella em Illinois. E, se tudo correr bem, em seu devido tempo, eles terão permissão para emigrar para os Estados Unidos. Para a *América*. A palavra soa como música quando eles a pronunciam — uma canção de liberdade, de oportunidade, de poder recomeçar a vida. *América*. Às vezes, ela soa perfeita demais, como a última nota de um noturno, que paira suspensa no tempo, antes de inevitavelmente se diluir até sumir. Entretanto, repetem para si mesmos, é plausível. Eles esperam que seu apadrinhamento seja aprovado logo e, então, só vão precisar obter três vistos.

Jakob e Bella conversam com frequência sobre a ideia de, se tudo correr bem, criar o filho nos Estados Unidos. Sobre o que vai significar educar o filho numa cultura totalmente diferente da deles, com outro idioma e estilo de vida. Ele sem dúvida estará melhor lá, eles concordam, mesmo sem ter noção do que crescer nos Estados Unidos implica.

Soa um segundo apito e Bella dá um pulo.

— Ah! — grita Jakob. — Eu já ia esquecendo!

Ele passa Victor para os braços de Bella, pega a câmera fotográfica e desce rapidamente do vagão, pisando na plataforma.

Bella balança a cabeça, olhando para ele da porta do vagão.

— Aonde você vai? Estamos prestes a partir!

— Eu quero tirar uma foto — explica Jakob, acenando com a mão. — Aqui, rápido, todo mundo, olhem para cá.

— *Agora?* — questiona Bella, mas não discute e faz gestos para que os outros se juntem a ela na porta e logo estão todos ali. Juntos, eles esticam o pescoço e sorriem.

Através da lente de sua Rolleiflex, Jakob analisa as pessoas que estão posando para ele. Estão usando sobretudos, vestidos de lã até abaixo dos joelhos, camisas feitas sob medida e sapatos de couro fechados. Ele percebe que o grupo tem uma aparência muito melhor do que seria de esperar, levando em conta as circunstâncias. Exaustos, mas orgulhosos. Jakob olha para eles, agora por cima da câmera, e sorri. *Clique.* Ele bate a foto no momento em que as rodas do trem começam a girar.

— Corre, meu amor! — grita Bella, e Jakob pula de volta para dentro do vagão.

O soldado do Exército Nacional passa por eles e puxa a parte de baixo da porta do vagão, fechando-a.

— Aberta? — pergunta ele, apontando para a parte de cima da porta.

— Aberta — concordam rapidamente os passageiros.

— Acomodem-se — recomenda o soldado.

O trem começa a avançar lentamente. Jakob e Bella ficam de pé junto à porta, olhando o mundo passar lá fora. Primeiro devagar, depois mais rápido, à medida que a velocidade do trem aumenta. Jakob se segura na porta de madeira com uma das mãos e envolve Bella com o braço livre. Ela se inclina sobre ele para se equilibrar melhor e se curva para beijar o alto da cabeça de Victor, que olha para ela, sem piscar, prendendo sua atenção.

— Até a próxima, *Polska* — despede-se Jakob, embora ele e Bella saibam muito bem que provavelmente não haverá uma próxima.

O trem ganha mais velocidade e Bella observa a paisagem urbana polonesa, notando as fachadas de pedra do século XVII, os telhados vermelhos, a cúpula dourada da Katedra Świętego Aleksandra Newskiego.

— Adeus — sussurra ela, mas as palavras se perdem, engolidas pelo som ritmado das rodas do trem, que segue sacolejando nos trilhos, acelerando para oeste, em direção à Alemanha.

O campo de refugiados na região oeste de Stuttgart não é exatamente um campo, mas um quarteirão da cidade. Não há cercas ou limites, apenas uma rua de mão dupla chamada Bismarckstrasse no alto de uma colina com fileiras de edifícios de três ou quatro andares de cada lado. O apartamento de Jakob e Bella está totalmente mobiliado, segundo eles souberam, graças ao general Eisenhower, que visitou o campo de concentração de Vaihingen an der Enz, perto dali, logo depois do Dia da Vitória. Chocado e furioso com o que havia ocorrido lá, Eisenhower pediu aos moradores de Stuttgart que fornecessem abrigo aos judeus sobreviventes da guerra. Quando os alemães se recusaram, ele perdeu a paciência e exigiu que aqueles imóveis fossem desocupados.

— Peguem seus bens pessoais, mas deixem os móveis, a porcelana, os talheres e todo o restante — ordenou ele, e acrescentou: — Vocês têm vinte e quatro horas.

Embora a maioria dos judeus que desembarcaram em Stuttgart não tivesse mais praticamente nada — nem lar, nem família nem posses em seus nomes —, o campo lhes dá uma sensação de boas-vindas e renovação. Essa sensação é reforçada pelo fato de Bismarckstrasse ser o lar de alguns sobreviventes de Radom, incluindo do dr. Baum, com quem Bella havia se consultado quando criança por causa de uma amigdalite. Ele agora examina Victor todos os meses. Também ajuda o fato de agora os refugiados poderem, finalmente, honrar as tradições e os feriados judaicos que por tanto tempo foram proibidos de celebrar. No final de novembro, ao receber o convite feito pelos capelães judeus do Exército americano para uma comemoração da primeira noite de Chanucá no Teatro da Ópera de Stuttgart, eles ficaram exultantes. Jakob e Bella, junto de centenas de outros refugiados, deslocaram-se até o centro da cidade de bonde para a celebração preparada especialmente para eles. Ao ir embora, pela primeira vez em muitos e muitos anos, foram tomados por um forte sentimento de pertencimento.

Ninguém no campo falava da guerra. Era como se os refugiados tivessem pressa para esquecer aqueles anos perdidos, para recomeçar tudo de novo. E foi isso que fizeram. Na primavera, os romances brotaram como lírios no campo de refugiados. Todo fim de semana havia casamentos para ir e todos os meses vários bebês nasciam. Havia também um esforço para estruturar um sistema de ensino para os jovens do campo — outro luxo que fora quase totalmente proibido durante a guerra. Apartamentos foram convertidos em salas de aula, onde as crianças tinham aula de tudo, de sionismo a matemática, música, desenho e costura. Havia também aulas para adultos, com formação em manutenção de próteses dentárias, metalurgia, trabalhos em couro, ourivesaria e bordados. Bella deu aulas de confecção de roupas íntimas femininas, espartilhos e chapéus.

Jakob e Bella passaram a maior parte dos seus dias daqueles primeiros meses em Stuttgart pulando entre o escritório da UNRRA, onde um grupo de americanos cuidava do fornecimento de alimentos, roupas e outros suprimentos, e o Consulado Geral dos Estados Unidos, onde verificavam diariamente a tramitação dos seus papéis e os requerimentos para emigração.

— Alguma coisa do meu tio, Fred Tatar? — perguntava Bella sempre que visitava o lugar.

Até agora, eles haviam recebido apenas um telegrama, logo que chegaram ao campo. "Trabalhando no apadrinhamento", escrevera o tio de Bella. Mas, desde então, não tiveram mais nenhuma notícia dele.

Numa tarde quente de sábado, Bella e Victor estão sentados num cobertor na beira de um campo de futebol improvisado, que fica a uma curta caminhada da Bismarckstrasse.

— Está vendo o seu pai ali? — pergunta Bella, inclinando a cabeça para mais perto de Victor e apontando.

Jakob está com as mãos na cintura, perto do gol adversário. Ele olha para os dois e acena. Jakob ajudou a criar a liga de futebol do campo. Era uma boa forma de exercício e servia como uma distração perfeita para o joguinho de espera da liberação da papelada para a emigração. Jakob e seus companheiros de time treinam todos os dias e competem duas vezes por semana, quase sempre contra times de outros campos de refugiados judeus, mas eventualmente também contra equipes locais de Stuttgart. Os jogos contra os alemães são realizados num campo muito melhor que os da liga judaica, mas Jakob está acostumado com isso, desde a época em que jogava contra as ligas polonesas em Radom. Ele também sabe muito bem quão rápido o clima de um jogo pode fechar, e consegue identificar com facilidade os alemães que estão na disputa para se divertir daqueles que ainda carregam um sentimento de ódio e ressentimento em relação aos judeus, assim que entram em campo. Quando enfrenta esses últimos, é geralmente uma questão de minutos até os insultos começarem — *judeus sujos, ladrões, porcos, vocês mereceram*. Os integrantes do time de Jakob já se acostumaram com a hostilidade e, apesar de muitas vezes serem capazes de derrotar esses adversários, durante o intervalo inevitavelmente decidem que é melhor deixar os cretinos vencerem, pois é impossível ignorar do que um bando de alemães enfurecidos é capaz, dentro ou fora de campo.

Soa um apito. A partida acabou. Jakob está com um joelho esfolado e a camisa tem uma mancha marrom, mas ele se sente radiante. Ele troca apertos de mão com o time adversário (uma equipe amistosa — Bella só assiste aos jogos entre times judaicos) e corre para a lateral do campo.

— Olá, raio de sol! — diz ele, dando um beijo suado nos lábios de Bella. Em seguida, pega Victor no colo. — Você viu o gol que eu marquei, garotão? Vamos dar uma volta da vitória?

Ele sai saltitando com Victor nos braços.

— Toma cuidado, querido! — grita Bella. — Ele mal consegue manter a cabeça erguida!

— Ele está bem — grita Jakob por cima do ombro, rindo. — Ele adora isso!

Bella suspira vendo a cabecinha quase careca de Victor balançar enquanto Jakob corre ao redor do campo antes de voltar para onde ela está. Victor está com um sorriso tão largo no rosto que Bella consegue ver todos os quatro dentinhos dele.

— Quando você acha que ele vai ter idade suficiente para chutar uma bola? — pergunta Jakob, depois de completar a volta.

Ele recoloca gentilmente Victor sobre o cobertor, ao lado de Bella.

— Logo, logo, meu amor — responde ela, rindo. — Logo, logo.

CAPÍTULO 60

Addy

Rio de Janeiro, Brasil ~ fevereiro de 1946

Addy caminha pelo mosaico de pedras preto e branco do calçadão da avenida Atlântica, em Copacabana, batendo papo com um dos poucos poloneses com quem manteve contato desde a viagem no *Alsina* — Sebastian, um escritor que veio de Cracóvia. Assim como Addy, Sebastian conseguiu negociar a travessia do estreito de Gibraltar para poder embarcar no *Cabo de Hornos* — "vendendo as abotoaduras de ouro do meu avô, que eu estava usando", contou ele. Sebastian e Addy não se veem com muita frequência no Rio, mas, quando o fazem, aproveitam para conversar em sua língua nativa. Falar no idioma com o qual foram criados é de certa forma reconfortante, como se visitassem um capítulo de suas vidas num tempo e num lugar que, agora, existisse apenas em suas memórias. Seus encontros acabam levando a discussões sobre as coisas triviais da Polônia das quais mais sentem falta. Para Sebastian, o cheiro das papoulas na primavera, a doçura do sabor celestial da geleia de pétalas de rosas recheando um *pączki z różą* folheado, a emoção de viajar para Varsóvia para assistir a uma nova ópera no Teatr Wielki. Para Addy, o prazer de caminhar até o cinema numa noite de verão a fim de assistir ao filme mais recente de Charlie Chaplin, parando no caminho para ouvir as linhas melódicas do Stradivarius de Roman Totenberg flutuando das janelas acima, o gosto irresistível dos biscoitos em forma de estrela de sua mãe mergulhados numa caneca de chocolate quente, doce e espesso, depois de um dia inteiro patinando no gelo do lago do parque Stary Ogród.

É claro que, muito mais que dos *pączki* e de patinar, Addy e Sebastian sentem falta de suas famílias. Durante um tempo, eles falavam muito dos pais e dos irmãos, especulando interminavelmente sobre quem teria ido parar onde. No entanto, com o passar dos meses e dos anos sem ter notícias dos parentes que haviam deixado para trás, conjecturar em voz alta sobre o destino deles se tornara muito doloroso e o assunto família passou a ser mencionado o mínimo possível.

— Alguma notícia de Cracóvia? — pergunta Addy.

Sebastian balança a cabeça negativamente.

— E você, de Radom?

— Nada — responde Addy, pigarreando e tentando não parecer derrotado.

Desde o Dia da Vitória na Europa, como o chamou o presidente dos Estados Unidos, Harry Truman, Addy dobrou os esforços para se comunicar com a Cruz Vermelha, esperando, sonhando, rezando para que, com a guerra finalmente terminada, sua família aparecesse. Entretanto, até o momento, a única informação que teve foi do número impressionante de campos de concentração descobertos em toda a Europa, especialmente na Polônia. Ao que parece, todo dia as forças aliadas tropeçam num novo campo, com outro punhado de sobreviventes quase mortos. Os jornais tinham começado a publicar fotos. As imagens são hediondas. Nelas, os sobreviventes parecem estar mais mortos que vivos. Sua pele parece quase translúcida, suas bochechas e seus olhos, assim como o espaço perto das clavículas, parecem vazios. A maioria está usando pijamas listrados, o uniforme da prisão, pendendo lamentavelmente em escápulas pontudas. Estão sempre descalços, de cabeça raspada. Os que não têm camisa são tão magros que suas costelas e os ossos de seus quadris se projetam para além da largura da cintura. Quando Addy se depara com uma dessas fotos, ele não consegue deixar de olhar, fervilhando de raiva e desespero, aterrorizado com a possibilidade de identificar um rosto familiar.

A possibilidade de sua família ter perecido num campo de Hitler é grande, real demais. Seus irmãos usando aquelas listras. Suas lindas irmãs com as cabeças raspadas. Sua mãe e seu pai abraçados um ao outro, enquanto respiram pela última vez, enchendo os pulmões de gases venenosos. Quando essas imagens se infiltram em sua mente, ele as recusa. No lugar delas, pensa em seus pais e irmãos do jeito que os deixou — Genek pegando um cigarro no estojo de prata, Jakob sorrindo com um braço envolvendo o ombro de Bella, Mila junto ao berço de uma bebê, Halina jogando sua cabeça loira para trás com uma gargalhada, sua mãe com uma caneta na mão, escrevendo uma carta em sua escrivaninha, seu pai junto à janela, observando os pombos, enquanto cantarola um trecho de *Casanova*, de Różycki, a opera a que ele e Addy assistiram juntos em Varsóvia em seu vigésimo aniversário. Ele se recusa a se lembrar deles de outra forma.

Sebastian muda de assunto e eles seguem caminhando, de olhos franzidos diante do reflexo do sol da tarde no mar que quebra na praia de Copacabana.

— Vamos parar e comer alguma? — sugere Addy quando eles se aproximam da pedra do Leme, no extremo norte da praia.

— Vamos, sim. Toda essa conversa sobre *pączki* me deixou com fome.

Na pedra, eles viram à esquerda na rua Anchieta e Addy aponta para o apartamento de Caroline, de frente para a praia do Leme.

— Como Caroline está? — pergunta Sebastian.

— Ela está bem, embora fale cada vez mais em voltar para os Estados Unidos.

— Ela levaria você junto, não é? — pergunta Sebastian, sorrindo.

Addy dá um sorriso tímido.

— Esse é o plano.

Durante o verão, Addy resolveu que não poderia esperar mais para pedir a Caroline que fosse sua esposa. Eles se casaram em julho, com Sebastian e Ginna, amiga de Caroline, ao lado deles como testemunhas. O sorriso de Addy murcha quando ele imagina como Caroline vai se sentir ao voltar para os Estados Unidos sem poder ser recebida pelos pais. Ela contou a ele que seu pai havia falecido antes da guerra. Sua mãe morreu pouco tempo depois de Caroline se mudar para o Brasil. *O que deve ser pior?*, reflete Addy. *Perder os pais sem se despedir, ou perder o contato com os pais sem ter nenhuma indicação de quando ou se irá vê-los novamente?* Enquanto caminha, ele rumina sobre esse dilema. Caroline, pelo menos, tem respostas. Ele, não. E se nunca as tiver? E se tiver de passar o restante de sua vida imaginando o que aconteceu com sua família? Ou, pior, com o que *teria acontecido* se ele tivesse ficado na França e encontrasse um jeito de voltar para a Polônia.

As lembranças de Addy correm até o dia em que tinha visto a mãe pela última vez, na estação de trem de Radom. Foi em 1938. Quase uma década atrás. Ele tinha 25 anos. Visitara os pais para o Rosh Hashaná e, na manhã em que havia partido, ela o acompanhara até a estação. Colocando a mão no bolso, Addy esfrega os dedos no lenço que ela lhe dera naquela visita. E se lembra de como ela o havia abraçado enquanto eles esperavam o trem, de como ela lhe dissera que se cuidasse e beijara suas bochechas. Como o apertara com força quando se despediram e como, depois, enquanto o trem partia, ela ficara acenando para ele com um lenço branco — e acenara e acenara até não passar de um pontinho na plataforma, uma silhueta minúscula, sem querer sair de lá até o trem desaparecer.

— Vamos nos sentar no Porcão? — sugere Sebastian.

Addy pisca os olhos e retorna ao presente, acenando com a cabeça, concordando.

Ainda não são nem cinco da tarde e as mesinhas de plástico espalhadas do lado de fora do bar já estão cheias de brasileiros, que conversam e fumam acompanhados por pratos com porções de bolinho de bacalhau e garrafas de Brahma. Addy olha para uma mesa ocupada por três belos casais. Reunidas numa das extremidades, as mulheres parecem entretidas com uma conversa animada. Elas falam rápido e suas sobrancelhas sobem e descem, acompanhando o ritmo das palavras e dos gracejos. Enquanto isso, do outro lado da mesa, seus acompanhantes de cabelo escuro estão inclinados para trás na cadeira, apreciando a paisagem com a boca entreaberta e segurando um cigarro entre o indicador e o dedo médio. Um dos homens parece tão relaxado e inclinado para trás que Addy se pergunta se ele não corre o risco de adormecer ali a acabar caindo no chão.

Addy e Sebastian se dirigem a um garçom, que indica com os dedos abertos que serão mais cinco minutos de espera por uma mesa do lado de fora. Enquanto esperam, eles conversam sobre os planos para o fim de semana. Sebastian vai partir naquela mesma noite para visitar um amigo em São Paulo. O único plano de Addy é passar o tempo com Caroline. Ele consulta o relógio — são quase cinco horas. Logo ela vai chegar da embaixada. Addy está prestes a perguntar a Sebastian sobre o que ele acha de São Paulo, pois nunca esteve lá, quando sente um tapinha no ombro e se vira. O rapaz atrás dele parece ter uns 20 e poucos anos e tem um ar distinto. Seus olhos verde-claros fazem Addy se lembrar dos da irmã, Halina.

— Me desculpe, senhor — diz o estranho.

Addy olha para Sebastian e sorri.

— Um polaco! Quem diria!

O jovem parece um pouco encabulado.

— Sinto muito por incomodá-lo. Eu não tive como evitar ouvir vocês dois conversando em polonês, e tenho de perguntar...

Ele olha primeiro para Addy, depois para Sebastian.

— Algum de vocês conhece um cavalheiro chamado *Addy Kurc*?

Addy inclina a cabeça para trás e solta um *Rá!* que soa mais como um grito do que como uma risada, assustando as pessoas sentadas às mesas próximas a eles. O jovem baixa os olhos para os próprios pés.

— Eu sei, é improvável — diz ele, balançando a cabeça. — Mas não há tantos poloneses no Rio, e eu estou tendo dificuldades para localizar o sr. Kurc, é isso. Parece que o endereço dele que temos no arquivo é antigo.

Addy se mudou para um novo apartamento na rua Carvalho de Mendonça três semanas atrás. Ele estende a mão para o rapaz.

— Prazer em conhecê-lo.

O jovem se surpreende.

— Você... *Você* é o Addy?

— Em que tipo de encrenca você se meteu? — pergunta Sebastian com um ar canastrão.

— Não sei bem — graceja Addy com um brilho nos olhos cor de avelã. Ele olha para Sebastian, dá uma piscadela e volta a atenção para o jovem polonês que está diante deles. — Você me diz.

— Ah, não há problema algum, senhor — corrige o rapaz, ainda trocando um aperto de mão com Addy. — Eu trabalho no consulado polonês. Nós recebemos um telegrama endereçado ao senhor.

Addy fica abalado quando ouve a palavra "telegrama" e o jovem segura forte sua mão para evitar que ele caia.

— Um telegrama *de quem*?

Subitamente, Addy fica sério. Seus olhos vasculham o rosto do estranho, como se estivesse se esforçando para montar um quebra-cabeça.

O jovem polaco explica que não pode dar nenhuma informação até Addy comparecer à embaixada, que fica meia hora a pé do Leme.

— O escritório fecha daqui a dez minutos — acrescenta ele. — É melhor deixar para ir na...

Porém, antes que ele consiga dizer "segunda-feira", Addy já se foi.

— Obrigado! — grita Addy, olhando para trás por cima do ombro, correndo. — Sebastian, eu fico te devendo uma cerveja!

— Corre! — grita Sebastian, embora Addy já esteja longe demais para ouvi-lo, com o alto de sua cabeça sumindo e reaparecendo em meio aos corpos bronzeados que se movem num ritmo muito mais lento que o dele no calçadão.

Quando Addy chega à embaixada, até a camisa que veste por cima da camiseta de algodão está encharcada de suor. São cinco e dez. A porta do prédio está trancada. Ele bate com os nós dos dedos na madeira até que finalmente alguém atende.

— Por favor! — implora ele, ofegante, quando lhe dizem que a embaixada já está fechada. — Tem um telegrama para mim. É muito importante!

O funcionário da embaixada olha para o relógio.

— Eu sinto muito, mas... — começa ele, porém Addy o interrompe.

— Por favor — gagueja ele. — Eu faço qualquer coisa.

Fica óbvio para ambos que "a embaixada está fechada" não é uma resposta que Addy vá aceitar. O homem na porta finalmente acena com a cabeça, afrouxando a gravata.

— Está bem — cede ele, suspirando e fazendo um gesto para que Addy entre e o siga.

Eles vão até um pequeno escritório com uma placa na porta onde está escrito M. SANTOS.

— O senhor é o Santos? — pergunta Addy.

O homem acena negativamente com a cabeça enquanto Addy entra na sala atrás dele.

— Eu me chamo Roberto. Santos é o encarregado dos telegramas que chegam. Ele guarda os que ainda não foram arquivados aqui.

Roberto dá a volta na mesa.

— Sente-se — pede ele, apontando para uma cadeira.

Ele pega os óculos do bolso da camisa, coloca-os no rosto e olha para uma pilha de uns quinze centímetros de papéis que parecem recém-impressos.

Addy está nervoso demais para se sentar.

— Eu me chamo Addy. Addy Kurc.

— Soletre o seu nome para mim — pede Roberto. — Sobrenome primeiro.

Ele lambe a ponta do polegar e ajeita os óculos no nariz.

Addy soletra seu nome, então começa a andar de um lado para o outro, mordendo a língua. É tudo o que consegue fazer para tentar ficar calado.

— Addy Kurc — lê Roberto, e depois ergue os olhos. — Esse é você?

— Sim! Sim!

Addy pega a carteira.

— Não precisa da identidade — diz Roberto, acenando com a mão. — Eu acredito que você é quem diz ser.

Ele olha para o telegrama e depois o passa para Addy por cima da mesa.

— Parece que chegou tem duas semanas, da Cruz Vermelha.

Addy pega o papel e hesita. Más notícias poderiam vir de um jornal, de uma lista de mortos, mas um telegrama... Ele diz a si mesmo que um telegrama não pode ser má notícia. Então agarra o papel fino com as mãos, segura bem debaixo do nariz e lê:

QUERIDO IRMÃO—FICO MUITO FELIZ POR ENCONTRÁ-LO NA LIS-
TA DA CRUZ VERMELHA—ESTOU COM IRMÃS E PAIS NA ITÁLIA—
JAKOB ESPERA VISTO PARA OS EUA—COM AMOR, GENEK

Addy devora as palavras no papel. Caroline tinha escrito as cartas para os escritórios da Cruz Vermelha ao redor do mundo havia quase dois anos. De alguma forma, uma delas deve ter chegado ao seu irmão. Ele balança a cabeça, pisca os olhos e, de repente, é como se estivesse flutuando num outro universo, fora do próprio corpo. De algum ponto no teto da embaixada, ele olha para a sala, para Roberto, para si mesmo, ainda segurando o telegrama, as letrinhas espalhadas pelo papel. E é só quando escuta o som da própria risada que volta para a terra.

— Me faça um favor, senhor — diz Addy, colocando o telegrama na mesa e o passando de volta para Roberto. — O senhor poderia ler isso para mim? Quero ter certeza de que não estou sonhando.

Enquanto Roberto lê a mensagem em voz alta, as gargalhadas de Addy começam a se acalmar e sua cabeça fica mais leve. Ele se apoia na mesa com uma das mãos e tapa a boca com a outra.

— Você está se sentindo bem? — pergunta Roberto, que, de repente, parece preocupado.

— Eles estão vivos — comenta Addy, suspirando por entre os dedos.

As palavras se assentam em seu coração e ele ergue a cabeça, colocando a palma das mãos nas têmporas.

— Eles estão *vivos*. Eu... Eu posso ver isso de novo?

— É seu — avisa Roberto, devolvendo o telegrama para Addy.

Addy coloca o papel junto ao peito e, por um momento, fecha os olhos. Quando os abre de novo, lágrimas escorrem pelo canto de seus olhos, juntando-se às gotas de suor que escorrem pelo seu rosto.

— Obrigado! — diz ele. — *Obrigado!*

29 DE MARÇO DE 1946: *Um grupo de 250 policiais alemães, armados com fuzis do Exército dos Estados Unidos, entra no campo de refugiados de Stuttgart alegando ter sido autorizado por militares americanos a revistar os prédios. Ocorre uma briga e vários judeus são feridos. Samuel Danziger, de Radom, é assassinado. Sua morte, assim como o ataque, é amplamente noticiada pela imprensa norte-americana. Pouco depois, os Estados Unidos passam a adotar uma política mais liberal para abrir suas portas aos refugiados judeus.*

CAPÍTULO 61

Jakob e Bella

Mar do Norte ~ 13 de maio de 1946

De pé na proa do ss *Marine Perch*, Jakob ergue sua Rolleiflex e ajusta a abertura do diafragma, olhando para a esposa e o filho através da lente. Corre uma brisa constante do mar, salgada e fresca, trazendo com ela um sopro de primavera. Bella embala Victor nos braços e sorri quando o clique da câmera de Jakob corta o ar.

Eles partiram de Bremerhaven naquela manhã, descendo o rio Weser em direção ao mar do Norte. À noite, o *Perch*, como o navio é carinhosamente tratado, apontará sua proa para o oeste e eles vão começar a travessia do Atlântico.

Três semanas atrás, eles receberam do Consulado Geral dos Estados Unidos em Stuttgart a confirmação de que, dependendo do resultado de uma avaliação física — refugiados com problemas sérios de saúde não tinham permissão para entrar nos Estados Unidos —, seus vistos seriam aprovados e eles poderiam retirá-los em Bremerhaven. O dr. Baum fez as avaliações e aprovou Jakob, Bella e Victor sem nenhuma restrição. Eles foram fotografados e receberam certificados de identificação. Duas semanas depois, eles se despediram dos amigos em Stuttgart e embarcaram num trem noturno. Em Bremerhaven, passaram uma semana dormindo no chão, sob a placa da ÁREA DE ESPERA PARA EMIGRAÇÃO, até que o *Marine Perch* chegasse ao porto e eles pudessem embarcar.

O *Perch* é um velho navio para transporte de tropas com capacidade de mil passageiros — um dos primeiros do tipo a levar refugiados da Europa para os Estados Unidos. Um Navio da Liberdade. Como não tinham dinheiro algum, Jakob e Bella contaram com a ajuda do JDC para pagar suas passagens, que juntas custaram 142 dólares, além de receberem 5 dólares em dinheiro, quantia dada a cada um dos refugiados a bordo. Antes de deixar Stuttgart, Jakob e Bella haviam economizado suas cobiçadas rações de café da UNRRA, usando-as como moeda de troca por roupas limpas — uma camisa azul-celeste para Jakob e uma blusa branca com gola *scalloped* para Bella, além de um novo gorro de algodão branco para Victor. Eles queriam estar com a melhor aparência possível quando Fred, o tio de Bella, fosse recebê-los em solo americano.

Uma mocinha se aproxima balbuciando com uma voz doce. Desde que eles subiram a bordo, é difícil que se passe um minuto sem alguém parar para perguntar a idade de Victor, onde ele nasceu ou simplesmente para parabenizar Bella e Jakob pelo jovem viajante que os acompanha em sua jornada aos Estados Unidos.

— *Quel âge a-t-il?* — pergunta a jovem, olhando por cima dos braços de Bella.

— Ele vai fazer 1 ano em agosto — responde Bella, também em francês.

A jovem sorri.

— Qual é o nome dele?

— Victor.

Bela toca a pele macia da bochecha de Victor com a ponta do indicador. Ela e Jakob não demoraram muito para decidir como seu primogênito iria se chamar. *Victor* resumia a euforia que sentiram quando a guerra finalmente acabou e eles se deram conta de que, apesar dos vários desafios aparentemente intransponíveis que haviam enfrentado ao longo do caminho, não só sobreviveram como também conseguiram trazer uma nova vida ao mundo. Jakob e Bella costumavam pensar que algum dia, quando tivesse idade suficiente, Victor entenderia o significado de seu nome.

A jovem acena com a cabeça e inclina o pescoço com os olhos fixos nos lábios cor-de-rosa em formato de coração de Victor, levemente afastados enquanto ele dorme.

— Ele é lindo.

— Obrigada — diz Bella, olhando para Victor também.

— Ele está dormindo tão tranquilo.

Bella faz que sim com a cabeça, sorrindo.

— Sim, parece que ele não tem nenhuma preocupação no mundo.

CAPÍTULO 62

Família Kurc

Rio de Janeiro, Brasil ~ 30 de junho de 1946

— É melhor você se apressar — diz Caroline, sorrindo para Addy da cama na maternidade do Hospital Samaritano. — Vai — acrescenta, caprichando na voz de professora, deixando claro que não aceitará um não como resposta. — A gente vai ficar bem.

Em seu sotaque sulista, a palavra "bem" soa longa, espalhando-se sonoramente pelo ar.

Addy olha para ela e para Kathleen, que dorme ao pé da cama, numa incubadora. Ela nasceu há dois dias, três semanas antes do esperado, prematura, pesando apenas dois quilos. Os médicos garantem que ela está saudável, mas vai precisar do calor e do oxigênio da incubadora por pelo menos mais uma semana antes de poder deixar o hospital. Addy dá um beijo na esposa.

— Caroline — diz ele, de olhos marejados —, obrigado.

Caroline não apenas o ajudou a encontrar sua família por meio da Cruz Vermelha como também usou seus bônus de guerra, a única economia que tinha, para ajudar a pagar as passagens da família dele que vinha da Itália. Addy implorou a ela que não fizesse isso, jurou que encontraria outro jeito de pagar ele mesmo pelas passagens, mas ela insistiu.

Caroline balança a cabeça.

— Por favor, Addy. Eu estou tão feliz por você. Agora vai! — apressa ela, apertando a mão dele. — Antes que você se atrase.

— Eu te amo! — diz ele, radiante, e sai em seguida correndo pela porta.

O navio dos seus pais deve chegar ao Rio às onze. A bordo, com Nechuma e Sol, estão sua irmã Halina, seu cunhado Adam e sua prima Ala, que havia perdido o contato com a família no começo da guerra, mas conseguira sobreviver na clandestinidade, escreveu Nechuma, além de Zigmund, irmão de Herta, uma pessoa que Addy vira apenas uma vez antes da guerra. Genek, Herta e o filho deles, Józef; Mila, Selim e Felicia; e os primos de Addy, Franka e Salek, e sua tia Terza devem chegar ao Rio no próximo navio vindo de Nápoles. *Quinze* parentes. Addy mal consegue acreditar que isso esteja acontecendo. Encontrar a família viva e bem e trazê-la para o Rio para recomeçarem tudo juntos tem sido seu sonho desde que chegou ao Brasil. Ele dizia repetidas vezes a si mesmo que era um cenário plausível, mas havia sempre uma possibilidade real de que não fosse se concretizar, de que seu sonho não passasse disso, de um sonho; um sonho que poderia acabar se transformando num pesadelo que iria assombrá-lo pelo resto da vida.

Então o telegrama chegou, e Addy passou semanas rindo e chorando, repentinamente se sentindo inseguro sobre como seria viver sem o peso da culpa e da preocupação que se entranhou nele e com o qual conviveu por quase uma década. Agora estava mais leve e desimpedido.

— Eu estou *livre* — disse ele certa vez para Caroline, quando ela lhe perguntou como se sentia.

Para ele, essa era a única maneira de descrever aquela sensação. Livre, finalmente, para acreditar de coração que não estava sozinho.

Addy respondeu ao telegrama de Genek imediatamente, implorando a ele que viesse para o Rio. Por enquanto, o governo brasileiro havia aberto novamente as portas do país para os refugiados. A família na Itália logo concordou. Genek escreveu dizendo que eles solicitariam os vistos imediatamente. O processo de obter a papelada e as passagens para a América do Sul poderia demorar, é claro, mas isso daria a Addy tempo para se preparar para a chegada deles.

Assim que a decisão foi tomada, Addy começou a fazer os arranjos para que todos tivessem onde morar: para os pais, um apartamento na avenida Atlântica; para Halina e Adam, um conjugado um pouco adiante na rua Carvalho de Mendonça, a rua onde ele morava; para os primos e a tia Terza, um apartamento de dois quartos na rua Belfort Roxo. Addy mobiliou cada um desses espaços com alguns itens essenciais que ele mesmo construiu — estrados para colchões, uma escrivaninha, dois conjuntos de estantes. Com a ajuda de Caroline, conseguiu reunir pratos, talheres e algumas panelas e frigideiras, além de ter comprado alguns painéis de tecido e telas baratas numa feira em São Cristóvão para enfeitar as paredes. Os apartamentos são simples e nem se comparam ao belo lar deles na rua Warszawska, onde passou a infância e a juventude, mas era o melhor que conseguia fazer.

— Espero que eles não se incomodem em viver por um tempo como universitários — disse Addy, suspirando, pouco antes do nascimento de Kathleen, enquanto dava uma olhada no apartamento que seus pais logo iriam ocupar.

A escrivaninha simples, de madeira compensada, que ele havia construído na semana anterior, de repente lhe parecia cômica comparada com a linda escrivaninha de madeira acetinada da mãe que ele se lembrava da sala de estar em Radom.

— Ah, Addy, eu tenho certeza de que eles vão ficar extremamente agradecidos a você — confortou-o Caroline.

As palmeiras que margeiam a rua Bambina se juntam formando uma faixa verde ao lado de Addy quando ele acelera o Chevrolet que pegou emprestado com Sebastian para a ocasião. Ele balança a cabeça, com a sensação de que uma parte sua estava vivendo numa fantasia ou algo assim. Dois dias atrás, pela primeira vez, ele sentiu a mãozinha de sua primogênita envolvendo seu dedo mínimo. E logo vai sentir o toque da mãe, do seu pai, das irmãs, do irmão e dos primos, da sobrinha que ainda não conhece, de um novo sobrinho. Ele havia imaginado esse reencontro muitas e muitas vezes. Percebe, entretanto, que nada — absolutamente nada no mundo — pode prepará-lo para o que vai ser rever sua família em carne e osso. Sentir o calor de suas bochechas nas dele. Ouvir o som de suas vozes.

Enquanto dirige, a mente de Addy volta para aquela manhã de março de 1939, em Toulouse, quando abriu a carta em que a mãe contava como as coisas tinham começado a mudar em Radom. Ele pensa no período que passou no Exército francês, em como forjou os documentos de desligamento que ainda hoje carrega na carteira de pele de cobra. Ele se vê de braços dados com Eliska a bordo do *Alsina*, barganhando com os comerciantes em Dacar, deixando para trás as barracas do campo de Kasha Tadla, em Casablanca, e embarcando no *Cabo de Hornos*. Ele se recorda de sua jornada através do Atlântico, suas duas semanas na ilha das Flores, seu primeiro emprego no bureau de encadernação no Rio, suas incontáveis visitas à agência dos correios de Copacabana e aos escritórios da Cruz Vermelha. Ele pensa na festa de Jonathan, em como seu coração disparou quando conseguiu tomar coragem para se apresentar a Caroline. Ele pensa no funcionário de olhos verdes do consulado polonês que se apresentou a ele do lado de fora do Porcão, nas palavras impressas no papel fino do telegrama que recebeu — palavras que, de uma só vez, mudaram tudo. Já se vão quase oito anos desde que ele viu sua família pela última vez. Oito anos! Eles têm quase uma década para colocar em dia. Por onde vão começar? Há tanto para saber, e ele tem tanto para contar.

Addy chega ao porto às onze em ponto. Estaciona às pressas e quase arranca o freio de mão do Chevrolet do console. Depois até o prédio de tijolos brancos da alfândega, que está entre ele e a baía de Guanabara. Ele já esteve naquele prédio quatro vezes — duas logo que chegou ao Rio e duas outras vezes no mês passado, para confirmar os detalhes do que exatamente iria acontecer quando sua família chegasse. Explicaram que eles vão ser acompanhados do navio até o posto de controle de passaportes e, depois, para outro escritório, onde terão de responder a uma série de perguntas antes de terem seus vistos confirmados e carimbados. Não será permitido que ele tenha contato com ninguém até todo o procedimento ser concluído.

Agitado demais para esperar dentro do prédio, Addy contorna a alfândega, parando por um instante quando a paisagem da baía surge em seu campo de visão. No porto há dezenas de pequenos barcos de pesca e alguns poucos cargueiros, porém apenas um que poderia ter trazido sua família. A menos de quinhentos metros dali, um navio de transporte de tropas navega em sua direção, lançando fumaça para o céu azul por suas duas grandes chaminés. Ele é enorme. O *Duque de Caxias*. Tem de ser esse!

Conforme o navio se aproxima, Addy consegue enxergar as pequenas silhuetas dos passageiros que formam uma linha na amurada da proa, mas é impossível distinguir uma pessoa da outra. Ele protege os olhos com a mão e espreita o horizonte, caminhando pela doca e se esgueirando entre as dezenas de pessoas que estão reunidas ali para receber o navio. O *Duque* se move com uma lentidão insuportável. Addy marcha inquieto pela beirada do cais, até que, por fim, não consegue mais esperar.

— *Olá!* — grita ele, acenando para um pescador que rema em seu bote. O velho olha para cima. Addy tira uma nota de 5 cruzeiros do bolso. — Você pode me emprestar o seu barco?

Sentado no banco de madeira, Addy alinha a proa do barco às suas costas com o *Duque*, vendo os tijolos brancos do prédio da alfândega ficarem cada vez menores. Ele passa pela boia que marca o limite para barcos pequenos e um capitão que segue na direção contrária assovia para ele e o adverte — *Cuidado, é perigoso!* —, mas Addy rema com ainda mais força, entrando em águas mais profundas, olhando para trás de vez em quando para acompanhar seu progresso.

Quando as pessoas que esperam no cais não passam de pequenos pontinhos no horizonte, Addy baixa os remos e sente sob a camisa seu coração bater como um metrônomo, cento e vinte vezes por minuto. Ofegante, ele passa as pernas sobre o banco e se vira para ficar de frente para o *Duque*. Addy protege novamente os olhos do sol com a mão e se levanta devagar, as pernas abertas para se equilibrar melhor, enquanto vasculha a proa do navio. O que não faria para avistar, mesmo que de relance, um rosto familiar! Mas não tem sorte. Ainda está distante demais para conseguir enxergar qualquer coisa. Ele se senta, se vira novamente sobre o banco e volta a remar para chegar mais perto.

Ele já está a uns trinta metros do *Duque* quando seus tímpanos são despertados por um som que desencadeia uma onda de energia pelo seu corpo. Ele reconhece a voz, aquela que por quase uma década só escutou em seus sonhos.

— Aaaaaaddy!

Ele deixa os remos caírem no fundo do bote, se levanta e se vira tão rápido que quase cai na água antes de conseguir recuperar o equilíbrio. Então a vê, acenando com um lenço branco acima da cabeça, como o fez no dia em que ele a deixou na estação de trem de Radom: sua mãe. E, ao lado dela, seu pai, balançando uma bengala como se estivesse fazendo furos no céu. E, ao lado dele, sua irmã, acenando freneticamente com um braço e segurando um grande embrulho no outro — quem sabe um bebê. Era típico da irmãzinha dele querer fazer uma surpresa com essa novidade. Addy estica o pescoço e olha para a família. Erguendo os braços acima da cabeça num grande v, sente como se pudesse tocá-los caso se esticasse um pouco mais. Ele grita seus nomes para eles e eles gritam em resposta. Addy agora está chorando e eles também estão, até mesmo seu pai.

CAPÍTULO 63

Família Kurc

Rio de Janeiro, Brasil ~ 6 de abril de 1947

Addy e Caroline espremeram dezoito cadeiras, duas cadeirinhas altas para crianças e um berço ao redor de três mesas enfileiradas na sala de estar. A maioria dos móveis é emprestada. O forno passou quase o dia inteiro aceso, produzindo um calor que transformou o pequeno apartamento deles numa espécie de sauna, mas ninguém parece notar isso ou, se nota, não parece se importar. O falatório, o tilintar da porcelana e o cheiro de matzá recém-assada preenchem o ambiente enquanto a família dá os retoques finais para uma refeição pela qual aguarda há muito tempo: o primeiro Pessach que celebram juntos desde antes da guerra. Seis meses atrás, um navio chamado *Campana* havia trazido o restante da família para o Rio. As únicas pessoas que estão faltando são Jakob, Bella e Victor. Jakob escreve com frequência. Ele havia conseguido um emprego nos Estados Unidos como fotógrafo, segundo contou em sua carta mais recente. Normalmente, ele inclui uma ou duas fotos na correspondência, na maioria das vezes de Victor, que vai fazer 2 anos dentro de alguns meses. Em ocasiões especiais, ele costuma enviar um telegrama. Eles receberam um naquele dia, mais cedo:

PENSANDO EM VOCÊS EM ILLINOIS. L'CHAIM. J

Addy resolve que vão ligar para ele do apartamento de um vizinho, depois do jantar.

Sol arruma a mesa e cantarola enquanto estica a toalha de mesa que Nechuma costurou, usando um pequeno rolo de renda que compraram em Nápoles. Ele coloca a Hagadá sobre sua cadeira numa das extremidades da mesa e os livros de orações que conseguiram reunir sobre as outras cadeiras.

Na cozinha, Nechuma e Mila distribuem água salgada em tigelas, descascam ovos e, de tempos em tempos, verificam o forno para evitar que a matzá asse demais. Mila mergulha uma colher de pau numa panela de sopa e sopra o caldo ralo antes de estender a colher para que sua mãe prove.

— Está faltando alguma coisa?

Nechuma seca as mãos no avental e leva a colher à boca. Depois sorri.

— Só o que eu acabei de tomar!

Mila ri. Há anos não ouvia sua mãe fazer essa piada.

Na mesa, Genek serve taças cheias de vinho, olhando de vez em quando para Józef, que acabou de comemorar seu sexto aniversário. Ele está brincando com sua prima Felicia, que vai fazer 9 em novembro. Sentados no chão perto da janela, eles estão entretidos com um jogo de pega-varetas, discutindo em português se Józef esbarrou ou não numa vareta azul no último movimento.

— Você esbarrou, eu vi mexer! — exclama Felicia, irritada.

— Não esbarrei, não — insiste Józef.

Adam também está sentado no chão, ao lado do filho, Ricardo, que tem 1 ano e parece bastante satisfeito em observar a prima Kathleen, de 10 meses, engatinhar em torno dele.

— Ela vai correr antes de você aprender a ficar de pé — brinca Adam, apertando a coxa gordinha do filho.

Ricardo nasceu em 1º de fevereiro no hospital Federico II, em Nápoles. Em setembro, no entanto, alguns meses depois de a família chegar ao Rio, Halina convenientemente *perdeu* sua certidão de nascimento italiana e solicitou uma nova. Quando os oficiais do setor de naturalização brasileiro perguntaram a ela a idade do filho, Halina mentiu e disse que ele tinha nascido em agosto, em solo brasileiro. Halina e Adam concordaram que seria melhor para Ricardo deixar para trás a identidade europeia. Com a família de Adam morta — ele descobriu recentemente que eles foram assassinados em Auschwitz — e com a família de Halina vivendo agora no Brasil e nos Estados Unidos, eles não tinham mais nenhuma ligação com sua terra natal.

Se os oficiais tivessem olhado as grandes bochechas de Ricardo mais de perto, eles certamente teriam deduzido que o bebê era grande demais para ter nascido apenas um mês atrás. Ricardo, no entanto, estava dormindo, escondido debaixo de um monte de cobertas em seu carrinho, e os funcionários não prestaram muita atenção nele. Um mês depois, ele recebeu sua *segunda* certidão de nascimento, brasileira, na qual constava o dia 15 de agosto como data de nascimento. Eles decidiram que o verdadeiro dia do aniversário de Ricardo deveria ser mantido em segredo.

Ao lado de Adam, Caroline se ajoelha no chão para mostrar a Herta como enrolar o segundo filho deles, Michel, com apenas duas semanas de vida, numa manta.

— Foi Nechuma quem me ensinou a fazer isso com Kathleen — diz ela baixinho, ajeitando o tecido macio de musselina sob o corpo de Michel.

Antes da chegada deles, Caroline ficou preocupada com o que a família de Addy poderia pensar dela, a americana que seu filho convidou para compartilhar a vida com ele, que não sabia nada do sofrimento e das dificuldades pelos quais eles passaram. Addy lhe assegurou, muitas e muitas vezes, que iriam adorá-la.

— Eles já adoram — disse ele. — É por sua causa que eles estão aqui, lembra?

Herta assente, agradecida, e Caroline sorri, feliz por, a despeito da barreira da língua, conseguir ser útil.

— O truque é manter os braços dele para baixo — acrescenta ela, demonstrando enquanto explica.

No canto da sala, Addy instalou um toca-discos, um luxo de última hora ao qual se deu pouco antes da chegada da família. Ali, ele e Halina correm com os dedos por uma pequena coleção de discos, discutindo sobre o que colocar para tocar em seguida. Addy sugere Ellington, mas Halina discorda.

— Vamos ouvir alguma coisa daqui do Brasil — sugere ela.

Eles chegam a um consenso com um disco do jovem compositor e violinista brasileiro Cláudio Santoro. Addy regula o volume do aparelho enquanto a primeira música começa a tocar, um solo de piano com uma melodia jazzística moderna. Depois observa, sorridente, do outro lado da sala, seu pai puxar sua mãe, passar o braço pela cintura dela e, de olhos fechados, balançar com ela ao ritmo da música.

Pouco antes das seis o jantar está pronto. Lá fora, o céu começou a escurecer. É final de outono no Rio e os dias são mais curtos, as noites, frescas. Addy abaixa o volume do toca-discos antes de levantar a agulha. A sala fica silenciosa e os outros se dirigem aos seus lugares ao redor da mesa. Caroline e Halina instalam Ricardo e Kathleen nas cadeirinhas e prendem guardanapos de algodão na gola de suas roupinhas. Em frente a elas, Genek bate com a palma da mão no assento da cadeira ao seu lado, depois ergue Józef do chão e o ajuda a subir. Seu filho mais velho semicerra os olhos azuis e sorri, fazendo duas covinhas surgirem em seu rosto. Enquanto isso, Herta coloca cuidadosamente o irmãozinho de Józef, Michel, no antigo berço de Kathleen.

No lado oposto da mesa, Mila e Selim se sentam com Felicia entre eles.

— Você está linda — sussurra Selim para Felicia. — Eu gosto desse laço no seu cabelo — acrescenta.

Felicia leva uma das mãos à fita azul-marinho — um presente de Caroline — que mantém o rabo de cavalo no lugar. Ela dá um sorriso tímido, ainda sem saber direito como reagir a um elogio do pai, mas saboreando suas palavras. Elas têm a capacidade de enchê-la de felicidade.

Terza, Franka, Salek, Ala e Zigmund se sentam nas outras cadeiras.

Quando Sol toma seu lugar na cabeceira da mesa, Nechuma passa uma caixa de fósforos para Caroline. Normalmente, Nechuma se encarregaria de acender as velas — é uma tradição do Pessach que a mulher mais velha da casa o faça —, mas Nechuma insistiu.

— É a sua casa — disse ela, quando Addy perguntou se a mãe gostaria de fazer as honras. — Posso dizer a bênção, mas eu ficaria muito feliz se Caroline acendesse as velas.

A princípio, Caroline hesitou em aceitar a responsabilidade. Este não era apenas seu primeiro Pessach mas era a primeira festividade que passava com sua nova família — ela faria qualquer coisa para ajudar, mas preferia fazê-lo com discrição.

— Essa festa não é minha — insistiu ela.

Addy a convenceu dizendo o quanto aquilo significaria para ele — e para sua mãe.

Caroline risca um fósforo e leva a chama aos dois pavios. Ao lado dela, Nechuma recita a oração de abertura da cerimônia. Quando a oração termina, as mulheres retomam seus assentos, Caroline ao lado de Addy e Nechuma na cabeceira da mesa, do lado oposto ao do marido. As atenções então se voltam para ele.

Sol olha ao redor, com os olhos brilhando à luz das velas, cumprimentando em silêncio todos à mesa. Por fim, repousa o olhar em Nechuma. Ela respira fundo, endireita os ombros e faz um leve aceno com a cabeça, sinalizando a ele que comece. Sol retribui o gesto. Nechuma vê que o marido respira fundo e imagina por um momento que ele pode começar a chorar. E, com um nó na garganta, pensa que, se ele o fizer, ela certamente choraria também. Porém, depois de um momento, Sol sorri. Abrindo sua Hagadá, ele então ergue a taça:

— *Baruch, atah Adonai eloheinu...* — entoa ele com sua voz de barítono, deixando todos os adultos na pequena sala arrepiados.

A bênção de Sol é breve:

— Bendito sois Vós, Senhor nosso Deus, mestre do universo; que nos manteve vivos e nos sustentou; e nos trouxe a este momento especial.

As palavras ecoam suavemente no ar úmido enquanto a família assimila, na profundidade da voz de Sol, o significado de sua oração. *Nos manteve vivos, nos sustentou, nos trouxe a este momento especial.*

— Hoje — prossegue Sol — nós celebramos o Festival das Matzot, o tempo da nossa libertação. Amém.

— Amém — repetem os demais com as taças erguidas.

Sol recita a bênção de *karpas* e a família mergulha ramos de salsinha nas pequenas tigelas de água salgada.

Na outra extremidade da mesa, Nechuma observa os lindos rostos compenetrados de seus filhos, genros, noras, cinco netos e seus primos, deixando depois seus olhos descansarem por um momento sobre a cadeira deixada vazia para Jakob. Ela olha para seu relógio, um presente que recebeu de Addy. ("Por todos os aniversários que eu perdi", explicou ele) Longe, em Illinois, Jakob sem dúvida estava agora sentado à mesa de seu próprio jantar do Pessach, celebrando naquele mesmo momento com a família de Bella.

Quando Nechuma volta a erguer a cabeça, seus olhos se enchem de lágrimas, embaçando a imagem dos rostos ao redor. Seus filhos. Todos eles vivos, saudáveis, prosperando em suas vidas. Ela passou tantos anos temendo o pior, imaginando o inimaginável, sentindo como se o pavor cavasse um buraco em seu coração. É surreal pensar nisso agora, se lembrar de todos os lugares por onde passaram, o caos, a morte e a destruição que andaram no encalço deles, sempre colados a cada um dos seus passos. As decisões tomadas e os planos orquestrados sem que ela soubesse se conseguiria sobreviver para voltar a ver sua família, ou se eles iriam viver para revê-la. Eles fizeram o que podiam, esperaram, rezaram. Mas agora — agora não é preciso mais esperar. Eles estão aqui. A família dela. Finalmente, milagrosamente, completa. Lágrimas escorrem pelo rosto de Nechuma enquanto ela agradece em silêncio.

No momento seguinte ela sente o calor de uma mão em seu cotovelo. A mão de Addy. Nechuma sorri e sinaliza para ele, com um aceno de cabeça, que está bem. Ele sorri, com os olhos também marejados, e passa um lenço para ela. Depois de secar as lágrimas, ela estende o lenço sobre a perna, passando os dedos nas letras bordadas em branco, AAIK, lembrando-se do cuidado que teve quando fez aquele bordado e do dia em que deu o lenço para Addy.

Do lado oposto da mesa, Sol segue com a liturgia partindo um pedaço de matzá, que separa para o *afikoman*. Mila cochicha alguma coisa no ouvido de Felicia. Halina embala Ricardo no joelho, e, para mantê-lo entretido, mergulha a ponta de um dedo na tigela com água salgada colocada ao lado de seu prato e o coloca nos lábios dele, para que prove o gosto. Genek passa um braço em torno de Józef e outro em torno de Herta, apoiando as mãos nos ombros deles. Herta sorri e os dois olham para Michel, que dorme tranquilamente no berço.

Herta soube que estava grávida pouco depois de descobrir que seus pais, sua irmã Lola, seu cunhado e sua sobrinha — todos à exceção de seu irmão Zigmund — foram assassinados num campo de concentração perto de Bielsko. A notícia a deixou arrasada, e ela se perguntava como poderia suportar o fato de que era tia de uma garotinha que jamais conheceria, sabendo que tudo o que Józef saberia dos avós maternos seria seus nomes. Durante meses, ficou cega de tristeza, raiva e remorso, passando noites em claro e se questionando se poderia ter feito algo para ajudá-los. Sua gravidez a ajudou a voltar a olhar para a frente, a lançar mão da resiliência que fez com que ela conseguisse atravessar os anos de exílio na Sibéria, que lhe deu forças para ser uma mãe recente sozinha na Palestina, aguardando notícias do *front*. E, quando o segundo filho deles nasceu, em março, ela e Genek logo concordaram que ele se chamaria Michel, em homenagem ao pai dela.

Um prato de matzá é passado de mão em mão ao redor da mesa e Felicia se agita em sua cadeira. Ela é a pessoa mais nova na sala capaz de ler e seu avô lhe pediu que recitasse as Quatro Perguntas. Eles ensaiaram juntos, todos os dias, durante semanas, com Felicia fazendo as perguntas e Sol recitando as respostas de forma cantada.

— Está pronta? — pergunta Sol carinhosamente.

Felicia acena com a cabeça, respira fundo e começa:

— *Mah nishtanah halailah hazeh...* — canta ela. Sua voz é suave e pura como mel, enchendo a sala de encantamento e deixando todos arrebatados.

No final do *maggid*, Sol recita uma bênção sobre uma segunda taça de vinho e, em seguida, sobre a matzá, da qual ele parte um pedaço e come. Tigelas com raiz-forte e *charosset* são passadas para as bênçãos do *maror* e do *korekh*.

Quando enfim chega a hora do banquete, todos começam a conversar e pratos de caldo com bolinhas de matzá são distribuídos e travessas com *gefilte fish*, frango assado com tomilho e peito de boi temperado passam de mão em mão entre eles.

— *L'chaim!* — brinda Addy, enquanto os pratos são servidos.

— *L'chaim!* — repetem os demais.

De barriga cheia, a família retira os pratos da mesa e Sol se levanta da cadeira. Ele passou semanas pensando no lugar perfeito para esconder o *afikoman*, e, como este seria o primeiro Pessach comemorado de acordo com a tradição de que Józef e Felicia iriam se lembrar, mais cedo naquele mesmo dia ele explicou aos dois o significado do ritual. Ele esconde a matzá atrás de uma fileira de livros numa prateleira baixa do quarto de Addy e Caroline, de modo que não seja muito difícil para Józef encontrá-la nem fácil demais para Felicia. Quando ele volta para a sala, as crianças saem em disparada pelo pequeno corredor e os adultos riem com o som dos seus passinhos ligeiros. Sol está radiante e Nechuma meneia a cabeça. Finalmente o desejo dele foi atendido — voltar a celebrar o Pessach com crianças com idade suficiente para se divertir com a caçada. Ela já consegue imaginar como vai ser o planejamento dele no ano que vem, quando Ricardo e Kathleen terão crescido o suficiente para participar da brincadeira.

Felicia volta alguns minutos depois, carregando o guardanapo.

— Isso foi muito fácil! — exclama Sol, quando ela mostra a matzá para ele. — Venham aqui — chama, gesticulando para que Felicia e Józef se juntem a ele na cabeceira da mesa.

Com um neto de cada lado, Sol os envolve nos braços.

— Agora me diga, *mademoiselle* Kajler — começa ele, num tom repentinamente sério, forçando a voz para que fique mais grave. — Quanto você está pedindo por esse *afikoman*?

Felicia não sabe o que dizer.

— Que tal 1 cruzeiro? — propõe Sol, catando uma moeda do bolso e a colocando sobre a mesa.

Felicia arregala os olhos, então olha para o avô e faz menção de pegar a moeda.

— Só isso? — provoca Sol, antes que ela pegue a moeda.

Felicia fica confusa. Ela olha para o avô, com os dedos ainda pairando acima da moeda.

— Você não acha que merece mais? — pergunta Sol, piscando um olho para os outros.

Felicia nunca negociou antes. Esta é a primeira aula. Ela faz uma pausa, e depois afasta a mão da mesa, sorrindo.

— *Mais!* Vale mais! — argumenta ela, e depois fica ruborizada quando a mesa explode em gargalhadas.

— Bem, se você insiste... — suspira Sol, colocando uma segunda moeda de 1 cruzeiro sobre a mesa.

Felicia volta a, por instinto, fazer um movimento para pegar as moedas, mas se detém e, dessa vez, encara Sol. Ela apoia a mão de lado e balança a cabeça negativamente, orgulhosa por resistir.

— Você é uma negociante durona — comenta Sol, inflando as bochechas e bufando ruidosamente, enquanto enfia a mão no bolso mais uma vez. — O que você acha, meu jovem? Devemos oferecer um pouco mais para ela? — pergunta ele, voltando-se para Józef, que acompanha tudo assustado, em silêncio.

— Sim, *dziadek*, sim! — exclama ele, acenando entusiasmado.

Quando o bolso de Sol fica vazio, ele ergue as mãos se rendendo.

— Você levou tudo o que eu tinha! — afirma ele. — Mas, mocinha — acrescenta, colocando a mão na cabeça ruiva de Felicia —, você mereceu. Felicia sorri e dá um beijo na bochecha de seu *dziadek*.

— E o senhor — diz Sol, virando-se para Józef. — Você também trabalhou duro, tenho certeza disso. No próximo ano, será você quem vai achar o *afikoman*!

Ele pega uma última moeda no bolso da camisa e a coloca na mão de Józef.

— Agora vão, vocês dois, para suas cadeiras. Estamos quase terminando o nosso Pessach.

As crianças voltam para seus lugares na mesa, Józef radiante, Felicia segurando firme suas moedas numa das mãos, depois entreabrindo os dedos para mostrá-las ao pai dela. Selim faz uma expressão de espanto, arregalando os olhos.

As taças são abastecidas com vinho pela terceira e, depois, pela quarta vez, enquanto Sol recita a oração para o profeta Elias, para quem eles haviam deixado a porta do apartamento aberta. Juntos, eles cantam:

— *Eliyahu Ha-Navi*.

E Addy, Genek, Mila e Halina se revezam recitando salmos.

Em seguida, Sol coloca sua taça vazia sobre a mesa, olha mais uma vez para todos ao redor e, com a voz grave de orgulho e solta pelo vinho, diz, sorrindo:

— Nosso Seder está completo!

Então, sem hesitar, ele começa a cantar o *Adir Hu*, sendo acompanhado pelos demais, com as vozes ficando mais altas e mais enfáticas a cada refrão.

Yivneh veito b'karov,
Bim'heirah, bim'heirah, b'yameinu b'karov.
Ei-l b'neih! Ei-l b'neih!
B'neih veit'kha b'karov!

Que Ele possa logo reconstruir Sua casa.
Rapidamente, rapidamente, em nossos dias, em breve
Deus, reconstrua! Deus, reconstrua!
Reconstrua sua casa em breve!

— Está na hora, finalmente? — cantarola Halina. — Vamos dançar?

Com a deixa, os irmãos pulam de suas cadeiras, as mesas são empurradas para o canto e as pequenas janelas são completamente abertas. Lá fora, já é noite escura.

Addy coloca a cabeça para fora da janela para respirar o ar da noite. No alto, uma lua cheia lança sua luz prateada no céu aveludado e ilumina os paralelepípedos da rua abaixo. Addy olha para a lua com os olhos semicerrados, sorri e se vira para a sala.

— Mila primeiro — comanda.

— Eu estou fora de forma — diz Mila, sentando-se na banqueta do piano. — Mas vou fazer o que puder.

Ela toca a *Mazurka em si maior* de Chopin, uma peça popular e animada, com uma energia tão tipicamente polonesa, que, quando as primeiras notas soam, os corações da família Kurc se enchem de lembranças de casa. A despeito dos muitos anos longe do teclado, a interpretação de Mila é impecável. Halina toca em seguida e então, finalmente, é a vez de Addy. Ele leva a família ao delírio com uma releitura livre de "Strike Up the Band", de Gershwin. Na rua, os passantes esticam o pescoço sorrindo ao ouvir as gargalhadas e as melodias que saem das janelas dos Kurc, quatro andares acima.

Já passa da meia-noite. Eles estão esparramados pela sala de estar, largados nas cadeiras, estendidos no chão. As crianças já foram dormir. A melodia de "Shine", de Louis Armstrong vem do toca-discos.

Addy acomodado no sofá, ao lado de Caroline. Ela está com a cabeça encostada numa almofada, apoiando a nuca, e de olhos fechados.

— Você é uma santa — sussurra Addy, entrelaçando seus dedos nos dela.

Ainda de olhos fechados, Caroline sorri. Ela não apenas fez os arranjos para que ligassem para os Estados Unidos, com toda a família amontoada na sala de estar do vizinho para poderem se cumprimentar como também provou ser uma anfitriã cortês e paciente, servindo com calma e tranquilidade os agitados poliglotas que invadiram seu pequeno apartamento. Ao longo da noite, três idiomas diferentes devem ter sido usados nas conversas — polonês, português e iídiche — e ninguém falou em inglês. Entretanto, se Caroline ficou em algum momento incomodada, jamais deixou transparecer.

Caroline abre os olhos e vira o rosto para encontrar o olhar de Addy. Sua voz é suave, sincera.

— Você tem uma família linda.

Addy aperta a mão dela e inclina o pescoço para trás para descansar a cabeça na almofada do sofá, tamborilando levemente no ritmo da música.

Just because I always wear a smile
Like to dress up in the latest style
'Cause I'm glad I'm livin'
I take these troubles all with a smile

Addy murmura a canção, desejando que aquela noite não termine nunca.

Nota da autora

Durante minha infância, meu avô Eddy (o Addy Kurc da minha história) era, até onde eu sabia, totalmente americano. E um empresário bem-sucedido. Seu inglês, aos meus ouvidos, era perfeito. Ele morava numa casa grande e moderna, um pouco adiante na mesma rua onde morávamos, com grandes janelas panorâmicas, uma varanda aconchegante e perfeita para se divertir e um Ford na entrada da garagem. Não dei muita importância ao fato de que as únicas cantigas infantis que ele me ensinou eram em francês, que ketchup (*un produit chimique*, como ele o chamava) fosse estritamente proibido em sua despensa ou que ele mesmo havia feito metade das coisas em sua própria casa (a engenhoca na qual pendurava o sabonete com um ímã sobre a pia do banheiro, para mantê-lo seco; os bustos em cerâmica de seus filhos na escada; a sauna revestida de cedro no porão; as cortinas da sala, tecidas num tear que ele construíra à mão). Eu achava curioso quando ele dizia coisas como *Não salte de paraquedas em suas ervilhas* na mesa de jantar (o que aquilo queria dizer?). E achava um pouco irritante quando ele fingia não me ouvir quando eu respondia a uma de suas perguntas com um *tá* ou *hum-hum*. *Sim* era a única resposta afirmativa que atendia aos seus padrões gramaticais. Olhando em retrospecto, suponho que outras pessoas tenham rotulado esses hábitos como incomuns. Mas eu, uma filha única com um único avô vivo, não conhecia nada diferente. Assim como era surda ao leve sotaque que, hoje, minha mãe me conta que ele tinha, eu era cega para suas peculiaridades. Eu amava meu vovô; ele simplesmente era assim e pronto.

É claro que havia coisas sobre meu avô que me impressionavam muito. Para começar, sua música. Eu jamais conheci uma pessoa tão dedicada à sua arte. Suas prateleiras eram lotadas de discos de 33 rotações, organizados em ordem alfabética pelo nome dos compositores e com livros de partituras de repertório para piano. Sempre havia música tocando em sua casa — jazz, blues, música clássica, às vezes um disco com músicas feitas por ele. Era comum chegar e encontrá-lo ao teclado do Steinway com um lápis preto número 2 enfiado atrás da orelha, enquanto esboçava melodias para uma nova composição. Ele tocava, ajustava, tocava e ensaiava até ficar satisfeito com o resultado. De vez em quando, ele pedia que eu me sentasse ao seu lado na banqueta do piano enquanto tocava. Meu coração disparava enquanto olhava para ele e esperava por um aceno sutil, que significava que eu deveria virar a página da partitura. "*Merci*, Georgie", ele costumava dizer quando chegávamos ao fim da música, e eu sorria para ele, orgulhosa por ter ajudado. Na maioria das vezes, quando meu avô terminava o próprio trabalho, ele me perguntava se eu queria ter uma aula. Eu sempre dizia que sim — não por compartilhar com ele de sua afinidade com o piano (nunca fui muito boa nisso), mas porque sabia o quanto ele ficava feliz por me ensinar. Ele pegava um livro para principiantes na estante e eu pousava meus dedos timidamente sobre as teclas, sentindo o calor de sua coxa encostada na minha. Eu me esforçava muito para não cometer erros, enquanto ele me guiava pacientemente por alguns compassos do tema para a *Sinfonia surpresa*, de Haydn. Eu queria muito impressioná-lo.

Além da destreza musical do meu avô, eu ficava deslumbrada com sua capacidade de falar sete idiomas. Atribuí sua fluência ao fato de ele ter escritórios ao redor do mundo e família no Brasil e na França, ainda que o único parente de sua geração que eu conhecesse fosse Halina, uma irmã de quem ele era particularmente próximo. Ela nos visitou algumas vezes, vinda de São Paulo. E, de vez em quando, um primo da minha idade vinha de Paris para passar algumas semanas conosco e aprender inglês durante o verão. Ao que parecia, todos de sua família tinham de falar, pelo menos, dois idiomas.

O que eu *não* sabia sobre meu avô na minha infância era que ele havia nascido na Polônia, numa cidade que, um dia, fora o lar de mais de trinta mil judeus; que seu nome de nascimento não era realmente Eddy (como ele mais tarde passou a se chamar), mas Adolf, embora durante a infância e juventude todos o chamassem de Addy. Eu não fazia ideia de que ele era o irmão do meio de cinco crianças, ou de que ele tinha passado quase uma década de sua vida sem saber se sua família havia sobrevivido à guerra, ou se havia morrido em campos de concentração, ou se estava entre os milhares que foram executados nos guetos da Polônia.

Meu avô não escondeu esses fatos de mim intencionalmente. Eles faziam parte de uma vida anterior que ele simplesmente havia escolhido deixar para trás. Nos Estados Unidos, ele se reinventou, dedicando a energia e a criatividade inteiramente ao presente e ao futuro. Ele não era alguém que vivesse no passado, e eu nunca pensei em lhe perguntar sobre isso.

Meu avô morreu de mal de Parkinson em 1993, quando eu tinha 14 anos. Um ano depois, um professor de inglês do ensino médio incumbiu nossa turma de um projeto de pesquisa. A ideia era que aprendêssemos a pesquisar procurando conhecer a história dos nossos ancestrais. Com a memória que tinha do meu avô tão fresca, resolvi fazer uma entrevista com minha avó, Caroline, sua esposa por quase cinquenta anos, e assim saber um pouco mais de sua história.

Foi durante essa entrevista que soube de Radom. Naquela época, eu não tinha noção de quanto esse lugar era importante para meu avô, ou de quão importante ele se tornaria para mim — tanto que, vinte anos depois, eu seria atraída a visitar a cidade, a andar pelas ruas de paralelepípedos, imaginando como teria sido crescer ali. Minha avó apontou para Radom num mapa, e eu me perguntei em voz alta se, depois da guerra, meu avô tinha chegado a visitar a sua cidade natal. *Não*, disse minha avó. *Eddy nunca teve nenhum interesse em voltar lá*. Então ela explicou que Eddy tivera a sorte de estar morando na França quando os nazistas invadiram a Polônia, em 1939, e que ele havia sido o único membro da família a conseguir escapar da Europa no começo da guerra. Ela me contou que ele fora noivo de uma mulher tcheca, que conhecera a bordo de um navio chamado *Alsina*; que ela o vira pela primeira vez no Rio de Janeiro, numa festa em Ipanema; que a primeira filha deles, Kathleen, nascera no Rio, apenas alguns dias antes de ele reencontrar sua família — os pais e os irmãos, tias, tios e primos de quem ele passa quase uma década sem notícias. De algum modo, todos eles sobreviveram a uma guerra que exterminara mais de noventa por cento dos judeus poloneses e (descobri mais tarde) da qual haviam sobrevivido apenas trezentos dos trinta mil judeus de Radom.

Minha avó explicou que, depois que a família se instalou no Brasil, ela e meu avô se mudaram para os Estados Unidos, onde minha mãe, Isabelle, e meu tio, Tim, nasceram. Não levou muito tempo para meu avô mudar de nome, passando de Adolf Kurc (que se pronuncia "Kurtz" em polonês) para Eddy Courts nem para prestar o juramento a fim de obter a cidadania americana. Minha vó disse que foi um novo capítulo para ele. Quando perguntei se ele mantinha algum dos costumes do Velho Mundo, ela respondeu que não. *Ele falava pouco de sua educação judaica e ninguém sequer sabia que ele havia nascido na Polônia — mas havia alguns detalhes no seu jeito de fazer as coisas que eram peculiares.* Como o piano fizera parte de sua própria educação, meu avô insistiu para que seus filhos estudassem e praticassem algum instrumento musical todos os dias. A conversa à mesa de jantar tinha de ser em francês. Ele já fazia café espresso em casa muito antes de a maioria dos seus vizinhos sequer ter ouvido falar disso e adorava pechinchar com os vendedores da feira livre na praça Haymarket, em Boston (de onde costumava voltar com uma língua de boi enrolada num papel, insistindo em dizer que se tratava de uma iguaria). O único tipo de doce que permitia em casa era chocolate amargo, trazido de suas viagens à Suíça.

A entrevista que fiz com minha avó me deixou atordoada. Era como se um véu tivesse sido retirado e eu pudesse pela primeira vez enxergar meu avô com clareza. Muitas daquelas esquisitices, daquele jeito dele que eu considerava peculiar, podiam ser atribuídos às suas raízes europeias. A entrevista suscitou também uma série de perguntas. *O que aconteceu com os pais dele? E com os irmãos? Como eles conseguiram sobreviver à guerra?* Eu insisti com minha avó para que me fornecesse mais detalhes, mas ela só era capaz de me contar alguns fatos esparsos sobre aqueles parentes. *Eu só conheci a família dele depois da guerra*, disse ela. *Eles raramente falavam do que tinham passado*, respondeu ela. Em casa, pedi a minha mãe que me contasse tudo o que sabia. *O vovô alguma vez conversou com você sobre como foi a infância dele em Radom? Ele falou com você da guerra?* A resposta era sempre não.

Então, no verão de 2000, algumas semanas depois da minha formatura na faculdade, minha mãe se ofereceu para ser anfitriã de um encontro da família Kurc na nossa casa, em Martha's Vineyard. Os primos dela concordaram, pois se viam pouco e os filhos deles nunca haviam se encontrado uns com os outros. Era mesmo hora de fazer uma reunião. Assim que a ideia foi lançada, os primos (são dez ao todo) começaram os preparativos de suas viagens e, quando julho chegou, a família pousou, vindo de Miami, Oakland, Seattle, Chicago e de lugares tão distantes quanto Rio de Janeiro, Paris e Tel Aviv. Com crianças e cônjuges incluídos, somamos trinta e dois no total.

Todas as noites da nossa reunião, após o jantar, serviam para a geração da minha mãe, junto com minha avó, se reunir na varanda dos fundos para conversar. Na maioria das noites, eu ficava com meus primos, nos largávamos nos sofás da sala de estar e ficávamos comparando nossos hobbies, gosto para música e para filmes. (Como era possível que meus primos brasileiros e franceses conhecessem mais da cultura pop norte-americana que eu?) Na última noite, porém, permaneci lá fora, me acomodei num banco de jardim ao lado da minha tia Kath e fiquei escutando.

A conversa entre os primos da minha mãe fluía fácil, apesar de terem sido criados de formas diferentes e do fato de muitos ali não se verem havia décadas. Houve gargalhadas, uma canção — uma cantiga de ninar polonesa que Ricardo e sua irmã mais nova, Anna, relembraram da infância e que fora, segundo disseram, ensinada pelos seus avós —, uma piada, mais gargalhadas e um brinde à minha avó, a única representante ali da geração do meu avô. Os idiomas se alternavam constantemente entre inglês, francês e português, tornando difícil para mim acompanhar a conversa. Entretanto, mesmo assim, não desisti. E, quando o papo convergiu para meu avô e para a guerra, eu me inclinei para dentro da roda.

Os olhos da minha avó brilharam quando ela rememorou seu primeiro encontro com meu avô no Rio. *Eu levei anos para aprender português. Eddy aprendeu inglês em semanas.* Ela falou de como meu avô era obcecado por expressões idiomáticas americanas e como ela não tinha coragem de corrigi-lo quando ele assassinava uma delas durante a conversa. Minha tia Kath balançou a cabeça quando se lembrou do hábito que meu avô tinha de tomar banho usando suas roupas de baixo — um jeito que tinha de tomar banho e lavar as roupas ao mesmo tempo quando estava viajando; *ele fazia qualquer coisa em nome da eficiência,* disse ela. Meu tio Tim se lembrou de como, quando criança, meu avô o deixava envergonhado puxando conversa com estranhos, de garçons a alguém passando na rua. *Ele podia conversar com qualquer um*, disse ele, e os outros riram concordando, e, pelo jeito como seus olhos brilhavam, pude perceber como meu avô era adorado por seus sobrinhos e sobrinhas.

Eu ri junto dos outros, desejando ter conhecido meu avô quando ele ainda era jovem, e me calei quando um primo brasileiro, Józef, começou a contar histórias sobre seu pai — o irmão mais velho do meu avô. Genek e sua esposa, Herta, foram exilados num gulag siberiano durante a guerra. Eu fiquei arrepiada quando Józef contou que tinha nascido num alojamento de madeira durante o auge do inverno, que lá fazia tanto frio que, à noite, suas pálpebras congelavam e, a cada manhã, sua mãe tinha de usar o calor do leite materno para delicadamente forçá-los a se abrir.

Ao ouvir isso, tive de me conter para não gritar: *Ela o quê?* Mas, por mais chocante que esse episódio fosse, outros logo o seguiram, cada um tão espantoso quanto o anterior. Havia a história da travessia a pé que Halina havia feito grávida pelos alpes austríacos; a de um casamento proibido numa casa com as janelas vedadas. Das identidades falsas e de uma tentativa desesperada de disfarçar uma circuncisão; de uma audaciosa fuga de um gueto; de uma fuga angustiante de um campo de extermínio. Meu primeiro pensamento foi: *Por que eu só estou sabendo dessas coisas agora?* Em seguida: *Alguém precisa colocar essas histórias no papel.*

Àquela altura, eu não fazia ideia de que esse alguém poderia ser eu. Eu não fui para a cama pensando que deveria escrever um livro sobre a história de minha família. Eu tinha 21 anos, com um diploma novinho debaixo do braço e estava totalmente focada em conseguir um emprego, um apartamento, o meu lugar no "mundo real". Quase uma década iria se passar antes que eu partisse para a Europa com um gravador digital e um caderno em branco para começar a entrevistar parentes sobre o que a família havia passado durante a guerra. O que me manteve acordada naquela noite foi a agitação que tudo aquilo provocou dentro de mim. Eu estava inspirada, intrigada. Eu tinha um monte de perguntas e ansiava pelas respostas.

Eu não faço ideia de que horas eram quando todos nós finalmente deixamos a varanda e fomos para os nossos quartos — me lembro apenas de que foi Felicia, uma das primas da minha mãe, a última a falar. Notei que ela era um pouco mais fechada que os demais. Enquanto suas primas eram muito sociáveis e desinibidas, ela era séria, reservada. Quando começou a falar, havia tristeza em seus olhos. Naquela noite, fiquei sabendo que Felicia tinha apenas 1 ano quando a guerra começou e quase 7 no final. Sua memória parecia ainda estar bem viva, mas ela se sentia desconfortável em compartilhar suas experiências. Levaria anos até que eu delicadamente descobrisse sua história, mas me lembro de pensar que, quaisquer que fossem as lembranças que tivesse guardado, elas deviam ser dolorosas.

— Nossa família — disse Felicia, com seu forte sotaque francês e com um tom sóbrio na voz —, não era para nós termos sobrevivido. Não tantos de nós, pelo menos.

Ela fez uma pausa, ouvindo o som das folhas dos carvalhos ao lado da casa balançando ao vento. O restante de nós ficou em silêncio. Prendi a respiração, esperando que ela continuasse, que nos desse alguma explicação. Felicia suspirou e levou a mão ao pescoço, a um ponto da pele que tinha algumas marcas. Mais tarde, eu descobriria que ela quase havia morrido durante a guerra depois de contrair escorbuto.

— Em muitos aspectos, é um milagre — disse ela por fim, com o olhar voltado na direção das árvores. — Somos os que tiveram sorte.

Essas palavras permaneceriam martelando na minha mente por muito tempo, me instigando a entender como, exatamente, meus parentes teriam conseguido desafiar todos aqueles horrores. Até que finalmente não consegui mais resistir e comecei a buscar as respostas. *Somos os que tiveram sorte* é a história da sobrevivência da minha família.

Desde então...

Na época em que percorri as ruas de Radom, enquanto escrevia este livro, a cidade natal da família Kurc havia sido reconstruída e se mostrou amistosa e pitoresca; mas, sabendo o que sei agora sobre sua devastadora história durante o Holocausto, não me surpreende que, terminada a guerra, retornar à Polônia nunca tenha sido uma opção para meus parentes. A seguir está uma curta explicação sobre onde os membros da família Kurc decidiram se estabelecer depois de conseguir chegar em segurança às costas do continente americano. (Note que, aqui, usei o verdadeiro nome de Bella, Maryla. Eu o mudei no livro porque achei que Maryla era foneticamente muito parecido com Mila e isso poderia confundir os leitores.)

"Lar" para a família Kurc depois da guerra passou a ser o Brasil, os Estados Unidos e, mais tarde, a França. A família se manteve em contato constante, principalmente por carta, e os parentes visitavam uns aos outros sempre que podiam, muitas vezes para o Pessach.

Mila e Selim permaneceram no Rio de Janeiro, onde Felicia cursou a faculdade de medicina. Depois de formada, ela conheceu um francês e, alguns anos depois, se mudou para Paris a fim de começar uma família. Depois do falecimento de Selim, Mila seguiu sua filha e foi para a França. Hoje, o neto de Mila mora em sua antiga casa no 16º *arrondissement*, a poucas quadras de Felicia e de seu marido, Louis, cujo apartamento elegante tem vista para a Torre Eiffel. Mila manteve contato próximo com a freira que cuidou de Felicia durante a guerra. Em 1985, graças à indicação de Mila, a irmã Zygmunta recebeu homenagem póstuma como justa entre as nações.

Halina e Adam se radicaram em São Paulo, onde a irmã de Ricardo, Anna, nasceu em 1948. Eles dividiram uma casa com Nechuma e Sol. Genek e Herta viveram perto dali com seus dois filhos, Józef e Michel. Para retribuir Herr Den por ter salvado sua vida durante a guerra, Halina enviou regularmente cheques para ele em Viena. Ela e Adam nunca contaram ao seu filho mais velho seu verdadeiro local de nascimento. Ricardo já estava com mais de 40 anos e morava em Miami quando descobriu que havia nascido em solo italiano e não no Brasil, como sua certidão de nascimento indicava.

Nos Estados Unidos, Jakob e Maryla se instalaram em Skokie, Illinois, onde o irmão mais novo de Victor, Gary, nasceu e onde Jakob (Jack para seus amigos e parentes americanos) seguiu sua carreira de fotógrafo. Eles permaneceram próximos a Addy (que mudou seu nome para Eddy) e Caroline, que por sua vez se estabeleceram em 1947 em Massachusetts, onde a irmã de Kathleen, Isabelle (minha mãe), e o irmão delas, Timothy, nasceram. Eddy viajou com frequência para visitar a família em Illinois, no Brasil e na França, e continuou a fazer música. Ele produziu vários discos, tanto populares quanto clássicos, e permaneceu compondo até o fim de sua vida.

Em 2017, os netos de Nechuma e Sol, juntamente com seus cônjuges e filhos, somam mais de uma centena de pessoas. Estamos espalhados entre Brasil, Estados Unidos, França, Suíça e Israel. Nossas reuniões de família são eventos globais. Entre nós há pianistas, violinistas, violoncelistas e flautistas; engenheiros, arquitetos, advogados, médicos e banqueiros; carpinteiros, motociclistas, cineastas e fotógrafos; oficiais navais, organizadores de eventos, *restauranteurs*, DJs, professores, empreendedores e escritores. Quando nos juntamos, nossas reuniões são barulhentas e caóticas. Poucos de nós se parecem entre si, se vestem da mesma forma ou mesmo cresceram falando o mesmo idioma. Mas compartilhamos entre nós um senso de gratidão pelo simples fato de estarmos juntos. Há amor. E sempre há música.

Agradecimentos

Este livro começou como um simples compromisso de registrar a história da minha família, algo que eu precisava fazer para mim mesma, pelos Kurc, pelo meu filho e pelos seus filhos, netos, bisnetos e assim por diante. Eu tinha pouca noção, porém, no que exatamente o projeto implicaria ou com quantas pessoas eu poderia contar para me ajudar ao longo do caminho.

O esqueleto de *Somos os que tiveram sorte* se formou, antes de mais nada, com as histórias contadas para mim pela família. Eu reuni horas (e horas) de depoimentos em gravações digitais e preenchi dezenas de cadernos com nomes, datas e relatos pessoais, graças às histórias que meus parentes tão prontamente compartilharam comigo. Sou especialmente grata à minha falecida avó Caroline, por ter preservado em silêncio as sementes da história do meu avô até o momento certo de passá-las adiante, e a Felicia, Michel, Anna, Ricardo, Victor, Kath e Tim, por me acolherem em suas casas, me levarem para conhecer suas belas cidades e terem respondido tão pacientemente minha infindável enxurrada de perguntas. Obrigada também a Eliska, que abriu para mim uma janela para o que era ser um refugiado naqueles angustiantes primeiros meses de 1940 e cuja descrição do meu avô quando jovem fez seus olhos azuis, mesmo aos 80 anos, brilharem.

Durante anos, eu voei ao redor do mundo para me encontrar com familiares e amigos próximos da família Kurc e com qualquer um que tivesse uma conexão com minha história. Para preencher as lacunas na minha pesquisa, localizei sobreviventes com trajetórias similares e entrei em contato com estudiosos especializados no Holocausto e na Segunda Guerra Mundial. Li livros, assisti a filmes e garimpei em arquivos, bibliotecas, ministérios e órgãos jurídicos, indo atrás de qualquer pista, não importando o quão inverossímil ela parecesse, que me fornecesse detalhes da jornada da minha família. Fui constantemente surpreendida com os registros que podiam ser encontrados, desde que se procurasse o suficiente, e com a boa vontade de pessoas e organizações ao redor do mundo em me oferecer ajuda. Embora haja um número grande demais de fontes que colaboraram comigo para que eu possa mencionar o nome de todas, gostaria de expressar aqui minha gratidão para algumas delas.

Um agradecimento a Jakub Mitek, do centro cultural Resursa Obywatelska, em Radom, que tão generosamente passou um dia me guiando pelas ruas da cidade natal do meu avô e que com seu conhecimento enciclopédico sobre a cidade e sobre sua história acrescentou camadas de profundidade à minha narrativa; a Susan Weinberg, por seu trabalho com a Radom KehilaLinks, e a Dora Zaidenweber, por me contar como era crescer em Radom antes da guerra; a Fábio Koifman, cujo livro sobre o embaixador Souza Dantas e cuja ajuda na localização de registros no Arquivo Nacional do Brasil foram inestimáveis; a Irena Czernichowska, da Hoover Institution, que me ajudou a descobrir (entre outras coisas) o relatório manuscrito de nove páginas do meu tio-avô, Genek, relatando seus anos de exílio e no Exército; a Barbara Kroll, do Ministério da Defesa do Reino Unido, que me enviou pilhas de registros militares e me ajudou a resgatar medalhas de honra não reclamadas para parentes que lutaram pelos Aliados; a Jan Radke, da Cruz Vermelha Internacional, que me passou dezenas de documentos relevantes; aos bibliotecários e arquivistas do U.S. Holocaust Memorial Museum, que responderam às minhas muitas perguntas; à USC Shoah Foundation, por gravar entrevistas com milhares de sobreviventes do Holocausto (essas narrativas em vídeo, para mim, são como ouro); aos membros do grupo Kresy-Siberia do Yahoo, que compartilharam seus relatos em primeira mão e me indicaram os caminhos adequados para a compreensão da

Segunda Guerra Mundial de Stalin; à Seattle Polish Home Association, por meio da qual eu me conectei com um punhado de sobreviventes do gulag e a uma tradutora que se tornou minha amiga, Aleksandra, com quem trabalhei bem perto na minha pesquisa; a Hank Greenspan, Carl Shulkin e Boaz Tal, estudiosos de história que tão generosamente me ofereceram seu tempo e sua tremenda expertise; e às inúmeras pessoas que me ajudaram a catalogar e digitalizar os extensos bancos de dados de organizações como JewishGen, Yad Vashem, American Jewish Joint Distribution Committee, International Tracing Service, u.s. Holocaust Memorial Museum, Polish Institute and Sikorski Museum e Holocaust and War Victims Tracing Center. A vasta quantidade de informações pesquisáveis hoje, graças a esses recursos, é extraordinária.

Muito antes do meu livro remotamente se parecer com um livro, Kristina, Alicia, Chad, John e Janet do meu grupo de escrita de Seattle estavam entre meus primeiros apoiadores. Eles me ofereciam opiniões e avaliações ponderadas e, talvez, o mais importante, o encorajamento de que eu precisava para continuar escrevendo, mês após mês. As conversas com Janna Cawrse Esarey me inspiraram a escrever minha própria lista de Grandes Objetivos (incluindo o de terminar este livro). A instituição sem fins lucrativos 826 Seattle acreditou no meu trabalho o suficiente para incluir um trecho dele em sua antologia *What to Read in the Rain*, de 2014; o convite para contribuir foi uma honra e, também, a motivação de que eu precisava para aprimorar meu trabalho.

John Sherman, querido amigo e colega escritor, foi uma das primeiras pessoas a ler meu livro do começo ao fim. Sua aprovação confiante e observações precisas ao longo dos anos me ajudaram a manter a confiança e elevar meu trabalho para outro nível.

O talento como editora de Jane Fransson fez maravilhas pelo meu livro. Sua empolgação genuína com a história da minha família e sua crença em mim como escritora acenderam um pavio em mim e me ajudaram a impulsionar meu projeto à fase seguinte de sua vida.

Obrigada, Sarah Dawkins, por sua amizade e pelos seus bons conselhos na rota que naveguei para a publicação, e para minhas amigas de perto e de longe, que durante a última década esperaram pelo lançamento deste livro (rezo para que sua espera tenha valido a pena!) e abasteceram de amor e apoio, elevando meu moral nos momentos em que mais precisei.

Se livros pudessem ter almas gêmeas, a de *Somos os que tiveram sorte* seria minha agente literária, Brettne Bloom da The Book Group. A conexão de Brettne com minha história foi imediata e emocionada. Sua mente brilhante e seu olhar gentil e perspicaz me orientaram no meu processo de pensamento e na minha prosa, por meio de inúmeras colaborações e revisões. Agradeço diariamente pela amizade de Brettne, pelo seu talento extraordinário e pelos volumes de energia e carinho que ela dedicou ao sucesso deste projeto.

Quando meu manuscrito caiu nas acolhedoras mãos da minha editora na Viking, Sarah Stein, eu sabia que o livro havia encontrado seu lar. Sarah abraçou minha história e minha visão com um entusiasmo desmedido e uma paciência interminável, oferecendo rodadas e mais rodadas de um feedback rico e tremendamente preciso. Nossa parceria levou minha história, juntamente com minha capacidade como escritora, para um patamar que eu jamais teria atingido sozinha.

Um agradecimento enorme também a toda a equipe da Viking e às mentes criativas que se dedicaram tão integralmente à tarefa de trazer este livro à fruição e transformá-lo na obra tão cuidadosamente editada e meticulosamente elaborada que é hoje: Andrea Schulz, Brian Tart, Kate Stark, Lindsay Prevette, Mary Stone, Shannon Twomey, Olivia Taussig, Lydia Hirt, Shannon Kelly, Ryan Boyle, Nayon Cho e Jason Ramirez. Minha gratidão também a Alyssa Zelman e Ryan Mitchell, por suas contribuições no design artístico.

Naqueles dias durante a última década em que me perguntei se toda aquela pesquisa e escrita valeriam o esforço, foi meu marido quem me manteve avançando em direção à linha de chegada. Um emocionado obrigado a Robert Farinholt, por sua inabalável fé em mim e no meu projeto (não há defensor maior de *Somos os que tiveram sorte* do que ele), por seu otimismo infinito (foi Robert quem garantiu que comemorássemos cada um dos principais marcos do livro) e por sua insistência em que, em vez de passarmos nossas recentes férias de verão relaxando com nossos pés na areia, fôssemos refazer os passos da família Kurc através da Polônia, da Áustria e da Itália. Não há uma só alma neste mundo com que eu tivesse preferido percorrer aqueles 1.770 quilômetros.

Devo agradecer também aos meus filhos. A Wyatt, que agora está com 6 anos e que cresceu junto com este projeto e que tem dentro de si uma determinação forte e familiar. Uma característica da qual gosto de pensar que seu avô se orgulharia, e que espero que lhe dê, assim como me dá, a confiança necessária para enfrentar os altos e baixos da vida. E ao mais novo membro da família, Ransom, que chegou poucas semanas antes do lançamento da edição de capa dura. Obrigada, meninos, por me trazerem para a realidade, me darem humildade e me presentearem com mais alegria e perspectivas do que eu jamais poderia imaginar.

Não posso agradecer aos meus filhos, é claro, sem agradecer também a "nossa Liz", como Wyatt a chama — nossa amada babá que discretamente manteve nossa família na superfície enquanto estive afundada no meu trabalho.

Finalmente, gostaria de agradecer especialmente aos meus pais. Primeiro ao meu pai, Thomas Hunter, que escreveu seu romance de estreia (depois de uma longa e bem-sucedida carreira como ator e roteirista) quando eu tinha 3 anos. Nunca vou me esquecer do som das teclas de sua Olivetti no andar de cima, na nossa pequena casa nas profundezas da floresta de Massachusetts, ou de como fiquei emocionada ao segurar uma cópia recém-impressa de seu *Softly Walks the Beast*. Desde o momento em que rabisquei minha primeira obra (eu tinha 4 anos e chamei meu "romance" de *Charlie Walks the Beast*), meu pai tem acreditado avidamente em mim como escritora. Ele é para mim uma fonte constante e revigorante de inspiração.

E, por último, à pessoa que semeou a ideia deste projeto muitos, muitos anos atrás, e que tem estado ao meu lado a cada passo do caminho desde então: minha mãe, Isabelle Hunter. É impossível agradecer o suficiente pelo que ela fez para ajudar a dar vida a *Somos os que tiveram sorte*. Tendo crescido cercada por muitos dos personagens do livro, minha mãe compartilhou comigo inestimáveis histórias pessoais, trazendo luz à dinâmica familiar única dos Kurc. Ela leu e releu meu manuscrito e me deu um meticuloso feedback editorial; ela verificou informações e fatos e investigou detalhes em meu nome. Em muitas ocasiões, largou tudo o que estava fazendo para ler um capítulo, muitas vezes me enviando comentários tarde da noite a fim de que eu pudesse cumprir os prazos. Assim como eu, minha mãe tem uma paixão profunda por este projeto. Ela tem sido uma presença constante e incansável, do começo ao fim, e sou extremamente grata, não apenas pelo seu tempo e pelos seus pontos de vista ponderados mas pela abundância de amor que ela injetou em mim e nas páginas deste livro.

Este livro foi composto na tipografia Minion
Pro, em corpo 11/15, e impresso em
papel off-white no Sistema Cameron da
Divisão Gráfica da Distribuidora Record.